중국문학 정선 작품 감상

중국문학의 향연

중국문학 정선 작품 감상

중국문학의 향연

김장환·이영섭 지음

學古房

『중국문학의 향연』을 펴내면서

대학 강단에서 중국문학사, 중국문학개론, 중국문학입문 등을 강의해 오고 있는 지은이는 나름대로 고민이 많다. 거의 3천 년이 넘는 장구한 역사 속에서 발전해온 중국문학을, 한 학기 또는 두 학기라는 한정된 기간 내에 학부 학생들에게 체계적이면서도 효과적으로 이해시키기란 참으로 어려운 일이기 때문이다.

이 세 책은 지은이가 그 동안 강의하면서 겪은 시행착오와 고민 끝에 나온 것으로, 중국문학을 처음 접하는 학생들이나 중국문학에 관심을 갖고 있는 일반인들이 가능한 한 쉽고 정확하게 중국문학을 이해할 수 있도록 배려하고자 했다.

『중국문학의 흐름』(중국문학사 핵심 정리)은 중국문학의 역사적 흐름을 이해하는 데 중점을 두었다. 중국문학의 기원에서부터 청나라 말까지 이어진 중국문학의 통시적 발전과정을 한눈에 파악할 수 있도록 각 시대별 핵심사항을 총 40장章으로 나누어 간명하게 정리했다.

『중국문학의 향기』(중국문학 장르별 이해)는 중국문학의 장르적 특징을 이해하는 데 중점을 두었다. 전체 중국문학을 문체 특징에 따라 운문문학(시 · 사 · 산곡), 산문문학(고문 · 소설), 운산문 혼합문학(사부 · 변려문), 운산문 혼용문학(희곡 · 강창)으로 대별해 각 갈래별 특징과 공통점을 인식하도록 했다. 각 갈래별 기술은 먼저 해당 갈래의 개념과 특징 및 출현 배경을 설명한 뒤에 주요 작가와 작품을 시대순으로 정리했으며, 반드시 감상이 필요한 작품은 번역문과 원문을 함께 실었다.

『중국문학의 향연』(중국문학 정선 작품 감상)은 중국문학의 대표작품을 직접 감상하는 데 중점을 두었다. 『중국 문학의 흐름』과 『중국문학의 향기』에 수록된 작품을 대상으로 상세한 주석을 달아 독자가 혼자 힘으로 중국문학을 원문으로 감상할 수 있도록 했다.

『중국문학의 흐름』이나 『중국문학의 향기』를 공부할 때 『중국문학의 향연』을 곁에 두고 수시로 참고한다면 학습효과가 더욱 높아질 것이라 여겨진다.

이 세 책을 통해 독자들이 중국문학을 보다 깊고 넓게, 그리고 보다 쉽고 정확하게 이해하는 데 조금이나마 도움이 된다면 지은이에게는 크나큰 기쁨이 되겠다.

끝으로 『중국문학의 향연』의 작품 주석 작업을 도와주느라 많은 고생을 한 이영섭 선생에게 깊은 감사의 뜻을 전한다.

2019년 10월

파주 책향기숲길 세설헌世說軒에서

김장환 씀

목차

기원

시경

초사

선진 산문

진대 문학

한대 부

한대 산문

한대 시가

건안 문학

위진남북조 시가

위진남북조 산문 · 변려문

위진남북조 문학비평

위진남북조 소설

당대 시

송대 사

송대 시

송대 산문

송대 소설

금대 문학

원대 잡극

원대 산곡

명대 소설

명대 희곡

명대 산문

명대 시

명대 민간문학

청대 소설

청대 희곡

청대 시

청대 사

청대 산문

청대 민간문학

기원

「탄가彈歌」 [『고시원古詩源』 권1]

대나무를 잘라 탄궁彈弓을 만든 뒤, 흙으로 빚은 탄알을 쏘아 사냥하는 광경을 질박하게 노래하고 있다. 중국의 상고시대에 만들어진 노래라고 전해진다.

斷竹, 續竹. 飛土[1], 逐肉[2].

....

1 토土: 여기에서는 단순한 흙이 아니라 '흙으로 빚은 탄알'(니환泥丸)을 말한다.

2 육肉: 여기에서는 단순한 고기가 아니라 사냥감을 가리킨다.

「이기씨사사伊耆氏蜡辭」 [『고시원』 권1]

이기씨는 전설상의 황제였던 신농씨神農氏, 혹은 요堯를 가리킨다고도 하고, 주周나라의 제사를 관장하던 관직 이름이라고도 한다. 사제蜡祭는 한 해의 마지막 달에 여러 신에게 드리던 제사다. 사사는 이때 사용했던 일종의 기도문으로, 주술적 성격이 강하다.

土反[1]其宅, 水歸其壑, 昆蟲毋作[2], 草木歸其澤.

....

1 반反: 돌아가다. 반返과 같다.

2 곤충무작昆蟲毋作: '무'는 하지 말라는 금지의 의미. '작'은 곤충들이 들끓는 것을 가리킨다. 즉 곤충들에게 농작물에 피해를 주지 말라는 뜻이다.

「격양가擊壤歌」 [『고시원』 권1]

전설의 요 임금 때 불리던 노래라고 전해지지만 믿기 어렵다. 태평성대를 만나 풍족한 삶을 살게 된 백성이 즐거워 땅에 누워 '자신의 배를 두드리다가'(고복鼓腹) '땅까지 두드리며'(격양擊壤) 한가하게 부르던 노래다. 이후 고복격양鼓腹擊壤 혹은 격양가는 모두 태평성대의 대명사로 사용된다.

日出而作, 日入而息. 鑿井而飮, 耕田而食. 帝力[1]于我何有哉.

1 제력帝力: 두 가지 풀이가 가능하다. 첫째, 임금의 힘. 둘째, 천제天帝, 즉 하나님의 힘. 일반적으로 전자로 푼다.

「과보축일夸父逐日」 [『산해경山海經』「해외북경海外北經」]

인간의 한계를 뛰어넘으려 노력했던 과보의 비극적 결말은 서양 신화에서 이카로스가 밀랍으로 붙인 날개로 태양에 다가서다 떨어져 죽은 이야기와 비교된다. 과보의 이러한 죽음에 대해 혹자는 자신의 역량을 파악하지 못한 어리석은 행동의 결과로 치부하기도 하지만, 혹자는 그 무모하다고까지 느껴지는 도전정신을 높이 사기도 한다.

夸父與日逐走, 入日. 渴, 欲得飮, 飮于河、渭[1], 河、渭不足, 北飮大澤. 未至, 道渴而死. 棄其杖, 化爲鄧林[2].

1 하河、위渭: 황하黃河와 위수渭水를 병칭하거나 황하에서 위수가 갈라지는 지점을 가리킨다. 여기에서는 후자의 의미로 쓰였다.

2 등림鄧林: 두 가지 설이 있다. 첫째, 하남河南 · 호북湖北 · 안휘安徽 세 성省의 교차지역에 위치한 지명. 둘째, '등'이 도桃의 가차자假借字로 쓰인 것으로 실제로는 복숭아 숲(도림桃林)의 의미. 후자가 더 설득력이 있다. 혹자는 이 두 가지 설을 하나로 합쳐 이해하기도 한다.

「곤우치수鯀禹治水」 [『산해경』 「해내경海內經」]

인간세상의 치수를 위해 식양息壤을 훔쳤던 곤의 비극적 결말은 서양 신화에서 인간을 위해 불을 훔쳤다가 벌을 받게 되는 프로메테우스와 비교된다. 이렇게 중국 신화에서는 곤이 비극영웅으로 그려지고 있지만, 역사에서의 곤은 정반대로 아둔하고 게을러서 치수에 실패한 신하로 묘사된다. 비록 간략한 신화적 단편이지만, 이러한 곤과 그를 뒤이은 우의 치수 노력 과정을 통해 고대 중국에서 농경을 위해 황하의 치수가 얼마나 중요했는지 짐작할 수 있다.

洪水滔天, 鯀竊帝之息壤[1]以堙[2]洪水, 不待帝命. 帝令祝融[3]殺鯀于羽郊[4]. 鯀復生禹[5], 帝乃命禹卒布土[6]以定九州[7].

....

1 곤절제지식양鯀竊帝之息壤: '곤'은 중국 신화에서는 천신(혹은 용의 화신)이라 기술하고 있지만, 역사에서는 순舜 임금의 신하로 언급되고 있다. 순 임금에게 황하의 치수治水를 명받았으나 9년간의 노력에도 불구하고 실패해 결국 죽임을 당한다. 또는 귀향을 가거나 추방되었다는 설도 있다. '절'은 훔치다. '제'는 천제, 즉 하나님. '식양'은 중국 신화에 나오는 신령한 흙으로, 스스로 불어나는 힘이 있었다고 전한다.

2 인堙: 막다.

3 축융祝融: 중국 신화에 나오는 불의 신.

4 우교羽郊: 우산羽山의 부근. 전설로 전해지는 북방의 지명이다.

5 복생우復生禹: 배로 우를 낳았다. '복'은 복腹의 가차자. '우'는 곤의 아들. 아버지의

실패로 황하 치수의 임무를 이어받아 결국 9년 만에 치수에 성공한다. 이 공로로 순 임금에게서 왕위를 물려받아 하夏 왕조의 시조가 된다. 신화에서는 황룡黃龍의 화신으로 묘사된다.

6 포토布土: '포'는 부敷의 가차자로 널리 펼친다는 뜻. '포토'는 널리 흙을 펼쳐서 치수했다는 의미. 혹자는 여기에서의 '토'를 식양으로 푸는 경우도 있다.

7 구주九州: 하나라의 우왕은 영토를 9등분해 각기 기주冀州·연주兗州·청주靑州·서주徐州·양주揚州·형주荊州·예주豫州·옹주雍州·양주梁州라 명명했다. 이후 그 명칭은 조금씩 바뀌기도 하지만, 구주는 중국 혹은 중원을 뜻하는 대명사가 되었다.

「여와보천女媧補天」 [『회남자淮南子』「남명훈覽冥訓」]

인류를 자연재해로부터 구원해 준 여와는 중국 신화 속에서 인간을 진흙으로 빚어내고 혼인 제도를 만들어낸 장본인이기도 하다. 이후 점차 강화되는 남성 중심적 사고방식에 의해 남신인 복희씨伏羲氏의 누이나 아내로 격하되지만, 당초 누렸던 지고한 여신의 흔적이 이러한 단편 속에 남아 있다.

往古之時, 四極[1]廢, 九州裂, 天不兼覆, 地不周載. 火爁炎而不滅, 水浩洋而不息. 猛獸食顓民[2], 鷙鳥攫老弱. 于是女媧煉五色石以補蒼天, 斷鰲足以立四極, 殺黑龍以濟冀州[3], 積蘆灰[4]以止淫水[5]. 蒼天補, 四極正, 淫水涸, 冀州平, 狡蟲[6]死, 顓民生.

....

1 사극四極: 네모난 땅의 네 모서리. 고대 중국에선 하늘은 둥글고 땅은 네모나게 생겼으며, 네모난 땅의 네 모서리에 각기 둥근 하늘을 떠받치는 기둥이 있다고 믿었다.

2 전민顓民: 선량하고 순박한 백성.

3 기주冀州: 구주九州의 하나.

4 로회蘆灰: 갈대를 태운 재. 실제로 재를 쌓아 범람하는 물을 막았다기보다는 재로 선

을 그어 금지禁地를 표시하는 일종의 주술적 행위로 보인다.

5 음수淫水: 범람하는 물.

6 교충狡蟲: 사나운 동물들. '교'는 사납다는 의미이고, '충'은 곤충이 아니라 모든 짐승을 가리키는 범칭汎稱이다.

「예사십일羿射十日」 [『회남자』 「본경훈本經訓」]

서양 신화의 헤라클레스와 비견되는 후예后羿는 천신으로 백발백중의 명궁名弓이었고, 인간을 위해 많은 괴물을 해치운 공로가 컸다. 동시에 열 개의 해가 떠 세상에 가뭄이 들자 지상으로 내려가 아홉 개의 해를 쏴서 떨어뜨렸다. 하지만 쏘아 죽인 아홉 해는 모두 천제의 아들이었기에, 화가 난 천제는 후예가 천상으로 돌아오지 못하게 했다. 후예를 따라 지상으로 왔다가 졸지에 같이 지상에 남게 된 후예의 아내 항아姮娥가 나중에 서왕모西王母의 선단仙丹을 훔쳐 달로 날아가 버리는 항아분월姮娥奔月이란 고사도 전한다.

逮至堯之時, 十日幷出, 焦禾稼, 殺草木, 而民無所食. 猰貐、鑿齒、九嬰、大風、封豨、脩蛇[1], 皆爲民害. 堯乃使羿誅鑿齒于疇華[2]之野, 殺九嬰于凶水[3]之上, 繳[4]大風于青邱[5]之澤, 上射十日而下殺猰貐, 斷脩蛇于洞庭[6], 禽[7]封豨于桑林[8]. 萬民皆喜, 置堯以爲天子.

....

1 알유猰貐、착치鑿齒、구영九嬰、대풍大風、봉희封豨、수사脩蛇: 모두 당시의 사람들을 해쳤던 사나운 괴물들의 이름이다.

2 주화疇華: 전설로 전해지는 남방의 못 이름.

3 흉수凶水: 전설로 전해지는 북방의 물 이름.

4 격繳: 원래는 화살에 묶는 줄을 말하지만, 여기서는 화살로 쏘아 죽인다는 뜻이다.

5 청구青邱: 전설로 전해지는 동방의 지명.

6 동정洞庭: 지금의 동정호를 가리킨다.

7 금禽: 사로잡다. 금擒의 통가자通假字.

8 상림桑林: 전설에 우 임금이 기우제를 올렸던 곳이라 말해지는 곳인데, 여기에서는 방위상 중앙으로 설정된 듯하다.

「공공노촉부주산共工怒觸不周山」 [『회남자』「천문훈天文訓」]

이는 앞서 나온 '여와보천' 고사의 원인을 제공한 사건이다. 과거 중국인들은 중국의 지형이 서고동저西高東低의 특징을 갖게 된 것이 바로 이 때문이라고 여겼다.

昔者共工與顓頊[1]爭爲帝, 怒而觸不周之山[2], 天柱[3]折, 地維[4]絶. 天傾西北, 故日月星辰移焉, 地不滿東南, 故水潦塵埃歸焉.

....

1 공공여전욱共工與顓頊: '공공'은 중국 신화에 나오는 물의 신. '공공'을 홍강洪江의 고자古字로 보아, 홍수가 의인화된 것으로 보는 설도 있다. '전욱'은 전설상의 제왕으로, 황제黃帝의 후예이며 오제五帝 가운데 한 명이다. 다른 문헌에는 공공과 겨룬 것이 전욱이 아니라 불의 신 축융祝融이라 한 경우도 있다.

2 촉부주지산觸不周之山: '촉'은 들이받다. '부주지산'은 부주 땅의 산, 혹은 '부주산'이라는 산 이름으로 보기도 한다.

3 천주天柱: 네모난 땅의 네 모서리에서 둥근 하늘을 떠받치고 있는 기둥. 일명 경천주擎天柱라고도 한다. 옛날에는 하늘은 둥글고 땅은 네모지다고 여겼다.

4 지유地維: 네모난 땅의 네 모서리를 묶어놓은 밧줄. 여기에서 '유'는 밧줄의 의미이다.

시경

「관저關雎」 [「국풍國風 · 주남周南」]

중국 운문의 시조로 일컬어지는 『시경』의 첫 번째 시이다. 유가에서는 줄곧 이 시를 주周나라 문왕文王의 후비后妃의 덕을 찬미한 것이라 주장했지만, 현재에는 좋은 짝을 갈구하는 연애시로 보거나 짝을 찾아 결혼하면서 부르던 축가로 본다. "요조숙녀", "오매", "전전반측", "금슬" 등 우리가 흔히 쓰는 성어들이 모두 이 한 편의 시에서 나왔을 만큼 널리 인구人口에 회자膾炙되는 작품이다.

關關雎鳩[1], 在河[2]之洲. 窈窕淑女[3], 君子[4]好逑.
參差荇菜[5], 左右流[6]之. 窈窕淑女, 寤寐求之.
求之不得, 寤寐思服[7]. 悠哉悠哉, 輾轉反側.
參差荇菜, 左右采[8]之. 窈窕淑女, 琴瑟友之.
參差荇菜, 左右芼[9]之. 窈窕淑女, 鐘鼓樂之.

··················

1 관관저구關關雎鳩: '관관'은 새가 우는 소리. 주로 '구륵구륵' 혹은 '구욱구욱'으로 번역된다. '저구'는 우리말로 징경이 혹은 물수리 등으로 번역되지만, 사실 정확히 어떤 새인지는 알 수 없다. 단지 물가에 서식하는 새라고 추정될 뿐이다.

2 하河: 황하.

3 요조숙녀窈窕淑女: '요조'는 용모가 아름답다는 뜻이고, '숙'은 훌륭하다는 뜻이다.

4 군자君子: 남자에 대한 미칭美稱. 혹은 남편에 대한 존칭으로 보기도 한다.

5 참치행채參差荇菜: '참치'는 가지런하지 않고 들쑥날쑥한 모양. '행채'는 식용이 가능한 물가에 자라는 수초의 일종으로, 주로 마름풀이라 번역된다.

6 류流: 일반적으로 규摎의 통가자로 간주해 '찾다'로 푼다.

7 복服: 여기에서는 사思와 마찬가지로 '생각하다' 혹은 '그리워하다'는 뜻.
8 채采: 캐다. 채採와 같다.
9 모芼: 모覒의 가차자로 '(마름풀을) 가려서 뜯다'의 의미. 또는 '(마름풀을) 데쳐서 삶다'로 푸는 경우도 있다.

「건상褰裳」 [「국풍 · 정풍鄭風」]

무심한 남자를 탓하는 여인의 마음이 진솔하게 표현되어 있다. 『시경』을 보면 물가를 읊은 연애시가 많은데, 이는 우리의 단오절처럼 중국 고대 풍속 역시 대부분 물가에서 명절 의식이 행해졌고, 남녀가 만나고 사귈 기회를 제공해 주었기 때문이다. 특히 「정풍」에는 이러한 남녀 간의 진솔한 사랑 노래가 많아서 과거에는 음란하다고 비난받기도 했다. 하지만 이제는 오히려 그 진솔함 때문에 주목받고 있다.

子惠思我, 褰裳涉溱[1]. 子不我思[2], 豈無他人. 狂童[3]之狂也且.
子惠思我, 褰裳涉洧[4]. 子不我思, 豈無他士. 狂童之狂也且.

1 진溱: 진수溱水. 하남성河南省에 있는 황하의 지류로 동남쪽으로 흘러 유수洧水와 합쳐진다.
2 자불아사子不我思: '자불사아子不思我'의 도치. 중국 문언 문법상 부정문이면서 목적어가 대명사인 경우 목적어가 부정어 뒤로 옮겨진다.
3 광동狂童: 여기에서 '광'은 함부로 군다는 의미. '동'은 원래 노비와 같은 천한 사람을 뜻하는데, 여기에서는 남자친구에 대한 비칭卑稱으로 쓰였다.
4 유洧: 유수洧水. 하남성에 있는 황하의 지류로 동쪽으로 흘러 진수溱水와 합쳐진다.

「석서碩鼠」 [「국풍 · 위풍魏風」]

이 시에서 꾸짖고 있는 큰 쥐는 바로 가렴주구苛斂誅求하는 윗사람을 가리킨다. 호랑이보다도 무섭다는 가혹한 정치에 대한 민초民草의 불만과 원망이 진솔하고도 질박하게 표현되었다. 특히 이 시는 "낙토樂土", "낙국樂國", "낙교樂郊"란 표현에서 중국 고대 민초들의 이상향, 혹은 유토피아의 단초를 살펴볼 수 있다는 이유로 주목받기도 한다.

碩鼠碩鼠, 無[1]食我黍. 三歲貫女[2], 莫我肯顧[3]. 逝[4]將去女, 適彼樂土, 樂土樂土, 爰得我所.

碩鼠碩鼠, 無食我麥. 三歲貫女, 莫我肯德. 逝將去女, 適彼樂國, 樂國樂國, 爰得我直[5].

碩鼠碩鼠, 無食我苗. 三歲貫女, 莫我肯勞. 逝將去女, 適彼樂郊, 樂郊樂郊, 誰之永號.

....

1 무無: 금지사인 무毋의 통가자.

2 삼세관여三歲貫女: '삼세'는 실제 3년이라기보다는 오랜 기간을 말한다. '관'은 받들어 모신다는 의미. '여'는 여汝(너)의 통가자.

3 막아긍고莫我肯顧: '막긍고아莫肯顧我'의 도치. 아래에 보이는 '막아긍덕莫我肯德'과 '막아긍로莫我肯勞'도 마찬가지다.

4 서逝: 맹세하다. 서誓의 통가자.

5 치直: 가치. 치値의 통가자.

「하초불황何草不黃」 [「소아小雅 · 어조지십魚藻之什」]

『시경』의 시들이 지어졌던 주周나라는 전쟁이 빈발했던 시기였다. 오랑캐의 침입이 끊이지 않았고, 결국 견융犬戎의 침입으로 천자는 자살하고 천도遷都까지 하게 되는 지경에 이르기도 했다. 그 이후로는 제후국 간에 끊임없는 약육강식의 전쟁이 벌어졌다. 바로 이때를 춘추전국시대라 한다. 이 시가 정확히 언제쯤 지어졌는지는 알 수 없지만, 계속되는 전쟁에 동원되어 지친 민초의 삶을 절절하게 전해주고 있다. 누렇게 시들고 검게 썩어드는 풀은 바로 계속되는 출정으로 피폐하져 가는 민초의 모습이다. 특히 마지막 구에서 털이 더부룩한 여우는 깊은 수풀 속을 헤매는데 귀인이 탄 높다란 수레는 큰 길을 다닌다는 표현은 전란과 출정에 지친 민초와 전쟁 중에도 호의호식하는 귀족을 극명하게 대비시킨 날카로운 비유다.

何草不黃[1], 何日不行[2]. 何人不將[3], 經營四方.
何草不玄[4], 何人不矜[5]. 哀我征夫, 獨爲匪民.
匪兕[6]匪虎, 率[7]彼曠野. 哀我征夫, 朝夕不暇.
有芃[8]者狐, 率彼幽草. 有棧之車[9], 行彼周道.

....

1 황黃: 누렇게 시들다.
2 행行: 전쟁하기 위해 나서는 출정을 가리킨다.
3 장將: 따르다. 여기에서는 출정하는 군대를 따라 나서는 것을 의미한다.
4 현玄: 검게 썩다.
5 관矜: 홀아비. 환鰥의 통가자.
6 비시匪兕: '비'는 비非의 통가자. '시'는 외뿔소. 특히 푸른빛의 가죽이 튼튼해 갑옷으로 사용되었다.
7 솔率: ~을 따라서.
8 봉芃: 원래는 수풀이 무성한 것을 뜻하지만, 여기에서는 여우의 털이 더부룩하게 많은 것을 뜻한다. 전장에 끌려 다니는 민초들이 봉두난발蓬頭亂髮로 흐트러진 자신들의 모습을 비유한 것이다.
9 잔지거棧之車: 높은 사람이 타는 높다란 수레를 가리킨다.

「생민生民」 [「대아大雅 · 생민지십生民之什」]

주나라의 시조인 후직后稷의 신이神異와 공적을 기린 노래로, 아마도 주나라 왕실에서 조상에게 제사지낼 때 사용된 시가인 듯하다. 원래 이렇게 장황한 나열은 주술적 요소이고 근엄한 진술은 북방 특유의 의전적儀典的인 요소로 보인다. 특히 주술적 요소는 다음에서 다룰 남방의 초사楚辭에서 보다 여실하게 드러난다. 비록 민초들의 질박한 노래와는 달리 그다지 진솔함이나 생동감은 없지만, 후직의 전설이나 당시 의전 행사를 부분적으로나마 짐작하게 해주는 소중한 자료다.

厥初生民[1], 時維姜嫄[2]. 生民如何. 克禋克祀[3], 以弗[4]無子. 履帝武敏歆[5], 攸介攸止[6]. 載震載夙[7], 載生載育, 時維后稷[8]. 誕彌[9]厥月, 先生如達[10]. 不坼不副[11], 無菑[12]無害. 以赫厥靈, 上帝不[13]寧. 不康禋祀, 居然生子. 誕寘之隘巷, 牛羊腓字[14]之. 誕寘之平林, 會[15]伐平林. 誕寘之寒冰, 鳥覆翼之. 鳥乃去矣, 后稷呱矣. 實覃[16]實訏, 厥聲載路. 誕實匍匐[17], 克岐克嶷[18], 以就口食[19]. 蓺之荏菽, 荏菽旆旆[20], 禾役穟穟[21]. 麻麥幪幪[22], 瓜瓞唪唪[23]. 誕后稷之穡, 有相之道[24]. 茀[25]厥豐草, 種之黃茂[26]. 實方實苞[27], 實種實褎[28], 實發實秀[29], 實堅實好, 實穎實栗[30], 卽有邰家室[31]. 誕降嘉種, 維秬維秠[32], 維糜維芑[33]. 恒[34]之秬秠, 是穫是畝[35]. 恒之糜芑, 是任[36]是負, 以歸肇祀. 誕我祀如何. 或舂或揄, 或簸或蹂[37]. 釋之叟叟[38], 烝之浮浮[39]. 載謀載惟, 取蕭祭脂, 取羝以軷. 載燔載烈, 以興嗣歲[40]. 卬[41]盛于豆[42], 于豆于登[43]. 其香始升, 上帝居歆. 胡臭亶時[44], 后稷肇祀. 庶無罪悔, 以迄于今.

....

1 생민生民: 원래는 '하늘이 사람을 (세상에) 낳으시다'라는 뜻이지만, 여기에서는 '주나라 민족의 탄생'을 가리킨다.

2 강원姜嫄: 유태씨有邰氏의 딸로, 주나라 시조인 후직의 어머니다.

3 극인극사克禋克祀: '극~극~'은 뒤에 보이는 재載~재載~, 실實~실實~, 유維~유維~, 시是~시是~, 혹或~혹或~ 등의 구절과 함께 관용적으로 '~하기도 하고 ~하기도 하다'는 표현이다. '인'은 정결히 제사지낸다는 뜻이다.

4 불弗: 푸닥거리하다. 불祓의 가차자.

5 제무민흠帝武敏歆: '제'는 천제(하나님). '무'는 원래 발걸음을 뜻하지만 여기에서는 발자국의 의미. '민'은 무拇(엄지손발가락)의 가차자. '흠'은 마음에 일종의 짜릿한 느낌이 온다는 뜻.

6 유개유지攸介攸止: '유'는 어조사. '개'는 개祄(하늘이 돕다)의 통가자. '지'는 지祉(하늘이 내리는 복)의 통가자.

7 재진재숙載震載夙: '진'은 신娠(임신하다)의 가차자. '숙'은 숙肅(엄숙하다)의 가차자. 혹은 '진'은 움직임, '숙'은 움직이지 않음이라고 풀어 임신 중 태아의 태동으로 여기기도 한다.

8 후직后稷: 주나라 민족의 시조로, 농사와 곡식을 담당하는 신 혹은 관리였다.

9 탄미誕彌: '탄'은 발어사. 혹은 '다다르다'로 풀기도 한다. '미'는 채우다, 마치다.

10 선생여달先生如達: '선생'은 초산初産의 뜻. 일반적으로 '달'을 달羍(어린 양)의 가차자로 보아 양이 태어나듯 쉽게 태어났다는 뜻으로 풀지만, 굳이 순산을 양에 비유할 근거가 약하다는 맹점이 있다. 혹자는 '여'를 역접을 뜻하는 이而의 가차자로 보고 '달'을 순조롭다는 뜻으로 보는데, 이를 따르면 "초산이지만 순산하셨다"로 해석된다.

11 불탁불복不坼不副: '탁'과 '복'은 모두 '터지다', '갈라지다'의 의미. 앞 구절과 연결되어 초산이지만 순산해 아무런 상처가 나지 않으셨다는 뜻. 혹은 '복'을 벽疈(가르다, 쪼개다)의 통가자로 보기도 한다.

12 재菑: 재앙. 재災의 가차자.

13 비丕: 크다. 비丕의 가차자. 다음 구절의 '비강不康'의 '비' 역시 마찬가지다.

14 비자腓字: '비'는 비庇(덮다, 비호하다)의 가차자. '자'는 사랑하다. 혹은 '아이에게 젖을 먹이다'로 풀기도 한다.

15 회會: 때마침.

16 담覃: 길게 퍼지다. 울음소리가 길게 퍼져나감을 뜻한다.

17 포복匍匐: (아기가) 땅에 엎드려 기어가다.

18 극기극억克岐克嶷: '기'와 '억'은 원래 모두 높은 산을 가리키는데, 여기에서 훌륭하다, 빼어나다는 의미가 파생되었다. 주로 남달리 총명하다는 의미로 사용된다.

19 구식口食: 스스로 밥을 먹는 것을 가리킨다.

20 패패旆旆: 무성한 모습.

21 화역수수禾役穟穟: '화역'은 벼가 열 지어 펼쳐진 모습. 혹은 '역'을 영穎(이삭)의 가차자로 보기도 한다. '수수'는 벼가 잘 익어 고개를 숙이고 있는 모습.

22 몽몽幪幪: 빽빽하게 잘 자란 모습.

23 봉봉唪唪: 과실이 주렁주렁 열린 모습.

24 유상지도有相之道: '상'은 살펴보다는 뜻. 즉 '좋은 땅을 잘 살피는 방법이 있었다'는 의미다.

25 불茀: 떨어내다, 제거하다. 불拂의 통가자.

26 황무黃茂: 누런 빛깔의 곡식, 즉 기장인 서黍와 직稷을 가리킨다.

27 실방실포實方實苞: '방'은 시始의 뜻으로 풀거나 방放의 통가자로 보기도 한다. 모두 갓 싹이 트는 것을 가리킨다. '포'는 새싹이 자라는 것을 가리킨다.

28 실종실유實種實褎: '종'은 원래 치稚(어리다)의 의미로, 갓 자라나 아직 작다는 뜻. '유'는 점차 자란다는 뜻.

29 실발실수實發實秀: '발'은 줄기가 자란다는 뜻. '수'는 이삭이 패기 시작한다는 뜻.

30 실영실률實穎實栗: '영'은 곡식이 익어서 이삭이 드리워진 모습. '률'은 곡식이 알알이 잘 여문 모습.

31 즉유태가실卽有邰家室: 강원姜嫄은 유태씨有邰氏의 딸이라고 전해지기 때문에, 일반적으로 이 구절은 '태 땅으로 가서 집을 꾸렸다'라고 풀이된다. 혹은 '태'를 봉양한다는 의미인 이頤의 와자訛字로 보아, '집을 먹여 살리게 되었다'로 풀기도 한다.

32 유거유비維秬維秠: '거'는 검은 기장, '비'는 검은 기장 중에서 한 이삭에 두 톨이 들어 있는 것을 말한다.

33 유미유기維穈維芑: '미'는 붉은 차조, '기'는 흰 차조.

34 긍恒: 두루 심다. 긍亘의 가차자.

35 무畝: 주로 논밭을 세는 단위로 '이랑'으로 쓰이지만, 여기에서는 '논밭에 쌓아두다'는 뜻이다.

36 임任: 걸머지다.

37 유蹂: 손바닥으로 낱알을 문지르다. 유揉의 통가자.

38 석지수수釋之叟叟: '석'은 석淅의 가차자로, 물로 곡식을 씻는 것. '수수'는 곡식을 물로 씻는 소리.

39 부부浮浮: 곡식을 찔 때 나오는 열기가 솟아오르는 것을 표현한 의태어.

40 흥사세興嗣歲: '흥'은 흥성하게 하다. '사세'는 내년. 즉 내년에도 풍년이 들기를 기원한

다는 뜻.

41 앙卬: 나(혹은 우리). 혹은 앙仰의 통가자로 보아 제기祭器를 올린다고 풀기도 한다.

42 두豆: 나무로 만든 제기.

43 등登: 흙으로 빚은 제기.

44 단시亶時: '단'은 진실로. '시'는 일반적으로 '때에 맞다'로 풀지만, 시是의 가차자로 보아 훌륭하다, 좋다는 뜻으로 풀기도 한다.

초사

「이소離騷」

초사楚辭는 중국 남방의 시가를 대표하는 장르로, 북방의 시가를 대표하는 『시경』과 병칭된다. 『시경』이 비교적 질박하고 진솔한 시가들이 많은 반면, 초사는 낭만적이면서도 무가적巫歌的인 특성을 드러내고 있다. 초사가 본격적으로 창작된 것이 시기적으로도 물론 『시경』보다 늦기는 하지만, 단순히 시기의 차이라기보다는 남북방의 현격한 지리적 차이에서 연원한 것으로 보는 것이 옳다. 또한 중국 최초로 작가가 자신의 이름으로 의도적 창작을 한 장르로도 손꼽힌다. 물론 『시경』에도 작자를 알 수 있는 시가 드물게나마 몇 수 있기는 하지만 초사 같지는 않다.

이러한 초사 중에서도 「이소」는 백미로 손꼽히는 작품이다. 초楚나라의 충신 굴원屈原은 간신들의 음해로 임금이 자신의 충간忠諫을 받아주지 않자 결국 멱라강汨羅江에 투신해 자살했는데, 자신의 탄생에서부터 억울한 사연과 넋두리, 그리고 자살을 결심하게 되는 과정을 무가의 형식을 빌어서 절절하게 묘사하고 있다. 이후로 굴원은 우국충정憂國衷情의 대명사가 되었다. 워낙 장문이라 극히 일부분만 인용했지만, 그 짧은 인용문 속에서도 온갖 향초로 몸을 꾸미는 비유가 보이는데, 이 역시 재계齋戒하며 굿을 준비하는 무당의 모습에서 흔히 발견할 수 있는 것이다. 또한 장황하게 느껴질 만큼 여러 가지 비유를 대구로 만들어 나열하는 것 역시 무가의 특성인데, 이러한 형식은 이후로 한부漢賦나 변려문騈儷文에까지 깊은 영향을 끼쳤다.

帝高陽之苗裔[1]兮, 朕皇考曰伯庸[2]. 攝提貞于孟陬[3]兮, 惟庚寅[4]吾以降. 皇[5]覽揆余初度[6]兮, 肇錫[7]余以嘉名. 名余曰正則兮, 字余曰靈均[8].

紛[9]吾既有此內美兮, 又重之以脩能[10]. 扈江離與辟芷[11]兮, 紉[12]秋蘭以爲佩. 汨[13]余若將不及兮, 恐年歲之不吾與[14]. 朝搴阰[15]之木蘭兮, 夕攬洲之宿莽[16]. …… 悔相道[17]之不察兮, 延佇[18]乎吾將反[19]. 回朕車以復路兮, 及行迷之未遠. 步[20]余馬於蘭皐[21]兮, 馳椒丘[22]且焉止息. 進不入以離尤[23]兮, 退將復脩吾初服[24]. 製芰荷[25]以爲衣兮, 集芙蓉以爲裳. 不吾知其亦已兮, 苟余情其信芳[26]. 高余冠之岌岌兮, 長余佩之陸離[27]. 芳與澤[28]其雜糅兮, 唯昭質[29]其猶未虧. 忽反顧以遊目兮, 將往觀乎四荒[30]. 佩繽紛[31]其繁飾兮, 芳菲菲其彌章[32]. 民生各有所樂兮, 余獨好脩以爲常. 雖體解[33]吾猶未變兮, 豈余心之可懲[34]. 女嬃之嬋媛[35]兮, 申申[36]其詈予. 曰鮌婞直[37]以亡身兮, 終然殀乎羽之野[38]. 汝何博謇[39]而好脩兮, 紛獨有此姱節[40]. 薋菉葹[41]以盈室兮, 判[42]獨離而不服. 衆不可戶說[43]兮, 孰云察余之中情. 世竝擧而好朋[44]兮, 夫何煢獨而不予聽[45]. …… 亂[46]曰: 已矣哉. 國無人兮, 莫我知[47]兮, 又何懷乎故都. 旣莫足與爲美政兮, 吾將從彭咸[48]之所居.

....

1 제고양지묘예帝高陽之苗裔: '제고양'은 오제五帝 중 한 명인 전욱顓頊을 가리킨다. 전설에 전욱의 아들 노동老僮이 초나라의 시조가 되었다고 한다. '묘예'는 먼 후예.

2 짐황고왈백용朕皇考曰伯庸: '짐'은 나를 가리키는 1인칭 대명사. '짐'이 황제만의 자칭自稱으로 쓰이게 된 것은 진시황秦始皇부터이고, 그 이전에는 누구나 사용하는 표현이었다. '황고'의 '황'은 '눈부시다', '훌륭하다'의 뜻. '고'는 돌아가신 아버지를 지칭하는 말. '백용'은 굴원 부친의 자字. '백'이란 글자가 쓰인 것을 보면 맏아들이었음을 알 수 있다.

3 섭제정우맹추攝提貞于孟陬: '섭제'는 섭제격攝提格의 준말. 섭제격은 12년이 공전 주기인 태세太歲를 사용해 기년紀年하는 12명칭 중 하나. 원래 세성歲星은 목성木星을 뜻한다. 고대인들은 기년을 표기할 때 공전 주기가 12년인 목성을 활용했다. 그러나 목성의 공전 방향이 지구와 반대이기에 편의상 목성의 공전 궤도상에서 실제 목성의 정반대편에 가상의 목성을 설정해 기년에 사용했다. 그 가상의 목성이 바로 태세다.

그런데 실제 사용할 때는 태세를 세歲라고 약칭했다. 예를 들어 '세재섭제격歲在攝提格'이라 하면 '태세가 섭제격에 있던 해'를 가리킨다. 섭제격을 간지기년법干支紀年法의 12지로 치환하면 인寅이다. '정'은 즈음에, '맹'은 처음, '추'는 구석을 뜻한다. '맹추'는 한 해를 시작하는 처음, 즉 정월을 가리킨다. 초나라도 하력夏曆(지금의 음력)을 따랐는데, 하력의 정월은 바로 인월寅月이다.

4 경인庚寅: 경인일을 가리킨다. 앞서 햇수나 달수와는 달리 날짜에는 간지가 모두 표기되었다. 이를 종합해 보면 굴원은 인년寅年 인월寅月 인일寅日에 태어났다.

5 황皇: 일반적으로 앞에 나온 '황고皇考'의 약칭으로 본다. 하지만 '황고'를 약칭하는 경우 '고'라 하지 '황'이라 하는 경우는 거의 없기 때문에, 혹자는 이를 초나라 지방에서 어머니를 뜻하는 황媓의 통가자로 추정하고 모계사회의 흔적이라 주장하기도 한다. 일단은 '황고'의 약칭으로 보는 것이 무리가 없다.

6 초도初度: 갓 태어난 일시日時를 가리킨다. 요즘 표현으로 하면 사주팔자四柱八字와 같은 의미다.

7 사錫: 내려주다. 사賜의 통가자.

8 정칙正則, 영균靈均: 굴원은 여기에서 자신의 이름을 '정칙', 자를 '영균'이라 밝히고 있지만, 원래 그의 이름은 평平, 자는 원原이다. '공평하다'(평)란 의미에서 '올바른 법칙'(정칙)이란 의미가 파생된 것이고, '높은 곳의 평평한 언덕'(원)이란 의미에서 '신령스레(혹은 훌륭하게) 고르다'(영균)란 의미가 파생된 것으로 보인다. 자신의 이름을 이렇게 달리 표현한 것은 초사란 장르 자체가 원래 무당이 부르는 무가에서 기원했기 때문이다. 원래 무당은 불가의 출가인이 본래 이름을 버리고 법명法名을 쓰듯이 신내림을 받은 뒤 본명을 버리고 신명神名을 쓰는데, 여기에서 굴원 역시 이러한 유습遺習에 따라 「이소」 안에서 자신의 원래 이름과 자에서 파생된 신명을 사용하고 있는 것으로 추정된다.

9 분紛: 매우 많다.

10 중지이수능重之以脩能: '중'은 더하다. '수'는 수修의 통가자. 혹은 '뛰어난 능력'으로 보기도 하고, 혹은 '능'을 태態의 통가자로 보아 수태脩態, 즉 '자신의 모습을 닦다'로 풀기도 한다. 굴원의 초사에 보이는 '수'의 용례를 미루어 보건데 후자가 옳은 듯하다.

11 호강리여벽지扈江離與辟芷: '호'는 초나라 방언으로 '입다' 혹은 '걸치다'의 의미. '강리'와 '벽지'는 모두 향초香草를 가리키지만 정확히 어떤 것인지는 알 수 없다. 주로 궁궁이와 구리때로 번역된다.

12 인紉: 끈으로 묶다.

13 율汩: 초나라 방언으로 '물 흐르듯 빨리 지나가버리다'는 뜻. 세월이 물 흘러가듯 지나가 버렸다는 의미다.

14 불오여不吾與: '불여오不與吾'의 도치.

15 비阰: 혹은 산 이름이라고도 하고, 혹은 물가의 비탈진 언덕이라고도 하고, 혹은 초나라 방언으로 작은 언덕이라고도 하는데, 아무래도 산 이름 같은 고유명사는 아닌 듯하다.

16 숙망宿莽: 겨울에도 죽지 않는 풀이라고 한다.

17 상도相道: 길을 고르다는 뜻. '상'은 살펴 고른다는 의미.

18 연저延佇: 우두커니 서 있다.

19 반反: 반返의 통가자.

20 보步: 천천히 걷게 하다.

21 란고蘭皐: 난초가 피어있는 언덕.

22 초구椒丘: 산초山椒 나무가 심어져 있는 언덕.

23 진불입이리우進不入以離尤: 조정에 들어가도 임금의 눈에 들지 못하고 죄를 뒤집어쓰다. '진'은 조정에 들어가 벼슬하다. '입'은 임금의 눈에 들다, 혹은 임금에게 쓰이다. '리'는 리罹의 통가자로, 맞닥뜨리다, 당하다의 뜻. '우'는 허물, 죄.

24 초복初服: 원래는 주술적 의식을 행하기 전에 재계齋戒하고 입는 갓 만든 옷을 말한다. 여기에서는 초심初心을 비유한다.

25 기하芰荷: 모두 향초의 이름. 일반적으로 '마름'과 '연꽃'으로 번역된다.

26 불오지기역이혜不吾知其亦已兮, 구여정기신방苟余情其信芳: '이'는 그만이다, '구'는 만약에, '신'은 진실로, '방'은 꽃향기처럼 아름답다. 원래는 뒤 구절이 앞에 오고 앞 구절이 뒤에 가야 하지만, 의미를 강조하기 위해 도치한 것이다.

27 륙리陸離: 눈부시게 아름답다. 드리운 패물佩物의 아름다운 모습을 형용한다.

28 방여택芳與澤: 꽃향기와 악취.

29 소질昭質: 밝고 순결한 바탕.

30 사황四荒: 사방.

31 빈분繽紛: 어지러이 많은 모양.

32 비비기미창菲菲其彌章: '비비'는 향기가 가득한 모양. '미'는 더욱, '창'은 창彰(밝게 드러내다)의 통가자.

33 체해體解: 몸이 찢겨 죽임을 당하는 형벌.

34 징懲: 두려워하다. 혹은 '바꾸다'로 풀기도 한다.

35 여수지선원女嬃之嬋媛: '여수'는 굴원의 누이라 하기도 하고, 혹은 '수'를 유嬬의 통가자로 보아 굴원의 시첩侍妾이라 풀기도 하며, 무당이라 보는 견해도 있다. '선원'은 선원撣援이라고도 하는데 모두 천훤嘽咺의 통가자다. 근심이나 원망에 어려 내뱉는 넋두리를 뜻한다.

36 신신申申: 거듭 말하다. 신신당부申申當付의 '신신'도 바로 이 뜻이다.

37 곤행직鮌婞直: '곤'은 곤鯀의 통가자. '곤'에 대해서는 「곤우치수鯀禹治水」에서 설명했다. '행직'은 강직하다.

38 우지야羽之野: 곤이 죽임을 당한 곳. 이에 대해서도 「곤우치수」에서 설명했다.

39 박건博謇: 마음이 넓고 강직하다.

40 과절姱節: 아름다운 절개. 혹은 '절'을 식飾(꾸미다)으로 보아 아름다운 장식물로 여기기도 한다.

41 자록시薋菉葹: 남가새와 꼴과 도꼬마리. 모두 보잘 것 없는 풀이다. 앞서 향초로 굴원 자신을 꾸미고 표현한 것과는 반대로 이 풀들은 모두 소인배들을 비유한 것이다.

42 판判: 판연히, 확연히.

43 호설戶說: 집집마다 돌아다니며 사연을 늘어놓다.

44 세병거이호붕世竝擧而好朋: '세'는 세상 사람들. '병'은 모두. '거'는 여與의 통가자로, '함께하다' 혹은 '따르다'의 뜻. '호'는 좋아하다, '붕'은 붕당. 즉 패거리를 모으는 일을 좋아한다는 뜻.

45 불여청不予聽: '불청여不聽予'의 도치. '여'는 굴원이 아니라 여수의 자칭自稱이다.

46 란亂: 악장樂章의 마지막 부분.

47 막아지莫我知: '막지아莫知我'의 도치.

48 팽함彭咸: 은殷나라의 어진 대부大夫로, 임금이 자신의 충간을 받아들이지 않자 강에 투신자살했다고 한다. 하지만 이는 「이소」에 보이는 팽함이란 이름에 대해 역으로 추측한 것일 뿐, 실제로 팽함에 대해 추정해볼 근거나 문헌은 전무하다. 확실한 것은 팽함이 어느 시대 어느 나라 사람인지는 몰라도 굴원이 스스로 좇을 만한 현자賢者 혹은 은자隱者로 꼽았다는 점이다.

「천문天問」

「천문」은 초사 중에서도 내용이나 형식면에서 모두 독특하다. 전문적으로 천지자연과 이에 관련된 신화전설을 다루고 있는데, 지금은 이미 어떤 내용인지조차 제대로 파악할 수 없는 부분도 있다. 모두 172개의 질문으로만 이루어져 있어서, 제목도 '하늘에 묻노라'는 의미다. 궁극적인 기원에 대한 기술은 질문에 머물 수밖에 없다는 것은 인간 사유의 한계에 대한 자백이라고도 볼 수 있겠다. 형식도 3언/6언 위주의 일반적인 초사 구형과 다르게 『시경』의 기본 구형인 2언/4언이다. 물론 내용은 남방 특유의 낭만적이고 신화적 색채가 농후해 『시경』과는 분위기가 다르다. 당시 신화는 단순한 이야깃거리가 아니라 천지자연을 이해하고 그 기원을 설명해주는 세계관의 중요한 근거였다. 훗날 당唐나라의 유명한 문인 유종원柳宗元은 굴원의 「천문」에 대한 답변으로 「천대天對」란 글을 짓기도 했다.

曰: 遂古[1]之初, 誰傳道之? 上下未形, 何由考之? 冥昭瞢闇[2], 誰能極[3]之? 馮翼[4]惟像, 何以識之? 明明闇闇, 惟時[5]何爲? 陰陽三合[6], 何本何化? 圜則九重[7], 孰營度[8]之? 惟茲何功, 孰初作之? 斡維[9]焉繫? 天極[10]焉加? 八柱[11]何當? 東南何虧[12]?九天[13]之際, 安放安屬? 隅隈多有, 誰知其數? 天何所沓? 十二[14]焉分? 日月安屬? 列星安陳? 出自湯谷[15], 次于蒙汜[16]. 自明及晦, 所行幾里? 夜光[17]何德, 死則又育? 厥利[18]維何, 而顧菟[19]在腹? 女歧無合[20]夫, 焉取九子? 伯强[21]何處? 惠氣安在? 何闔而晦? 何開而明? 角宿[22]未旦, 曜靈[23]安藏? …… 崑崙縣圃[24], 其尻[25]安在? 增城[26]九重, 其高幾里? 四方之門[27], 其誰從焉? 西北辟[28]啓, 何氣[29]通焉? 日安不到, 燭龍[30]何照? 羲和[31]之未揚, 若華[32]何光? 何所冬暖? 何所夏寒? 焉有石林[33]?何獸能言? 焉有龍虬[34], 負熊以遊? 雄虺[35]九首, 儵忽焉在? 何所不死? 長人[36]何守? 靡蓱九衢[37], 枲華[38]安居? 靈蛇呑象[39], 厥大何如? 黑水、玄趾, 三危[40]安在? 年年不死, 壽何所止? 鯪魚[41]何所? 鬿堆[42]

焉處? 羿焉彃日? 烏焉解羽[43]?……

··················

1 수고遂古: 아주 오래 전 옛날. '수'는 수邃(오래다, 멀다)의 통가자.

2 명소몽암冥昭瞢闇: '소'는 물昒의 오자誤字로 어둡다는 뜻. 혹은 '소'를 글자 그대로 '밝다'로 풀기도 하는데, 그렇게 되면 '명'과 '몽암' 이 세 글자가 모두 어둡다는 뜻이고 '소' 한 글자만 '밝다'란 뜻이 되어 문맥상 타당하지 않다.

3 극極: 궁구窮究하다.

4 풍익馮翼: 형체가 드러나지 않는 무언가가 가득한 모양. 원기元氣가 가득 찬 모습을 형용한 것이다.

5 시時: 시간의 뜻.

6 음양삼합陰陽三合: '삼'은 삼參(섞이다)의 가차자. 즉 음양이 합해진다는 뜻.

7 원즉구중圜則九重: '원'은 원圓의 통가자로 하늘, 즉 천체를 뜻한다. 옛 사람들은 하늘은 둥글고 땅은 네모나다(천원지방天圓地方)고 믿었다. '구중'은 아홉 겹이란 뜻이다. 옛 사람들은 하늘이 아홉 겹이라 믿었는데, 실제로 아홉 겹이라기보다는 아주 많은 겹이라는 의미다.

8 영탁營度: 헤아리다.

9 알유斡維: 이 표현은 하늘이 땅을 우산처럼 덮고 있다는 개천설蓋天說에 근거한 것이다. 원래 '알'은 우산의 꼭지, '유'는 우산살들을 고정시켜주는 끈을 말하는데, 여기에서는 이를 하늘에 비유한 것이다.

10 천극天極: 북극성. 혹은 북두칠성 가운데 첫 번째 별인 천추天樞를 가리킨다고도 한다.

11 팔주八柱: 전설에 하늘을 받치고 있다고 하는 여덟 기둥.

12 동남하휴東南何虧: 동남쪽이 기울어지게 된 이유에 대해서는 「여와보천女媧補天」에서 설명했다.

13 구천九天: 하늘을 중앙과 팔방, 이렇게 아홉 지역으로 나눈 것을 말한다.

14 십이十二: 천체의 십이차十二次를 가리킨다.

15 탕곡湯谷: 전설에 해가 뜨는 곳. 옛 사람들은 해가 지고나면 '탕곡'에서 몸을 닦고 아침이 되면 다시 떠오른다고 믿었다.

16 차우몽사次于蒙汜: '차'는 머물다, '몽'은 옛 사람들이 해가 진다고 믿었던 몽수蒙水, '사'는 물가를 의미한다.

17 야광夜光: 여기에서는 달을 의미한다.

18 리利: 좋은 점, 이점利點.

19 고도顧菟: 일반적으로는 '고'는 거踞(걸터앉다, 놀다)의 가차자, '도'는 토兎의 통가자로 본다. 혹은 '고도'를 오도䠶菟로 보는데, 초나라 방언으로 호랑이를 뜻한다.

20 여기무합女歧無合: '여기'는 전설에 지아비 없이 아들 아홉을 낳았다고 전해지는 신녀神女. 혹은 '여기'를 9개의 별을 지닌 미수尾宿를 의인화한 것이라고 보는데 일리가 있다. '무합'은 합방하지 않다. '합'은 합방合房, 즉 부부관계를 가리킨다.

21 백강伯强: 풍신風神의 이름. 앞의 '여기'와 대구를 이루어 '백강' 역시 기수箕宿를 의인화한 것이며, 기수는 바람을 관장하므로 '백강'은 궁극적으로 사나운 강풍强風을 비유한다고 하는데, 이러한 견해는 특히 다음 구절의 '혜기惠氣'를 혜풍惠風으로 볼 때 상당히 일리가 있다.

22 각수角宿: 28수宿 중에서 동방칠수東方七宿의 첫 별자리로, 생성과 소멸, 그리고 해가 뜨는 천문天門을 상징한다.

23 요령曜靈: 태양.

24 곤륜현포崑崙縣圃: '곤륜'은 서왕모西王母가 산다는 전설의 산. '현포'는 곤륜산의 높은 봉우리로 서왕모가 여기에 산다고 전해진다.

25 거尻: 거처. 거居의 통가자. 혹은 이를 고尻의 오자로 보아 '끄트머리'란 의미로 풀기도 한다.

26 증성增城: 곤륜산 위에 구중九重으로 지어졌다는 성의 이름.

27 사방지문四方之門: 곤륜산의 사방에 세워진 문.

28 벽辟: 열다. 벽闢의 통가자.

29 기氣: 바람.

30 촉룡燭龍: 사람 머리에 뱀의 몸을 한 괴물로, 해가 전혀 비추지 않는 곳에 산다고 전해진다.

31 희화羲和: 해를 운행하는 신. 혹은 태양을 의인화한 것이라고 보기도 한다.

32 약화若華: 약목若木의 꽃. 약목의 꽃은 해가 질 때 붉어지면서 빛을 비춘다고 한다.

33 석림石林: 전설상의 숲 이름으로, 그곳에 말을 할 줄 아는 짐승이 산다고 전해진다.

34 룡규龍虯: '룡'은 뿔이 난 용, '규'는 뿔이 나지 않은 용.

35 훼虺: 신령한 독사로, 살무사나 이무기로 번역된다.

36 장인하수長人何守: '장인'은 거인. 아마도 거인족이었던 방풍시防風氏가 봉산封山과 우산嵎山을 지켰다는 고사를 인용한 듯하다. 혹은 불로장생하는 사람이라고 풀기도 한다.

37 미평구구蘼蓱九衢: '미평'은 무성한 부평초. '구구'는 여러 갈래로 자라난 부평초의 잎 사귀와 줄기를 가리킨다.

38 시화枲華: 모시풀의 꽃.

39 영사탄상靈蛇呑象: '영사'는 파사巴蛇를 가리킨다. 전설에 파사가 코끼리를 삼켜 3년 만에 그 뼈를 토해냈다는 고사가 있다.

40 흑수黑水, 현지玄趾, 삼위三危: 모두 전설상의 지명으로, '흑수'는 물 이름, '현지'와 '삼위'는 산 이름이다.

41 릉어鯪魚: 전설상의 물고기로, 네 발이 달렸으며 육지에서 산다고 한다.

42 기퇴鬿堆: '퇴'는 작雀의 오자로 본다. 전설상의 새 이름으로, 기괴한 모습에 사람을 잡아먹는다고 한다.

43 오언해우烏焉解羽: '오'는 전설상 태양에 산다는 금오金烏를 가리킨다. '해우'는 새가 죽는 것을 말한다. 후예后羿가 아홉 개의 태양을 쏘아 떨어트린 고사는 「예사십일羿射十日」에 보인다.

선진 산문

「어부지리漁父之利」 [『전국책戰國策』 「연책燕策」]

소대蘇代가 살던 시대에는 이미 전국칠웅의 역학구도가 진秦나라 대 육국이라고 할 만큼 진나라가 최고 강대국이었다. 때문에 당시에는 생존하기 위해 육국이 연합해서 진나라에 대항해야 한다는 합종책合縱策과 현실을 인정해 진나라를 우두머리로 삼아 육국이 연대해야 한다는 연횡책連橫策이 대립하고 있었다. 전자의 대표 유세객이 소진蘇秦이고 후자의 대표 유세객이 장의張儀다. 이들을 합쳐 종횡가縱橫家로 구분하기도 한다. 우리가 흔히 쓰는 합종연횡合縱連橫이라는 말도 여기에서 연유했다. 그리고 소대는 바로 합종책을 주장했던 소진의 친동생이었다. 여기에서 보이는 고사 역시 합종책에 힘을 싣기 위한 일종의 비유라고 볼 수 있겠다.

趙且伐燕, 蘇代[1]爲燕謂惠王[2]曰: "今者臣來, 過易水[3], 蚌[4]方出曝, 而鷸[5]啄其肉, 蚌合而拑[6]其喙. 鷸曰: '今日不雨, 明日不雨, 卽有死蚌.' 蚌亦謂鷸曰: '今日不出, 明日不出, 卽有死鷸.' 兩者不肯相舍[7], 漁者得而幷擒之. 今趙且伐燕, 燕趙久相支, 以弊大衆, 臣恐强秦之爲漁父也. 故願王熟計之也." 惠王曰: "善!" 乃止.

....

1 소대蘇代: 전국시대 유명한 유세객. 합종책으로 유명한 소진蘇秦의 동생이다.
2 혜왕惠王: 당시 조趙나라의 왕으로, 원래 칭호는 혜문왕惠文王이지만 줄여서 혜왕이라 했다.
3 역수易水: 황하의 지류로 역하易河라고도 한다. 지금의 하북성河北省에 있다.
4 방蚌: 방합조개.

5 훍鶹: 도요새.
6 겸拑: 다물다, 잠그다.
7 사舍: 놓아주다. 사捨의 통가자.

「하필왈리何必曰利」 [『맹자孟子』「양혜왕장구梁惠王章句」]

전국시대는 약육강식의 원칙과 부국강병이라는 목표만 존재하는 혼란기였고, 자국의 이득을 위해서라면 신의 따위는 헌신짝처럼 버려지는 시기였다. 유명한 유세객 맹자가 방문하자 양혜왕은 곧바로 그에게 자국에 어떤 유익함을 줄 수 있느냐고 캐물었고, 맹자는 곧바로 각자가 자신의 이득만을 추구한다면 나라와 사회가 끝없이 서로 물고 물리는 혼란만 계속될 뿐이라고 면박을 주었다. 아래 인용문은 『맹자』의 첫 부분이다. 양혜왕에 대한 맹자의 면박은 결국 당시 모든 제후들에게 보내는 경고이자 『맹자』에 담긴 주장들의 근본취지였다. 지금 우리가 볼 때 그 기술이 철저히 맹자의 입장에서 진행되고는 있지만, 사실 자국의 이득을 추구하고자 했던 양혜왕의 입장 역시 마냥 잘못된 것이라 치부해 버릴 수는 없다. 혼란과 위기를 극복하기 위한 처방이 각각 미시적인 입장의 현실이득 추구와 거시적인 입장의 사회정의 실현으로 갈리는 것일 뿐이다.

孟子見梁惠王[1]. 王曰: "叟[2], 不遠千里而來, 亦將有以利吾國乎?" 孟子對曰: "王何必曰利? 亦[3]有仁義而已矣. 王曰'何以利吾國?' 大夫曰'何以利吾家?' 士庶人曰'何以利吾身?' 上下交征利, 而國危矣. 萬乘[4]之國, 弑其君者, 必千乘之家. 千乘之國, 弑其君者, 必百乘之家. 萬取千焉, 千取百焉, 不爲不多矣. 苟爲後義而先利, 不奪不饜. 未有仁而遺其親者也, 未有義而後其君者也. 王亦曰仁義而已矣, 何必曰利?"

1 현양혜왕見梁惠王: '현'은 알현謁見하다. '양혜왕'은 위혜왕魏惠王을 말한다. 위혜왕 때 위나라의 수도를 대량大梁(지금의 개봉開封)으로 옮겼기에 이후 위나라를 양나라라 칭하기도 했다.

2 수叟: '노인장' 정도의 가벼운 존칭으로, 여기에서는 맹자를 칭한 것이다.

3 역亦: 여기에서는 '단지', '다만'의 뜻으로 쓰였다.

4 승乘: 전차를 세는 양사量詞다. 당시에는 나라의 규모나 국력을 전쟁을 치를 수 있는 전차의 숫자로 표시했다. '만승萬乘'은 천자, '천승千乘'은 제후, '백승百乘'은 대부를 가리킨다.

「권학편勸學篇」 [『순자荀子』]

성선설性善說에 근거했던 맹자에 비해 순자는 성악설性惡說을 주장했다. 하지만 순자의 성악설은 사람들이 흔히 착각하듯이 성선설과 완전히 대비를 이루어 사람의 천성이 악하다고 보는 주장이 아니다. 오히려 순자가 보기에 갓 태어난 사람은 백지白紙와 같은 존재인데, 사회생활에 적응하기 위해서는 반드시 교육을 통해 배우고 익혀야만 한다. 즉 후천적인 교육을 받지 못한 채 천성에만 의지해 인위적으로 구축된 사회생활을 한다면 반드시 문제가 발생할 수밖에 없다는 것이다. 그래서 『순자』는 바로 "청출어람青出於藍"이란 성어成語의 출전이 되기도 하는 아래 인용문으로부터 시작된다. 배움이야말로 사람이 사람이게끔 해주는 근거이며 모든 학문의 시작이라는 점을 밝히고자 한 것이다. 앞서 본 『맹자』의 기술이 호방한 웅변에 가깝다면, 『순자』의 기술은 꼼꼼한 논리를 중시하는데, 이러한 엄밀한 글쓰기는 나중에 법가法家로 전승된다.

君子曰, 學不可以已. 青取之於藍[1], 而青於藍. 冰水爲之, 而寒於水. 木直中繩, 輮[2]以爲輪, 其曲中規[3]. 雖有枯暴[4], 不復挺者, 輮使之然也. 故木受繩[5]則直, 金就礪則利. 君子博學, 而日參[6]省乎己, 則知明而行無過矣. 故不登高山, 不知天之高也. 不臨深谿, 不知地之厚也. 不聞先王之遺言, 不知學問之大也. 干越夷貉[7]之子, 生而同聲, 長而異俗, 敎使之然也.

....

1 람藍: 쪽풀. 푸른색 염료의 원료로 쓰인다.

2 유輮: 유煣의 통가자. 곧은 나무를 불에 쪼여가며 굽혀서 바퀴 테로 만드는 것을 뜻한다.

3 중규中規: '중'은 들어맞다. '규'는 그림쇠(컴퍼스)인데, 여기에서는 그림쇠로 그린 원을 가리킨다.

4 고폭枯暴: '폭'은 폭曝의 통가자. 햇볕에 쬐다. 혹은 '고'를 고熇의 가차자로 보아 '불에 쬐다'는 뜻으로 풀기도 한다.

5 승繩: 먹줄. 옛날에 나무에 긴 직선을 그을 때 먹에 적신 실을 당겨 나무에 대고 튕겼다.

6 참參: 살피다. 혹은 '삼'으로 읽어 '세 번'으로 풀기도 한다.

7 간월이맥干越夷貉: 여러 이민족에 대한 통칭이다. '간'은 한邗의 통가자로, '월'과 함께 남방 이민족을 통칭한다. '夷'는 동이東夷를 가리키고, '맥'은 맥貊의 통가자로 예맥濊貊을 가리키며, 동북방의 이민족을 통칭한다.

「체도體道」 [『노자老子』 「도경道經」]

『도덕경道德經』이라고도 불리는 『노자』의 첫 장으로, 『노자』의 전체 내용을 개괄할 뿐만 아니라 동양사상의 특징을 잘 설명해 준다고 인정받고 있다. 특히 첫 구절인 "도가도道可道, 비상도非常道"는 "태초에 말씀이 계시니라"(『성경』 「요한복음」 1장 1절)로 대변되는 서양의 로고스Logos 중심주의와 대척을 이루는 언명으로 중시된다. 『노자』의 내용에 대한 이러한 중시와는 무관하게 지은이라고 전해지는 노자의 실체와 『노자』의 편찬 성격에 대한 논쟁은 끊이지 않았다. 압축적인 운문 형식에 그 어떤 지명이나 인명 같은 고유명사가 사용되지 않았기에, 한 개인의 의도적 저작이라는 견해가 보편적으로 받아들여지고 있었다. 그러다가 근래에 전국시대 초나라의 죽간竹簡 중에서 『노자』가 발견되었는데, 지금의 81장 중 3분의 1이 넘는 내용이 빠져 있었다. 이를 통해 노자가 '노씨 성을 가진 학자에 대한 존칭'이 아니라 '늙은 사람'을 지칭하는 일반 칭호이며, 『노자』 역시 한 개인의 의도된 구상에 따라 지어진 것이 아니라 당시의 격언 모음집이라는 것이 확인되었다. 특히 지금 우리가 철학적으로 가치가 높다고 중시하는 구절들이 적지 않게 빠져 있는데, 아래 인용문 역시 초나라의 죽간 『노자』에는 실려 있지 않다. 『노자』 내용의 성격에 대해서도 이것이 난세의 은일거사를 위한 것인지, 위정자의 수양을 위한 것인지에 대한 논란이 아직까지 이어지는데, 원래는 후자의 성격이 짙었던 것으로 보인다.

道可道[1], 非常道[2]. 名可名, 非常名. 無名, 天地之始. 有名, 萬物之母[3]. 故常無欲以觀其妙, 常有欲以觀其徼[4]. 此兩者同出而異名. 同謂之玄, 玄之又玄, 衆妙之門.

1 도가도道可道: 말로 설명할 수 있는 도. 앞의 '도'는 명사로 진리를 뜻하고, 뒤의 '도'는 동사로 말하다는 뜻. 다음에 나오는 '명가명名可名'도 같은 구조다.

2 상도常道: 불변의 진리.

3 무명無名, 천지지시天地之始. 유명有名, 만물지모萬物之母: 혹은 구두句讀를 달리해 "무無, 명천지지시名天地之始. 유有, 명만물지모名萬物之母"로 끊어 읽기도 하는데, 이럴 경우 '명'은 '~라 이름한다'는 동사가 된다.

4 상무욕이관기묘常無欲以觀其妙, 상유욕이관기요常有欲以觀其徼: 혹은 "상무常無, 욕이관기묘欲以觀其妙. 상유常有, 욕이관기요欲以觀其徼"로 끊어 읽기도 하는데, 이럴 경우 '욕'은 '~하고자 한다'는 조동사가 된다. '요'는 고래로 해석이 분분한데, 일반적으로 '자취'나 '모퉁이' 정도로 푼다.

「소요유逍遙遊」 [『장자莊子』「내편內篇」]

전란이 끊이지 않던 전국시대라는 난세를 살던 장자는 일반적으로 제자백가가 적극적으로 정치에 개입해 세상을 바로잡으려 했던 것과는 반대로, 내적으로 심미적인 깨달음을 통해 현실을 초월하려 했다. 아래 인용문의 붕조鵬鳥 역시 정신적으로 참다운 자유의 획득을 비유한 것이다. 표현기법으로 볼 때 우언적寓言的이고 낭만적인 기술에 근거한 그의 주장은 남방 초 지역 사유의 특성을 여실히 보여준다. 때문에 유려한 문장을 배우고자 하는 이들은 『장자』의 기술을 모범으로 삼곤 했다.

北冥[1]有魚, 其名爲鯤[2], 鯤之大, 不知其幾千里也. 化而爲鳥, 其名爲鵬[3]. 鵬之背[4], 不知其幾千里也. 怒[5]而飛, 其翼若垂[6]天之雲. 是鳥也, 海運[7]則將徙於南冥. 南冥者, 天池[8]也. 齊諧[9]者, 志[10]怪者也. 諧之言曰: "鵬之徙於南冥也, 水擊三千里, 搏扶搖[11]而上者九萬里, 去以六月息者也." 野馬[12]也, 塵埃也, 生物之以息相吹也. 天之蒼蒼, 其正色邪? 其遠而無所至極邪? 其視下也, 亦若是則已矣.

1 북명北冥: 뒤에 보이는 남명南冥과 함께 모두 상상의 바다인데, '명'이 아득한 어둠의 의미인 것을 보면 혼돈의 상징인 듯하다.

2 곤鯤: 전설상의 큰 물고기. 혹은 '곤'의 원래 뜻이 '물고기의 알'임에 주목해, 장자가 의도적으로 실제로는 아주 작은 물고기 알을 반어적으로 큰 물고기에 비유한 것이라 보기도 한다.

3 붕鵬: 전설상의 큰 새. 혹은 '붕'을 봉鳳의 가차자로 보기도 한다.

4 배背: 붕새가 양쪽 날개를 폈을 때의 등을 말한다.

5 노怒: 노努의 통가자. 힘쓰다, 분발하다.

6 수垂: 드리우다.

7 해운海運: 바다에 풍랑이 치는 것을 말한다.

8 천지天池: 하늘에 맞닿아 있는 듯한 큰 물.

9 제해齊諧: 일반적으로 전체를 서명이라 추정하거나, 제齊나라의 『해諧』라는 책이라고 추정한다. 사실 당시 사정에 비추어 볼 때, 하나의 서책으로 편찬된 것이 아니라 편의에 따라 기록해 둔 것일 가능성이 높아, 서명을 따로 『제해』라고 보는 것보다 그냥 제나라에서 전해진 얘깃거리 정도로 이해하는 것이 타당하다. 아예 제해를 인명이라고 보는 경우도 있다.

10 지志: 기록하다.

11 부요扶搖: 돌개바람, 회오리바람.

12 야마野馬: 아지랑이.

「고분편孤憤篇」 [『한비자韓非子』]

법치와 공익을 절대시하는 법가法家는 사사로운 욕망과 공공의 질서를 절대 공존할 수 없는 관계라고 믿었다. 흔히 쓰이는 모순矛盾이란 말도 『한비자』에서 나온 것인데, 공익과 사익을 동시에 추구할 수 없음을 지적하기 위한 비유였다. 특히 법가는 혈친血親과 세습世襲으로 대변되는 봉건제封建制의 한계와 폐단을 비판하며 각각의 사욕을 억제하고 공익을 추구할 새로운 세력의 출현을 갈망했다. 아래 인용문에 보이는 중인重人은 바로 봉건제에 근거하고 있는 기득권층을 가리키고, "지술지사智術之士"와 "능법지사能法之士"는 바로 한비자 본인을 포함한 새로운 개혁세력을 가리킨다. 사실 법가는 기득권층에 대한 적대적 입장으로 말미암아 각국의 기득권층에게 배척과 억압을 받았으나, 결국 진秦나라가 천하를 통일하는 데 최대 공신이 된다. 이후 중국 역대 왕조들이 겉으로는 진나라의 멸망을 각박한 법가의 탓으로 돌리며 유가를 통치이념으로 내세우기는 했으나, 실제로는 법가의 법치주의를 적극적으로 받아들이고 활용했다는 엄연한 사실이 법가의 위력과 가치를 대변한다. 논리 정연한 문장에 예리한 현실비판이 돋보이는 『한비자』는 이러한 법가 학설의 집대성이다.

智術[1]之士, 必遠見而明察, 不明察, 不能燭私[2]. 能法之士, 必强毅而勁直, 不勁直, 不能矯姦. 人臣循令而從事, 案[3]法而治官, 非謂重人[4]也. 重人也者, 無令而擅爲, 虧法以利私, 耗國以便家, 力能得其君, 此所謂重人也. 智術之士, 明察聽用[5], 且燭重人之陰情. 能法之士, 勁直聽用, 且矯重人之姦行. 故智術能法之士用, 則貴重之臣, 必在繩[6]之外矣. 是智法之士, 與當塗之人[7], 不可兩存之仇也.

1 지술智術: '지'는 지知의 통가자. '술'은 법가에서 주장하는 법法 · 세勢 · 술術에서의 '술'을 말한다.
2 촉사燭私: '촉'은 밝게 살피다, '사'는 사욕.
3 안案: 의거하다. 안按의 통가자.
4 중인重人: 권세를 누리는 중신重臣.
5 청용聽用: '청'은 따르다, '용'은 등용하다.
6 승繩: 원래는 먹줄을 뜻하지만, 여기에서는 정권의 비유로 사용되었다.
7 당도지인當塗之人: 실권을 쥐고 있는 사람들.

「겸애兼愛」 [『묵자墨子』]

묵가는 제자백가 중 상당히 독특하게도 종교적 성향이 강한 단체였다. 그들은 하나님의 존재를 믿었고, 신분이나 계급 등에 근거한 차별애를 반대하고 개방적인 보편애를 강조하며 함께 얻은 이익을 함께 누리는 것이 '하나님의 뜻'(천지天志)이라고 여겼다. 주장이 이렇다보니 제후나 귀족보다는 서민들이 따랐다. 묵가는 사리사욕을 위한 국가 간의 침략전쟁에 반대했고, 이러한 신념을 지키기 위해 강대국이 약소국을 침략했을 때 직접 무리를 이끌고 약소국을 지키는 수비적 전쟁에 참여했다. 묵가가 지키는 성은 함락이 쉽지 않았기에 여기에서 우리가 지금까지도 사용하는 묵수墨守(묵가가 지키다)란 말이 나왔다. 영화 「묵공墨攻」 역시 묵가의 이러한 전쟁참여를 배경으로 하고 있다. 낭비를 유발하는 모든 허례허식에 반대했으며 오로지 사람들에게 실제로 이익이 되는 것만을 추구했기에 극단적인 공리주의자라는 비판도 받았다. 실제로 『묵자』는 아주 질박한 문장으로 실용적인 내용만을 다루고 있다. 실용을 추구하기 위해 발달한 사리분별의 기준은 이후 후기 묵가로 가면서 엄밀한 논리학으로 발달했는데, 이들 중 일부는 이후 진秦나라가 천하를 통일할 때 상당한 역할을 담당하기도 했다. 묵가는 공자의 유가와 함께 춘추시대에 이미 성립된 학파였고 전국시대에서도 상당한 세력을 과시했다. 하지만 진시황이 천하를 통일한 이후로는 더 이상 위정자의 폭정에 적극적으로 대항하는 세력은 용납될 수 없어서 결국 역사의 뒤안길로 사라지게 되었다.

聖人以治天下爲事者也, 必知亂之所自起焉, 能治之. 不知亂之所自起, 則不能治. 譬之如醫之攻人之疾者然, 必知疾之所自起焉, 能攻之. 不知疾之所自起, 則不能攻. 治亂者何獨不然? 必知亂之所自起焉, 能治之. 不知亂之所自起, 則弗能治[1]. 聖人以治天下爲事者也, 不可不察亂之所自起. 當察亂何自起, 起不相愛. 臣子之不孝君父, 所謂亂也. 子自愛不愛父, 故虧[2]父而自利. 弟自愛不愛兄, 故虧兄而自利. 臣自愛不愛君, 故虧君而自利. 此所謂亂也. 雖父之不慈子, 兄之不慈弟, 君之不慈臣, 此亦天下之所謂亂也. 父自愛也不愛子, 故虧子而自利. 兄自愛也不愛弟, 故虧弟而自利. 君自愛也不愛臣, 故虧臣而自利. 是何也? 皆起不相愛.

1 불능치弗能治: '불'은 불不과 같지만 더 강한 어감을 갖는다. 그리고 목적어를 생략할 수 있다. 즉 '불능치지不能治之'와 같은 뜻이다.

2 휴虧: 해치다.

진대 문학

이사李斯 「간축객서諫逐客書」

진秦나라는 전국칠웅 중 가장 적극적으로 법가의 변법개혁變法改革을 받아들이고 육국의 인재를 등용했다. 그러자 이에 불만을 품은 진나라의 세습 귀족들은 육국의 인재들이 육국에서 보낸 유세객일 뿐이라서 결국에는 육국의 이득을 위해 일하는 것이라고 모함하면서 이들 모두를 진나라 밖으로 추방해 버릴 것을 진시황에게 주청했다. 초나라 출신으로 진나라에서 벼슬하던 이사는 곧바로 아래에서 인용한 글을 지어 진나라가 역대로 강성해진 원인이 육국의 인재를 가리지 않고 등용했다는 데 있음을 풍부한 비유와 정연한 논리로 지적했다. 그의 글을 본 진시황은 결국 육국의 인재를 쫓아내려는 축객령逐客令을 취소했다. 이사는 순자의 문하였으며 진나라가 천하를 통일한 후에는 승상의 지위까지 올랐다. 엄격한 법가의 변법개혁을 시행해 봉건제를 해체하고 군현제郡縣制를 정착시키기 위해 노력했으며 문자를 통일하고 율령律令을 반포하는 등 진나라의 천하통일에 많은 공헌을 했다.

臣聞吏議逐客, 竊以爲過矣. 昔繆公[1]求士, 西取由余[2]於戎, 東得百里奚[3]於宛, 迎蹇叔[4]於宋, 來丕豹、公孫支[5]於晉. 此五子者, 不產於秦, 而繆公用之, 幷國二十, 遂霸西戎. 孝公[6]用商鞅[7]之法, 移風易俗, 民以殷盛, 國以富彊, 百姓樂用, 諸侯親服, 獲楚、魏之師, 擧[8]地千里, 至今治彊. 惠王[9]用張儀[10]之計, 拔三川[11]之地, 西幷巴蜀[12], 北收上郡[13], 南取漢中[14], 包九夷[15], 制鄢郢[16], 東據成皐[17]之險, 割膏腴之壤, 遂散六國之從[18], 使之西面事秦, 功施到今. 昭王[19]得范睢[20], 廢穰侯[21], 逐華陽[22], 彊公室[23], 杜私門[24], 蠶食諸侯, 使秦成帝業. 此四君者, 皆以客之功. 由此觀之, 客何負於秦哉! 向使[25]四君却客而不納, 疏士而不用, 是使國無富利之實, 而秦無彊大之名也.

今陛下致崑山[26]之玉, 有隨和之寶[27], 垂明月之珠[28], 服太阿之劍[29], 乘纖離之馬[30], 建翠鳳之旗[31], 樹靈鼉之鼓[32]. 此數寶者, 秦不生一焉, 而陛下說[33]之, 何也? 必秦國之所生然後可, 則是夜光之璧, 不飾朝廷, 犀象之器, 不爲玩好, 鄭衛之女[34], 不充後宮, 駿馬駃騠[35], 不實外廐[36], 江南[37]金錫不爲用, 西蜀丹靑不爲采[38]. 所以飾後宮, 充下陳[39], 娛心意, 說耳目者, 必出於秦然後可, 則是宛珠之簪[40], 傅璣之珥[41], 阿縞之衣[42], 錦繡之飾, 不進於前, 而隨俗雅化, 佳冶窈窕, 趙女不立於側也. 夫擊甕叩缶[43], 彈箏搏髀[44], 而歌呼嗚嗚[45]快耳者, 眞秦之聲也. 鄭衛、桑間[46], 韶虞、武象[47]者, 異國之樂也. 今棄擊甕叩缶而就鄭衛, 退彈箏而取韶虞, 若是者何也? 快意當前[48], 適觀而已矣! 今取人則不然, 不問可否, 不論曲直, 非秦者去, 爲客者逐. 然則是所重者在乎色樂珠玉, 而所輕者在乎民人也. 此非所以跨海內[49], 制諸侯之術也.

臣聞地廣者粟多, 國大者人衆, 兵彊者則士勇. 是以泰山不讓土壤, 故能成其大. 河海不擇細流, 故能就其深. 王者不却衆庶, 故能明其德. 是以地無四方, 民無異國, 四時充美, 鬼神降福, 此五帝三王之所以無敵也. 今乃棄黔首[50]以資敵國, 却賓客以業[51]諸侯, 使天下之士, 退而不敢西向[52], 裹足不入秦, 此所謂藉寇兵而齎盜糧[53]者也.

夫物不産於秦, 可寶者多. 士不産於秦, 而願忠者衆. 今逐客以資敵國, 損民以益讎, 內自虛而外樹怨[54]於諸侯, 求其國之無危, 不可得也.

··················

1 목공繆公: '목'은 목穆의 통가자로, 춘추시대까지 변방의 소국에 불과하던 진나라가 강국으로 흥성할 기틀을 다진 진목공秦穆公을 가리킨다. 그는 춘추오패春秋五霸 중

한 명으로 손꼽힌다.

2 유여由余: 원래는 진晉나라 사람이었지만 사정이 있어 서융西戎에 도망해 있었다. 이후 유여가 서융의 사자로서 진秦나라에 왔을 때, 그의 재주를 눈여겨 본 진목공이 그를 기용했고, 결국 유여의 도움으로 서융을 물리쳤다.

3 백리해百里奚: 초나라 사람으로, 원래는 우虞나라의 대부였다. 하지만 우나라가 멸망당하자 노비로 전락했다가 도망했으나 결국 초나라 완宛 땅에서 잡혔다. 그의 재주를 눈여겨 본 진목공이 그의 죄를 대속해 주고 데려와 국정을 맡겨, 결국 진나라가 중원을 제패하는 데 많은 공을 세웠다.

4 건숙蹇叔: 원래는 진秦나라 사람이었지만 송宋나라에 머물고 있었다. 진목공은 백리해의 추천을 받아들여, 건숙을 데려와 상대부上大夫의 벼슬을 주었다.

5 비표丕豹, 공손지公孫支: '비표'는 진晉나라 사람이었으나, 아버지가 진晉나라 제후에게 죽임을 당하자 진秦나라에 귀순했다. '공손지'는 원래 진秦나라 사람이었지만 진晉나라에 머물고 있다가 이후 진秦나라로 돌아와 벼슬자리에 올랐다.

6 효공孝公: 본격적으로 법가를 받아들여 진나라를 개혁한 진효공秦孝公을 가리킨다.

7 상앙商鞅: 위衛나라 사람으로 원래는 공손앙公孫鞅 혹은 위앙衛鞅으로 불렸으나 진나라에 와서 상商 땅을 봉읍으로 받으면서 '상앙'으로 불리게 되었다. 그는 철저한 법가로 농지 개척과 전쟁을 중시했으며, 엄격한 변법을 시행해 부국강병의 기틀을 다졌다. 현재까지 그의 사상이 담긴 『상군서商君書』가 전한다.

8 거擧: 점령하다.

9 혜왕惠王: 진혜문왕秦惠文王을 가리킨다.

10 장의張儀: 위魏나라 사람이었지만 진나라에 들어가 벼슬했다. 연횡책連橫策을 제시해 육국의 합종책合縱策을 와해시켰고, 진나라의 국력과 국토를 넓히는 데 많은 공을 세웠다. 연횡책과 합종책에 대해서는 「어부지리漁父之利」에서 설명했다.

11 삼천三川: 지명으로 황하·낙수洛水·이수伊水의 세 물길에 둘러져 있어서 이러한 이름을 얻었다. 지금의 하남성河南省에 위치해 있다.

12 파촉巴蜀: 지금의 사천성四川省 지역을 가리킨다.

13 상군上郡: 지명으로, 지금의 섬서성陝西省 북부 지역에 위치해 있다.

14 한중漢中: 지명으로, 지금의 섬서성 동남부와 호북성湖北省 북부를 포함한다.

15 구이九夷: 여러 이민족에 대한 통칭.

16 언영鄢郢: 모두 초나라의 지명이다. '언'은 지금의 호북성에 위치해 있다. '영'은 당시 초나라의 수도로, 역시 지금의 호북성에 위치해 있다.

17 성고成皐: 지명으로, 지금의 하남성에 위치해 있다.

18 종從: 종縱의 통가자. 여기에서는 합종책을 가리킨다.

19 소왕昭王: 진소양왕秦昭襄王을 가리킨다.

20 범저范雎: 위魏나라 사람이었지만 진나라로 와서 승상의 지위에 올랐다.

21 양후穰侯: 위염魏冉을 가리킨다. 진소양왕의 외척으로 권세를 누렸다.

22 화양華陽: 화양군華陽君, 즉 미융芈戎을 가리킨다. 그 역시 진소양왕의 외척으로 권세를 누렸다.

23 공실公室: 왕실.

24 사문私門: 앞서 나온 양후나 화양군 같은 권신의 가문.

25 향사向使: 만약.

26 곤산崑山: 곤강崑岡. 지금의 신장성新疆省 동북쪽에 위치해 있으며 아름다운 옥이 나기로 유명한 곳이다.

27 수화지보隨和之寶: 수후隨侯의 보주寶珠와 변화卞和의 벽옥璧玉. 수隨나라의 제후가 일찍이 큰 뱀을 살려주었더니 그 뱀이 보답으로 보주를 물어다 주었다고 전한다. '변화'는 춘추시대 초나라 사람으로, 산에서 옥의 원석을 캐서 초여왕楚厲王과 초문왕楚武王에게 거듭 바쳤으나, 모두 돌을 가지고 속이려 든다고 여겨 변화의 발을 잘라 버렸다. 이후 초문왕楚文王이 변화의 옥 원석을 쪼개보니 정말로 훌륭한 옥이 들어 있었다. 이후 이를 가지고 벽옥(납작하고 둥글며 가운데에 구멍이 뚫린 모양의 옥)을 만들었다. 이 두 가지는 이후 매우 귀한 보물의 대명사로 쓰이게 되었다.

28 명월지주明月之珠: 밝은 달처럼 밤에 빛이 나는 구슬로, 일명 야명주夜明珠라고도 한다.

29 태아지검太阿之劍: 초나라의 장인이 만들었다는 보검.

30 섬리지마纖離之馬: '섬리'라 불리는 천리마.

31 취봉지기翠鳳之旗: 비취새의 깃털로 장식한 깃발.

32 령타지고靈鼉之鼓: 악어의 가죽으로 만든 북. 옛 사람들은 악어를 신령한 동물이라 여겼기에 '령타'라고 했다.

33 열說: 좋아하다, 기뻐하다. 열悅의 통가자. 아래에 나오는 '열이목자說耳目者'의 경우도 마찬가지다.

34 정위지녀鄭衛之女: 정나라와 위나라의 미녀. 이 나라들은 미녀로 유명했다. 아래에 나오는 '조녀趙女' 역시 마찬가지다.

35 결제駃騠: 북적北狄에서 가져온 준마의 이름.

36 외구外廐: 궁 밖의 마구간.

37 강남江南: 장강長江(양자강) 이남을 가리킨다.

38 채采: 채색하다. 채彩의 통가자.

39 하진下陳: 아래에 나열한 사람들. 여기에서는 시첩侍妾들을 가리킨다.

40 완주지잠宛珠之簪: 완 땅에서 나는 주옥으로 장식한 비녀. 완 땅은 옥으로 유명하다.

41 부기지이傅璣之珥: 옥구슬을 붙인 귀고리. '부'는 부附(붙이다)의 가차자. '기'는 음양을 나눈 태극도太極圖의 반쪽처럼 생긴 옥구슬.

42 아호지의阿縞之衣: 동아東阿에서 생산된 하얀 비단으로 만든 옷. 동아는 제齊나라의 지명.

43 격옹고부擊甕叩缶: '옹'은 항아리, '부'는 질장군. 둘 다 아주 질박한 악기를 말한다. 진나라 사람들은 노래할 때 항아리나 질장군을 두드리며 박자를 맞췄다.

44 탄쟁박비彈箏搏髀: '박'은 치다, '비'는 넓적다리. 진나라에서는 '쟁'을 타고 넓적다리를 두들기는 것 역시 전통적인 연주방법이었다.

45 오오嗚嗚: '우~ 우~' 하는 노랫소리.

46 정위鄭衛, 상간桑間: 정나라와 위나라의 가락은 화려하기로 유명했다. '상간'은 위나라의 지명으로, 특히 노랫가락이 성행했다고 전해진다.

47 소우韶虞, 무상武象: '소'는 우虞나라 순舜 임금의 음악, '상'은 주무왕周武王의 음악.

48 당전當前: 목전目前, 안전眼前.

49 과해내跨海內: '과'는 원래 '밟고 넘어서다'란 뜻인데, 여기에서는 '점령하다'의 뜻으로 쓰였다. '해내'는 천하를 가리킨다. 옛 사람들은 중국이 사방으로 바다를 접하고 있다고 여겼기에 '바다의 안쪽'이란 말은 중국의 모든 영토를 가리키는 말이었다.

50 검수黔首: 원래는 '검은 머리'란 뜻으로, 머리에 아무런 관모冠帽를 쓰지 않은 사람, 즉 벼슬을 하지 않는 사람을 가리킨다. 때문에 서민 혹은 일반 백성의 의미로 사용된다.

51 업業: 여기에서는 '~의 업적을 이루어주다'란 의미의 동사로 사용되었다.

52 서향西向: 진나라로 귀순하는 것을 말한다.

53 자구병이재도량藉寇兵而齎盜糧: 당시의 속담. '자'는 차借의 통가자로 '빌려주다'의 뜻. '병'은 병기, '재'는 내어주다.

54 수원樹怨: 원한을 맺다. '수'는 동사로 쓰였다.

한대 부

가의賈誼 「조굴원부弔屈原賦」

가의는 한나라 초의 인물로 어려서부터 수재로 이름을 날렸다. 하지만 출사出仕한 뒤 국정개혁을 주장하다가 훈구대신들의 미움을 받아 결국 좌천되고 말았다. 이후 조정에 다시 돌아오지만 불우한 처지를 비관하다가 33세의 젊은 나이에 죽었다. 좌천되었을 당시 불우했던 굴원의 역정을 떠올리며 그를 위로하는 부를 지었다. 이는 사실 불우한 자신을 굴원과 동일시해 자신의 처지를 한탄하며 위로한 것이라고 말할 수 있다. 어조사 '혜兮' 자의 규칙적인 사용이나 장황한 나열식 표현은 앞서 보았던 초사에서 연원한 것이다.

…… 烏虖[1]哀哉兮, 逢時不祥. 鸞鳳[2]伏竄兮, 鴟鴞[3]翺翔. 闒茸[4]尊顯兮, 讒諛[5]得志. 賢聖逆曳[6]兮, 方正[7]倒植. 世謂隨、夷[8]爲溷兮, 謂跖、蹻[9]爲廉. 莫邪[10]爲鈍兮, 鉛刀[11]爲銛. 于嗟黙黙[12], 生之亡故[13]兮. 斡棄周鼎[14], 寶康瓠[15]兮. 騰駕罷[16]牛, 驂蹇驢[17]兮. 驥垂兩耳[18], 服鹽車兮. 章甫薦履[19], 漸[20]不可久兮. 嗟苦先生, 獨離[21]此咎兮! ……

1 오호烏虖: 탄식하는 소리. 오호嗚呼와 같다.

2 란봉鸞鳳: 전설상의 새인 난조鸞鳥와 봉황鳳凰. 현사賢士에 대한 비유다.

3 치효鴟鴞: 올빼미와 부엉이. 간악한 소인배에 대한 비유다.

4 탑용闒茸: 원래 '탑'은 작은 다락문의 뜻이고, '용'은 가는 터럭의 뜻이다. 모두 보잘것없고 하찮다는 의미로, 주로 열악한 처지를 이르는 표현인데, 여기에서는 비루하고 무능한 사람에 대한 비유다.

5 참유讒諛: 남을 헐뜯거나 높은 이에게 아첨하는 자들.

6 역예逆曳: 거꾸로 끌려가다.

7 방정方正: 행동거지가 올바른 사람.

8 수隨、이夷: '수'는 변수卞隨, '이'는 백이伯夷. 변수는 전설상 은나라 사람으로 탕왕이 천하를 넘겨주려 하자 도리어 강물에 투신자살했다고 전한다. 백이는 주나라 무왕이 반란을 일으켜 은나라의 주왕紂王을 죽이고 천하를 빼앗자, 동생 숙제叔齊와 함께 수양산에 숨어 고사리만 캐먹다가 굶어 죽었다고 한다. 이들 모두 고결한 지사志士에 대한 비유다.

9 척跖、교蹻: '척'은 노魯나라의 도척盜跖, '교'는 초나라의 장교莊蹻. 이들 모두 포악하기로 유명했던 도둑들이다. 여기에서는 간악하고 탐욕스러운 자에 대한 비유다.

10 막야莫邪: 전설상의 유명한 보검.

11 연도鉛刀: 납으로 만든 칼. 납으로 칼을 만들면 날카롭지 않아서 제대로 베어지지도 않고 무거워서 빨리 휘두를 수도 없다.

12 우차묵묵于嗟默默: '우차'는 탄식하는 소리, '묵묵'은 여의치 않은 모습.

13 생지무고生之亡故: '생'은 선생, 즉 굴원에 대한 존칭. '무'는 무無의 통가자. '무고'는 아무 이유가 없다는 뜻. 여기에서는 '아무런 이유도 없이 쫓겨났다'는 의미.

14 알기주정斡棄周鼎: '알'은 옮기다, 굴리다. '주정'은 주나라의 솥. 옛날에 '정'은 그 나라를 상징하는 보물이었다. 여기에서는 국보의 의미로 쓰였다.

15 보강호寶康瓠: '보'는 보배로 여기다. '강'은 텅 비다, 혹은 '크다'로 풀기도 한다. '호'는 박.

16 피罷: 지치다, 피로하다. 피疲의 가차자.

17 참건려驂蹇驢: '참'은 본래 마차를 끄는 네 마리 말 중 바깥의 두 말을 가리킨다. 여기에서는 동사로 쓰여 '마차를 끌게 하다'의 뜻이다. '건려'는 절름발이 나귀.

18 수양이垂兩耳: 두 귀를 축 늘어뜨리다. 풀이 죽어 있음을 비유한 것이다.

19 장보천리章甫薦履: '장보'는 장보관章甫冠, 즉 관직에 오른 이가 쓰는 예모禮帽. '천'은 깔개로 삼아 깔다. '리'는 신발. '머리에 쓸 모자를 신발의 깔개로 깔았다'는 말로, 응당 높은 자리에 올라야 할 현인이 오히려 비천한 위치에 버려져 있음을 비유한 것이다.

20 점漸: 점차 망가져 간다는 뜻.

21 이離: 이罹의 가차자. 맞닥뜨리다, 당하다.

사마상여司馬相如 「자허부子虛賦」

불우하고 빈한한 시절을 견디던 사마상여의 작품이 우연히 한무제漢武帝의 눈에 띄었다. 그는 곧바로 불려 들어가 천자의 사냥에 대한 부를 지어 올렸다. 그것이 바로 아래에 인용된 「자허부」와 「상림부上林賦」다.[1] 「자허부」는 초나라의 자허라는 가공인물이 우연히 제齊나라에 가게 되었을 때, 그곳에서 제왕齊王과 오유선생烏有先生이란 가공인물을 만나 초나라 임금의 사냥터가 얼마나 화려하고 훌륭한지에 대해 자랑하고, 이에 오유선생이 반박하는 내용이다. 「상림부」는 「자허부」의 뒤를 바로 이어 이들의 대화를 들은 무시공亡是公[2]이라는 가공인물이 초나라나 제나라보다 한나라 천자의 사냥터인 상림이 훨씬 대단하다는 것을 장황하게 설명해 자허와 오유선생이 크게 감복한다는 내용이다. 이를 본 무제는 매우 흡족해하며 그에게 벼슬을 내렸다.

하지만 지금 우리의 눈높이에서 볼 때, 아래에서 인용한 사마상여의 작품은 비록 일부분이긴 하지만 별다른 감흥을 불러일으키지 못한다. 심지어 장황하고 번쇄하다고 느껴질 정도로 계속되는 사물들의 나열에 실질적으로 내용을 파악하거나 정서적인 감흥을 불러일으키기조차 어렵다고 느껴진다. 원래 한부는 무가에서 연원한 초사楚辭의 전통을 계승했는데, 주로 대화체를 사용하며 온갖 신령한 향초와 나무, 그리고 짐승들을 인용하는 것 역시 여기에서 유래했다. 무가는 무당이 우주와 소통하며 그 안의 천지만물과 감응하는 주술 행위의 핵심이다. 무가의 장황한 나열 역시 이러한 성격에 그 원인이 있다. 당초 초사는 이러한 무가의 특징을 계승하면서도 이를 보다 개인의 내면을 유비적類比的으로 묘사하는 데 원용援用했다. 하지만 한나라의 부에 이르러서는 그 성격이 이미 확연히 변화하고 있었다. 특히 무제는 전제정권을 공고히 하고 대내외적으로 중화중심주의를 완성시키려 노력했던 인물이다. 사마상여의 「자허부」와 「상림부」가 그에게 흡족했던 이유는 이 작품들 속에 그가 꿈꾸던 제국의 이상과 질서가 구현되어 있기 때문이었다. 천자의 사냥터인 상림은 천지사방의 축소판이며, 그 안에 비현실적으로 존재하는 동서남북의 모든 자연풍광과 동식물들은 삼라만상을 상징한다. 이러한 천자의 사냥터에서

행해지는 사냥이란 폭력적 행위는 천자야말로 천하의 생사여탈生死與奪을 결정하는 권력을 집행하는 유일한 존재임을 대변해 주고 있는 것이다. 한나라에 이르러 부가 당시 문학의 주류를 차지하게 되었던 여러 원인 중에서 초나라 무가로부터 연유한 부 자체에 이러한 제국주의적 욕망을 구현할 수 있는 기능이 배태되어 있었다는 점 역시 중요한 원인으로 작용했다. 그리고 우리가 지금 「자허부」의 일부를 읽고 느끼는 번잡함과 난삽함은 시대적, 사상적 맥락을 외면한 채 '순수문학'적이라는 지금의 잣대만을 들이대어 본연의 아우라Aura를 느낄 수 없기 때문일 것이다. 그나마 장황한 나열 속에서 보이는 자구의 운율감과 대구의 긴장감조차 우리는 제대로 체감하지 못하고 있다. 흔히 「상림부」는 천자가 사냥을 너무 좋아하는 것을 풍간諷諫하기 위해서 지어졌다고 하지만, 이러한 풍간적인 요소는 화려한 수사로 구축된 거대한 제국의 이상에 편린片鱗처럼 덧붙여져 있을 뿐이다.

…… 臣聞楚有七澤, 嘗見其一, 未睹其餘也. 臣之所見, 蓋特[3]其小小者耳, 名曰雲夢. 雲夢者, 方[4]九百里, 其中有山焉. 其山則盤紆岪鬱[5], 隆崇嵂崒[6], 岑崟參差[7], 日月蔽虧, 交錯糾紛[8], 上干[9]青雲, 罷池陂陀[10], 下屬江河. 其土則丹青赭堊[11], 雌黃白坿[12], 錫碧金銀, 衆色炫耀, 照爛龍鱗. 其石則赤玉玫瑰[13], 琳瑉昆吾[14], 瑊玏玄厲[15], 碝石碔砆[16]. 其東則有蕙圃[17], 衡蘭芷若[18], 芎藭菖蒲[19], 江蘺蘪蕪[20], 諸柘巴苴[21]. 其南則有平原廣澤, 登降陁靡[22], 案衍壇曼[23], 緣以大江, 限以巫山[24]. 其高燥則生葴菥苞荔[25], 薛莎青薠[26]. 其埤[27]濕則生藏莨蒹葭[28], 東蘠彫胡[29], 蓮藕觚盧[30], 菴閭軒于[31], 衆物居之, 不可勝圖[32]. 其西則有湧泉清池, 激水推移, 外[33]發芙蓉菱華[34], 內[35]隱鉅石白沙. 其中則有神龜蛟鼉[36], 瑇瑁鼈黿[37]. 其北則有陰林巨樹, 楩枏豫章[38], 桂椒木蘭[39], 檗離朱楊[40], 樝梨梬栗[41], 橘柚芬芳[42]. 其上則有鵷鶵孔鸞[43], 騰遠射干[44]. 其下則有白虎玄豹, 蟃蜒貙犴[45]. ……

1 혹은 당초 무제가 사마상여를 초빙하게끔 만든 작품이 「자허부」인데다, 원래 『사기』에는 「자허부」와 「상림부」가 구분 없이 연이어 기술되어 있고 내용도 완전히 연결된다는 점을 들어, 지금의 「자허부」와 「상림부」를 「천자유렵부天子遊獵賦」라는 하나의 작품으로 간주하고 원래의 「자허부」는 망실된 것으로 간주하기도 한다. 상당히 일리가 있는 주장이지만 일단은 통설을 따르겠다.

2 무시공亡是公: '무'는 무無의 통가자.

3 특特: 단지.

4 방方: 주위사방.

5 반우불울盤紆岪鬱: '반우'는 산세가 이리저리 어지럽게 굽어있다는 뜻. '불울'은 산들이 첩첩이 있어 가득 차 보인다는 뜻.

6 융숭률줄隆崇嵂崒: '융숭'과 '률줄' 모두 산이 깎아지른 듯 높이 솟아있다는 뜻.

7 잠음참치岑崟參差: '잠음'은 높은 봉우리들. '참치'는 여러 산봉우리가 경쟁하듯 솟아있어서 가지런하지 않다는 뜻.

8 교착규분交錯糾紛: '교착'은 곳곳에 솟아있는 봉우리가 서로 번갈아가며 뻗어 오르는 듯하다는 뜻. '규분' 역시 어지러이 솟아있다는 뜻.

9 간干: 닿다, 들어가다.

10 피치피타罷池陂陀: '피치'는 산세가 비탈지다는 뜻. '피타' 역시 같은 뜻. 이는 이 구절과 대구가 되는 '교착규분'과 마찬가지로 서로 비슷한 의미의 단어를 병렬하고 있다. 결국 이 구절은 이리저리 산세가 가파르게 비탈진 모습을 형용한 것이다.

11 단청자악丹青赭堊: '단청'은 염료. '자'는 붉은 흙, '악'은 하얀 흙.

12 자황백부雌黃白坿: '자황'은 계관석鷄冠石으로, 여기에서는 염료의 의미. '백부'는 석회石灰.

13 적옥매괴赤玉玫瑰: '적옥'은 붉은 옥, '매괴' 역시 붉은 옥의 일종.

14 림민곤오琳瑉昆吾: '림민'은 옥돌의 일종. '곤오'는 원래 지명으로 좋은 옥이 나기로 유명하다. 여기에서는 '곤오의 좋은 옥'이란 뜻.

15 감륵현려瑊玏玄厲: '감륵'은 옥돌의 일종, '현려'는 검은 옥돌.

16 연석무부碝石碔砆: '연석'은 하얀 바탕에 붉은 무늬가 있는 옥돌, '무부'는 붉은 바탕에 흰 무늬가 있는 옥돌.

17 혜포蕙圃: 향초를 키우는 밭.

18 형란지약衡蘭芷若: '형'은 두형杜衡, '란'은 난초, '지'는 백지白芷, '약'은 두약杜若. 모두 향초 이름이다.

19 궁궁창포芎藭菖蒲: 궁궁이와 창포. 모두 약재이면서 동시에 향초이기도 하다.

20 강리미무茳蘺蘪蕪: '강리'와 '미무' 모두 물가에 나는 궁궁이의 일종. 천궁川芎이라고도 한다.

21 제자파저諸柘巴苴: '제자'는 사탕수수, '파저'는 파초芭蕉.

22 등강타미登降陁靡: '등강'은 오르락내리락 기복이 있는 산세에 대한 표현. '타미'는 산세가 가파르게 비탈진 모양.

23 안연단만案衍壇曼: '안연'은 지세가 낮고 패인 모양, '단만'은 지세가 평탄한 모양.

24 무산巫山: 운몽택雲夢澤 안에 있는 산 이름. 지금의 호북성湖北省에 위치해 있다.

25 침석포려葴菥苞荔: '침'은 쪽풀의 일종, '석'은 굵은 냉이, '포'는 그령, '려'는 향초의 일종.

26 벽사청번薜莎靑薠: '벽'은 당귀의 일종, '사'는 향부자香附子, '청번'도 향부자의 일종.

27 비埤: 낮다. 비卑의 통가자.

28 장랑겸가藏莨蒹葭: '장랑'은 강아지풀의 일종, '겸가'는 갈대.

29 동장조호東蘠彫胡: '동장'은 쑥풀의 일종, '조호'는 벼의 일종.

30 련우고로蓮藕觚盧: '련우'은 연근, '고로'는 박의 일종인 호로葫蘆.

31 암려헌우菴閭軒于: '암려'는 쑥의 일종, '헌우'는 누린내풀.

32 도圖: 헤아리다.

33 외外: 수면 위.

34 부용릉화芙蓉菱華: '부용'은 연꽃, '릉화'는 마름꽃.

35 내內: 수면 아래.

36 신귀교타神龜蛟鼉: '신귀'는 신령한 거북, '교'는 뿔이 없는 용, '타'는 악어.

37 대모별원瑇瑁鼈黿: '대모'는 매부리바다거북으로 대모玳瑁라고도 한다. '별원'은 자라의 일종.

38 편남예장楩柟豫章: '편'과 '남'과 '예장' 모두 녹나무의 일종.

39 계초목란桂椒木蘭: '계'는 계수나무, '椒'는 산초나무, '목란'은 함박꽃나무.

40 벽리주양檗離朱楊: '벽'은 벽蘗의 통가자로 황벽黃蘗나무, '리'는 리樆의 통가자로 돌배나무, '주양'은 물가에서 자라는 버드나무의 일종.

41 사리영률樝梨梬栗: '사리'는 배나무의 일종, '영률'은 대추나무의 일종.

42 귤유분방橘柚芬芳: '귤유'는 귤나무와 유자나무, '분방'은 향기가 가득한 모양.

43 원추공란鵷鶵孔鸞: '원추'는 봉황의 일종, '공'은 전설상의 공작(지금의 공작새가 아니다), '란'은 전설상의 난새.

44 등원야간騰遠射干: '등원'는 원숭이의 일종. '원'은 원猿의 통가자. '야간'은 여우와 유사

한 동물.

45 만연추안蟃蜒貙犴: '만연'과 '추안' 모두 살쾡이를 닮은 맹수.

반고班固 「양도부兩都賦」

반고는 동한 때 사람으로 『한서漢書』를 지은 역사가로 유명하다. 그가 지은 「양도부」는 다시 전편 「서도부西都賦」와 후편 「동도부東都賦」로 나뉜다. 각각 서한의 수도 장안長安과 동한의 수도 낙양洛陽의 번성함을 노래한 것이다. 위 인용문은 전편 「서도부」의 맨 앞부분이다. 흔히 「양도부」가 두 수도의 번성함을 노래한 것이라고 말하지만, 사실은 당시 수도인 낙양이 낙후되었다고 비난하며 옛 수도였던 장안이 더 좋다고 불평하던 인사들을 겨냥해, 은연중에 동도 낙양의 우월성을 드러내기 위해 지은 것이다. 일반적으로 「양도부」는 앞선 사마상여의 「자허부」와 「상림부」를 계승했다고 말해지며, 이후로 장형張衡이 다시 「양도부」를 본떠 「이경부二京賦」를 짓기도 했다.

有西都賓, 問於東都主人[1]曰: "蓋聞皇漢之初經營也, 嘗有意乎都河洛矣, 輟而弗康[2], 寔用[3]西遷, 作[4]我上都[5]. 主人聞其故而覩其制[6]乎?" 主人曰: "未也. 願賓攄[7]懷舊之蓄念, 發思古之幽情, 博我以皇道[8], 弘我以漢京[9]." 賓曰: "唯唯[10]." "漢之西都, 在於雍州[11], 寔曰長安. 左[12]據函谷二崤[13]之阻, 表以太華終南[14]之山, 右界褒斜隴首[15]之險, 帶以洪河涇渭[16]之川, 衆流之隈[17], 汧[18]湧其西. 華實之毛[19], 則九州之上腴[20]焉, 防禦之阻, 則天地之隩區[21]焉. 是故橫被六合[22], 三成帝畿[23], 周以龍興[24], 秦以虎視[25]. ……"

1 서도빈西都賓, 동도주인東都主人: 서도의 손님과 동도의 주인은 모두 가공인물이다. 여기에서 서도의 손님은 서한의 수도 장안을 의인화한 것이고, 동도의 주인은 동한의 수도 낙양을 의인화한 것이다.

2 불강弗康: 불안하다.

3 식용寔用: '식'은 시是의 통가자. 이 까닭에, 이 때문에.

4 작作: 건설하다.

5 상도上都: 수도. 여기에서는 장안을 가리킨다.

6 문기고이도기제聞其故而覩其制: 두 '기'는 모두 서도 장안을 가리킨다. '기고'는 장안에 관한 옛 일, 즉 장안을 수도로 정한 이야기. '기제'는 장안의 체제, 즉 새로 건설된 장안의 규모와 설계.

7 터攄: 펴다, 생각이나 말을 늘어놓다.

8 황도皇道: '도'는 일종의 방식을 뜻한다. 한고조漢高祖 유방劉邦이 장안을 수도로 개척하고 건설한 방식을 가리킨다.

9 한경漢京: 한나라의 수도, 즉 장안. 여기에서는 장안이 수도로 정해져 건설되던 과정을 가리킨다.

10 유유唯唯: 단박에 대답하는 소리. '예~예!' 정도의 의미.

11 옹주雍州: 구주九州의 하나로, 지금의 섬서성陝西省과 감숙성甘肅省의 대부분, 그리고 청해성淸海省의 일부분을 포함한다.

12 좌左: 장안의 동쪽. 동서의 방향과 좌우의 방향이 반대인 것은 옛 사람들은 황제가 남면南面, 즉 남쪽을 향해 있으면서 천하를 다스린다고 보았는데, 모든 기준을 황제에 맞추다보니 방향 역시 남쪽을 바라보고 있는 황제를 기준으로 하고 있다. 즉 남면하고 있는 황제의 좌측이기에 동쪽이 되는 것이다. 마찬가지로 다음에 나오는 '우右'는 장안의 서쪽을 가리킨다.

13 함곡이효函谷二崤: '함곡'은 함곡관. '이효'는 효산. 효산은 다시 동효東崤와 남효南崤로 나눠지기에 '이효'라고도 했다. 모두 지금의 하남성河南省에 있다.

14 표이태화종남表以太華終南: '표'는 표식으로 삼다. '태화'는 화산華山, '종남'은 종남산終南山.

15 포사롱수褒斜隴首: '포사'는 포수褒水와 사수斜水 사이 골짜기에 있는 도로. '롱수'는 롱산隴山. 모두 섬서성에 있다.

16 대이홍하경위帶以洪河涇渭: '대'는 허리띠처럼 두르다. '홍하'는 큰 황하, '경위'는 황하의 지류인 경수涇水와 위수渭水.

17 외隈: 물굽이.

18 견汧: 견수汧水. 감숙성에서 연원해 섬서성을 경유해 위수로 들어간다.

19 화실지모華實之毛: '화실'은 꽃과 열매, '모'는 무성하다.

20 상유上腴: '상'은 상등上等, '유'는 비옥하다.

21 오구隩區: 깊숙한 곳에 자리한 요지要地.

22 횡피육합橫被六合: '횡피'는 두루 덮다, '육합'은 천지(상하)와 동서남북(사방).

23 삼성제기三成帝畿: '기'는 원래 왕이 사는 도성의 사방 500리를 뜻하는데, 여기에서는 수도의 의미다. 결국 세 번이나 황제가 사는 수도가 되었다는 뜻이다. 주나라, 진나라, 한나라 모두 장안을 수도로 삼았다는 뜻인데, 정확하게 말하자면 진나라는 장안의 부근인 함양咸陽에 수도를 두었으나, 뭉뚱그려 크게 보자면 장안이라고도 할 수 있다.

24 용흥龍興: 용이 흥기하다. 즉 왕덕王德을 일으켰다는 뜻이다. 주나라가 덕으로 천하를 다스렸음을 말한다.

25 호시虎視: 호랑이가 먹잇감을 노려보듯 하다. 즉 진나라가 위협과 무력으로 천하를 다스렸다는 뜻.

장형張衡 「귀전부歸田賦」

우리에게 장형은 문학가보단 세계 최초의 지진계를 발명한 과학자로 알려져 있다. 장형은 오경과 문학, 그리고 천문역법에까지 두루 통달한 사람이었다. 이미 동한은 쇠락의 길에 접어들어 외척과 환관이 발호하고 참위讖緯와 같은 미신이 횡행하고 있었다. 이런 상황 속에서 장형은 그다지 벼슬이나 출세에 뜻을 두지 않았다. 「귀전부」는 혼탁한 세상을 버리고 대자연 속에 은거하고자 하는 뜻을 잘 그려내고 있다. 위에서 본 사마상여나 반고와는 달리 부 특유의 나열 속에서도 제국의 서사가 아닌 개인의 심사를 담아내고 있다. 특히 부가 일반적으로 매우 길게 지어졌던 데 반해서 아주 짧은 편폭으로 마무리하고 있다. 아래 인용문이 전문全文이다. 이러한 짧은 부는 아마도 장형이 처음 시도한 것으로 보인다. 혹자는 고증을 통해 장형이 실제로는 은거하지 않았으며, 이 같은 은거에 대한 선망의 읊조림은 현실에 대한 불만과 비판의 의미가 강한 것이라고 말한다. 앞서 언급했듯이 장형은 반고의 「양도부」를 본떠 「이경부」를 짓기도 했다. 하지만 그 작품 밑에 깔린 정서는 제국에 대한 찬양이라기보다는 피폐해진 현실에 대한 불만이었다. 아마도 동한이라는 체제가 서서히 해체되어 가고 있음을 남보다 먼저 느꼈기에 이에 대한 안타까움과 분노가 서려있는 것으로 보인다.

遊都邑[1]以永久, 無明略[2]以佐時[3]. 徒臨川以羨魚, 俟河清乎未期[4]. 感蔡子[5]之慷慨, 從唐生[6]以決疑. 諒[7]天道之微昧[8], 追漁父以同嬉[9]. 超埃塵以遐逝, 與世事乎長辭[10]. 於是仲春令月[11], 時和氣清. 原隰[12]鬱茂, 百草滋榮. 王雎鼓翼[13], 鶬鶊[14]哀鳴. 交頸頡頏[15], 關關嚶嚶[16]. 於焉[17]逍遙, 聊[18]以娛情. 爾乃[19]龍吟方澤[20], 虎嘯山丘. 仰飛纖繳[21], 俯釣長流. 觸矢而斃[22], 貪餌呑鉤[23]. 落雲間之逸禽[24], 懸淵沈之魦鰡[25]. 于時曜靈俄景[26], 係以望舒[27]. 極般遊[28]之至樂, 雖日夕而忘劬[29]. 感老氏之遺誡[30], 將迴駕乎蓬廬. 彈五絃之妙指, 詠周孔[31]之圖書. 揮翰墨以奮藻[32], 陳三皇之軌模[33]. 苟縱心於物外[34], 安知榮辱之所如[35]?

....

1 도읍都邑: 동한의 수도 낙양.

2 명략明略: 고명한 책략.

3 시時: 지금 시대, 또는 현재의 임금.

4 기期: 기약하다, 바라다.

5 채자蔡子: 전국시대 연燕나라 사람 채택蔡澤. 진秦나라로 들어가 재상을 지냈다.

6 당생唐生: 전국시대 위魏나라 사람 당거唐擧. 관상을 잘 보았는데, 채택이 불우했던 시절에 그를 찾아와 자신의 운명을 물었다.

7 량諒: 헤아리다.

8 천도지미매天道之微昧: '미매'는 어둡다. 천도가 어둡다는 말은 당시 조정이 간신배에 의해 좌지우지되고 있음을 비유한 것이다.

9 어부이동희漁父以同嬉: 굴원屈原이 지었다고 전해지는 초사 「어부漁父」를 보면, 혼탁한 세상을 피해 굴원이 은거하려 할 때 우연히 어부를 만나 대화를 나누는 내용이 보인다. '동희'는 함께 즐기다. 이는 은근히 자신을 굴원에 빗대고 있는 것이다.

10 장사長辭: 영원히 작별하다. '장'은 영원히, '사'는 작별인사를 하다.

11 중춘령월仲春令月: '중춘'은 음력 2월. 옛 사람들은 맹孟·중仲·계季를 사용해 춘하추동을 각각 다시 삼등분했다. 예를 들어 맹춘은 음력 1월, 중춘은 2월, 계춘은 3월이다. '령'은 훌륭하다, 좋다. '령월'은 길한 달.

12 원습原隰: '원'은 높다란 곳에 위치한 평지, '습'은 낮고 음습한 곳.

13 왕저고익王雎鼓翼: '왕저'는 물가에 사는 새의 일종. 『시경』「관저關雎」에 나오는 새와 동일하며, 징경이 혹은 물수리로 번역한다. '고익'은 날개를 움직이다. '고'는 여기에서 날갯짓한다는 동사로 쓰였다.

14 창경鶬鶊: 꾀꼬리.

15 교경힐항交頸頡頏: '교경'은 새들이 서로 목을 기대며 나란히 나는 모양, '힐항'은 새들이 서로 오르락내리락 어지러이 나는 모양.

16 관관앵앵關關嚶嚶: '관관'은 왕저가 우는 소리, '앵앵'은 창경이 우는 소리.

17 어언於焉: 여기에서.

18 료聊: 잠시나마.

19 이내爾乃: '이에' 쯤으로 해석하거나, 아예 해석하지 않아도 무방하다.

20 방택方澤: 아주 큰 못.

21 앙비섬격仰飛纖繳: '앙비'는 위를 보고 날리다, '섬격'은 가는 주살 줄.

22 촉시이폐觸矢而斃: 새가 화살에 맞아 죽는다는 뜻.

23 탐이탄구貪餌呑鉤: 물고기가 미끼를 탐내다 낚시 바늘을 삼킨다는 뜻.

24 일금逸禽: 여기에서는 기러기를 뜻한다. 혹은 글자대로 풀어서 '숨어있는 새'로 보기도 한다.

25 사류魦鰡: 망둥이의 일종.

26 요령아영曜靈俄景: '요령'은 태양, '아'는 어느덧, '영'은 영影의 통가자.

27 계이망서係以望舒: '계'는 이어서. '망서'는 원래 달을 움직이는 신이지만, 여기에서는 달을 상징한다.

28 반유般遊: 이리저리 노닐다.

29 구劬: 수고롭다.

30 노씨지유계老氏之遺誡: '노씨'는 노자老子, '유계'는 남겨준 경구警句. 즉 그가 기록한

것이라고 전해지는 『도덕경道德經』을 말한다. 혹은 앞의 내용이 사냥과 낚시에 관한 것이라, 구체적으로 『도덕경』 제12장의 "말을 치달리며 사냥하는 것은 사람의 마음을 미치게 만든다"(치빙전렵馳騁畋獵, 령인심발광令人心發狂)는 구절을 가리키는 것이라고 보기도 한다.

31 주공周孔: 주공周公과 공자孔子.

32 휘한묵이분조揮翰墨以奮藻: '한묵'은 붓과 먹, '분'은 분발하다, '조'는 아름다운 문사文辭. 즉 아름다운 문장을 열심히 짓는다는 뜻.

33 삼황지궤모三皇之軌模: '삼황'은 상고시대의 제왕들. 세 명이 누구인지는 아직까지 의견이 갈리지만, 일반적으로 복희伏義, 신농神農, 황제黃帝를 꼽는다. '궤모'는 법도, 법식.

34 구종심어물외苟縱心於物外: '구'는 만약, '종심'은 마음을 풀어놓는 것, '물외'는 외물들이 존재하고 인지되는 경계의 바깥, 즉 속세의 밖을 뜻한다.

35 소여所如: '여'는 가다. '소여'는 간 바, 간 곳.

한대 산문

가의賈誼「과진론過秦論」

가의에 대해서는 앞의 「조굴원부弔屈原賦」에서 다루었다. 이 글은 천하통일이라는 위업偉業을 이루었지만 허무하게 망해버린 진나라의 과오를 분석하고 있다. 모두 상중하 세 편으로 이루어져 있는데, 위 인용문은 상편의 맨 마지막 부분이다. "인의를 베풀지 않았다"(인의불시仁義不施)라는 한 마디 말로, 어떻게 진섭陳涉이라는 별 볼일 없는 필부가 천하를 어지럽힐 수 있었고, 어째서 육국을 통일한 진나라가 결국 패망하게 되었는지, 그 원인을 예리하게 지적하고 있다.

…… 且夫天下[1]非小弱也. 雍州[2]之地, 崤函[3]之固, 自若[4]也. 陳涉[5]之位, 不尊於齊、楚、燕、趙、韓、魏、宋、衛、中山[6]之君也. 鉏耰棘矜[7], 不銛[8]於鉤戟[9]、長鎩[10]也. 謫戍之衆[11], 不抗[12]於九國之師也. 深謀遠慮, 行軍用兵之道, 非及曩時之士[13]也. 然而成敗異變, 功業相反, 何也? 試使山東之國[14]與陳涉, 度長絜大[15], 比權量力[16], 則不可同年而語[17]矣. 然秦以區區之地, 致萬乘之權, 招八州[18]而朝[19]同列, 百有餘年矣. 然後以六合[20]爲家, 崤函爲宮. 一夫[21]作難, 而七廟[22]墮, 身死人手, 爲天下笑者何也? 仁義不施, 而攻守之勢異[23]也.

··················

1 천하天下: 진秦나라의 천하.

2 옹주雍州: 구주九州의 하나로, 지금의 섬서성陝西省과 감숙성甘肅省의 대부분, 그리고 청해성淸海省의 일부분을 포함한다.

3 효함崤函: 효산崤山과 함곡관函谷關.

4 자약自若: 원래는 큰일을 당해도 아무렇지 않다는 뜻인데, 여기에서는 공격을 받아도 끄떡없다는 의미다.

5 진섭陳涉: 원래 이름은 승勝이고 '섭'은 자字다. 진나라 때 하급관리로, 죄수들을 이동시키다가 도착기일을 못 지켜 자신도 벌을 받을 처지에 몰리자, 자신이 데려가던 죄수들을 이끌고 반란을 일으켜, 잠시나마 칭왕稱王까지 했었다. 일반적으로 그의 반란은 진나라 멸망의 본격적인 시발점이며 최초의 농민봉기였다고 말해지지만, 실제로 그의 반란이 농민봉기의 성격이었는지는 논란의 여지가 있다.

6 제齊, 초楚, 연燕, 조趙, 한韓, 위魏, 송宋, 위衛, 중산中山: 진나라가 천하를 통일하기 전에 존재했던 제후국들.

7 서우극근鉏耰棘矜: '서'는 서鋤(호미)의 통가자, '우'는 호미자루, '극'은 극戟(창)의 가차자, '근'은 창자루.

8 섬銛: 날카롭다.

9 구극鉤戟: 갈고리가 달린 창.

10 장쇄長鎩: 자루가 긴 창.

11 적수지중謫戍之衆: '적'은 유배되다, '수'는 수자리. 국경이나 변방을 지키는 병사를 가리키는 말로, 주로 죄인들로 충당했다. 여기에서는 진섭과 그의 무리를 가리킨다.

12 항抗: 대항하다.

13 낭시지사曩時之士: 과거에 내실을 갖추어 추앙받던 이들. 진섭의 무리와 대비된다.

14 산동지국山東之國: 함곡관 동쪽의 육국을 가리킨다.

15 탁장혈대度長絜大: '탁'과 '혈' 모두 헤아리다, 재보다는 뜻.

16 비권량력比權量力: '비'와 '량' 모두 헤아리다, 재보다는 뜻.

17 불가동년이어不可同年而語: 같은 선상에 놓고 말할 수 없다.

18 팔주八州: 진나라를 제외한 다른 제후국들. 중국을 구주로 나누었을 때, 진나라는 옹주雍州에 위치하고 있었다. 때문에 옹주를 뺀 팔주는 진나라를 뺀 다른 제후국 모두를 가리킨다.

19 조朝: 신하가 임금을 알현하고 예를 올리는 것을 말한다.

20 육합六合: 천지와 사방. 온 천하.

21 일부一夫: 필부. 여기에서는 위에서 나온 진섭을 가리킨다.

22 칠묘七廟: 원래는 개국시조, 고조의 조부, 고조의 아버지, 고조, 증조, 조부, 아버지의 묘당을 부르는 말인데, 이렇게 일곱 묘당을 모실 수 있는 이는 오로지 천자 한 명뿐이었다. 때문에 칠묘는 그 나라 자체에 비유된다.

23 공수지세이攻守之勢異: 공격과 수비의 추세가 다르다. 즉 다른 나라를 공격해 천하를 통일하는 일과 천하를 통일한 후에 이를 지키는 일은 성격이 다르다는 뜻.

사마천司馬遷 『사기史記』 「항우본기項羽本紀」

아래 인용문 중 앞부분은 유명한 홍문연鴻門宴에 대한 기술이고, 뒷부분은 항우項羽가 이미 만회할 수 없는 궁지에 몰려 비장하게 「해하가垓下歌」를 부르는 장면이다. 특히 홍문연 부분은 극적인 전개로 당시의 상황을 팽팽한 긴장감이 느껴질 정도로 생동감 있게 묘사하고 있다.

『사기』를 지은 사마천은 누구도 흉내 내지 못할 필치로 황제黃帝로부터 자신이 살고 있던 한무제漢武帝 때까지의 역사를 오롯이 기술해 놓았다. 뜻밖에 궁형宮刑이라는 죽음보다 더한 치욕을 당했지만, 주위의 경멸을 뒤로하고 끝내 아버지 사마담司馬談이 남겨준 유업遺業, 즉 중국의 통사를 문채나는 기록으로 담아내는 지난至難한 과업을 완성했다. 특히 일반적인 편년체編年體의 역사서술 방식을 확장해 제왕을 중심으로 하는 역사기술은 '본기本紀'라 이름하고 이전처럼 편년체로 기록했으며, 기존 역사기술의 중심에 서 있지 않는 사람들, 보잘 것 없는 인물들, 그리고 한나라를 둘러싼 사방의 이민족까지도 일종의 전기인 '열전列傳'이란 새로운 틀에 담아 기술했다. 물론 이러한 포괄성은 앞서 보았던 부賦와 마찬가지로 한나라 초에 극성하던 제국적 성향 때문이기도 하다. 이렇게 본기를 날실로 하면서 거기에 열전이란 씨실을 계속 교차시켜 중국 특유의 역사 기술 방식인 기전체紀傳體를 창안했다. 이후 모든 중국의 정사正史는 기전체로 기술된다. 이밖에 주제별로 역사적 내용을 표表로 만들어 일목요연하게 정리하고, 서書라는 체제를 마련해 지리나 경제 등 특수한 측면을 따로 정리했다. 서는 지志로 이름이 바뀌어 이후 사서에서도 계속 계승된다. 사마천은 사학에서의 뛰어난 성과와 함께 문학적인 기술에 있어서도 남다른 성취를 거두었다.

…… 沛公[1]旦日從百餘騎, 來見項王[2], 至鴻門[3], 謝曰: "臣與將軍戮力[4]而攻秦, 將軍戰河北, 臣戰河南, 然不自意[5]能先入關[6]破秦, 得復見將軍於此. 今者有小人之言, 令將軍與臣有郤[7]." 項曰: "此沛公左司馬曹無傷[8]言之. 不然, 籍[9]何以至此?" 項王卽日因留沛公與飮. 項王、項伯東嚮[10]坐, 亞父[11]南嚮坐. 亞父者, 范增也. 沛公北嚮坐, 張良[12]西嚮侍. 范增數[13]目項王, 擧所佩玉玦[14]以示之者三, 項王默然不應. 范增起出, 召項莊[15]謂曰: "君王爲人不忍[16], 若[17]入前爲壽[18], 壽畢, 請以劒舞, 因擊沛公於坐殺之. 不者[19], 若屬[20]皆且爲所虜." 莊則入爲壽. 壽畢, 曰: "君王與沛公飮, 軍中無以爲樂, 請以劒舞." 項王曰: "諾." 項莊拔劒起舞, 項伯[21]亦拔劒起舞, 常以身翼蔽[22]沛公, 莊不得擊. 於是張良至軍門, 見樊噲[23], 樊噲曰: "今日之事何如?" 良曰: "甚急! 今者項莊拔劒舞, 其意常在沛公也." 噲曰: "此迫矣, 臣請入, 與之同命[24]." 噲卽帶劒擁盾入軍門. 交戟[25]之衛士, 欲止不內. 樊噲側其盾以撞, 衛士仆地. 噲遂入, 披帷西嚮立, 瞋目視項王, 頭髮上指, 目眦[26]盡裂. 項王按劒而跽[27]曰: "客何爲者?" 張良曰: "沛公之參乘[28]樊噲者也." 項王曰: "壯士! 賜之巵[29]酒." 則與斗巵[30]酒. 噲拜謝, 起, 立而飮之. 項王曰: "賜之彘肩[31]." 則與一生彘肩[32]. 樊噲覆其盾於地, 加彘肩上, 拔劒切而啗[33]之. 項王曰: "壯士! 能復飮乎?" 樊噲曰: "臣死且不避, 巵酒安足辭! 夫秦王有虎狼之心, 殺人如不能擧, 刑人如恐不勝[34], 天下皆叛之. 懷王[35]與諸將約曰: '先破秦入咸陽[36]者王之.' 今沛公先破秦入咸陽, 毫毛不敢有所近, 封閉宮室, 還軍覇上, 以待大王來. 故遣將守關者, 備他盜出入與非常也. 勞苦而功高如此, 未有封侯之賞, 而聽細說[37], 欲誅有功之人. 此亡秦之續耳, 竊爲大王不取也." 項王未有以應, 曰: "坐!" 樊噲從良坐. 坐須臾[38], 沛公起如[39]厠, 因招樊噲出. ……

項王軍壁[40]垓下, 兵少食盡, 漢軍及諸侯兵圍之數重. 夜聞漢軍四面皆楚歌, 項王乃大驚曰: "漢皆已得楚乎? 是何楚人之多也!" 項王則夜起, 飮帳中. 有美人名虞[41], 常幸從[42]. 駿馬名騅[43], 常騎之. 於是項王乃悲歌忼[44]慨, 自爲詩曰: "力拔山兮氣蓋世, 時不利兮騅不逝. 騅不逝兮可奈何, 虞兮虞兮奈若何!" 歌數闋[45], 美人和[46]之. 項王泣數行[47]下, 左右皆泣, 莫能仰視. ……

1 패공沛公: 유방劉邦. 당초 패 땅을 점령해 패공이 되었다.

2 항왕項王: 항우項羽.

3 홍문鴻門: 지명. 섬서성에 위치한 홍구鴻溝의 북쪽 물길이 문과 닮아 '홍구의 문'이란 뜻의 '홍문'이란 이름을 얻었다. 당시 유방과 항우는 홍구를 경계로 대치중이었는데, 홍문은 항우가 진을 치고 있던 곳이다.

4 륙력戮力: '륙'은 륙勠(협력하다, 힘을 합치다)의 통가자.

5 불자의不自意: 뜻밖에도. 스스로 예상치 못했다는 의미.

6 관關: 함곡관函谷關. 중원에서 서쪽 관중關中으로 통하는 관문.

7 유극有郤: 틈이 생기다. 즉 두 사람 사이에서 이간질하다는 의미.

8 좌사마조무상左司馬曹無傷: '좌사마'는 벼슬 이름. '조무상'는 인명으로 유방의 수하였다.

9 적籍: 항우의 이름. '우'는 그의 자字.

10 향嚮: 향하다. 향向의 통가자.

11 아보亞父: 아버지에 버금가는 분. 혈연관계가 아닐 때는 '부父'를 '보'로 읽는다. 항우는 자신의 모사謀士 범증范增에게 존경과 친근감을 표하기 위해 그를 '아보'라고 불렀다.

12 장량張良: 유방의 모사.

13 삭數: 자주, 계속해서.

14 옥결玉玦: 허리에 차는 옥 장식. 범증이 '결'을 던진 데에는 숨은 뜻이 있었다. '결'은 결決과 발음이 같기 때문에 항우에게 어서 결단을 내리라고 다그친 것이다.

15 항장項莊: 항우의 수하로 그의 사촌아우다.

16 위인불인爲人不忍: '위인'은 사람 됨됨이, '불인'은 차마 하지 못한다는 뜻.

17 약若: 너. 2인칭 대명사.

18 위수爲壽: 축수祝壽를 올리다.

19 부자不者: 불연不然, 즉 '그렇지 않으면'의 뜻.

20 약속若屬: 너희. '속'은 무리. 복수 2인칭 대명사.
21 항백項伯: 이름은 전纏. 항우의 숙부.
22 익폐翼蔽: 새 날개로 덮듯이 가리다.
23 번쾌樊噲: 유방의 수하.
24 동명同命: 운명을 함께하다. 일반적으로 유방과 운명을 함께 하겠다는 뜻으로 보지만, 혹은 항우와 함께 죽겠다는 뜻으로 보기도 한다.
25 교극交戟: 창을 교차시키다. 문을 지키는 양쪽의 병사들이 서로 창을 교차시켜 문을 가로막는 것을 말한다.
26 목자目眦: 눈초리.
27 기跽: 무릎을 꿇고 앉은 상태에서 엉덩이를 들어 몸을 곧추 세운다는 뜻. 당시에는 의자가 아니라 바닥에 무릎을 꿇고 앉았기 때문에, 항우 역시 그 자세에서 번쾌를 보고는 검을 잡고 몸을 세운 것이다.
28 참승參乘: 관직명.
29 치卮: 술잔, 혹은 술동이. 여기에서는 양사처럼 쓰였다.
30 두치斗卮: 한 말의 술이 들어갈 만큼 매우 큰 술잔, 혹은 술동이. 역시 양사처럼 쓰였다.
31 체견彘肩: 돼지의 앞다리.
32 생生: 익히지 않은 날 것. 항우가 일부러 번쾌의 담력을 시험하려고 익히지 않은 돼지고기를 준 것이다.
33 담啗: 먹다, 삼키다.
34 형인여공불승刑人如恐不勝: 사람들에게 형벌을 주는 데 마치 다 줄 수 없을 것을 걱정하는 듯하다.
35 회왕懷王: 의제義帝를 가리킨다. 당초 항우의 숙부 항량項梁이 진나라에 반기를 든 이후, 초나라를 다시 세운다는 명목 하에 초왕의 후예를 찾아내 왕위에 오르게 했는데, 그가 의제다. 그런데 의제는 전국시대 초회왕楚懷王의 손자였기에 그를 회왕이라 부르기도 했다.
36 함양咸陽: 진나라의 수도. 섬서성에 위치해 있다.
37 세설細說: 소인배들의 참언.
38 수유須臾: 짧은 시간. 잠깐.
39 여如: 가다.
40 군벽軍壁: 진지를 구축하고 진을 치다.
41 우虞: 항우의 애첩 우미인虞美人. 이후 항우의 패색이 짙어지자 항우 앞에서 스스로

자결한다. 경극京劇 「패왕별희霸王別姬」는 이 고사를 배경으로 한 것이다. 같은 이름의 영화도 있다.

42 행종幸從: '행'은 임금이 행차하는 것, '종'은 수행하는 것.

43 추騅: 항우의 애마인 오추마烏騅馬. 항우가 죽자 스스로 물에 빠져 죽었다고 전해진다.

44 강忼: 강개하다. 감정이 북받쳐 원통해하고 슬퍼하다. 강慷의 통가자.

45 수결數闋: '수'는 여러 번, '결'은 노래를 끝내는 것.

46 화和: 화답하다.

47 수행數行: 여러 갈래, 여러 줄기.

왕충王充 『논형論衡』 「자기自紀」

왕충은 빈한했지만 부지런하고 총기가 있어서 이곳저곳에서 눈동냥으로 온갖 책을 읽으며 학문을 닦았다. 고금의 문헌을 섭렵하고 문사文辭에도 능통했다. 그러나 혼란스러운 세상이 그렇게 만들었는지 아니면 천성적으로 타고난 것인지는 모르겠지만, 왕충은 유난스러운 반골反骨이었다. 세상 사람들은 번번이 그의 주장을 듣고는 옛 사람들의 가르침과 다르다며 꺼려하거나 무시했다. 아래 인용문에서도 이러한 현실을 질타하고 있는 것이다. 그는 날카로운 눈썰미로 당시의 정치사회와 학술사상 등 각 방면의 폐단을 거침없이 비판했다. 『논형』은 왕충의 이러한 비판사상이 오롯이 담겨져 있는 그의 저술이다. 『논형』의 마지막 편인 「자기」편은 제목 뜻 그대로 왕충의 자서전이며 동시에 『논형』의 서문이다.

…… 充書[1]旣成, 或稽合於古, 不類前人. 或曰: "謂之飾文偶辭[2], 或徑或迂[3], 或屈或舒[4]. 謂之論道, 實事委瑣[5], 文給甘酸[6]. 諧於經不驗[7], 集於傳不合[8], 稽之子長不當[9], 內之子雲不入[10]. 文不與前相似, 安得名佳好, 稱工巧?" 答曰: "飾貌以彊類[11]者失形[12], 調辭[13]以務似者失情[14]. 百夫[15]之子, 不同父母, 殊類[16]而生, 不必相似, 各以所稟[17], 自爲佳好. 文必有與合[18], 然後稱善, 是則代匠斲不傷手[19], 然後稱工巧也. 文士之務, 各有所從, 或調辭以巧文, 或辯[20]僞以實事. 必謀慮有合, 文辭相襲, 是則五帝[21]不異事, 三王[22]不殊業也. 美色不同面, 皆佳於目. 悲音[23]不共聲, 皆快於耳. 酒醴[24]異氣, 飲之皆醉. 百穀殊味, 食之皆飽. 謂文當與前[25]合, 是謂舜眉當復八采[26], 禹目當復重瞳[27]. ……"

....

1 충서充書: 왕충의 책, 즉 『논형』을 가리킨다.

2 식문우사飾文偶辭: 문자를 꾸미고 대우對偶를 만들다. 문장의 수식이 심함을 말하는 것이다.

3 혹경혹우或徑或迂: '경'은 단도직입적, '우'는 이리저리 에돌다.

4 혹굴혹서或屈或舒: '굴'은 뜻을 숨기다, '서'는 뜻을 잘 펼쳐놓다.

5 위쇄委璅: 자질구레하다, '쇄'는 쇄瑣(자질구레하다)의 통가자.

6 급감산給甘酸: '급'은 풍부하다. '감산'은 단맛과 신맛. 여기에서는 '여러 가지 맛이 뒤섞여 있다'는 뜻으로 인신되어 잡박雜駁(여러 가지가 마구 뒤섞여 질서가 없다)의 뜻으로 쓰였다.

7 해어경불험諧於經不驗: '해'는 서로 맞춰보다. '경'은 유가의 경서, 즉 육경. '불험'은 증험되지 않다, 즉 근거가 없다는 뜻.

8 집어전불합集於傳不合: '집'은 집輯의 가차자로, 모아서 살펴본다는 뜻. '전'은 경서에 대한 주석서, '불합'은 부합되지 않다.

9 계지자장부당稽之子長不當: '계'는 견주어보다, '자장'은 사마천의 자字, '부당'은 합당하지 않다. 즉 사마천의 글에 견주어보아도 합당하지 않다는 뜻.

10 납지자운불입內之子雲不入: '납'은 납納의 통가자, '자운'은 양웅揚雄의 자, '불입'은 들어맞지 않다. 즉 양웅의 글에 넣어보아도(비교해보아도) 들어맞지 않다는 뜻.

11 강류彊類: '강'은 강强의 통가자로, '억지로'의 뜻. '류'는 비슷하게 하다.

12 형形: 본연의 모습.

13 조사調辭: 문사를 수식한다는 뜻.

14 정情: 진정한 실정.

15 백부百夫: 아주 많은 사람.

16 류類: 씨족, 혹은 가문의 뜻.

17 소품所稟: 부모에게서 물려받은 것, 즉 유전적으로 물려받은 것을 말한다.

18 여합與合: 옛 사람들과 부합되다.

19 대장착불상수代匠斲不傷手: 숙련된 목수를 대신해 나무를 베지만 손을 다치지 않는다. 이 표현은 『도덕경』 제74장의 "무릇 숙련된 목수를 대신하는 자 중에 손을 다치지 않는 사람이 드물다"(부대대장자夫代大匠者, 희유불상기수의希有不傷其手矣)는 구절을 차용한 것이다.

20 변辯: 분별하다, 변별하다. 변辨의 통가자.

21 오제五帝: 중국 전설상의 성군聖君들로, 일반적으로 황제黃帝, 전욱顓頊, 제곡帝嚳, 요堯, 순舜을 가리킨다.

22 삼왕三王: 오제 다음가는 군왕君王으로, 하夏나라의 우왕禹王, 상商나라의 탕왕湯王, 주周나라의 문왕文王을 가리킨다.

23 비음悲音: 감동적인 음악. '비'는 슬프다는 뜻이 아니라 마음을 감동시킨다는 뜻으로 쓰였다.

24 주례酒醴: 각종 술에 대한 통칭.

25 전前: 전인前人, 즉 옛 사람들.

26 복팔채復八采: '복'은 돌아가다, 회귀하다. '팔채'는 여덟 빛깔의 눈썹. 전설에 따르면 순 임금의 전대인 요 임금은 눈썹이 여덟 빛깔이었다고 한다.

27 중동重瞳: 하나의 안구에 눈동자가 두 개 있는 것. 전설에 따르면 우왕의 전대인 순 임금은 두 눈에 각각 눈동자가 두 개씩 있었다고 한다.

한대 시가

「고시위초중경처작古詩爲焦仲卿妻作」(「공작동남비孔雀東南飛」)

여기에서는 『옥대신영玉臺新詠』에 실린 제목을 따와서 「고시위초중경처작」이라 제목을 달았지만, 일반적으로는 「초중경처」, 혹은 이 시의 첫 구를 딴 「공작동남비」라는 제목으로 불려진다. 시의 서문에서 동한 말에 살았던 초중경과 그의 아내의 이야기라 했으므로 그때쯤 지어졌다고 추정한다. 하지만 그때부터 만들어지기 시작했다 하더라도 이후 민중에 의해 계속해서 첨삭이 가해졌다. 이는 민간 시가의 특징이며 민중에게 지속적으로 사랑받고 불렸다는 증거이기도 하다. 우리가 지금 살펴볼 것은 남조 양梁나라 때 지어진 『옥대신영』에 수록된 것이다. 워낙 장시라 아래에서 인용한 것이 전체 시의 절반도 되지 않는다. 시의 첫머리에는 이 시에 담긴 비극적 사랑 이야기의 자초지종을 개괄해주는 서문이 달려 있고, 뒤이어 나오는 본시本詩에는 가문이니 체면이니 법도니 하는 사회의 예의규범의 폭력적인 구속에 의해 결국 서로 사랑하는 두 남녀가 자살에 이르게 되는 비극을 절절하게 묘사하고 있다. 그래서 혹자는 이 작품의 남녀 주인공을 가리켜 중국의 로미오와 줄리엣이라 하기도 한다. 상황전개는 상황설명과 여러 인물의 대화로 생동감 있게 진행되는데, 화려한 수사는 없지만 오히려 질박한 표현들이 현실감을 더해준다. 그 중 몇몇 묘사는 당시 남방에서 전승되던 다른 설화들의 영향을 직접적으로 받은 것으로 보이는데, 원래 민간의 시가란 민중이 자신들의 애환을 자신들이 알고 있는 이야기들에 뒤섞어 표현하는 것이므로 이상할 것이 없다. 이 시가 남방 민간 시가의 대표작으로 손꼽히는 이유 역시 단순히 초중경과 유란지劉蘭芝라는 두 사람만의 비극적 사랑이야기라기보다 당시 남방 민중 누구나 흔히 겪었고 그래서 쉽게 공감할 수 있던 여러 애환이 구구절절이 집합되어 있기 때문일 것이다.

漢末建安[1]中, 廬江[2]府小吏焦仲卿妻劉氏[3], 爲仲卿母所遣. 自誓不嫁, 其家逼之[4], 乃投水而死. 仲卿聞之, 亦自縊於庭樹. 時人傷之, 爲詩云爾:[5]

孔雀[6]東南飛, 五里一徘徊. "十三能織素, 十四學裁衣, 十五彈箜篌[7], 十六誦詩書[8], 十七爲君婦[9], 心中常苦悲. 君旣爲府吏, 守節情不移[10]. 賤妾留空房, 相見常日稀. 鷄鳴入機織[11], 夜夜不得息, 三日斷五疋[12], 大人故嫌遲[13]. 非爲織作遲[14], 君家婦難爲. 妾不堪驅使[15], 徒留無所施[16]. 便可白公姥[17], 及時相[18]遣歸." 府吏[19]得聞之, 堂上啓阿母[20]: "兒已薄祿相[21], 幸復[22]得此婦. 結髮同枕席, 黃泉共爲友. 共事[23]二三年, 始爾[24]未爲久. 女行無偏斜[25], 何意致不厚[26]." 阿母謂府吏: "何乃太區區[27]. 此婦無禮節, 擧動自專由[28]. 吾意久懷忿, 汝豈得自由. 東家有賢女, 自名秦羅敷[29]. 可憐體[30]無比, 阿母爲汝求. 便可速遣之, 遣去愼[31]莫留." 府吏長跪[32]告: "伏惟[33]啓阿母. 今若遣此婦, 終老不復取[34]." 阿母得聞之, 椎牀便大怒: "小子無所畏, 何敢助婦語. 吾已失恩義[35], 會不相從許[36]." …… 府吏馬在前, 新婦車在後. 隱隱何甸甸[37], 俱會大道口. 下馬入車中, 低頭共耳語[38]: "誓不相隔卿, 且暫還家去. 吾今且赴府, 不久當還歸. 誓天不相負[39]." 新婦謂府吏: "感君區區[40]懷. 君旣若見錄[41], 不久望君來. 君當作盤石[42], 妾當作蒲葦[43]. 蒲葦紉[44]如絲, 盤石無轉移. 我有親父兄[45], 性行暴如雷. 恐不任我意, 逆以煎[46]我懷." 擧手長勞勞[47], 二情同依依[48]. …… 府吏還家去, 上堂拜阿母: "今日大風寒, 寒風摧樹木, 嚴霜結庭蘭. 兒今日冥冥[49], 令母在後單. 故作不良計[50], 勿復怨鬼神. 命如南山石[51], 四體康且直[52]." 阿母得聞之, 零淚應聲落: "汝是大家子, 仕宦於臺閣[53]. 愼勿爲婦死, 貴賤情何薄[54]. 東家有賢女, 窈窕艶城郭[55]. 阿母爲汝求, 便復在旦夕." 府吏再拜還, 長歎空房中, 作計乃爾立[56]. 轉頭向戶裏, 漸見愁煎迫[57]. 其日牛馬嘶[58], 新婦入青廬[59]. 奄奄[60]黃昏後, 寂寂人定初[61], "我命絶今日, 魂去尸長留." 攬裙脫絲履, 擧身赴清池. 府吏聞此事, 心知長別離. 徘徊顧樹下, 自掛東南枝. 兩家求合葬, 合葬華山[62]傍. 東西植松柏, 左右種梧桐. 枝枝相覆蓋, 葉葉相交通[63]. 中有雙飛鳥, 自名爲鴛鴦[64]. 仰頭相向鳴, 夜夜達五更[65]. 行人駐足[66]聽, 寡婦起彷徨. 多謝[67]後世人, 戒之愼[68]勿忘.

....

1 건안建安: 동한 헌제獻帝 때의 연호(196~220).

2 려강廬江: 지금의 안휘성安徽省에 위치해 있다.

3 초중경처유씨焦仲卿妻劉氏: 초중경의 아내 유씨의 이름은 난지蘭芝라고 전해진다.

4 기가핍지其家逼之: 유씨에게 친정 식구들이 재가하라고 독촉했다는 뜻.

5 여기까지는 이 시의 배경을 설명한 서문이다.

6 공작孔雀: 우리가 아는 지금의 공작새가 아니라 난조鸞鳥와 짝해 노니는 일종의 신조神鳥를 말한다.

7 공후箜篌: 서양의 하프와 생김새가 비슷한 현악기.

8 시서詩書: 원래는 『시경』과 『서경』을 가리키지만 여기에서는 경전經傳 혹은 서책의 통칭이다.

9 군부君婦: '군'은 초중경, '부'는 아내.

10 수절정불이守節情不移: '수절'은 남편이 관리가 되어 자주 떨어져 지내게 되었어도 절개를 지켰다는 뜻이며, '정불이'는 남편에 대한 사랑이 조금도 변함없다는 뜻이다.

11 입기직入機織: 베틀에 들어가 앉아 베를 짠다는 뜻.

12 필疋: 필匹의 통가자. 옷감의 길이를 세는 양사.

13 대인고혐지大人故嫌遲: '대인'은 시어머니, '고'는 여전히 혹은 고의로, '혐지'는 늦장을 피운다고 트집을 잡다.

14 작지作遲: 늦장을 피우다.

15 구사驅使: 부림을 당하다.

16 도류무소시徒留無所施: '도'는 헛되이, 공연히. '무소시'는 쓸모가 없다.

17 공모公姥: 원래는 시아버지와 시어머니를 가리키는 말이지만 여기에서는 시어머니만을 가리킨다. 이렇게 두 가지 뜻의 낱말이 한 가지 뜻만을 나타내는 경우를 편의복사偏義複詞라고 한다.

18 급시상及時相: '급시'는 때맞추어, 제때에, 일찌감치. '상'은 아무 뜻이 없다. 어법적으로 목적어를 생략하는 기능이 있다. 즉 '급시견귀지及時遣歸之'의 뜻.

19 부리府吏: 남편 초중경의 관직명. 여기에서는 남편을 가리킨다.

20 계아모啓阿母: '계'는 아뢰다, '아모'는 어머니.
21 박록상薄祿相: 관상을 보면 박복薄福해 관운官運이 없는 상이란 뜻.
22 행복幸復: '행'은 다행히도. '복'은 아무 뜻이 없다고 보거나, 혹은 예상치 못한 일을 강조하기 위한 표현으로 보아서 '정말이지' 정도로 푼다.
23 공사共事: 함께 부부로 살다.
24 시이始爾: 이제 막 결혼생활을 시작하다.
25 편사偏斜: 치우치거나 그릇된 일.
26 불후不厚: 후대하지 않다, 즉 박대薄待하다.
27 구구區區: 편협하다, 용렬하다.
28 자전유自專由: 자전자유自專自由의 줄임말. '자전'은 자기 고집대로 하는 것, '자유'는 자기 멋대로 구는 것.
29 자명진라부自名秦羅敷: '자명'은 '이름을 ~라 하다'의 뜻. 여기에서 동쪽 이웃의 딸 이름을 '진라부'라 하고 있지만, 이는 이웃집 딸의 진짜 이름이 아니라 현숙하다고 전해지던 여자의 이름을 별명처럼 갖다 붙인 것이다. 아마도 동쪽 이웃 딸의 현숙함을 강조하기 위해서일 것이다.
30 가련체可憐體: '가련'은 사랑스럽다, '체'는 자태.
31 신愼: 제발, 부디.
32 장궤長跪: 오랫동안 꿇어앉다.
33 복유伏惟: 엎드려 생각건대. 높은 사람에게 자신의 생각을 말할 때 쓰는 상투어.
34 부취復取: '부'는 다시는, '취'는 취娶의 통가자로 장가든다는 뜻.
35 은의恩義: 며느리에 대한 은정.
36 회불상종허會不相從許: '회'는 반드시, 결단코. '상'은 아무 뜻 없이 목적어를 생략하는 기능을 한다. '종허'는 허락하다. 즉 '회불종허지會不從許之'와 같다.
37 은은하전전隱隱何甸甸: '은은'과 '전전'은 모두 수레바퀴가 구르는 소리. '하'는 별다른 뜻 없이 '은은'과 '전전'을 연결해준다.
38 이어耳語: 귓속말을 하다.
39 서천불상부誓天不相負: '서천'은 하늘에 맹세하다. '상'은 아무 뜻 없이 목적어를 생략하는 기능을 한다. 즉 '서천불부지誓天不負之'와 같다.
40 구구區區: 간절하다, 한결같다.
41 약견록若見錄: '약'은 이와 같이, '견'은 피동사, '록'은 기억하다.
42 반석盤石: 널따란 바위. 여기에서는 초중경의 절대 변치 않을 마음에 대한 비유.

43 포위蒲葦: 부들과 갈대. 여기에서는 유란지의 연약한 듯 보여도 결코 꺾이지 않을 마음에 대한 비유.

44 인紉: 질기다. 인韌의 가차자.

45 친부형親父兄: 원래는 친정 아버지와 오라버니의 뜻이지만, 여기에서는 편의복사偏義複詞로 친정 오라버니를 가리킨다.

46 역이전逆以煎: '역'은 추측하다. '전'은 못살게 굴다, 들볶다.

47 로로勞勞: 시름에 잠기다.

48 이정동의의二情同依依: '이정'은 두 사람의 마음, '의의'는 서로 의지하며 차마 떨어지지 못하는 모양.

49 명명冥冥: 어둡다. 여기에서는 죽는다는 뜻.

50 고작불량계故作不良計: '고'는 일부러. '불량계'는 좋지 않은 계획, 즉 못된 계획. 여기에서는 자살을 의미한다.

51 남산석南山石: 남산의 바위. 장수를 의미한다.

52 사체강차직四體康且直: '사체'는 원래 사지四肢를 뜻하지만, 여기에서는 신체 전부를 가리킨다. '강차직'은 강건하고 굳건하다.

53 사환어대각仕宦於臺閣: '사환'은 벼슬하다. '대각'은 원래 조정의 중요 문서를 다루는 상서대尙書臺란 뜻이지만, 여기에서는 그냥 관청을 높여 부른 것이다.

54 귀천정하박貴賤情何薄: '귀천'은 초중경은 귀한 집안이고 유란지는 천한 집안이라 차이가 난다는 말. '정하박'은 무엇이 박정하단 말이냐.

55 염성곽艷城郭: 성곽 안에서 제일 아름답다는 뜻.

56 작계내이립作計乃爾立: '작계'는 자살할 계획을 세우다, '내이'는 이와 같이, '립'은 자살 계획을 확정짓다.

57 견수전박見愁煎迫: 근심에게 들볶이다. '견'은 피동사.

58 기일우마시其日牛馬嘶: '기일'은 그날, 즉 유란지가 재가하는 날. '우마시'는 소와 말이 울다. 시끌벅적하다는 뜻.

59 청려靑廬: 푸른 천으로 만든 천막집으로 혼례를 거행하는 장소. 초례청醮禮廳.

60 엄엄황혼후奄奄黃昏後: '엄엄'은 엄엄晻晻(어둑어둑하다)의 가차자. '황혼후'는 결혼식을 거행할 즈음을 뜻한다. 옛날에는 황혼이 되어야 결혼식을 거행했다. 혼婚이란 글자도 황혼의 혼昏에서 파생된 것이다.

61 적적인정초寂寂人定初: '적적'은 인적이 끊긴 모양. '인정'은 사람들이 자리를 잡고 안정을 취하는 시각. 원래 해시亥時(밤 9시~11시)를 가리키는데, '초'라는 표현으로 봐서

밤 9시 즈음을 가리킨다.

62 화산華山: 오악五嶽 중의 하나인 섬서성陝西省의 화산이 아니라, 안휘성安徽省의 여강廬江 부근에 있는 화산이다.

63 교통交通: 교착交錯의 뜻.

64 원앙鴛鴦: 금슬이 좋은 부부에 비유되는 새.

65 오경五更: 인시寅時, 즉 새벽 3시부터 5시까지. 어두운 밤을 지나 동이 트는 새벽이 오는 때.

66 주족駐足: 발걸음을 멈추다.

67 다사多謝: 거듭 말하다. 여기에서 '사'는 알려주다, 경고하다는 뜻.

68 신愼: 제발, 부디.

「고시십구수古詩十九首」

'고시'라는 표현은 시대나 문맥에 따라 그 뜻이 달라지는데, 「고시십구수」라는 명칭은 남조 양梁나라 때 『문선文選』이란 책에 작자 미상의 옛 시 19수를 수록하면서 이를 일반적 명칭으로 '고시십구수'라 불렀던 것이 고유명사화된 것이다. 일반적으로 동한 시대의 시라고 추정된다. 혹자는 「고시십구수」의 시들 중에 한대의 유명 시인이 지은 것도 섞여있다고 보기도 하지만, 모두 작자 미상의 작품으로 보는 것이 일반적이다. 아래 세 수의 시는 「고시십구수」 중 제1수, 제10수, 제19수다. 「고시십구수」는 그 내용이 대부분 남녀 간의 애절한 사랑이나 유한한 인생에 대한 고민이다. 이는 인간의 가장 보편적인 주제라고 할 수 있겠다. 표현기법은 진솔하면서도 진부하지 않고, 수사 기교는 산뜻하면서도 군더더기 같은 겉치레가 없다. 이 때문에 역대로 오언고시의 전범으로 추앙받고 있다.

行行重行行, 與君生別離[1]. 相去萬餘里, 各在天一涯[2]. 道路阻且長, 會面安可知. 胡馬[3]依北風, 越鳥[4]巢南枝. 相去日[5]已遠, 衣帶日已緩.

浮雲蔽白日[6], 遊子不顧返. 思君令人老[7], 歲月忽已晩. 棄捐[8]勿復道, 努力加餐飯[9].

迢迢牽牛星[10], 皎皎河漢女[11]. 纖纖擢[12]素手, 札札[13]弄機杼. 終日不成章[14], 泣涕零如雨. 河漢淸且淺, 相去復幾許[15]. 盈盈[16]一水間, 脈脈[17]不得語.

明月何皎皎, 照我羅牀幃[18]. 憂愁不能寐, 攬衣[19]起徘徊. 客行雖云樂[20], 不如早旋歸[21]. 出戶獨彷徨, 愁思當告誰. 引領[22]還入房, 淚下沾裳衣.

1 생별리生別離: 생이별, 즉 살아서 하는 이별. 사별死別의 반대말.

2 각재천일애各在天一涯: 각자 하늘의 서로 다른 모퉁이에 있다는 뜻. 두 사람이 아주 멀리 떨어져 있음을 비유한다.

3 호마胡馬: 북방 오랑캐의 말. 전쟁에 쓰이는 아주 좋은 말이다.

4 월조越鳥: 남방 월 땅의 새.

5 일日: 날로, 나날이.

6 부운폐백일浮雲蔽白日: 일반적으로 하늘 풍경의 묘사 속에 시국을 빗댄 표현으로 본다. 즉 '백일'은 임금이나 조정으로 보고 '부운'은 간신의 무리로 보아, 간신들 때문에 세상이 혼란스러워져 남편이 떠돌이 생활을 하게 되었다고 불평하는 것이다. 혹은 '백일'을 이 시의 주인공의 남편, '부운'을 타지에서 남편을 홀리는 여자로 보기도 한다.

7 사군령인로思君令人老: '사군'은 님을 그리워하다. '령'은 사역동사. '령인로'는 사람을 늙게 만들다. 여기에서 '인'은 바로 주인공이다.

8 기연棄捐: '기'와 '연' 모두 포기하다, 관두다의 뜻.

9 노력가찬반努力加餐飯: 이 구절은 일반적으로 남편이 끼니를 제때 챙겨먹기를 바라는 것으로 보지만, 혹은 떠난 남편 걱정 그만하고 끼니나 챙겨먹겠다는 일종의 투정으로 보기도 한다.

10 초초견우성迢迢牽牛星: '초초'는 아득히 먼 모양. '견우성'은 은하수 남쪽에 위치한 별자리 이름. 지금의 독수리 성좌에 속해 있다.

11 하한녀河漢女: '하한'은 은하수. '하한녀'는 은하수 북쪽에 위치한 직녀성織女星을 말한다. 지금의 거문고 성좌에 위치해 있다.

12 탁擢: 빼내어 들다.

13 찰찰札札: 베틀 소리. '철컥철컥' 정도로 번역된다.

14 장章: 직물의 무늬. 여기에서는 제대로 무늬를 갖춘 옷감을 가리킨다.

15 상거부기허相去復幾許: '상거'는 서로 떨어진 거리. '기허'는 얼마나 되는가. 여기에서는 반어법으로 서로 떨어진 거리가 얼마 되지 않는다는 뜻.

16 영영盈盈: 물이 넘실대는 모양. '찰랑찰랑' 정도로 번역된다.

17 맥맥脈脈: 서로 간절하게 바라보는 모양.

18 라상위羅牀幃: 비단으로 된 침상 휘장.

19 람의攬衣: 원래는 옷을 걷어 올린다는 뜻이지만, 여기에서는 옷을 걸친다는 의미다.

20 운락云樂: 즐겁다고 말하다.

21 선귀旋歸: 가던 방향을 틀어 돌아오다.

22 인령引領: 목을 길게 빼다. 간절히 기다린다는 뜻.

건안 문학

진림陳琳 「음마장성굴행飮馬長城窟行」

진림은 조조曹操의 막료로 문명을 날렸던 건안칠자建安七子의 한 명으로, 상주문上奏文이나 공문서를 잘 짓기로 유명했다. 이 시는 악부시로 다음에 나오는 조조의 「단가행短歌行」이나 조비曹丕의 「연가행燕歌行」처럼 악부시의 악곡과 제목을 빌려온 것이다. 하지만 조조와는 다르게 내용 역시 원래 「음마장성굴행」이란 악부시의 주제까지 그대로 이어받아 만리장성을 축조하기 위한 노역으로 멀리 떠나 돌아올 줄 모르는 남편과 그 남편을 기다리며 애태우는 아내의 모습을 절절하게 그리고 있다. 건안建安 시기의 전반적인 시풍은 현실 참여적이고 비분강개함이 주류를 이루었다. 때문에 당시의 시풍을 일러 건안풍골建安風骨이라 한다. 여기에서 풍골이란 풍격과 기개가 있고 세상의 혼란과 아픔을 절절하게 표현하는 풍조를 의미한다.

진림의 「음마장성굴행」은 비록 옛 악부시의 악곡과 제목, 그리고 주제까지 빌어 만리장성 축조로 인해 생이별하게 된 민초의 고난을 묘사하고 있지만, 사실 이러한 과거 역사에 대한 묘사는 여전히 전쟁과 노역이 끝없이 이어지는 당시의 현실에 그대로 적용되는 것이었다. 결국 이 시 역시 건안풍골의 성향을 여실如實하게 보여주고 있다.

飮馬長城窟[1], 水寒傷馬骨. 往謂長城吏, "愼莫稽留太原卒[2]." "官作[3]自有程, 擧築諧汝聲[4]." "男兒寧當格鬪死, 何能怫鬱[5]築長城." 長城何連連[6], 連連三千里. 邊城多健少[7], 內舍[8]多寡婦. 作書與內舍, "便嫁[9]莫留住. 善侍新姑嫜[10], 時時念我故夫子[11]." 報書往邊地, "君今出語一

何[12]鄙." "身在禍難中, 何爲稽留他家子[13]. 生男愼莫擧[14], 生女哺用脯[15]. 君獨不見長城下, 死人骸骨相撑拄[16]." "結髮行事君[17], 慊慊[18]心意間. 明知邊地苦, 賤妾何能久自全."

....

1 장성굴長城窟: '장성'은 진나라 때부터 축조하기 시작한 만리장성을 가리킨다. '굴'은 샘터를 가리킨다.

2 신막계류태원졸愼莫稽留太原卒: '신'은 제발, 부디. '막'은 하지 말라는 금지어. '계류'는 붙잡아두다. '태원졸'은 태원 땅에서 노역하러 온 백성.

3 관작官作: 관에서 하는 공사.

4 거축해여성擧築諧汝聲: '축'은 터를 닦거나 흙담을 쌓을 때 이를 다지는 달구. '거축'은 달구질하다. 당시까지도 만리장성은 판축법版築法을 사용해 흙으로 축조되었다. '해여성'은 너희의 소리, 즉 구령을 맞추라는 뜻이다. 구절 전체의 뜻은 노역자들에게 구령에 맞추어 계속 달구질하라는 말이다.

5 불울怫鬱: 울분에 차있는 모양.

6 련련連連: 연달아 있는 모양.

7 건소健少: 건장한 젊은이.

8 내사內舍: 부인이 거처하는 안채.

9 변가便嫁: 곧바로 시집가라. 여기에서는 속히 개가하라는 뜻이다.

10 신고장新姑嫜: 새로운 시부모, 즉 개가해서 모시게 될 시부모.

11 고부자故夫子: 옛 남편. 즉 만리장성을 쌓으러 온 자기 자신을 가리킨다.

12 일하一何: 어찌 그리 ~한가? 결국 매우 ~하다는 말이다.

13 하위계류타가자何爲稽留他家子: '하위'는 무슨 이유로, 무엇 때문에. '계류'는 붙잡아두다. '타가자'는 남의 집의 딸, 여기에서는 자신의 아내를 가리킨다.

14 신막거愼莫擧: '신'은 제발, 부디. '막거'는 거두어 기르지 말라.

15 포용포哺用脯: '용'은 이以의 뜻. 말린 고기 같이 귀한 음식을 먹여 잘 키우라는 말이다.

16 상탱주相撑拄: 서로 떠받치다. 해골이 너무 많아 쌓여 있는 모습을 묘사한 말이다.

17 결발행사군結髮行事君: '결발'은 결혼을 해서 머리를 쪽쪄 올린다는 뜻. '행사군'은 남편을 섬겼다는 뜻.

18 겸겸慊慊: 미흡하거나 불만스러운 모양.

조조曹操 「단가행短歌行」

조조는 소설 『삼국지연의三國志演義』를 통해 널리 알려진 인물이다. 하지만 소설에서는 간웅奸雄의 이미지가 매우 강해서 실제 조조의 업적이나 능력이 폄하되거나 외면당하는 경우가 종종 있다. 사실 조조는 당대의 정치가이자 전략가였고 동시에 문인이었다. 한나라 초 문인이었던 사마상여司馬相如를 보면 다분히 임금이나 고관대작을 즐겁게 해주는 광대에 가까웠지만, 어느덧 조조가 살던 때에 이르러서는 임금이나 고관대작조차도 스스로 시문을 지을 수 있어야 행세할 수 있는 시대가 되어 있었다. 그리고 조조는 당시의 대표적인 문인 중 한 명이었다. 또한 당시의 유명한 문인들을 수하에 거느리고 새로운 시대에 어울리는 새로운 문풍文風을 이끌었다. 그 대표적인 이들이 바로 건안칠자建安七子다.

이 시는 조조가 북방을 평정하고 오나라를 치기 위해 출전했을 때 지은 시라고 알려져 있다. 영화 「적벽대전赤壁大戰 2」에도 조조가 이 시를 읊는 장면이 나온다. 조조가 지은 「단가행」은 총 2수인데 여기에서 인용한 것은 제1수다. 「단가행」이란 제목은 사실 내용과는 상관없이 악부시樂府詩의 제목을 빌려온 것으로, 단순히 제목만 빌려온 것이 아니라 「단가행」이라는 정해진 악곡 형식에도 맞추어 시를 지은 것이다. 유한한 인생을 살면서 천하를 안정시킬 인재를 갈구하는 위정자의 마음이 호방하지만 거칠지 않게 잘 표현되어 있다.

對酒當歌[1], 人生幾何[2]. 譬如朝露, 去日[3]苦多. 慨當以慷[4], 憂思難忘. 何以解憂, 唯有杜康[5]. "青青子衿, 悠悠我心[6]." 但爲君故[7], 沈吟[8]至今. "呦呦鹿鳴, 食野之苹. 我有嘉賓, 鼓瑟吹笙[9]." 明明如月[10], 何時可掇[11]. 憂從中[12]來, 不可斷絶. 越陌度阡[13], 枉用相存[14]. 契闊談讌[15], 心念舊恩[16]. 月明星稀, 烏鵲[17]南飛. 繞樹三匝[18], 何枝可依. 山不厭高, 海不厭深[19]. 周公吐哺[20], 天下歸心.

1 당當: 일반적으로 '응당 ~해야 한다'로 푼다. 혹은 '당'을 앞에 나온 '대對'와 같은 뜻으로 풀어 '~을 대하고', '~을 앞에 두고'로 풀기도 하는데, 이 경우에는 '이 노래 소리를

앞에 두다' 쯤으로 번역된다.

2 기하幾何: 얼마나 되는가?

3 거일去日: 지나가버린 날들, 즉 과거.

4 개당이강慨當以慷: '당이강개當以慷慨'의 도치. 운율을 위해 도치한 것으로 보인다.

5 두강杜康: 전설에 최초로 술을 빚은 인물. 이후 술의 대명사로 쓰인다.

6 청청자금靑靑子衿, 유유아심悠悠我心: "푸르디푸른 그대의 옷깃, 내 마음에 오래도록 남아있네." 주周나라 때에는 젊은 학생들이 청금靑衿(푸른 옷깃)의 옷을 입었다. 여기에서는 참신한 인재에 대한 비유다. '유유'는 오래도록 남아있다는 뜻이다. 이 두 구절은 『시경』「정풍鄭風」 중 「자금子衿」편에서 인용한 것으로, 참신한 인재를 갈구하는 조조의 마음을 표현한 것이다.

7 단위군고但爲君故: '단'은 단지, '위爲~고故'는 ~때문에. '군'은 그대. 여기에서는 참신한 인재를 가리킨다.

8 침음沈吟: 낮게 읊조리다. 인재를 그리는 「자금」편을 읊조린다는 뜻.

9 유유녹명呦呦鹿鳴, 식야지평食野之苹. 아유가빈我有嘉賓, 고슬취생鼓瑟吹笙: "우~우~, 사슴들이 우는 것은, 들판의 풀을 뜯으려 하기 때문이지. 내게 귀한 손님 있다면 거문고를 뜯고 생황을 불겠네." 사슴은 귀한 손님에 대한 비유이며, 들판의 풀을 뜯을 때 울음을 울어 다른 사슴을 부른다는 것은 잔치를 열어 귀한 손님을 대접한다는 뜻이다. 이 네 구절은 『시경』「소아」 중 「녹명鹿鳴」편에서 인용한 것으로, 참신한 인재를 귀한 손님으로 모셔서 대접하고자 하는 조조의 마음을 표현했다.

10 명명여월明明如月: '명명여'는 밝은 모양. '여'는 연然과 같으며 부사화 접미사. '월'은 인재에 대한 비유.

11 철掇: 줍다, 거두다. 언제나 인재를 거둘 수 있을까라는 속뜻이 깔려 있다.

12 중中: 마음속.

13 월맥도천越陌度阡: '맥'은 동서로 난 길, '천'은 남북으로 난 길. 인재들이 사방팔방에서 머나먼 길을 와주었다는 뜻이다.

14 왕용상존枉用相存: '왕용'은 능력을 인정받지 못하고 억울하게 낮은 관직에 등용되었다는 뜻. 즉 조조의 입장에서 인재들이 뛰어난 재주를 가지고도 보잘것없는 자신에게 와서 벼슬하게 된 것이라는 겸손의 말이다. '상'은 아무 뜻 없이 목적어를 생략하는 기능을 한다. '존'은 문후를 여쭙다. 즉 조조에게 등용되어 문후를 여쭙는 신하가 되어 주었다는 뜻이다.

15 계활담연契闊談讌: '계활'은 오랜만에 만나 의기투합했다는 뜻. '담연'은 정답게 이야기

를 나눈다는 뜻.

16 구은舊恩: 옛 은정.

17 오작烏鵲: 까막까치.

18 삼잡三匝: 세 바퀴. '잡'은 돈다는 뜻인데, 여기에서는 양사로 쓰였다.

19 산불염고山不厭高, 해불염심海不厭深: 산은 높은 것을 싫어하지 않고, 바다는 깊은 것을 싫어하지 않는다. 인재는 많을수록 좋다는 뜻.

20 주공토포周公吐哺: 주공은 인재를 아껴서 밥을 먹거나 머리를 감다가도 인재가 찾아오면 바로 먹던 밥을 뱉거나 젖은 머리카락을 움켜쥐고서 나와 인재를 만났는데, 매번 세 번씩 그렇게 했다고 한다. 이를 "삼악발삼토포三握髮三吐哺"라고 한다. 여기에서는 조조 스스로 주공의 이러한 태도를 본받겠다는 의지를 표명한 것이다.

조비曹丕 「연가행燕歌行」

조비는 조조의 아들로 유명무실하던 동한을 멸망시키고 위魏나라를 세워 초대 황제로 등극했다. 그는 호방했던 아버지 조조의 풍격과는 달리 여성스러우면서도 진솔하고 담백한 풍격을 갖추고 있었다. 「연가행」이란 제목 역시 조조의 「단가행」처럼 악부시의 악곡을 빌려온 것이다. 조비가 지은 「연가행」은 총 2수인데 여기에서 인용한 것은 제1수다. 남녀 간의 사랑을 애절하게 읊고 있는 이 시는 특히 내용보다도 현존하는 최고最古의 본격적인 칠언시라는 점에서 주목받고 있다. 오언시는 이미 어느 정도 성행하고 있었지만 칠언시가 완전히 정착하게 된 것은 남북조 시대에 이르러서였다.

秋風蕭瑟天氣涼, 草木搖落[1]露爲霜. 群燕辭歸雁南翔, 念君客遊[2]思斷腸. 慊慊[3]思歸戀故鄉, 君何淹留[4]寄他方. 賤妾煢煢[5]守空房, 憂來思君不敢忘, 不覺淚下霑衣裳. 援琴鳴絃發淸商[6], 短歌微吟不能長. 明月皎皎照我床, 星漢西流夜未央[7]. 牽牛織女[8]遙相望, 爾[9]獨何辜限河梁.[10]

....

1 요락搖落: 흔들려 떨어지다. 초목이 시들어가는 모습을 표현한 것이다.

2 객유客遊: 객지에서 나그네로 떠돌아다니다.

3 겸겸慊慊: 뭔가 허전해 불만스러움이 있는 상태.

4 엄류淹留: 오래도록 머무르다.

5 경경煢煢: 홀로 외로운 모양.

6 청상淸商: 악곡의 이름. 그 음률이 대체로 짧고 촉급促急하다고 한다. 그래서 다음 구절에서 "짧은 노랫가락을 나지막하게 읊조릴 뿐 길게 뽑아낼 수 없다"(단가미음불능장短歌微吟不能長)라고 한 것이다.

7 성한서류야미앙星漢西流夜未央: '성한서류'는 은하수가 서쪽으로 흐른다는 뜻. 혹은 초가을 깊은 밤이 되면 은하수가 서쪽을 향하므로, 이 표현 자체에 밤이 깊었다는 뜻이 있다고도 한다. '미앙'은 아직 끝나지 않았다는 뜻.

8 견우직녀牽牛織女: 견우성과 직녀성.

9 이爾: 너희. 견우성과 직녀성을 가리킨다.

10 한하량限河梁: 은하수의 다리에 제한되다. 은하수의 다리를 사이에 두고 떨어져 있다는 뜻. 견우와 직녀의 전설에 1년에 한 번 칠월칠석날 까마귀들이 모여서 은하수에 다리(오작교)를 놓아주어야만 서로 만날 수 있음을 지적한 것이다.

조식曹植 「백마편白馬篇」

조식은 조조의 아들이자 조비의 동생으로 어려서부터 총기와 문재文才로 명성이 자자했다. 그러나 이러한 재능으로 아버지 조조의 총애를 받았지만, 동시에 형인 조비에게는 늘 견제의 대상이 되었다. 조비가 황제가 된 후부터 그는 늘 감시당하며 반연금 상태로 지냈다. 결국 훌륭한 재주를 가지고도 현실 정치에 참여할 수 없었던 조식은 음풍농월吟風弄月로 생을 마감할 수밖에 없었다. 그래서 그의 시는 다분히 원망이 서려 있고 비분悲憤에 차 있다. 하지만 전체적인 풍격은 조비처럼 여성적이면서도 더 섬세하고 곱다. 조식은 조조, 조비와 함께 삼조三曹라 불리는

데, 문학적 성취는 그 중 으뜸이었으며 특히 오언시에 능했다. 그의 오언시 작품들은 이후 오언시의 정착과 발전에 많은 영향을 끼쳤다는 것이 중론이다.

여기 「백마편」은 평소 조식의 풍격과 다르게 아주 호방하고 상무尙武 정신이 돋보인다. 그래서 일반적으로 이를 근거로 조식이 웅지雄志가 꺾이기 전에 자신의 뜻을 펼치고자 하는 결심을 노래한 작품이라 추정한다. 내용 중 "유협아遊俠兒" 운운한 표현에 근거해 「유협편遊俠篇」이라고 불리기도 하는 이 시를 통해, 우리는 당시 북방 오랑캐가 얼마나 위협적이었으며 계속되는 전란으로 인해 호전적인 상무 풍조가 얼마나 성행했는지도 미루어 짐작할 수 있다. 이 시는 악부시의 악곡을 사용하긴 했지만, 앞서 본 「단가행」이나 「연가행」과는 달리 제목까지 기존의 것을 따라하지 않고 새로 달았다.

白馬飾金羈[1], 連翩[2]西北馳. 借問誰家子, 幽幷[3]遊俠兒. 少小[4]去鄉邑, 揚聲沙漠垂[5]. 宿昔[6]秉良弓, 楛矢何參差[7]. 控弦破左的[8], 右發摧月支[9]. 仰手接飛猱[10], 俯身散馬蹄[11]. 狡捷過[12]猴猿, 勇剽若豹螭[13]. 邊城多警急, 胡虜數遷移[14]. 羽檄[15]從北來, 厲馬登高隄[16]. 長驅蹈匈奴, 左顧凌鮮卑[17]. 棄身鋒刃端, 性命安可懷[18]. 父母且不顧, 何言子與妻. 名編壯士籍[19], 不得中顧私[20]. 捐軀赴國難, 視死忽如歸.

....

1 기羈: 재갈, 굴레.

2 련편連翩: '련'은 계속해서. '편'은 원래 날다 또는 날갯짓하다의 뜻이지만, 여기에서는 나는 듯이 달리는 모습을 형용한 것이다.

3 유병幽幷: 유주幽州와 병주幷州. 지금의 하북성河北省 · 산서성山西省 · 섬서성陝西省 일대를 포괄하는 지역. 이 지역들은 모두 흉노匈奴를 비롯한 유목민과 첨예하게 대치하고 있던 변방에 속한다.

4 소소少小: 나이가 어리고 몸집이 작았을 때.

5 수垂: 수陲의 통가자로 변방의 뜻.

6 숙석宿昔: 원래는 '이전'이나 '과거'라는 뜻으로 쓰이지만, 여기에서는 '줄곧'이나 '늘'의 뜻이다.

7 호시하참치楛矢何參差: '호시'는 화살대를 만드는 데 쓰는 호楛라는 나무로 만든 화살. '하'는 의문사가 아니라 '매우' 또는 '너무나'라는 강조의 뜻. '참치'는 가지런하지 않다는 뜻. 연이어 쏘아댄 화살이 가지런하지 않게, 즉 어지러이 날아가는 모습을 형용한 것이다.

8 적的: 과녁.

9 월지月支: 과녁의 일종으로 소지素支라고도 한다.

10 접비노接飛猱: '접'은 쏘아 맞히다. '비노'는 일반적으로 나는 듯이 재빠른 원숭이라고 풀지만, 앞뒤의 네 구절에서 '좌적左的'·'월지月支'·'마제馬蹄'가 모두 과녁의 명칭이므로, '비노' 역시 과녁의 명칭으로 보는 것이 타당하다. 아마도 허공에 날리는 과녁으로 원숭이 그림이 그려져 있거나 그 빠르게 날아가는 모습 때문에 '비노'라 했을 것으로 추정된다.

11 산마제散馬蹄: '산'은 쏘아서 부수다. '마제'는 과녁의 일종으로, 아마도 땅바닥에 가깝게 놓인 과녁인 듯하다.

12 과過: 뛰어넘다, ~보다 낫다.

13 리螭: 교룡, 즉 뿔 없는 용.

14 호로삭천이胡虜數遷移: '호로'는 북방 이민족에 대한 통칭, '삭'은 자주. '천이'는 원래 옮겨 다니다는 뜻이지만 여기에서는 침략하다의 뜻으로 쓰였다.

15 우격羽檄: 깃털을 꽂은 격문檄文. 격문은 출병出兵을 알리거나 요구하는 포고문을 말하는데, 긴급할 때는 여기에 깃털을 꽂았다.

16 려마등고제厲馬登高隄: '여마'는 말을 채찍질해 빨리 달리도록 한다는 뜻. '려'는 재촉하다. '고제'는 적을 막기 위해 높이 쌓은 일종의 둑.

17 장구도흉노長驅蹈匈奴, 좌고릉선비左顧凌鮮卑: '장구'는 멀리까지 달려 나가다, '좌고'는 흘겨보다 또는 째려보다, '릉凌'은 '도蹈'와 마찬가지로 짓밟다는 뜻. 흉노나 선비는 모두 당시 위魏나라와 대치중이었던 대표적인 북방 이민족으로, 대부분 산서성 일대에 근거하고 있었다.

18 회懷: 연연해하다.

19 장사적壯士籍: '장사'는 장정壯丁. '적'은 원래 사람의 나이나 이름 등을 기록해둔 장부책, 즉 일종의 호구대장戶口臺帳이다. '장사적'은 전쟁에 나갈 수 있는 장정들을 기록해둔 대장이란 뜻이다.

20 부득중고사不得中顧私: '부득'은 불가不可, '중'은 마음속으로, '고사'는 자신의 사리사욕을 돌보다.

조식 「칠보시七步詩」

조식에 대해서는 앞에서 다루었다. 이 시에는 관련된 일화가 함께 전해진다. 정확히 언제인지는 몰라도 황제가 된 조비에게 조식이 어떤 꼬투리를 잡혔고, 아예 죽임을 당할 처지에 놓이게 되었다. 이때 조비가 조식에게 일곱 걸음 안에 시 한 수를 짓는다면 살려준다고 조건을 내걸었다. 아마도 골육에게 야박하게 굴었다는 비난을 피하기 위해 불가능해 보이는 조건으로 아우에게 살 수 있는 기회를 주었다는 핑계거리를 만들려고 했던 것으로 보인다. 하지만 조식이 당황하지 않고 태연히 일곱 걸음을 걸으며 이 시를 완성시켰다고 한다. 그래서 시 제목이 칠보시, 즉 '일곱 걸음을 걸으며 지은 시'다. 이 시를 들은 조비는 그 속에 담긴 날카로우면서도 서글픈 풍자에 매우 부끄러워하며 그를 풀어주었다고 한다. 사실 이 일화의 사실 여부는 알 수 없고, 이 시조차 조식의 작품이 아니라는 위작의 혐의가 있는 것이 사실이다. 하지만 남조 송宋나라 때의 문헌에 이 일화가 기재되어 있는 것을 보면 상당히 널리 인구人口에 회자膾炙되던 이야기인 듯하다.

이 시의 내용은 상당히 질박하지만 촌철살인寸鐵殺人의 비유가 담겨져 있다. 같은 뿌리에서 자란 콩과 콩대이건만, 각자 갈 길이 나뉘어 콩대는 아궁이 속에서 활활 불타오르고 콩은 솥 안에 갇혀 들볶이는 신세가 되었다. 이것은 같은 부모를 둔 형제간에 형은 황제가 되고 아우는 허울 좋은 작위만 가진 채 꼼짝없이 형에게 들볶이는 상황에 대한 비유라는 것을 알아채기가 어렵지 않다. 하지만 그 비유가 절묘해 부지불식간에 골육의 정을 되돌아보게 만드는 여운餘韻이 있다. 소설 『삼국지연의』에도 이 일화가 보이는데 자못 극적으로 꾸며져 있다.[1]

煮豆持作羹[2], 漉豉以爲汁[3]. 萁在釜下然[4], 豆在釜中泣. 本是同根生, 相[5]煎何太急.

1 첫째 구절부터 셋째 구절을 '자두연두기煮豆燃豆萁'(콩을 삶으면서 콩깍지를 태운다)라고 압축시켜 놓았고, 나머지 넷째 구절부터 마지막 여섯째 구절까지는 동일하다.

2 지작갱持作羹: '지'는 ~을 가지고. 바로 앞의 '자두煮豆'를 받는다. '갱'은 원래 마시는 국을 의미하지만, 여기에서는 푹 삶은 콩을 가리킨다. 뒤 구절과 연결해 생각해보면 이는 메주를 만드는 재료로 보인다.

3 록시이위즙漉豉以爲汁: '록시'는 메주를 거르는 것, '즙'은 메주를 걸러서 만든 일종의 장醬이라 추정된다. 당시에는 아직 메주에서 된장과 간장을 완전히 분리하지는 않았던 것으로 보인다.

4 연然: 연燃(태우다)의 통가자.

5 상相: 아무 뜻 없이 동사 '전煎'의 목적어를 생략하는 기능을 한다.

위진남북조 시가

완적阮籍 「영회시詠懷詩」

완적은 건안칠자建安七子 중 한 명이었던 완우阮瑀의 아들로 당대當代의 명사였다. 하지만 당시 위나라는 사마씨司馬氏가 정권을 잡고 전횡하던 극도로 혼란스러운 시기였다. 당초 경세제민經世濟民에 뜻이 없었던 것은 아니었지만, 이전투구泥田鬪狗의 시대를 사는 고고한 선비는 오로지 자신의 재주를 숨기고 은거를 택할 수밖에 없었다. 결국 그는 은거하며 청담淸談을 즐기다가 어느새 죽림칠현竹林七賢의 한 명으로 손꼽히게 되었다. 하지만 죽림칠현의 다른 이들도 그렇듯 세상과 완전히 단절된 그런 은거는 아니었다. 오히려 현실 정치에 대한 불만을 적극적으로 표현하기 위한 일종의 과시적인 은거였을 뿐이다. 광인狂人과도 같았던 그의 방종과 기행 역시 이러한 불만의 표출이었다. 또한 그는 노자와 장자를 높이고 즐겨 말했지만, 결코 공자와 유가의 궁극적인 가치추구에 대해 부정하거나 비난한 적은 없었다. 그가 비판하고 공격한 것은 오로지 위선과 껍데기만 남아 현실을 왜곡하고 억압하는 권력과 이를 뒷받침하는 제도적인 유가 담론이었다. 하지만 지금에서 볼 때 이러한 현실이 꼭 부정적으로 작용했던 것만은 아니다. 너무도 혼란스럽고 불만스러운 현실은 완적과 같은 지식인들로 하여금 보다 비제도적인 '자연'과 내적인 '자아'에 집중하도록 만들었다. 이는 전국시대의 혼란 속에서 장자가 심미적인 자아를 발견한 것의 연장선 위에서 이해될 수 있다. 결국 완적과 같은 당시 지식인들은 보다 개인적이고 심미적인 개성을 발견하고 향유할 수 있었다. 그리고 이러한 성향은 온전히 그들의 문학작품에도 드러나는데, 특히 완적의 「영회시」에서 여실하게 볼 수 있다.

아래에 인용한 완적의 시는 그의 「영회시」 82수 중 제1수다. 자연 풍경과 현상,

그리고 사물을 통해 자신의 심정을 표현하는 것은 이전부터 있었지만, 대부분 한 두 가지의 대상을 통해 심사를 표현하거나 자신이 표현하고 싶은 주제를 돋보이게 하기 위해 부수적으로 자연과 사물을 나열하는 경우가 대부분이었다. 하지만 이 시를 보면 각종 자연과 사물을 의도적으로 조합해 치밀하게 자신의 내면 상태를 묘사하고 있음을 발견할 수 있다. 시 창작에 있어서 이러한 새로운 성취와 발전은 이후 당시唐詩에까지 많은 영향을 주었다.

夜中不能寐, 起坐彈鳴琴. 薄帷鑑明月, 清風吹我衿. 孤鴻號外野, 朔鳥[1]鳴北林. 徘徊將何見, 憂思獨傷心.

1 삭조朔鳥: 삭방朔方에 사는 새. 삭방은 삭풍이 불어오는 북방을 뜻한다.

좌사左思 「영사시詠史詩」

좌사는 서진西晉 때 사람으로 원래 보잘 것 없는 가문 출신에 어려서도 총기는 커녕 뭘 배워도 제대로 습득하지 못했다. 하지만 아버지의 훈계에 힘입어 학문에 뜻을 두면서 포기하지 않고 분발해 각고의 노력을 기울였다. 당시는 아직 과거제도와 같은 시험을 통해 인재를 뽑는 것이 아니라, 구품중정제九品中正制[1]라는 천거제도薦擧制度로 인재를 뽑던 때였다. 하지만 천거를 담당하는 중정이란 벼슬은 권문세가들에 의해 독점되었고, 실권이 있는 높은 벼슬자리는 그들에 의해 독점되었다. 보잘것없는 가문 출신에 따로 두각을 드러내지도 못했으며 생김새도 못났고 말까지 더듬어서 사람 사귀기를 꺼려했던 좌사는 아무리 노력해도 기껏해야 미관말직微官末職을 전전할 뿐이었다. 이후 자신과 달리 미색이 뛰어났던 여동생 좌분左芬이 진무제晉武帝의 후궁으로 간택되자, 비서랑秘書郞이란 벼슬을 얻게 된다. 하지만 비서랑 역시 실권을 행사하는 벼슬이 아니라 궁중의 도서전적을 관리하는 벼슬이었다. 궁중의 도서전적 속에서 좌사는 홀로 10년 동안 묵묵히 「삼도부三都賦」를 짓는다. 「삼도부」는 전대라 할 수 있는 위魏 · 촉蜀 · 오吳 삼국의 수도를 묘사한 부로[2], 궁중에 보관된 지방지地方志나 지도를 적극 활용해 최대한 실재 지리에 맞추어 지었다. 이 점은 과거 사마상여司馬相如 등이 부 속에 적극적으로 상상의 공간을 구축해 삼라만상을 담아내려고 했던 것과는 상당히 다르다. 이렇게 지어진 「삼도부」에 낙양의 문인들이 열광해 서로 앞 다투어 베껴 쓰느라 종이가 부족한 탓에 낙양의 종이 값이 폭등하기까지 했다. 여기에서 낙양지귀洛陽紙貴라는 성어가 나왔다.

이 시는 좌사가 지은 「영사시」 8수 중 제6수다. 지나간 역사를 시로 읊으며 심사를 펼쳤던 이는 좌사 이전에도 이미 있었으나, 그 중에서 좌사의 시는 성취가 높은 편이었다. 특히 아래에서 보이는 제6수는 전국시대 말엽 유명한 자객 형가荊軻를 읊은 것이지만, 내용을 꼼꼼히 살펴보면 천출賤出인 형가는 바로 좌사 자신의 분신이며, 자신과 같은 인재를 몰라주는 권문세족에 대한 불만을 형가의 호기에 의탁해 비판하고 있음을 알 수 있다.

荊軻飮燕市[3], 酒酣氣益震. 哀歌和漸離[4], 謂[5]若傍無人. 雖無壯士節[6], 與世亦殊倫[7]. 高眄邈[8]四海, 豪右[9]何足陳. 貴者雖自貴, 視之若埃塵. 賤者雖自賤, 重之若千鈞[10].

....

1 혹자는 '구품중정제'란 표현이 적절하지 않다고 여겨서 이를 '구품관인법九品官人法'이라고도 한다.

2 근래의 고증에 따르면, 당초 좌사가 「삼도부」를 짓기 시작할 때 오나라는 아직 멸망하지 않았다고 한다.

3 형가음연시荊軻飮燕市: 형가는 원래 전국시대 제齊나라 사람이었지만, 연燕나라로 가서 연나라 태자 단丹의 부탁을 받고 진왕秦王(후에 천하를 통일한 진시황)을 암살하러 갔으나 실패하고 장렬한 최후를 맞았다. 그에 대한 이야기는 『사기』 「자객열전」에 상세하다. 이후 그는 아깝게 뜻을 이루지 못한 열사 혹은 두려움을 모르는 자객의 대명사가 되었다.

4 화점리和漸離: '화'는 화창唱和, 즉 주거니 받거니 함께 노래를 부른다는 뜻. '점리'는 형가의 절친한 벗인 고점리高漸離로, 축築이란 타악기 연주에 능했다.

5 위謂: 일컬어지다.

6 수무장사절雖無壯士節: '장사절'은 일반적으로 '장사의 절개'로 푸는데, 이럴 경우 이 구절은 형가가 진왕 암살에 실패했음을 두고 장사의 절개가 없다고 표현한 셈이 된다. 하지만 거사의 실패를 가리켜 절개가 없다고 하는 것은 타당하지 않다. 『사기』「자객열전」에 묘사된 형가의 형상을 보면 아주 복합적이어서 늘 공명정대하고 호방했던 것이 아니라 비겁하거나 괴팍하게 굴 때도 있었다. 이러한 사실에 비춰볼 때, '절'은 절개가 아니라 절도節度, 즉 절도 있는 풍모로 풀어야 한다. 따라서 이 구절은 '비록 형가가 일반적인 장사의 절도 있는 풍모를 갖춘 것은 아니었지만' 정도로 해석된다.

7 여세역수륜與世亦殊倫: '여세'는 세상 사람들과 비교하다. '수륜'은 남다른 부류. '수'는 남다르다, 빼어나다. '륜'은 무리, 부류.

8 고면막高眄邈: '고면'은 고고하게 바라보다. '면'은 원래 흘겨보다는 뜻이지만, 여기에서는 그냥 바라보다는 뜻이다. '막'은 아득하니 작게 느껴진다는 뜻.

9 호우豪右: 호문세족豪門世族, 즉 권문세가. '우'는 우족右族, 즉 귀족의 뜻. 예부터 왼쪽 좌보다 오른쪽 우를 귀하게 여겼기에, 여기에서 존귀하다는 뜻이 파생되었다.

10 천균千鈞: 아주 무겁거나 중요한 것에 대한 비유. 원래 '균'은 무게 단위로 1균은 30근이다.

곽박郭璞 「유선시遊仙詩」

문학가보다 『산해경山海經』 등의 문헌에 대한 주석자로 유명한 곽박은 당시 학계의 주류 자리를 차지하고 있던 현학玄學에도 밝았으며, 천문역법과 음양오행, 그리고 점복占卜에도 통달해 있었다고 전해진다. 곽박은 서진 말엽에서 동진 초엽을 살았다. 이때는 바야흐로 한족漢族이 처음으로 황하를 중심으로 하는 중원을 북방 이민족에게 빼앗기고 남하한 시기였다. 당시 진나라의 의식 있는 지식인들은 중원을 잃은 충격과 그 원인에 대한 반성, 그리고 부패한 현실에 대한 불만을 다양한 방식과 상이한 반응으로 드러냈다.

원래 유선시는 위진시기부터 본격적으로 성행하기 시작한 것으로, 신선이나 선계仙界에 대한 동경과 묘사를 특징으로 한다. 이는 위진시기에 극성하던 도교의 영향이기도 하지만, 실제 내용을 살펴보면 오로지 불로장생만을 추구하거나 완전히 속세와의 끈을 놓는 것이 아니라, 은연중에 부패하고 혼란스러운 현실에 대한 불만과 이로 인해 초래된 은거隱居라는 것을 드러내고 있다. 그 중에서도 곽박의 「유선시」 14수는 특히 유명한데, 이 시는 제1수다. 처음부터 유협遊俠이나 권문세가보다 은거하거나 신선이 사는 봉래산蓬萊山이 훨씬 낫다고 외치며, 앞선 은일거사隱逸居士들의 자취를 따라 은거하며 신선을 동경하겠다고 노래하고 있다.

京華[1]游俠窟[2], 山林隱遯棲[3]. 朱門[4]何足榮, 未若託蓬萊[5]. 臨源挹清波, 陵岡掇丹荑[6]. 靈谿可潛盤[7], 安事登雲梯[8]. 漆園有傲吏[9], 萊氏有逸妻[10]. 進則保龍見, 退爲觸藩羝[11]. 高蹈風塵外[12], 長揖謝夷齊[13].

1 경화京華: 도성, 수도.
2 굴窟: 소굴.
3 서棲: 처소.
4 주문朱門: 권문세가나 대부호의 저택. 예부터 귀족이나 부호의 집 대문은 붉은 옻칠을 했다.
5 미약탁봉래未若託蓬萊: '미약'은 불여不如의 뜻. '탁'은 의탁하다. '봉래'는 발해渤海에 있다고 하는 전설상의 산으로, 선계의 대명사로 흔히 사용된다.
6 단제丹荑: 붉은 띠(삘기)의 싹.
7 령계가잠반靈谿可潛盤: 영계는 은거할 만하다. '령계'는 형주荊州 근처의 지명. 은거하기에 적합한 곳으로 여겨졌다. '잠반'은 은거하다. '반'은 한 곳에 터를 잡고 산다는 뜻.
8 운제雲梯: 하늘의 선계로 올라갈 수 있는 사다리.
9 칠원유오리漆園有傲吏: 장주莊周, 즉 장자를 가리킨다. 장주는 몽蒙 땅의 칠원리漆園

吏란 벼슬을 지내고 있었는데, 초왕楚王이 사람을 보내 재상으로 삼으려 했으나 고고한 절개를 지키며 일언지하에 거절했다.

10 래씨유일처萊氏有逸妻: '래씨'는 춘추시대 말엽의 은일거사 노래자老萊子를 가리킨다. '일처'는 은일의 뜻을 가진 처. 혹은 '일'을 빼어나다고 풀기도 한다. 당초에 노래자가 초왕의 초빙을 받아 출사하려 했으나 아내가 은거를 권유해 결국 평생 은거했다고 전한다.

11 진즉보룡현進則保龍見, 퇴위촉번저退爲觸藩羝: '진'은 출사하다, '퇴'는 은거하다. 하지만 여기에서 '진'과 '퇴'는 자리가 뒤바뀐 것으로 보인다. 마땅히 '퇴즉보룡현退則保龍見, 진위촉번저進爲觸藩羝'라고 고쳐서 풀어야 은거를 추구하는 전체적인 시정詩情에 부합한다. '룡현'의 '룡'은 은일거사의 덕을 상징하고, '현'은 현現의 통가자다. 『주역周易』「건괘乾卦 · 구이九二」에서 "밭에 용이 나타났다"(현룡재전見龍在田)라고 했는데, 여기에서는 '현룡'을 '룡현'으로 썼다. 즉 은거해야만 자신의 덕을 잘 보존할 수 있다는 뜻이다. '촉번저'는 진퇴양난의 지경에 빠진다는 뜻. 『주역』「대장괘大壯卦 · 상육上六」에서 "숫양이 울타리를 들이받다가 뿔이 걸려 물러나지도 못하고 나아가지도 못한다"(저양촉번羝羊觸藩, 불능퇴不能退, 불능수不能遂)라고 했다. 즉 출사하면 진퇴양난의 곤란한 지경에 빠지고 말 것이라는 말이다.

12 고도풍진외高蹈風塵外: 속세 밖에서 고고하게 노닐다. '고도'는 주로 초탈하다 또는 은거하다는 의미로 사용된다. '풍진'은 속세.

13 사이제謝夷齊: '사'는 작별하다. '이제'는 백이伯夷와 숙제叔齊로, 주무왕周武王이 은殷나라의 주왕紂王을 정벌하자 절개를 지켜 수양산首陽山에서 은거하며 고사리를 캐 먹다가 굶어 죽었다. 여기에서 백이와 숙제에게 작별을 고한다고 표현한 것은 백이와 숙제가 비록 속세를 버리고 은거를 했다지만 여전히 속세에 끈이 닿아 있었다고 보고, 곽박 자신은 완전히 속세를 떠나겠다는 뜻이다. 즉 자신을 백이와 숙제보다 높이 친 것이다.

도연명陶淵明 「귀원전거歸園田居」

도연명은 일반적으로 이름이 잠潛이고 연명이 자字라고 알려져 있으나, 최근 고증에 따르면 원래 이름이 연명이고 자가 원량元亮이며 말년에 스스로 이름을 잠이라 고쳤다고 한다. 그의 증조부는 고관대작을 지냈으나 이후 가문이 점차 몰락해 결국 허울만 좋은 한문寒門이 되었다. 구품중정제를 주축으로 하는 문벌귀족의 틈새에서 그의 뛰어난 재주는 주목받지 못했고 나라를 경륜할 큰 뜻은 펼 길이 없었다. 결국 미관말직을 전전하던 도연명은 더는 얼마 되지도 않는 봉록을 받기 위해 못난 상관에게 허리를 굽힐 수 없다며 분연히 벼슬을 버리고 낙향했다. 그의 작품의 대부분은 불우한 자신의 처지에 대한 울분을 전원에 은거하면서 타고난 본성을 지키며 사는 즐거움으로 승화시키고 있는데, 특히 자연 그대로의 모습을 유지하고 있는 전원의 풍경 및 사물들과 안빈낙도하는 은일거사의 고매한 품격과 정서를 융합시키면서 탁월하게 묘사하였기에, 중국의 대표적인 전원시인으로 손꼽힌다.

아래 시는 「귀원전거」 5수 중 제1수로, 바로 도연명이 벼슬을 버리고 낙향하며 지은 시다. 물론 그가 이때 함께 지은 「귀거래사歸去來辭」가 일반인들에게 훨씬 많이 알려져 있지만, 문학적인 성취에서는 「귀원전거」 역시 「귀거래사」에 결코 뒤지지 않는다. 이 시를 꼼꼼히 읽어보면 전원의 풍경 묘사 하나 하나에 모두 도연명 자신의 심정이 흠뻑 묻어 있음을 알 수 있다.

도연명의 이러한 시는 이후 시인들에게 나름대로 그 성취를 인정받았고, 심지어 은일 시인의 으뜸으로 꼽히기까지 했지만, 늘 너무 질박하고 담백하며 꾸밈이 적어 무미건조하다고 지적받았다. 그래서 화려한 수식을 중시하던 남북조시대에서부터 개방적이고 열정적이던 당대에 이르기까지 도연명의 시는 그다지 높이 평가되지 않았다. 하지만 담백하고 차분한 시풍이 주류를 이루는 송대에 이르러 도연명의 시는 최고의 시로 추앙받게 되었다. 이학理學을 사상적 바탕으로 하는 사대부들은 도연명의 시에서 자신들이 추구하던 시작詩作의 이상향을 발견했고 힘써 그의 풍격을 모방했다. 심지어 도연명 시의 압운押韻을 그대로 따와서 화운시和韻詩를 짓기도 했다. 이런 시를 따로 화도시和陶詩, 즉 '도연명 시의 압운에 맞춘 시'라고 하는데, 그 중에서도 송대 소식蘇軾의 것이 유명하다. 이학을 국교로 삼았던 우리나라 조선시대에도 도연명에 대한 숭상은 대단해서 퇴계退溪 이황李滉부터 규방의 아녀자들까지 화도시를 지었다.

少無適俗韻[1], 性本愛丘山[2]. 誤落塵網[3]中, 一去三十年[4]. 羈鳥[5]戀舊林, 池魚[6]思故淵. 開荒南野際[7], 守拙[8]歸園田. 方宅[9]十餘畝[10], 草屋八九間[11]. 楡柳蔭[12]後簷, 桃李羅[13]堂前. 曖曖[14]遠人村, 依依墟里[15]煙. 狗吠深巷中, 鷄鳴桑樹顚[16]. 戶庭無塵雜, 虛室有餘閒. 久在樊籠[17]裏, 復得返自然[18].

....

1 속운俗韻: 속세의 기풍 혹은 풍조.

2 구산丘山: 산림. 속세를 벗어난 자연을 가리킨다.

3 진망塵網: '진'은 풍진(속세), '망'은 벗어날 수 없는 그물. '속세의 벗어날 수 없는 그물'은 세속적인 이해관계가 복잡하게 얽혀 있어 사람을 옴짝달싹할 수 없게 만드는 벼슬살이를 뜻한다.

4 삼십년三十年: 지금까지 확인된 바에 따르면, 도연명은 대략 10여 년을 벼슬살이를 했고 결코 30년이 아니기 때문에 사실에 부합되지 않는다. 때문에 '삼십년'에 대해 '십삼년十三年'의 와전이거나 '이십년已十年'의 와전이라는 주장이 있는데, 보다 타당하다고 여겨진다.

5 기조羈鳥: 묶여 있는 새. 벼슬에 구속되어 있는 도연명 자신에 대한 비유다.

6 지어池魚: 사람들이 만든 연못에 갇혀 있는 물고기. 이 역시 도연명 자신에 대한 비유다.

7 개황남야제開荒南野際: '개황'은 황무지를 개간하다. 일반적으로 중국 시가에서 남쪽과 동쪽은 긍정적인 성향으로 따사로움과 풍요로움을 상징하고, 반대로 북쪽과 서쪽은 부정적인 성향으로 차가움과 황량함을 상징한다. 여기에서 '남야제'라고 표현한 것 역시 다분히 긍정적인 의미가 함축되어 있다.

8 수졸守拙: 졸렬하나마 자신의 타고난 본분을 지킨다는 뜻. 즉 안분지족安分知足하며 부귀영화를 위해 세상에 아첨하거나 재주를 다투지 않는다는 의미다.

9 방택方宅: 사방 택지. 혹은 '방'을 방旁의 가차자로 보아 집 주위란 뜻으로 풀기도 한다.

10 무畝: 전답을 세는 단위. 일반적으로 6척尺이 1보步고, 100보가 1무다.

11 간間: 칸. 방을 세는 양사.

12 음蔭: 그늘을 드리우다.

13 라羅: 늘어서 있다.

14 애애曖曖: 어둑어둑해서 어렴풋한 모양.

15 의의허리依依墟里: '의의'는 연기가 바람에 한들거리는 모양, '허리'는 마을.

16 구폐심항중狗吠深巷中, 계명상수전鷄鳴桑樹顚: 이 두 구절은 한대 악부시 「계명鷄鳴」의 '계명고수전鷄鳴高樹顚, 견폐심궁중犬吠深宮中'이란 구절을 변용한 것이다. '전'은 꼭대기.

17 번롱樊籠: 새장. 도연명이 자신을 속세(혹은 벼슬살이)라는 새장에 갇혀 지내던 새였다고 비유한 것이다.

18 부득반자연復得返自然: '부'는 다시. '자연'은 공간적인 의미에서 산림이나 전원을 가리키는 것이 아니라, 자신이 타고난 본성을 지키며 사는 상태를 포괄적으로 가리킨다.

도연명 「음주飮酒」

평생 불우했던 도연명은 늘 술을 벗하며 지냈다. 취중에 문득 시흥詩興이 일어 시를 지었는데 이렇게 모은 시가 바로 「음주」 20수다. 이 시는 그 중 제1수인데, 특히 "채국동리하采菊東籬下, 유연견남산悠然見南山"이란 구절은 역대로 정경교융情景交融과 물아일체物我一體를 이룬 최고의 시구 중 하나로 손꼽힌다. 첫째 구절에서 넷째 구절까지는 진정한 은거란 속세를 떠나 산속에 숨는 것이 아니라 속세에 살면서도 속세의 간섭을 받지 않는 것임을 지적하고 있다. 뒤이어 자연과 완전히 하나 된 자신을 담담한 수묵화처럼 그려내고 다시 황혼의 고즈넉한 풍경 묘사를 통해 자연의 아름다움과 그 자연의 품에 돌아와 안기는 생명을 상징적으로 표현했다. 그리고 마지막으로 이러한 모든 깨달음 혹은 이치가 세속의 필설筆舌로는 형용할 수 없는 것임을 밝히면서 시를 맺고 있다.

結廬在人境[1], 而無車馬喧. 問君何能爾[2], 心遠地自偏[3]. 采[4]菊東籬下, 悠然[5]見南山. 山氣[6]日夕佳, 飛鳥相與還. 此中有眞意[7], 欲辨已忘言.

1 결려재인경結廬在人境: '결려'는 풀을 엮어 초가집을 짓는다는 뜻. '인경'은 사람들이 사는 곳, 즉 속세를 말한다.

2 이爾: 여차如此, 즉 이와 같다는 뜻.

3 심원지자편心遠地自偏: '심원'은 마음을 속세로부터 멀리 둔다는 뜻. '지자편'은 사는 곳이 저절로 속세의 접촉이 없는 외진 곳이 된다는 뜻.

4 채采: 채採의 통가자. 따다, 꺾다.

5 유연悠然: 유유자적悠悠自適하게.

6 산기山氣: 산을 둘러싸고 있는 구름이나 안개를 가리킨다.

7 진의眞意: 참된 뜻. 진정한 이치 또는 도道를 말한다.

사령운謝靈運 「입팽려호구入彭蠡湖[1]口」

사령운은 동진의 문벌귀족 출신이었지만 그가 조정에서 뜻을 펼치기에는 이미 동진의 국운이 걷잡을 수 없을 정도로 쇠잔해 있었다. 그가 서른 중반쯤 되었을 때 결국 동진은 멸망하고 남조의 첫 왕조인 송宋나라가 세워졌다. 이전 왕조에서 누리던 명예와 권력은 이미 사라졌고, 이러한 전력은 오히려 새로운 왕조에서 감시받고 배척받는 이유가 되었다. 몇몇 관직을 지냈지만 대부분 지방 관직이었을 뿐 조정의 요직은 아니었다. 결국 사령운은 불만을 품고 반란까지 꾀했지만 실패해 주살되고 만다. 이렇듯 그의 정치적 삶은 기구했지만 그의 문학적 성취는 대단했다. 그는 중국 산수시인의 대표로 손꼽힌다. 산수시는 앞서 도연명을 대표로 하던 전원시와는 소재에 있어 유사한 부분이 있기는 하지만, 실제로는 전혀 다르다. 전원시는 전원(즉 자연)에 돌아가 하나가 되고자 하는 은일적 심정을 자연의 풍경과 사물을 통해 담아내고자 한 것이라면, 산수시는 자연풍경과 사물 자체를 묘사하면서 그 속에 자신의 정서를 은근히 내비치는 것이다. 즉 전원시에서 자연은 일종의 소재이자 배경일 뿐이지만, 산수시에서는 자연 자체가 바로 시의 주제다. 이러한 산수시는 당연한 이야기지만 산수가 발견되고 나서야 가능해졌다. 다시 말해 산수시는 산수 자체를 하나의 진지한 대상으로 인식하게 된 이후에야 가능하게 된 것이다. 이렇게 산수를 발견하게 된 이후에야 비로소 산수시, 그리고 산수화가 등장하게 된다. 그림에서도 산수화가 등장하기 전까지 산수는 단지 배경일 뿐 그림의 주제는 될 수 없었다. 문학사상 사령운의 성취는 이러한 산수의 발견과 맞물려 산수시를 정립하고 보편화했다는 데 있다. 그리고 이러한 산수시의 확립과 발전은 이미 부화浮華해져버린 현언시玄言詩에 대한 반발이자 대안이기도 했다.

아래에 인용한 시는 사실 그가 지은 산수시의 대표작은 아니다. 이 시는 지방 관리로 쫓겨 가면서 울분에 차 지은 시이기에 불우한 자신의 처지를 한탄하는 정서가 매우 강렬하게 드러나 있다. 과거 영물靈物과 이인異人은 모두 사라지고 더는 보이지 않는다는 그의 시구는 자신과 같은 인재가 두각을 드러낼 수 없는 현실에 대한 탄식이다. 하지만 산수시 특유의 필치는 과거에 볼 수 없었던 산수풍경에 대한 섬세한 설정과 묘사 속에 여실히 나타난다.

客[2]遊倦水宿[3], 風潮[4]難具論[5]. 洲島驟迴合[6], 圻岸[7]屢崩奔[8]. 乘月聽哀狖[9], 浥露馥芳蓀[10]. 春晚綠野秀, 巖高白雲屯[11]. 千念集日夜[12], 萬感盈朝昏. 攀崖照石鏡[13], 牽葉入松門[14]. 三江事多往[15], 九派理空存[16]. 靈物吝珍怪[17], 異人祕精魂[18]. 金膏滅明光, 水碧綴流溫[19]. 徒作千里曲[20], 絃絕[21]念彌敦.

....

1 팽려호彭蠡湖: 지금의 강서성江西省에 있는 파양호鄱陽湖의 옛 이름.
2 객客: 작자인 사령운 자신을 가리킨다.
3 수숙水宿: 배에서 묵다. 강을 따라 배에서 숙식하며 돌아다닌다는 뜻이다.
4 조潮: 조수. 여기에서는 파도의 뜻.
5 구론具論: 상세히 얘기하다.
6 회합廻合: '회'는 맴돌다, '합'은 스칠 듯이 가까이 지나가는 것을 말한다.
7 기안圻岸: 호수 경계의 기슭.
8 붕분崩奔: 무너져 내리다.

9 승월청애유乘月聽哀狖: '승월'은 일종의 문학적 표현으로, 자신이 탄 배에 대한 비유이거나 자신이 탄 배가 수면에 비치는 달 위에 올라 탄듯하다는 비유로 보인다. '유'는 원숭이의 일종. '청애유'는 구슬픈 원숭이의 울음소리를 듣는다는 뜻.

10 읍로복방손浥露馥芳蓀: '읍로'는 이슬에 젖는다, '복'은 향기가 가득하다, '방손'은 향초.

11 둔屯: 머물다.

12 천념집일야千念集日夜: '천념'은 온갖 생각. 여기에서는 고향을 그리는 그리움을 말한다. '집'은 모여들듯이 떠오른다는 뜻. '일야'는 주야로, 밤낮으로.

13 조석경照石鏡: 돌 거울에 비춰보다. 팽려호 근처의 석경산石鏡山에 둥그런 돌이 벼랑 위에 걸려 있는 듯 놓여 있었는데, 사람의 모습이 비춰졌다고 한다.

14 송문松門: 팽려호 근처의 송문산松門山. 산과 그 주변에 소나무가 매우 많았다고 한다.

15 삼강사다왕三江事多往: '삼강'은 팽려호로 흘러들거나 주변에 위치한 세 갈래 강을 가리키는 듯한데, 응당 장강長江의 지류이겠지만 정확히 어느 강을 가리키는지는 알 수 없다. 그냥 장강의 지류를 허수虛數로 가리킨 것 일 수도 있다. '삼강사'는 삼강에 관계된 역사적 사건들을 말하고, '다왕'은 대부분 지나간 옛일이 되어버렸다는 뜻이다.

16 구파리공존九派理空存: '구파' 역시 원래는 팽려호와 관계된 아홉 갈래의 장강 지류인 듯한데, 정확히 어느 강을 가리키는지는 알 수 없다. '리'는 지리적 위치를 말하고, '공존'은 헛되이 그 이름만 남아 있다는 뜻이다. 즉 사령운도 팽려호 주변의 구파가 장강의 어느 지류를 가리키는지 알지 못한다는 말이다. 바로 앞 구절과 이 구절은 세월의 덧없음을 표현한 것이다.

17 령물린진괴靈物吝珍怪: '령물'은 뒤 구절에 나오는 금고金膏나 수벽水碧을 가리킨다. '린'은 원래 아낀다는 뜻인데, 여기에서는 잘 드러내지 않음이 마치 너무 아끼는듯하다는 의미다. '진괴'는 진귀하면서도 기괴한 모습.

18 이인비정혼異人祕精魂: '이인'은 속세의 일반 사람과 다른 사람, 즉 신선이나 신령 따위를 가리킨다. '비'는 남에게 드러내지 않고 숨긴다는 뜻이고, '정혼'은 이인의 참된 모습을 가리킨다.

19 금고멸명광金膏滅明光, 수벽철류온水碧綴流溫: '금고'는 신령한 옥의 일종으로 황금지고黃金之膏라고도 한다. '수벽' 역시 신령한 옥의 일종이다. 도교에서는 이 둘을 선약仙藥의 일종으로 본다. '철'은 철輟의 가차자로 그친다, 멈춘다는 뜻. '류온'은 수벽이란 옥이 흐르는 물속에서 따스한 빛을 발한다는 의미다.

20 도작천리곡徒作千里曲: '도작'은 헛되이 연주하다, '천리곡'은 「천리별학千里別鶴」이란 곡.

21 현절絃絶: 현이 끊어지다. 여기에서는 연주를 마친다는 뜻이다.

무명씨無名氏 「자야가子夜歌」

당초 「자야가」는 자야라는 여성이 만든 시가라고 전해진다. 자야는 원래 한밤을 뜻하니, 아마도 밤늦게까지 잠 못 드는 여성을 가리키는 별명이었을 것이다. 하지만 이후 악부시의 악곡 이름이 되었다. 여기에서도 악곡의 종류를 뜻할 뿐 시의 내용과는 별 상관이 없다. 내용을 살펴보면, 임에 대한 그리움(사思)을 실(사絲)에 비유하고 옷감(필匹)에 배필配匹의 뜻을 담아내면서, 끝내 이루어지지 못한 사랑을 탄식하고 있다. 이렇게 이중의 뜻을 내포하고 있는 말을 쌍관어雙關語라고 한다. 표현이 질박한듯하면서도 은근히 사람의 심금을 울린다.

始欲識郎時, 兩心望如一. 理絲入殘機[1], 何悟不成匹[2]?

··················

1 리사입잔기理絲入殘機: '리사'는 옷감을 짜기 위해 실을 다듬는 것. '사'는 임에 대한 그리움을 뜻하는 사思와 음이 같아서 리사理思, 즉 임에 대한 그리운 마음을 추스른다는 의미도 함축하고 있다. '잔기'는 낡은 베틀 또는 짜다 둔 베틀을 가리킨다. '입'은 옷감을 짜기 위해 그 베틀에 들어가 앉는 것을 말한다.

2 필匹: 옷감을 세는 양사. 여기에서는 배필配匹이란 뜻도 담고 있다.

무명씨 「칙륵가敕勒歌」

「칙륵가」는 악부시 중 선비족鮮卑族의 민가를 한역漢譯한 것이다. 북방 유목민의 삶을 한 폭의 풍경화를 그리듯 진술하면서도 생동감 있게 묘사했다.

敕勒川[1], 陰山[2]下. 天似穹廬[3], 籠蓋四野. 天蒼蒼, 野茫茫, 風吹草低見牛羊.

1 칙륵천敕勒川: '칙륵'은 유목부족의 이름. 적력狄歷 · 적륵赤勒 · 철륵鐵勒이라고도 불렸다. 북제北齊 시기에는 주로 산서성山西省 북쪽 일대에 거주했는데, 이후에 대부분 선비족鮮卑族에 흡수되었다. '칙륵천'은 지금의 음산산맥陰山山脈(내몽고 지역에 있음)에 있는 냇물을 가리킨다. 또는 그 부근의 초원 전체를 가리킨다고 보기도 한다.

2 음산陰山: 음산산맥.

3 궁려穹廬: 이동에 편리한 유목민의 둥근 모양의 모직 천막. 몽고족의 게르ger와 같다.

위진남북조 산문 · 변려문

왕희지王羲之 「난정집서蘭亭集序」

왕희지는 동진 때 사람인데, 사실 문인보다는 서예가로 더 명성이 높아 '서성書聖'이라고 칭송된다. 특히 해서楷書나 행서行書의 정립에 기여한 바가 매우 크다. 왕희지는 당시 저명인사이었기에 영화永和 9년 3월 삼짇날 여러 명사들이 모인 곡수연曲水宴에 초대되었다. 고증에 따르면, 당시 난정에는 42명의 저명한 문인시객文人詩客들이 모였다고 한다. 그들은 아름다운 자연 속에서 유상곡수流觴曲水 놀이를 즐기며 술을 마시고 다양한 시를 지었다. 이렇게 난정에서 즉흥적으로 지어진 시들을 모으니 바로 『난정집』이란 시집이 되었는데, 기왕 명사들의 시집을 만들고 보니 이 시집에 어울릴만한 서문이 필요했다. 이에 42명의 명사들 중에서 왕희지가 대표로 뽑혀 그 서문을 지었는데, 이것이 바로 「난정집서」다.

「난정집서」에서 왕희지는 아름다운 자연 속에서 벗들과 어울리며 즐거운 한 때를 만끽하다가 돌연 이러한 즐거움은 한때일 뿐이요, 결국 유한한 인생은 덧없이 끝날 것임을 떠올리게 되면서 탄식을 금치 못한다. 즐거움에 빠져 늙어가는 것을 잊는다 해도, 아니면 육체적 한계를 벗어나 정신적으로 무한한 자유를 향유한다고 해도, 결국에는 늙어 죽게 된다. 삶과 죽음이 하나이고 장수와 요절이 마찬가지라는, 얼핏 보면 초탈해 보이는 금언金言들을 떠올려 보기도 하지만, 내 몸이 죽으면 모든 것이 끝이기에 이 같은 사탕발림도 결국에는 허망한 위로일 뿐이다. 하지만 왕희지는 곧 이러한 자신의 감회가 고래로 있어왔던 보편적인 정서였으며, 옛 사람들의 글에서 삶의 유한함에 대한 탄식을 읽고 그들의 마음에 공명하는 자신을 발견한다. 그리고는 이렇게 자신한다. 지금 내가 짓는 이 「난정집서」를 후세의 사람들이 보게 된다면, 바로 지금의 내가 옛 사람들의 글을 읽고 공감해 눈물을 흘리듯, 그들 역시 내 감회에 공감해 눈물을 흘리게 될 것이라고. 사람은 죽고 몸은 썩어 사라지지만 그 사람의 글은 영원히 남아 후세 사람들에게 감동을 주는 것이라고. 결국 옛 사람이 그들의 글을 통해 내 안에서 살아나듯, 나 역시 이 글을 통해 후세 사람들의 마음속에 살아나는 것, 이것이 바로 왕희지가 발견한 유한한 인생을 초월해 영원을 누리는 방법이었다. 사실 이러한 사고방식은 예부터 있어 왔다. 한대의 역사가 사마천司馬遷 역시 "내 마음속에 있는 것을 다 드러내지 못한 채 비루하게 세상에서 사라져버리면 후세에 문채가 드러나지 않을 것을 한스러워한다"(한사심유소부진恨私心有所不盡, 비루몰세鄙陋沒世, 이문채불표어후세야而文采不表於後世也)[「보임소경서報任少卿書」]고 고백했다. 어차피 사람은 죽어서 사라지지만 오로지 자신의 문채, 즉 문장은 계속 남아 그 사람의 이름을 후세에 전하는 것이다. 공자孔子 역시 "군자는 세상을 떠나고 난 뒤 이름이 칭송받지 못하는 것을 싫어한다"(군자질몰세이명불칭언君子疾沒世而名不稱焉)[『논어論語』「위령공衛靈公」]고 하지 않았던가!

「난정집서」의 진정한 성취는 바로 삼짇날 벗들과의 즐거운 모임과 주변의 아름다운 자연풍경을 빌어 이러한 옛 사람들의 정서와 자신의 감회를 천의무봉天衣無縫한 듯 합치시켜 그려낸 데 있다.

永和九年[1], 歲在癸丑[2], 暮春之初[3], 會於會稽山陰之蘭亭[4], 修禊事[5]也. 群賢畢至, 少長[6]咸集. 此地有崇山峻嶺[7], 茂林修竹[8]. 又有淸流激湍[9], 映帶左右[10]. 引[11]以爲流觴曲水[12], 列坐其次[13]. 雖無絲竹管絃[14]之盛, 一觴一詠[15], 亦足以暢敍幽情. 是日也, 天朗氣淸, 惠風[16]和暢. 仰觀宇宙之大, 俯察品類[17]之盛. 所以遊目騁懷[18], 足以極[19]視聽之娛, 信[20]可樂也. 夫人之相與[21], 俯仰一世[22], 或取諸[23]懷抱, 晤言[24]一室之內, 或因寄所託[25], 放浪形骸之外[26]. 雖趣舍[27]萬殊, 靜躁不同, 當[28]其欣於所遇[29], 暫得於己[30], 快然自足, 不知老之將至[31]. 及其所之[32]旣倦, 情隨事遷, 感慨係之[33]矣. 向[34]之所欣, 俛仰之間[35], 已爲陳迹[36], 猶[37]不能不以之興懷[38]. 況修短隨化[39], 終期於盡[40]. 古人云: "死生亦大矣[41]." 豈不痛哉! 每覽昔人興感之由, 若合一契[42]. 未嘗不臨文[43]嗟悼, 不能喩之於懷[44]. 固知一死生[45]爲虛誕, 齊彭殤[46]爲妄作. 後之視今[47], 亦猶[48]今之視昔, 悲夫! 故列敍時人[49], 錄其所述[50], 雖世殊事異[51], 所以興懷, 其致[52]一也. 後之覽者, 亦將有感於斯文.

....

1 영화구년永和九年: '영화'는 동진 목제穆帝의 연호(345~356). 영화 9년은 서기 353년이다.

2 세재계축歲在癸丑: 태세太歲가 '계축'에 있다는 뜻. 일반적으로 계축년癸丑年이라 부른다. 태세에 대해서는 초사 중 「이소離騷」의 각주에서 설명했다.

3 모춘지초暮春之初: '모춘'은 늦봄, 즉 음력 3월. '초'는 원래 한 달 30일 중 첫 열흘을 가리키지만, 여기에서는 초사흘을 가리킨다. 음력 3월 3일은 양수 3이 두 번 겹친 날이기에 예부터 양기가 성하고 귀신 따위의 음기가 약해지는 길일吉日로 간주되었다. 우리나라에서는 이 날을 삼짇날 혹은 상사上巳 · 원사元巳 · 중삼重三이라고도 한다. 이 날이 되면 모두 물가에 가서 몸을 씻으며 액운이 사라지길 기원했는데, 이를 수계제불修禊除祓이라 했다. 우리말로는 액막이라고도 한다.

4 회계산음지난정會稽山陰之蘭亭: '회계산음'은 회계산의 북쪽이란 뜻. 회계산은 절강성浙江省 소흥紹興에 위치한 명산. '산음'은 회계군會稽郡에 속한 현명縣名이기도 하다. '난정'은 회계산의 북쪽에 있는 정자 이름.

5 수계사修禊事: '계사'를 행하다. '계사'는 수계제불修禊除祓을 뜻한다.

6 소장少長: 노소老少. 젊은이와 늙은이.

7 숭산준령崇山峻嶺: 높은 산과 험준한 봉우리.

8 무림수죽茂林修竹: 무성한 수풀과 기다란 대나무. '수'는 길다는 뜻이다.

9 격단激湍: 물이 소용돌이치며 급히 흐르는 모양.

10 영대좌우映帶左右: '영'은 모습이 비치는 것, '대'는 띠처럼 둘러싸며 긴밀히 어울리는 것. 즉 난정의 좌우로 맑은 물길이 띠처럼 둘러싸고 있는데 자연 풍광이 이 물결에 조화롭고 아름답게 비치는 모습을 가리킨다.

11 인引: 끌어오다. 앞에서 말한 '청류淸流', 즉 맑은 시냇물을 끌어왔다는 뜻.

12 류상곡수流觴曲水: 삼짇날 행하던 일종의 유희로, 구불구불한 물길에 술잔을 띄워 돌리면서 차례대로 술을 마시며 시를 짓는 놀이. 이런 놀이를 하는 연회를 곡수연曲水宴

이라고 한다. '류상'은 흘러 다니는 술잔, '곡수'는 구불구불한 물길.

13 기차其次: 각자 앉아야 할 순서. 어떤 모임에서든 신분의 귀천, 직위의 고하, 주최자와의 친소親疏 등에 따라 앉을 자리가 정해졌다.

14 사죽관현絲竹管絃: '사죽'은 원래 각기 현악기와 관악기를 만드는 실과 대나무이지만, 여기에서는 현악기와 관악기를 비유한다. '관현'은 관악기와 현악기를 뜻하며 앞에서 말한 '사죽'과 의미가 중복된다. 여기에서 '사죽관현'은 꼭 관악기와 현악기에 국한된 것이 아니라 그냥 여러 악기를 두루 가리킨 것으로 보인다.

15 일상일영一觴一詠: 술 한 잔에 시 한 수를 읊조리다. '유상곡수'란 놀이에서는 술을 담은 술잔을 곡수에 돌리면서 그 술잔이 도는 순서에 맞춰 시를 지어야 하는데, 만약 제때에 짓지 못하면 벌주를 마셔야 했다.

16 혜풍惠風: 봄바람. 봄의 따사로운 바람이 불면 만물이 소생하기에 봄바람을 은혜로운 바람(혜풍)이라 칭한 것이다.

17 품류品類: 지상에 있는 세상 만물을 모두 가리킨다.

18 소이유목빙회所以遊目騁懷: '소이'는 '~한 바' 정도로 해석된다. '유목'은 내키는 대로 훑어보는 것, '빙회'는 자신의 마음을 내키는 대로 펼치는 것.

19 극極: 다하다.

20 신信: 진실로.

21 상여相與: 서로 더불다. 서로 더불어 산다는 뜻.

22 부앙일세俯仰一世: '부앙'은 부침浮沈의 뜻. 또는 눈으로 위아래를 훑을 정도로 짧은 시간이란 뜻으로 풀기도 한다. '일세'는 일생.

23 저諸: 지어之於의 준말.

24 오언晤言: 만나서 이야기하다. 벗들과 만나 함께 이야기를 나눈다는 뜻.

25 인기소탁因寄所託: '인기'는 의지하고 따르다. '소탁'은 내맡긴 바로, 자신이 세상에 내맡겨진 것을 가리킨다. '인기소탁'은 세상에 내맡겨진 자신의 상황이나 상태를 그대로 따르겠다는 말이다.

26 방랑형해지외放浪形骸之外: '형해'는 몸을 가리킨다. 여기에서 '몸 밖에서 떠돌아다니겠다'고 한 것은 육체라는 껍데기를 벗어나 정신적으로 무한한 자유를 추구하겠다는 말이다. 이는 장자莊子의 소요유逍遙遊와 상당히 유사하다.

27 취사趣舍: 취사取捨의 통가자. 취사선택 혹은 진퇴선택進退選擇을 가리킨다.

28 당當: ~때에.

29 소우所遇: 자신의 마음에 딱 들어맞는 것, 혹은 흡족한 것.

30 잠득어기暫得於己: 잠시나마 자기 자신에 대해 득의得意하다.

31 부지노지장지不知老之將至: 『논어論語』「술이述而」편에 나오는 공자의 말을 인용한 것이다. '지'는 주격조사, '장'은 장차.

32 소지所之: 앞서 언급했던 '소우所遇'. 혹은 '지'가 '우'를 받는 대명사가 아닌 '가다'는 동사로 풀기도 한다. 이럴 경우 '소지'는 자신의 바람을 향해 나아가다, 자신의 바람을 추구한다는 뜻으로 해석된다.

33 감개계지感慨係之: 감정에 겨운 한탄이 이로부터 나온다는 뜻. 원래 '계지'는 여기에 연계되어 있다는 뜻이다. '지'는 앞 구절의 '기소지기권其所之既倦, 정수사천情隨事遷'을 가리킨다. 즉 즐거움의 덧없음에 한탄이 나오게 된다는 말이다.

34 향向: 이전에.

35 부앙지간俛仰之間: '부'는 부俯와 같다. 아래를 굽어보고 위를 쳐다보는 짧은 시간을 말한다.

36 진적陳迹: 옛 자취.

37 유猶: 여전히. 혹은 우尤의 뜻으로 보아 '더욱'의 의미로 풀기도 한다.

38 흥회興懷: 감회를 일으키다. 옛 일에 대한 감회에 젖다.

39 수단수화修短隨化: '수단'은 원래 장단長短의 뜻인데, 여기에서는 사람 수명의 길고 짧음을 말한다. '수화'는 천지자연의 조화를 따른다는 뜻.

40 기어진期於盡: '기'는 기약하다, '진'은 수명이 다해 소멸하는 것을 가리킨다.

41 사생역대의死生亦大矣: 『장자莊子』「덕충부德充符」에서 공자孔子가 한 말을 인용한 것이다. 여기에서 '사생'은 편의복사偏義複詞로 '사'의 뜻만 취한다.

42 합일계合一契: '계'는 부계符契, 즉 부절符節. 원래 하나였던 부절이 딱 들어맞듯 부합된다는 뜻이다.

43 임문臨文: 글을 마주 대하다. 즉 글을 읽는다는 뜻.

44 유지어회喩之於懷: '유'는 깨우치다, 이해하다. '지'는 앞에서 말한 인생의 즐거움은 한 순간이요, 수명은 유한하다는 것을 가리킨다. '회'는 마음속. 혹은 앞 구절의 '미상未嘗'이 이 구절에까지 적용되어 '미상불능未嘗不能~', 즉 '일찍이 ~하지 않은 적이 없었다'로 풀기도 한다.

45 고지일사생固知一死生: 진실로 죽음과 삶이 매한가지다. '고'는 진실로. '일'은 하나로 여기다, 즉 같다는 뜻.

46 제팽상齊彭殤: '제'는 가지런하다, 즉 같다는 뜻. '팽'은 700살을 살았다고 전해지는 팽조彭祖, '상'은 어린 나이에 요절하는 것. 수백 년을 장수했다는 팽조나 어린 나이에

요절한 사람이나 같다는 말이다.

47 후지시금後之視今: '후'는 후세 사람들, '지'는 주격조사, '금'은 요즘 사람들.

48 유猶: 같다, 마찬가지다.

49 열서시인列敍時人: '열서'는 죽 나열해 적는다. '시인'은 원래 현재 사람이란 뜻인데, 여기에서는 당시 난정에 모인 사람들을 가리킨다.

50 기소술其所述: 난정에 모인 사람들이 기술한 바, 즉 유상곡수 놀이를 하며 지은 시들을 가리킨다.

51 세수사이世殊事異: '세수'는 시간적으로 사는 세월이 서로 다르다는 뜻, '사이'는 공간적으로 맞닥뜨린 일이 서로 다르다는 뜻.

52 기치其致: 그 이치.

도연명陶淵明 「귀거래사歸去來辭」

도연명에 대해서는 앞의 「귀원전거歸園田居」에서 설명했다. 실제로 도연명의 작품 중 가장 유명한 것을 꼽으라면 바로 이 「귀거래사」일 것이다. 이후 「귀거래사」는 혼란스럽고 부패한 세상을 등지고 전원의 품으로 돌아가 안분자족安分自足하며 은거하는 이들을 대변해주는 일종의 상징이 되었다.

귀향 과정에서의 각성과 전원 생활의 정겨움이 서정적으로 잘 묘사되어 있으며, 「난정집서」와 마찬가지로 유한한 생명이라는 극복할 수 없는 물리적 한계를 자연과의 적극적인 동화를 통해 초탈하고 있다.

歸去來兮[1], 田園將蕪胡不歸? 旣自以心爲形役[2], 奚惆悵[3]而獨悲? 悟已往之不諫[4], 知來者之可追[5]. 實迷途[6]其未遠, 覺今是而昨非. 舟搖搖[7]以輕颺, 風飄飄[8]而吹衣. 問征夫[9]以前路, 恨晨光之熹微. 乃瞻衡宇[10], 載欣載奔[11]. 僮僕[12]歡迎, 稚子候門[13]. 三徑[14]就荒, 松菊猶[15]存. 攜幼入室, 有酒盈罇[16]. 引壺觴[17]以自酌, 眄庭柯以怡顔[18]. 倚南窓以寄傲[19],

審容膝之易安[20].

園日涉以成趣[21], 門雖設而常關[22]. 策扶老以流憩[23], 時矯首而遐觀[24]. 雲無心以出岫, 鳥倦飛而知還[25]. 景翳翳[26]以將入, 撫孤松而盤桓[27].

歸去來兮, 請息交以絶游[28]. 世與我而相遺[29], 復駕言兮焉求[30]? 悅親戚之情話[31], 樂琴書[32]以消憂. 農人告余以春及[33], 將有事乎西疇[34]. 或命巾車[35], 或棹[36]孤舟. 旣窈窕[37]以尋壑, 亦崎嶇[38]而經丘. 木欣欣以向榮[39], 泉涓涓[40]而始流. 羡萬物之得時, 感吾生之行休[41].

已矣乎[42]! 寓形宇內[43]復幾時? 曷不委心任去留[44]? 胡爲遑遑欲何之[45]? 富貴非吾願, 帝鄕[46]不可期. 懷良辰[47]以孤往, 或植杖而耘耔[48]. 登東皐以舒嘯[49], 臨淸流而賦詩. 聊乘化以歸盡[50], 樂夫[51]天命復奚疑?

....

1 래해來兮: 모두 실제 뜻이 없는 어조사.

2 이심위형역以心爲形役: '이A위B'는 A를 B로 삼다(혹은 여기다)의 뜻을 가진 관용구. '형역'은 몸에게 부려지는 노예란 뜻.

3 추창惆悵: 슬퍼서 망연자실하다.

4 이왕지불간已往之不諫: '이왕'은 이미 지나간 일, '불간'은 충고해 바로잡지 못한다.

5 지래자지가추知來者之可追: '지'는 앞 구절의 '오悟'와 마찬가지로 깨닫는다는 뜻. '래자'는 다가올 미래. '가추'는 가히 좇을 만하다, 즉 아직 바로잡을 수 있다는 말이다.

6 미도迷途: 길을 잃다. 여기에서 '도'는 관도官途(벼슬길)를 말한다.

7 요요搖搖: 배가 가볍게 흔들리는 모양.

8 표표飄飄: 바람이 살랑살랑 부는 모양.

9 정부征夫: 먼 길을 떠난 나그네.

10 형우衡宇: '형'은 문빗장. 여기에서는 따로 문짝도 없이 덩그러니 빗장 하나로만 문을 삼고 있는 것을 가리킨다. '우'는 지붕의 처마. '형우'는 허름한 자신의 집을 가리킨다.

11 재載~재載~: ~하기도 하고 ~하기도 하다.

12 동복僮僕: 하인, 머슴.

13 후문候門: 문 앞에서 기다리다.

14 삼경三徑: 집안 뜰의 세 갈래 길. 동한의 은자 장후蔣詡의 집에 송경松徑 · 죽경竹徑 ·

국경菊徑이 있었다고 한다. 아마도 도연명이 집 뜰에 이를 본떠 송경 · 죽경 · 국경의 세 갈래 길을 만들어 두었거나, 아니면 그냥 은자의 거처에 대한 상징으로 빌려온 비유일 수도 있다.

15 유猶: 여전히, 아직.

16 준罇: 술통, 또는 술 단지.

17 호상壺觴: 술병과 술잔.

18 이안怡顔: 안색을 즐겁게 하다, 즐거운 얼굴을 하다.

19 기오寄傲: 도도한 마음을 기탁하다. 의기양양해서 제멋대로 군다는 뜻이다.

20 심용슬지이안審容膝之易安: '심'은 잘 알다, '용슬'은 무릎을 굽혀 앉는 것만을 허용할 정도의 매우 작은 공간, '이안'은 간결하고 편안하다.

21 일섭이성취日涉以成趣: '일섭'은 날마다 돌아다니다. '성취'는 취미가 되었다. 혹은 '취'를 추趨의 가차자로 보아 늘 거니는 곳이 되었다고 풀기도 한다.

22 관關: 잠겨 있다.

23 책부로이류게策扶老以流憩: '책'은 잡다, 짚다. '부로'는 늙은이를 부축한다는 뜻으로 지팡이의 별칭이다. '류게'는 돌아다니며 쉬다.

24 시교수이하관時矯首而遐觀: '시'는 때때로, '교수'는 고개를 들다, '하관'은 멀리 바라보다.

25 지환知還: 돌아올 줄을 안다.

26 경예예景翳翳: '경'은 태양, '예예'는 날이 저물어 어둑해진 모양.

27 반환盤桓: 배회하다. 아무 목적 없이 서성이는 것을 말한다.

28 청식교이절유請息交以絶游: '청'은 청컨대 ~하려 한다, '식교'는 교제를 그만두다, '절유'는 교유를 끊다. 모두 속세와의 교류를 그만두겠다는 뜻이다.

29 유遺: 버리다, 유기하다.

30 가언혜언구駕言兮焉求: 수레를 타고 벼슬길에 나아간들 무엇을 구하리오? '가'는 수레를 타다, 즉 수레를 탈만한 벼슬자리에 나아가는 것을 뜻한다. '언言'과 '혜'는 어조사로 아무 뜻이 없다. '언焉'은 의문사.

31 정화情話: 정다운 이야기.

32 금서琴書: 거문고와 서책.

33 춘급春及: 봄이 왔다는 뜻.

34 유사호서주有事乎西疇: 서쪽 밭에 일이 있다. '사'는 농사일을 말한다. '호'는 어於와 쓰임이 같다. '주'는 밭두둑.

35 명건거命巾車: '명'은 채비하라 명하다, '건거'는 천막을 두른 수레.

36 도棹: 노. 여기에서는 노를 젓는다는 동사로 쓰였다.
37 요조窈窕: 산이 깊숙한 모양.
38 기구崎嶇: 산이 울퉁불퉁 험한 모양.
39 흔흔이향영欣欣以向榮: '흔흔'은 수풀이 무성한 모양, '향영'은 무럭무럭 잘 자란다는 뜻.
40 연연涓涓: 물이 졸졸 흐르는 모양.
41 행휴行休: '행'은 다가가다. '휴'는 영원한 안식, 즉 죽음.
42 이의호已矣乎: '이'는 그만두다, '의호'는 감탄을 나타내는 어조사. 즉 속세의 생활을 그만두겠다는 뜻. 의역하자면 '아서라, 말아라!' 쯤이 될 것이다.
43 우형우내寓形宇內: '우寓'는 임시로 깃들어 살다. '형'은 육신. '우내'는 우주의 안, 즉 이 세상을 가리킨다.
44 위심임거류委心任去留: '위심'은 마음에 내맡기다. '임거류'는 떠남과 머묾을 마음 내키는 대로 한다. '임'은 임의로의 뜻.
45 호위황황욕하지胡爲遑遑欲何之: 무얼 위해 허둥대며 어디로 가려 하는가? '호'는 의문사, '황황'은 매우 당황해 허둥거리는 모양, '하'는 어디로, '지'는 가다란 뜻의 동사.
46 제향帝鄕: 상제가 사는 선계仙界를 가리킨다.
47 회양신懷良辰: '회'는 마음에 품다, '양신'은 좋은 때 또는 좋은 시절.
48 식장이운자植杖而耘耔: '식장'은 지팡이를 땅에 꽂아 세워놓다. '운자'는 김을 매고 흙을 북돋우다.
49 서소舒嘯: 길게 시를 읊조린다는 뜻.
50 요승화이귀진聊乘化以歸盡: '요'는 잠시나마. '승화'는 천지자연의 조화를 타다, 즉 천지자연의 조화를 순리대로 따른다는 뜻. '귀진'은 다함으로 돌아가다, 즉 죽는다는 뜻.
51 낙부樂夫: '낙'은 즐기다, '부'는 뜻이 없는 어조사.

공치규孔稚珪 「북산이문北山移文[1]」

공치규는 남조때 사람으로 송宋나라에서 벼슬을 하다가 이후 제齊나라에서도 벼슬을 지냈다. 시문에 두루 능했는데, 특히 변려문을 잘 지었다. 그 중에서도 가장 유명한 것이 「북산이문」이다. 여기에서는 편의상 맨 앞의 일부분만 인용되었지만,

이 일부분만으로도 충분히 「북산이문」의 내용이 변절한 주옹周顒이란 사람에 대한 장황하고도 집요한 비난으로 점철되어 있음을 짐작할 수 있다. 사실 한 인물에 대해 인신공격성 비방까지 서슴지 않는 작품이 문학사에서 문학적 가치를 인정받는 것은 드문 일인데, 바로 「북산이문」이 이러한 예외적인 경우에 해당한다. 당연한 지적이겠지만, 그 가치를 인정받은 것은 문학적 기교와 예술적 표현이 뛰어나서다. 「북산이문」은 적절한 전고 사용과 세심한 대구 배치가 돋보이며, 사륙변려문의 정연한 구조를 갖추면서 틈틈이 사부辭賦의 자구까지 활용해 신선함을 더했다.

鍾山之英[2], 草堂之靈[3], 馳煙驛路[4], 勒移山庭[5]. 夫以耿介拔俗之標[6], 瀟灑出塵之想[7]. 度[8]白雪以方絜[9], 干[10]青雲而直上, 吾方知之矣[11]. 若其亭亭物表[12], 皎皎霞外[13]. 芥[14]千金而不盼[15], 屣萬乘[16]其如脫. 聞鳳吹於洛浦[17], 值薪歌於延瀨[18], 固[19]亦有焉. 豈期終始參差[20], 蒼黃反覆[21]. 淚翟子之悲[22], 慟朱公之哭[23]. 乍迴跡[24]以心染, 或先貞而後黷, 何其謬哉[25]! 嗚呼! 尙生[26]不存, 仲氏[27]旣往, 山阿寂寥[28], 千載誰賞[29]?……

....

1 이문移文: 옛날에 관아 사이에서 주고받던 공문서로, 공이公移라고도 했다.

2 종산지영鍾山之英: '종산'은 강소성江蘇省 남경南京의 동북쪽에 위치한 산으로, 남경의 북쪽에 위치해 있다 해서 북산이라고도 불렸다. 현재는 자금산紫金山이라 불린다. '영'은 정령精靈의 뜻.

3 초당지령草堂之靈: '초당'은 종산에 있는 초당사草堂寺를 가리킨다. 당초 주옹周顒은 종산의 초당사에서 은거했으나, 나중에 변절해 벼슬자리에 나아갔다. 이후 지방 현령의 임기를 마치고 도성으로 돌아가는 길에 자신이 은거했던 초당사를 둘러보고자 했다. 공치규는 이 소식을 접하고 바로 이 글을 지어 변절자가 종산이나 초당사에 들어와 그 청정함을 더럽히는 것을 반대한 것이다. '령'은 신령神靈의 뜻.

4 치연역로馳煙驛路: '치연'은 안개를 치달리게 하다, '역로'는 역참. 즉 안개를 전령傳令으로 삼아 변절자 주옹이 이곳으로 온다는 소식을 주변의 모든 정령과 신령들에게 알리게 한다는 말이다.

5 륵이산정勒移山庭: '륵'은 새기다, '이'는 「북산이문」, '산정'은 산속의 넓은 평지.

6 경개발속지표耿介拔俗之標: '경개'는 지조를 굳게 지키다, '발속'은 세속을 초탈하다, '표'는 풍모風貌.

7 소쇄출진지상瀟灑出塵之想: '소쇄'는 맑고 깨끗하다, '출진'은 속진을 벗어나다, '상'은 생각이나 사상.

8 탁度: 헤아리다.

9 방결方絜: '방'은 비교하다, '결'은 결潔의 통가자로 결백하다.

10 간干: 닿다, 범하다.

11 오방지지의吾方知之矣: 은자의 조건이 이런 줄을 나는 이제야 비로소 알았다는 뜻.

12 정정물표亭亭物表: '정정'은 우뚝하니 솟아있는 모양으로, 고매함을 형용한 것이다. '물표'는 세상 만물의 바깥, 즉 속세를 벗어난 곳을 가리킨다.

13 교교하외皎皎霞外: '교교'는 희디흰 모양으로, 고결함을 형용한 것이다. '하외'는 노을의 바깥, 즉 속세를 벗어난 곳을 가리킨다.

14 개芥: 보잘것없이 작은 것. 여기에서는 동사로 쓰여 보잘것없이 하찮게 여긴다는 뜻이다.

15 불반不盼: '반'은 곁눈질로 슬쩍 보는 것. '불반'은 거들떠보지도 않는다는 뜻이다.

16 사만승屣萬乘: 천자의 지위를 헌신짝처럼 여기다. '사'는 보잘것없는 짚신. 여기에서는 동사로 쓰여 헌신짝처럼 무시한다는 뜻이다. '승'은 네 필의 말이 끄는 수레. '만승'은 일반적으로 천자의 지위를 가리키는데, 여기에서는 아주 높은 지위에 대한 비유다.

17 문봉취어낙포聞鳳吹於洛浦: 낙수洛水 가에서 생황으로 봉황의 울음소리를 흉내 내 부는 소리를 듣는다는 뜻. 전설에 따르면 주영왕周靈王의 아들 진晉이 낙수와 이수伊水의 물가에서 생황으로 봉황의 울음소리를 흉내 내 불다가 신선이 되었다고 한다. 이 구절은 신선이 되어 속세를 떠난 이의 자취를 좇고자 한다는 말이다.

18 치신가어연뢰値薪歌於延瀨: '치'는 우연히 마주치다, '신가'는 나무꾼의 노래, '연뢰'는 지명. 진晉나라 때 손등孫登이란 선비가 연뢰라는 곳을 노닐다가 나무꾼을 만나 진정한 은일거사의 풍도風度에 대해 듣고 깨우침을 얻었다고 한다. 이 역시 속세를 떠난 은일거사의 가르침을 구하고자 한다는 말이다.

19 고固: 진실로.

20 기종시참치期終始參差: '기'는 예상하다, '종시참치'는 처음과 끝이 한결같지 않다는 뜻. 즉 지조를 제대로 지키지 못했다는 말이다. '참치'는 가지런하지 않고 들쑥날쑥한 모양.

21 창황반복蒼黃反覆: 파래졌다 노래졌다 하며 계속해서 빛깔이 바뀐다는 뜻. 즉 곧잘

변절한다는 말이다.

22 적자지비翟子之悲: '적자'는 묵가墨家의 창시자인 묵적墨翟, 즉 묵자墨子를 가리킨다. 묵자는 하얀 실이 염료에 따라 빛깔이 변하는 것을 보고 사람이 악에 물드는 것 역시 이와 같다고 하면서 슬퍼했다고 한다.

23 주공지곡朱公之哭: '주공'은 극단적인 위기주의爲己主義로 유명한 양주楊朱, 즉 양자楊子를 가리킨다. 양자는 길을 가다가 갈림길이 나오자 사람 역시 마음의 갈림길에서 선악이 갈리는 것임을 떠올리고 이를 슬피 여겨 통곡했다고 한다.

24 사회적乍迴跡: '사'는 아주 잠깐, '회적'은 발길을 되돌리다.

25 하기류재何其謬哉: '하기~재'는 '어찌 그리 ~하단(혹은 되었단) 말인가!'라는 강조형 표현이다. '류'는 잘못.

26 상생尙生: 동한의 은자 상장尙長을 가리킨다. 상장은 자식들을 혼인시킨 뒤 산에 들어가 은거하며 다시는 속세로 나오지 않았다고 한다.

27 중씨仲氏: 동한의 은자 중장통仲長統을 가리킨다. 중장통은 덕성과 학식이 뛰어났지만 끝내 벼슬자리에 나아가지 않았다고 한다.

28 산아적요山阿寂寥: '산아'는 산의 움푹 팬 곳. 여기에서는 산속의 은일거사가 거처할 만한 곳을 가리킨다. '적요'는 적막하고 쓸쓸하다.

29 천재수상千載誰賞: '천재'는 천년, 즉 아주 오랜 세월이란 뜻. '상'은 완상玩賞, 즉 감상하며 즐긴다는 뜻. 산속에서의 은거생활을 즐긴다는 말이다.

위진남북조 문학비평

조비曹丕 『전론典論』 「논문論文」

조비에 대한 설명은 앞의 「연가행燕歌行」에서 이미 언급했다. 하지만 그가 보다 재능 있는 쪽은 창작보다는 비평이었다. 그의 주도로 『전론典論』이란 문학비평서가 지어졌다. 현재 비록 아주 일부분만 남아있지만, 『전론』은 중국문학비평사에서 아주 중요한 위치를 차지하고 있다. 이후로 전문적으로 문학비평의 기준과 방법을 논하거나 실제 문학작품들에 대해 품평을 가한 책들이 등장하기 시작하는데, 이는 결코 우연히 발생한 것이 아니라 앞서 밝혔듯이 제왕과 고관대작조차도 직접 시문을 지어야 하는 시대가 되면서 누구의 작품이 좋고 어떤 장르의 글은 어떻게 짓는 것이 훌륭한 것인가 등의 문제에 대해 공평하고도 모두가 수긍할 수 있는 평가기준이 필요했기 때문이다. 아쉬운 점은 현재 『전론』 중 남아있는 것이 「논문」 1편뿐이라는 것이다.

「논문」의 내용을 살펴보면, 우선 문인들이 서로 경시하는 이유를, 문학은 각 분야(장르나 문체)별로 차이가 있기 마련인데 문인들은 오로지 자신이 능한 분야만 중시하고 남이 잘하는 분야는 경시하기 때문이라고 명쾌하게 설명하고 있다. 또한 이렇게 각기 어떤 분야에는 능하고 어떤 분야에는 능하지 못하게 되는 것은 타고난 기질이 어울리는 분야와 어울리지 않는 분야가 있기 때문이며, 모든 분야에 두루 능하게 되는 것은 어려운 일이라고 지적하면서, '주의奏議'·'서론書論'·'명뢰銘誄'·'시부詩賦'는 각 문체별로 추구하는 바가 다르다는 것을 밝혔다. 이 모든 주장은 당시 문인과 그들의 시문의 우열과 득실을 가려내기 위한 기준을 제시하는 것이다. 그리고 과거에 역사가가 사서에 자신의 이름을 남겨주거나 고관대작의 발탁으로 조정에 진출해 공적을 세우지 않더라도 자신의 문장만으로 이름을 후세에 전할 수 있다고 주장하고, 동시에 문장이 나라를 다스리는 대단한 사업이라고 선언하고 있다. 이를 보면 과거에 비해 그 당시 문학의 지위가 얼마나 격상되었는지와 문학적 아름다움과 성취에 대한 자각이 얼마나 성숙했는지를 짐작할 수 있다.

…… 常人貴遠賤近[1], 向聲背實[2], 又患闇於自見[3], 謂己爲賢. 夫文本同而末異, 蓋奏議[4]宜雅, 書論[5]宜理, 銘誄[6]尙實, 詩賦[7]欲麗. 此四科[8]不同, 故能之者偏[9]也, 唯通才[10]能備其體. 文以氣爲主, 氣之淸濁有體[11], 不可力强而致[12]. 譬諸[13]音樂, 曲度[14]雖均, 節奏同檢[15], 至於引氣不齊, 巧拙有素[16], 雖在父兄, 不能以移子弟. 蓋文章, 經國[17]之大業, 不朽之盛事. 年壽有時[18]而盡, 榮樂止乎其身, 二者必至之常期[19], 未若[20]文章之無窮. 是以古之作者, 寄身於翰墨[21], 見[22]意於篇籍, 不假良史之辭[23], 不託飛馳[24]之勢, 而聲名自傳於後. ……

1 상인귀원천근常人貴遠賤近: '상인'은 범인凡人, 즉 일반 사람. '원'은 먼 시대의 것, '근'은 가까운 시대의 것. '귀원천근'은 귀고천금貴古賤今과 같은 뜻이다.

2 향성배실向聲背實: '향성'은 명성을 지향하다, '배실'은 실질에 등을 돌리다. 혹은 '성'을 형식, '실'을 내용으로 풀기도 한다.

3 암어자견闇於自見: '암'은 무지몽매하다, '자견'은 스스로를 알다.

4 주의奏議: '주'는 어떤 사실을 아뢰는 글, '의'는 어떤 일에 대한 시비득실을 논하는 글. 여기에서는 신하가 임금에게 올리는 글을 통칭한다.

5 서론書論: '서'는 편지, '론'은 어떤 사안에 대해 이치를 따지는 글. 여기에서는 나름의 목적을 가지고 사적으로 지은 글을 통칭한다.

6 명뢰銘誄: '명'은 죽은 이의 공적을 기물에 새기는 글, '뢰'는 일종의 행장行狀. 여기에서는 죽은 이를 애도하는 글을 통칭한다.

7 시부詩賦: 시가와 사부辭賦. 여기에서는 운문에 대한 통칭이다.

8 과科: 분야 또는 장르.

9 편偏: 편중되다.

10 통재通才: 모든 재주에 두루 능통한 사람.

11 체體: 선천적인 체성體性, 즉 성질.

12 역강이치力强而致: 힘써 억지로 다다르게 하다.

13 저諸: 지어之於의 준말.

14 곡도曲度: 곡의 박자나 음조.

15 절주동검節奏同檢: '절주'는 곡의 선율이나 가락, '검'은 법도 또는 방식.

16 소素: 선천적으로 타고난 소질.

17 경국經國: 나라를 경륜하다, 즉 나라를 다스린다는 뜻.

18 유시有時: 때가 되면.

19 상기常期: 일정하게 정해진 기한.

20 미약未若: ~하느니만 못하다. 불여不如와 같은 뜻.

21 한묵翰墨: 붓과 먹. 문장을 말한다.

22 현見: 드러내다. 현現의 통가자.

23 불가양사지사不假良史之辭: 훌륭한 사관史官의 말을 빌리지 않는다. '양사'는 훌륭한 역사가, '양사지사'는 역사가가 사서에서 자신에 대해 칭찬해 주는 말을 가리킨다. 즉 사서에서 자신을 칭찬해 주는 것에 의지하지 않는다는 말이다.

24 비치飛馳: 나는 듯이 치달리다. 여기에서는 권문세가를 가리킨다.

유협劉勰 『문심조룡文心雕龍』 「서지序志」

『문심조룡』을 지은 유협은 남조 양梁나라 사람으로, 『출삼장기집出三藏記集』과 『홍명집弘明集』 편찬으로 유명한 승우僧佑의 제자였다. 이후 스스로 출가해 법명을 혜지慧地라 했다. 이 때문에 혹자는 불교가 『문심조룡』의 내용에 끼친 영향을 강조하곤 하지만, 실제 내용을 살펴보면 오히려 이상할 정도로 불교의 흔적이 거의 보이지 않는다. 내용보다는 오히려 『문심조룡』의 치밀하고 구조적인 분석틀에서 불교 논리학의 영향을 받은 것이 아닌지 추측해 볼 수 있을 뿐이다. 혹자는 『문심조룡』을 양나라 태자 소통蕭統이 편찬한 시문총집인 『문선文選』과 함께 뒤섞어 다루기도 하는데, 이 두 책은 편찬시기가 서로 가깝기는 하지만 성격상 적지 않은 차이가 있다. 우선 『문심조룡』은 문학비평서지만, 『문선』은 시문총집이다. 또한 『문심조룡』은 유가의 도와 성인과 육경을 문학의 정점으로 상정하고 모든 문학의 분야와 기교에 대해 이를 기준으로 삼아 총괄했지만, 『문선』은 오로지 의식적으로 아름답게 지은 글, 즉 침사한조沈思翰藻(깊이 생각해 글을 짓다)를 기준으로 시문을 선별했다.

「서지」편에서 구체적으로 밝혔듯이 『문심조룡』은 총 50편으로 구성되어 있다. 그 중 제1편에서 제5편까지는 문文의 연원과 그 발전의 근거를 제시했고, 제6편부터 제25편까지는 각종 문체의 연원과 특성, 그리고 해당 문체 중 대표적인 문장의 득실까지 논했다. 제26편부터 제49편까지는 창작과 수사, 그리고 감상의 각종 방법과 기준을 제시했으며, 맨 마지막 제50편 「서지」편을 서문으로 삼아 끝을 맺었다. 원래 중국 고대의 저작들은 일반적으로 서문을 맨 뒤에 실었다. 실제로 『문심조룡』 이전이든 이후이든 『문심조룡』만큼 총괄적으로 문학의 각종 문체와 창작 기교와 감상 기분까지 다루고 있는 문학비평서는 찾기 힘들다. 그 때문인지 혹자는 『문심조룡』이야말로 중국 문학비평의 정점이며, 『문심조룡』을 기준으로 전체 중국문학을 품평할 수 있다고 하면서 과도하게 떠받들기도 한다. 하지만 너무나 당연한 이야기지만 『문심조룡』은 위진에서 남조로 이어지는 당시 문학비평의 특징을 잘 보여주고 있을 뿐이며, 이후로도 계속해서 다양하게 변화했던 중국문학의 여러 갈래를 설명해주지는 못한다. 게다가 포함하지 않는 것이 없다는 『문심조룡』의 총괄성은 장점이자 동시에 단점이다. 너무 개괄적으로 다양한 문체와 기교를 다루며 절충을 시도하다 보니 그 표현과 정리가 다분히 두루뭉술할 수밖에 없었다.

이렇게 문학 전체를 복잡다단하게 논하고 있는 『문심조룡』은 잘 알려져 있듯이 사륙변려문으로 지어졌다. 문학을 논하면서 스스로도 문학작품으로서의 꾸밈을 갖춘 것이다. 이는 그만의 독특한 시도가 아니었다. 오히려 당시로서는 너무나 보편적인 시도였고, 이 같은 분위기는 당시 문인재사들이 문장 자체의 아름다움을 얼마나 추종했는지를 보여주는 일례이기도 하다. 하지만 이러한 당시의 기풍을 모두 유미주의나 과도한 형식미의 추구일 뿐이라고 폄하해버리는 것은 부당하다. 유협을 포함한 당시 문인들이 정말로 추구했던 것은 내용과 형식이라는 두 가지 아름다움의 일치였다. 내용의 부실함은 말류의 폐단이었을 뿐이며, 이는 과거 모든 기풍의 끝자락에 보편적으로 나타나는 현상이었다. 물론 변려문이란 적지 않은 제약을 가진 문체로 이치를 논하거나 법칙을 다루는 것이 쉬운 일은 아니었지만, 오히려 쉽지 않기에 끝없이 문장 간의 우열을 가리고자 했던 당시 사람들에게는 그 우열을 좀 더 확실하게 드러내 보일 수 있는 좋은 기제機制였던 것이다.

夫文心者, 言爲文[1]之用心也. 昔涓子『琴心』[2], 王孫『巧心』[3], 心[4]哉美矣, 故用之焉. 古來文章, 以雕縟[5]成體, 豈取騶奭之群言雕龍[6]也? 夫宇宙綿邈[7], 黎獻[8]紛雜, 拔萃出類[9], 智術[10]而已. 歲月飄忽[11], 性靈不居[12], 騰聲飛實[13], 制作[14]而已. 夫人肖貌[15]天地, 稟性五才[16], 擬[17]耳目於日月, 方聲氣[18]乎風雷, 其超出[19]萬物, 亦已靈矣. 形同[20]草木之脆, 名踰金石之堅, 是以君子處世, 樹德建言[21], 豈好辯哉, 不得已也[22]! 予生七齡, 乃夢彩雲若錦, 則攀而採之. 齒在踰立[23], 則嘗夜夢執丹漆之禮器[24], 隨仲尼[25]而南行. 旦而寤, 迺[26]怡然而喜, 大哉聖人之難見也, 乃小子之垂夢[27]歟! 自生人[28]以來, 未有如夫子[29]者也. 敷讚聖旨[30], 莫若注經[31], 而馬鄭諸儒[32], 弘[33]之已精, 就[34]有深解, 未足立家[35]. 唯文章之用, 實經典枝條, 五禮[36]資之以成, 六典[37]因之致用[38], 君臣所以炳煥[39], 軍國[40]所以昭明[41], 詳[42]其本源, 莫非經典. 而去聖[43]久遠, 文體解散[44], 辭人愛奇[45], 言貴浮詭[46], 飾羽尚畫[47], 文繡鞶帨[48], 離本[49]彌甚, 將遂訛濫. 蓋「周書」論辭[50], 貴乎體要[51], 尼父陳訓[52], 惡乎異端[53], 辭訓之異[54], 宜體於要[55]. 於是搦筆和墨[56], 乃始論文. 詳觀近代之論文者多矣. 至於魏文述『典』[57], 陳思序「書」[58], 應瑒「文論」[59], 陸機「文賦」, 仲洽「流別」[60], 宏範「翰林」[61], 各照隅隙[62], 鮮觀衢路[63]. 或臧否[64]當時之才, 或銓品前修[65]之文, 或泛擧[66]雅俗之旨, 或撮題[67]篇章之意. 魏『典』密而不周, 陳「書」辯[68]而無當, 應「論」華而疏略, 陸「賦」巧而碎亂, 「流別」精而少功, 「翰林」淺[69]而寡要[70]. 又君山公幹[71]之徒, 吉甫士龍[72]之輩, 泛議[73]文意, 往往間出[74], 並未能振葉以尋根, 觀瀾而索源. 不述[75]先哲之誥[76], 無益後生之慮. 蓋文心之作也, 本乎道, 師乎聖, 體乎經,酌乎緯, 變乎騷[77], 文之樞紐[78], 亦云極矣[79]. 若乃論文敍筆[80], 則囿別區分[81], 原[82]始以表末, 釋名以章義[83], 選文以定篇[84], 敷理以擧統[85], 上篇[86]以上, 綱領明矣. 至於剖情析采[87], 籠圈條貫[88], 摛神性[89], 圖風勢[90], 苞會通[91], 閱聲字[92], 崇替於時序[93], 褒貶於才略[94], 怊悵於知音[95], 耿介於程器[96], 長懷序志[97], 以馭群篇, 下篇[98]以下, 毛目[99]顯矣. 位理定名[100], 彰乎大易之數, 其爲文用, 四十九篇而已[101]. 夫銓序[102]一文爲易, 彌綸[103]群言爲難, 雖復輕采毛髮[104], 深極骨髓[105], 或有曲意密源[106], 似近而遠[107], 辭所不載, 亦不勝[108]數矣. 及其品列成文[109], 有同乎舊談[110]者, 非雷同[111]也, 勢自不可異[112]也. 有異乎前論[113]者, 非苟異[114]也, 理[115]自不可同也. 同之與異, 不屑[116]古今, 擘肌分理[117], 唯務折衷[118]. 按轡文雅之場, 環絡藻繪之府[119], 亦幾乎備[120]矣. 但言不盡意[121], 聖人所難. 識在甁管[122], 何能矩矱[123]. 茫茫往代[124], 旣沈予聞[125], 眇眇來世[126], 倘塵彼觀[127]也. 贊[128]曰: 生也有涯, 無涯惟智[129]. 逐物[130]實難, 憑性[131]良易. 傲岸泉石[132], 咀嚼[133]文義. 文果載心[134], 余心有寄[135]!

....

1 위문爲文: 글을 짓다.

2 연자『금심』涓子『琴心』: '연자'는 환연環淵을 가리킨다. 연涓과 환環은 통가通假된다. 환연은 전국시대 초楚나라 사람으로 노자老子의 제자라고 알려져 있다. 이후 제齊나라의 직하선생稷下先生이 되었다. 『금심』은 그의 주장이 담긴 책 이름이다.

3 왕손『교심』王孫『巧心』: '왕손'은 아마도 전국시대의 학자인 듯하다. 『교심』은 왕손자王孫子의 주장이 담긴 책. 『한서漢書』「예문지藝文志 · 제자략諸子略 · 유가儒家」에 『왕손자』라는 책이 보이는데, "일명 『교심』이라고도 부른다"라고 기재되어 있다.

4 심心: 마음이란 보편개념을 지칭한 것으로 보인다. 혹은 구체적으로 앞에서 언급한 연자의 『금심』과 왕손자의 『교심』을 가리키는 것으로 보기도 한다.

5 조욕雕縟: 화려하게 수식하다. '조'는 아로새기다, '욕'은 화려하게 무늬를 놓다.

6 기취추석지군언조룡豈取騶奭之群言雕龍: '기'에 대한 해석은 크게 두 가지 입장이 대치된다. 우선 '기'를 긍정적인 의미로 보아서, 전체 문장을 조룡이란 서명이 "추석의

여러 말이 '용의 비늘을 아로새기듯 수사가 뛰어난 것'에서 취했다"고 보는 입장이다. 이 경우 '기'를 기冀(~하길 바란다), 개槪(대략, 아마도), 기불豈不(어찌 아니겠는가?) 등으로 풀이한다. 다음으로 '기'를 부정적인 의미, 즉 "어찌 ~하겠는가?"로 보아서, 조룡이란 서명이 "어찌 추석의 여러 말이 '용의 비늘을 아로새기듯 수사가 뛰어난 것' 따위에서 취해왔겠는가?"라고 보는 입장이다. 일단은 전자의 입장을 좇아 기불豈不(어찌 아니겠는가?)로 푸는 것이 무난한 듯하다. '추석'은 제齊나라 사람으로, 추연騶衍(추연鄒衍이라고도 함)의 장황한 음양오행설에 근거해 글을 지었다고 전한다. 특히 화려한 수사에 뛰어나 사람들이 그를 조룡석雕龍奭, 즉 '용의 비늘을 아로새기듯 수사가 뛰어난 추석'이라고 불렀다.

7 우주면막宇宙綿邈: '우주'는 모든 세상. '우'는 상하사방 같은 공간을 의미하고, '주'는 고금 같은 시간을 의미한다. '면막'은 아련히 연이어지며 끝없이 펼쳐져 있는 모양. '면'은 끊이지 않고 이어지는 모양, '막'은 멀리 있어 아득한 모양.

8 려헌黎獻: 보통 사람과 현명한 사람. '려'는 원래 검다는 뜻인데, 머리에 아무 관도 쓰지 않아 검은 머리를 드러낸 백성을 가리킨다. '헌'은 현賢의 가차자로 현인의 뜻.

9 발췌출류拔萃出類: 남달리 재주가 뛰어나다. '발췌'와 '출류' 모두 무리 중에서 남다른 두각을 나타낸다는 말로, 『맹자孟子』「공손추상公孫丑上」의 "출어기류出於其類, 발호기췌拔乎其萃"란 표현을 축약한 것이다.

10 지술智術: 지모를 사용하는 재주.

11 표홀飄忽: 홀연히 사라지다.

12 성령불거性靈不居: '성령'은 생명을 가리킨다. '불거'는 머물러 있지 않다, 즉 계속 늙다가 결국 죽는다는 뜻이다.

13 등성비실騰聲飛實: '등성'은 명성을 드날리다, '비실'은 실적을 드날리다.

14 제작制作: 여기에서는 저술의 뜻이다.

15 초모肖貌: 모습이 닮다.

16 오재五才: 오행五行, 즉 화火 · 수水 · 목木 · 금金 · 토土. 혹은 오상五常, 즉 인仁 · 의義 · 예禮 · 지智 · 신信이라 풀기도 한다.

17 의擬: 본받다.

18 방성기方聲氣: '방'은 방仿의 통가자로 본받는다는 뜻. '성'은 목소리. '기'는 기식氣息, 숨.

19 초출超出: 초월하다, 능가하다.

20 동同: 혹자는 심甚의 오자로 보기도 한다. 실제로 대구인 다음 구절의 동사가 '유踰(능

가한다)'이므로 '동同(같다)'보다는 심甚(더 심하다)이 문맥에 더 어울린다.

21 수덕건언樹德建言: 덕을 세우고 말주장을 세우다. 예부터 삼불후三不朽, 즉 세 가지 썩지 않고 영원한 것이 있다고 말해왔는데, 바로 입덕立德(덕을 세우다), 입공立功(공적을 세우다), 입언立言(주장을 세우다)이다. 여기에서도 이 삼불후를 염두에 두고 한 표현이다.

22 기호변재豈好辯哉, 부득이야不得已也: 이는 『맹자』「등문공하滕文公下」의 표현을 차용해 자신의 심경을 토로한 것이다.

23 치재유립齒在踰立: '치'는 연령, 즉 나이를 가리킨다. '유립'은 공자가 말한 이립而立, 즉 30살을 넘어섰다는 뜻이다.

24 단칠지예기丹漆之禮器: 붉은 칠을 한 제기祭器.

25 중니仲尼: 공자. '중니'는 공자의 자字.

26 내迺: 내乃의 이체자.

27 내소자지수몽乃小子之垂夢: '내'는 뜻밖이라는 어감을 나타내는 어조사. '소자'는 유협 본인을 가리킨다. '수몽'은 꿈에 나타나 주셨다는 뜻. '수'는 높은 사람이 자신에게 무엇인가 베풀어 주었음을 나타내는 일종의 높임말이다.

28 생인生人: 인류가 생겨나다.

29 미유여부자未有如夫子: 공자와 같은 사람은 아직까지 없었다. '부자'는 공자에 대한 존칭.

30 부찬성지敷讚聖旨: '부찬'은 설명해 밝히다. '성지'는 일반적으로 황제가 내린 칙서를 뜻하지만, 여기에서는 성인의 요지, 즉 공자의 가르침을 가리킨다.

31 주경注經: '주'는 주석을 달다, '경'은 유가의 경전.

32 마정馬鄭: '마'는 마융馬融, '정'은 마융의 제자인 정현鄭玄. 두 사람 모두 동한 말의 거유巨儒로 고문경학古文經學을 위주로 하되 금문경학今文經學에도 능통했다. 이들은 육경에 각종 주석을 달았는데, 결국에는 정현의 육경 주석이 이후의 학계를 석권하게 된다.

33 홍弘: 넓히다, 확충하다.

34 취就: 설령.

35 립가立家: 일가를 수립하다. 즉 하나의 문파門派나 학설을 세운다는 뜻이다.

36 오례五禮: 국가의 중요한 다섯 가지 의례儀禮, 즉 길례吉禮 · 흉례凶禮 · 빈례賓禮 · 군례軍禮 · 가례嘉禮를 가리킨다.

37 육전六典: 나라를 다스리는 근간이 되는 여섯 가지 전장제도典章制度, 즉 치전治典 · 교

전敎典 · 예전禮典 · 정전政典 · 형전刑典 · 사전事典을 가리킨다.

38 치용致用: 그 쓰임을 다하다, 그 효용을 다 드러내다.

39 병환炳煥: 밝게 빛내다. 제 역할을 제대로 해낸다는 뜻이다.

40 군국軍國: 군사와 국정.

41 소명昭明: 밝게 빛내다. 제 역할을 제대로 해낸다는 뜻이다.

42 상詳: 상세히 살피다.

43 거성去聖: 성인과 떨어지다. 여기에서는 주로 시간적인 거리를 말한다.

44 문체해산文體解散: 문체가 흐트러지다. 여기에서 '문체'는 각종 장르의 문장들이 응당 갖추어야할 체재를 가리킨다.

45 사인애기辭人愛奇: '사인'은 원래 사부辭賦를 짓는 작가를 가리키지만, 여기에서는 모든 문학 장르 작가의 통칭으로 쓰였다. '애기'는 신기하고 특이한 것을 좋아한다는 뜻.

46 부궤浮詭: 부화浮華(겉만 화려하고 실속이 없다)하거나 괴탄怪誕(괴상하고 헛되다)한 것.

47 식우상화飾羽尙畵: '식우'는 깃털로 꾸미다, '상화'는 꾸밈을 더하다. '상'은 상上의 가차자로 더하다, 보태다의 뜻. 이미 깃털로 꾸며져 아름다운데, 쓸데없이 깃털에 그림까지 그려 넣으려는 것처럼 과도하게 꾸미려 한다는 뜻이다.

48 문수반세文繡鞶帨: '문수'는 화려한 무늬를 수놓다, '반세'는 치장하기 위해 허리에 차는 띠와 손수건. 허리띠와 손수건으로 치장하듯 너무 화려하게 꾸민다는 뜻이다. 원래 허리띠와 손수건은 의복 중에서 화려한 자수로 가장 꾸밈이 많은 부분이다. 양웅揚雄의 『법언法言』「과견寡見」편에 '반세'를 번잡하게 꾸민 문사文辭에 비유하는 표현이 나온다. 유협 역시 이 표현을 차용한 것으로 보인다.

49 본本: 근본, 뿌리. 앞서 언급한 경전을 가리킨다.

50 「주서」논사「周書」論辭: '「주서」'는 『상서』의 「주서」를 가리킨다. '논사'는 문사文辭를 논하다.

51 귀호체요貴乎體要: 『상서』「주서」 중 「필명畢命」편의 "문사는 요체를 체득하는 것을 숭상한다"(사상체요辭尙體要)란 말을 약간 변용해 인용한 것이다. '체요'는 일반적으로 절실하면서 잘 간추려져 있다고 푸는데, 여기에서는 아래의 문맥에 맞추어 요체를 체득하다로 풀었다.

52 니보진훈尼父陳訓: '니보'는 공자를 가리킨다. '진훈'은 가르침을 펼쳐내다.

53 오호이단惡乎異端: 『논어』「위정爲政」편의 "이단에 매진하면 해로울 뿐이다"(공호이단

攻乎異端, 사해야이斯害也已)란 구절을 차용한 것이다. '오'는 미워하다, 혐오하다.

54 사훈지이辭訓之異: '사훈'은 바로 앞에서 언급한 두 가지 견해. '사'는 「주서」에서 문사를 논한 것을 말하고, '훈'은 공자가 펼쳐낸 가르침을 말한다. '이'는 양자의 주장에 차이가 있다는 뜻이다.

55 의체어요宜體於要: 응당 요체를 체득해야 한다.

56 닉필화묵搦筆和墨: '닉필'은 붓을 잡다, '화묵'은 먹을 간다.

57 위문술『전』魏文述『典』: '위문'은 위문제魏文帝, 즉 조비曹丕. '술『전』'은 그가 『전론典論』을 지었다는 뜻.

58 진사서「서」陳思序「書」: '진사'는 진사왕陳思王, 즉 조식曹植. '서「서」'는 그가 「여양덕조서與楊德祖書」를 썼다는 뜻.

59 응창「문론」應瑒「文論」: 응창의 「문질론文質論」을 말한다.

60 중흡「유별」仲洽「流別」: '중흡'는 지우摯虞의 자字. '「유별」'은 그가 지은 「문장유별론文章流別論」을 말한다.

61 굉범「한림」宏範「翰林」: '굉범'은 이충李充을 가리킨다. 이충은 자가 굉범이 아니라 굉도宏度다. 아마도 유협이 착각했거나 이후 전사轉寫되면서 와전된 듯하다. '「한림」'은 그가 지은 「한림론翰林論」을 말한다.

62 우극隅隙: 막다른 구석. 여기에서는 지엽枝葉이나 말단末端을 비유한다.

63 구로衢路: 사통팔달의 길. 여기에서는 모든 것의 중심을 이루는 근본이나 본령을 비유한다.

64 장부臧否: 좋고 나쁨을 품평하다, 포폄褒貶을 가하다. '장'은 착함 또는 선善, '부'는 나쁨 또는 악惡을 뜻한다.

65 전품전수銓品前修: '전'은 평가하다, '품'은 우열에 따라 품급을 나누다. '전수'는 전현前賢, 즉 앞선 현인들.

66 범거泛擧: 대략적으로 거론하다.

67 촬제撮題: 간추려서 적다. '제'는 글을 쓴다는 뜻.

68 변辯: 변辨의 통가자로 분별하다의 뜻.

69 천淺: 혹자는 문맥상 박博으로 고쳐야 한다고 하는데, 일리가 있다.

70 과요寡要: 실질적인 요체가 적다.

71 군산공간君山公幹: '군산'은 동한의 학자로 『신론新論』을 지은 환담桓譚의 자字, '공간'은 건안칠자建安七子의 한 명인 유정劉楨의 자.

72 길보사룡吉甫士龍: '길보'는 서진의 학자이자 응거應璩의 아들인 응정應貞의 자, '사룡'

은 서진의 문학가이자 육기陸機의 동생인 육운陸雲의 자.

73 범의泛議: 대략적으로 논의하다.

74 왕왕간출往往間出: '왕왕'은 일반적으로 종종이란 시간적 의미로 쓰이지만, 여기에서는 곳곳이란 공간적 의미로 쓰였다. '간출'은 틈틈이 나온다.

75 술述: 조술祖述하다. 즉 단순히 기술한다는 의미가 아니라, 과거의 가르침을 계승해 후세에 전한다는 뜻이 강하다.

76 고誥: 훈계, 가르침.

77 본호도本乎道, 사호성師乎聖, 체호경體乎經, 작호위酌乎緯, 변호「소」變乎「騷」: '체'는 본체로 삼다, '경'은 육경, '작'은 헤아려 가려내다, '위'는 위서緯書, '변'은 변천과정을 살핀다는 뜻. 「소」는 원래 굴원屈原의 「이소離騷」를 말하지만 여기에서는 초사 전체를 가리킨다.

78 추뉴樞紐: 문의 지도리. 이 말은 흔히 핵심이나 관건關鍵의 비유로 사용된다.

79 '개문심지작야蓋文心之作也'부터 여기까지는 『문심조룡』의 벼리라고 할 수 있는 제1편부터 제5편(「원도原道」, 「징성徵聖」, 「종경宗經」, 「정위正緯」, 「변소辨騷」)의 종지를 밝히고 있다.

80 논문서필論文敍筆: '논'과 '서'는 모두 논술하다는 뜻. '문'은 운韻이 있는 문장, 즉 예술적인 아름다움을 위한 글을 말하고, '필'은 운이 없는 문장, 즉 실용적인 글을 말한다.

81 유별구분囿別區分: '유'와 '구'는 모두 범주나 장르를 가리킨다. '별'과 '분'은 모두 변별하다는 뜻이다.

82 원原: 연원까지 거슬러 올라가 살펴본다는 뜻.

83 석명이창의釋名以章義: 명칭을 분석해 그 뜻을 밝히다. '명'은 각종 문체의 명칭들. '창'은 창彰의 통가자로 드러내다, 밝힌다는 뜻. '의'는 각종 문체의 명칭에 담긴 뜻.

84 선문이정편選文以定篇: '선'과 '정'은 모두 선정하다, 즉 대표적인 작품을 골라 뽑았다는 말이다. '문'과 '편'은 모두 각종 문체의 작품들을 가리킨다.

85 부리이거통敷理以擧統: '부리'는 각종 문체에 담긴 이치를 펼쳐 보이는 것이고, '거통'은 각종 문체의 체계를 들어 보이는 것이다. '약내논문서필若乃論文敍筆'부터 여기까지는 각종 문체를 분석하고 그 대표작들을 품평한 『문심조룡』의 제6편부터 25편까지의 종지를 밝히고 있다.

86 상편上篇: 『문심조룡』 전체 50편을 상편과 하편으로 나누었을 때 제1편부터 25편까지를 말한다.

87 부정석채剖情析采: '부'와 '석'은 모두 분석한다는 뜻이다. '정'은 글 속에 담긴 성정,

즉 내용을 말하고, '채'는 꾸밈이 갖추어진 글, 즉 형식을 말한다.

88 롱권조관籠圈條貫: '롱권'은 원래 짐승을 잡는 덫과 우리를 가리키지만, 여기에서는 동사로 개괄한다는 뜻으로 쓰였다. '조관'은 일관된 조리를 갖추었다는 뜻.

89 리신성摛神性: 「신사神思」편과 「체성體性」편에 대해 펼쳐 보였다는 뜻.

90 도풍세圖風勢: 「풍골風骨」편과 「정세定勢」편에 대해 그림을 그리듯 묘사했다는 뜻.

91 포회통苞會通: 「부회附會」편과 「통변通變」편을 담아냈다는 뜻. '포'는 포包의 통가자.

92 열성자閱聲字: 「성률聲律」편과 「연자練字」편에 대해 꼼꼼히 살펴보았다는 뜻.

93 숭체어시서崇替於時序: 「시서」편에 대한 흥망성쇠를 따져보았다는 뜻. '숭체'는 융성과 쇠락.

94 포폄어재략褒貶於才略: 「재략」편에 대한 포폄을 가했다는 뜻.

95 초창어지음怊悵於知音: 「지음」편에 대해 서글퍼했다는 뜻. '초창'은 낙심해 슬퍼하다.

96 경개어정기耿介於程器: 「정기」편에 대해 꿋꿋이 공정함을 유지했다는 뜻. '경개'는 원래 꿋꿋이 지조를 지킨다는 뜻인데, 여기에서는 공명정대하다는 뜻으로 쓰였다.

97 장회서지長懷序志: 「서지」편에서 속마음을 풀어냈다는 뜻. '장회'는 회포, 즉 속내를 펼쳐내다.

98 하편下篇: 『문심조룡』 전체 50편을 상편과 하편으로 나누었을 때 제26편부터 제50편까지를 말한다.

99 모목毛目: 세목細目, 즉 자잘한 조목들. '모'는 터럭 같이 가늘다는 뜻. 여기에서 하편을 '모목'이라 표현한 것은 앞서 상편을 강령으로 개괄한 것과 대칭되는 비유다.

100 위리정명位理定名: 이론을 다룬 글들을 알맞게 배치하고, 그 글들의 편명을 결정했다는 뜻.

101 대역지수大易之數, 기위문용其爲文用, 사십구편이이四十九篇而已: '대역지수'는 대연지수大衍之數, 즉 50을 가리킨다. 『주역周易』 「계사전繫辭傳」의 "대연지수는 50인데 그 중에서 49만을 쓴다"(대연지수오십大衍之數五十, 기용사십유구其用四十有九)는 구절을 차용한 것이다. 이는 『문심조룡』이 총 50편으로 대연지수에 부합되면서도, 그중 「서지」편은 문장을 논한 것이 아니라 서문이므로, 이를 빼면 49편이 된다는 말이다.

102 전서銓序: 살피고 헤아려 논하다.

103 미륜彌綸: 총괄해 가지런히 정리하다.

104 경채모발輕采毛髮: '경채'는 가볍게 다루다, '모발'은 터럭처럼 자질구레한 지엽적인 것에 대한 비유.

105 심극골수深極骨髓: '심극'은 깊이 궁구하다, '골수'는 뼈대처럼 가장 근간을 이루는 것

에 대한 비유.

106 곡의밀원曲意密源: 세세한 의미와 은밀한 연원. '곡'과 '밀'은 모두 아주 작아서 잘 드러나지 않는다는 뜻이다.

107 사근이원似近而遠: '사'는 마치 그럴듯해 보이다, '근'은 천근淺近하다, '이'는 역접, '원'은 원대하다.

108 불승不勝: 불능不能의 뜻.

109 품열성문品列成文: '품열'은 품평해 서열을 정하다, '성문'은 이미 지어진 글, 즉 기성의 문장을 가리킨다.

110 구담舊談: 옛 담론들. 여기에서는 문장들에 대한 기존의 품평을 가리킨다.

111 뇌동雷同: 부화뇌동附和雷同하다. 아무 생각 없이 남을 따라하다.

112 세자불가이勢自不可異: '세'는 전반적인 정황과 추세, '불가이'는 다를 수가 없다.

113 전론前論: 이전의 논의들. 앞에 나온 '구담舊談'과 같은 뜻.

114 구이苟異: 구차하게 다르게 하다. 즉 억지로 달라 보이게 한다는 뜻.

115 리理: 사리. 여기에서는 사리의 추세를 가리킨다.

116 불설不屑: 달갑게 여기지 않다, 하찮게 여기다, 경시하다.

117 벽기분리擘肌分理: '벽'과 '분'은 분석하다, '기'는 살, '리'는 살결.

118 절충折衷: 서로 다른 견해나 주장들을 취합해 타당하고 적절한 결론을 도출하는 것.

119 안비문아지장按轡文雅之場, 환락조회지부環絡藻繪之府: '안비'는 고삐를 당기다, '환락'은 재갈을 물리다. 원래는 모두 말을 몰며 둘러본다는 의미지만, 여기에서는 어느 분야에서 활동한다는 뜻이다. '문아'는 뛰어난 글재주, '조회'는 아름답게 꾸며진 문사文辭. '문아지장'과 '조회지부'는 문단 혹은 문학계를 가리킨다.

120 기호비幾乎備: '기'는 거의 ~에 가깝다, '비'는 완비되다.

121 언부진의言不盡意: 『주역』「계사전繫辭傳」에서 "글은 말을 다 담아내지 못하고, 말은 뜻을 다 밝히지 못한다"(서부진언書不盡言, 언부진의言不盡意)고 했다. 말이 뜻을 다 밝힐 수 있는가 없는가는 위진 시기의 주요 논쟁거리 중 하나였다. 유협은 말이 뜻을 다 밝힐 수 없다는 입장이다. 이것은 현학玄學의 보편적인 견해였다.

122 식재병관識在甁管: '식'은 식견, '병'과 '관'(대롱)은 모두 식견이 보잘 것 없음을 비유한다.

123 구확矩矱: 원래 '구'와 '확'은 모두 자의 뜻인데, 이후 원칙이나 법칙의 의미로 차용되었다. 여기에서는 문학의 원칙으로 삼는다는 뜻이다.

124 왕대往代: 전대, 혹은 과거. 여기에서는 전대의 현인들을 가리킨다.

125 침여문沈予聞: '침'은 깊이 침잠하다, 즉 깊은 생각에 잠긴다는 뜻. '여문'은 나의 견문, 즉 자신의 소견을 말한다.

126 묘묘래세眇眇來世: '묘묘'는 아득히 먼 모양, '래세'는 미래. 여기에서는 미래의 후학들을 가리킨다.

127 당진피관倘塵彼觀: '당'은 아마도, '진'은 먼지를 씌우다, '피관'은 후학들의 견해. 자신이 후학들에게 영향을 주는 것을 아주 겸손하게 표현한 것이다.

128 찬贊: 문장의 끝에 놓이며, 주로 그 문장의 대의와 요지를 개괄하는 역할을 한다. 일반적으로 상당히 압축적이며 압운押韻까지 한다.

129 생야유애生也有涯, 무애유지無涯惟智: 삶에는 끝이 있지만 지혜만은 끝이 없다. 『장자莊子』「양생주養生主」편의 표현을 차용했다. '애'는 물가, 끝.

130 축물逐物: 사물 또는 사물의 이치를 따르다.

131 빙성憑性: 타고난 품성에 의지하다.

132 오안천석傲岸泉石: '오안'은 거칠 것 없이 멋대로 노닐다, '천석'은 산수를 가리킨다.

133 저작咀嚼: 곱씹다, 음미하다.

134 과재심果載心: '과'는 과연, 정말로. 여기에서는 조건문을 만든다. '재심'은 마음을 담다.

135 유기有寄: 기탁할 바가 있다, 즉 믿고 기댈 곳이 있다는 뜻.

종영鍾嶸 『시품詩品』 「권중卷中」

남조 양梁나라 때 지어진 종영의 『시품』은 전문적으로 오언시만을 다룬 품평서다. 한나라부터 양나라에 이르기까지 총 122명의 시인의 오언시를 품평하면서 상중하 삼품으로 그 우열과 고하를 나누었다.

여기에서 인용한 것은 바로 앞의 여러 작품에서 살펴보았던 도연명陶淵明에 대한 품평이다. 도연명의 오언시가 응거應璩로부터 연원했다는 그의 주장에 대해서는 아직까지 찬반양론이 대립하고 있다. 현존하는 응거의 시가 너무 적어서 실질적인 비교가 어렵다는 것에도 원인이 있다. 도연명의 오언시에 대한 종영의 품평은 짧지만 한 마디 한 마디가 모두 정곡을 찌르고 있다. 그가 지적했듯 사실 당시 사람들은 도연명의 시가 너무 "질직質直"하다고 안타까워하고 있었다.(「귀원전거歸

園田居」의 설명 참고) 종영은 이에 대해 적극적으로 변명하면서 도연명을 "고금의 은일시인 가운데 으뜸"이라고 추켜세워 주고 있지만, 그 역시 도연명을 송대宋代처럼 높이 평가하지는 않았다. 실제로 도연명은 『시품』에서 상품이 아닌 중품에 속해 있다. 이를 두고 후세의 일부 학자들은 도연명이 원래 상품에 속해 있었는데 이후 와전되어 중품에 놓이게 되었다고 주장하기도 했지만, 근거가 전혀 없는 일종의 불평에 불과하다.

宋徵士陶潛[1]詩：其源出於應璩[2], 又協左思風力[3]. 文體省靜[4], 殆無長語[5]. 篤意眞古[6], 辭興婉愜[7]. 每觀其文, 想其人德, 世嘆其質直[8]. 至如"歡言酌春酒[9]", "日暮天無雲[10]", 風華淸靡[11], 豈直[12]爲田家語[13]耶? 古今隱逸詩人之宗[14]也.

....

1 송징사도잠宋徵士陶潛: '송'은 남조의 송나라를 가리키지만 좀 문제가 있는 표현이다. 도연명은 동진 때 벼슬자리에 나아갔으므로 진晉이라고 고치는 것이 타당하다. 아마도 종영은 도연명이 사망한 때를 기준으로 한 듯하다. 도연명은 동진이 멸망하고 남조의 송나라가 들어선 후 사망했다. '징사'는 징벽徵辟된 선비, 즉 조정의 부름을 받아 입사入仕한 것을 가리킨다. 도연명은 벼슬을 버리고 은거한 후 이름을 스스로 '잠'이라 고쳤다.

2 응거應璩: 위魏나라 건안칠자建安七子 중 한 명이었던 응창應瑒의 동생으로, 형 응창과 함께 시문에 두루 능했다.

3 협좌사풍력協左思風力: '협'은 합치된다는 뜻. '좌사'에 대해서는 앞에 나왔던 좌사의 「영사시詠史詩」에서 설명했다. '풍력'은 시문에서 드러나는 기풍과 필력.

4 생정省靜: 간결하다. '생'은 간략하다, '정'은 정淨의 가차자로 깔끔하다는 뜻.

5 태무장어殆無長語: '태무'는 거의 없다. '장어'는 길게 늘어놓은 말, 즉 쓸데없이 장황하게 말이 많은 것을 가리킨다.

6 독의진고篤意眞古: '독의'는 독실한 뜻, '진고'는 참되고 예스럽다.

7 사흥완협辭興婉愜: '사흥'은 수사상의 비유, '완협'은 완곡하면서도 흡족하다.

8 세탄기질직世嘆其質直: '세'는 세상 사람들, '탄'은 탄식하다 또는 안타까워하다, '질직'은 질박하고 직설적이란 뜻. 즉 당시 사람들은 도연명의 시가 너무 꾸밈이 없음을

아쉬워했다는 말이다.

9 환언작춘주歡言酌春酒: 기쁘게 말하며 봄 술을 따르다. 이 구절은 「독산해경讀山海經」 제1수에 보인다.

10 일모천무운日暮天無雲: 해질 무렵 하늘에 구름이 없다. 이 구절은 「의고擬古」 제5수에 보인다.

11 풍화청미風華淸靡: '풍화'는 기풍과 재화才華, '청미'는 깔끔하면서도 화려하다. 이 구절과 다음 구절은 앞서 보았던 도연명의 시가 '질직'하다는 세평世評에 대한 종영의 반박이다.

12 직直: 다만. 지只의 가차자.

13 전가어田家語: 시골 농부의 투박하고 거친 말.

14 종宗: 마루, 산이나 지붕의 꼭대기. 여기에서는 으뜸이란 의미로 사용되었다.

위진남북조 소설

「송정백착귀宋定伯捉鬼」 [『열이전列異傳』]

『열이전』은 현재까지 확인된 바로 가장 오래된 위진 시기 지괴소설집이다. 물론 한대에 지어졌다고 전해지는 작품도 있지만 대부분 후세 사람들이 가탁한 것들이다. 원서는 일찍이 망실되었고 50여 조만이 집일輯佚되어 전한다. 작자는 위나라 문제 조비曹丕로 알려졌지만, 집일된 내용을 살펴보면 조비 사후의 일도 기술되어 있어 논란의 여지가 남아 있다. 혹자는 작자가 진晉나라 장화張華라고 주장하기도 하지만, 장화 역시 전해지던 『열이전』을 다시 정리한 것일 뿐 최초의 편찬자는 아니다. 하지만 『열이전』 자체가 위진 시기에 지어졌다는 데는 이견이 없다. 그런데 여기에서 주의해야 할 점이 있다. 앞에서 이 책을 지괴소설집이라고 정의하긴 했지만, 이는 편의상 그리한 것일 뿐이다. 기이한 일을 기록한 것이기에 '지괴志怪'라고 불리는 것은 합당하지만, '소설'이라는 칭호는 오해의 소지가 있다. 이는 지금의 기준으로 소설의 범주에 넣고자 하는 것일 뿐, 당시 사람들이 의도적으로 소설, 즉 허구의 이야기를 창작한 것은 아니다. 한 개인이 따로 창작했다기보다는 당시 떠돌아다니던 기이한 이야기들을 수집 정리한 것인데, 그 기이한 이야기들에 대해서도 기본적으로 허구가 아닌 사실에 근거한다는 인식이 깔려 있었다.

여기에 인용된 송정백이 귀신을 골려주는 이야기는 남아있는 『열이전』 중에서도 특히 널리 알려져 인구에 회자되는 것이다. 혹자는 이 이야기에서 인간이 귀신을 골탕 먹이는 내용을 두고 무슨 반미신反迷信이나 무신론無神論의 정서가 깔려있다고 주장하는데, 이는 근대 이성을 과도하게 적용해서 나온 착각이다. 여기에서 우리는 오히려 인간의 삶에 아무런 거부감 없이 귀신이 등장할 수 있었던 시대적 분위기를 확인할 수 있다. 당시는 전국시대 말엽의 신선사상 등장으로부터 한대의 황로지술黃老之術과 도교의 성행을 거쳐 불교의 전래까지 이루어져, 그 어느 때보다도 이야기의 상상력이 극대화되었던 시기였다. 아래에서 인용한 송정백 이야기의 내용을 잘 살펴보면, 사람인 송정백도 기지를 발휘하고 있지만 웬만한 사람보다 어리석은 귀신에게서도 마치 실수를 연발하며 남에게 당하기만 하는 희극의 바보 역에게서 느낄 수 있는 친근함을 느낄 수 있다.

南陽宋定伯[1], 年少時, 夜行逢鬼. 問曰: "誰?" 鬼曰: "鬼也." 鬼曰: "卿[2]復誰?" 定伯欺之, 言: "我亦鬼也." 鬼問: "欲至何所?" 答曰: "欲至宛市[3]." 鬼言: "我亦欲至宛市." 共行數里. 鬼言: "步行太亟[4], 可共迭[5]相擔也." 定伯曰: "大善." 鬼便先擔定伯數里. 鬼言: "卿太重, 將[6]非鬼也!" 定伯言: "我新死, 故重耳." 定伯因復擔鬼, 鬼略[7]無重, 如是再三. 定伯復言: "我新死, 不知鬼悉何所惡忌[8]?" 鬼曰: "唯不喜人唾." 於是共道[9]遇水, 定伯因命鬼先渡, 聽之了[10]無聲. 定伯自渡, 漕漼[11]作聲. 鬼復言: "何以作聲?" 定伯曰: "新死, 不習渡水耳. 勿怪[12]!" 行欲至宛市, 定伯便擔鬼至頭上, 急持[13]之. 鬼大呼, 聲咋咋[14], 索[15]下. 不復聽之, 徑至宛市中. 著[16]地, 化爲一羊, 便賣之. 恐其便[17]化, 乃唾之. 得錢千五百, 乃去. 於時言: "定伯賣鬼, 得錢千五百."

1 남양송정백南陽宋定伯: '남양'은 옛 현 이름으로, 지금의 하남성河南省 서남부와 호북성湖北省 북부 일대에 위치했다. '송정백'은 인명. '종정백宗定伯'이라 표기된 판본도 있다.
2 경卿: 상대방에 대한 존칭.
3 완시宛市: 지금의 하남성 남양시南陽市를 가리킨다.
4 태극太亟: '태'는 너무, '극'은 피곤하다.
5 공질共迭: '공'은 함께, '질'은 갈마들다, 번갈다.
6 장將: 아마도.
7 략略: 전혀. 부정어 앞에 와서 강조를 나타낸다.
8 실하소오기悉何所惡忌: '실'은 모두. '소오기'는 싫어하고 꺼리는 것.
9 공도共道: 함께 길을 가다. 또는 함께 말을 나누다.

10 료了: 전혀. 부정어 앞에 와서 강조를 나타낸다.
11 조최漕灌: 물을 차는 소리. 철벅철벅.
12 괴怪: 이상하게 여기다, 괴이하게 여기다.
13 급지急持: '급'은 급히, '지'는 꽉 잡다.
14 책책咋咋: 크게 지르는 소리. 캑캑.
15 색索: 요구하다.
16 착著: 내려놓다. 착着의 통가자.
17 변便: 곧바로.

「한빙부부韓憑夫婦」 [『수신기搜神記』]

『수신기』는 동진의 역사가인 간보干寶가 지은 지괴소설집이다. 『열이전』과 마찬가지로 원서는 일찍이 망실되었지만, 현재 집일輯佚해 정리된 것이 460여 조나 된다. 내용의 구성이나 수사가 『열이전』보다 훨씬 짜임새 있다. 이는 지괴문학이 지속적으로 발전한데다가 작자(정확히는 편집자)인 간보가 워낙에 필력이 뛰어나기 때문일 것이다. 『열이전』에서 이미 언급했지만, 간보 역시 기이한 이야기들을 기본적으로 사실이라고 인식했다는 점은 간보 스스로 『수신기』를 지은 이유가 "귀신의 도가 거짓이 아님을 천명하는"(발명신도지불무發明神道之不誣)데 있다고 주장한 사실에서도 확인된다.

한빙 부부의 슬픈 사랑 이야기는 수많은 『수신기』의 이야기 중에서도 손꼽히는 유명한 내용이다. 우리가 부부금슬을 말할 때 흔히 언급하는 '원앙'이란 표현 역시 여기에서 나온 것이다. 실제 원앙의 경우 수컷이 바람도 곧잘 피우지만 아직까지도 사람들은 원앙이 일부일처로 평생 서로에게 정조를 지킨다고 믿는데, 아마도 이 이야기의 영향일 것이다. 애틋한 사랑을 나누는 한빙 부부와, 미색에 눈이 멀어 이들을 괴롭히다가 결국 이들을 죽음에 몰아넣고 유언마저 들어주지 않는 폭군이라는 이러한 이원대립 구도에서, 우리는 이 이야기가 단순히 흥미위주의 옛 이야기가 아니라 날카로운 현실비판을 내포하고 있음을 발견하게 된다. 인정사정없고 막무가내인, 그리고 끝도 없는 권위 혹은 권력의 압력을 꿋꿋이 버텨내고 결국에는 극복해내는 약자의 모습에서 민중의 공감이나 대리만족을 이끌어내고 있는 것이다.

宋康王舍人[1]韓憑, 娶妻何氏, 美, 康王奪之. 憑怨, 王囚之, 論爲城旦[2]. 妻密遺憑書, 繆[3]其辭曰: "其雨淫淫[4], 河大水深, 日出當心." 旣而[5]王得其書, 以示左右[6], 左右莫解其意. 臣蘇賀對曰: "'其雨淫淫', 言愁且思也. '河大水深', 不得往來也. '日出當[7]心', 心有死志[8]也." 俄而[9]憑乃自殺. 其妻乃陰腐[10]其衣. 王與之登臺, 妻遂自投[11]臺下, 左右攬之, 衣不中手[12]而死. 遺書於帶曰: "王利[13]其生, 妾利其死. 願以尸骨, 賜憑合葬." 王怒, 不聽, 使里人埋之, 冢相望[14]也. 王曰: "爾[15]夫婦相愛不已[16], 若能使冢合, 則吾不阻也." 宿昔之間[17], 便有大梓木[18]生于二冢之端, 旬日而大盈抱[19], 屈體相就[20], 根交于下, 枝錯[21]于上. 又有鴛鴦, 雌雄各一, 恒棲樹上, 晨夕不去, 交頸悲鳴, 音聲感人. 宋人哀之, 遂號其木曰'相思樹'. '相思'之名起于此也. 南人謂此禽卽韓憑夫婦之精魂. 今睢陽[22]有韓憑城, 其歌謠[23]至今猶[24]存.

....

1 송강왕사인宋康王舍人: '송강왕'은 전국시대 송나라의 군주. '사인'은 왕공귀족을 모시는 관리에 대한 통칭.

2 논위성단論爲城旦: '논'은 논죄論罪하다, 즉 죄를 따져 벌을 준다는 뜻. '성단'은 변방으로 보내져 밤에는 성벽을 쌓고 낮에는 경계를 서는 형벌의 일종.

3 료繆: 에두르다, 완곡하게 하다. 료繚의 통가자.

4 음음淫淫: 장마가 져서 비가 계속 내리는 모양.

5 기이旣而: 오래지 않아, 이윽고.

6 좌우左右: 좌우의 신하들.

7 당當: 마주대하다.

8 사지死志: 죽고자 하는 마음.

9 아이俄而: 오래지 않아, 이윽고.

10 음부陰腐: 몰래 썩혀 놓다. '음'은 암암리에, 남몰래. '부'는 부식시키다.

11 투投: 투신, 즉 몸을 던지다.

12 중수中手: 손에 잡히다, 손에 들어오다.

13 리利: 이득으로 여기다, 즉 좋아한다는 뜻.

14 총상망冢相望: 무덤이 서로 바라보다. 즉 합장合葬하지 않고 한빙 부부의 무덤을 따로 만들어 마주보게 했다는 뜻.

15 이爾: 너희.

16 상애불이相愛不已: 서로 사랑해마지않다.

17 숙석지간宿昔之間: 하룻밤 사이에. 짧은 시간을 의미한다. '석'은 석夕의 통가자.

18 재목梓木: 가래나무.

19 대영포大盈抱: 크기(굵기)가 한 아름은 족히 되다. '대'는 크기(굵기), '영'은 가득 차다, '포'는 한 아름.

20 굴체상취屈體相就: '굴체'는 나무가 줄기를 굽히다, '상취'는 서로 마주보며 나아가다.

21 착錯: 교착하다, 얽히다.

22 수양睢陽: 당시 송나라의 지명으로, 지금의 하남성에 위치해 있다.

23 가요歌謠: 확실한 내용은 알 수 없지만 『동관집彤管集』의 기록에는 한빙의 처 하씨가 다음과 같은 「오작가烏鵲歌」를 지어 부른 뒤 자살했다고 한다. "남산에 까마귀 있는데, 북산에 그물을 쳤네. 까마귀가 스스로 높이 나니, 그물로는 어쩔 수 없네."(남산유오南山有烏, 북산장라北山張羅. 오자고비烏自高飛, 라당내하羅當奈何!) "쌍쌍이 나는 까막까치, 봉황을 좋아하지 않네. 서민인 소첩, 송왕을 좋아하지 않네."(오작쌍비烏鵲雙飛, 불락봉황不樂鳳凰. 첩시서인妾是庶人, 불락송왕不樂宋王.) 아마도 이와 같은 노래였을 것으로 짐작한다.

24 유猶: 여전히.

「공문거孔文擧」 [『세설신어世說新語』「언어言語」]

『세설신어』는 남조 송나라의 유의경劉義慶이 지은 지인소설집이다. 여기에서도 '소설'이란 표현은 편의상 붙인 것이며, '지인'은 인물에 관한 일을 기록했다는 뜻이다. 후한부터 동진 때까지 주로 상류계층의 인물들의 일화를 모아서 36가지의 주제별로 묶어 정리한 책이다. 이 책은 당시 인물들의 일상 언행과 풍속이 아주 생동감 있게 묘사되어 있어서, 당시 지식인들의 사유와 문화를 이해하는 데 아주 중요한 자료다. 또한 남조 양나라 때 유효표劉孝標가 『세설신어』에 주를 달았는데, 나중에 망실된 책들을 많이 인용하고 있어서, 『세설신어』를 이해하는 데에도 도움이 될 뿐만 아니라 망실된 책들의 흔적을 살펴보는 데에도 도움이 된다.

아래에서 인용한 공융孔融의 이야기는 「언어」편에 담긴, 즉 '말'에 관련된 일화다. 당시 10살에 불과했던 공융이 고관이던 이응李膺을 다짜고짜 방문해 너무나 천연덕스럽게 얘기를 풀어나가는 내용이 자못 그의 재기발랄함을 잘 드러내 보여주고 있다. 특히 불시에 맞닥뜨린 진위陳韙의 폄하를 되받아치는 재주는 공융이 단순히 말재주에 의지하고 있는 것이 아니라, 진정 총기가 대단함을 잘 보여준다. 그 반격이 당차면서도 익살스러웠기에 진위는 속으로만 크게 당황할 뿐 겉으로는 화를 낼 수도 없는 해학적인 상황이 되어버렸다. 이러한 일화에서 우리는 당시의 자잘한 격식이나 법도에 얽매이지 않고 재기才氣를 중시하는 기풍을 살펴볼 수 있다.

孔文擧[1]年十歲, 隨父到洛[2]. 時李元禮[3]有盛名, 爲司隷校尉[4]. 詣門者[5], 皆儁才淸稱及中表親戚乃通[6]. 文擧至門, 謂吏[7]曰: "我是李府君親[8]." 旣通, 前坐[9]. 元禮問曰: "君與僕[10]有何親?" 對曰: "昔先君仲尼[11], 與君先人伯陽[12], 有師資之尊[13], 是僕與君奕世[14]爲通好也." 元禮及賓客莫不奇[15]之. 太中大夫陳韙[16]後至, 人以其語[17]語之. 韙曰: "小時了了[18], 大未必佳." 文擧曰: "想君小時, 必當了了." 韙大踧踖[19].

1 공문거孔文擧: 건안칠자建安七子 중 한 명인 공융孔融. '문거'는 그의 자字. 공자의 24세손이다.

2 낙洛: 낙양洛陽.

3 이원례李元禮: 후한 말의 명사 이응李膺. '원례'는 그의 자. 꼿꼿한 지조를 지니고 문무를 겸비했으며 당시에 명망이 높았기에, 그의 문하에 들어가는 것을 등용문登龍門했다고 여겼다.

4 사례교위司隸校尉: 주로 도성의 백관百官을 감찰하는 임무를 맡았으며, 직급은 주자사州刺史에 상당했다.

5 예문자詣門者: 이응의 집을 방문하는 사람들. '예'는 이르다, 찾아가다.

6 준재청칭급중표친척내통儁才淸稱及中表親戚乃通: '준재'는 재주가 뛰어난 인물, '청칭'은 고결하다고 칭송받는 인물. '급'은 ~과, '중표친척'은 내외종 친척들, 즉 모든 친척들을 가리킨다. '통'은 통교通交하다, 사귀다.

7 리吏: 이응 집의 문지기 혹은 집사를 가리킨다.

8 이부군친李府君親: '이부군'은 이응을 말한다. '부군'은 한나라 때 태수太守에 대한 존칭으로, 당시 이응은 하남윤河南尹을 겸직하고 있었는데, 그 직급이 태수와 동열이었다. '친'은 친척.

9 전좌前坐: 앞으로 가서 앉다. 즉 이응 앞에 앉았다는 뜻.

10 군여복君與僕: '군'은 상대방에 대한 존칭, '복'은 자신에 대한 낮춤말.

11 선군중니先君仲尼: '선군'은 돌아가신 선조, '중니'는 공자孔子의 자.

12 선인백양先人伯陽: '선인'은 남의 돌아가신 선조, '백양'은 노자老子의 자. 노자의 성명은 이이李耳다. 공융은 자의적으로 이이를 이응의 선조로 상정한 것이다.

13 사자지존師資之尊: '사자지존'은 스승으로 존대하다. '사자'는 스승이란 뜻. 『사기』「노자열전」을 보면, 공자가 주周나라로 가서 노자에게 가르침을 청하는 내용이 보인다. 공융은 이 일을 지적한 것이다.

14 혁세奕世: 대대로, 자자손손.

15 기奇: 기특하게 여기다.

16 태중대부진위太中大夫陳韙: '태중대부'는 조정의 의론을 관장하는 관리, '진위'는 인명.

17 기어其語: 그 말, 즉 공융이 했던 말.

18 료료了了: 똑똑하다, 총명하다.

19 축적踧踖: 원래는 조심해서 걷는 공손한 모양을 뜻하지만, 여기에서는 난처해하다, 난감해하다는 뜻으로 쓰였다.

「유령劉伶」 [『세설신어』「임탄任誕」]

『세설신어』에서 「임탄」편은 제멋대로 방자하게 굴거나 기행을 일삼는 이들의 일화를 모아둔 편이다. 하지만 당시의 방종과 기행은 자연스러운 일탈이라기보다는 사실 혼란한 정치와 사회에 대한 적극적인 반발이자 거부였다. 이 점은 앞에서 살펴본 완적阮籍의 「영회시詠懷詩」의 해설에서 설명했다. 당시 사회는 집권층의 필요나 기준에 따라 지식인들을 옥죄는 데 악용되었던 유가의 예교가 여전히 정치적 영향력을 발휘하고 있었지만, 동시에 공융의 이야기에서도 볼 수 있듯이 비정치적 영역에서는 이와 상반되게 자잘한 격식이나 법도에 얽매이지 않는 풍조가 성행하고 있었다. 이 두 갈래의 성향은 음으로 양으로 상충하고 상보하는 관계였으며, 결국에는 예교를 주축으로 공존의 장을 형성하게 된다.

이러한 난세를 살던 유령은 죽림칠현竹林七賢의 한 명이기도 했지만, 두주불사斗酒不辭의 주객으로 더 유명했다. 그런데 과도한 음주로 건강을 해칠까 걱정하던 그의 아내가 금주를 강권하자, 그는 뜻밖에도 선뜻 술을 끊겠다고 약속한다. 오히려 귀신에게 제사상을 차려놓고 금주의 맹세를 하겠다며 호들갑을 떤다. 하지만 정작 제사상이 차려지고 맹세를 하게 되자, 그는 돌연 입장을 바꾸어 본인은 타고난 술 체질이며 술을 끊으라는 아녀자의 말일랑 절대 따를 수 없다고 다짐하고는, 제사상의 술과 고기를 순식간에 먹어치우고 이내 곤드레만드레 취해버린다. 그의 아내는 이런 어이없는 상황에 황당해하면서 크게 역정을 냈을까? 아마도 "당신이 그러면 그렇지!"라면서 순순히 '혹시나' 했던 기대를 '역시나' 하는 푸념으로 대신했을 것이다. 당시는 취하지 않고는 배길 수 없었던 '술 권하는 사회'였으니 말이다.

劉伶病酒[1], 渴[2]甚, 從婦求酒. 婦捐酒毁器[3], 涕泣諫曰: "君飮太過, 非攝生[4]之道, 必宜斷之." 伶曰: "甚善[5]. 我不能自禁, 惟當祝[6]鬼神, 誓斷之耳, 便可具酒肉." 婦曰: "敬聞命[7]." 供酒肉于神前, 請伶祝誓. 伶跪而祝曰: "天生劉伶, 以酒爲名[8]. 一飮一斛[9], 五斗解酲[10], 婦人之言, 愼[11]不可聽." 便引酒進肉, 隗然[12]已醉矣.

··················

1 유령병주劉伶病酒: '유령'은 죽림칠현 중 한 명. 특히 술을 좋아하기로 이름이 높았다. '병주'는 술병이 들다.

2 갈渴: 갈증渴症. 구갈口渴이라고도 한다.
3 연주훼기捐酒毁器: 술을 버리고 술그릇을 깨뜨리다.
4 섭생攝生: 양생養生하다, 보양하다, 보신하다.
5 심선甚善: 아주 좋다, 매우 훌륭하다.
6 축祝: 기도하다, 기원하다.
7 경문명敬聞命: 삼가 명을 좇다.
8 이주위명以酒爲名: 술로 명성을 이루다. 즉 술로 명성을 얻었다는 뜻.
9 곡斛: 용량을 헤아리는 단위로 10말이 1곡이다. 우리말로는 '휘'라 한다.
10 오두해정五斗解醒: '두'는 용량을 헤아리는 단위로 10되가 1두다. 우리말로는 '말'이라 한다. '해정'은 숙취를 풀다. '정'은 숙취. 즉 5말의 술로 해장한다는 말이다.
11 신愼: 절대, 부디.
12 외연隗然: 거나하게 술에 취한 모양. '외'는 외醅의 가차자로 술에 만취한 모양을 뜻한다.

당대 시

왕발王勃 「산중山中」

초당사걸初唐四傑의 한 명인 왕발은 어려서부터 총명함으로 유명했으며, 6살 때 이미 글을 지었고 14살이란 어린 나이에 벌써 벼슬에 올랐다. 그러나 수년 뒤 뜻밖에도 거침없는 재기才氣로 지었던 글 한 편이 고종高宗의 노여움을 사 파직되고 만다. 파직된 이후로도 뛰어난 재주로 인해 사람들의 주목을 받았지만 늘 오해나 질시도 따라왔다. 결국 다시 관직에 나서기는 하지만 이번에는 정말 큰 죄를 범해 사형에 처해지게 된다. 결국 구사일생으로 사면되기는 했지만 이 일로 자신이 파직됨은 물론이고, 아버지 왕복치王福畤까지 교지交趾(지금의 베트남 북부 지역)로 좌천되고 만다. 이후 교지로 아버지를 만나러 가던 왕발은 남해를 건너다 물에 빠졌다가 간신히 구조되었으나 병을 얻어 결국 죽고 만다. 혹은 남해에서 익사했다고도 한다. 그때 그의 나이 겨우 28세였다. 이렇게 어이없이 요절한 왕발의 문명文名을 드날리게 한 것은 바로 「등왕각서滕王閣序」다. 물론 왕발은 시부詩賦에도 능했지만, 교지로 아버지를 만나러 가던 여행길에 우연히 맞닥뜨린 등왕각의 중수重修를 축하하는 연회에서 지나가던 불청객의 신분으로 써내려간 「등왕각서」는 당대를 대표하는, 그리고 왕발을 대표하는 사륙변려문으로 손꼽힌다. 이후 이 글은 장안長安의 황궁에까지 전해졌고, 이를 읽고 감탄한 고종은 왕발을 다시 불러들인다. 그러나 그때 왕발은 이미 죽고 없었다.

「산중」은 짧은 평생 동안 타고난 뛰어난 재주를 펼칠 기회를 좀처럼 갖지 못했던 자신의 울분을 토로한 시다. "장강長江"과 "만리萬里"는 각각 무한한 시간과 공간을 상징한다. 그 무한함 앞에 인간의 유한함은 그저 서글픔일 뿐이다. 스산한 가을바람에 어지러이 쓸려가는 낙엽들일 뿐이다.

長江悲已滯, 萬里念將歸. 況屬[1]高風晩, 山山黄葉飛.

1 촉屬: 때마침, ~때에 즈음해, 바야흐로.

진자앙陳子昂 「감우感遇」

진자앙은 부유한 가문에서 태어났으나 어려서는 학문에 뜻이 없었다. 그러다 약관弱冠의 나이에 접어들 즈음 심기일전해 학문에 매진했다. 너무 늦은 감이 있었으나 이를 보상이라도 하듯이 부지런히 책을 읽고 학업을 쌓았다. 결국 벼슬길에도 나아가 10여 년간 몇몇 관직을 역임하다가 스스로 고향으로 돌아왔다. 그런데 그 험난한 벼슬살이도 무난히 지냈던 진자앙은 어이없게도 그의 재산을 노린 고향 현령의 모함을 받아 투옥되어 죽고 만다.

문학사에서 진자앙은 시의 작품성보다는 새로운 시풍을 개창한 이로 주목받는다. 그는 너무나 부화浮華해져버린 당시當時의 시풍을 배격하고 한위漢魏 시대의 풍격과 기개를 갖추고 현실을 직시하는 시풍을 되살릴 것을 주장했다. 이를 고시운동古詩運動이라고 부르기도 한다. 이러한 주장에 걸맞게 그의 시는 힘찬 기상을 드러내면서 현실을 얘기하는 시가 대부분이다. 아래에 인용한 시는 그의 「감우」 38수 중 제1수다. 사실 이 시는 진자앙의 시풍을 여실하게 대변하는 작품은 아니다. 다분히 서정적인 분위기가 방금 설명한 진자앙의 시풍과 부합되지 않는다고 느껴질지 모르겠지만, 잘 살펴보면 표현기법이나 정서가 진솔함을 주조로 하던 한대 악부시와 닮아있다. 그리고 형식면에 있어서도 주목할 부분이 보이는데, 그것은 바로 압운이나 글자간의 평측에도 상당히 신경을 쓰고 있다는 점이다. 이러한 점 때문에 혹자는 진자앙이 당시唐詩의 개조開祖이면서 동시에 근체시의 개조라고도 주장한다. 전자는 개방적이고 진취적인 당나라의 기상을 대변하는 열정적인 당시의 기풍을 본격적으로 연 장본인이 바로 진자앙임을 지적하는 말이고, 후자는 근체시 형식의 추형雛形이 이미 진자앙의 시에서 확연히 드러나고 있음을 지적한 말이다.

蘭若[1]生春夏, 芊蔚何青青[2]. 幽獨空林色, 朱蕤冒紫莖[3]. 遲遲白日晚, 嫋嫋[4]秋風生. 歲華[5]盡搖落, 芳意[6]竟何成.

....

1 난약蘭若: 난초와 두약杜若. 모두 향초의 일종이다.
2 천위하청청芊蔚何青青: '천위'는 무성하다. '하청청'은 얼마나 푸른가! '하'는 얼마나. 의문사가 아니라 강조 또는 감탄을 나타낸다.
3 주유모자경朱蕤冒紫莖: '주유'는 붉은 꽃, '모'는 덮다, '자경'은 자줏빛 줄기.
4 뇨뇨嫋嫋: 바람에 살랑살랑 흔들거리는 모양.
5 세화歲華: 원래는 한 해를 주기로 피었다가 시드는 모든 초목을 가리키지만, 여기에서는 주로 꽃을 가리키는 듯하다.
6 방의芳意: 춘의春意, 즉 봄기운.

잠삼岑參 「주마천행走馬川行, 봉송봉대부출사서정奉送封大夫出師西征」

잠삼은 어려서 가난했으나 학업에 힘써 결국 과거에 급제하게 된다. 특히 봉상청封常淸과 고구려 유민 출신인 고선지高仙芝의 막료로 7여 년을 변경에서 지냈는데, 그때의 경험은 이후 그가 주로 변경에 관한 시를 짓게 되는 계기이자 자원이 되었다. 그는 문학사에서 고적高適과 함께 당대 변새시파邊塞詩派의 대표시인으로 손꼽힌다.

이 작품은 그가 모셨던 봉상청 장군이 원정을 떠날 때 전송하며 지은 시로, 변경의 삭막한 풍광과 살벌한 전운을 실감나게 묘사하고 있다. 형식은 악부시에서 나온 가행체歌行體인데, 실제로 잠삼은 가행체에 가장 능했다고 알려져 있다. 표현기법 역시 다분히 악부시의 유풍遺風을 따랐다. 그래서 혹자는 이 시의 제목에서 '주마천행'의 '행'은 동사가 아니라 가행체 작품의 제목을 '○○행'이라고 짓듯이 시체를 나타내는 것으로 보아, 본래 제목이 「주마천행」이고 이하 '봉송봉대부출사서정'을 부제副題로 보는데 상당히 일리가 있다.

君不見[1]! 走馬川[2]行雪海[3]邊, 平沙莽莽黃[4]入天. 輪臺[5]九月風夜吼, 一川碎石大如斗, 隨風滿地石亂走. 匈奴草黃馬正肥[6], 金山西見煙塵飛[7], 漢家大將西出師[8]. 將軍金甲夜不脫, 半夜軍行戈相撥[9], 風頭[10]如刀面如割. 馬毛帶雪[11]汗氣蒸, 五花連錢旋作氷[12], 幕中草檄[13]硯水凝. 虜將聞之應膽懾, 料知短兵[14]不敢接, 車師[15]西門佇獻捷[16].

1 군불견君不見: 그대는 보지 못했는가! 이는 악부시 가행체에서 흔히 보이는 관용적 표현이다.

2 주마천走馬川: 당시 신강新疆에 존재했던 겨울엔 메말랐다가 여름에 물이 차는 계절 강의 이름. 지금의 어느 강인지에 대해 여러 주장이 있지만 모두 근거가 미약하다.

3 설해雪海: 특정 지명이 아니라 신강 지역의 눈 싸인 혹한의 사막을 가리킨다. 혹자는 '설해'를 지명으로 보아, 지금의 키르기스스탄에 위치한 천산산맥天山山脈의 주봉과 이시크 쿨(Issyk Kul) 호수 근처라고 설명하기도 한다.

4 평사망망황平沙莽莽黃: '평사'는 광활한 사막, '망망'은 아득해 끝이 보이지 않는 모양, '황'은 황사.

5 륜대輪臺: 지금의 우루무치烏魯木齊시의 북쪽에 위치했던 옛 지명. 원래는 흉노가 세운 나라 이름이었으나, 한나라 때 멸망했다. 이후 당나라 때 그곳에 다시 윤대현을 설치했다.

6 흉노초황마정비匈奴草黃馬正肥: '흉노'는 당시 흉노가 머무르던 땅을 가리킨다. 흉노는 단일 부족이라기보다는 북방 유목민들의 연합체였다. '초황'은 풀들이 누렇게 시들었다, 즉 가을이 되었음을 의미한다. '정'은 바야흐로, 마침.

7 금산서견연진비金山西見煙塵飛: '금산'은 지금의 신강 북부에 위치한 알타이Altai산을 가리킨다. 알타이산은 황금으로 이루어진 산이란 의미다. '서견'은 금산에서 서쪽을 향해 본다는 뜻. '연진비'는 연기와 먼지가 휘날리다, 즉 전쟁이 발발했음을 의미한다.

8 한가대장서출사漢家大將西出師: '한가대장'은 본래 한나라 때 서역 정벌에 큰 공을 세운 장수 장건張騫을 말하지만, 여기에서는 당나라 장수 봉상청封常淸을 가리킨다. 은

근히 지금의 당나라를 서역 정벌에 큰 공적을 남긴 한나라에 비유한 것이다. '출사'는 군대를 출정하다.

9 발撥: 부딪치다.

10 풍두風頭: 바람의 기세.

11 대설帶雪: 눈을 두르다, 즉 눈에 덮였다는 뜻.

12 오화연전선작빙五花連錢旋作氷: '오화'는 오화마五花馬. 당나라 사람들은 말의 갈기를 다섯 갈래로 따서 꽃모양을 만들길 좋아했는데, 이같이 꾸민 말을 오화마라 했다. '연전'은 연전총連錢驄. 검푸른 빛깔에 동전이 연달아 놓인 듯 둥근 무늬가 여럿 있는 말을 연전총이라 했다. 여기에서는 모두 훌륭한 전마戰馬를 가리킨다. '선'은 곧바로, 오래지 않아. '작빙'은 얼음이 되다.

13 초격草檄: '초'는 초안을 잡다, 혹은 급히 글을 쓰다. '격'은 토벌할 대상의 죄상을 성토하는 격문.

14 료지단병料知短兵: '료지'는 짐작하다, 예측하다. '단병'은 백병전.

15 차사車師: 원래는 서역에 위치한 옛 나라 이름이지만, 여기에서는 그 위치에 세워진 당나라의 안서도호부安西都護府를 가리킨다.

16 저헌첩佇獻捷: '저'는 기다리다. '헌첩'은 원래 전쟁에서 얻은 전리품과 포로를 바치는 것을 뜻하지만, 여기에서는 승첩勝捷, 즉 승전보를 올린다는 뜻이다.

왕유王維 「죽리관竹裏館」

왕유는 21세에 과거에 급제해 벼슬길에 올랐다. 비록 좌천당하기도 하고 안록산安祿山의 난 때 안록산에게 부역附逆한 일로 궁지에 몰리기도 했지만, 결국에는 승상의 지위에까지 올랐다. 말년에는 은퇴해 망천輞川이란 곳에 은거했다. 그는 특히 말년에 불교에 심취했기에 자연스레 그의 시 곳곳에도 불가의 가르침이 녹아있었고, 이로 인해 결국 그는 시불詩佛이라 불리게 되었다. 그는 시와 함께 그림에도 능했는데, 시에서는 회화적 묘사를 사용하고 그림에서는 시적인 운치까지 담아내 후세 사람들에게 "시 속에 그림이 있고, 그림 속에 시가 있다"(시중유화詩中有畫,

화중유시畵中有詩)는 칭송을 받았다. 여기에서 우리가 주목해야 할 것은 왕유가 당대를 대표하는 전원시인인 동시에 남종화南宗畵라 일컬어지는 문인화의 시조로도 추앙받고 있다는 점이다. 요지는 왕유가 세밀한 묘사와 채색을 위주로 하던 기존의 화풍과 달리 의경意境의 함축과 수묵을 위주로 하는 새로운 화풍을 개창했다는 것이다. 하지만 이러한 주장은 명나라 말에 이르러 문인화를 남종화라 규정지으며 그 권위를 강화하고 동시에 상대되는 북종화를 폄하하기 위해 등장한 일종의 설정이기에 다분히 과장이 섞여 있다. 비록 당시 왕유가 수묵화에 능했다 하더라도 본격적인 수묵화, 즉 문인화의 시작은 송대 이후로 보아야 한다.[1]

이 작품은 비록 짧지만 속세를 벗어나 은거하는 은일거사의 심경을 회화적으로 잘 묘사하고 있어서, 시를 잘 읽은 뒤 눈을 감고 마음속에 한 폭의 수묵화로 그려낼 수 있다. 문인화는 실제 경치가 아닌 그 안에 자신만의 의경을 담아내는 데 주력했기에, 이처럼 자신의 의경을 회화적으로 표현해내는 왕유를 문인화의 시조로 상정했던 것으로 보인다.

獨坐幽篁[2]裏, 彈琴復長嘯[3]. 深林人不知, 明月來相照.

....

1 수묵화의 가장 중요한 관건은 바로 자연스러운 몰골沒骨과 자유자재의 발묵潑墨인데, 이는 송대에 들어 숙지宿紙 대신 생지生紙를 사용하고, 송연묵松煙墨 대신 유연묵油煙墨을 사용하게 되면서부터 가능해진 것이다. 미불米芾이 처음 생지에 유연묵을 사용해 이 같은 발묵수묵화의 새로운 경지를 개척했다고 전해진다.

2 황篁: 대숲.

3 장소長嘯: 길게 시가를 읊조리다.

왕유 「산거추명山居秋暝」

이 작품은 특히 왕유에 대해 "시 속에 그림이 있고, 그림 속에 시가 있다"는 후세의 평이 결코 허언이 아님을 증명해 주는 명작으로 손꼽힌다. 전원의 세세한 풍경들이 오롯이 시 한 수에 담겨져 있는데, 특히 "죽훤귀완녀竹喧歸浣女, 연동하어주蓮動下漁舟"는 그 중에서도 담담한 정경만으로 전원의 운치를 흠뻑 발산하는 명구로 인정받고 있다.

空山新雨後, 天氣晩來[1]秋. 明月松間照, 清泉石上流. 竹喧歸浣女[2], 蓮動下漁舟[3]. 隨意春芳歇[4], 王孫自可留[5].

1 래來: 여기에서는 뜻이 없는 어조사로 쓰였다. 혹자는 이를 동사로 풀기도 한다.

2 죽훤귀완녀竹喧歸浣女: 대숲 속 물가에서 빨래를 마치고 돌아가는 아낙네들의 이야기 소리와 웃음소리 때문에 대숲이 시끄럽다는 뜻이다.

3 연동하어주蓮動下漁舟: 일을 마친 고기잡이배가 내려가기 때문에 연꽃이 움직인다는 뜻이다.

4 춘방헐春芳歇: '춘방'은 봄꽃, '헐'은 다하다, 시들다.

5 왕손자가류王孫自可留: 한나라 때 지어진 초사楚辭 「초은사招隱士」의 "왕손이여, 돌아가소서. 산 속은 오래 머물 수 없으니"(왕손혜귀래王孫兮歸來, 산중혜불가이구류山中兮不可以久留)라고 한 표현을 뒤집어 사용한 것이다. '왕손'은 원래 왕족이나 귀족 가문의 자제를 가리키는 말이지만, 이후 은사隱士를 뜻하게 되었다. 왕유 역시 은사의 의미로 왕손을 사용했는데, 이는 자신을 가리킨다. 특히 왕유는 성이 왕씨이기에 왕손은 왕씨의 후손이란 뜻으로도 해석된다. 아마도 의도적으로 중의적重義的인 표현을 채택한 것으로 보인다.

이백李白 「월하독작月下獨酌」

우리나라에서는 흔히 이태백李太白(태백은 그의 자)으로 불리는 이백은 당대 중에서도 국운이 가장 융성하다가 안사安史의 난으로 급격히 쇠락하게 되는 현종玄宗 때의 시인이다. 당시 당나라는 세계적으로 개방된 무역의 중심지였고, 그 중에서도 수도 장안長安은 여러 외국인과 외국문물이 모인 문화의 용광로였다. 이백 역시 원래는 서역인의 후예로 추정되는데, 일설에는 지금의 키르기스스탄 지역 출신이라고도 한다. 물론 그를 한족 출신으로 추정하는 주장들도 적지 않지만 전반적으로 따져볼 때 서역인 후예설이 가장 설득력이 있다. 이렇게 외국인의 후예로 생김새도 남달랐던 그가 당나라 장안에서 문명文名을 드날릴 수 있었던 것은 그만큼 당나라와 그 수도 장안이 얼마나 개방적이었는지를 증명해주며, 동시에 당나라 문화의 영향력과 파급력이 얼마나 대단했는지도 여실히 보여준다. 이백은 젊어서 신선술이나 검술劍術에도 관심을 보이며 협객 행세를 하기도 했는데, 이 역시 그만의 독특한 개성이라기보다는 당시의 도교 유행이나 개방적이고 상무적尙武的인 사회 분위기를 그대로 반영해주는 일례라 하겠다. 진작 시로 이름을 떨치며 '적선謫仙', 즉 하늘에서 죄지어 지상으로 귀향 온 신선이라는 칭호까지 들었던 이백이었지만 관운만큼은 좀처럼 따라주지 않았다. 그의 작품에 매료된 이들이 그를 현종에게 추천했고 현종 역시 그의 시를 좋아하게 되었다. 결국 관직까지 얻긴 했지만 실제로 정치실무에 참여하지는 못한 채 그저 대기하고 있다가 수시로 임금의 흥을 돋우기 위해 시를 짓는 일종의 광대 같은 역할만 주어질 뿐이었다. 결국 지쳐버린 이백은 3년 만에 스스로 관직을 버리고 이리저리 떠돌며 방랑의 세월을 보내게 되었다. 어찌 보면 모든 것을 훌훌 털어버리고 장자莊子가 말한 소요유逍遙遊를 즐기게 된 것이었지만, 그 내면에는 자신의 불우함에 대한 한탄과 울분이 감춰져 있었다. 이백이 거칠 것 없이 굴면서 술을 벗해 늘 취중에 있었던 것은 단순히 그의 초탈하고 호방한 성격에서만 연원한 것이 아니라, 이 같은 슬픔과 분노를 잠시나마 잊기 위함이기도 했던 것이다. 그러다 바로 안사의 난이 발발하면서 이백은 인생의 전기를 마련하게 된다. 현종이 전란을 피해 촉蜀 땅으로 도망가면서 태자였던 충왕忠王 이형李亨(숙종肅宗)이 실질적인 전란 평정에 나서게 되었는데, 그는 혼란을 틈타 서둘러 스스로 황제에 올랐다. 이에 다른 형제들이 반발했는데 그 중에서도 영왕永王 이린李璘이 가장 적극적이었다. 이러한 영왕 이린이 당시까지도 여전한 명망을 누리고 있던 이백을 자신의 휘하에 두려했던 것은 어쩌면 너무나 당연한 일이었다. 결국 이백은 결연한 마음으로 영왕 이린의 막부에 참여하게 된다. 인생의 마지막 기회라고 생각했을까? 아마도 두려움과 욕망이 뒤엉킨 고뇌에 찬 결정이었으리라. 하지만 영왕 이린은 충왕 이형(숙종)에게 허무하게 패해버렸고, 이백은 부역죄附逆罪로 체포되어 머나먼 타향으로 귀향을 가게 된다. 후회막심이었겠지만 이미 엎질러진 물이었다. 천만다행으로 여러 벗의 적극적인 변호로 귀향 도중에 사면되기는 했지만, 부역의 낙인이 찍혀 이제는 관직에 올라 청운의 꿈을 펼쳐보겠다는 바람은 완전히 깨져버렸다. 결국 다시 이곳저곳을 전전하며 친지들의 도움으로 살아가다가 병들어 죽고 만다. 전설에는 크게 취해 물놀이하다가 물 위에 비친 달을 따겠다며 뛰어들어 익사했다고도 한다.

이 작품은 이백이 지은 「월하독작」 4수 중 제1수다. 일반적으로 이백의 가장 유명한 작품으로 악부시인 「장진주將進酒」를 꼽지만, 「월하독작」 역시 그의 호방하면서도 섬세한 시정詩情을 엿볼 수 있는 좋은 작품이다. 그의 작품에는 늘 술이 등장하지만 이를 단순한 기호로 치부해서는 안 된다. 사람들은 흔히 「월하독작」에서 '달 아래'(월하月下) 그의 '취함'(작酌)만을 주목하곤 하지만, 정작 그가 토로하려고 했던 것은 '외로움'(독獨)이었다. 자신의 능력과 포부를 아무도 알아주지 않는 외로움. 그의 호방함과 초탈함은 불우한 현실에 대한 몸부림이자 외침이기도 했던 것이다. 사람들은 그의 취기어린 일탈을 동경하고 그의 거칠 것 없는 시정을 사랑해 그를 '시선詩仙'이라 칭송했지만, 이 역시 그에게 마냥 즐거운 상황은 아니었다. 그들은 그를 속세를 초탈한 신선이라 동경했지만, 정작 그는 여전히 속세를 그리며 야속해했기 때문이다. 그는 「월하독작」에서도 외로움에 지쳐 일종의 자아분열로써 스스로를 위로한다. 술잔을 들어 밝은 달을 청해오고 달빛에 비친 자신의 그림자까지 마주해 셋이 술을 마신다. 그리고는 취기를 빌어 호기롭게 야속한 속세와의 이별을 선포한다. 하지만 이러한 이백의 호방하고도 초탈한 시정에는 여전히 서글픈 여운이 남는다. 하긴 그의 삶을 되새겨 보자면 너무나 당연한 일일 것이다.

花間[1]一壺酒, 獨酌無相親. 擧杯邀[2]明月, 對影成三人[3]. 月旣不解飮[4], 影徒[5]隨我身. 暫伴[6]月將[7]影, 行樂須及春[8]. 我歌月徘徊, 我舞影零亂[9]. 醒時同交歡, 醉後各分散. 永結無情遊[10], 相期邈雲漢[11].

....

1 화간花間: 꽃 사이, 또는 꽃밭 속에서.

2 요邀: 초청하다, 부르다.

3 삼인三人: 자신과 달, 그리고 자신의 그림자.

4 불해음不解飮: 술을 마실 줄 모르다.

5 도徒: 헛되이, 쓸데없이.

6 반伴: 함께하다, 동반하다.

7 장將: ~과, 또.

8 춘春: 여기에서는 봄이란 원래 의미와 함께 좋은 시절(혹은 청춘)이란 의미도 가지고 있다.

9 영란零亂: 어지러이 흩어지다.

10 영결무정유永結無情遊: '영결'은 영원히 맺다. '정'은 세속의 천박하고 무상한 정을 가리키며, '무정'은 이러한 세속의 정을 초월했다는 뜻이다. '유'는 교유, 즉 사귐.

11 상기막운한相期邈雲漢: '상기'는 서로 다시 만나길 기약하다, '막'은 아득히 멀다, '운한'은 은하수銀河水.

이백 「산중문답山中問答」

대부분의 독자들에게 이 시는 어렴풋이 낯익을 것이다. 그것은 아마도 "소이부답심자한笑而不答心自閑"이란 구절이 국어 교과서에 실린 시구 "왜 사냐건 웃지요"(김상용의 「남으로 창을 내겠소」)의 전고로 언급되기 때문일 것이다. 야속한 속세를 떠나 깃들인 산속의 어느 곳. 속세와는 완전히 단절되어 청정한 그곳. 그곳은 바로 유토피아다. 하지만 유토피아의 원래 뜻이 '아무 곳에도 없다'임에서도 알 수 있듯 그곳은 실제로 존재하지 않는다. 속세를 떠나 짐짓 세상일을 잊고 잠시 쉴 수는 있겠지만 영원한 안식을 보장해 주지는 않는다. 이 시는 누군가 이백에게 어찌 이곳에 은거하는지 묻는 것으로 시작하고 있다. 그 누군가란 다름 아닌 속세와 소통하는 끈이며 동시에 속세 그 자체다. 그 끈을 아예 끊어버리지 못하는 이상

속세와 완전히 단절된 별천지는 존재할 수 없다. 하지만 차마 그럴 수는 없다. 결국 속세에 대한 원망과 미련으로 진퇴양난에 빠지게 되고 만다. 이것이 이 시가 초탈한 은일거사의 깨달음을 읊조리고 있긴 하지만 여전히 불우한 재사才士의 서글픔이 묻어나는 이유일 것이다.

問余何事棲碧山[1], 笑而不答心自閑. 桃花流水杳然去, 別有天地非人間[2].

1 벽산碧山: 지금의 호북성湖北省에 위치한 산 이름.
2 인간人間: 사람이 사는 세상, 즉 속세.

두보杜甫 「춘망春望」

두보는 이백과 함께 성당시의 쌍벽을 이루는 시인이다. 그는 초당 시기 시문을 두루 잘 지었던 두심언杜審言의 손자였는데, 어려서부터 시작된 생활고를 평생토록 벗어나지 못했다. 각고의 노력 끝에 마흔이 다 되어 미관말직微官末職을 얻게 되지만, 그나마 제대로 지내지 못하고 안사의 난으로 피난길에 오른다. 안록산에게 포로가 되기도 하지만 천신만고 끝에 전란 평정을 지휘하던 숙종肅宗에게 도망쳐 좀 더 높은 벼슬을 얻는다. 하지만 이것도 잠시. 곧 다른 일로 좌천되었다가 이내 벼슬을 버리고 촉 땅에 머물게 된다. 이후 다시 말단 벼슬자리를 얻지만 결국 다시 정처 없는 신세가 되어 이곳저곳을 떠돌다가 가난과 병에 지쳐 객사하고 만다.

이백과 거의 같은 시기를 살았던 그는 당나라 최고의 융성과 몰락을 직접 경험했다. 사방에서 계속해서 벌어지는 전란과 무능하고 부패한 관리들 손에 처참히 죽어가는 백성들을 직접 목격했고, 이를 시에 담아서 노래했다. 때문에 혹자는 그의 문학을 가리켜 현실주의니 사회시니 하는 틀로 섣불리 규정지으려 하지만 이는 잘못된 것이다. 그의 작품 중에 시대의 아픔이나 민초의 고통을 노래한 작품이 적지 않고 대부분 작품성이 뛰어난 것 역시 분명한 사실이지만, 이는 혼란한 시대가 그리 만든 것이지 두보가 의식적으로 스스로를 사회의 부조리를 고발하는 시인으로 자처하거나 이러한 부분에만 역량을 집중한 적은 없었다. 더군다나 이런 측면의 과도한 강조는 두보의 시에 담긴 진정과 고민을 너무 획일화 혹은 단순화해버리는 혐의가 있다. 그의 시는 주제와 구도, 그리고 기법에 있어서 다양한 시도와 부단한 변신으로 다채로운 모습을 갖추고 있기 때문에 섣불리 한 측면으로 고정시키려 해서는 안 된다. 그의 시가 지금까지도 우리의 심금을 울리는 것은 단순히 신랄하게 당시의 부조리를 고발하고 있어서가 아니라, 자신이 몸소 겪은 시대의 아픔을 자신의 열정과 문학적 재능으로 절절하게 응축해 내었기 때문이다. 특히 두보는 스스로 시를 지은 뒤에도 퇴고推敲를 거듭해 완성도를 높였다. 이 지점에서 두보의 시는 이백의 시와 완전히 상반되는 성격을 가진다. 이백의 시는 다분히 즉흥적으로 발산되는 재능에 의지해 일필휘지一筆揮之해버리는 느낌이 강하다. 때문에 재기발랄함이 돋보이는 명작도 많지만 사실 전체 작품을 놓고 보면 졸작도 적지 않다. 하지만 두보의 경우 각고의 퇴고를 거쳐 한 글자 한 글자를 고쳤기에 범작凡作은 있어도 졸작은 그다지 눈에 띄지 않는다. 그리고 명작들도 그 구도나 수사 측면에서 상당히 높은 완성도를 보인다.

아래 작품 「춘망」은 안사의 난으로 가족과 떨어져 지내게 되었을 때 지은 시다. 한 글자 한 글자에 극성하던 나라는 여지없이 깨지고 사랑하는 가족은 만날 수 없어서 편지라도 학수고대鶴首苦待하는 병든 나그네의 설움이 흠뻑 묻어난다. 이 시는 두보의 서글픈 정감을 한껏 살린 김소월 시인의 번역이 유명하다. 원래 시의 내용을 약간 고친 부분이 있긴 하지만, 오히려 원래의 정감을 좀 더 핍진하게 옮긴 일종의 의역으로 볼 수 있다.

「봄」
이 나라 나라는 부서졌는데
이 山川 여태 山川은 남아있더냐

봄은 왔다 하건만
풀과 나무에 뿐이어

오! 서럽다 이를 두고 봄이냐
치어라 꽃잎에도 눈물뿐 흩으며
새무리는 지저귀며 울지만
쉬어라 이 두근거리는 가슴아
못보느냐 벌겋게 솟구는 봉숫불
끝끝내 그 무엇을 태우려 함이료
그리워라 내 집은
하늘밖에 있나니
애닯다 긁어 쥐어뜯어서
다시금 떨어졌다고
다만 이 희끗희끗한 머리칼 뿐
인제는 빗질할 것도 없구나[1]

國破山河在, 城春草木深[2]. 感時花濺淚[3], 恨別鳥驚心[4]. 烽火連三月[5], 家書抵萬金[6]. 白頭搔[7]更短, 渾欲不勝簪[8].

1 김용직 편저, 『김소월 전집』(서울: 서울대 출판부, 1996), 441~442쪽. 원래는 『조선문단朝鮮文壇』 14호(1926.3)에 게재되었다.

2 심深: 초목이 우거지다.

3 감시화천루感時花濺淚: '감시'는 어지러운 시국에 대해 감상에 빠진다는 뜻. '화천루'는 꽃잎이 눈물이 흩날리듯 분분히 떨어지는 모습. 혹은 어지러운 시국에도 옛날처럼 아름답게 핀 꽃을 보고 슬퍼서 눈물을 흘린다고 풀기도 한다.

4 한별조경심恨別鳥驚心: '한별'은 이별을 한스러워하다, 즉 가족과 헤어진 것을 슬퍼한다는 뜻. '조경심'은 자신의 심정이 새의 잘 놀라는 마음과 같다는 뜻. 즉 무리에서 떨어져 외로이 나는 새의 심정은 조그마한 소리에도 깜짝 놀랄 정도로 허약한데, 가족과 이별한 자신도 이와 같다는 뜻. 혹은 가족을 그리워하다가 새 울음소리에도 깜짝

놀라는 마음이라고 풀기도 한다.

5 봉화연삼월烽火連三月: '봉화'는 원래 전란이 발생하면 이를 주변에 신속히 알리기 위해 올리던 일종의 신호였는데, 여기에서는 전란이 발생했음을 상징한다. '연삼월'에서 '연'은 ~까지 계속된다는 뜻. '삼월'은 석 달 동안, 또는 '삼'을 실수實數가 아니라 많음을 뜻하는 허수虛數로 보아 여러 달 동안으로 풀기도 한다.

6 가서저만금家書抵萬金: '가서'는 집에서 온 편지. '저만금'은 만금의 값이 나가다. '저'는 ~에 상당하다, ~정도의 값어치가 있다.

7 소搔: 머리를 긁다.

8 혼욕불승잠渾欲不勝簪: '혼'은 거의, '욕'은 ~할 것 같다, '불승잠'은 머리카락이 적어 상투꽂이가 꽂히지 않는다는 뜻.

두보 「석호리石壕吏」

이 시는 두보의 대표적인 사회 고발시라고 칭해지는 삼리삼별三吏三別(「석호리」·「신안리新安吏」·「동관리潼關吏」와 「무가별無家別」·「신혼별新婚別」·「수로별垂老別」) 중 한 작품이다. 삼리삼별은 모두 새로운 형식의 악부시인데, 전쟁의 참상과 민초들의 고통을 너무나도 생동감 있게 묘사하고 있다.

暮投石壕村[1], 有吏夜捉人. 老翁踰墻走, 老婦出門看. 吏呼一何[2]怒, 婦啼一何苦. 聽婦前致詞[3], 三男鄴城戍[4]. 一男附書至[5], 二男[6]新戰死. 存者且偸生[7], 死者長已[8]矣. 室中更[9]無人, 惟有乳下孫[10]. 有孫母未去[11], 出入無完裙[12]. 老嫗[13]力雖衰, 請從吏夜歸[14]. 急應河陽役[15], 猶得備晨炊[16]. 夜久語聲絶, 如聞泣幽[17]咽. 天明登前途[18], 獨與老翁別.

....

1 모투석호촌暮投石壕村: '모투'는 저녁에 투숙하다. '석호촌'은 지금의 하남성河南省 섬현陝縣 근처의 고을.

2 일하一何: 어찌 그리 ~한가! 얼마나 ~하던지!

3 전치사前致詞: '전'은 앞으로 나아가다, 즉 관리 앞에 나서다. '치사'는 말을 늘어놓다.

4 삼남업성수三男鄴城戍: '삼남'은 세 아들, '업성'은 지금의 하남성 안양安陽, '수'는 수자리, 즉 변방을 지키다.

5 일남부서지一男附書至: '일남'은 한 아들, 즉 앞서 나왔던 세 아들 중 한 명. '부서'는 인편人便에 부친 편지.

6 이남二男: 편지를 쓴 아들을 뺀 나머지 두 아들.

7 차투생且偸生: '차'는 잠시나마, '투생'은 겨우 목숨을 부지하다.

8 장이長已: '장'은 길이, 영원히. '이'는 끝나다, 끝장나다.

9 갱更: 더 이상.

10 유하손乳下孫: 젖먹이 손자.

11 모미거母未去: '모'는 젖먹이 손자의 어미, 즉 며느리. '미거'는 미처 떠나지 못했다는 뜻.

12 출입무완군出入無完裙: '출입'은 집 안팎을 드나들다, '완'은 온전하다, '군'은 치마만 가리키는 것이 아니라 하의의 통칭이다.

13 노구老嫗: 앞서 나온 '노부老婦', 즉 노파의 자칭.

14 귀歸: 여기에서는 파견 나온 관리의 부서가 있는 곳, 즉 '하양河陽'으로 돌아간다는 뜻.

15 급응하양역急應河陽役: '급'은 급하게 서두르다, '응'은 요구에 응하다, '하양'은 지금의 하남성 북부에 위치한 지명, '역'은 부역賦役.

16 유득비신취猶得備晨炊: '유'는 아직, '득'은 ~할 수 있다, '비'는 준비하다, '신취'는 이른 아침의 취사炊事.

17 유幽: 몰래, 숨어서.

18 등전도登前途: 나아갈 여정에 오르다.

유종원柳宗元「강설江雪」

유종원은 시보다는 산문 방면에서 한유韓愈와 함께 당대 고문운동을 제창한 것으로 유명하다. 그래서 곧잘 한유와 병칭되지만, 사실 산문이나 시, 그리고 성격이나 사유 모든 방면에서 한유와 상당한 차이가 있었다. 특히 우언적인 산문으로 유명하지만 산수유기山水遊記 역시 매우 훌륭하다.

이 시는 유종원의 소탈하면서도 세심한 풍격을 유감없이 보여주는 작품이다. 먼저 광각렌즈로 전체 풍경을 잡아낸 뒤, 다시 줌 인(zoom-in)으로 풍경 한 가운데 놓인 일엽편주를 포착한다. 솔솔 내리는 눈 속에 정적이지만 생동감 있는 한 폭의 수묵화가 그려지는 듯하다. 인적이 끊겨 속세와 분리된 청정한 공간. 그곳에서 외로이 낚싯대를 드리운 늙은이. 고즈넉하면서도 은근히 외로움이 묻어나는 풍경이다.

千山鳥飛絶, 萬徑人蹤滅. 孤舟蓑笠[1]翁, 獨釣寒江雪.

1 사립蓑笠: 도롱이와 삿갓. 모두 비나 눈을 피하기 위한 것이다.

백거이白居易「매탄옹賣炭翁」[「신악부新樂府」]

시험을 통해 새로운 인재를 뽑으려는 과거제도는 이미 수나라 때부터 시행되기 시작했지만, 당나라에 이르기까지 문벌호족들이 기득권을 놓지 않으려 했기 때문에 과거제도를 통한 새로운 인재 등용은 제대로 실현되지 못했다. 그러나 백거이는 이미 안사의 난을 겪으며 각지의 장원이 황폐해지고, 이를 경제적 기반으로 하고 있던 문벌호족들이 몰락하기 시작했던 시기에 태어났다. 그때는 바야흐로 점차 과거제도가 정착되어 가면서 새로운 인재들을 등용하기 시작하던 때였다. 백거이는 이러한 호기好機를 놓치지 않고 젊은 나이인 29세 때 급제해 비교적 원활한 관직 생활을 영위하게 된다. 의기양양하고 진취적이던 당시 그는 현실참여적인 풍유시諷諭詩를 주로 지었다. 그러나 마흔이 갓 넘자 한직閑職으로 밀려나고 시비에 휘말려 좌천을 당하는 등 뜻밖의 고난과 좌절을 겪게 되었고, 이에 창작의 성향 역시 다분히 한적함을 주조로 하게 된다. 그러나 성인의 학문을 배운 사람이라면 응당 경세제민經世濟民의 포부를 아예 버릴 수는 없는 법. 결국 다시 주요관직에 복귀하게 되면서 여러 요직을 역임한다.

그는 시문에 있어 각종 형식을 두루 지으며 많은 작품을 남겼는데, 문학사에서 그가 특히 주목받는 것은 신악부운동新樂府運動의 제창 때문이다. 원래 악부시는 한대부터 전해지는 악부시의 악곡에 맞추고 그 제목을 답습하는 것이 일반적이었다. 하지만 앞서 두보의 「석호리」처럼 이미 기존의 악부시와는 다른 새로운 형식의 악부시가 창작되기 시작했다. 더 이상 기존의 악부시에 딸린 악곡을 따지지 않게 되면서 노래로 불리는 것이 아니라 자연스레 읊조려지게 된 것이다. 다만 표현기법은 기존의 악부시의 것을 의식적으로 계승하고 있었으며, 그 내용과 주제 역시 기존의 악부시처럼 다분히 현실참여 혹은 현실고발을 위주로 하고 있었다. 그래서 백거이 때에 이르러서는 아예 이를 과거의 악부시와 구별해 신악부시라고 칭하게 되었다. 특히 백거이는 쉽고도 진솔한 내용을 그대로 담아내길 추구했기에 당시 입말에 가까운 표현도 거리낌 없이 사용했다. 그는 이러한 신악부시가 마치 주나라 때 『시경』을 통해 풍속을 살피고 득실을 따지려 했듯, 그리고 한나라 때 악부시를 통해 정치를 되짚어보고 민정을 보듬으려 했듯, 현실 정치에 직접적으로 도움이 되길 바랐다.

아래에 인용한 「매탄옹」은 「신악부」 50수 중 제32수로, 역시 신악부시로 구현하려 했던 백거이의 바람이 여실히 드러나 보이는 작품이다. 숯 파는 늙은이가 뜬금없는 가렴주구苛斂誅求에 멍하니 당하고 마는 상황은 당시 민초들이 고통과 탄식 속에서 결국은 무력하게 착취당할 수밖에 없는 부조리한 현실의 축소판이자 풍유적 고발이었다.

賣炭翁, 伐薪燒炭南山[1]中. 滿面塵灰煙火色[2], 兩鬢蒼蒼[3]十指黑. 賣炭得錢何所營[4], 身上衣裳口中食. 可憐身上衣正單[5], 心憂炭賤[6]願天寒. 夜來城外一尺雪, 曉駕炭車輾氷轍[7]. 牛困人飢日已高, 市南門外泥中[8]歇. 翩翩[9]兩騎來是誰, 黃衣使者白衫兒[10]. 手把文書口稱勅[11], 廻車叱牛牽向北[12]. 一車炭, 千餘斤, 宮使驅將惜不得[13]. 半疋紅綃一丈綾[14], 繫向牛頭充炭直[15].

1 남산南山: 지금의 섬서성陝西省에 위치한 종남산終南山.

2 연화색煙火色: '연화'는 불과 연기에 그을리다, '색'은 얼굴색.

3 양빈창창兩鬢蒼蒼: '양빈'은 양쪽 귀밑머리, '창창'은 머리가 세어서 희끗희끗한 모양.

4 영營: 여기서는 용用의 뜻.

5 정단正單: '정'은 단지, '단'은 홑옷.

6 천賤: 값이 싸다.

7 전빙철輾氷轍: '전'은 수레바퀴가 구르다, '빙철'은 눈이 내려 얼어붙은 수레바퀴자국. 원래 수레는 그 바퀴가 길에 패인 바퀴자국을 따라 굴러야 안정적으로 움직이는데, 바퀴자국이 얼어버리면 수레를 몰기가 어려워진다.

8 니중泥中: 이미 해가 떠서 눈이 녹아 진흙탕이 된 곳.

9 편편翩翩: 원래는 새가 날갯짓하는 모양이지만, 여기에서는 옷자락을 나부끼며 말을 타고 빨리 달리는 모양을 뜻한다.

10 황의사자백삼아黃衣使者白衫兒: '황의사자'는 황궁의 환관, 즉 내시. '백삼아'는 그 환관의 부하.

11 칙勅: 칙서 또는 칙령, 황제의 조서詔書나 명령.

12 회거질우견향북廻車叱牛牽向北: '회거'는 숯 파는 노인의 수레를 돌렸다는 뜻, '질우'는 이랴! 하며 수레를 끄는 소를 몬다는 뜻, '견'은 끌고 가다, '향북'은 북쪽을 향하다. 북쪽은 장안성 북쪽에 있는 황궁을 뜻한다.

13 궁사구장석부득宮使驅將惜不得: '궁사'는 황궁에서 나온 사자, 즉 앞서 나온 '황의사자'를 말한다. '구장'은 몰고 가버리다. '장'은 동사 뒤에 첨부된 조사로 동사의 방향성을 강조한다. '석부득'은 입말 표현으로 매우 아쉬워하다, 매우 아까워한다는 뜻.

14 반필홍초일장릉半疋紅綃一丈綾: '필'은 일정하게 끊어 놓은 옷감을 세는 단위, '홍초'는 붉은 비단, '일장'은 10척으로 대략 3미터 정도의 길이, '릉'은 꽃무늬가 들어간 비단.

15 계향우두충탄치繫向牛頭充炭直: '계향우두'는 소머리에 묶다. 앞 구절에서 말한 비단을 소머리에 묶었다는 뜻. '충'은 충당하다. '탄치'는 숯 값. '치'는 치値의 통가자.

한유韓愈 「산석山石」

한유는 과거를 통해 비교적 순탄하게 벼슬길에 올랐으나, 입바른 소리를 하다가 좌천을 당했다. 특히 석가모니의 진신사리眞身舍利를 당나라에 들여오는 것을 반대했다가 헌종憲宗의 노여움을 사 좌천된 일은 매우 유명하다. 정치든 문학이든 시종 유교를 자신의 근간으로 하며 불교나 도교를 탐탁지 않게 여겼고, 끝까지 꼬장꼬장한 선비로서의 지조를 잃지 않았다. 하지만 이는 어디까지나 원칙의 문제이며, 실제로는 그 역시 산사를 방문하거나 승려와 교류하기도 했다. 문학사에서 한유는 특히 문장에 있어서 고문운동을 일으켜, 부화浮華한 수식에 생명력을 잃은 변려문騈儷文을 위주로 하는 당시의 문풍을 개혁한 인물로 추앙받는다. 이에 대해서는 당대 산문 중 한유의 「사설師說」에서 다시 설명하겠다.

한유는 시에 있어서 일반적으로 괴탄파怪誕派로 분류된다. 괴탄은 괴이하고 허황되다는 뜻이지만, 시에서는 주로 남달리 신기하고 편벽한 풍격을 이르는 말이다. 이 같은 풍격은 사실 기존의 시체를 의식적으로 파괴하고자 했던 그의 의도에서 연원한 것이다. 그는 의식적으로 기존의 시체를 파괴하려 했고, 마찬가지로 기존의 문체 역시 타파하려 했다. 하지만 이러한 파괴와 타파는 시체나 문체의 쇠락을 의미하는 것이 아니라 혁신과 확충을 통한 발전을 뜻했다. 부화한 수식이 범람하던 기존의 문체를 파괴하다보니 경서와 사서에서 연원한 간명하고도 정심한 문장이 나왔고, 판에 박힌 시체를 탈피하다 보니 산문에서 연원한 낯설고도 특이한 시가 지어졌다. 혹자는 한유의 괴팍한 시와 평이한 문장의 풍격이 서로 다른 점을 이상하게 여기기도 하지만, 사실 그의 시와 문장의 풍격은 모두 동일한 입장에서 연원한 것이다. 이러한 사실을 명확하게 인식하지 않는다면, 사람들이 "시로 문장을 짓고, 문장으로 시를 짓는다"고 표현했던, 한유의 시와 문장 간의 상호 침투와 착종錯綜을 제대로 설명할 수도 이해할 수도 없다.

아래에 인용한 「산석」 역시 한유만의 문학 풍격을 여실히 드러내 보여주는 작품이다. 당나라는 특히 시가 극성했던 시대다. 수많은 작가가 쏟아져 나왔고 수많은 작품이 지어졌으며 근체시가 완성되었다. 하지만 시간이 흐를수록 시에서의 각종 표현기법은 전형화典型化 되어갔다. 그러나 한유는 이러한 관용적인 표현기법들을 답습하길 거부하고 과감하게 산문에서나 볼 수 있는 표현기법을 시에 도입했다. 실제로 두보나 이백 시의 압축적이고도 서정적인 풍경묘사와 한유의 「산석」 같은 시의 산문적이고도 서사적인 풍경묘사를 대비해 본다면 곧바로 그 차이를 체감할 수 있을 것이다.

山石犖确[1]行徑微[2], 黃昏到寺蝙蝠[3]飛. 升堂坐階新雨足[4], 芭蕉葉大支子肥[5]. 僧言古壁佛畫好, 以火[6]來照所見稀[7]. 鋪牀拂席[8]置羹飯, 疏糲[9]亦足飽我飢. 夜深靜臥百蟲絶[10], 清月出嶺光入扉. 天明獨去無道路, 出入高下窮煙霏[11]. 山紅澗碧紛爛漫[12], 時見松櫪皆十圍[13]. 當流赤足蹋澗石[14], 水聲激激[15]風吹衣. 人生如此自可樂[16], 豈必局束爲人鞿[17]. 嗟哉吾黨二三子[18], 安得[19]至老不更歸[20].

....

1 락학犖确: 괴이한 돌들이 삐쭉빼쭉한 모양.
2 미微: 작다, 비좁다.
3 편복蝙蝠: 박쥐.
4 족足: 풍족하다, 넉넉하다.
5 지자비支子肥: '지자'는 치자梔子. 치자의 노란 빛깔 열매는 염료로 사용된다. '비'는 열매가 토실하다.
6 화火: 등불.
7 희稀: 희미하다.
8 포상불석鋪牀拂席: '포상'은 상을 놓다, '불석'은 방석을 털다. 손으로 방석을 털며 상대방에게 앉기를 권하는 것이 예의였다.
9 소려疏糲: '소'는 소략하다, 거칠다. '려'는 매조미쌀, 즉 왕겨만 벗겨낸 쌀.
10 백충절百蟲絶: '백충'은 온갖 벌레, '절'은 벌레들의 울음소리가 끊기다.
11 출입고하궁연비出入高下窮煙霏: '출입고하'는 들락날락거리고 오르락내리락하다, 즉 이리저리 돌아다닌다는 뜻. '궁'은 가로막히다, '연비'는 안개와 이슬비.
12 분란만紛爛漫: '분'은 어지러이, '란만'은 색채가 선명하고 화려한 모양.
13 시견송력개십위時見松櫪皆十圍: '시'는 때때로. '송력'은 소나무와 상수리나무. '위'는

아름, 둘레를 세는 단위로 사람이 두 팔을 둥글게 모아 만든 둘레를 말한다.

14 당류적족답간석當流赤足蹋澗石: '당'은 맞닥뜨리다, '류'는 흐르는 개울, '적족'은 맨발, '답'은 밟고 지나가다, '간석'은 개울 속의 돌.

15 격격激激: 물이 콸콸 흐르는 소리.

16 자가락自可樂: 스스로 즐길 만하다.

17 국속위인기局束爲人鞿: '국속'은 구속되다, 옹색하다. '위인기'는 위인소기爲人所鞿의 축약. '위A소B'는 'A에게 B당하다'는 피동형. '기'는 재갈 또는 고삐, 즉 남에게 제어 당하다는 뜻.

18 오당이삼자吾黨二三子: '오당'은 나와 뜻을 같이 하는 무리, '이삼자'는 두세 명 정도의 적은 인원.

19 안득安得: '안'은 어찌, '득'은 능能의 뜻.

20 갱귀更歸: 다시금 돌아오다, 즉 속세를 벗어나 자연으로 돌아온다는 뜻.

이하李賀 「감풍感諷」

이하는 당 황실의 먼 친척으로 태어났으나 가문은 이미 쇠락해 빈한했다. 어려서부터 학문에 정진해 결국 진사과進士科에 응시할 자격을 얻었으나, 이를 시샘한 경쟁자들이 터무니없는 이유로 이하를 모함했다. 당시는 특히 조상의 이름을 피하는 피휘避諱라는 관습이 성행했다. 예를 들어 벗과 얘기 중에 실수로라도 돌아가신 아버지 이름에 쓰인 글자가 언급되면 대성통곡을 해야 했고, 아버지 이름에 쓰인 글자가 들어간 건물 역시 피해야 했다. 그들의 논리는 이하의 아버지 이름이 진숙晉肅이었는데 그 중 진晉의 발음이 진사의 진進과 같으므로 이하는 응당 자식 된 도리로 진사과에 응시해서는 안 된다는 것이었다. 지금의 상식으로는 도저히 이해가 되지 않지만 여러 가지 복합적인 이유로 결국 이하는 진사과에 응시하지 못하게 된다. 타고난 천재적 자질에 각고의 노력으로 이룬 학업으로 쓰러진 가문을 일으키고 입신양명立身揚名하려던 이하의 꿈은 이렇게 어이없는 모함에 산산이 부서졌다. 이후 미관말직을 얻기도 하지만 터져 나오는 울분을 삭히지 못하고 결국 27

세의 젊은 나이에 요절하고 만다. 이러한 인생역정으로 인해 그의 시는 울분에 가득 차 있으며, 상당히 비관적이고 극단적인 표현도 서슴지 않았다. 그가 시귀詩鬼로 불리거나 중국의 보들레르라고 간주되는 이유도 여기에 있다. 이러한 이유로 근대에 이르기까지 이하의 시는 그다지 환영받지 못했다. 무릇 시란 공자 이래로 "즐거워도 음탕하지는 않고, 슬퍼도 상심하지는 않는"(낙이불음樂而不淫, 애이불상哀而不傷) 중용의 덕을 중시해 왔으나, 이하의 시는 이를 어기고 슬픔에 겨워 받은 상처를 적나라하게 드러내고 있다. 그래서 청나라 때 편찬되어 아직까지도 당시입문唐詩入門의 가장 보편적인 교재로 사랑받는 『당시삼백수唐詩三百首』에는 아예 이하의 시가 단 한 수도 들어있지 않다. 그의 시는 근대에 이르러서야 서양의 낭만파 시에 비견되며 본격적으로 각광을 받기 시작했다. 그의 시는 특히 표현기법이나 소재 측면에서 초사楚辭와 고악부古樂府의 영향을 많이 받았기에, 이미 근체시가 보편화된 시기였는데도 작품의 대부분이 고체시이거나 악부시이고 근체시는 거의 없다. 주요작품으로 인정되는 이하의 시들은 거의가 낭만적이고 몽환적인 느낌이 주조를 이루고 있지만, 극한 애상哀傷이 더해져 결국 전체적인 분위기를 비극적으로 만드는 경우가 대부분이다.

아래 「감풍」은 전체 5수 중 제3수인데, 이하 시만의 독특한 귀기鬼氣가 섬뜩하게 묻어나고 있다. 시 속에 묘사된 스산하다 못해 을씨년스런 풍경은 바로 삶의 의지를 잃고 이미 폐허가 되어버린 자신의 심경이다. 오죽했으면 스스로를 가리켜 "장안에 한 사내 있거늘, 나이 20에 속내는 이미 썩어버렸네"(장안유남아長安有男兒, 이십심이후二十心已朽)라고 노래했겠는가!(「증진상贈陳商」)

南山何其[1]悲, 鬼雨灑空草[2]. 長安夜半秋, 風[3]前幾人老. 低迷黃昏逕[4], 裊裊青櫟道[5]. 月午[6]樹無影, 一山唯白曉[7]. 漆炬[8]迎新人, 幽壙螢擾擾[9].

··················

1 남산하기南山何其: '남산'은 종남산終南山. 장안長安 부근에 위치해 있다. '하기'는 의문이 아닌 강조의 뜻. 얼마나 ~한가!

2 귀우쇄공초鬼雨灑空草: '귀우'는 을씨년스럽게 내리는 비, '쇄'는 뿌리다, '공초'는 텅

빈 풀밭.

3 풍風: 바람. 여기에서는 세월의 모진 풍파를 상징한다.

4 저미황혼경低迷黃昏逕: '저미'는 혼미한 모양, '황혼경'은 황혼이 깃들 무렵의 어두워진 길.

5 뇨뇨청력도裊裊青櫟道: '뇨뇨'는 한들거리는 모양, '청력도'는 푸른 상수리나무가 있는 길.

6 월오月午: 한낮에 해가 하늘 한 가운데 솟아있듯이 달이 하늘 한 가운데 솟아있을 때, 즉 한밤중.

7 백효白曉: 원래는 막 동이 틀 무렵을 가리키는 말이지만, 여기에서는 창백한 달빛을 가리킨다.

8 칠거漆炬: 옻칠한 등잔불. 귀화鬼火를 비유한다.

9 유광형요요幽壙螢擾擾: '유광'은 무덤, '형'은 반딧불이, '요요'는 어지러이 날아다니는 모양.

이상은李商隱「금슬錦瑟」

앞서 말한 바대로 안사의 난 이후, 과거를 통한 신진세력이 조정에 대거 영입되었다. 이렇게 재편된 당나라 조정은 과거의 세습적인 문벌호족이 아닌 유동적인 붕당朋黨을 위주로 하는 새로운 역학구도가 형성되었는데, 이들 붕당 간의 다툼을 '당쟁黨爭'이라 한다. 이상은이 살던 시기는 특히 우승유牛僧儒와 이덕유李德裕의 붕당이 극렬하게 대립하던 시기였다. 이를 우이당쟁牛李黨爭이라고 부른다. 당초 이상은은 우승유 일파의 사람들과 교유했으나, 이후 이덕유 일파 사람의 사위가 되었다. 이 일로 이상은은 우승유와 이덕유 양쪽에게 모두 배신자라고 낙인이 찍혔고, 이후 실제로 우승유 일파가 정권의 주도권을 잡게 되자 조정에서 완전히 배척을 받게 되었다. 결국 친분이 있는 이들의 도움으로 지방 관직을 전전하게 되었는데, 그 와중에 우승유 일파에게 하소연하며 구차하게 용서와 관직을 구했다가

이 일이 알려지면서 사람들이 더욱 그를 미워했다. 결국 잠시나마 중앙 관직을 얻기도 하지만, 나이 50도 넘기지 못하고 병들어 죽고 만다.

이상은 역시 여느 시인처럼 청운의 꿈을 펼칠 수 없다는 현실에 울분을 삼키며 시를 지었다. 입사入仕와 영달을 위해 신의를 지키지 않았다는 비난이 있을 수 있겠지만, 양쪽에서 부름받고 양쪽에서 버림받는 특수한 상황에서 그에게만 신의를 강요할 수는 없다. 게다가 당시는 입사가 현재처럼 인생의 한 갈래 선택으로서의 출세욕의 산물이 아니라, 지식인이 자아실현을 할 수 있는 거의 유일한 통로였다.

특히 그의 시는 기존의 시체를 파괴하며 독특한 풍격을 수립했는데, 시체를 파괴한 것은 한유와 유사하지만 산문적인 표현기법을 과감히 도입한 한유와 달리 그는 변려문의 대우와 전고를 시에 교묘하게 도입했다. 원래 시 역시 대우와 전고를 즐겨 사용하긴 했지만 변려문의 대우와 전고와는 풍격이 사뭇 다르다. 이상은은 변려문만의 독특한 풍격을 교묘히 시에 옮겨와 운용했다. 때문에 이상은의 시는 기존의 시와 대체로 비슷한 듯하면서도 뭔가 이질적인 느낌을 준다. 한편으론 난삽하고 애매한 듯하면서도 한편으론 신선하고 이색적인 느낌이 난다. 이는 일종의 '낯설게 하기'의 성공적인 사례라고 할 수 있겠다.

「금슬」은 그의 대표작으로 손꼽힌다. 원래는 제목이 없는데, 시의 첫 두 글자를 따서 제목으로 삼은 것이다. 전체적으로 지나간 옛 시절을 추억하는 내용인데, 섬세한 시어들의 배치와 알 듯 모를 듯한 전고의 사용이 정감을 한껏 불러일으키면서도 뭔가 어렴풋한 느낌이 들게 한다. 시란 것이 원래 남의 설명으로 분석되는 것이 아니라 자신의 세심한 읽기를 통해 스스로 터득하는 것이라지만, 특히 이상은의 시는 대부분의 주석서나 해설서에서도 명쾌한 분석이 제시되지 못한다. 뭔가 모호하고 뭔가 미진함이 있다. 하지만 바로 그 모호함과 미련이 남는 지점이 단서가 되어 다시금 끊임없이 사람의 심금을 울리게 되는 것이다. 몽환적이면서도 몽롱한 시어들로 점철되어 읽을 때마다 그 여운이 새롭다는 것, 바로 이것이 이상은 시의 진정한 매력이자 생명력이다.

이후 중국 시단에 그의 시는 아주 많은 영향을 끼쳤다. 특히 송초에 등장한 서곤파西崑派 시인들은 대체로 이상은 시의 풍격을 추종했다. 그들의 시체를 서곤체라고도 하는데, 이는 기존 시체의 타파를 의미했던 이상은의 역동적인 표현기법들이 다시금 일종의 고정적인 시체의 형식으로 정착되어 버렸음을 의미한다. 서곤파나 서곤체가 형식주의라는 비난을 받는 이유 역시 여기에 있다.

錦瑟無端五十絃[1], 一絃一柱思華年[2]. 莊生曉夢迷蝴蝶[3], 望帝[4]春心託杜鵑. 滄海月明珠有淚[5], 藍田日暖玉生煙[6]. 此情可待成追憶, 只是[7]當時已惘然[8].

1 금슬무단오십현錦瑟無端五十絃: '금슬'은 화려하게 장식한 슬. '슬'은 연주 방식이 가야금과 비슷하지만, 줄이 25현이고 크기가 더 큰 현악기다. '무단'은 까닭 없이. '오십현'에 대해서는 원래 50현이던 슬의 소리가 너무 슬퍼 25현으로 줄인 것인데, 여기에서 이상은은 원래 슬의 현수를 말하고 있다고 푼다. '이 구절은 화려한 슬이 애당초 어찌 아무 까닭 없이 50현이었겠는가!'라고 의역된다.

2 일현일주사화년一絃一柱思華年: '현'은 슬의 줄. '주'는 기러기발, 현을 괴는 안족雁足. '화년'은 젊어서 화려했던 시절, 한창이던 때.

3 장생효몽미호접莊生曉夢迷蝴蝶: '장생'은 전국시대의 장주莊周, 즉 장자莊子를 가리킨다. 『장자』「제물론齊物論」을 보면, 장자는 나비가 되는 꿈을 꾸다가 깨어나서 자신이 나비 꿈을 꾼 것인지, 아니면 나비가 지금 장자가 된 꿈을 꾸고 있는 것인지를 헷갈려했다고 한다. '효'는 새벽, '미'는 헷갈려하다, '호접'은 나비.

4 망제望帝: 고대 촉蜀나라의 왕 두우杜宇. 전설에 따르면, 두우는 재위 당시 칭제稱帝해 스스로를 '망제'라 이름하고 치수治水에 힘써서 민생을 평안하게 했으나, 치수를 맡겼던 신하의 아내와 불륜을 저지르고 이내 부끄러움을 느껴 왕위를 다른 사람에게 선양하고 서산西山에 은거했다. 이후 촉나라 사람들은 그를 그리워했는데, 봄에 두견새가 우는 것을 보고 두우의 넋이 돌아온 것이라 여겨서 두견새를 '망제'라 불렀다.

5 창해월명주유루滄海月明珠有淚: 이 구절은 전고를 사용한 것인지, 아니면 그냥 자연 풍경에 빗대어 심리를 묘사한 것인지가 불분명하다. 혹자는 이 구절이 장화張華의 『박물지博物志』의 내용을 차용한 것이라고 본다. 『박물지』를 보면, 남해의 교인鮫人(일종의 인어)은 물고기처럼 물에서 사는데 눈에서 흐르는 눈물이 진주라고 했다. 혹자는 그냥 푸른 바다와 밝은 달, 그리고 눈물 같아 슬퍼 보이는 진주를 사용해 작가의

심경을 토로한 것이라 보기도 한다.

6 남전일난옥생연藍田日暖玉生煙: '남전'은 지금의 섬서성에 위치한 남전산藍田山. 이 산은 워낙 좋은 옥이 나기로 유명해서 옥산이라고도 한다. 전설에 따르면, 좋은 옥은 날씨가 따듯하면 아른아른 연기를 피어오르게 한다고 한다.

7 지시只是: 단지, 다만.

8 망연惘然: 실의失意해 서글퍼하면서 어찌할 바를 모르는 모양.

당대 산문

한유韓愈 「사설師說」

한유는 아무래도 시보다는 문장으로 유명하다. 특히 논리가 정연하고 치밀하며 선명한 비유와 전고의 사용으로 술술 읽히면서도 글의 요지가 명확하게 드러난다. 그리고 적절한 허사虛詞의 사용으로 문장의 의미를 선명하게 한 것 역시 그의 장점이다. 물론 이전부터 허사는 나날이 그 활용이 증대되어 왔지만 한유의 그것은 남다른 데가 있다. 문학사에서 한유는 고문운동을 일으켜, 부화浮華한 수식에 생명력을 잃은 변려문駢儷文을 위주로 하는 당시의 문풍을 개혁한 인물로 추앙받는다. 그가 제창한 고문은 변려문으로 대변되는 시문時文의 대항마 개념으로 들고 나온 것이다. 즉 지금의 부화浮華한 문장을 버리고 옛 성현의 문장으로 돌아가자는 주장인데, 사실 그의 고문은 기존의 문장 풍격에 반발해 옛 문장의 풍격을 대안으로 제시한 것일 뿐 정말 고대 문장으로 회귀하고자 한 것은 아니었다. 오히려 그의 고문이 진정 빛을 발하며 십분 활용된 것은 잡문雜文의 영역에서였다. 그런데 여기에서 우선 '잡문의 영역'이란 표현에 주목할 필요가 있다. 사실 일반적으로 개인의 심사를 토로하는 도구는 주로 시와 같은 운문이었고, 문장은 각 체재별로 실용적인 목적이 정해져 있었다. 그래서 소일거리로 산문을 짓거나 벗들끼리 교제하며 잡문으로 자유로이 심사를 표현한 적은 드물었다. 하지만 점차 사인들이 주체성을 확립해나가면서 그들만의 사사로운 담론 공간이 생겨났고, 그 안에서 문장으로도 장난하며 즐기는 상황이 펼쳐지기 시작했다. 한유가 살던 시기가 이러한 '잡문의 영역'이 한껏 확충되고 있을 때였지만 그들 스스로조차 이러한 변화를 자각하지 못했다. 그래서 그의 문인門人이자 벗이었던 장적張籍은 한유에게 편지를 보내 본격적인 저술을 지을 것을 권하면서, "실없고 뒤죽박죽인 이야기"(무실박잡지설無實

駁雜之說)를 남들과 주고받는다고 비판하기도 했는데, 이에 대해 한유는 "실없고 뒤죽박죽인 이야기"는 "그저 장난삼아 한 것일 뿐"이라고 궁색한 변명으로 얼버무린다. 일반적으로 장적의 이러한 지적이 「모영전毛穎傳」처럼 한유가 지은 소설류에 국한된 것이라고 여기지만 이는 오해다. 이미 고증을 통해 장적과 한유가 이러한 편지를 주고받을 적에 「모영전」 등의 소설류는 아직 지어지지도 않았었던 것이 확인되었다. 여기에서 "실없고 뒤죽박죽인 이야기"란 바로 당대 중기부터 본격적으로 대두되는 잡스럽고 사사로운 글쓰기를 가리킨다. 한유는 "문장에 성현의 도를 담아내야 한다"(문이재도文以載道)고 주장했지만 실제로 그의 문장을 보면, 삭막할 정도로 논리만 따지는 글에서 그냥 장난으로 지은 글에 이르기까지 모두 과거의 전형적인 문장 격식을 벗어나 자유롭고 사사롭게 글을 짓고 있음을 발견할 수 있다. 그리고 아래 「사설」에서는 그다지 포착되지 않지만, 백락伯樂과 천리마를 논한 「잡설雜說」을 보면, 앞서 언급했던 "시로 문장을 짓는" 실례, 즉 시의 대우 등의 기법을 끌어와 전체 문장에 리듬감을 한껏 살리고 논리구도 역시 안정적으로 배치하면서 변려문의 대우와는 또 다른 풍격을 창출해내, 새로운 글쓰기의 영역을 확장시킨 실례를 확인할 수 있다. 물론 이러한 설명은 주로 지금의 문학사 관점에서 주목받는 그의 잡문에 대한 것이다. 사실 그는 다양한 종류의 문장을 모두 지었기에 이러한 설명만으로 온전히 그의 문장 풍격을 총괄할 수는 없다. 당시 그가 실제로 잘 짓기로 이름났던 것은 바로 묘지명墓碑銘이었다. 죽은 사람의 일생과 업적을 압축해 묘비에 새기는 묘비명은 다분히 관용적인 칭찬어구를 동원해 망자의 일대기를 과장하기 마련이었으나, 한유는 망자의 일생을 과장으로 죽 부연하는 것이 아니라 독창적인 문체로 중요한 부분을 골라 상략詳略을 달리하며 입체감을 주었다.

「사설」은 성현의 도를 배운다고 말하는 이들이 오히려 남에게 가르침을 청하기를 꺼려하고 남에게 배우길 부끄러워하는 모순된 작태에 대해 논리적이고도 엄정한 비판을 가하고 있다. 조목조목 적절한 비유와 비판으로 읽는 이로 하여금 그 논리에 수긍할 수밖에 없게 만드는 것이 한유 문장의 가장 큰 매력이다.

古之學者必有師. 師者, 所以傳道[1]、受業[2]、解惑也. 人非生而知之[3]者, 孰能無惑? 惑而不從師, 其爲惑[4]也, 終不解矣. 生乎吾前, 其聞道[5]也, 固先乎[6]吾, 吾從而師之. 生乎吾後, 其聞道也, 亦先乎吾, 吾從而師之. 吾師道也, 夫庸知其年之先後生於吾乎[7]? 是故無貴、無賤、無長、無少, 道之所存, 師之所存也. 嗟乎! 師道之不傳也久矣, 欲人之無惑也難矣! 古之聖人, 其出人也遠[8]矣, 猶[9]且從師而問焉. 今之衆人, 其下聖人[10]也亦遠矣, 而恥學於師. 是故聖益聖, 愚益愚. 聖人之所以[11]爲聖, 愚人之所以爲愚, 其皆出於此乎. 愛其子, 擇師而敎之, 於其身也, 則恥師焉, 惑矣. 彼童子之師, 授之書而習其句讀[12]者, 非吾所謂傳其道、解其惑者也. 句讀之不知, 惑之不解, 或師焉, 或不焉[13], 小學而大遺[14], 吾未見其明也. 巫、醫、樂師、百工之人, 不恥相師. 士大夫之族[15], 曰師、曰弟子云者, 則群聚而笑[16]之. 問之, 則曰: "彼與彼年相若[17]也, 道相似[18]也." 位卑[19]則足羞, 官盛則近諛[20]. 嗚呼! 師道之不復[21]可知矣. 巫、醫、樂師、百工之人, 君子不齒[22], 今其智乃反[23]不能及, 其可怪也歟[24]! 聖人無常師[25], 孔子師郯子、萇弘、師襄、老聃[26]. 郯子之徒[27], 其賢不及孔子. 孔子曰: "三人行, 必有我師[28]." 是故弟子不必不如師, 師不必賢於[29]弟子. 聞道有先後, 術業[30]有專攻, 如是而已. 李氏子蟠[31], 年十七, 好古文[32]. 六藝經傳[33], 皆通習之. 不拘於時[34], 學於余. 余嘉能行古道, 作「師說」以貽之.

1 소이전도所以傳道: '소이'는 ~하는 바. 문법적으로 뒤에 나열된 지적들을 하나로 묶어 명사화하는 역할을 한다. '도'는 유가 성현의 도.

2 수업受業: '수'는 수授의 통가자. 즉 수업授業의 뜻. '업'은 학업을 가리킨다.

3 생이지지生而知之: 나면서부터 누가 가르쳐주지 않아도 스스로 세상의 이치를 안다는 뜻. 원래는 성인의 자질을 가리킨다. 공자는 스스로 "나는 나면서부터 알았던 사람이 아니며, 단지 옛 것을 좋아하고 기민하게 이를 구하고자 하는 사람이다"(아비생이지지

자我非生而知之者, 호고민이구지자야好古敏以求之者也)라고 했다.(『논어論語』「술이述而」) 여기에서의 표현 역시 은연중에 공자조차도 나면서부터 알던 사람이 아니었음을 지적하고자 하는 의도가 깔려있다.

4 기위혹其爲惑: 그 의혹됨.

5 문도聞道: 도를 깨닫다. 공자가 "아침에 도를 깨달으면 저녁에 죽어도 좋다"(조문도朝聞道, 석사가의夕死可矣)고 말했다.(『논어』「이인里仁」)

6 호乎: ~보다. 비교의 의미다. 뒤의 "생호오후生乎吾後"의 '호' 역시 마찬가지다.

7 부용지기년지선후생어오호夫庸知其年之先後生於吾乎: '부'는 어조사. '용지'는 어찌 알겠는가? '용'은 강한 반문의 의미로 사용되었다. '기년지선후생어오호'는 '기년지선생어오호其年之先生於吾乎, 기년지후생어오호其年之後生於吾乎'의 줄임말.

8 출인야원出人也遠: '출인'은 출중하다, 남보다 뛰어나다. '원'은 현격하다, 크게 차이가 나다.

9 유猶: 그래도, 여전히.

10 하성인下聖人: 성인만 못하다.

11 소이所以: 까닭.

12 구두句讀: '구'는 문장, '두'는 문장 속의 구나 절을 말한다. '구두'는 문장과 구절을 통칭하기도 하지만 문장을 끊어 읽는 방식을 가리키기도 한다. 중국의 문언문은 전통적으로 아무런 띄어쓰기나 표점이 없었기에 글 읽기를 배우는 첫 입문이 바로 어떻게 끊어 읽을 것인가를 배우고 익히는 것이었다.

13 혹사언或師焉, 혹불언或不焉: 여기에서 두 번 쓰인 '혹'은 어떤 경우에는 ~하고, 어떤 경우에는 ~한다는 뜻, '사'는 스승으로 섬긴다는 뜻의 동사, '불'은 불사不師의 축약형. 전자인 '혹사언'은 자식들에게 스승을 골라주어 구두를 익히게 하는 것을 가리키고, 후자인 '혹불언'은 정작 자신은 스승을 모셔서 유가의 도를 배우려 들지 않는 것을 가리킨다.

14 소학이대유小學而大遺: 작은 것은 배우고 큰 것은 버리다. 즉 아이들에게 필요한 자질구레한 구두는 스승을 두어 배우게 하면서도 정작 스승을 두어 제대로 배워야할 유가의 도는 버리고 만다는 뜻.

15 족族: 족속, 무리, 부류. 여기에서는 혈친의 뜻이 아니다.

16 군취이소群聚而笑: '군취'는 떼거리로 모이다. '소'는 비웃다.

17 년상약年相若: 나이가 서로 같다.

18 도상사道相似: 깨달은 도의 수준이 비슷하다.

19 위비位卑: 스승 된 자의 지위가 낮다는 뜻.

20 관성즉근유官盛則近諛: '관성'은 스승 된 자의 관직이 높다는 뜻. '근유'는 아첨에 가깝다고 여기다, 즉 아첨과 다름없다고 여긴다는 뜻.

21 복復: 회복되다, 복원되다.

22 불치不齒: 나란히 서지 않는다, 동렬로 여기지 않는다. 군자라 자처하는 사대부는 스스로를 존귀하게 여겨, 무당 · 의원 · 악사 · 백공 따위의 사람들과 같은 선상에 놓이거나 다뤄지는 것을 인정하지 않는다는 뜻.

23 반反: 도리어.

24 기가괴야여其可怪也歟: '기~여'는 관용구로 '어찌 ~하지 않으리오!' 정도의 반문의 어감을 갖는다. '가'는 가히 ~할만하다, 또는 정말이지 ~하다의 뜻.

25 상사常師: 일정한 스승. 공자의 제자 자공子貢이 스승 공자를 일러 "선생님께서는 어디에선들 배우지 않으셨겠습니까? 그리고 또 어찌 일정한 스승이 있었겠습니까?"(부자언불학夫子焉不學? 이역하상사지유而亦何常師之有?)라고 했다.(『논어』「자장子張」) 오로지 한 사람만을 스승으로 섬긴다는 뜻.

26 담자郯子, 장홍萇弘, 사양師襄, 노담老聃: '담자'는 담나라의 제후로 노魯나라를 방문했을 때 상고시대 제왕들의 관제官制에 대해 설명한 적이 있다. '장홍'은 주周나라의 대부로 음악에 정통했기에 공자가 그에게 음악에 대해 물은 적이 있다. '사양'은 노나라의 악관樂官으로 공자가 음악에 대해 그에게 물은 적이 있다. '노담'은 주나라 수장실守藏室(일종의 국가 도서관)의 관리로 공자가 찾아가 예에 대해 물었다는 기록이 있다. 일반적으로 '노담'을 도가의 노자老子로 간주한다.

27 담자지도郯子之徒: 여기에서는 '담자'와 '장홍' · '사양' · '노담'을 가리킨다.

28 삼인행三人行, 필유아사必有我師: 이 구절은 『논어』「술이」편에 보이는데, 흔히 세 사람이 지나가면 반드시 내가 스승으로 섬길 만한 뛰어난 자가 있다는 의미로 이해하지만, 이 구절 전체를 살펴보면 "세 사람이 지나가면 반드시 내가 본받을 것이 있으니, 그 중 훌륭한 점은 취해 따르고 그 중 나쁜 점을 보고는 나를 바로잡는다"(삼인행三人行, 필유아사언必有我師焉, 택기선자이종지擇其善者而從之, 기불선자이개지其不善者而改之)라고 했으니, 지나가는 사람의 선불선善不善에 상관없이 취사선택해, 좋은 점은 본받고 나쁜 점은 반면교사反面教師로 삼아 반성한다는 의미다. 즉 누구에게라도 배울 점이 있다는 말이다.

29 어於: ~보다. 비교의 의미.

30 술업術業: 학업.

31 이씨자반李氏子蟠: 이씨 가문의 자손 '반', 즉 이반李蟠.

32 고문古文: '고문'은 원래 시문時文(현재 유행하는 문장풍격)과 대칭되는 표현이다. 당시 시문은 육조시대부터 극성해온 변려문을 가리킨다. 하지만 여기에서 고문이 가리키는 것은 단지 시문에 상대되는 문장풍격만이 아니라, 궁극적으로는 고대로부터 전해져 오는 유가 성현의 경전經傳들과 이로부터 파생된 문헌에서 보이는 문장풍격을 뜻한다.

33 육예경전六藝經傳: '육예'는 육경, 즉 『역易』, 『서書』, 『시詩』, 『예禮』(대체로 지금의 『의례儀禮』를 가리킨다고 봄), 『악樂』(망실되었거나 실제 연주되었을 뿐 당초부터 문헌으로 보존되지는 않았다고 봄), 『춘추春秋』. '경전'은 경서와 그에 대한 주석서라 할 수 있는 '전'을 동시에 이르는 말.

34 시時: 시류時流, 당시의 유행.

유종원柳宗元 「종수곽탁타전種樹郭橐駝傳」

이 글만 보아도 쉽게 눈치 챌 수 있겠지만, 유종원의 문장은 논리적인 한유의 문장과 달리 우언적인 성향이 강하다. 각자의 타고난 성정의 차이에서 연원한 것이지만 유종원의 문장은 보다 그윽하고 여유가 있다. 한유가 날카로운 논리를 무기로 차근차근 전진하는 방식을 취하고 있다면, 유종원은 부드러운 솜 속에 숨긴 뾰족한 바늘처럼 우언적인 기술 속에 정문일침頂門一鍼의 풍자를 담아두는 방식을 취하고 있다. 물론 그 역시 이러한 우언만을 지었던 것은 아니다. 그 역시 다양한 장르의 문장을 모두 지었는데 특히 산수유기山水遊記로 유명하다. 일반적으로 유종원에 이르러 산수유기가 하나의 문체로 독립되었다고 본다.

「종수곽탁타전」은 그의 우언적인 문장 풍격을 잘 보여주는 대표작이다. 자연의 순리에 따라 묵묵히 나무를 심고 키우는 곱사등이를 통해, 순리를 무시하고 알묘조장揠苗助長하는 각박한 관치官治를 비판하고 있는데, 이처럼 흔히 비정상으로 치부되는 장애인을 통해 오히려 우리가 정상이라고 생각하는 대상에 우언적인 풍자를 가하는 것은 바로 『장자莊子』에서 배워온 것이다.

郭橐駝[1], 不知始[2]何名. 病僂[3], 隆然伏行[4], 有類[5]橐駝者, 故鄕人號之駝. 駝聞之, 曰: "甚善[6]! 名我固當[7]." 因捨其名, 亦自謂橐駝云. 其鄕曰豊樂鄕, 在長安西. 駝業種樹, 凡長安豪家[8]富人爲觀游[9]及賣果者, 皆爭[10]迎取養. 視駝所種樹, 或移徙, 無不活, 且碩茂[11], 蚤實[12]以蕃. 他植者雖窺伺傚慕[13], 莫能如[14]也. 有[15]問之, 對曰: "橐駝非能使木壽且孶[16]也, 以能順木之天[17]以致其性[18]焉爾. 凡植木之性[19], 其本欲舒[20], 其培[21]欲平, 其土欲故[22], 其築[23]欲密. 旣然已[24], 勿動勿慮, 去不復顧. 其蒔也若子[25], 其置也若棄, 則其天者全, 而其性得矣. 故吾不害其長而已, 非有能碩而茂之也. 不抑耗其實[26]而已, 非有能蚤而蕃之也. 他植者則不然, 根拳而土易[27], 其培之也, 若不過焉則不及[28]. 苟有能反是者[29], 則又愛之太殷, 憂之太勤. 旦視而暮撫, 已去而復顧. 甚者爪其膚[30]以驗其生枯, 搖其本以觀其疏密[31], 而木之性日以[32]離矣. 雖曰愛之, 其實害之, 雖曰憂之, 其實讐[33]之. 故不我若[34]也, 吾又何能爲哉?" 問者曰: "以子之道, 移之官理[35], 可乎?" 駝曰: "我知種樹而已, 官理非吾業也. 然吾居鄕, 見長人者[36], 好煩其令, 若甚憐焉, 而卒[37]以禍. 旦暮[38], 吏來而呼曰: '官命促爾耕[39], 勗爾植[40], 督爾穫[41], 蚤繰而緖[42], 蚤織而縷, 字[43]而幼孩, 遂[44]而雞豚!' 鳴鼓而聚之, 擊木而召之. 吾小人輟飧饔以勞吏[45], 且不得暇, 又何以[46]蕃吾生[47]安吾性耶? 故病且怠[48]. 若是, 則與吾業者, 其亦有類乎?" 問者嘻[49]曰: "不亦善夫! 吾問養樹, 得養人術." 傳其事以爲官戒也.

1 곽탁타郭橐駝: '곽'은 주인공의 성씨, '탁타'는 주인공이 곱사등이어서 생긴 별명으로 낙타라는 뜻. '탁'은 원래 일종의 작은 자루인데 낙타의 등 위에 작은 자루가 올려 있는 것 같아 '탁타'라고도 한다.

2 시始: 당초.

3 루僂: 곱사등이, 구루병佝僂病.

4 륭연복행隆然伏行: '륭연'은 높이 솟은 모양. '복행'은 원래 엎드려 다닌다는 말인데, 여기에서는 구루병 때문에 등이 많이 휘어서 마치 엎드려 다니는 것같이 보인다는 뜻이다.

5 유류有類: 유사함이 있다, 비슷한 점이 있다.

6 심선甚善: 아주 좋다.

7 고당固當: '고'는 진실로, '당'은 합당하다.

8 호가豪家: 호족.

9 관유觀游: 감상하며 거닐다. 유람하다.

10 쟁爭: 앞 다투어.

11 석무碩茂: 크고 무성하다.

12 조실蚤實: '조'는 조早(일찍)의 통가자, '실'은 열매를 맺다.

13 규사효모窺伺傚慕: '규사'는 몰래 엿보다, '효모'는 본받아 따라하다.

14 막능여莫能如: 막능여탁타莫能如橐駝의 축약형. 탁타처럼 할 수 없었다.

15 유有: 유인有人, 즉 어떤 사람.

16 수차자壽且孳: '수'는 오래 살다, '자'는 번식하다.

17 천天: 천연적인 자질.

18 치기성致其性: '치'는 이루다, 도달하다, 완성하다. '성'은 타고난 본래의 성질.

19 범식목지성凡植木之性: '범'은 모든, '식목지성'은 심어진 나무의 성질.

20 서舒: 뿌리를 펼치다.

21 배培: 흙을 북돋우다. 뿌리를 심고 그 위에 흙을 덮는 것을 가리킨다.

22 고故: 고토故土, 즉 원래 그 나무뿌리를 감싸고 있던 흙.

23 축築: 덮은 흙을 다지다.

24 기연이旣然已: '기'는 이미, '연'은 그렇게 하다, '이'는 마치다. 즉 앞에서 나열한 작업들을 모두 마쳤다는 뜻.

25 시야약자蒔也若子: '시'는 심다, 옮겨 심다. '약자'는 자식같이 한다, 즉 자식처럼 조심조심 소중히 다룬다는 뜻.

26 억모기실抑耗其實: '억모'는 억누르고 손상시키다, '실'은 과실.

27 근권이토역根拳而土易: '근권'은 뿌리를 주먹처럼 구부리게 한다는 뜻. '토역'은 흙을 새것으로 바꿔버린다는 뜻.

28 약불과언즉불급若不過焉則不及: '약A즉B'는 만약 A하지 않으면 B한다는 구문.

29 구유능반시자苟有能反是者: '구'는 설령, '반시'는 이와 반대되다. 이 구절은 '설령 앞서 말한 잘못들을 반대로 바로잡을 수 있는 자들이라 해도'로 풀 수 있다.

30 조기부爪其膚: '조'는 손톱으로 긁다, '부'는 나무의 껍질.

31 소밀疏密: 성글고 빽빽함. 여기에서는 덮인 흙이 다져진 정도를 말한다.

32 일이日以: 나날이.

33 수讎: 원수처럼 대하다.

34 불아약不我若: 불약아不若我의 도치. '불약'은 불여不如의 뜻.

35 관리官理: 관치官治. 즉 관리가 되어 백성을 다스리는 것을 말한다.

36 장인자長人者: '장'은 수장首長 노릇을 한다는 동사, '인'은 백성. 즉 백성을 다스리는 관리들을 일컫는 말이다.

37 졸卒: 결국.

38 단모旦暮: 아침저녁으로, 시도 때도 없이.

39 촉이경促爾耕: 너희의 밭가는 것을 서둘러라. '이'는 2인칭대명사로, 여기에서는 백성을 가리킨다.

40 욱이식勗爾植: 너희의 나무 심는 것에 힘써라. 백성들은 주로 실생활에 유용한 뽕나무나 삼나무를 심었다.

41 독이확督爾穫: 너희의 곡식 수확을 살펴라.

42 조소이서蚤繅而緒: '조'는 조早의 통가자, '소'는 소繅의 통가자로 누에고치를 켜다, '이'는 앞에 나온 '이爾'와 마찬가지로 2인칭대명사, '서'는 실을 잣다.

43 자字: 기르다, 양육하다.

44 수遂: 가축을 치다, 기르다.

45 오소인철손옹이로리吾小人輟飧饔以勞吏: '오소인'은 쇤네, 백성이 스스로를 낮추어 부르는 말. '철손옹'은 식사를 거두다, 멈추다. '철'은 멈추다, '손옹'은 저녁밥과 아침밥. 관리들이 너무 부려먹어 끼니조차 먹을 시간이 없다는 뜻이다. '로리'는 관리를 대접하다. '로'는 위로한다는 뜻.

46 하이何以: 어떻게. 무슨 방법으로.

47 생生: 생업生業.

48 태怠: 지치다. 피로해하다.

49 희嘻: 감탄하는 소리.

당대 전기소설

원진元稹 『앵앵전鶯鶯傳』

이 작품은 당초 작자미상이라고 여겨졌으나 이후 치밀한 고증에 의해 중당시기 백거이白居易와 함께 신악부시 운동을 제창했던 원진의 자전적自傳的인 전기傳奇 소설로 확인되었다.[1] 사실 원진은 신악부시보단 『앵앵전』으로 더 알려져 있는데, 이는 그만큼 『앵앵전』의 문학적 성취와 완성도가 당대 문언소설 중에서도 높다는 것을 반증한다. 『앵앵전』은 일명 『회진기會眞記』라고도 하는데, 작품 속에 실린 「회진시會眞詩」 때문이다. 여기에서 '회'는 회합, 즉 만난다는 뜻이고, '진'은 진인眞人, 즉 선인仙人을 뜻한다. 사실 진인이나 선인은 도교가 성행했던 당시에 선녀처럼 빼어난 기녀에 대한 미칭美稱이었다. 때문에 이러한 제목을 근거로 이 소설의 이야기는 원진이 어떤 기녀와 나누었던 연애담을 윤색한 것임을 짐작할 수 있다.

아래에 절록節錄한 『앵앵전』의 부분은 장생張生이 최앵앵崔鶯鶯을 보고 한 눈에 반한 뒤부터 시작해 수작을 걸어 결국 사귀게 되는 과정만을 담고 있지만, 생략된 뒤 내용 중에는 현재의 상식과 윤리로는 납득하기 어려운 부분이 있다. 최앵앵과 사귀던 장생은 이후 과거를 보러 떠나면서 그녀를 버린다. 그러면서 하는 얘기가 "대저 하늘이 내린 빼어난 미녀는 자기 스스로를 해코지하지 않으면 반드시 남을 해코지하기 마련"(대범천지소명우물야大凡天之所命尤物也, 불요기신不妖其身, 필요우인必妖于人)이라고 했다. 게다가 이런 그의 깨달음 혹은 반성(?)에 대해 "당시 사람들은 대부분 장생이 자신이 저지른 허물을 잘 수습한 자라고 인정한다."(시인다허장위선보과자時人多許張爲善補過者) 지금의 관점으로 보자면 너무나 무정하고 비도덕적인 이러한 기술에 대해 우선 이것은 기녀와의 사랑을 윤색한 것임을 상기할 필요가 있다. 당시에 이러한 기술이 당당하게 혹은 당연하게 읽혔던 것은 당시 지식인들 사이에서 정식 중매에 의한 혼인이 아닌 잠시의 열정에 의한 뜨내기 사랑이 만연했으며 그 상대가 주로 기녀였다는 사실을 말해준다. 어차피 대부분 한때의 불장난으로 끝나버릴 일이었기에 애당초 비난의 대상이 되지 않았고, 오히려 미색에 빠지지 않고 잘 마무리했다고 인정받을 수 있었던 것이다. 그리고 주인공의 성씨가 최씨인 것 역시 주목해야 한다. 사실 한단지몽邯鄲之夢으로 유명한 『침중기枕中記』에서도 산동山東의 최씨 여자와 결혼하는 내용이 나오는데, 이는 당시 지식인들이 남조 때부터 명망을 유지해온 문벌가문에 사위로 영입되어 입신양명하고 싶은 욕망을 가상으로나마 풀고자 한 것이다. 당대 가장 명망 있던 가문은 농서隴西 이씨李氏, 청하淸河 최씨, 박릉博陵 최씨, 범양范陽 노씨盧氏, 태원太原 왕씨王氏, 형양滎陽 정씨鄭氏, 조군趙郡 이씨, 이렇게 일곱 가문이었다. 이 중 농서 이씨는 당나라의 국성國姓이었고, 산동에서는 청하와 박릉의 두 최씨가 유명했다. 『앵앵전』이나 『침중기』에서 여주인공이 모두 최씨인 것 역시 이러한 욕망의 대리만족을 위해서였다. 지금의 관점에서 보자면 매우 구차해 보일 수도 있지만, 당시로서는 너무나 자연스럽고 당연한 바람이었다.

이처럼 당시 지식인들의 욕망을 여실히 담아내고 있던 전기소설은 사실 행권行卷이라는 당시의 독특한 유행으로 인해 보다 발전하게 된다. 당시는 이미 과거제도가 시행되고 있었지만 단순히 시험 성적으로만 선발되는 것이 아니었다. 미리 시문詩文을 잘 짓는다는 명성을 얻거나 고관대작으로부터 재주를 인정받아 추천을 받는 것이 중요했다. 이는 불합리한 비리라기보다는 보다 보편적인 공인을 받는 경로라고 보아야 한다. 이 때문에 고관대작에게 인정과 추천을 받고자 미리 자신의 문재文才를 한껏 드러낸 시문을 바치는 행위를 행권이라 했다. 이러한 행권 중에서도 전기소설을 지어 바치는 경우가 흔했는데, 왜냐하면 전기소설에는 구구절절한 감정 묘사와 기기묘묘한 내용 진행, 그리고 적재적소에 시까지 삽입해 자신의 문재를 한껏 발휘할 수 있고 재미까지 있어서 읽는 이로 하여금 쉽게 몰입하고 주목하게 만들 수 있었기 때문이다.

원진의 『앵앵전』 역시 이러한 특성을 모두 갖고 있다. 흥미진진한 진행과 빼어난 묘사에 농염한 시까지 삽입해 자신의 문재를 총괄적으로 과시하고 있는 것이다. 사실 원진은 『앵앵전』에 실린 「회진시」 같은 염시艶詩를 적지 않게 지어서 이후 시인들에게 경박하다는 비난을 듣기도 했다.

갑작스레 한눈에 반해 불꽃같이 타올랐던 장생과 최앵앵의 사랑은 장생의 무정한 이별로 허무하게 끝나버렸다. 이후 장생과 최앵앵은 각자 혼인해 살았는데, 하루는 장생이 찾아가 이종오빠인 척하며 최앵앵을 다시 만나고자 했지만, 최앵앵은 끝내 장생을 다시 만나 주지 않는다. 이것이 『앵앵전』의 결말이다. 하지만 이 이야기는 이후 매우 인기가 있어서 계속해서 새로운 문학 장르로 재탄생되었다. 그 중에서도 특히 유명한 것은 원대 왕실보王實甫가 지은 『서상기西廂記』라는 잡극雜劇이다. 흥미로운 것은 당초 『앵앵전』에서 장생은 과거에 낙방했고 최앵앵과의 사랑 역시 허무한 이별로 마무리되었던 결말이 『서상기』에서는 해피엔딩으로 전환되어 장생은 과거에 급제하고 두 사람의 사랑 역시 아름답게 결실을 맺는다는 점이다. 그리고 지금에 이르기까지 경극京劇이나 각종 지방극地方劇에서 여전히 장생과 최앵앵의 사랑 이야기가 공연되고 있다.

…… 張(生)自是惑之[2], 願致[3]其情, 無由得也. 崔(鶯鶯)之婢曰紅娘[4]. 生[5]私爲之禮者數四[6], 乘間遂道其衷[7]. 婢果驚沮[8], 腆然[9]而奔. 張生悔之. 翼日[10], 婢復至. 張生乃羞而謝[11]之, 不復云所求矣. 婢因謂張曰: “郎之言, 所不敢言, 亦不敢泄. 然而崔之姻族, 君所詳也. 何不因其德[12]而求娶焉?” 張曰: “余始自孩提[13], 性不苟合[14]. 或時紈綺間居[15], 曾莫流盼[16]. 不爲[17]當年, 終有所蔽[18]. 昨日一席間[19], 幾[20]不自持. 數日來, 行忘止, 食忘飽, 恐不能逾旦暮[21], 若因媒氏[22]而娶, 納采問名[23], 則三數月間, 索我於枯魚之肆[24]矣. 爾其謂我何[25]?” 婢曰: “崔之貞愼自保, 雖所尊[26]不可以非語[27]犯之. 下人[28]之謀, 固難入矣[29]. 然而善屬文[30], 往往沈吟章句, 怨慕者[31]久之. 君試爲喩情詩以亂之[32]. 不然, 則無由也.” 張大喜, 立綴「春詞」[33]二首以授之. 是夕, 紅娘復至, 持綵牋[34]以授張, 曰: “崔所命也.” 題其篇曰「明月三五[35]夜」. 其詞曰: “待月西廂下, 迎風戶半開. 拂牆花影動, 疑是玉人[36]來.” 張亦微喩其旨[37]. 是夕, 歲二月旬有四日[38]矣. 崔之東[39]有杏花一株, 攀援可踰. 旣望之夕[40], 張因梯[41]其樹而踰焉. 達於西廂, 則戶半開矣. 紅娘寢於牀, 生因驚之. 紅娘駭曰: "郞[42]何以至?" 張因紿[43]之曰: "崔氏之牋召我也. 爾爲我告之." 無幾[44], 紅娘復來, 連[45]曰: "至矣! 至矣!" 張生且喜且駭[46], 必謂獲濟[47]. 及崔至, 則端服嚴容[48], 大數[49]張曰: "兄之恩, 活我之家, 厚矣. 是以慈母以弱子幼女見託[50]. 奈何因不令[51]之婢, 致淫逸之詞[52]? 始以護人之亂[53]爲義, 而終掠亂以求之[54]. 是以亂易亂, 其去幾何[55]? 誠欲寢[56]其詞, 則保人之姦[57], 不義. 明之於母, 則背人之惠[58], 不祥. 將寄[59]於婢僕, 又懼不得發其眞誠[60]. 是用託短章[61], 願自陳啓[62], 猶懼兄之見難[63]. 是用鄙靡[64]之詞, 以求其必至. 非禮之動, 能不媿[65]心? 特[66]願以禮自持, 毋及於亂[67]!" 言畢, 翻然[68]而逝. 張自失[69]者久之. 復踰而出, 於是絶望[70]. 數夕, 張生臨軒[71]獨寢, 忽有人覺之[72]. 驚駭而起, 則紅娘斂衾攜枕而至, 撫[73]張曰: "至矣! 至矣! 睡何爲哉[74]!" 並枕重衾[75]而去. 張生拭目危坐[76]久之, 猶疑夢寐, 然而修謹以俟[77]. 俄而[78]紅娘捧[79]崔氏而至. 至, 則嬌羞融冶[80], 力不能運支體[81], 曩時[82]端莊, 不復同矣. 是夕, 旬有八日也. 斜月晶瑩[83], 幽輝半牀[84]. 張生飄飄然[85], 且疑神仙之徒, 不謂[86]從人間至矣. 有頃[87], 寺鐘鳴, 天將曉. 紅娘促去. 崔氏嬌啼宛轉[88], 紅娘又捧之而去, 終夕無一言. 張生辨色而興[89], 自疑曰: "豈其夢邪[90]?" 及明[91], 覩妝[92]在臂, 香在衣, 淚光熒熒然[93], 猶瑩於茵席[94]而已. 是後又十餘日, 杳不復知. 張生賦「會眞詩」三十韻[95], 未畢, 而紅娘適[96]至, 因授之, 以貽崔氏. 自是復容之[97]. 朝隱而出, 暮隱而入, 同安於曩所謂西廂者[98], 幾[99]一月矣. 張生常詰鄭氏之情[100]. 則曰: "我不可奈何[101]矣." 因欲就成之[102]. 無何[103], 張生將之長安[104], 先以情諭之[105]. 崔氏宛無難詞[106], 然而愁怨之容動人[107]矣. 將行之再夕[108], 不復可見, 而張生遂西下[109]. ……

1 전기傳奇는 원래 당나라 배형裴鉶의 문언소설집의 이름이었다. 일반적으로 당대 문언소설의 '창작의도가 기이한 것을 좋아하는'(작의호기作意好奇) 데 있음을 근거로 아예 '기이한 이야기를 전해 기술한다'(전술기이지사傳述奇異之事)는 뜻의 전기로 당대 문언소설을 대표하게 된 것이다.

2 장(생)자시혹지張(生)自是惑之: '장생'은 이 작품의 남자 주인공으로, '생'은 이름이 아니라 선비에 대한 일반 호칭이다. '자시'는 이로부터, '혹'은 미혹되다. 즉 여자 주인공 최앵앵崔鶯鶯에게 빠져들었다는 뜻.

3 치致: 알리다, 전하다.

4 홍낭紅娘: 최앵앵의 계집종.

5 생生: 주인공 장생.

6 수사數四: 재삼재사再三再四. 여러 번, 여러 차례.

7 승간수도기충乘間遂道其衷: '승간'은 그 틈을 타다, 그 기회를 이용하다. '승'은 어떤 기회를 이용하거나 그것에 편승한다는 뜻, '간'은 빈 틈. '수'는 마침내. '도'는 말하다. '충'은 충정衷情, 속내, 속마음.

8 경저驚沮: 놀라서 어쩔 줄 모르다.

9 전연腆然: 부끄러워하는 모양. '전'은 전㥏(부끄러워하다)의 가차자.

10 익일翼日: 다음날, 이튿날. '익'은 익翌의 가차자.

11 사謝: 사과하다.

12 인기덕因其德: 그 은덕에 근거하다. '덕'은 과거 장생이 최앵앵의 가족을 곤경에서 구해주었던 은덕을 가리킨다.

13 해제孩提: 방긋 웃고 아장아장 걸을 때쯤의 어린 아이. 여기서는 어린 시절을 말한다.

14 구합苟合: 구차하게 남에게 영합하다.

15 환기한거紈綺閒居: '환기'는 원래 아름다운 무늬가 수놓아진 비단을 뜻하지만, 여기에서는 이러한 비단을 두른 여인을 가리킨다. '한'은 한閒의 이체자로 한閑과 같다. '한거'는 한가로이 거하다.

16 증막류반曾莫流盼: '증막'은 일찍이 ~한 적이 없다, '류반'은 슬쩍 곁눈질하다.

17 불위不爲: 불의不意, 즉 예상치 못했다는 뜻.

18 종유소폐終有所蔽: '종'은 결국에는. '유소폐'는 무엇인가에게 뒤집어 씌워지다, 즉 무엇인가에게 미혹되거나 눈이 멀었다는 표현으로, 여기에서는 최앵앵에게 마음을 빼앗겼다는 뜻이다.

19 작일일석간昨日一席間: 어제의 자리에서, 즉 어제 있었던 주연酒宴에 참가했던 것을 가리킨다.

20 기幾: 거의, 하마터면.

21 불능유단모不能逾旦暮: 하루도 넘길 수 없다는 뜻. '유'는 넘다. '단모'는 조석朝夕, 즉 하루.

22 매씨媒氏: 중매쟁이.

23 납채문명納采問名: 결혼에 필요한 과정을 말한다. 옛날엔 혼례를 치르려면 납채 · 문명 · 납길納吉 · 납징納徵 · 청기請期 · 친영親迎의 여섯 가지 과정을 거쳐야 했는데, 이를 육례六禮라 한다. 여기에서는 동사처럼 쓰여서 이러한 과정을 거친다는 뜻.

24 색아어고어지사索我於枯魚之肆: 건어물을 파는 가게에서 날 찾아야 한다. 법도에 맞게 석 달도 넘는 시간을 들여 혼례를 위한 과정을 밟았다간, 최앵앵을 그리는 마음에 몸이 말라 결국 장생 자신의 몸이 건어물처럼 말라비틀어질 것이라는 절박하면서도 유머러스한 비유다.

25 이기위아하爾其謂我何: '이'는 너, 여기에서는 최앵앵의 계집종 홍낭을 가리킨다. '기위아하'는 내가 어떻게 해야 할지 말해보라는 뜻.

26 소존所尊: 존장, 즉 웃어른. 여기서는 최앵앵의 부모를 가리킨다.

27 비어非語: 예의법도에 어긋나는 말.

28 하인下人: 계집종 홍낭의 자칭.

29 고난입의固難入矣: '고'는 진실로, '난입'은 먹혀들기가 어렵다.

30 선촉문善屬文: '선'은 잘하다, 능하다. '촉문'은 글을 짓다. 이 구절은 주어가 최앵앵인데 생략되어 있다.

31 원모자怨慕者: 마음에 흡족한 수준의 시구를 얻지 못해 한탄하며 더 나은 시구를 짓고자 마음먹는다는 뜻.

32 난지亂之: 최앵앵의 마음을 혼란스럽게 만들다, 즉 그녀의 마음을 흔들리게 만든다는 뜻.

33 철「춘사」綴「春詞」: '철'은 글을 짓다. 원진元稹의 『원씨장경집元氏長慶集』에 실려 있는 「고염시古艶詩」의 주에 "일작「춘사」一作「春詞」"라고 되어 있는데, 그 내용은 다음과 같다. "봄이 오니 자주 송가의 동쪽으로 가서, 소매 드리우고 가슴 연 채 좋은 바람 기다리네. 꾀꼬리는 버들 그늘에 숨고 사람 말소리 없는데, 오직 담장의 꽃만이 나무 가득 붉네."(춘래빈도송가동春來頻到宋家東, 수수개회대호풍垂袖開懷待好風. 앵장류암무인어鶯藏柳暗無人語, 유유장화만수홍惟有牆花滿樹紅.)

34 채전綵牋: 아름다운 무늬가 있는 편지.

35 삼오三五: 음력 15일, 즉 보름날.

36 옥인玉人: 아름답고 소중한 사람을 이르는 말로 주로 연인을 뜻한다.

37 미유기지微喩其旨: '미유'는 은근히 알아차리다, '기지'는 이 시의 속뜻.

38 순유사일旬有四日: 14일, 즉 보름날 하루 전.

39 최지동崔之東: 최씨 집의 동쪽 담장.

40 기망지석旣望之夕: '기'는 이윽고, 혹은 ~ 때가 되다. '망지석'은 보름날 저녁. 혹자는 '기망'을 한 낱말로 보아 '기망지석'을 보름의 다음날인 16일의 밤으로 보기도 한다.

41 제梯: 사다리 삼아 올라가다. 동사로 쓰였다.

42 랑郞: 장생을 가리킨다.

43 태紿: 속이다, 둘러대다.

44 무기無幾: 얼마 되지 않아.

45 련連: 연달아, 잇달아.

46 차희차해且喜且駭: 기쁘기도 하고 놀라기도 하다. '차A차B'는 A하기도 하고 B하기도 하다는 뜻.

47 필위획제必謂獲濟: '필'은 필시, 분명히. '위'는 ~이라 여기다, 추측하다. '획제'는 성공하다. '제'는 원래 물을 건너가는 것을 뜻하는데, 다 건너갔다는 뜻에서 어떤 일이 완성되었다는 뜻이 파생되었다.

48 단복엄용端服嚴容: 단정한 복장에 엄숙한 낯빛.

49 대수大數: 크게 꾸짖다. '수'는 수죄數罪의 뜻으로, 남의 잘못을 열거하면서 꾸짖는 것을 말한다.

50 견탁見託: 위탁하다, 맡기다.

51 불령不令: 불선不善의 뜻으로, 품행이나 예의가 좋지 못함을 말한다.

52 치음일지사致淫逸之詞: '치'는 보내다. '음일지사'는 음란한 글, 즉 장생이 보낸 「춘사」 2수를 가리킨다.

53 호인지란護人之亂: 남이 위란危亂에 빠진 것을 보호해주다.

54 종약란이구지終掠亂以求之: '종'은 결국에는, '약란'은 남의 위란한 때를 노린다는 뜻, '구지'는 최앵앵과의 사사로운 연애를 구한다는 뜻.

55 기거기하其去幾何: 그 차이가 얼마나 되겠는가? 차이가 없다는 뜻이다.

56 침寢: 숨기다, 감추다.

57 보인지간保人之姦: 남의 간사한 짓을 비호하다.

58 배인지혜背人之惠: 남이 베풀어 준 은혜를 배반하다.

59 기寄: 부탁하다.

60 부득발기진성不得發其眞誠: 진심 어린 성의를 제대로 밝히지 못하다.

61 단장短章: 짧은 문장, 즉 편지.

62 진계陳啓: 속내를 밝히다.

63 유구형지견난猶懼兄之見難: '유'는 여전히, 아무래도. '형'은 오라비, 여기서는 장생을 가리킨다. '견난'은 난감해하다, 난처해하다.

64 비미鄙靡: 비루하고 보잘것없다.

65 괴媿: 부끄럽다. 괴愧와 같다.

66 특特: 단지, 다만.

67 무급어란毋及於亂: '무'는 금지형 부정어로 ~하지 말라는 뜻. '급어란'은 문란한 지경에 이른다는 뜻.

68 번연翻然: 홱 돌아서는 모양.

69 자실自失: 망연자실하다.

70 절망絶望: 바라던 바를 단념하다. 즉 최앵앵과의 연애를 포기했다는 뜻.

71 헌軒: 방. 주로 서재를 가리키지만 여기에서는 침실을 가리킨다.

72 유인각지有人覺之: '유인'은 어떤 사람, '각'은 잠을 깨우다, '지'는 대명사로 장생을 가리킨다.

73 무撫: 가볍게 두르리다.

74 수하위재睡何爲哉: 잠을 자면 어떡해요!

75 병침중금並枕重衾: 장생의 베개 옆에 자신의 베개를 두고 장생의 이불 위에 자신의 이불을 겹쳐 놓았다는 뜻. '병'은 나란히 두다, '중'은 겹쳐놓다.

76 식목위좌拭目危坐: '식목'은 눈을 비비다, '위좌'는 몸을 곧추 세워 단정히 앉다.

77 수근이사修謹以俟: 옷매무새를 단정히 하고 삼가며 기다리다.

78 아이俄而: 잠시 후, 이윽고.

79 봉捧: 부축하다, 받들다.

80 교수융야嬌羞融冶: '교수'는 교태嬌態롭고 수줍은 자태, '융야'는 온화하고 곱다.

81 력불능운지체力不能運支體: 움직임이 나긋해 마치 몸을 움직일 힘이 없는 듯하다는 표현. '지체'는 사지와 몸통. '지'는 지肢의 통가자.

82 낭시曩時: 이전, 예전. 즉 보름날 장생을 꾸짖던 때를 가리킨다.

83 사월정영斜月晶瑩: '사월'은 기울어진 달, 즉 지는 달. '정영'은 영롱하게 빛나다.

84 유휘반상幽輝半牀: '유휘'는 달빛이 그윽하게 비추다. '반상'은 침상의 절반.

85 표표연飄飄然: 정신이 아득한 모양, 기분이 좋은 모양.

86 불위不謂: ~라고 여기지 않다, ~라고 생각하지 않다.

87 유경有頃: 잠깐, 짧은 시간.

88 교제완전嬌啼宛轉: '교제'는 애교스럽게 울먹이다. '완전'은 정이 듬뿍 담겼다는 뜻.

89 변색이흥辨色而興: 어슴푸레 날이 밝을 때 일어나다. '변색'은 사방의 빛깔을 구분할 수 있다는 뜻으로, 대충이나마 사방의 빛깔을 구분할 수 있을 정도로 날이 밝았다는 뜻. '흥'은 잠자리에서 일어나다.

90 기기몽야豈其夢邪: 혹시 이것이 꿈이란 말인가? '기'는 혹시, '야'는 의문형 어조사.

91 급명及明: 완전히 날이 밝다.

92 장妝: 화장 자국.

93 루광형형연淚光熒熒然: 눈물이 영롱히 빛나는 모양.

94 영어인석瑩於茵席: '영'은 빛나다, '인석'은 이부자리.

95 부「회진시」삼십운賦「會眞詩」三十韻: 30개의 각운으로 된 「회진시」를 지었다는 뜻. 30개의 각운은 두 구절마다 한 개의 각운이 있으므로 60구로 이루어진 시란 뜻이다. '회'는 만나다. '진'은 진인眞人, 즉 선인仙人을 가리킨다. 여기에서는 최앵앵을 선녀에 비유한 것이다.

96 적適: 마침.

97 자시부용지自是復容之: '자시'는 이로부터, '부'는 다시, '용지'는 장생을 받아들이다. 즉 계속 장생을 만났다는 뜻.

98 동안어낭소위서상자同安於曩所謂西廂者: '동안'은 함께 머물다, 지내다. '낭소위서상자'는 이전에 서상이라 불렀던 곳, 즉 최앵앵의 거처를 말한다.

99 기幾: 거의.

100 상힐정씨지정常詰鄭氏之情: '상'은 상嘗의 가차자, '힐'은 물어보다, '정씨지정'은 정씨의 심정. 정씨는 최앵앵의 어머니다. 원래 장생의 어머니도 정씨로 두 집안은 먼 친척뻘이었다.

101 불가내하不可奈何: 어찌할 수 없다.

102 인욕취성지因欲就成之: '인'은 이로 말미암아, 이 때문에. '욕취성지'는 자신의 딸 최앵앵과 장생의 혼사를 성사시키고자 했다는 뜻.

103 무하無何: 오래지 않아, 얼마 되지 않아.

104 장지장안將之長安: '장'은 장차 ~하려 하다, '지'는 가다, '장안'은 당나라의 수도로 지금의 서안西安. 즉 장생이 과거를 보러 장안에 가려했다는 뜻.

105 이정유지以情論之: 사정을 최앵앵에게 알리다.

106 완무난사宛無難詞: 장생을 난처하게 만드는 말을 전혀 하지 않다. 즉 장생을 가지 말라 붙잡거나 약조를 강요하지 않았다는 뜻.

107 동인動人: 사람의 마음을 움직이다, 즉 사람의 심금을 울린다는 뜻.

108 장행지재석將行之再夕: 장차 길을 떠나기 전 이틀 동안.

109 서하西下: 서쪽으로 내려가다, 즉 장안으로 갔다는 뜻.

당대 변문

『대목건련명간구모변문大目乾連冥間救母變文』

'목련구모目連救母', 즉 목련이 지옥에 떨어진 어머니를 구한 고사는 중국을 넘어 한국까지 아주 널리 퍼져 있다. 당초 불교는 처음 중국에 전래될 때부터 기득권층이라 할 수 있는 유교 세력으로부터 여러 측면으로 공격을 받게 된다. 대표적인 이유 중 하나는 바로 불교가 출가出家를 조장해 한 집안의 대를 끊어버리는데, 이는 조상과 부모에 대한 불효라는 것이었다. 이는 효를 최고 덕목으로 삼는 유교적 토양에서 상당히 치명적인 약점이었기에, 불교는 살아남기 위해 유교적 효에 대항하면서도 동시에 유교적 토양 안에서 최대한 스스로를 합리화할 수 있는 불교적 효의 논리를 개발해야 했다. 때문에 중국 불교는 인도 불교와 달리 특히 효를 중시하게 되면서 이에 대한 경서도 따로 만들었다. 대표적인 것이 『부모은중경父母恩重經』과 『목련경目連經』 같은 위경僞經이다. 유교에서는 자식의 효도를 강조하고 있는 데 반해, 『부모은중경』은 자식을 낳고 키우는 부모의 무한한 은혜에 대해 설명하는 데 집중하고 있다. 특히 유교적 효와 대비되는 것이 『목련경』에서의 불교적 효인데, 이 경전은 석가모니 제자 중 신통제일神通第一이라고 불리던 목련이 자신 몰래 악행을 일삼다가 죽어서 지옥에 떨어진 어머니를 구하기 위해 동분서주해 결국 어머니를 지옥에서 구해낸다는 내용이다. 이 같은 내용에는 대승적大乘的 차원의 한 방편으로 타력구제他力救濟를 인정하는 민중불교의 특성이 잘 드러나 있다. 그런데 이 같은 내용의 『목련경』은 사실 『우란분경盂蘭盆經』에서 연원한 것으로 보인다.[1] 『목련경』과 『우란분경』은 기본적인 내용의 뼈대는 같지만, 전자가 죄지은 자들이 각종 지옥에서 얼마나 끔찍한 형벌을 당하는지를 생생하게 묘사하는 데 중점을 두고 있다면, 후자는 이미 죽어서 지옥에 떨어진 자들을 우란분재盂蘭盆

齋를 통해 구제하는 데 집중하고 있다.

당대에는 이미 이 같은 목련고사가 매우 널리 퍼져 있었다. 그 증거가 아래에 절록한 「대목건련명간구모변문」이다. 이 밖에도 목련고사와 관련된 변문이 몇 가지 더 전한다. 제목에서 대목건련은 목련이 깨달음을 얻은 뒤 세존世尊께 하사받은 새로운 이름이다. 그리고 변문은 강창문학講唱文學의 일종으로, 기본적으로 연행演行, 즉 공연을 위한 일종의 대본이다. 현존하는 변문 원본은 모두 필사본인데, 가차자가 특히 많은 것도 이 때문이다. 원래는 포교를 위한 것이었으나 이후로 그 소재가 불교에만 얽매이지 않고 역사고사나 도교고사에까지 확대되었다. 이러한 변문을 통한 공연 등으로 목련고사는 매우 널리 전파되었고 매우 깊이 각인되었다. 이 때문에 현재까지도 중국의 각 지역에서는 목련고사와 관계된 지방희가 전래되고 있는데, 이를 따로 목련희目連戲라 한다. 우리나라에서도 고려 때 이미 성행했다고 전한다.

…… 目連言訖, 更[2]向前行. 須臾之間[3], 至一地獄. 目連啓言[4]獄主: "此個[5]地獄中, 有青提夫人已否[6]? 是貧道阿孃[7], 故來認覓[8]." 獄主報言[9]: "和尚[10], 此獄中總是[11]男子, 並無女人. 向前問有刀山地獄之中, 問必應得見." 目連前行, 至地獄, 左名刀山, 右名劍樹. 地獄之中, 鋒劍相向[12], 涓涓[13]血流, 見獄主驅無量罪人[14]入此地獄. 目連問曰: "此個名何地獄?" 羅察[15]答言: "此是刀山劍樹地獄." 目連問曰: "獄中罪人, 作何罪業, 當墮此地獄?" 獄主報言: "獄中罪人, 生存在日[16], 侵損常住[17], 游泥伽藍[18], 好用常住水菓, 盜常住柴薪, 今日交伊手[19]攀劍樹, 支支節節[20], 皆零落處[21]."

刀山白骨亂縱橫, 劍樹人頭千萬顆[22].
欲得不攀刀山者, 無過[23]寺家塡好土.
栽接[24]菓木入伽藍, 布施[25]種子倍常住.
阿你箇罪人[26]不可說, 累劫[27]受罪度恒沙[28], 從[29]佛涅盤仍未出.

此獄東西數百里，罪人亂走肩相掇[30].
業風[31]吹火向前燒，獄卒杷杈從後押.
身手應是[32]如瓦碎，手足當時如粉沫[33].
沸鐵騰光向口傾[34]，著者左穿如[35]右穴.
銅箭[36]傍飛射眼睛，劍輪[37]直下空中割.
爲言[38]千載不爲人，鐵把樓聚[39]還交[40]活.

…… 目連承佛威力，騰身向下，急如風箭. 須臾之間，卽至阿鼻地獄[41]. 空中見五十箇牛頭馬腦[42]，羅刹夜叉[43]，牙如劍樹，口似血盆[44]，聲如雷鳴，眼如制電，向天曹當直. 逢着目連，遙[45]報言: "和尙莫[46]來，此間不是好道[47]，此是地獄之路. 西邊黑煙之中，總是獄中毒氣，吸着，和尙化爲灰塵處."

和尙不聞道阿鼻地獄，鐵石過之皆得殃.
地獄爲言何處在，西邊怒那[48]黑煙中.
目連念佛若恒沙[49]，地獄原來是我家.
拭淚空中搖錫杖[50]，鬼神當卽倒如麻.
白汗交流如雨濕，昏迷不覺自噓嗟.
手中放却三慢棒，臂上遙抛六舌叉[51].
如來[52]遣我看慈母[53]，阿鼻地獄求波吒[54].
目連不住騰身過，獄卒相看不敢遮.

1 『우란분경』의 위경僞經 여부에 대해서는 아직도 논쟁의 여지가 있다. 전해지는 바로는 서진西晉 시기 축법호竺法護가 범어梵語로 된 원전을 한역한 것이라 하지만 범어로 된 『우란분경』은 전하지 않는다. 하지만 혹시라도 실제 범어 원전이 있었다 하더라도 지금의 『우란분경』의 모습은 아니었을 것이라고 추정된다. 현재까지 확인된 바로 『우란분경』의 내용은 기존의 여러 이야기들을 취합해 엮은 것이며 다분히 중국인의 정서에 맞게끔 윤색되었다고 보는 것이 중론이다.

2 갱更: 다시, 또.
3 수유지간須臾之間: 아주 짧은 시간, 순식간.
4 계언啓言: 입을 열어 말하다.
5 개個: 양사. 일반적으로 우리말로 번역할 때는 굳이 풀이할 필요가 없다.
6 유청제부인이부有青提夫人已否: 청제부인이 계십니까? '청제부인'은 목련의 어머니. '이부'는 여부與否와 같다. 즉 '~입니까? 아닙니까?'라는 의문문이 된다. '이'는 여與의 가차자.
7 빈도아양貧道阿孃: '빈도'는 출가인이 스스로를 부르는 낮춤말. '아양'은 어머니. '아'는 명사 앞에 붙는 접두어로, 주로 위진 시대 이후부터 쓰이기 시작했다.
8 인멱認覓: 아는 사람을 찾는다는 뜻. 다른 사본寫本에는 '방멱訪覓'으로 되어 있다.
9 보언報言: 알려주다.
10 화상和尙: 승려, 스님.
11 총시總是: 언제나 ~이다.
12 상향相向: 서로를 향하다. 마주보고 있다는 뜻.
13 연연涓涓: 피가 줄줄 흐르는 모양.
14 무량죄인無量罪人: 헤아릴 수 없이 많은 죄인.
15 나찰羅察: 나찰羅刹. '찰'은 찰刹의 가차자. 원래는 악귀였다가 나중에 불교의 수호신이 되었다. 여기에서는 지옥의 악귀란 의미로 쓰였다.
16 생존재일生存在日: 생전에.
17 상주常住: 사원의 모든 공공재산을 말한다.
18 유니가람游泥伽藍: '유니'는 더럽히다. '유'는 어淤의 와전訛傳이고, 다시 '어'는 오汚와 통가通假된다. '오니汚泥'는 더럽힌다는 뜻의 동사로 쓰였다. '가람'은 사원. 원래 승려들이 불도를 닦는 장소를 이르는 말이었으나 이후 사원을 가리키게 되었다.
19 교이수交伊手: '교'는 교敎의 가차자. 여기에서는 사역동사, 즉 '~로 하여금 ~하게끔 하다'의 뜻. '이수'는 그 손. '이'는 기其와 뜻이 같다.
20 지지절절支支節節: 가지가지마다, 마디마디마다. 사람의 사지가 토막 나는 모습을 형용한 것이다.
21 개영락처皆零落處: 토막 난 신체 부위가 곳곳에 널려 있다는 뜻. '영락'은 떨어지다.
22 과顆: 원래는 낱알같이 작고 둥근 것을 세는 양사이지만, 여기에서는 사람의 머리통을 세는 양사로 쓰였다.
23 무과無過: 불과不過. 그저, 단지.

24 접接: 다른 사본에는 '삽挿'이라 되어 있는데 모두 뜻이 통한다.

25 보시布施: 보시. 원래는 남에게 조건 없이 베푸는 것으로 대승불교의 중요한 실천수행법 중 하나인데, 여기에서는 사원에 보시한다는 뜻이다.

26 아니개죄인阿你箇罪人: 너라는 죄인, 또는 너 같은 죄인. '아니'는 너. 앞에서 지적했듯이 '아'는 명사 앞에 붙은 접두어. '개'는 개個와 같은 뜻으로 양사.

27 루겁累劫: 여러 겁. '루'는 여러 번 겹쳐 있다는 뜻. '겁'은 일반적인 시간 단위로는 도저히 헤아릴 수 없는 아주 기나긴 시간을 뜻한다.

28 도항사度恒沙: '도'는 도渡의 뜻으로 건너다. '항사'는 항하사수恒河沙數, 즉 일반적인 숫자 개념으로는 다 헤아릴 수 없을 만큼 많은 수. 여기에서는 그만큼 많은 횟수를 가리킨다. '항하'는 갠지스 강을 뜻하고, '항하사수'는 그 갠지스 강의 모래알 숫자를 뜻한다.

29 종從: 종縱의 가차자. 설령 ~하더라도.

30 철掇: 철綴의 가차자. 연달아 이어진다는 뜻.

31 업풍業風: 죄인들의 악업에 감응해 분다는 지옥의 맹렬한 바람.

32 신수응시身手應是: '신수'는 신수身首, 몸과 머리. '수'는 수首의 가차자. '응시'는 온통, 모두. 혹은 '응시'의 '시'를 시時의 가차자로 보아 응시應時의 뜻이라고도 한다. '응시應時'는 즉시, 당장.

33 당시여분말當時如粉沫: '당시'는 즉시, 당장. '분말'은 분말粉末, 즉 가루. '말'은 말末의 가차자.

34 추頠: 아마도 경傾의 와전으로 보인다. 혹은 '추'를 초顣의 와전으로 보고, 다시 '초'를 요澆의 가차자로 보기도 하는데, '경'이나 '요' 모두 붓다는 뜻이다. 그밖에 '추'의 원래 뜻은 내민 이마이고 목덜미란 뜻도 있는데, 이를 앞의 글자 '구口'와 합쳐서 입과 목구멍으로 풀기도 한다.

35 여如: 여기에서는 이而의 가차자.

36 동전銅箭: 구리로 된 화살. 아비지옥阿鼻地獄의 형벌 중 하나.

37 검륜劍輪: 검으로 된 수레바퀴. 아비지옥의 형벌 중 하나.

38 위언爲言: 유언唯言. '위'는 유唯의 가차자. 혹은 '위'를 위謂의 가차자로 보고 위언謂言이라 풀기도 하는데, ~라고 여긴다는 뜻이다.

39 철파루취鐵把樓聚: '철파'는 쇠로 된 써레. '파'는 파杷의 가차자. '루취'는 긁어모으다. '루'는 루摟의 가차자.

40 교交: 교教의 가차자. 사역동사로 쓰였다. 대상은 죄인들인데 생략되어 있다.

41 아비지옥阿鼻地獄: '아비'는 범어의 음역音譯으로, 무간無間, 즉 잠시의 틈도 없다는 뜻이다. 불교에서 말하는 지옥의 일종으로 잠시도 고통이 떠나지 않는 끔찍한 곳이기에 음역해 '아비지옥'이라 부르거나 의역해 '무간지옥'이라 부른다.

42 우두마뇌牛頭馬腦: 소머리와 말머리를 한 지옥의 악귀 옥졸들. 원래 지옥에는 우두옥졸과 마두나찰이 있다고 전해지는데, 여기에서 '마뇌'는 마두馬頭란 표현을 약간 고친 것이다.

43 야차夜叉: 원래는 악귀였으나 이후 불교의 팔부신八部神 중 하나가 되었다. 하지만 여기에서는 나찰과 마찬가지로 지옥의 악귀란 뜻이다.

44 혈분血盆: 피를 받는 동이.

45 요遙: 멀리서.

46 막莫: 금지형 부정어.

47 도道: 불교의 육도六道. 여기에서는 지옥도地獄道를 말한다.

48 노나怒那: 아주 많고 매우 짙은 모양.

49 약항사若恒沙: 항하사수恒河沙數만큼, 수 없이, 셀 수 없이.

50 석장錫杖: 승려가 사용하는 지팡이. 특히 윗부분에 큰 고리가 있고 그 안에 작은 고리들이 끼워져 있어서 흔들리면서 소리가 난다. 이 고리들은 주로 주석으로 만들기 때문에 석장이라 한다. 목련이 사용하는 석장은 세존, 즉 석가모니가 내려준 신물神物이다.

51 수중방각삼만봉手中放却三慢棒, 비상요포육설차臂上遙抛六舌叉: 손에 들고 있던 삼각 몽둥이를 내버리고, 팔에 차고 있던 여섯 갈래 꼬챙이를 멀리 던져버리다. '삼만봉'은 삼릉봉三棱棒, 즉 삼각 몽둥이. '만'은 릉楞의 와전이고 '릉'은 릉棱의 통가자다. '육설차'는 끝이 여섯 갈래인 꼬챙이. '삼릉봉'과 '육설차'는 모두 옥졸이 죄인을 제압하거나 형벌을 가할 때 쓰는 도구다. 여기에서는 지옥의 옥졸들이 이 같은 도구를 손에서 놓거나 멀리 던져버렸다는 뜻.

52 여래如來: 부처에 대한 칭호 중 하나. 여기에서는 세존, 즉 석가모니를 지칭한다.

53 자모慈母: 자신의 어머니를 높여 부르는 존칭.

54 파타波吒: 고통스럽다.

당오대 사

이백李白 【보살만菩薩蠻】

이백에 대해서는 앞의 「월하독작月下獨酌」에서 이미 설명했다. 이 작품에 대해서 몇몇 학자들은 여전히 위작의 혐의를 두고 있다. 즉 이 작품을 작자미상의 민간사民間詞로 추정하는 것인데, 나름 일리가 있다. 그러나 이는 중요한 문제가 아니다. 정작 주목해야 할 것은 당대에 등장한 '사詞'라는 장르 자체다. 예부터 시가는 음악과 불가분의 관계였다. 당초 『시경』이나 초사의 수많은 작품은 모두 음악에 맞춰 노래되었다. 오언고시 역시 서역에서 들어온 호악胡樂의 영향을 받아 탄생한 것으로 반주에 맞춰 노래 불려졌다. 악부시 역시 마찬가지다. 하지만 이후 이런 시들은 점차 음악과 분리되어 읊조려지는 장르가 되었다. 당대의 근체시近體詩에 이르러서는 몇몇 특수한 경우를 제외하고는 이미 음악에 맞춰 노래로 불리지 않게 되었다. 이를 대체하게 된 것이 민간에서 형성된 사라는 장르였다. 사는 일정한 악곡에 가사를 메워 넣는 방식이었기에 의성전사倚聲塡詞라 불렸다. 이때 일정한 악곡을 사패詞牌라 하는데, 사패의 명칭은 최초의 작품 내용과 관계가 있을 뿐, 이후 이 사패를 사용해 가사를 메워 넣은 사들의 내용과는 직접적으로 상관이 없다. 때문에 여기에서도 이백의 【보살만】 말고도 온정균溫庭筠과 위장韋莊의 【보살만】이 실려 있지만, 내용상으로는 각자 완전히 별개의 작품이다. 하지만 세 사람의 【보살만】을 잘 보면 각 구절의 글자 수가 같은데, 이는 바로 같은 악곡에 가사를 메워 넣었기 때문이다. 하지만 사의 음률을 구체적으로 설명하고 분석하는 것은 상당히 복잡한 일이기 때문에 여기에서는 최대한 생략하겠다.

이 작품은 길 떠난 나그네가 고향을 그리는 마음을 묘사하고 있는데, 복잡한 심사를 주위 풍경에 잘 담아내고 있다.

* 平林漠漠[1]烟如織[2], 寒山一帶傷心碧. 暝色[3]入高樓, 有人樓上愁.
* 玉階空[4]佇立, 宿鳥[5]歸飛急. 何處是歸程[6]? 長亭更短亭[7].

....

1 막막漠漠: 안개에 휩싸여 아득하니 제대로 보이지 않는다는 뜻.
2 연여직烟如織: '연'은 연무烟霧, 즉 안개. '여직'은 옷감을 짜놓은 듯하다는 표현으로, 그만큼 빽빽하다는 뜻.
3 명색暝色: 어둠.
4 공空: 헛되이, 공연히.
5 숙조宿鳥: 쉬려고 둥지로 돌아오는 새.
6 귀정歸程: 고향으로 돌아갈 길.
7 장정갱단정長亭更短亭: 예부터 큰길에는 나그네가 쉴 수 있도록 정자를 지어놓았는데, 10리를 거리로 하는 정자를 '장정'이라 하고 5리를 거리로 하는 정자를 '단정'이라 했다. '갱'은 또, 다시. 가도 가도 끝없어 고향으로 돌아갈 길이 막연하다는 한스러움에 대한 일종의 비유다.

온정균溫庭筠 【보살만】

만당 시기 이상은李商隱과 병칭되던 온정균은 뛰어난 문재文才를 지녀 붓만 들면 바로 시를 지을 정도였으나 과거에는 번번이 낙방하고 말았다. 품행이 단정치 못하다고 알려졌기 때문인데, 물론 오만하고 방자한 그의 행동 탓도 있었지만 그의 시나 사에 규방 아녀자의 염정을 노래한 것이 많아 경박하고 노골적이란 비난을 받았기 때문이기도 했다. 정작 자신은 과거에 급제하지 못했으나 매번 몰래 여러 사람의 답안지를 대신 작성해 주어서 적지 않은 이들이 그의 덕을 보았다는 일화가 전한다. 그의 사는 내용면에서도 파격적인 부분이 있지만 형식면에서도 상당히 귀족적이면서 화려한 구식과 표현을 정착시켰다. 그래서 후세 사람들은 그를 화간파花間派의 으뜸으로 꼽기도 한다.

이 작품 역시 온정균의 특성을 여실히 보여준다. 한 쌍의 자고새는 원래 한 쌍의 정다운 연인을 상징하는데, 여기에서는 이를 가져다가 도리어 짝이 없어 흐트러진 모습을 보이는 여성을 그리고 있다.

* 小山重疊金明滅[1], 鬢雲欲度香腮雪[2]. 懶起畫蛾眉[3], 弄妝梳洗遲[4].
* 照花前後鏡[5], 花面[6]交相映. 新貼繡羅襦[7], 雙雙金鷓鴣[8].

....

1 소산중첩금명멸小山重疊金明滅: '소산'은 여자의 쪽진 머리, '중첩'은 쪽이 여러 갈래로 겹쳐졌다는 뜻. '금'은 얼굴에 남겨진 화장, 즉 이마에 바르는 액황額黃 따위의 분을 가리킨다. '명멸'은 보였다 안보였다 한다는 뜻. 이 구절의 풀이에 대해서는 이견이 분분하지만, 일단 잠든 여인의 모습으로 푸는 것이 타당하다고 여겨진다. 혹은 '소산'을 병풍 속의 그림으로 보고 '금'을 그 안에 수놓아진 금빛 무늬로 보기도 한다. 이 밖에도 '소산'을 베개나 이마로 보는 견해도 있다.

2 빈운욕도향시설鬢雲欲度香腮雪: '빈운'은 뭉게뭉게 피어오르는 구름처럼 풍성한 머리. '욕도'는 날아갈 듯하다는 표현으로, 구름 같은 머리가 헝클어지려 한다는 뜻. '도'는 도渡의 가차자. '향시설'은 헝클어져 내리는 머릿결의 향기가 흰 눈같이 하얀 뺨에 흘러내린다는 뜻.

3 나기화아미懶起畫蛾眉: '나기'는 뒤척이며 천천히 일어나다, '화아미'는 나방의 더듬이처럼 시원하게 뻗으면서 붕긋한 눈썹을 그리다. '아미'는 예부터 아름다운 눈썹의 대명사였다.

4 농장소세지弄妝梳洗遲: '농장'은 화장하다, '소세지'는 머리 빗고 세수하는 것이 더디다.

5 조화전후경照花前後鏡: 꽃을 앞뒤로 거울에 비춰보다. '화'는 비녀에 달린 꽃모양의 장식. '전후경'은 앞뒤로 거울을 보다. 이렇게 하면 뒷모습도 한눈에 볼 수 있다.

6 화면花面: 비녀의 꽃장식과 얼굴.

7 첩수라유貼繡羅襦: '첩'은 금박을 붙이다, '수'는 자수로 무늬를 새기다, '라유'는 비단 저고리.

8 금자고金鷓鴣: 금박을 입힌 자고새 문양.

온정균 【몽강남夢江南】

온정균에 대해서는 앞에서 설명했다. 원래 이 사의 사패는 【억강남憶江南】이며, 【몽강남】은 【억강남】의 별칭이다. 이 작품은 떠나간 임을 하염없이 기다리는 여인의 한탄을 노래하고 있다.

* 梳洗罷[1], 獨倚望江樓[2]. 過盡千帆[3]皆不是. 斜輝脈脈[4]水悠悠, 腸斷白蘋洲[5].

1 소세파梳洗罷: 빗질과 세수를 마치다, 즉 얼굴 치장을 마쳤다는 뜻.
2 망강루望江樓: 멀리 강을 바라볼 수 있는 누각.
3 천범千帆: 온갖 배들. '범'은 돛.
4 사휘맥맥斜輝脈脈: '사휘'는 뉘엿뉘엿 지는 석양, '맥맥'은 아련히 끊어지지 않는 모양.
5 백빈주白蘋洲: 강 가운데 흰 네가래(개구리밥)로 둘러싸인 모래톱.

위장韋莊 【보살만】

위장은 만당 때 태어나 여러 곳을 유람하다, 오대십국五代十國 시기 전촉前蜀에서 재상을 지내며 나라의 근간을 세우는 데 혁혁한 공적을 쌓았다. 시로는 만당 시기에 당시의 혼란상을 생생하게 묘사한 장시 「진부음秦婦吟」이 특히 유명하다. 그는 흔히 온정균과 더불어 화간파로 분류되기도 하지만 사실 풍격은 사뭇 다르다. 화려하고 농염한 온정균의 작풍에 비해 그의 사는 평담하면서도 참신하다. 실질적으로 송사宋詞에 영향을 가장 두루 끼친 작가를 꼽는다면 응당 위장일 것이다.

아래 작품은 위장이 지은 【보살만】 5수 중 제2수인데, 난리 통에 강남을 전전하면서도 강남의 정취에 푹 빠져 그곳에 오래도록 머물 것을 다짐하는 내용이다. 물론 이 같은 내용은 강남에 대한 애정을 표현하기 위함일 뿐 실제로 고향을 그리워하지 않는다는 것은 아니다.

* 人人盡[1]說江南好, 遊人只合江南老[2]. 春水碧於[3]天, 畫船聽雨眠[4].
* 壚邊人[5]似月, 皓腕凝霜雪[6]. 未老莫[7]還鄕, 還鄕須斷腸[8].

....

1 진盡: 모두.
2 유인합강남로遊人合江南老: '유인'은 나그네. '합강남로'는 강남에서 늙도록 살아야 한다. 여기에서 '합'은 응당 ~해야 한다는 뜻. 강남은 장강 이남 중에서도 주로 강동 지역(강소, 절강, 안휘)을 지칭한다.
3 벽어碧於: ~보다 푸르다. '어'는 비교의 뜻.
4 화선청우면畫船聽雨眠: '화선'은 화려한 무늬가 그려진 배, '청우면'은 빗소리를 들으며 잠들다.
5 노변인壚邊人: 술집가의 사람, 즉 기녀를 말한다. '노'는 술집, 주막.
6 응상설凝霜雪: 눈이 내리고 서리가 맺힌 듯하다.
7 막莫: ~하지 말라.
8 수단장須斷腸: '수'는 분명 ~할 것이다는 강한 추측. '단장'은 고향에 돌아가면 강남이 그리워 애가 끊어진다는 뜻.

풍연사馮延巳 【알금문謁金門】

풍연사는 오대십국 시기 남당南唐의 재상으로, 그의 사는 대부분 한가하고 여유롭다. 그의 사는 특히 구도나 표현이 잘 다듬어져 있어서 민간사에서는 느낄 수 없는 문인사만의 독특한 풍격이 완연한데, 이 같은 풍격은 송대에 많은 영향을 미쳤다.

* 風乍[1]起, 吹皺[2]一池春水. 閒引[3]鴛鴦芳徑[4]裡, 手挼紅杏蕊[5].
* 鬪鴨[6]欄杆獨倚, 碧玉搔頭斜墜[7]. 終日望君君不至, 擧頭聞鵲喜[8].

1 사乍: 갑자기. 언뜻.
2 취추吹皺: 바람이 불어 수면에 주름이 잡히다, 즉 바람에 물결이 인다는 뜻.
3 한인閑引: 한가로이 장난치다.
4 방경芳徑: 꽃향기 가득한 길, 즉 꽃이 가득 피어 있는 길.
5 수뇌홍행예手挼紅杏蕊: '수뇌'는 손으로 조몰락거리다, '홍행예'는 붉은 살구꽃의 꽃술.
6 투압鬪鴨: 투계鬪鷄처럼 오리들을 싸움붙이는 놀이. 당시 권력층이 즐기는 유희였다고 한다.
7 벽옥소두사추碧玉搔頭斜墜: '벽옥'은 푸른 옥, '소두'는 원래 머리를 긁적인다는 뜻이지만, 여기서는 비녀의 별칭으로 쓰였다. '사추'는 머리에 꽂은 비녀가 기우뚱 빠지려 한다는 뜻.
8 작희鵲喜: 까치. 원래 까치가 울면 기쁜 일이 생긴다고 해서 '희' 자가 첨가되었다.

이경李璟 【완계사浣溪沙】

이경은 남당南唐의 군주였으나, 당시 남당은 이미 후주後周의 압박에 못 이겨 거의 속국 신세로 전락해버린 상태였다. 이 작품에서 노래하는 가련한 여인 역시 후주에게 핍박받는 자신을 빗댄 것이다. 이 작품의 원래 사패명은 【탄파완계사攤破浣溪沙】일명 【산화자山花子】라고도 함인데, 이는 【완계사】의 악곡에 약간의 변화를 가한 것이다. 【완계사】는 앞서 보았던 위장이 만든 악곡이다.

* 手捲眞珠[1]上玉鉤[2], 依前春恨鎖重樓[3]. 風裏落花誰是主, 思悠悠.
* 青鳥[4]不傳雲外信[5], 丁香空結[6]雨中愁. 回首綠波三楚[7]暮, 接天流[8].

1 진주眞珠: 여기에서는 주렴珠簾을 뜻한다.
2 옥구玉鉤: 주렴을 말아 올린 뒤 고정시키는 고리. 이를 옥으로 만들었기에 '옥구'라 한 것이다.

3 쇄중루鎖重樓: '쇄'는 가두다, '중루'는 복층의 누각.
4 청조青鳥: 전설에 따르면 곤륜산崑崙山에 사는 서왕모西王母가 부리는 새로, 먼 곳까지 소식을 전했다고 한다.
5 운외신雲外信: '운외'는 구름 바깥으로 아주 먼 곳, 즉 신선이 사는 곳을 말한다. '신'은 편지 또는 소식.
6 정향공결丁香空結: '정향'은 정향나무(라일락의 일종), '공'은 공연히, '결'은 꽃봉오리가 맺히다. 정향나무는 꽃봉오리만 맺고 꽃이 피지 않는 경우가 많기 때문에 근심이 풀리지 않는 것을 비유할 때 '정향결'이란 말을 사용한다.
7 삼초三楚: 남초南楚 · 동초東楚 · 서초西楚. 이 지명들이 정확히 지금의 어느 곳인가에 대해서는 여러 주장이 있지만, 대체적으로 지금의 강소성江蘇省과 호북성湖北省 일대라고 추정된다.
8 접천류接天流: 하늘에 맞닿아 흐른다는 뜻. 즉 도도히 흘러가는 장강의 수평선이 마치 하늘과 맞닿아 있는 것 같다는 뜻.

이욱李煜 【낭도사浪淘沙】

이 사의 사패인 【낭도사】는 원래 악부시의 악곡이었지만 이욱이 새로 개편한 것이다. 이욱은 이경의 아들로 그의 뒤를 이어 남당의 군주가 되었다. 이 때문에 흔히 이후주李後主라고 불린다. 이들 부자를 일러 남당이주南唐二主라고 칭하기도 한다. 그는 시문뿐만 아니라 서화와 음률에 모두 정통했지만, 현실은 후주後周를 멸망시킨 송나라가 끊임없이 핍박해 들어오는 매우 위태로운 시기였다. 결국 이욱은 나라를 잃고 송나라의 공후公侯로 책봉되어 수도인 변경汴京에 머물게 되지만 사실은 볼모나 다름없었다. 이러한 삶의 서글픔이 고스란히 사에 반영되어 그의 사는 여리면서도 근심어린 풍격으로 유명하다. 이 작품에서도 이미 사라져버린 고국 남당을 바라보며 서글픔을 노래하고 있다.

* 簾外雨潺潺[1], 春意闌珊[2]. 羅衾[3]不耐五更[4]寒. 夢裏不知身是客[5], 一晌貪歡[6].

* 獨自莫[7]憑闌, 無限江山. 別時容易見時難. 流水落花春去也, 天上人間[8].

1 잔잔潺潺: 주룩주룩 비가 내리는 모양.

2 란산闌珊: 시들해지다, 쇠잔해지다.

3 라금羅衾: 비단이불.

4 오경五更: 아주 이른 새벽(오전 3시~5시). 옛날에는 저녁부터 다음날 아침까지를 일경부터 오경까지 나누었는데, 일경은 술시戌時(오후 7시~9시), 이경은 해시亥時(오후 9시~11시), 삼경은 자시子時(오후 11시~오전 1시), 사경은 축시丑時(오전 1시~3시), 오경은 인시寅時(오전 3시~5시)를 뜻한다.

5 신시객身是客: 지금의 신세가 길손이란 뜻. 이는 망국의 군주로 잡혀온 지은이 자신의 신세를 비유한 것이다. 원래 남당의 군주였던 이욱은 당시 송나라에게 나라를 잃고 송나라의 수도였던 변경汴京에 잡혀 있었다.

6 일향탐환一晌貪歡: '일향'은 잠깐의 시간, '탐환'은 즐거움을 마음껏 누리려 한다는 뜻.

7 막莫: 모暮의 통가자로 저녁을 뜻한다. 혹은 금지형 부정어로 보기도 한다.

8 인간人間: 인간세人間世, 즉 사람들이 사는 속세.

이욱 【우미인虞美人】

이욱에 대해서는 앞의 작품에서 설명했다. 이 작품 역시 이미 망해버린 고국 남당을 바라보며 서글픔을 노래하고 있는데, 그 절절함이 앞의 작품보다 더하다.

* 春花秋月何時了[1], 往事知多少[2]. 小樓昨夜又東風, 故國不堪[3]回首月明中.

*雕欄玉砌應猶在[4], 只是朱顏改[5]. 問君能有幾多[6]愁, 恰似一江春水向東流.

....

1 료了: 다하다, 끝나다

2 지다소知多少: '지'는 기억하다, '다소'는 얼마나.

3 고국불감故國不堪: '고국'은 이미 망해버린 남당을 가리킨다. '불감'은 감당하지 못하다.

4 조란옥체응유재雕欄玉砌應猶在: '조란옥체'는 아름다운 무늬가 아로새겨진 난간과 옥처럼 반질거리는 섬돌. '응'은 응당 ~하리라. '유'는 여전히, 아직도. '재'는 존재하다, 남아 있다.

5 주안개朱顏改: '주안'은 붉은 얼굴, 즉 젊은 얼굴을 말한다. 젊을수록 얼굴의 혈색이 좋기에 '주안'이라 부른다. '개'는 바뀌다, 즉 젊었던 얼굴이 바뀌어 늙어버렸다는 뜻.

6 기다幾多: 얼마나 많은.

송대 사

구양수歐陽修 【완랑귀阮郎歸】

구양수는 가난한 환경 속에서도 분발해 학업에 힘써 결국 과거에 급제했는데, 이후 좌천을 당하기도 했지만 끝까지 지조를 지켰다. 그는 시詩나 사詞보단 송대 고문운동을 이끈 문장가로 주목받는데, 실제로 송대 고문운동에서 그는 단순히 한 명의 문장가로서가 아니라 고문이라는 문장사조의 확립과 성장에 매우 중요한 역할을 했다.

구양수는 안수晏殊 · 안기도晏幾道 등과 함께 송대 초의 사단詞壇을 이끌었는데, 그의 사풍은 여성적인 서정과 섬세한 감상 및 부드럽고 염려艶麗한 정조가 깃들어 있다. 구양수처럼 완약婉約한 풍격의 사를 지은 작가들을 완약파라 하는데, 구양가가 그 대표자였다. 아래의 【완랑귀】란 사패詞牌는 현재까지 확인된 바로 이욱李煜이 채용한 것이 처음인데, 대체로 처량한 음조다. 이 작품에서는 봄나들이의 풍경을 아주 서정적으로 묘사하고 있다. 특히 즐거운 봄나들이에 시간가는 줄 모르고 즐기다 어느새 지쳐버린 사람들의 정경을, 그네를 타다 잠시 옷을 벗고 쉬는 아녀자와 대들보에 깃들여 쉬는 한 쌍의 제비로 갈무리한 것은 가히 천의무봉天衣無縫한 솜씨라고 할 수 있겠다.

* 南園春半踏青[1]時, 風和聞馬嘶[2]. 青梅如豆柳如眉, 日長[3]蝴蝶飛.
* 花露重[4], 草烟低[5], 人家簾幕[6]垂. 鞦韆慵困解羅衣[7], 畫梁[8]雙燕棲.

....

1 춘반답청春半踏青: '춘반'은 세 달의 봄 중에서 절반이니 봄을 가장 만끽할 수 있는 한봄을 가리킨다. '답청'은 봄나들이. 봄에 교외로 나가 새로 자란 파란 풀을 밟으며

노니는 소풍을 말한다.

2 시嘶: 말울음 소리.

3 일장日長: 날이 길어지다. 춘분春分 때 밤낮의 길이가 같아지고 그 후로는 해가 떠있는 낮 시간이 점차 길어지므로 봄이 깊어짐을 표현한 것이다.

4 화로중花露重: 꽃에 이슬방울이 맺혀서 묵직하다.

5 초연저草烟低: 풀잎 사이로 안개가 낮게 깔리다.

6 렴막簾幕: 문짝 대신에 문에 드리우는 발.

7 용곤해라의慵困解羅衣: '용곤'은 피곤하고 나른하다, '해라의'는 비단 옷을 벗다. 피곤해서 잠시 겉옷을 벗고 쉰다는 뜻.

8 화량畫梁: 화려한 무늬가 있는 대들보.

유영柳永 【우림령雨霖鈴】

유영은 과거에 급제하기는 했지만 미관말직을 전전했을 뿐 별다른 성취가 없었다. 하지만 송사에 있어서 그가 이룬 업적은 실로 대단했다. 우선 형식면에서는 기존의 짧은 형식의 소령小令을 위주로 하던 사를 긴 형식의 만사慢詞로 확장시켰고, 음률과 수사면에서는 민간의 세속적인 음률과 표현을 적극 흡수하면서도 이를 잘 정련해 다채롭게 엮어냈다. 내용은 주로 주루酒樓의 기녀나 사랑하는 남녀, 혹은 길 떠난 나그네를 다뤘는데, 그 표현이나 내용이 워낙 세속적이면서도 아름다워, "우물가에서는 누구나 유영의 사를 노래할 줄 알았다"고 일컬어질 만큼, 대중적인 인기를 얻었다. 그의 사가 너무 세속적이라는 비판이 있기도 하지만, 세속적이면서도 결코 비루하지 않고 잘 정련된 점, 이것이 바로 유영 사의 특징이며 대중에게 두루 사랑받은 까닭이다.

전하는 말에 따르면, 【우림령】이란 사패는 원래 당 현종玄宗이 안사安史의 난을 피해 촉蜀 땅으로 몽진蒙塵했을 때, 마침 연일 비가 내려 우울해 있었는데 아련히 들려오는 말방울소리가 마음을 더욱 서글프게 하던 중에 문득 자살한 양귀비楊貴

妃가 떠올라 이 곡조를 지었다고 한다. 그래서인지 전체적으로 구슬픈 음조로 되어 있다. 아래에 인용한 작품 역시 【우림령】의 음조에 걸맞게 이별하는 남녀 간의 애틋한 정을 노래하고 있는데, 스산한 가을 풍경과 송별연의 정경 묘사를 통해 이별의 서글픔을 잔잔한 듯하면서도 진하게 전달하고 있다. 특히 "수양버들 늘어선 물가에는 새벽의 찬바람과 아스라이 남아 있는 달뿐"(양류안楊柳岸, 효풍잔월曉風殘月)이란 표현은 두고두고 인구에 회자되는 명구名句로 손꼽힌다.

* **寒蟬[1]凄切. 對長亭[2]晚, 驟雨初歇[3]. 都門帳飲無緒[4], 方留戀處[5], 蘭舟[6]催發. 執手相看淚眼, 竟無語凝噎[7]. 念去去千里烟波, 暮靄沈沈楚天[8]闊.**
* **多情自古傷離別. 更哪堪[9], 冷落[10]清秋節! 今宵酒醒何處? 楊柳岸, 曉風殘月[11]. 此去經年[12], 應是良辰好景虛設[13]. 便縱[14]有千種風情[15], 更與何人說!**

....

1 한선寒蟬: 가을 매미. 처량한 신세를 상징한다. '한'은 가을이 깊어져 추워진 날씨를 뜻한다.

2 장정長亭: 예부터 큰길에는 나그네가 쉴 수 있도록 정자를 지어놓았는데, 10리를 거리로 하는 정자를 '장정', 5리를 거리로 하는 정자를 '단정'이라 했다. 여기에서는 그냥 길가의 정자쯤으로 풀 수 있다.

3 취우초헐驟雨初歇: '취우'는 소나기, 갑자기 사납게 내리는 비. '초헐'은 막 그치다.

4 도문장음무서都門帳飲無緒: '도문장'은 도성문 밖의 장막. 송별연을 벌인 곳을 말한다. '무서'는 심사가 어지러워 두서가 없다. 즉 심란해 갈피를 잡지 못하겠다는 뜻.

5 방류연처方留戀處: '방'은 바야흐로, '류연'은 아쉬워하며 머뭇거리다.

6 란주蘭舟: 배에 대한 미칭美稱. 전설에 노반魯班이란 대단한 목수가 목란을 깎아 배를 만들었다고 하는데, 이를 '란주'라고 했다.

7 응열凝噎: 목이 메다. 말이 차마 입 밖으로 나오지 않는 모습.

8 초천楚天: 초 땅의 하늘, 먼 남쪽 하늘. 초 지방은 대체로 지금의 호북성과 호남성을 가리키는데, 장강 이북에서 장강 이남을 가리킬 때 '초'란 표현으로 통칭하기도 한다.

9 갱나감更哪堪: '갱'은 게다가, '나'는 어찌, '감'은 견디다.

10 랭락冷落: 초목이 시들어 잎이 지다.

11 효풍잔월曉風殘月: '효풍'은 새벽녘에 부는 바람, '잔월'은 새벽녘 동이 틀 때까지 아스라이 남아 있는 달. '효풍'은 살을 에는 듯한 차디찬 바람이고, '잔월'은 서서히 사라지는 서글픈 존재다. 모두 썰렁하면서도 서글픈 심사에 대한 비유다.

12 차거경년此去經年: 이번에 가면 해를 넘길 것이다. '경년'은 한 해를 경과하다.

13 허설虛設: 헛되이 늘어놓다. 임이 옆에 없으므로 좋은 때와 좋은 풍경이 다 소용없다는 뜻.

14 변종便縱: 설령.

15 풍정風情: 연정, 사랑의 마음. 남녀가 서로를 사모하는 정을 가리킨다.

장선張先 【옥루춘玉樓春】—을묘오흥한식乙卯吳興寒食

장선은 거의 90세까지 장수하며 평생을 평안하고 풍족하게 살면서 많은 작품을 지었다. 대부분 사대부의 한적한 삶이나 도시생활의 갖가지 모습을 묘사했는데, 특히 풍경 묘사에 능했다.

사패인 【옥루춘】은 일명 【목란화木蘭花】라고도 불린다. 옆에 부제副題처럼 붙은 "을묘오흥한식乙卯吳興寒食"이 사실 이 사의 진정한 제목으로, 이 사가 을묘년(1075) 한식날에 오흥 땅에서 지어졌음을 말해준다. 당시 그는 86세였다. 명절을 맞아 즐기는 사람들의 풍경을 생동감 있게 그리고 있는데, 뜰에 비추는 맑고 밝은 달빛과 바람에 어지러이 흩날리는 버들개지를 통해 가을의 농익은 정취를 묘사한 마지막 두 구절이 특히 유명하다.

* 龍頭舴艋吳兒競[1], 筍柱[2]秋韆遊女幷[3]. 芳洲拾翠[4]暮忘歸, 秀野[5]踏青來不定[6].
* 行雲[7]去後遙山暝[8], 已放笙歌[9]池院靜. 中庭月色正[10]清明, 無數楊花過無影[11].

1 용두책맹오아경龍頭舴艋吳兒競: '용두책맹'은 용머리를 한 배, 즉 용선龍船. '오아'는 오 땅의 젊은이들. 오 지방은 주로 지금의 강소성 등 강동 지역을 일컫는다. '경'은 경주하다. 이러한 용선 경주는 아직까지도 중국 남부에서 성행하고 있다.

2 순주筍柱: 대나무로 만든 그네 기둥.

3 병幷: 함께 어울리다.

4 방주습취芳洲拾翠: '방주'는 화초가 많이 있는 물가나 모래톱, '습취'는 노닌다는 뜻. '습취'는 원래 비췻빛 새의 깃털을 주워 머리를 장식한다는 뜻인데, 이 같은 단장은 여자들이 나들이할 때 하는 것이기에 이후 여자들이 나들이 나왔다는 뜻으로 쓰이게 되었다. 대구를 이루는 다음 구절의 '답청踏靑' 역시 봄나들이를 뜻한다.

5 수야秀野: 빼어난 들판.

6 래부정來不定: 오는 사람들이 끊이지 않는다.

7 행운行雲: 열구름. 바람에 밀려 지나가는 구름. 열구름이 지나가면 대체로 날이 개고 맑은 하늘이 나온다

8 요산명遙山暝: '요산'은 아련히 멀리 보이는 산, '명'은 날이 저물어 어두워졌다는 뜻.

9 이방생가已放笙歌: 악기 연주와 노래를 멈추다. '방'은 내려놓다. '생가'는 원래 생황에 맞춰 부르는 노래를 뜻하지만, 여기에서는 모든 악기 연주와 노래를 통칭한다.

10 정正: 마침.

11 무수양화과무영無數楊花過無影: '양화'는 버들개지. 여느 꽃과 달리 겨우내 하얀 솜털이 뒤덮여 있다가 봄이 되면 털도 없어진다. 이후 꽃씨들이 터져 나오면서 성긴 솜털을 달고 나와 바람에 날아간다. 그래서 이를 유서柳絮라고도 부른다. 무수히 날아다니는데도 그림자가 없는 이유 역시 날리는 것이 일반 꽃잎이 아니라 반투명한 솜털이기 때문이다.

소식蘇軾 【염노교念奴嬌】—적벽회고赤壁懷古

소식은 동파東坡居士란 호 때문에 흔히 소동파蘇東坡라고 불린다. 아버지 소순蘇洵, 동생 소철蘇轍과 함께 '삼소三蘇'라고 불렸는데, 모두 학문과 문장에 특출한 재

능을 보였다. 세 명 모두 당송팔대가에 들어간다. 그 중에서도 가장 다재다능했던 사람이 바로 소식이었다. 그는 시와 사뿐만 아니라 부賦나 산문 등 각종 문체에 능했고, 서예와 그림에도 조예가 깊었으며, 건축이나 요리에도 일가견이 있었다. 하지만 정치적으로는 상당히 굴곡이 많아서 좌천과 유배가 끊이질 않았다. 결국 만리타향 해남도海南島까지 유배 갔다가 유배가 풀려 고향으로 돌아가는 길에 객사하고 말았다.

그의 문학은 대체로 재기발랄하면서도 호방한 풍격이 주를 이룬다. 때문에 사에 있어서도 이른바 호방파豪放派라 하는데, 이전의 여리고 섬세한 완약파의 사와는 그 풍격을 완전히 달리한다. 게다가 "시로 사를 지었다"라고 평가될 만큼 틀에 박힌 기존의 사 형식을 과감히 타파하고 시의 기법 등을 적극 흡수해 새로운 형식을 추구함으로써 결국 사 창작의 새로운 돌파구를 열었다. 하지만 소식의 이러한 새로운 돌파는 동시에 악곡인 사패와 그 가사인 사의 분리를 의미하는 것이기도 했다. 즉 음악과 함께 노래 불리던 시가 이후 점차 음악과 분리되어 읊조려지게 되던 과정을 사 역시 걷게 되었던 것이다. 민간의 노래로부터 연원해 문인에 의해 '고급화'되면서 결국 음악과의 결속이 약화되거나 끊어지게 되는 것은 중국문학에서 보편적으로 보이는 현상이라고 말할 수 있겠다. 물론 소식이 개척한 이러한 풍격과는 정반대로 오히려 좀 더 음률과 밀착되어 완벽한 세련미를 추구하는 경향이 두드러지기도 했는데, 이 같은 풍격을 대표하는 이가 다음에 보이는 주방언周邦彦과 강기姜夔다.

【염노교】는 사패다. "적벽에서 옛 일을 되새기다"(적벽회고赤壁懷古)라는 제목을 보면 짐작할 수 있듯이, 이 사는 삼국시대에 조조曹操에 대항해 손권孫權과 유비劉備가 건곤일척乾坤一擲의 승부를 겨루었던 적벽에서 당시의 일을 되새기는 내용이다. 일반적으로 소식 하면 「적벽부赤壁賦」가 가장 유명하지만, 이 사 역시 같은 소재를 다룬 상당히 유명한 사다. 그런데 소식이 「적벽부」나 이 사를 지었던 적벽이 사실 조조와 손권이 자웅을 겨루었던 그 적벽은 아니었다. 그 적벽은 지금의 호북성湖北省 포기현蒲圻縣에 위치해 있다. 당시 소식은 황주黃州란 곳에 유배 중이었는데, 그가 노닐었던 적벽은 황주에 있는 적벽으로 일명 적비기赤鼻磯라고도 한다.

황주 역시 호북성에 위치하고 있기는 하다. 소식이 이런 사실을 알았는지 몰랐는지의 여부는 아직 논쟁의 여지가 있지만, 아무튼 이와는 무관하게 이 사가 그만의 호방함을 한껏 발휘하고 있는 그의 대표작 중 하나임은 누구도 부정할 수 없다.

이 작품을 한 마디로 말하자면, 적벽이라는 "산천은 의구한데 인걸은 간 데 없는" 유적遺跡을 통해, 자연의 무궁함 앞에 허무하기 그지없는 인간의 유한함을 한탄하고 있는 것이다. 이러한 정서에 대해서는 앞서 왕희지王羲之의 「난정집서蘭亭集序」에서 이미 언급했다.

* 大江[1]東去, 浪淘盡[2], 千古風流人物[3]. 故壘[4]西邊, 人道是[5], 三國周郎[6]赤壁. 亂石崩雲[7], 驚濤裂岸[8], 捲起千堆雪[9]. 江山如畫, 一時多少[10]豪傑!
* 遙想公瑾當年[11], 小喬初嫁了[12], 雄姿英發[13]. 羽扇綸巾[14], 談笑間, 强虜灰飛烟滅[15]. 故國神遊[16], 多情[17]應笑我, 早生華髮[18]. 人間[19]如夢, 一尊[20]還酹[21]江月.

1 대강大江: 장강.

2 랑도진浪淘盡: '랑'은 파도, 물결. '도진'은 모든 것을 휩쓸고 가버리다.

3 천고풍류인물千古風流人物: 오래전 적벽에서 자웅을 겨루었던 영웅들을 가리킨다.

4 고루故壘: 옛 보루. 오래된 성채를 가리킨다.

5 인도시人道是: '인'은 사람들, '도'는 말하다. '도시'라고 하면 이후 구절을 받아서 '~이라 말하다', 또는 '말하기를 ~라고 한다'로 번역된다. '시'는 계사繫辭.

6 삼국주랑三國周郎: '삼국'은 위촉오魏蜀吳 삼국, '주랑'은 당시 오나라 원수元帥였던 주유周瑜.

7 란석붕운亂石崩雲: '란석'은 어지러이 솟아있는 바위절벽, '붕운'은 구름을 무너뜨릴 듯하다. 이 표현에는 다분히 문학적 과장이 들어있다.

8 경도열안驚濤裂岸: '경도'는 놀란 듯 솟구쳐 오르는 사나운 파도, '열안'은 물가를 부수려는 듯 강하게 몰아치다.

9 천퇴설千堆雪: 아주 많은 물보라. '천퇴'는 천 무더기나 되듯 많다는 뜻이고, '설'은 하

얗게 일어난 물보라를 가리킨다.

10 다소多少: 원래는 '얼마나 되는가?' 정도의 의문사로 주로 사용되지만, 여기에서는 강조나 감탄의 뜻으로 '얼마나 많이 있었는가!' 정도로 번역된다.

11 요상공근당년遙想公瑾當年: '요상'은 아득한 옛 일을 회상하다, '공근'은 주유周瑜의 자字, '당년'은 한창 젊은 시절.

12 소교초가료小喬初嫁了: '소교'는 주유의 부인. 교씨喬氏 집안에 두 딸이 매우 아름다웠는데, 첫째 딸은 오나라 군주인 손권孫權의 형 손책孫策과 혼인했고, 둘째 딸은 주유와 혼인했다. 첫째 딸은 대교大喬라 하고 둘째 딸은 '소교'라 불렀다. 당시 조조와 전면전을 망설이는 손권과 주유를 자극하기 위해 제갈량諸葛亮은 조조가 오나라를 치려는 이유가 대교와 소교를 빼앗기 위해서라고 주장했다. '초가료'는 막 시집갔다. '초'는 갓, 막, 방금.

13 웅자영발雄姿英發: 영웅의 풍모에 영명英明한 재기를 발산하다.

14 우선관건羽扇綸巾: '우선'은 새 깃털로 만든 부채, '관건'은 푸른 비단으로 만든 관의 일종. 여기에서는 제갈량의 풍모에 대한 묘사다.

15 강로회비연멸强虜灰飛烟滅: '강로'는 강한 오랑캐, 강적强賊. 여기에서는 조조를 낮추어 가리키는 표현이다. '회비연멸'은 조조의 배들이 화공에 모두 불타 재와 연기가 되어버렸다는 뜻이다.

16 고국신유故國神遊: '고국'은 소식의 고향, '신유'는 마음으로 노니는 것. 즉 유배에 묶여 있는 신세라 고향에 직접 가지 못하고 마음속으로 고향을 생각한다는 뜻. 혹은 '고국'은 옛 나라, 즉 적벽대전이 벌어졌던 오나라를 뜻하고, '신유'는 소식 자신이 여기에서 옛날에 벌어졌던 일을 회상하는 것이라고 풀기도 한다.

17 다정多情: 다정한 사람, 즉 소식의 첫째 부인으로 일찍 죽어 고향에 묻혀 있는 왕씨王氏를 가리킨다.

18 화발華髮: 허옇게 센 머리카락, 즉 백발. 원래는 검은 머리카락에 흰 머리카락이 뒤섞여 있는 모습을 가리키는 말이었지만, 이후에 주로 백발을 지칭하게 되었다.

19 인간人間: 인간세상, 즉 속세.

20 준尊: 술 단지. 준樽의 통가자.

21 뢰酹: 술을 땅에 부어 제사지내다.

주방언周邦彦【접련화蝶戀花】—조행早行

주방언은 음률에 정통했던 것으로 유명하다. 그래서 그의 사 역시 음률과 격식을 엄격하게 맞추고 있는 것이 특징이며, 새로운 악곡도 많이 지었다. 그는 주로 남녀의 사랑이나 이별의 한을 노래했는데, 이는 다분히 유영柳永의 풍격을 계승한 면이 있었다. 하지만 유영의 사가 생동감 있고 통속적이었던 것에 반해 주방언의 사는 꼼꼼하고 귀족적이었다. 이 때문에 혹자들은 주방언의 사의 내용이 공허하다거나 격률에 얽매여 있다고 비난하기도 하지만, 사실 문인들이 본격적으로 사의 창작과 감상을 즐기게 된 이상 유영에서 주방언으로의 이러한 풍격 변화는 불가피한 것이었다. 앞서 지적했듯이 이러한 풍격의 변화는 음률과 분리되려는 소식 계열의 풍격과 상반되는 것이다. 다시 말하자면 문인들이 사를 전유하게 되면서 발생한 두 갈래의 상반되는 풍격이라고 할 수 있겠다.

【접련화】는 송대부터 본격적으로 활용된 사패로, 슬픔과 근심을 표현하기 적합한 음조로 알려져 있다. "이른 출발"(조행早行)이란 제목을 보아도 알 수 있듯이 이른 아침에 길 떠날 임과의 이별에 잠 못 이루며 괴로워하는 여인의 심사를 주방언 특유의 세련될 필치로 그려냈다. 특히 내 임이 떠나갈 새벽이 시시각각 다가오고 있음을 다되어 가는 물시계로 표현한 것이나, 도르래 소리에 깬 듯했지만 알고 보니 밤새 뜬눈으로 눈물만 흘리고 있었다는 묘사는 참으로 절묘하다. 전체적으로 이별의 슬픔을 절절하게 그려내면서도 결코 은근하고도 차분한 정조를 잃지 않았으니, 참으로 "슬퍼도 상처받지는 않는"(애이불상哀而不傷) 절제미를 지녔다고 할 수 있다.

* 月皎[1]驚烏棲不定. 更漏將闌[2], 轣轆牽金井[3]. 喚起兩眸清炯炯[4]. 淚花[5]落枕紅綿[6]冷.
* 執手霜風吹鬢影[7]. 去意徊徨[8], 別語愁難聽[9]. 樓上闌干橫斗柄[10], 露寒人遠雞相應[11].

1 월교月皎: 달이 휘영청 밝다.

2 경루장란更漏將闌: '경루'는 밤중에 오경을 알리는 물시계. '경'은 저녁(오후 7시)부터

다음날 아침(오전 5시)까지를 다섯 경, 즉 오경으로 나눈 것을 가리킨다. '루'는 루호漏壺, 즉 물시계를 가리킨다. '장란'은 거의 끝나다. '란'은 다하다, 끝나다.

3 력록견금정轣轆牽金井: '력록'은 우물에서 두레박을 움직이는 도르래 소리. 드르륵 드르륵. '견'은 물을 길어 올리다. '금정'은 원래 금박 무늬로 장식된 우물이란 뜻으로, 주로 궁중의 우물을 가리킨다. 하지만 여기에서는 그냥 일반 우물을 고아하게 표현한 것이다.

4 환기양모청형형喚起兩眸清炯炯: '환기'는 불러일으키다, '양모'는 두 눈동자, '청형형'은 눈이 말똥말똥한 모양.

5 루화淚花: 눈물 자국. 눈물이 떨어져 꽃처럼 번진 모양.

6 홍면紅綿: 무명으로 만든 베갯잇. 원래 목면木棉의 꽃이 붉어서 목면으로 만든 무명을 '홍면' 또는 홍면紅棉이라 칭하기도 한다.

7 상풍취빈영霜風吹鬢影: '상풍'은 서릿바람, '빈영'은 귀밑 머리카락의 그림자. 이 구절은 귀밑까지 서릿바람이 파고들었다는 뜻이다.

8 거의회황去意徊徨: '거의'는 석별의 정, '회황'은 배회하고 방황하다.

9 별어수난청別語愁難聽: '별어'는 이별의 말, '수'는 근심하다, '난청'은 듣기 괴롭다.

10 횡두병橫斗柄: '횡'은 가로놓이다. '두'는 두파斗把, 즉 손잡이 달린 국자. '병'은 손잡이. '두병'은 국자처럼 생긴 북두칠성 중 손잡이 부분의 세 별을 가리킨다. 북두칠성은 사계절 언제나 볼 수 있으며 북극성을 정점으로 회전하기 때문에 예부터 이를 밤하늘의 시계로 여기고 '두병' 부분을 시침으로 삼아 시간을 가늠했다. 여기에서 '두병'이 가로놓였다고 말한 것은 이제 곧 날이 밝을 시간이 되었다는 의미다.

11 계상응鷄相應: 닭들이 서로 응답하다. 즉 닭들이 곳곳에서 울기 시작한다는 뜻. 이 역시 날이 밝아오는 것을 뜻한다.

이청조李清照 【성성만聲聲慢】—추정秋情

이청조는 중국문학사에서 보기 드문 여성작가로, 특히 사에서의 성취는 당시 최고라고 할만하다. 금金나라 등 주변국들의 위협에 풍전등화 같이 위급하던 북송 말에 명문대가에서 태어난 이청조는 어려서부터 총기가 대단했다. 18살에 조명성

趙明誠과 혼인했는데, 그 역시 시문과 서화를 좋아하는 재사才士였다. 천생연분의 재자가인의 만남인 듯 둘은 서로 은애하며 시와 사를 지어 즐겼고, 특히 청동기에 새겨진 금문金文에 대한 본격적인 연구의 길을 열었다. 사실 송대에는 비문법첩碑文法帖에 이어 고대 청동기에 대한 관심이 고조되었고 그들의 연구 역시 이러한 유행의 영향을 받은 것이었다. 결혼 후 20여 년이 지날 때까지 이청조의 삶은 더 이상 아무 바람이 없을 정도의 완벽한 행복 그 자체였다. 하지만 금나라의 침공으로 황망히 피난길에 오르면서 그녀의 인생은 완전히 180도 뒤집히게 된다. 너무나 급작스런 피난이었기에 평생 심혈을 기울여 모았던 서화와 청동기를 잃어버렸고, 설상가상으로 장강 이남으로 피난 온 뒤 오래지 않아 남편인 조명성까지 병사하고 만다. 온실 속의 화초같이 살던 이청조는 어찌할 바를 모르고 공황 상태에 빠져버렸다. 이청조에게 남은 재산이 많을 거라 여긴 장여주張汝州라는 모리배는 이 틈을 놓치지 않고 이청조에게 접근해 온갖 감언이설로 결국 그녀와 혼인한다. 하지만 이청조에게는 남은 재산이 별로 없었고, 이를 알게 된 장여주는 분노하며 본색을 드러냈다. 그녀는 결국 송사와 옥고까지 치른 뒤에야 100일도 안 되는 장여주와의 결혼 생활에 종지부를 찍을 수 있었다. 이후로 더욱 상심하고 절망해 눈물로 여생을 보냈다. 그녀의 이러한 극적인 삶은 작품에 그대로 반영되어, 피난 전의 작품은 다분히 여리고 감상적이지만 피난 후의 작품은 대부분 한탄과 서글픔으로 가득 차 있다. 얼핏 보면 비슷해 보여도 사실은 전혀 다른 것으로, 전자는 한가로움에 읊조리는 여린 노랫가락일 뿐이지만 후자는 서글픔에 복받쳐 울부짖는 피울음이다.

북송 때 등장한 사패 【성성만】은 원래 【승승만勝勝慢】이었는데, 장첩蔣捷이란 작가가 이 사패로 사를 지으면서 운각韻脚(라임rhyme)을 모두 '성聲' 자로 하는 바람에 【성성만】이라 고쳐 불리게 되었다. 【성성만】은 원래 각운脚韻이 모두 평성이었는데, 이청조가 처음으로 각운을 모두 측성으로 썼다. 이는 촉급促急한 측성으로 슬프면서도 격한 감정을 드러내기 위함으로 보인다. 이 작품은 피난 이후에 지어진 것으로, 너무나 갑작스럽고 엄청난 불행에 대한 비애와 과거 너무나 행복했던 날들에 대한 그리움을 절절하게 토해내고 있다. 때는 가을이라 만물이 쇠잔해지는 계절. 바로 이청조의 속내와 완전히 일치하는 시점이다. 그래서 제목도 을씨년스러움이 느껴지는 "가을날의 정취"(추정秋情)다. 의도적으로 첩자疊字, 즉 글자를 중첩시켜 운율감을 살리면서 평성자와 측성자를 섞되 마무리는 측성자로 해 그 촉급한 운율로 자연스레 격정을 일으킨다. 변덕스러운 날씨는 무상한 인생이요, 싸구려 술 몇 잔으로는 뼈까지 스미는 스산한 가을바람을 당해낼 길이 없다. 따뜻한 곳을 찾아 북녘에서 날아오는 저기 저 기러기는 아마도 피난 이전 북녘에서 봤던 듯하다. 그러자 문득 아무 부족함 없이 행복했던 그 시절이 떠올라 견딜 수가 없다. 게다가 추적추적 가을비까지 내리는 황혼녘이 되고 보니, 이제 곧 끝날 이 내 삶을 다시금 돌아보게 되고 갑자기 겪게 되었던 온갖 수난과 고통이 떠오른다. 그러자 다시 느껴지는 가슴속 깊이 단단히 응어리진 한, 또다시 넘쳐나는 서글픔. 이러한 내 심사를 어찌 근심 '수愁' 자 하나로 담아낼 수 있으리오! 이 작품의 한 글자 한 글자, 한 마디 한 마디가 모두 그녀가 흘리는 눈물이요, 토해낸 피다.

* **尋尋覓覓[1]. 冷冷清清[2], 凄凄慘慘戚戚[3]. 乍暖還寒[4]時候, 最難將息[5]. 三杯兩盞淡酒[6], 怎敵他[7]晚來風急! 雁過[8]也, 正[9]傷心, 却是舊時相識[10].**

* **滿地黃花堆積[11], 憔悴損[12], 如今有誰堪摘? 守着窗兒, 獨自怎生得黑[13]! 梧桐更兼[14]細雨, 到黃昏, 點點滴滴[15]. 這次第[16], 怎一個愁字了得[17]!**

1 심심멱멱尋尋覓覓: 더듬거리며 찾다. 무언가를 이리저리 찾는 모양.

2 랭랭청청冷冷清清: 맑으면서도 쌀쌀한 날씨. 주로 가을 날씨를 가리킨다.

3 처처참참척척凄凄慘慘戚戚: 모두 슬픔에 겨워 어찌할 바를 모르는 모습을 형용한 것이다. 굳이 자세히 나눠서 보자면, '처처'는 쓸쓸함에 상심한 모습이고, '참참'은 비참함에 상심한 모습이며, '척척'은 근심에 상심한 모습이다.

4 사난환한乍暖還寒: 언뜻 따듯해졌다가 도로 추워지다. 덧없고 변덕스러운 날씨를 말한다.

5 장식將息: 휴양하다, 휴식하다.

6 담주淡酒: 싱거운 술, 도수가 높지 않은 술. 별로 좋지 않은 술을 뜻한다. 이런 술을 마신다는 표현은 대체로 경제적으로 쪼들리는 상황임을 나타낸다.

7 즘적타怎敵他: '즘'은 어떻게, '적'은 버티다, '타'는 변덕스러운 가을 날씨.

8 과過: 지나가다.

9 정正: 바야흐로. 마침.

10 각시구시상식却是舊時相識: '각시'는 오히려 ~하다, 뜻밖에 ~하다. '시'는 계사繫辭. '구시상식'은 옛적에 본 적이 있다는 뜻. 지나가는 기러기를 장강 이북에서 살 때 본 듯하다는 말이다.

11 만지황화퇴적滿地黃花堆積: '만지'는 온 땅 가득, '황화'는 국화, '퇴적'은 쌓이다. 온 땅에 국화 꽃잎이 떨어져 쌓여 있는 모습.

12 초췌손憔悴損: 꽃잎이 다 떨어져 시들어버린 국화를 가리킨다. 이 국화는 이청조 자신을 상징한다.

13 즘생득흑怎生得黑: '즘'은 어떻게. '생득흑'은 어두운 밤을 지내다, 어두운 밤을 견뎌내다. 전체적으로 구어에 가까운 백화적인 표현이다.

14 갱겸更兼: '갱'은 또, '겸'은 더해지다.

15 점점적적點點滴滴: 방울방울 뚝뚝. 빗방울이 떨어지는 소리.

16 저차제這次第: 이때, 지금, 이 순간.

17 료득了得: 당해내다, 이겨내다. 백화적인 표현이다.

신기질辛棄疾 【파진자破陣子】—위진동보부장사이기爲陳同甫賦壯詞以寄

신기질은 북송 말에 태어나 국운이 쇠잔한 나라의 선비로서 분연히 의병운동에 투신해 금나라와 맞서 싸웠으며, 송나라가 남하한 이후로는 관직을 지내기도 했다. 하지만 결국 송나라가 금나라와 치욕적인 화친을 맺자 벼슬을 버리고 은거했다. 그는 사에 있어서 소식蘇軾과 병칭될 정도로 호방파의 풍격이 두드러지는 작가다. 형식적인 측면에서 보아도 그는 소식처럼 사의 기존 형식을 타파하고 새로운 경지를 개척하려 했다. 특히 문장에서의 표현기법을 적극적으로 차용하기 시작해 "문장으로 사를 짓는" 풍격을 확립함으로써 후세에 많은 영향을 끼쳤다. 내용적인 측면에서 보자면, 같은 호방파이지만 신기질이 처한 시대는 북송의 소식과 사뭇 달랐기에 그는 좀 더 비분강개하고 좀 더 울분에 차 있다.

이 작품의 제목이 "진동보에게 씩씩한 사를 지어 부친다"(위진동보부장사이기爲陳同甫賦壯詞以寄)인 것을 보아서 알 수 있듯이, 이는 그의 절친한 벗 진량陳亮(자는 동보) 에게 부친 작품이다. 진량은 사상사적으로 주희朱熹와 왕패논쟁王霸論爭을 이끌었던 인물로, 신기질과 함께 북벌北伐의 의지가 대단했다. 때문에 북벌을 갈구하는 심사를 이렇게 '씩씩한' 사에 담아 벗에게 토로한 것이다. 하지만 사의 내용을 잘 살펴보면, 이렇게 살벌한 변경의 분위기와 호방한 북벌의 의지 뒤에는 어찌할 수 없는 현실의 서글픔이 자리하고 있다. 자신과 벗 모두 이미 늙고 쇠약해져 결국 아무런 전공戰功도 세우지 못하고 죽을 날만 기다리는 신세가 된 것이다. 당초 【파진자】란 악곡은 당나라 황궁에서 행해지던 대형 무곡舞曲으로 씩씩한 무용武勇을 장관으로 연출했다. 때문에 그 곡조 역시 당연히 활기차고 장중했는데, 신기질은 이러한 곡조를 가져다 도리어 가슴에 응어리진 깊은 슬픔을 그 속에 묻어두어, 활기찬 곡조와 씩씩한 가사에서 은연중에 그 슬픔이 전해지도록 만들었다.

* **醉裏挑燈[1]看劍, 夢回吹角連營[2]. 八百里分麾下炙[3], 五十絃翻塞外聲[4]. 沙場秋點兵[5].**
* **馬作的盧[6]飛快, 弓如霹靂絃驚[7]. 了却君王天下事[8], 贏得生前身後名[9]. 可憐白髮生!**

....

1 취리도등醉裏挑燈: '취리'는 취중에. '도등'은 등불의 심지를 돋우다, 등불을 밝히다.

2 몽회취각련영夢回吹角連營: '몽회'는 꿈에서 돌아오다, 잠에서 깨다. '취각'은 뿔 나팔을 불다. '련영'은 진영마다, 온 진영에. '련'은 연이어.

3 팔백리분휘하자八百里分麾下炙: 소를 잡아 휘하 장병들에게 구운 고기를 나눠주다. '팔백리'는 소의 별칭. 진晉나라 때 왕개王愷에게 말처럼 잘 달리는 팔백리박八百里駮

이라는 소가 있었다. 이후로 '팔백리'는 소의 별칭으로 쓰인다. '휘하'는 장군에 대한 존칭으로 쓰일 때도 있다. '휘'는 대장의 깃발을 뜻한다.

4 오십현번새외성五十絃翻塞外聲: 슬瑟로 변경 밖에서 노래를 연주하다. '오십현'은 슬의 별칭. 슬은 거문고와 비슷한 악기로 원래는 25현이다. 당나라 때 시인 이상은李商隱이 「금슬錦瑟」이란 시에서 슬을 '오십현'이라 말한 이후로 '오십현'은 슬의 별칭으로 쓰인다. '번'은 여기에서는 연주하다는 뜻이다. '새외'는 변경 밖.

5 점병點兵: 열병閱兵. 전투하기 위해 군대를 정비한다는 뜻이다.

6 작적로作的盧: '작'은 ~이 되다. '적로'는 이마에 흰 점이 있는 준마로, 적로的顱라고도 쓴다.

7 현경絃驚: 활시위가 놀라다. 즉 매우 강하게 화살을 발사한다는 말이다.

8 료각군왕천하사了却君王天下事: '료각'은 완수하다, 완성하다. '천하사'는 천하통일의 과업, 즉 장강 이북을 수복하는 일을 가리킨다.

9 영득생전신후명贏得生前身後名: '영득'는 얻다, '생전'은 살아있을 때, '신후명'은 죽어서도 없어지지 않을 명성.

강기姜夔 【암향暗香】

강기는 빈한한 생활을 하면서도 부지런히 학문에 힘썼으나 과거에는 계속해서 낙방했고, 결국 그렇게 강호를 떠돌다가 생을 마쳤다. 그는 비록 평생 제대로 된 관직에는 오르지 못했지만 고관대작들이 그를 보기 위해 찾아올 정도로 문단에서는 도리어 대단한 명성을 누리고 있었다. 시와 사에 두루 능했으나 특히 사를 잘 지었는데, 이는 그가 음률에 정통했기 때문이다. 그래서 악곡과 사의 어울림을 중시하는 이른바 격률파格律派의 대표작가로, 북송에서는 주방언周邦彦을 손꼽고 남송에서는 강기를 으뜸으로 친다. 하지만 격률파에서 추구하는 이 같은 풍격은 형식과 내용에 골고루 능해야 했는데, 이는 결코 아무나 해낼 수 있는 일이 아니었다. 때문에 격률파 중 주목할 만한 성과를 올린 작가는 비교적 적은 편이다. 대부분의 평범한 격률파 작가들의 작품은 억지로 끼워 맞춘 듯 생경하거나 너무 형식에만 치우쳤다는 혐의로부터 자유롭지 못했다. 격률파 중 주방언과 강기가 유독 주목받고 사랑받는 이유 역시 여기에 있다. 또한 내용적인 측면에서 볼 때도 강기의 사는 맑고 아름다우면서도 너무 여리거나 부화浮華하지 않았으며, 담백하고 선명하면서도 거칠거나 속되지 않았다는 것이 중평衆評이다.

아래의 【암향】은 또 다른 그의 작품 【소영疏影】과 함께 악곡까지 그가 새로 만든 것으로, 그의 사를 대표하는 작품들이다. 그래서 사패와 사의 내용이 일치한다. 당초 【암향】과 【소영】은 모두 벗 범성대范成大와 그의 가기歌妓 소홍小紅을 위해 곡을 짓고 사를 써넣은 것이다. 【암향】이란 사패에서도 알 수 있듯이 이 작품은 매화를 노래한 영물사詠物詞다. 하지만 단순히 매화에 대해 노래한 것이 아니라 눈앞에 펼쳐진 경치와 마음속에 그려진 풍경, 그리고 새록새록 떠오르는 추억을 절묘하게 교차시켜, 감상하는 이 역시 부지불식간에 감회에 젖게 만들고 있다.

* 舊時月色, 算幾番[1]照我, 梅邊吹笛! 喚起玉人[2], 不管清寒與攀摘[3]. 何遜[4]而今漸老, 都忘却, 春風詞筆. 但怪得[5], 竹外疏花[6], 香冷入瑤席[7].
* 江國[8], 正[9]寂寂. 歎寄與[10]路遙, 夜雪初積. 翠尊易泣[11], 紅萼[12]無言耿相憶[13]. 長記[14]曾携手處, 千樹壓[15], 西湖[16]寒碧. 又片片[17], 吹盡也, 幾時見得[18].

1 산기번算幾番: '산'은 헤아려 보다, '기번'은 몇 번.
2 옥인玉人: 옥같이 고운 내 임.
3 여반적與攀摘: '여'는 더불어. '반적'은 무엇인가를 따다. 여기에서는 매화를 따거나 매화 가지를 꺾는다는 뜻.
4 하손何遜: 남조 양梁나라 때 사람으로 특히 시로 유명하다.
5 단괴득但怪得: '단'은 그저. '괴득'은 원망하다, 탓하다.
6 소화疏花: 듬성듬성 성글게 핀 매화.
7 요석瑤席: 아름다운 자리.
8 강국江國: 주로 강남, 즉 장강 이남 지역을 가리킨다.
9 정正: 바야흐로.

10 기여寄與: 물건이나 편지를 부쳐 보내다.

11 취준이읍翠尊易泣: '취준'은 비췻빛 술잔. '준'은 준樽의 통가자. '이읍'은 쉽게 눈물짓다. 즉 계속 술을 붓다 보니 술잔에 술이 넘치는 것이 마치 술잔이 눈물을 흘리는 듯하다는 뜻. 혹은 '취준' 자체를 술의 비유라고 풀어서, 그냥 술을 계속 따라 마신다는 표현으로 보기도 한다.

12 홍악紅萼: 붉은 빛깔의 매화. '악'은 본래 꽃받침이란 뜻인데, 여기에서는 매화꽃을 가리킨다.

13 경상억耿相憶: '경'은 마음속에 깊이 담아두다. '상'은 아무 뜻 없이 목적어를 생략하게 하는 문법적 기능만 있다. '억'은 추억하다, 그리워하다.

14 장기長記: 오래도록 기억하다.

15 천수압千樹壓: 수많은 나무가 마치 내리누르듯 머리 위를 뒤덮고 있다는 뜻. 여기에서는 매화나무를 가리킨다.

16 서호西湖: 절강성浙江省 항주杭州에 있는 호수 이름. 강기가 실제 이 작품을 지은 곳은 항주에서 조금 떨어진 강소성江蘇省 소주蘇州의 석호石湖라는 곳이다. '서호'에 있는 고산孤山이란 섬 주변의 매령梅嶺이란 곳이 매화로 유명한데, 아마도 이곳을 연상한 듯하다.

17 편편片片: 한 잎 한 잎 흩날리는 매화를 가리킨다.

18 기시견득幾時見得: '기시'는 언제나, '견득'은 만나볼 수 있다.

송대 시

구양수歐陽修 「풍락정유춘豐樂亭遊春」

이 작품은 구양수가 저주태수滁州太守로 있을 때, 근처의 낭야산琅琊山에 자신이 세운 풍락정에서 읊은 시다. 원래 「풍락정유춘」은 모두 3수인데, 아래의 시는 그 중 제3수다. 아름다운 자연풍경 속에서 즐거운 봄나들이에 세월조차 잊은 듯한 심경을 담담하게 그려내고 있다.

紅樹靑山日欲斜, 長郊[1]草色綠無涯. 遊人不管春將老, 來往亭前踏落花.

1 장교長郊: 드넓은 교외.

소식蘇軾 「유금산사遊金山寺」

제목에 보이는 금산사는 지금의 강소성江蘇省에 위치한 진강鎭江 가운데 섬처럼 솟아 있는 금산의 절 이름이다. 당시 소식은 왕안석王安石의 신법新法을 격렬히 반대하다 미운 털이 박혀, 자의반 타의반으로 외직外職을 청해 항주통판杭州通判으로 부임하는 길이었다. 바로 그 도중에 진강의 금산을 지나며 이 시를 지었다. 때문에 참신하면서도 생동감 있는 풍경 묘사엔 자신의 복잡한 심사와 처경이 고스란히 담겨 있다. 어서 이 덧없는 관직 생활을 청산하고 고향으로 돌아가 버리고 싶지만 현실적으로 이것이 불가능함을 한탄하고 있다. 이러한 심경은 옛사람들의 작품에서도 늘 보이던 바다. 하지만 이러한 심경을 토로하는 표현방식에 있어서 이 작품은 매우 생경하면서도 기발하다.

처음에는 산수유기山水遊記인양 주변의 풍경을 시적으로 묘사하다가 갑자기 신기한 광경을 목격하게 된다. 금산사 승려의 만류로 남아서 보게 된 진강의 괴이한 현상. 강물 속에서 현란한 빛을 내뿜는 정체불명의 불빛. 무엇일까? 귀신의 조화인가? 사람의 소행인가? 왜 이런 일이 내 눈 앞에 펼쳐진 것일까? 이리저리 고민하던 중 돌연 가슴이 먹먹해지면서 이것은 강신江神이 내게 보내는 경고임을 깨닫는다. 고집스레 속세의 벼슬에 연연해하지 말고 어서 고향으로 돌아가라는 경고. 하지만 이러한 경고에도 나는 경제적인 사정으로 지금은 곤란하다는 구차한 변명을 할 뿐이다. 그저 사정이 좋아지면 반드시 돌아가겠노라는 다짐은 곧 지켜질 굳은 맹세가 아니라 기약 없는 헛된 약속일 뿐이다. 사실 여기에서 강신은 소식 내면의 자아라 해도 좋다. 때문에 이 시는 한적한 은일을 지향하는 정서라기보다는 서글픈 자괴감自愧感을 여운으로 남기고 있다.

이렇게 사람의 일이 천지자연의 현상과 서로 감응한다는 믿음은 고래로 줄곧 있었지만, 이런 천인감응을 통해 자신의 복잡한 심사를 이렇게 기이하면서도 절절하게 토로한 이는 없었다. 이 시는 소식의 시풍을 대표하는 작품이라고 할 수는 없지만, 그의 천재성이나 참신함을 가장 여실히 보여주는 작품 중 하나라고 할 수 있다.

我家江水初發源[1], 宦遊直送江入海[2]. 聞道潮頭[3]一丈高, 天寒尚有沙痕在[4]. 中泠[5]南畔石盤陀[6], 古來出沒隨濤波. 試登絶頂望鄉國, 江南江北青山多. 羈愁[7]畏晚尋歸楫[8], 山僧苦留[9]看落日. 微風萬頃靴紋細[10], 斷霞半空魚尾赤[11]. 是時江月初生魄[12], 二更[13]月落天深黑. 江心似有炬火明[14], 飛焰[15]照山棲烏驚. 悵然[16]歸臥心莫識[17], 非鬼非人竟[18]何物? 江山如此不歸山[19], 江神見怪[20]驚我頑. 我謝[21]江神豈得已[22], 有田不歸如江水[23].

1 아가강수초발원我家江水初發源: 예부터 사람들은 장강이 지금의 사천성泗川省 민산岷山으로부터 발원한다고 여겼는데, 소식의 고향은 그 부근의 미산眉山이었다.

2 환유직송강입해宦遊直送江入海: '환유'는 원래 외지로 가서 관직을 지낸다는 뜻이지만, 여기에서는 외지의 관리가 되어 부임지로 가는 것을 말한다. '직송'은 곧장 보내지다. 지금 소식이 있는 진강은 장강의 지류로 특히 강폭이 넓어 수평선이 보일 정도였기에 사람들은 흔히 이곳을 바다라고 불렀다. 여기에서 "강이 바다로 흘러들어간다"(강입해江入海)라고 표현한 것 역시 장강의 지류가 폭이 넓어 바다같이 보이는 진강으로 흘러들고 있음을 말한다.

3 문도조두聞道潮頭: '문도'는 남이 말하는 것을 듣다, 즉 남이 해준 말을 뜻한다. '도'는 말하다. '조두'는 밀물에 의해 생기는 파도.

4 천한상유사흔재天寒尙有沙痕在: '천한'은 날이 차갑다. 지금이 겨울임을 가리킨다. '상유사흔재'는 지금은 겨울이라 물이 많이 줄었기에 실제 높은 파도는 보이지 않지만 그 흔적이 모래사장에 남아 있다는 말이다.

5 중령中泠: 중령천中泠泉. 금산에 있는 샘물 이름.

6 반타盤陀: 넓게 비탈진 모양. 반타盤陁라고도 쓴다.

7 기수羈愁: 나그네의 근심. '기'는 원래 재갈을 뜻하지만 흔히 떠도는 나그네의 상징으로 사용된다.

8 귀즙歸楫: 금산으로 돌아가는 배편. '즙'은 원래 노를 뜻하지만 흔히 배의 비유로 사용된다.

9 고류苦留: 한사코 만류하다.

10 미풍만경화문세微風萬頃靴紋細: '미풍'은 살랑살랑 부는 바람, '만경'은 드넓은 수면. '화문세'는 가죽신발에 생긴 세밀한 주름. 여기에서는 살며시 불어오는 바람에 드넓은 수면 위에 일어나는 무수히 많은 물결을 비유한 것이다.

11 단하반공어미적斷霞半空魚尾赤: '단하반공'은 수평선에 가로질러 노을 진 하늘이 마치 반으로 갈라진 듯하다는 뜻. '어미적'은 노을에 물든 물결이 마치 물고기의 꼬리지느러미처럼 붉다는 뜻.

12 초생백初生魄: 열엿샛날. 기망旣望과 같다. '백'은 달의 어두운 부분을 말한다. 매달 음력 16일부터는 달의 어두운 부분이 생겨나므로 '생백'이라 하고, 초하루부터는 달의 어두운 부분이 없어지므로 사백死魄이라 한다.

13 이경二更: 해시亥時(오후 9시~11시).

14 강심사유거화명江心似有炬火明: '강심'은 강의 한가운데. '거화'는 횃불같이 밝은 불빛을 뜻하지만 무엇을 가리키는지는 불분명하다. 일반적으로 중국의 전설에 나오는 음화陰火, 즉 물속에서 빛을 내는 상상속의 생물일 것이라고 추정한다. 혹자는 소식이 자신의 심사를 펼치기 위해 그려낸 허구적 상상이라고 여기기도 하지만, 이 구절에 대해 소식 스스로 "이 날 밤에 본 것이 이와 같았다"(시야소견여차是夜所見如此)고 따로 부기附記한 것을 보면, 완전히 상상에 의한 것이 아니라 뭔가 정체불명의 불빛을 분명히 보았던 것 같다.

15 비염飛焰: 날아다니는 불빛. 앞 구절에서 말한 정체불명의 불빛을 가리킨다.

16 창연悵然: 탄식하는 모양, 낙심하는 모양.

17 막식莫識: 무엇인지 알 수가 없다.

18 경竟: 도대체.

19 불귀산不歸山: 부질없는 벼슬살이를 버리고 고향인 미산眉山에 돌아가지 않음을 말한다.

20 견괴見怪: 괴이한 일을 보여주다.

21 사謝: 말하다, 하소연하다.

22 기득이豈得已: 어찌 그만둘 수 있겠습니까! 즉 지금은 부득이하다는 뜻. '득'은 능能, '이'는 그만두다. 현실에 대한 일종의 하소연이다.

23 유전불귀여강수有田不歸如江水: '유전불귀'는 고향에 먹고살 논밭이 있는데도 돌아가지 못하다. '여강수'는 한번 흘러가버리면 돌아오지 못하는 강물과 같다.

황정견黃庭堅 「등쾌각登快閣」

북송 말기 사람인 황정견은 소식蘇軾의 문인門人이었지만, 시의 풍격은 소식과 사뭇 달랐다. 그는 잘 정련되었으면서도 파격의 묘미가 있는 두보杜甫의 시체를 본받았고, 과거 시들의 표현을 적극적으로 변용해 사용할 것을 주장했다. 그는 "시에 쓰이는 어느 한 글자도 출전이 없는 것이 없다"(무일자무래처無一字無來處)고 주장했으며, 옛 시어 중에서 보잘것없던 표현을 가져다 훌륭하게 다듬어 사용하기도 했는데, 이를 점철성금법點鐵成金法이라 했다. 한 걸음 더 나아가 새로운 시어로 기존의 시에 보이는 의미나 내용을 담아내거나 반대로 기존의 시어를 끌어다 쓰면서 그 안에 새로운 의경意境을 담아냈는데, 이를 환골탈태법換骨奪胎法이라 했다. 조금 생경한 듯하면서도 나름의 조탁미를 추구하는 이러한 풍격은 당시 시단에 큰 영향을 끼쳤고, 결국 그를 정점으로 이러한 풍격을 추종하는 강서시파江西詩派가 형성되었다. 황정견이 강서 사람이기에 강서시파란 명칭이 나왔고, 이러한 풍격의 시체를 황정견의 호를 따서 산곡체山谷體라고 부르기도 한다.

강서시파로 대변되는 이러한 풍격이 본격적으로 등장한 것은 그만큼 중국에서의 시라는 장르 중 근체시가 당대에 이르러 정형화되면서 극성해 북송 말엽에는 이미 정점에 도달했음을 대변해 준다. 이런 측면에서 보면, 어느 정도는 포스트모더니즘에서 말하는 혼성모방pastiche과도 유사한 점이 있다. 여기에서 정점에 도달했다는 말은 종말을 고하거나 쇠퇴를 예정하고 있다는 뜻이 아니라, 보다 적극적으로 기존의 틀을 깰 새로운 돌파구를 모색해야할 시기가 도래했음을 의미하는 것이다.

이 작품은 지방 현령을 지내며 한가로운 심정을 다多/일一, 주朱/청青 등의 대비적인 묘사구도를 통해 표현하고 있다.

痴兒了却公家事[1], 快閣東西倚晚晴[2]. 落木[3]千山天遠大, 澄江一道月分明. 朱絃已爲佳人絶[4], 青眼聊因美酒横[5]. 萬里歸船弄[6]長笛, 此心吾與白鷗盟[7].

1 치아료각공가사痴兒了却公家事: '치아'는 바보 녀석, 여기에서는 황정견 자신을 가리킨다. '료각'은 마치다, 완료하다. '공가사'는 관청의 업무, 즉 공무. 당시 황정견은 태화현령泰和縣令을 지내고 있었다. 태화현은 지금의 강서성江西省에 있다.

2 쾌각동서의만청快閣東西倚晚晴: '쾌각'은 태화현의 징강澄江에 있는 누각 이름. '동서'는 동사로 사용되어 동쪽으로 서쪽으로 이리저리 옮겨 다닌다는 뜻. '의만청'은 저녁의 맑은 날씨에 기댄다는 뜻인데, 사실은 누각 위의 난간에 기댄 것을 시적으로 표현한 것이다.

3 락목落木: 낙엽.

4 주현이위가인절朱絃已爲佳人絶: 이 구절은 백아伯牙와 종자기鍾子期의 고사를 전고로 사용한 것이다. 옛날에 백아가 금琴을 잘 탔는데, 그의 벗 종자기는 그의 연주만 듣고도 그의 심중을 알아 맞혔다. 이후 종자기가 죽자 백아는 자신의 금 연주를 알아주는 이가 없다며 금의 줄을 모두 끊어 버렸다. '주현'은 붉은 금의 줄. '위'는 때문에. '가인'은 원래 아름다운 연인을 가리키지만, 여기에서는 지음知音, 즉 자신을 알아주는 사람을 가리킨다. '절'은 금의 줄을 끊다.

5 청안료인미주횡青眼聊因美酒橫: 이 구절은 완적阮籍의 고사를 전고로 사용한 것이다. 옛날 완적은 마음이 맞는 벗이 오면 '청안', 즉 똑바로 바라보았지만, 마음이 맞지 않는 사람이 찾아오면 백안白眼, 즉 눈동자를 추켜올려 흰자위만 나오게 했다. '청안'은 똑바로 바라보는 눈동자, '료'는 오로지, '인'은 때문에, '횡'은 똑바로 보던 눈동자를 옆으로 곁눈질한다는 뜻.

6 농弄: 연주하다.

7 여백구맹與白鷗盟: 흰 갈매기에게 맹세하다. 이 구절은 『열자列子』「황제黃帝」편에 나오는 고사를 전고로 사용한 것이다. 옛날에 어떤 사람이 바닷가에 나갔더니 흰 갈매기가 다가와 함께 놀았다. 이를 본 그의 아버지가 그에게 내일은 나가서 흰 갈매기를 잡아오라고 했다. 그가 알았다고 대답하고 다음날 바닷가에 나갔더니 갈매기가 그의 마음을 알아채고 더 이상 그와 놀려고 하지 않았다. 이로부터 흰 갈매기는 아무 사심이 없는 마음이나 은거를 상징하게 되었다.

육유陸游 「서분書憤」

북송 말엽에 태어난 육유는 자연스레 당시 시단의 주류라 할 수 있는 강서시파의 영향을 받았다. 하지만 북방을 금나라에 빼앗기고 강남으로 내려와서는 일정한 격식에 얽매이지 않고, 금나라에 대한 즉각적인 항전과 북방영토 회복에 대한 강한 의지를 시로써 자유분방하게 표현했다. 하지만 곧 이러한 자신의 염원이 이루어질 수 없는 냉혹한 현실을 깨닫게 되면서 북받치는 울분과 비탄을 시로 토해냈다. 이때를 대표하는 시 중 하나가 바로 '울분을 써내다'는 뜻의 「서분」이다. 이 시는 그가 62세 때 지었는데, 이후 73세 때 같은 제목으로 두 수를 더 짓기도 했다.

이 작품은 호방한 기세와 북벌에 대한 의지를 여실히 보여주면서도, 스스로는 이미 늙어 쓸모없게 되었다는 울분과 한탄이 함께 담겨 있다. 그래서 혹자는 이 시를 두고, 제목은 「서분」이라 했으면서도 정작 시에는 '분憤' 자를 사용하지 않았지만 전체 시의 한 글자 한 글자가 모두 '울분'이라고 평하기도 했다.

早歲那[1]知世事艱, 中原北望[2]氣如山. 樓船[3]夜雪瓜洲渡[4], 鐵馬[5]秋風大散關[6]. 塞上長城空自許[7], 鏡中衰鬢[8]已先斑[9]. 出師一表[10]眞名世, 千載[11]誰堪伯仲間[12]!

....

1 나那: 어찌, 어떻게.

2 북망北望: 북쪽을 멀리 바라보다. 북쪽은 금나라와 대치중인 북방을 뜻한다.

3 누선樓船: 누대가 있는 큰 전선戰船.

4 과주도瓜洲渡: 지명으로 지금의 강소성江蘇省 진강鎭江에 위치한다. 지명에 '도' 자가 들어간 것을 보면, 그곳이 나루터임을 알 수 있다. 당시 변방의 중요한 거점이었다. 육유는 40세 때 이곳에서 변방의 업무를 맡은 적이 있다.

5 철마鐵馬: 철갑을 두른 전마戰馬.

6 대산관大散關: 지명으로 지금의 섬서성陝西省에 위치한다. 지명에 '관' 자가 들어간 것을 보면, 그곳이 관문임을 알 수 있다. 이곳은 당시 남송과 금나라가 대치중인 국경지대였다. 육유는 50세 때 이 근처에서 막료를 지냈다.

7 새상장성공자허塞上長城空自許: '새상장성'은 변경의 장성. 여기에서는 실제 장성을 가리키는 것이 아니라, 남조 송나라의 장군 단도제檀道濟가 북조의 군사들을 물리치며 스스로를 장성에 견주었던 고사를 인용해, 육유 자신이 금나라 군사를 막아내고자 하는 마음에 스스로를 '변경의 장성'이라 한 것이다. '공'은 헛되이, 공연히. '자허'는 자부하다.

8 쇠빈衰鬢: 쇠잔한 귀밑머리.

9 반斑: 원래는 반점이나 얼룩을 가리키지만, 여기에서는 검은 머리카락 중에 흰 머리카락이 희끗희끗 섞여 있는 것을 가리킨다.

10 출사일표出師一表: 제갈량諸葛亮의 「출사표出師表」.

11 천재千載: 천년.

12 백중간伯仲間: 백중지세伯仲之勢를 이루다.

옹권翁卷 「향촌사월鄉村四月」

옹권은 남송 때 시인으로 평생 벼슬하지 않았으며 행적이 그다지 알려져 있지 않다. 그는 영가사령永嘉四靈[1]의 일원이었는데, 그들의 시는 대체로 만당晩唐 시인 가도賈島의 풍격을 계승해 깔끔하고 참신한 표현으로 전원산수를 담백하게 표현했다.

이 작품 역시 인위적인 조탁이나 꾸밈은 없지만, 농번기에 한창 바쁜 농촌의 일상을 친근하면서도 생동감 있게 회화적으로 묘사하고 있다.

綠遍[2]山原白[3]滿川, 子規[4]聲裏雨如烟[5]. 鄉村四月閑人少, 才了蠶桑又插田[6].

1 영가사령永嘉四靈은 서조徐照(자가 영휘靈暉), 서기徐璣(호가 영연靈淵), 조사수趙師秀(호가 영수靈秀), 옹권翁卷(자가 영서靈舒)을 가리킨다. 모두 영가(지금의 절강성에 위치)에서 태어났고, 자나 호에 '령靈' 자가 있어서 '영가사령'이라 불리게 되었다.

2 편遍: 두루 펼쳐져 있다.

3 백白: 흰빛. 여기에서 물빛을 희다고 한 것은 물에 햇빛이 반사되어 빛나기 때문이다.

4 자규子規: 두견새.

5 우여연雨如烟: 비가 안개 같다. 안개비 또는 이슬비를 말한다.

6 재료잠상우삽전才了蠶桑又插田: '재'는 방금 막, 겨우. '료'는 마치다, 완료하다. '잠상'은 누에치기. '삽전'은 모내기.

강기姜夔 「과수홍過垂虹」

강기는 벗 범성대范成大가 있는 석호石湖(지금의 강소성에 위치)에 가서 머물다가 함께 배를 타고 뱃놀이를 나왔다. 그는 이때 범성대를 위해 【암향暗香】과 【소영疏影】이라는 악곡을 지어 사를 써넣었는데, 범성대가 데려온 가기歌妓 소홍小紅이 이를 노래하니 악곡과 사 모두 만족스러웠다. 이 뱃놀이를 마치고 돌아오며 지은 시가 바로 이 작품이다.

당시 강남에는 물길이 많이 나 있었고 화려하고 아름다운 다리도 많이 있었다. 특히 오강현吳江縣을 가로지르는 이왕교利往橋란 긴 다리는 주위의 절경으로 유명했는데, 다리 옆에 세워진 수홍정垂虹亭이란 정자 때문에 흔히 수홍교라 불리기도 했다. 강기 역시 이 다리 밑을 배로 지나며 이 시를 지었기에 제목이 "수홍교를 지나며"(과수홍過垂虹)이다. 돌아오는 배 위에서 자신은 연주하고 소홍이 노래하니, 스스로도 자신이 지은 【암향】과 【소영】이 흡족해 득의양양하고 있는데, 어느새 노래는 끝나고 물길 역시 끝나 있었다. 문득 지나온 물길을 뒤돌아보니 짙은 물안개 속으로 아련히 아름다운 수홍교가 보인다. 짧고 평이한듯하지만 담담한 필치에서 당시의 그윽한 정취가 물씬 배어나고 있다.

自作新詞[1]韻最嬌, 小紅[2]低唱我吹簫. 曲終過盡松陵[3]路, 回首烟波十四橋[4].

1 자작신사自作新詞: 스스로 새로운 사를 짓다. 강기가 벗 범성대를 방문해 머물며 그와 그의 가기 소홍을 위해 【암향】과 【소영】이라는 악곡을 짓고 사를 써넣은 것을 가리킨다.

2 소홍小紅: 범성대가 데리고 있던 가기의 이름.

3 송릉松陵: 오강현吳江縣의 별칭. 지금의 강소성江蘇省에 위치한다.

4 연파십사교烟波十四橋: '연파'는 안개가 자욱이 깔린 물결. '십사교'에 대해서는 두 갈래의 풀이가 있다. 첫째, 강기가 뱃놀이하면서 지나온 다리의 개수로 본다. 당시 강남에는 물길이 많이 나 있었고 화려하고 아름다운 다리도 많이 있었다. 이렇게 보면

물길이 많고 다리도 많은 주변 풍경을 두루 가리키는 표현이 된다. 둘째, '십사교'를 수홍교垂虹橋(즉 이왕교利往橋)의 별칭으로 보아, 수홍교가 근처 여러 다리 중 열네 번째 다리였을 것으로 추정한다. 이렇게 보면 갓 지나온 수홍교의 풍경을 그려낸 표현이 된다.

문천상文天祥 「정기가正氣歌」

문천상은 남송 말엽에 태어나 장원으로 진사에 급제했으나 당시는 이미 몽고의 침략에 나라의 안위가 풍전등화風前燈火 같았던 시기였다. 그는 조정에서 강력한 항전을 주장하다 파직되었으나 곧바로 스스로 의병을 조직해 몽고의 침략에 대항했다. 그 와중에 남송은 멸망해 버리고 계속 의병 활동을 하던 문천상도 결국 체포되어 대도大都(지금의 북경)로 압송되었다. 남송 지식인들을 회유하기 위해 문천상의 협조가 절실하게 필요했던 원元나라의 세조世祖(쿠빌라이 칸)가 끈질기게 그를 회유했지만 그는 요지부동이었다. 결국 그를 열악한 환경의 감방에 2년여 동안 감금해 두면서[1] 투항을 강요했지만, 남송을 향한 문천상의 일편단심은 조금도 흔들리지 않았다. 결국 회유가 불가능하다는 것을 깨달은 세조는 그를 저잣거리에서 참수하게 했다. 그때 문천상은 46세였다.

이 작품은 바로 문천상이 대도의 토굴 감방에서 지은 것으로 그의 꿋꿋한 절개와 뜨거운 충정이 잘 드러나고 있다. 때문에 고래로 모두 이 작품을 가리켜 우국충정이 잘 드러난 명시라고 절찬한다. 하지만 실제로 꼼꼼히 작품을 들여다보면, 물론 호방한 기세와 대쪽 같은 지조가 십분 느껴지긴 하지만 동시에 과도한 전고의 나열로 난삽함이 느껴지기도 하고, 시 특유의 함축미나 운율감은 그다지 느껴지지 않는다. 오히려 그 표현 방식이나 내용의 성향은 사마천司馬遷의 「보임소경서報任少卿書」 같은 문장을 읽는 듯한 느낌이 들 정도다. 이러한 지적은 결코 이미 보편적으로 인정받고 있는 그의 작품을 함부로 폄하하려는 것이 아니다. 다만 실제로 「정기가」가 우리의 마음에 전해주는 큰 감동은 근본적으로 이 작품의 세심한 구성이나 수사적 기교에서 연원하는 것이 아니라 주로 문천상이라는 인물의 치열한 삶이나 죽음을 넘어선 절개와 공명함으로써 생겨난다는 것을 지적하고 싶은 것이다. 예를 들어 우리가 김구金九 선생이나 안중근安重根 의사의 서예 작품을 보고 감동을 받는 것은 조국을 위해 온몸을 불사르셨던 그분들의 삶이 그 작품들과 공명하기 때문이지, 실제로 그분들의 작품이 예술적으로 최고의 경지에 올라 있기 때문이 아니다. 특히 김구 선생 같은 경우는 한학 교육조차 제대로 받지 못하셨고 얼핏 보아도 글씨가 투박하기 그지없다. 오히려 당시 조선에서 손꼽혔던 명필은 을사오적乙巳五賊 중의 한 명인 이완용李完用이었다. 그는 어려서부터 제대로 한학 교육을 받았고 당대 명필을 직접 스승으로 모셨기에 그의 서예 작품은 세련미를 자랑한다. 하지만 현재 그의 서예 작품은 우리에게 별다른 감동을 전해주지 못한다. 오히려 타기唾棄의 대상이 되기 십상이다. 왜냐하면 그의 너무나 간악했던 매국행위가 여전히 지금의 우리와 그의 서예 작품 간의 진지한 교감을 차단하고 있기 때문이다. 너무 작자의 삶에 집중하거나 과도하게 도덕적인 기준을 들이대는 것이 일종의 선입견으로 작용해 작품을 이해하는 데 문제가 될 수는 있겠지만, 작가의 삶이 작품과 함께 읽히는 것 자체는 사실 너무나 자연스러운 일이다. 물론 신비평(New Criticism)처럼 작품을 이해하는 과정에서 작가를 의도적으로 배제하는 독법讀法도 가능하기는 하지만, 현실적으로 문학 작품이든 또 다른 예술 작품이든 간에 상관없이 작가의 삶과 작품의 감동은 언제나 착종되어 현현顯現한다. 비극적이거나 치열한 삶을 살았던 작가의 작품이 우리에게 은근히 좀 더 깊은 울림을 전해주는 이유 역시 여기에 있다. 우리가 앞서 살펴보았던 이청조李淸照의 【성성만聲聲慢】 역시 물론 작품 자체로도 매우 훌륭하지만 그 수사나 내용뿐만 아니라 그녀의 파란만장한 삶이 그 위에 겹쳐지면서, 작품에서 그려지는 서러움에 보다 더 공감하고 동화될 수 있는 것이다.

天地有正氣, 雜然賦流形[2]. 下則爲河嶽, 上則爲日星. 於人曰浩然[3], 沛乎塞蒼冥[4]. 皇路當淸夷[5], 含和吐明廷[6]. 時窮節乃現, 一一垂丹青[7].

在齊太史[8]簡, 在晉董狐[9]筆. 在秦張良椎[10], 在漢蘇武節[11]. 爲嚴將軍頭[12], 爲嵇侍中血[13]. 爲張睢陽齒[14], 爲顔常山舌[15]. 或爲遼東帽[16], 清操厲冰雪[17]. 或爲出師表[18], 鬼神泣壯烈. 或爲渡江楫[19], 慷慨呑胡羯[20]. 或爲擊賊笏[21], 逆竪頭破裂[22]. 是氣所旁薄[23], 凜烈[24]萬古存. 當其[25]貫日月, 生死安足論! 地維賴以[26]立, 天柱[27]賴以尊. 三綱實系命[28], 道義爲之根. 嗟余遘陽九[29], 隷也實不力[30]. 楚囚纓其冠[31], 傳車送窮北[32]. 鼎鑊[33]甘如飴, 求之不可得. 陰房闐鬼火[34], 春院閟天黑[35]. 牛驥同一皂, 鷄棲鳳凰食[36]. 一朝蒙霧露[37], 分作溝中瘠[38]. 如此再寒暑[39], 百沴自辟易[40]. 哀哉沮洳場[41], 爲我安樂國! 豈有他繆巧[42], 陰陽不能賊[43]! 顧此耿耿存[44], 仰視浮雲[45]白. 悠悠[46]我心悲, 蒼天曷有極? 哲人日已遠[47], 典型在夙昔[48]. 風簷[49]展書讀, 古道照顔色[50].

....

1 문천상이 원나라 수도로 압송된 후 얼마나 열악한 환경에 처해 있었는지는 「정기가」에 첨부된 그의 서문에 상세하다.

2 부류형賦流形: '부'는 하늘이 부여하다. '류형'은 갖가지 사물, 만물.

3 어인왈호연於人曰浩然: '어인왈'은 사람에게 있어서는 ~라 한다. '호연'은 맹자孟子가 말한 호연지기浩然之氣를 가리킨다.

4 패호색창명沛乎塞蒼冥: '패호'는 패연沛然, 즉 성대하게 넘쳐나는 모양. '색'은 가득 차다. '창명'은 하늘. 밝으면 푸르고 저물면 어두워져서 '창명'이라 한다.

5 황로당청이皇路當淸夷: '황로'는 대로大路, 위대한 도道. '황'은 크다는 뜻. '당'은 ~때에 즈음해. '청이'는 깨끗하고 평평하다, 즉 올바른 세상을 말한다.

6 함화토명정含和吐明廷: '함화'는 조화로움을 머금은 기氣. '토'는 '명정'을 장소로 받아 ~에 토해진다, ~에 펼쳐낸다는 뜻. '명정'은 명철한 조정, 즉 올바른 정치가 펼쳐지는 조정을 말한다.

7 수단청垂丹靑: '수'는 기록되어 전해지다. 원래는 드리운다는 뜻이지만, 인신되어 후세까지 남겨져 전해진다는 뜻으로 쓰였다. '단청'은 역사 혹은 사서史書의 뜻. 원래 이는 단서丹書와 청사靑史의 줄임말이다. 신하가 큰 공을 세우면 단서에 그 공훈을 기록했으며, 또 푸른 대나무로 만든 죽간竹簡에 역사를 기록했기에 청사라 부른다. 모두 후

대까지 그 공적과 사실이 전해질 것이라는 뜻이다.

8 제태사齊太史: 춘추시대 제나라의 태사. 대부 최저崔杼가 난을 일으켜 제장공齊莊公을 죽이고 모든 실권을 장악하자, 이 일을 두고 제나라 태사는 최저가 임금을 시해했다고 기록했는데, 이를 본 최저가 크게 화를 내며 그를 죽였다. 그러자 죽임을 당한 태사의 동생이 태사의 직위를 물려받아 다시 최저가 임금을 시해했다고 기록했고, 이에 최저는 또 그를 죽였다. 이후로도 이 일로 몇 명을 계속해 죽였으나 태사의 직위를 받은 이들은 계속 최저가 임금을 시해했다고 기록했기에 결국 최저는 사서를 고치는 일을 포기하고 말았다.

9 진동호晉董狐: 춘추시대 진나라의 사관 동호. 춘추시대 진영공晉靈公이 무도하자 재상 조순趙盾이 몇 번을 간하다가 오히려 미움을 받아 국외로 도망가게 되었다. 그러나 국외로 나가기 전 자신의 사촌동생 조천趙穿이 영공을 죽였다는 소식을 접하고 다시 돌아와 실권을 장악했다. 이에 진나라의 사관 동호는 조순이 영공을 시해했다고 기록했다. 조순은 억울함을 호소했지만, 동호는 나라가 혼란할 때 재상이 도망을 간데다 돌아와 영공을 죽인 조천에게 아무런 벌을 내리지 않았으니 영공이 죽은 책임은 조순에게 있는 것이라 주장하며 기록을 고치지 않았다.

10 진장량추秦張良椎: 진나라 장량의 철추. 진시황秦始皇이 6국을 멸망시키고 천하를 통일하자, 6국 중 하나인 한韓나라에서 5대째 재상을 지내던 가문의 후예인 장량은 진시황에게 복수하기 위해 120근의 철추鐵椎를 사용할 장사를 찾아 순행 중인 진시황을 때려죽이고자 했지만 실패했다. 이후 장량은 유방劉邦을 도와 결국 진나라를 멸망시키고 한나라를 세우는 데 큰 공을 세웠다.

11 한소무절漢蘇武節: 한나라 소무의 정절旌節. 한무제漢武帝 때 흉노에 사신으로 갔던 소무는 투항할 것을 강권 당했으나 끝까지 거부했다. 결국 강제로 억류되어 19년간이나 모진 포로생활을 하다가 간신히 탈출해 한나라로 돌아올 수 있었다. '절'은 정절旌節. 정절은 깃발과 같은 모양으로, 황제의 명을 받든 사신임을 나타내는 징표다. 소무 역시 흉노에 갈 때 정절을 가져갔는데, 19년간의 포로생활 중에도 이를 끝까지 지니고 있다가 탈출할 때 가지고 돌아왔다.

12 엄장군두嚴將軍頭: 엄장군의 머리. 삼국시대에 파군巴郡을 지키던 엄안嚴顏이 장비張飛에게 생포되었다. 장비가 투항하라고 강요하자, 그는 "우리 고을엔 머리가 잘린 장수가 있을 뿐, 항복한 장수는 없다"며 끝까지 버텼다. 이에 감탄한 장비는 그를 그냥 풀어주었다.

13 혜시중혈嵇侍中血: 혜시중의 피. 진晉나라 혜제惠帝 때 내란이 일어나 반란군이 궁궐

까지 공격해 들어왔다. 황제를 호위하는 시위병들까지 모두 도망간 위기일발의 순간에 시중 벼슬을 하던 혜소嵇紹가 혜제 옆에 바짝 붙어 방패막이가 되었다가 결국 칼에 맞아 죽었다. 이때 혜제의 옷에까지 그의 피가 튀어 묻었는데, 이후 내란이 평정된 뒤에도 혜제는 명을 내려 혜소의 피가 묻은 자신의 옷을 빨지 못하게 했다.

14 장휴양치張睢陽齒: 장휴양의 이. 당나라 안록산安祿山의 난 때, 휴양睢陽 땅을 지키고 있던 장순張巡은 반란군과 전투를 하게 되었다. 그는 악전고투 속에서도 군사들의 사기를 진작시키기 위해 계속해서 소리를 질렀는데, 눈은 너무 치켜떠 눈가가 찢어졌고 이는 하도 악물어 다 부서졌다. 이후 반란군에게 패배해 붙잡힌 뒤 끝까지 투항하지 않아서 죽임을 당했는데, 반란군이 그의 입을 살펴보니 남은 이가 세 개뿐이었다.

15 안상산설顏常山舌: 안상산의 혀. 당나라 안록산의 난 때, 안고경顔杲卿은 상산常山 땅을 지키다가 안록산에게 패해 생포되었다. 안록산이 여러 모로 회유하며 투항하길 권했으나, 그는 거부하고 꿋꿋이 안록산에게 욕하다가 혀가 뽑힌 뒤 끝내 죽임을 당했다.

16 요동모遼東帽: 요동의 모자. 동한 말엽, 이미 한나라 황제는 유명무실해지고 조조曹操가 전횡을 일삼고 있었다. 당시 전란을 피해 요동에 머물던 관녕管寧은 명망이 높았기에 조씨 일족이 몇 번이고 그를 초빙하기 위해 온갖 성의를 보였지만, 관녕은 늘 검은 모자를 쓰고 안빈낙도하며 끝끝내 응하지 않았다.

17 청조려빙설淸操厲冰雪: '청조'는 고결한 절조. '려빙설'은 대단하기가 얼음이나 눈과 같았다. '려'는 준엄하다, 매섭다는 뜻.

18 출사표出師表: 삼국시대 촉나라의 승상 제갈량諸葛亮이 위나라를 치기 위해 후주後主 유선劉禪에게 올렸던 표문. 제갈량의 끓어오르는 충정을 상징한다.

19 도강즙渡江楫: 강을 건너는 노. 동진의 조적祖逖은 원제元帝의 명을 받고 북벌을 위해 장강을 건너면서, 배의 노를 두드리며 중원을 평정하지 못한다면 이 강을 건너 돌아오지 않겠다고 맹세했다. 결국 그는 북벌에 성공해 황하 이남의 땅을 수복했다. '즙'은 배를 젓는 노. 여기에서는 조적의 맹세를 상징한다.

20 호갈胡羯: 중원을 차지하고 있는 이민족. 당시 동진의 북방인 황하 유역은 유목민, 즉 이민족들이 점령하고 있었다. 흉노匈奴, 선비鮮卑, 갈羯, 저氐, 강羌의 다섯 이민족들이 엎치락뒤치락하며 16개의 나라가 명멸을 거듭했기에 당시 북방을 오호십육국五胡十六國이라 칭한다.

21 격적홀擊賊笏: 역적을 내려치던 홀. 당나라 덕종德宗 때 주차朱泚는 스스로 황제가 되려고 반란을 도모하면서 당시 파직된 상태였던 단수실段秀實을 불러 함께할 것을

종용했다. 그러나 당나라에 대한 단수실의 충정은 변함이 없어서, 곧바로 주차의 홀을 빼앗아 그의 머리를 사정없이 내려치고는 크게 꾸짖다가 결국 죽임을 당했다. '적'은 역적, 즉 주차를 가리킨다.

22 역수두파열逆豎頭破裂: '역수두'는 반역을 도모하는 풋내기 녀석의 머리, 즉 주차의 머리를 가리킨다. '수'는 더벅머리란 뜻으로 주로 풋내기라는 폄하의 뜻으로 사용된다. 당시 주차는 단수실에게 머리를 맞아 피를 줄줄 흘렸다고 한다.

23 시기소방박是氣所旁薄: '시기'는 이 기, 즉 앞서 말한 정기 또는 호연지기. '방박'은 드넓게 가득 차 있다.

24 름열凜烈: 늠름하고 매섭다.

25 당기當其: '당'은 ~할 때에, ~할 즈음에. '기'는 앞서 말한 정기 또는 호연지기.

26 지유뢰이地維賴以: '지유'는 네모난 땅을 묶어놓은 밧줄. '뢰이'는 ~에 의지함으로써. 문장에는 생략되어 있지만 문맥상 정기를 받아서, 정기에 의지해로 번역된다.

27 천주天柱: 네모난 땅의 네 모서리에서 둥근 하늘을 떠받치고 있는 기둥. 옛날에는 하늘은 둥글고 땅은 네모지다고 여겼다.

28 삼강실계명三綱實系命: '삼강'은 세 가지 벼리, 즉 세상의 가장 큰 세 가지 법도. 임금은 신하의 벼리가 되고(군위신강君爲臣綱), 아버지는 아들의 벼리가 되고(부위자강父爲子綱), 지아비는 지어미의 벼리가 된다(부위부강夫爲婦綱). '계명'은 무언가에 생명이 의지한다, 달려 있다. 여기에서 그 무엇은 바로 정기다.

29 구양구遘陽九: '구'는 맞닥뜨리다. '양구'는 하늘이 내린 엄청난 재액. 원래는 술수가術數家들이 하늘에서 정기적으로 내리는 가뭄의 햇수를 가리키는 말이었으나, 이후 하늘에서 내리는 모든 재앙이나 액운이란 의미로 확대되었다. 여기에서는 남송의 멸망을 가리킨다.

30 예야실불력隸也實不力: '예'는 보잘것없는 하급 관리. 문천상이 스스로를 낮춰 부른 것이다. '불력'은 힘쓰지 않다. 즉 남송의 벼슬아치로서 제대로 자신의 역할을 해내지 못했음을 스스로 자책하는 것이다.

31 초수영기관楚囚纓其冠: 춘추시대에 초나라와 진晉나라가 전쟁을 했는데, 그 와중에 초나라의 종의鍾儀가 진나라의 포로가 되었다. 하지만 종의는 진나라의 포로로 지내면서도 늘 초나라의 관을 쓰고 다녔다. '영'은 관의 끈을 매다. 이 구절은 지금 망국의 포로가 되어 원나라의 수도로 압송된 문천상 자신에 대한 비유다.

32 전거송궁북傳車送窮北: '전거'는 공무를 위해 역참을 지날 때 사용하는 수레. 여기에서는 문천상 자신을 압송하고 있는 수레를 가리킨다. '궁북'은 북쪽의 끝. 여기에서는

원나라의 수도 대도, 즉 지금의 북경을 가리킨다. 실제로 북경이 본격적으로 일국의 수도로 개발된 것은 원나라 때부터이므로, 줄곧 남방에 살던 문천상에겐 북경이 저 북쪽 끝자락에 있는 변경으로 느껴졌을 것이다.

33 정확鼎鑊: 죄인을 가마솥에 삶아 죽이는 형벌.

34 음방격귀화陰房闃鬼火: '음방'은 볕이 잘 들지 않아 음침한 감방. 실제로 문천상은 당시 음습한 토굴 감방에 감금되었다고 한다. '격'은 쥐죽은 듯 고요하다. '귀화'는 어두운 밤중에 주로 무덤이나 오래된 집에서 나타나는 파란 도깨비불.

35 춘원비천흑春院閟天黑: '춘원'은 봄날의 감옥. 여기에서 '원'은 아마도 토굴 감방 밖의 주변을 가리키는 듯하다. '비'는 꽉 닫혀 있다. '천흑'은 캄캄한 밤하늘처럼 어둡다는 뜻.

36 우기동일조牛驥同一皂, 계서봉황식鷄棲鳳凰食: '우기'는 소와 천리마. '조'는 구유, 즉 가축의 먹이를 담는 큰 그릇. '계서봉황'은 닭이 봉황 있는 곳에 깃들여 같이 먹이를 먹는다는 뜻. 소와 천리마, 그리고 닭과 봉황은 정말 죄를 지어 들어온 나쁜 죄수들과 자신처럼 지조를 지키다 잡혀온 선비에 대한 비유다. 같은 구유를 쓰고 같이 식사한다는 것은 감옥에서 서로 뒤섞여 생활한다는 뜻이다.

37 일조몽무로一朝蒙霧露: '일조'는 하루아침에, 갑자기. '몽'은 뒤집어쓰다. '무로'는 안개와 이슬. '몽무로'는 주로 궂은 날씨나 열악한 환경을 무릅쓴다는 비유로 사용되는데, 여기에서는 후자의 뜻이다.

38 분작구중척分作溝中瘠: '분'은 쪼개진다. 여기에서는 죽은 뒤 잔해가 흩어지는 것을 말한다. '구중척'은 도랑 속에 버려진 앙상한 뼈다귀.

39 재한서再寒暑: 거듭 추위와 더위를 지냈다. 한 해 이상 옥살이를 하고 있음을 말한다. 실제로 문천상은 감옥에 2년 넘게 감금되어 있었다.

40 백려자벽역百沴自辟易: '백려'는 온갖 사기邪氣, '벽역'은 놀라서 물러서다.

41 저여장沮洳場: 낮고 축축한 장소, 즉 자신이 갇혀있는 토굴 감방을 가리킨다. 「정기가」의 서문을 보면, 문천상은 가로 세로 너비가 8척, 깊이가 32척이나 되는 토굴 속에 갇혀 있었다.

42 기유타무교豈有他繆巧: '타'는 다른, '무교'는 남이 모르는 약삭빠른 꾀. 이 구절은 '그렇게 음습한 토굴 속에서 온갖 사기邪氣를 물리칠 남다른 묘책을 어찌 따로 가지고 있겠는가?'라는 뜻이다.

43 음양불능적陰陽不能賊: '음양'은 추위와 더위. 앞의 '한서寒暑'와 같은 뜻. '적'은 해치다, 해코지하다.

44 고차경경존顧此耿耿存: '고'는 단지, 다만. '차'는 정기. '경경'은 찬란히 빛나는 모양.

45 부운浮雲: 뜬구름. 부질없는 부귀영화에 대한 비유다.

46 유유悠悠: 계속해서 끊이지 않는 모양.

47 철인일이원哲人日已遠: '철인'은 본받을 만한 옛 성현. '일이원'은 나날이 이미 멀어져 가고 있다. 즉 태평성대를 열었던 옛 성현들로부터 점차 멀어져 이미 되돌아갈 수 없다는 뜻이다.

48 전형재숙석典型在夙昔: '전형'은 본받을 만한 모범. '숙석'은 과거, 옛날.

49 풍첨風簷: 바람 부는 처마 밑. 여기에서는 추위로 견디기 힘든 토굴 감옥에 대한 비유다.

50 고도조안색古道照顔色: '고도'는 옛 성현의 도. '안색'은 낯빛, 즉 얼굴.

송대 산문

구양수歐陽修 「취옹정기醉翁亭記」

구양수는 시詩나 사詞보단 당대 한유韓愈와 유종원柳宗元의 뒤를 이어 송대 고문 운동을 이끈 문장가로 주목받고 있는데, 실제로 송대 고문운동에서 그는 단순히 한 명의 문장가로서가 아니라 고문이라는 문장사조의 확립과 성장에 매우 중요한 역할을 했다. 사실 한유 이래로 고문이 주목받기는 했지만 그 영향력이나 전파력에 있어서는 한계가 있었다. 그러나 고문을 숭상하던 구양수가 과거시험의 주고관主考官이 되자 과거에 응시하려는 신진학자들은 주고관의 취향에 맞추기 위해 기존의 형식적이고 난삽한 문체를 버리고 너도나도 고문을 따르는 데 힘쓰기 시작했다. 이러한 상황은 구양수가 의도했든 하지 않았든 상관없이 송대에 고문이 보편화되는 데 큰 도움이 되었다. 그와 함께 송대 고문의 주축을 이루었던 소식蘇軾·소철蘇轍 형제, 증공曾鞏, 그리고 왕안석王安石 등도 모두 그가 뽑은 인재인 것만 봐도 송대 고문에서의 그의 공로가 얼마나 대단한 것인지 짐작할 수 있다.

당시 구양수는 조정에서 나라의 개혁을 주장하다 좌천되어 저주지주滁州知州로 내려와 있었다. 여느 사람 같았으면 뜻밖의 좌천에 실의하고 낙담했겠지만, 구양수는 아랑곳하지 않고 소일할 주변 절경을 찾아 나섰고 결국 흡족해하며 즐겨 찾게 된 곳이 바로 낭야산瑯琊山이었다. 그리곤 이내 그곳에 자신의 '아지트'를 몇 군데 마련해 두었다. 그 아지트는 여기에서 보이는 취옹정말고도 성심정醒心亭과 풍락정豊樂亭이 더 있었다.[1]

그렇다면 취옹이 낭야산을 찾은 이유는 어디에 있는가? 취옹의 '취醉' 자를 보고 흔히 술에 취하기 위해 온다고 생각할 수 있지만, 사실 구양수는 자백하고 있듯이 그는 술을 조금만 마셔도 바로 취해버리는 체질로 두주불사斗酒不辭의 주당과는 거리가 먼 사람이었다. 때문에 구양수는 단도직입적으로 "나 취옹의 본래 뜻은 술에 있는 것이 아니라 산수경관 속에 있다"(취옹지의부재주醉翁之意不在酒, 재호산수지간야在乎山水之間也)고 단언하면서, "산수경관의 즐거움이란 사실 마음으로 깨달은 것이되 짐짓 술 핑계를 댄 것"(산수지락山水之樂, 득지심이우지주得之心而寓之酒)일 뿐이라 해명한다. 그렇다면 그가 말하는 '산수경관의 즐거움'은 구체적으로 무엇을 가리키는 것인가? 바로 사시사철 밤낮으로 시시각각 무궁무진하게 변화하는 낭야산의 경관이다. 사실 이것은 누구나 아는 즐거움이다. 하지만 그에겐 사람들이 모르는 이보다 더한 즐거움이 있었다. 바로 수시로 이곳에 와 천변만화千變萬化하는 이곳 풍경을 즐기면서 사람들이 술을 마시고 왁자지껄 떠들며 한껏 회포를 푸는 것을 감상하는 것, 다시 말해 사람들이 이러한 산 나들이의 즐거움을 만끽하는 것을 즐기는 것, 그것이 구양수에겐 낭야산의 경관보다 더 큰 즐거움이었다.

여기에서 '사람들'이란 누굴 말하는 것일까? 마음이 통하는 벗? 아니다. 그의 벗 역시 포함되기도 하지만 궁극적으로는 저주 지방의 백성을 모두 가리키는 것이다. 그가 「풍락정기」에서 "다행히도 이곳 저주 백성이 한 해 수확이 풍성함을 즐거워하고, 나와 노닐기를 좋아한다"(행기민락기세물지풍성幸其民樂其歲物之豐成, 이희여여유야而喜與予遊也)고 한 말은 여기에서도 적용된다. 풍락정의 '풍락'이란 표현이 바로 여기에서 나온 것이다. 그는 백성과 함께 즐기는 것 자체를 즐겼던 것이다. 부연하자면 증공曾鞏의 「성심정기醒心亭記」에서 이르길, 구양수는 봄나들이를 나올 때면 늘 풍락정에서 술을 마셨는데 여기에서 취하거나 피로해지면 반드시 풍락정에서 수백걸음 거리인 성심정에 와서 "그 마음을 깨어나게 하고는 주위 풍경을 바라보았다"(성심이망醒心而望)고 했다.

사실 「취옹정기」를 보면 구양수는 스스로를 취옹, 즉 '취한 늙은이'라 하고 있고, 또 스스로의 외모를 "핏기 없는 노안에 머리는 백발"(창안백발蒼顔白髮)이라고 표현하고 있다. 하지만 당시 구양수의 나이는 이제 막 40을 바라보던 때였다. 아무리 옛날 사람들의 수명이 지금에 비해 짧았었다고는 하지만, 그래도 '늙은이'니 '백발'이란 표현이 그다지 어울리지는 않는 나이였다. 무슨 이유로 자신을 이같이 묘사했던 것일까? 조정에서의 좌절에 쇠잔해진 자신을 표현하려 한 것일까? 아니면 비록 좌천당해 오기는 했으나 저주에서의 생활을 즐기는 자신을 묘사하려 한 것일까? 물론 복합적이기도 하겠지만 일반적으로는 전자에 무게를 두는 듯하다. 하지만 전체 문장을 잘 살펴보면 후자가 좀 더 구양수의 본심에 가까움을 알 수 있다. 스스로 밝혔듯이 '취옹'은 술이 아니라 산수경관과 이를 즐기는 백성을 살펴보는 것을 즐기는 것에 흠뻑 취한 스스로를 유머러스하게 빗댄 것이다. 여기에서 '옹'은 '늙은이'보단 '어르신'에 가까운 듯하다. 사람들이 모르는 즐거움을 고고하게 즐기는 자신을 장난삼아 '어르신'이라 부른 것이 아닐까? 그리고 "핏기 없는 노안에 머리는 백발"이란 표현 역시 사실은 "왁자지껄한 사람들 속에서 진작 취해 널브러져 버린"(퇴연호기간자頹然乎其間者) 스스로의 모습을 유머러스하게 비유한 것으로 보인다.

이 작품의 표현기법을 전체적으로 살펴보면, 평이하고 담담한 묘사를 위주로 하면서도 결코 밋밋하거나 상투적이지 않다. 언제나 깔끔한 문장으로 신선한 느낌을 주면서 자신의 정감을 여실하게 담아내고 있는 것이 구양수 문장의 최대 장점이다. 「취옹정기」 역시 이러한 구양수 문장의 풍격을 잘 보여주고 있는데, 특히 롱테이크(Long Take) 기법마냥 간단없이 풍경과 상황을 묘사해 가면서도, 동시에 스무고개 하듯 계속 '태수'로 단락을 마무리 지으며 주의를 환기시키다가 마지막에 가서야 태수의 정체를 밝히며 산뜻하게 마무리를 짓고 있는 점[2]은 이 작품만의 특징이자 미덕이다.

環滁[3]皆山也. 其西南諸峯, 林壑尤美. 望之蔚然[4]而深秀者, 瑯琊[5]也. 山行六七里, 漸聞水聲潺潺[6], 而瀉出於兩峯之間者, 釀泉[7]也. 峯回路轉[8], 有亭翼然臨[9]於泉上者, 醉翁亭也. 作亭者誰? 山之僧智僊[10]也. 名之者誰? 太守[11]自謂也. 太守與客來飮[12]於此, 飮少輒[13]醉, 而年又最高, 故自號曰醉翁[14]也. 醉翁之意不在酒, 在乎山水之間也. 山水之樂, 得之心而寓之酒[15]也. 若夫日出而林霏開[16], 雲歸而巖穴暝, 晦明變化者, 山間之朝暮也. 野芳[17]發而幽香, 佳木秀而繁陰[18], 風霜高潔[19], 水落而石出[20]者, 山間之四時也. 朝而往, 暮而歸, 四時之景不

同, 而樂亦無窮也. 至於負者[21]歌於塗[22], 行者[23]休於樹, 前者呼[24], 後者應[25], 傴僂提攜[26], 往來而不絶者, 滁人[27]遊也. 臨[28]谿而漁, 谿深而魚肥, 釀泉爲酒[29], 泉香而酒洌[30]. 山肴野蔌[31], 雜然而前陳者, 太守宴也. 宴酣[32]之樂, 非絲非竹[33], 射者中[34], 弈者[35]勝, 觥籌交錯[36], 起坐而諠譁[37]者, 衆賓懽[38]也. 蒼顔[39]白髮, 頹然[40]乎其間者, 太守醉也. 已而[41]夕陽在山, 人影散亂[42], 太守歸而賓客從也. 樹林陰翳[43], 鳴聲上下[44], 遊人去而禽鳥樂也. 然而禽鳥知山林之樂, 而不知人之樂. 人知從太守遊而樂, 而不知太守之樂其樂[45]也. 醉能同其樂[46], 醒能述以文[47]者, 太守也. 太守謂誰? 廬陵[48]歐陽修也.

....

1 풍락정과 관련해서는 구양수가 지은 「풍락정기」라는 문장과 「풍락정유춘」 등의 시가 전한다. 「풍락정유춘」은 이미 앞의 송대 시에서 보았다. 성심정에 대해서는 구양수의 벗 증공曾鞏이 지은 「성심정기醒心亭記」가 전한다.

2 본문에서 "……명지자수名之者誰? 태수자위야太守自謂也. ……산효야속山肴野蔌, 잡연이전진자雜然而前陳者, 태수연야太守宴也. ……창안백발蒼顔白髮, 퇴연호기간자頹然乎其間者, 태수취야太守醉也. ……취능동기락醉能同其樂, 성능술이문자醒能述以文者, 태수야太守也. ……태수위수太守謂誰?"라고 계속 "태수"라고만 언급하다가, 마지막에야 비로소 "태수위수太守謂誰? 여릉구양수야廬陵歐陽修也"라고 태수의 정체를 밝힌 것을 가리킨다.

3 환저環滁: '환'은 빙 두르다, 혹은 둘러싸고 있다. '저'는 저주滁州로, 지금의 안휘성安徽省에 위치한다.

4 울연蔚然: 수풀이 아주 무성하고 울창한 모양.

5 랑야瑯琊: 저주에 있는 낭야산.

6 잔잔潺潺: 물이 잔잔하게 흐르는 소리. 졸졸졸.

7 양천釀泉: 샘 이름. 원래 '양'은 술을 빚는다는 뜻인데, 이 샘물로 술을 빚으면 특히 맛이 좋아서 '양천'이라 칭했다고 한다. 고증에 따르면, 원래 이 샘의 이름은 양천讓泉이었는데 후대 사람들이 이 샘물로 술을 빚는 것을 강조하다 보니 양천讓泉이 '양천釀泉'으로 개칭된 것이라 한다.

8 봉회로전峯回路轉: 길이 봉우리를 따라 돌며 굽이져 있는 것을 표현한 것이다.

9 익연림翼然臨: '익연'은 새가 날개를 펼친 듯한 모양. 정자를 정면에서 볼 때 양끝의 처마와 공포拱包가 소소리 솟은 모습이 마치 새가 날개를 펼친 모습과 같아서 이와 같이 표현한다. 중국의 정자는 우리나라의 정자보다 처마가 좀 더 휘감아 올라가 있다. '림'은 높은 곳에서 내려다보다.

10 지선智僊: 낭야산에 사는 승려의 법명. '선'은 선仙의 본자本字.

11 태수太守: 당시 저주의 지주知州였던 구양수 본인을 가리킨다. 태수란 직위는 사실 서한 시대에 있던 직위다. 중국에서는 예부터 이미 사라진 고대의 직함을 사용해 지금의 직위를 표현하곤 했다.

12 음飮: 술을 마시다.

13 첩輒: 곧바로.

14 취옹醉翁: 구양수의 아호雅號.

15 득지심이우지주得之心而寓之酒: 마음에서 얻는 것이지만 술에 기탁했다는 뜻.

16 임비개林霏開: '임비'는 숲속에서 자욱이 피어오르는 산안개, '개'는 산안개가 걷히다.

17 야방野芳: 들꽃, 들에 핀 여러 꽃. 들꽃은 봄을 상징한다.

18 번음繁陰: 녹음이 우거지다. 녹음은 여름을 상징한다.

19 풍상고결風霜高潔: 풍고상결風高霜潔의 도치형. 바람은 높고 서리는 맑다. 이는 가을을 상징한다.

20 수락이석출水落而石出: 물이 빠져 돌이 드러난다. 이는 물이 줄어든 겨울을 상징한다.

21 부자負者: 짐을 짊어진 사람.

22 도塗: 길, 노상.

23 행자行者: 지나는 사람, 행인.

24 호呼: 노랫가락을 메기는 것.

25 응應: 남이 먼저 메긴 노랫가락을 받아서 부르는 것.

26 구루제휴傴僂提攜: '구루'는 곱사등이처럼 등이 굽은 사람, 즉 노인을 가리킨다. '제휴'는 손을 잡아줘야 하는 어린이를 가리킨다. 즉 노소의 뜻.

27 저인滁人: 저주 사람들.

28 림臨: ~에 다다르다, ~에 이르다.

29 양천위주釀泉爲酒: 양천으로 술을 빚는다. '양천' 앞에 이以 자가 생략된 것으로 본다.

30 렬洌: 물이 맑고 차갑다.

31 산효야속山肴野蔌: '산효'는 산에서 잡은 날짐승이나 들짐승의 고기로 만든 술안주,

'야속'은 야외에서 캔 나물.

32 연감宴酣: 연회가 한창 무르익다.

33 비사비죽非絲非竹: '사'와 '죽'은 원래 각각 현악기와 관악기를 지칭하지만, 여기에서는 그냥 풍악을 가리킨다. 연회가 즐거운 것이 풍악 때문이 아니라는 뜻.

34 석자중射者中: 당시 문인들의 나들이 때 유행했던 놀이 중 석복射覆이란 놀이가 있었는데, 서로 글자를 제시하며 수수께끼를 맞히는 일종의 벌주罰酒 놀이였다. 여기에서 '석자'는 바로 석복이란 놀이에서 문제를 푸는 사람을 말한다. '중'은 적중시키다, 즉 수수께끼를 알아맞혔다는 뜻이다. 혹자는 '사자射者'를 활 쏘는 사람이라 풀지만, 이는 고대에나 있던 풍습으로 당시에는 사대부가 활을 쏘는 풍습이 없었다. 그래서 혹자는 이를 투호投壺라고 풀기도 하지만, 투호 역시 주로 집에서 즐기는 놀이로 야외로 나와서 하던 놀이가 아니다.

35 혁자弈者: 바둑 두는 사람.

36 굉주교착觥籌交錯: '굉'은 주로 벌주를 마실 때 쓰는 큰 술잔을 가리킨다. '주'는 산가지. 옛날에는 벌주를 내릴 때 산가지를 사용해 몇 잔을 마셨고 마셔야 하는지 셈하기도 했다. '교착'은 뒤섞여 있다.

37 기좌이훤화起坐而諠譁: '기좌'는 일어난 사람과 앉은 사람, '훤화'는 왁자지껄 시끄럽게 떠들다.

38 환懽: 환歡의 이체자.

39 창안蒼顔: 창백한 얼굴, 즉 나이가 들어 얼굴의 핏기가 없어진 노인을 가리킨다.

40 퇴연頹然: 술에 취해 널브러져 있는 모양.

41 이이已而: 오래지 않아, 이윽고.

42 인영산란人影散亂: 사람 그림자가 어지러이 흩어지다. 사람들이 뿔뿔이 흩어져 돌아가는 정경을 묘사한 것이다.

43 음예陰翳: 원래는 수풀이 무성해 녹음이 우거진 것을 가리키지만, 여기에서는 날이 저물어 수풀에도 어둠이 내린다는 의미로 사용되었다. 음예蔭翳라고도 쓴다.

44 명성상하鳴聲上下: 새들이 지저귀는 울음소리가 나무의 위아래, 즉 이곳저곳에서 들려온다는 뜻.

45 락기락樂其樂: '락'은 즐거워하다, '기락'은 사람들이 태수인 나를 따라 놀러와 느꼈던 즐거움을 가리킨다.

46 동기락同其樂: '동'은 함께하다, '기락'은 앞 구절의 '기락'과 풀이가 같다.

47 술이문述以文: 문장으로 기술하다.

48 여릉廬陵: 구양수의 고향으로 지금의 강서성江西省에 위치해 있다. 중국은 전통적으로 자기 자신이나 남에 대해 기술할 때, 그 사람의 고향을 먼저 밝힌 뒤 성명을 기술한다. 우리말로 옮기면 "어디 출신의 아무개"라고 할 수 있다.

소식蘇軾 「전적벽부前赤壁賦」

이 작품은 앞서 송대 사에서 보았던 소식의 【염노교念奴嬌】와 같은 시기, 즉 조정에서 죄를 얻어 황주黃州로 좌천되었을 때 지어졌다. 같은 시기에 같은 장소에서 지어진 작품이기에 【염노교】와 「적벽부」는 전체적인 주제의식이 대동소이하다. 소식의 특기는 산문적인 글쓰기에 있었기에 사든 부든 특유의 산문화 경향이 두드러졌다. 그러므로 사보다 서사적인 성격의 부에서 그의 문학성이 좀 더 돋보이는 것은 어쩌면 당연한 일이다. 「적벽부」가 소식의 그 다양한 장르의 다양한 작품 중에서 대표적인 문학작품으로 손꼽히는 이유 역시 여기에 있다고 하겠다.

앞서 소식의 【염노교】를 설명하면서, 적벽이라는 "산천은 의구한데 인걸은 간데 없는" 유적遺跡을 통해 자연의 무궁함 앞에 허무하기 그지없는 인간의 유한함을 한탄하고 있는 것이며, 이러한 정서는 이미 왕희지王羲之의 「난정집서蘭亭集序」에 보인다고 지적했다. 그래서 【염노교】와 주제가 대동소이한 「적벽부」 역시 전반부는 이러한 기조로 시작된다. 하지만 「적벽부」는 후반부에 이르러 무한한 자연과 유한한 인생의 극한 대립을 기존의 방식과는 다르게 해소하기를 시도한다. 소식은 무한한 자연과 유한한 인생의 대립이라는 상투적인 틀을 벗어나 좀 더 거시적인 시야로 이 문제를 관조하려 한 것이다. 그가 보기에 사실 '생멸生滅'이란 변화의 관점에서 보면, 사람뿐 아니라 천지자연의 모든 것이 시시각각 변화하고 있는 것이다. 유한한 인간 세상에서 옛 인걸은 간 데 없고 나를 포함한 지금의 사람들도 곧 사라지겠지만, 결국 후세에도 계속해서 새로운 사람들이 등장할 것이다. 그런데 무한한 자연 역시 그러하다. 저 도도히 흐르는 강을 보라! 얼핏 보면 흐르는 강물이 무한한듯하지만 알고 보면 옛 강물이 밀려나고 새로운 강물이 계속 밀려오는 것일 뿐이다. 사람과 무엇이 다른가? 인간과 자연 모두가 어차피 유한함의 연속과 교체일 뿐. 그 무엇도 단 한순간도 머무르지 못한다. 이러한 지적에서 무한한 자연과 유한한 인생의 대립이라는 기존의 인식 틀에는 이미 심각한 균열이 생겨나기 시작한다. 뒤집어서 '존재'라는 불변의 관점에서 보면, 변화를 강제하는 시간성을 배제하고 본다면 우주만물과 나는 모두가 완전한 것이다. 지금 분명히 존재하고 있지 않은가! 지금 존재하는 나는 나를 둘러싼 삼라만상과 무한히 감응하며 이를 무궁무진하게 즐길 수 있다. 지금의 나란 존재에 모든 것이 구비되어 있는 것이다. 이와 같은데 내가 천지자연을 부러워할 것이 무엇이 있겠는가! 다 같은 존재이거늘! 이렇게 보면, 결국 무한한 자연과 유한한 인생의 대립이라는 기존의 인식 틀은 폐기될 수밖에 없다. 인식 틀의 설정 자체가 잘못된 것이기 때문이다.

이러한 소식의 관조와 깨달음은 사실 그의 천재성에 기인한다기보다는 사상사적인 맥락에서 이해해야 한다. 사실 이러한 추상적이고 본체론적인 논리는 위진 시기부터 본격적으로 대두된 불교의 영향이다. 본체론적인 논리로 무장한 불교와 현학玄學의 도전과 자극에 유학 역시 이를 방어하고 반격하기 위해 나름의 논리를 개발할 수밖에 없었다. 이 같은 대응으로 축적된 성취는 결국 북송대에 이르러 이학理學이라는 사유체계를 구축하게 된다. 이후 동아시아의 근세를 아우르게 되는 이학은 세속의 위계질서를 초극한 이理를 궁극의 본체로 상정하면서 과거 유학이 전제왕권의 요구를 충실히 추종하거나 충족시키던 입장을 벗어나, 이른바 사대부라는 지식인층의 입장을 대변하며 그들 스스로를 주체로 하는 세계관을 창출해냈다. 「적벽부」에 보이는 이와 같은 통찰 역시 이 같은 이학적 세계관을 배경으로 내면적인 주체에 대한 지식인들의 적극적인 인식을 통해 가능했던 것이다. 특히 소식의 사상적 풍격은 의도적으로 불교나 도가를 배척하려 했던 여느 이학자들과는 달리 적극적으로 유불도 삼교를 회통하는 데 그 특징이 있었다.

물론 이러한 철리를 천의무봉天衣無縫하게 문학작품 속에 담아낸 것은 당연히 소식의 문학적 필치였다. 이 작품은 엄격한 대우와 장황한 나열을 중시하는 부라는 형식을 깨지 않으면서도 동시에 산문에서나 볼 수 있었던 자유로운 서사와 서정을 구사하고 있다. 때문에 부에서 흔히 보이는 도식적인 전개나 형식적인 표현 같은 기존의 병폐를 일소하고, 생동감 있는 수사와 문학적인 비유가 돋보이는 새로운 산문체 부를 완성시켰는데, 이를 문부文賦라고 한다. 또한 과도한 전고 사용을 자제하면서도 꼭 필요한 곳에만 적절하게 사용함으로써 과불급過不及에서 초래될 수 있는 폐단을 해결했다.

혹자는 「적벽부」에 대해 『장자莊子』와 초사楚辭에서 영향을 받았으면서도 베낀 흔적이 전혀 없다고 찬탄했는데 이는 결코 과찬이 아니다. 실제로 내면적 자아에 집중해 외재적 모순을 초월하는 방식은 『장자』에서 연원한 것이지만, 『장자』가 다분히 심미적이었던 데 반해 「적벽부」는 훨씬 논리적이다. 또한 분명 수사 기법에 있어서 초사로부터 영향을 받았지만, 초사가 다분히 몽환적인 비유와 장황한 나열을 위주로 하고 있었던 데 반해 「적벽부」는 선명한 묘사와 조리 있는 기술을 위주로 하고 있다.

소식은 「적벽부」를 짓고 나서 3개월 뒤에 다시 같은 장소에 가서 또 다른 「적벽부」을 지었다. 때문에 구분하기 위해 먼저 지은 「적벽부」는 「전적벽부」라 하고, 3개월 후 지은 「적벽부」는 「후적벽부」라 칭하기도 한다.

壬戌[1]之秋, 七月旣望[2], 蘇子[3]與客泛舟[4]遊於赤壁[5]之下. 淸風徐來, 水波不興. 擧酒屬[6]客, 誦明月之詩, 歌窈窕之章[7]. 少焉[8], 月出於東山之上, 徘徊於斗牛之間[9]. 白露橫江[10], 水光接天[11]. 縱一葦之所如[12], 凌萬頃之茫然[13]. 浩浩乎如馮虛御風[14], 而不知其所止, 飄飄乎如遺世獨立[15], 羽化而登仙[16]. 於是飮酒樂甚, 扣舷[17]而歌之. 歌曰: "桂棹兮蘭槳[18], 擊空明[19]兮泝流光[20]. 渺渺兮予懷[21], 望美人[22]兮天一方[23]." 客有吹洞簫[24]者, 倚歌而和之[25]. 其聲嗚嗚然[26], 如怨如慕, 如泣如訴, 餘音嫋嫋[27], 不絶如縷[28]. 舞幽壑之潛蛟[29], 泣孤舟之嫠婦[30]. 蘇子愀然[31], 正襟危坐[32], 而問客曰: "何爲其然[33]也?" 客曰: "'月明星稀, 烏鵲南飛[34]', 此非曹孟德[35]之詩乎? 西望夏口, 東望武昌[36], 山川相繆[37], 鬱乎蒼蒼[38], 此非孟德之困於周郎者[39]乎? 方其破荊州, 下江陵, 順流而東[40]也, 舳艫千里[41], 旌旗蔽空[42], 釃酒臨江[43], 橫槊賦詩[44], 固[45]一世之雄也, 而今安在[46]哉? 況吾與子[47]漁樵[48]於江渚之上, 侶魚蝦而友麋鹿[49], 駕一葉之扁舟[50], 擧匏樽[51]以相屬[52], 寄蜉蝣[53]於天地, 渺滄海之一粟[54]. 哀吾生之須臾[55], 羨長江之無窮, 挾飛仙以遨遊[56], 抱明月而長終[57], 知不可乎驟[58]得, 託遺響於悲風[59].” 蘇子曰: “客亦知夫水與月乎? 逝者如斯[60], 而未嘗往[61]也, 盈虛者如彼[62], 而卒莫消長[63]也. 蓋將自其變者而觀之[64], 則天地曾不能以一瞬[65], 自其不變者而觀之, 則物[66]與我皆無盡[67]也. 而又何羨乎? 且夫天地之間, 物各有主. 苟非吾之所有[68], 雖一毫[69]而莫取. 惟江上之淸風, 與山間之明月, 耳得之而爲聲, 目遇之而成色. 取之無禁, 用之不竭. 是造物者之無盡藏[70]也, 而吾與子之所共適[71].” 客喜而笑, 洗盞更酌[72], 肴核[73]旣盡, 杯盤狼藉[74]. 相與枕藉[75]乎舟中, 不知東方之旣白[76].

....

1 임술壬戌: 임술년. 북송 신종神宗 원풍元豐 5년(1082)이다.

2 기망旣望: 보름 다음날. 북송 신종 원풍 5년(1082)의 7월은 큰달이었다. 음력은 양력과 달리 한 달이 30일과 29일로 되어 있는데 이 중 30일인 달을 큰달이라 한다. 큰달일 경우 16일이 보름이므로 보름 다음날은 17일이 된다.

3 소자蘇子: 소식 스스로를 가리키는 말. 원래 ‘자’는 고대 중국에서 남자에 대한 미칭 혹은 존칭으로 사용되었으나, 여기에서는 스스로를 유머러스하게 표현하기 위해 사용한 것이다.

4 범주泛舟: 배를 물에 띄우다.

5 적벽赤壁: 소식이 갔던 적벽에 대해서는 앞서 송대 사 중 소식의 【염노교念奴嬌】-적벽회고赤壁懷古에서 이미 설명했다.

6 촉屬: 권하다.

7 송명월지시誦明月之詩, 가요조지장歌窈窕之章: 이 구절에 대해서는 해석이 분분한데, 크게 세 가지로 정리할 수 있다. 첫째, 두 구절 모두 『시경』 「진풍陳風」에 나오는 「월출月出」이란 시를 가리킨다는 주장이다. 「월출」에서 “달이 뜨니 밝기도 하고, 어여쁜

임은 곱기도 하셔라. 나긋나긋 고운 그 모습에, 내 마음만 안달복달."(명월교혜月出皎兮, 교인료혜佼人僚兮. 서요규혜舒窈糾兮, 로심초혜勞心悄兮)이라고 했으니, "월출교혜月出皎兮"가 '명월'에 해당하고, "서요규혜舒窈糾兮"의 '요규'가 '요조'에 해당한다는 것이다. 둘째, '송명월지시'란 구절은 조조曹操의 「단가행短歌行」의 "밝디 밝은 달과 같은 인재를 언제나 거둘 수 있을까?"(명명여월明明如月, 하시가철何時可掇)에서 왔고, '가요조지장'은 『시경』 「주남周南」 「관저關雎」의 "아리따운 숙녀, 군자의 좋은 짝이라네."(요조숙녀窈窕淑女, 군자호구君子好逑)에서 왔다는 주장이다. 셋째, 특정한 작품을 지칭하는 것이 아니라, 밝은 달(명월明月)이나 아름다움(요조窈窕)에 대해 읊은 옛 작품들을 두루 가리키고 있는 것이라는 주장이다. 첫째 주장을 따르면 달 밝은 당시를 노래한 것이 되는데, "월출교혜"와 '명월'만 대비시켜 봐도 서로 딱 들어맞지가 않는다는 혐의가 있다. 둘째 주장을 따르면 노니는 장소가 적벽이기에 첫째 구절은 조조를 연상하고 둘째 구절은 조조가 얻고자 했던 오나라의 미녀들대교와 소교을 가리킨 것이 되는데, 조조의 「단가행」은 몰라도 굳이 그 대구로 『시경』의 「관저」를 인용한 것은 아무래도 부자연스럽다. 셋째 주장은 첫째와 둘째 주장을 모두 포괄할 수 있는 장점이 있기는 하지만, 동시에 너무 두루뭉술하다는 단점이 있다. 이렇게 각 주장에 일장일단이 있기에 어느 주장이 옳다고 확정할 수 없다. 여기에서는 편의상 가장 대중적으로 통용되는 첫째 주장을 따르기로 한다.

8 소언少焉: 잠시 뒤, 이윽고.

9 배회어두우지간徘徊於斗牛之間: '배회'는 원래 특별한 목적 없이 서성이는 것을 가리키는데, 여기에서는 달이 아주 천천히 공전하고 있음을 문학적으로 표현한 것이다. '두'는 남두성南斗星, 중국의 천문 개념인 28수宿로는 두수斗宿. '우'는 견우성牽牛星, 중국의 천문 개념인 28수로는 우수牛宿.

10 백로횡강白露橫江: '백로'는 원래 이슬을 가리키지만, 여기에서는 강물 위에 희뿌옇게 깔려있는 물안개를 가리킨다. '횡'은 가로지르듯 펼쳐져 있다는 뜻.

11 수광접천水光接天: '수광'은 강물 위에 비친 달빛, '접천'은 강의 수평선까지 달빛이 비춰서 바로 그 위의 하늘과 맞닿아 있는 듯하다는 뜻.

12 종일위지소여縱一葦之所如: '종'은 멋대로 놔두다. '일위'는 실제로 한 줄기 갈대의 의미가 아니라, 길이가 길고 폭이 좁은 작은 배를 가리킨다. 일엽편주一葉片舟의 뜻이다. '지'는 주격 조사, '여'는 가다는 동사.

13 릉만경지망연凌萬頃之茫然: '릉'은 넘어간다, 건너간다. '만경'은 드넓은 수면의 비유. '망연'은 끝이 보이지 않는 아득한 모양.

14 호호호여빙허어풍浩浩乎如馮虛御風: '호호호'는 강물이 드넓은 모양, '여'는 마치 ~과 같다, '빙허어풍'은 허공을 타고 바람을 부리다.

15 표표호여유세독립飄飄乎如遺世獨立: '표표호'는 가벼이 바람에 나부끼는 모양, '유세'는 세상을 버리다, '독립'은 아무런 구애됨 없이 홀로 존재하다.

16 우화이등선羽化而登仙: '우화'는 몸에 깃털이 나는 것으로, 신선이 되어 하늘로 오르기 위한 일종의 과정이다. '등선'은 신선이 되어 하늘에 있는 선계로 오른다는 뜻이다.

17 구현扣舷: 뱃전을 두드리다. 노래를 부르는 데 박자를 맞춘다는 뜻이다.

18 계도혜란장桂棹兮蘭槳: '계도'는 계수나무로 만든 노, '란장'은 목란으로 만든 상앗대. 여기에서 계수나무니 목란 운운한 것은 초사로부터 내려오는 전통적인 수사일 뿐, 정말로 이 나무들로 노나 상앗대를 만들었다는 뜻은 아니다.

19 공명空明: 달빛에 속까지 투명하게 비치는 맑은 강물을 가리킨다.

20 소류광泝流光: '소'는 거슬러 올라가다. '류광'은 넘실대는 물결마다 달빛을 반사하고 있는 강물을 가리킨다. 사실은 강물이 흐르는 것이지만, 마치 물결 위의 달빛이 흐르는 듯하다는 문학적인 표현이다.

21 묘묘혜여회渺渺兮予懷: '묘묘'는 아득히 먼 모양, '여회'는 내 심사.

22 미인美人: 내 아름다운 임. 지금과는 달리 원래 '미인'이란 표현은 여성에게만 사용하는 것이 아니었고, 아름답다(미美)는 표현 역시 외모보단 훌륭한 재주와 품덕을 가리켰다. 미인이란 표현은 초사의 「사미인思美人」에서 처음 보였던 것인데, 거기서는 군주를 가리켰다. 조선시대 송강松江 정철鄭澈의 가사 「사미인곡」 역시 마찬가지다. 그래서 혹자는 「적벽부」에서의 미인 역시 당시의 임금을 가리키는 것이라 간주하기도 한다. 하지만 혹자는 「적벽부」의 전체적인 주제가 속세의 틀을 일탈하는 데 있음을 지적하며, 실제 정치와 연관시키는 것에 반대하기도 한다. 사실 「적벽부」 중 특히 이 부분은 초사의 영향이 역력한데, 그 수사를 빌려오면서 미인이란 표현이 딸려온 듯하다. 결국 미인이란 표현은 소식이 「적벽부」에서 말하려는 대의와 별 상관이 없으므로, 설령 여기에서의 미인이 당시의 임금을 가리킨다고 해도 중요한 의미를 부여할 필요가 없고 전체적인 문맥에도 아무런 손상을 끼치지 못한다.

23 천일방天一方: 하늘 한쪽 끝. '방'은 구석이란 뜻.

24 통소洞簫: 관악기인 통소. '통'은 죽관 속이 비어서 통해 있다는 뜻이다. 우리나라에서는 퉁소라고 칭한다.

25 의가이화지倚歌而和之: '의가'는 노래에 맞추다, '화지'는 그 노랫가락에 맞추어 반주했다는 뜻.

26 오오연嗚嗚然: 구슬픈 소리. 원래 '오'는 흐느끼다, 오열하다는 뜻이다.
27 여음뇨뇨餘音嫋嫋: '여음'은 여운, '뇨뇨'는 가늘게 계속 이어지는 모양.
28 여루如縷: 마치 명주실을 뽑는 것 같다. 가늘지만 끊임없이 이어진다는 뜻이다.
29 유학지잠교幽壑之潛蛟: '유학'은 깊은 골짜기. '잠교'는 잠룡, '교'는 뿔이 없는 용.
30 고주지리부孤舟之嫠婦: '고주'는 외따로 떨어져 있는 배. 뭍에 집이 없어서 작은 배를 집삼아 사는 것을 말한다. '리부'는 과부.
31 초연愀然: 근심에 잠긴 모양.
32 정금위좌正襟危坐: '정금'은 옷깃을 바로 잡다. '위좌'는 정좌正坐하다, 똑바로 앉다. '위'는 몸을 곧추 세워 단정히 한다는 뜻이다.
33 하위기연何爲其然: 어찌해 그러한가? 어찌해 서글퍼하는가?
34 월명성희月明星稀, 오작남비烏鵲南飛: 달이 밝으니 별들이 드물고, 까막까치는 남쪽으로 날아간다. 조조의 「단가행」의 구절.
35 조맹덕曹孟德: 조조. '맹덕'은 조조의 자字.
36 서망하구西望夏口, 동망무창東望武昌: '하구'와 '무창'은 모두 지금의 호북성湖北省에 위치해 있다.
37 상무相繆: 서로 뒤얽혀 있다.
38 울호창창鬱乎蒼蒼: '울호'는 울창한 모양, '창창'은 나무가 빽빽이 들어차서 온통 푸른 빛이라는 뜻.
39 맹덕지곤어주랑자孟德之困於周郎者: '맹덕'은 조조曹操의 자字, '곤어'는 피동형으로 ~에게 곤욕을 당하다는 뜻, '주랑'은 주유周瑜, '자'는 주로 앞에 기술된 바를 명사화시켜 주는 기능을 해서 ~한 것, ~한 곳으로 번역된다.
40 방기파형주方其破荊州, 하강릉下江陵, 순류이동順流而東: '방'은 ~할 즈음에, 바야흐로. '파'와 '하'는 모두 함락시킨다는 뜻. '형주'는 지금의 호북성과 호남성 일대를 아우르는 지역으로, 당시 위촉오 삼국이 모두 노리는 전략적 요충지였다. '강릉'은 형주의 주도州都로, 형주성荊州城이라고도 불렸다. 여기에서는 당초 조조가 형주를 다스리던 유종劉琮이 투항해오면서 손쉽게 형주를 얻었음을 말하고 있다. '순류이동'은 장강의 물길을 타고 동진한다는 뜻으로, 조조가 형주를 얻은 뒤 연이어 오나라로 진격해 들어가는 과정을 표현하고 있다.
41 축로천리舳艫千里: '축'은 선수船首, '로'는 선미船尾. 전선들이 꼬리에 꼬리를 물고 앞 전선의 선미와 뒤 전선의 선수가 연이어진 것이 천리나 되는 것처럼 보일 정도로 조조의 수군이 엄청난 규모였음을 형용한 것이다.

42 정기폐공旌旗蔽空: '정기'는 군대에서 전쟁시 사용하는 깃발들, '폐공'은 하늘을 뒤덮다. 이 구절은 조조의 군대가 엄청난 규모였음을 형용한 것이다.

43 시주임강釃酒臨江: '시주'는 술을 거른다는 뜻인데, 여기에서는 술을 마신다는 뜻이다. '임강'은 강을 내려다 보다.

44 횡삭부시橫槊賦詩: 창을 비껴들고 시를 읊조리다. '삭'은 자루가 긴 장창. '시'는 조조의 「단가행短歌行」을 가리킨다. 장강 앞에 진영을 구축한 조조가 밤에 창을 비껴들고 술을 마시며 「단가행」을 지었다고 한다.

45 고固: 진실로.

46 안재安在: 어디에 있는가? '안'은 의문사.

47 자子: 그대. 2인칭대명사.

48 어초漁樵: '어'는 물고기를 잡다, '초'는 땔나무를 하다.

49 려어하이우미록侶魚蝦而友麋鹿: '려'는 짝하다, '어하'는 물고기와 새우, '우'는 벗하다, '미록'은 고라니와 사슴. '어하'와 '미록'은 자연을 상징한다.

50 일엽지편주一葉之扁舟: '일엽'은 나뭇잎처럼 작은 배의 비유. 앞에 나온 '일위一葦'와 비슷한 의미다. '편주'는 작은 배.

51 포준匏樽: 박을 반으로 잘라 만든 큰 술잔. 주로 일반 백성들이 탁주를 마실 때 사용한다.

52 상촉相屬: 서로 술을 권하다.

53 기부유寄蜉蝣: '기'는 기탁하다, 맡기다. 사람이 세상에 삶을 잠시 맡긴 것을 가리킨다. '부유'는 하루살이. 천지자연에 비해 아주 짧은 인생을 사는 사람을 비유한다.

54 묘창해지일속渺滄海之一粟: '묘'는 너무 작아 잘 보이지 않다. 보잘것없는 사람의 인생을 가리킨다. '창해지일속'은 푸른 바다 속에 던져진 좁쌀 한 톨. 자연의 무한함에 비해 너무나 보잘것없는 사람의 존재를 비유한다.

55 수유須臾: 아주 짧은 시간, 아주 잠깐.

56 협비선이오유挾飛仙以遨遊: '협비선'은 하늘을 나는 신선의 팔짱을 끼다, '오유'는 즐겁게 노닐다.

57 포명월이장종抱明月而長終: '포명월'은 달을 껴안다. 옛 사람들은 달이 매월 가득 찼다가 기울기를 반복하는 것을 보고 달이 죽었다가 살아나는 것으로 여겼는데, 이로부터 달은 불사의 상징이 되었다. '장종'은 끝없이 긴 시간 뒤의 종말, 즉 종말이 없는 영원을 가리킨다.

58 취驟: 갑자기.

59 탁유향어비풍託遺響於悲風: '탁'은 가탁하다, 맡기다. '유향'은 퉁소의 여운. '비풍'은 서글픈 바람, 즉 가을바람을 가리킨다.

60 서자여사逝者如斯: 『논어論語』「자한子罕」편에 나오는 구절로, 공자가 쉼 없이 흐르는 강물을 보고 문득 무심히 지나가는 세월을 떠올리며 한 말이다. "가는 것이 이와 같아서, 밤낮을 멈추지 않는구나!"(서자여사逝者如斯, 불사주야不舍晝夜.)

61 미상왕未嘗往: 일찍이 가버린 적이 없다. 강물은 계속해서 흘러가긴 하지만, 이와 동시에 계속해서 새로운 강물이 흘러들어오므로 잠시라도 강물이 다 흘러가 버려서 끊긴 적은 없다는 뜻이다.

62 영허자여피盈虛者如彼: '영허'는 차고 기우는 것. '영'은 차오르다, '허'는 비워지다. '피'는 그것, 즉 달을 가리킨다.

63 졸막소장卒莫消長: '졸'은 결국, '막'은 부정어, '소장'은 완전히 소멸하거나 한없이 불어나는 것을 말한다.

64 개장자기변자이관지蓋將自其變者而觀之: '개'는 대개, 아마도. '장'은 ~해 본다면. '자기변자이관지'는 그 모든 것이 변한다는 입장에서 본다면. '자'는 ~로부터, '기변자'는 그 변하는 바, '관'은 살펴보다.

65 이일순以一瞬: '이'는 의지하다, 머무르다. '일순'은 눈 깜짝할 정도로 아주 짧은 시간.

66 물物: 우주만물, 삼라만상.

67 무진無盡: 끝이 없다, 무궁무진하다.

68 구비오지소유苟非吾之所有: 만약 내가 소유한 것이 아니라면.

69 일호一毫: 한 가닥의 터럭. 아주 보잘것없는 물건을 뜻한다.

70 조물자지무진장造物者之無盡藏: '조물자'는 조물주, 천지자연을 말한다. '무진장'은 원래 불교용어로, 아무리 써도 바닥이 나지 않는 창고라는 뜻이다. '무진'은 다함이 없다, '장'은 창고.

71 적適: 흡족해하다, 즐기다.

72 세잔갱작洗盞更酌: 술잔을 씻어 다시 대작하다.

73 효핵肴核: '효'는 고기 안주, '핵'은 씨가 있는 과일 안주.

74 배반낭자杯盤狼藉: '배'는 큰 술잔, '반'은 술안주를 담았던 쟁반, '낭자'는 어지러이 흩어진 모양.

75 상여침자相與枕藉: '상여'는 서로 함께, '침자'는 베개 삼아 베고 깔개 삼아 눕는다는 뜻. 취해서 서로 뒤엉켜 잠든 모습을 표현한 것이다.

76 기백旣白: 날이 이미 하얗게 새다.

왕안석王安石 「독맹상군전讀孟嘗君傳」

왕안석이 태어난 북송 말엽은 이미 여러 측면에서 국가의 제도나 시스템이 파탄나 있던 시기였다. 높은 관직과 넓은 장원을 소유한 자들은 갈수록 부유해졌고, 백성들은 갈수록 더 심각한 도탄에 빠져들었다. 바로 이런 위급한 시기에 왕안석은 신종神宗의 신임을 받아 정권을 잡게 되면서 피폐해진 나라를 바로잡기 위해 신법新法 또는 변법變法이라 불리는 매우 급진적인 개혁을 추진하게 되었다. 그의 개혁은 갈수록 심화되는 빈익빈 부익부 구조를 마냥 즐기고 있던 기득권층에겐 자신들의 기득권을 빼앗으려는 터무니없는 책동이었다. 왕안석을 따르는 개혁파 지식인들은 대부분 남부 출신이었고 이를 극렬히 반대하는 기득권층은 대부분 대규모 장원을 가지고 있는 북부의 고관들이었는데, 이들은 각기 신법당新法黨과 구법당舊法黨으로 나뉘어 극단적으로 대립하면서 당쟁을 벌였다.

당초 왕안석은 신종의 신임을 근거로 강력하게 개혁을 추진했지만, 당시로서는 이 같은 전국적이고 급진적인 개혁을 몇몇의 중앙 관리가 계획한 대로 바로 시행할 수 있는 여건이 전혀 조성되어 있지 않았다. 그나마도 곳곳에서 반대에 부딪쳤고 시행된 조치들 중에서도 어떤 것들은 부패한 관료 시스템 하에서 제 기능을 발휘하지 못하는 경우가 있었다. 결국 왕안석은 복합적인 이유로 사직하게 되었다. 이후 다시 복직되어 신법을 추진하기도 하고, 그의 사후에 남은 신법당이 계속해서 신법을 추진하기도 했지만, 구법당과의 당쟁 속에서 신법 자체도 조금씩 완화되기 시작했고 신법당 내부에서도 당초의 개혁의지가 점차 변질되었다. 결국 신법은 미완의 개혁으로 끝났고, 소생할 수 있는 마지막 기회를 놓친 북송은 마침내 금나라의 침입으로 휘종徽宗과 흠종欽宗 두 황제가 포로로 잡혀가 온갖 모욕을 당하다 죽었으며, 황하 유역의 영토를 완전히 빼앗기는 씻을 수 없는 국치를 당하게 되었다.

왕안석은 정치에 있어서 독단적인 성향이 강해 친구보다는 적이 많았다. 하지만 뒤집어보면, 이는 나라를 쥐락펴락하는 기득권층의 반대를 무릅쓰고 꿋꿋이 개혁을 추진하자면 피치 못할 결과였다. 그의 문장 역시 실질과 실용의 중시, 그리고 군더더기 없이 깔끔한 논의와 날카로운 논리를 특징으로 한다.

아래 작품에 나오는 맹상군은 전국시대 제齊나라의 공자로, 인재를 잘 대접하기로 이름이 높았다. 당시 권세가 있는 귀족이라면 누구나 인재를 모으려 했는데, 맹상군은 특히 아무리 하찮은 재주를 지닌 사람이라도 모두 받아주었기에 너도나도 그의 식객이 되기 위해 모여들어 결국 다른 귀족들보다도 훨씬 많은 식객을 거느리게 되었다. 원래 이 같은 맹상군의 너그러움은 늘 칭송의 대상이었다. 후세 사람들은 그가 있었기에 제나라가 그나마 진秦나라와 대항할 수 있었다면서, 결국 제나라가 진나라를 이기지 못한 것은 모두 맹상군을 재상으로 등용하지 않아서였다고 말하기도 한다. 하지만 왕안석은 맹상군에 대한 이 같은 후세 사람들의 환상을 단도직입적으로 깨버린다. 오히려 맹상군이 그렇게 개 울음소리나 닭 울음소리를 흉내 내는 하찮은 인간들이나 모아놓고 그들의 우두머리 노릇을 하고 있다 보니, 진정한 선비들이 그 꼴을 보고 제나라에 등을 돌렸고, 그 결과 제나라가 진나라를 이기지 못한 이유가 되었다고 극언을 한다. 이러한 왕안석의 짧지만 추상같은 비판은 『사기』의 「맹상군열전」 이래로 대체적으로 맹상군에게 우호적이었던 사람들의 인식을 뒤집어놓는다. 문장은 매우 짧지만 논지가 분명하고 논리도 명확하다. 실제로 본 작품에서 언급한 '계명구도鷄鳴狗盜'란 표현은 지금까지도 쓰이는 사자성어인데, 주로 보잘것없는 재주나 그런 재주를 지닌 사람을 가리키는 폄하의 뜻으로 사용된다. 그만큼 왕안석의 이 100자도 안 되는 문장이 얼마나 설득력 있게 받아들여졌는지를 말해준다.

「독맹상군전」에서 그것이 의도적이었든 의도적이지 않았든 왕안석은 암암리에 진정한 사士란 나라를 개혁하고 국운을 융성하게 할 선비로 상정하고 있다. 본문에서 "제나라의 강성함을 십분 활용하며 진정한 사를 한 명이라도 얻는다면, 응당 임금노릇하며 진나라를 제압할 수 있었을 것"(천제지강擅齊之强, 득일사언得一士焉, 의가이남면이제진宜可以南面而制秦)이라 한 것을 보면, 여기에서의 사는 계명구도나 하는 하찮은 사가 아니라 진정한 실력을 지닌 사이며, 맹상군을 도와 제나라를 부흥시켜 진나라까지도 제압할 수 있을 만한 능력의 소유자다. 이렇게 보면 여기에서 말하는 사란 바로 쇠락한 북송을 개혁해 안정시키고 북으로 늘 위협적인 존재인 금나라를 제압하고자 하는 왕안석의 욕망이 여실히 반영된 그런 존재인 것이다. 자신과 같은 진정한 사를 구하려 하지 않고 엉뚱한 사들을 모았던 맹상군에 대한 타박은 자신의 웅지雄志와 능력을 몰라주는 당시의 임금과 세상에 대한 불평이 아닐까?

사실 왕안석이 상정했던 이 같은 사는 다분히 송대에 이학을 배경으로 정립된 사대부라는 정체성을 가지고 있는 존재였다. 사대부는 수양과 공부를 통해 안으로는 하늘이 내려준 성정을 온전케 하고 밖으로는 나라를 경륜할 재주를 갖춘 사람이었다. 하지만 당초 전국시대에 통용되던 사의 의미는 사내, 병사, 대부 밑에서 일하는 하급 관리 등 훨씬 광범위한 것이었다. 그러므로 전국시대의 능득사能得士나 득사得士의 의미는 애당초 북송 시기에 진정한 능력을 갖춘 사대부를 얻는 것과는 전혀 달랐고, 계명구도하는 하찮은 재주라 할지라도 이 같은 재주를 가진 이들을 일컬어 사라고 하는 것 역시 아무런 무리가 없었다. 이같이 지금의 잣대로 옛일을 이해하고 평가하려는 것은 의도적이든 의도적이지 않든 흔히 있는 일이지만, 꼼꼼히 분별해 시비득실을 제대로 따져 보아야 한다.

世皆稱孟嘗君[1]能得士, 士以故歸之[2], 而卒賴其力[3], 以脫於虎豹之秦[4]. 嗟乎! 孟嘗君特鷄鳴狗盜之雄[5]耳, 豈足以言得士? 不然[6], 擅齊之强[7], 得一士焉, 宜[8]可以南面[9]而制秦, 尙[10]何取鷄鳴狗盜之力哉? 夫鷄鳴狗盜之出其門[11], 此士之所以[12]不至也.

....

1 맹상군孟嘗君: 전국시대 제齊나라의 왕족으로 성은 전田, 이름은 문文이며, 맹상군은 그의 시호다. 현인을 잘 모시기로 유명해 당시 그의 명성을 듣고 식객으로 모인 자가 수천 명이 되었다고 한다. 당시 위魏나라의 신릉군信陵君, 조趙나라의 평원군平原君, 초楚나라의 춘신군春申君과 함께 전국사공자戰國四公子 또는 전국사군戰國四君으로 칭송받았다.

2 이고귀지以故歸之: '이고'는 그 까닭에, '귀'는 귀의하다, '지'는 맹상군.

3 졸뢰기력卒賴其力: '졸'은 결국, '뢰'는 의지하다, '기력'은 맹상군이 거느렸던 선비들

의 힘.

4 호표지진虎豹之秦: 범과 표범같이 사나운 진나라.

5 특계명구도지웅特鷄鳴狗盜之雄: '특'은 단지, 그저, 다만. '계명구도'는 닭 울음소리를 잘 내고 개처럼 도둑질을 잘하는 사람이란 뜻으로, 아주 하찮은 재주나 그런 재주를 지닌 사람을 이르는 말이다. 맹상군이 진나라에 사신으로 갔을 때, 진왕은 그를 재상으로 삼으려 했다가 주위의 반대로 그만두었다. 그리고는 이런 인물이 제나라로 돌아가면 진나라의 해가 될까 우려해 아예 맹상군을 죽이려 했다. 이를 알게 된 맹상군은 시급히 진나라를 탈출해야만 했다. 평소 맹상군은 주위의 눈총과 반대를 무릅쓰고 아무리 보잘것없는 재주를 가진 자라도 식객으로 받아주었는데, 뜻밖에 진나라를 탈출할 때 식객 중에서 도둑질을 기막히게 잘하는 자가 진나라를 벗어나기 위한 뇌물로 쓸 중요한 보물을 훔쳐오고, 닭 울음소리를 똑같이 흉내 내는 자가 아침이 된 것처럼 속여 관문을 일찍 열게 해 간신히 탈출에 성공했다. '웅'은 우두머리, 즉 맹상군을 가리킨다.

6 불연不然: 그렇지 않았다면, 그런 쓸데없는 재주를 가진 인물들이나 모으고 있지 않았다면.

7 천제지강擅齊之强: '천'은 마음대로 부리다, '제지강'은 제나라의 강성함.

8 의宜: 응당 ~했을 것이다. 앞의 '불연不然'의 조건을 받는 조건문.

9 남면南面: 남쪽을 바라보다. 임금이 조정에서 좌정할 때 북쪽에 앉아 남쪽을 바라보았기에, 이후 임금 노릇한다는 뜻으로 사용되었다.

10 상尙: 오히려.

11 출기문出其門: 맹상군의 문하에서 나왔다.

12 소이所以: ~한 까닭.

주돈이周敦頤 「애련설愛蓮說」

사실 주돈이의 생애는 그다지 알려진 것이 없고 전해지는 저술도 그리 많지 않다. 하지만 그는 북송시기 가장 중요한 사상가 중 한 사람으로 손꼽히는데, 그 이유는 바로 남송 때 이학을 집대성한 주희朱熹가 그를 이학의 기틀을 닦은 인물로 추앙했기 때문이다. 일반적으로 이학은 주돈이를 필두로 하는 소옹邵雍, 장재張載, 정호程顥, 정이程頤를 일컫는 북송오자北宋五子로부터 본격적으로 조성되어, 결국 남송 때 주희에 의해 집대성되었다고 말해진다. 앞서 소식의 「적벽부」에서 밝혔듯이 이학은 전제왕권의 요구를 추종하거나 충족시키던 입장에서 벗어나, 이른바 사대부라는 지식인층의 입장을 대변하며 그들 스스로를 주체로 하는 세계관을 창출해냈다. 그래서 이학을 과거의 유학과 구분해 신유학新儒學(Neo-Confucianism)이라고도 칭한다. 본체론本體論과 심성론心性論을 완전히 합치시킨 이학은 내향적이고 자족적自足的이었다. 때문에 이러한 이학을 기저로 하고 있는 문학 역시 자아의 내면에 보다 주목하게 되었고 안분자족安分自足을 최고의 이상으로 상정하게 되었다.

아래의 「애련설」은 그러한 이학 성향의 문학이 지향하는 바를 여실히 보여주고 있다. 주돈이는 연꽃을 통해 군자, 즉 선비로서의 내적 완성을 이야기한다. 도연명陶淵明의 국화가 뜻하는 것이 절개라면, 모란牧丹이 뜻하는 것은 부귀영화다. 그러나 국화를 좋아하는 이는 도연명 이후로 거의 들어보지 못했고, 모란을 좋아하는 이는 너무나 당연하게도 차고 넘친다. 이 둘 중에 진정 고귀한 것은 당연히 국화(절개)다. 하지만 이것만 가지고는 부족하다. 국화는, 다시 말해 도연명으로 대변되는 절개는 무언가 대상을 필요로 한다. 무엇에 대한 절개일 뿐이다. 그래서 국화는 일종의 은일자, 즉 무엇으로부터 자신을 숨기고 있는 존재다. 하지만 연꽃은 어떠한가? 스스로 고결하고 스스로 완전하다. 한 마디로 자족적인 군자다. 스스로의 수양과 공부로 스스로를 완성한 것이다. 이것이 바로 이학에서의 성인이다. "나 같이 성인되기를 추구하는 동도同道는 몇 사람이나 될까?"(동여자하인同予者何人)라는 주돈이의 외로운 외침은 계속 퍼져나가 결국 전 중국을 뒤덮었고, 더 나아가 이학은 결국 동아시아의 근세를 대변하는 주류 사상으로 자리 잡게 되었다.

水陸草木之花, 可愛者甚蕃[1]. 晉陶淵明[2]獨愛菊, 自李唐來[3], 世人甚愛牡丹[4]. 予[5]獨愛蓮之出淤泥[6]而不染, 濯清漣[7]而不妖[8], 中通外直[9], 不蔓不枝[10], 香遠益清[11], 亭亭淨植[12], 可遠觀而不可褻翫[13]焉. 予謂[14]: 菊,

花之隱逸者也. 牡丹, 花之富貴者也. 蓮, 花之君子者也. 噫! 菊之愛[15], 陶後鮮有聞[16]. 蓮之愛, 同予者何人? 牡丹之愛, 宜乎衆矣[17]!

1 번蕃: 많다.

2 진도연명晉陶淵明: 진나라의 도연명. 도연명에 대해서는 앞의 「귀원전거歸園田居」에서 이미 설명했다.

3 자이당래自李唐來: '자~래'는 ~이래로, ~로부터. '이당'은 당나라. 당나라의 국성國姓이 이씨李氏이기에 '이당'이라 했다.

4 모란牡丹: 주로 부귀영화를 상징하는 꽃으로, 특히 당대에 대중적인 인기가 있었다.

5 여予: 나. 주돈이를 가리킨다.

6 어니淤泥: 진흙, 진창.

7 청련淸漣: 맑은 물결.

8 요妖: 요염하다.

9 중통외직中通外直: 안은 통해 있고 겉은 곧다. 통해 있다는 말은 텅 빈 통로들이 있다는 뜻. 실제로 연꽃의 줄기 속에는 구멍이 여러 개 뚫려 있다. 우리가 흔히 음식으로 먹는 연근蓮根을 떠올려 보면 잘 알 수 있다. 흔히 연근을 연꽃의 뿌리라고 오해하지만, 사실 연근은 연꽃의 줄기다. 이러한 연꽃 줄기의 특성은 속으로 사심이 없으면서 겉으로 올곧은 군자의 덕목에 합치된다.

10 불만불지不蔓不枝: 덩굴지지 않고 곁가지를 뻗지 않는다. 이러한 연꽃 줄기의 특성은 세상에 아무렇게나 함부로 엮이지 않고 사리사욕에 딴 짓을 하지 않는 군자의 덕목에 합치된다.

11 향원익청香遠益淸: 연꽃의 향기가 멀수록 더욱 맑게 퍼진다. 이는 군자의 덕이 갈수록 널리 미치는 것에 합치된다.

12 정정정식亭亭淨植: 우뚝하니 깨끗하게 세워져 있다. '정정'은 우뚝하니 있는 모양, '정식'은 정결히 세워져 있다. 이 같은 연꽃의 모습은 오롯이 자신의 길을 지키는 군자의 덕목에 합치된다.

13 가원관이불가설완可遠觀而不可褻翫: 멀리서 감상할 수는 있어도 함부로 다룰 수는 없다. 이러한 연꽃의 고고한 자태는 옆에 둘 수는 있으되 함부로 부릴 수는 없는 군자의 고상함에 합치된다.

14 위謂: 여기다, 생각하다.

15 국지애菊之愛: 국화를 사랑하는 사람. 원래는 애국자愛菊者 정도로 표현할 수 있지만, '지'를 사용해 목적어인 '국'을 앞으로 도치시켜 강조한 것이다. 뒤 구절의 '련지애蓮之愛'와 '모란지애牡丹之愛'도 마찬가지다.

16 도후선유문陶後鮮有聞: '도후'는 도연명 이후로. '선유문'는 들어본 적이 드물다, 들어본 적이 거의 없다는 뜻이다.

17 의호중의宜乎衆矣: '의호'는 당연하다, '중'은 많다.

송대 소설

「착참최녕錯斬崔寧」 [『경본통속소설京本通俗小說』]

대중에게 강창講唱 형식으로 펼쳐지는 공연예술은 이미 당대 변문變文 『대목건련명간구모변문大目乾連冥間救母變文』에서 언급했다. 실제로 당대부터 이미 사람들을 모아 이야기를 해주는 것을 직업으로 하는 이야기꾼들이 있었고 상당한 인기가 있었다는 사실이 여러 사료를 통해 확인되는데, 그런 이야기꾼들을 설화인說話人이라 불렀다. 그런데 설화인 역시 매번 새로운 이야기를 지어내는 것이 아니라 어느 정도 고정적인 레퍼토리를 가지고 있었다. 편의를 위해 설화인들은 이런 레퍼토리를 대본으로 만들었는데 이를 화본話本이라 한다. 이 화본은 입말(백화) 공연을 위한 대본이었으므로 당연히 당시의 입말을 글로 기록한 것이다. 물론 이야기에 삽입된 시사詩詞처럼 글말도 약간 섞여 있었다. 그런데 송대에 이르러 인쇄술이 보급되면서 화본은 단순히 설화인들을 위한 대본에만 머무는 것이 아니라 대중이 직접 읽는 인쇄물로 보급되기 시작했다. 화본의 간행과 보급은 화본이 시간과 공간에 제약을 받는 공연이란 틀을 벗어나 언제든 읽고 즐길 수 있는 오락물이 되었음을 의미한다. 이 같은 일이 가능했던 것은 인쇄술의 보급 이외에도 이 같은 서적을 읽고 감상할 문화수준과 능력을 갖춘 사회계층이 형성되었기에 가능했던 일이다. 또한 이 같은 사회계층의 형성은 그들의 존재를 뒷받침할 경제적, 사회적 여건이 성숙되었음을 말해주는 것이기도 하다.

『경본통속소설』은 송대 화본 모음집으로 20세기 들어서야 잔존殘存해 있던 7편을 발견하면서 그 존재가 알려졌는데, 원명元明 시대의 사본寫本을 영인한 것으로 추정된다. 「착참최녕」은 그 중에서도 가장 뛰어난 작품 중 하나로 꼽힌다. 한 남자의 취중 농담 한 마디로 어처구니없이 몇 사람이 죽임을 당하는 내용인데, 요약하자면 다음과 같다.

유귀劉貴는 계속 사업에 실패해 집이 곤궁한 상태였다. 그때 부인 왕씨王氏의 아버지가 딸을 생각해 유귀에게 사업자금으로 선뜻 15관貫이나 되는 거금을 빌려주었다. 유귀는 기분이 좋아 돌아오는 길에 아는 사람을 만나 술을 좀 마신 뒤 집으로 돌아왔다. 마침 첩 진씨陳氏가 그를 맞아주었는데, 그녀는 남편이 많은 돈을 가져온 것을 보고 무슨 돈이냐고 물었다. 유귀는 술김에 장난으로 사실 형편이 어려워 당신을 저당 잡히고 돈을 받아 왔으니 당신은 당분간 돈을 꿔준 사람을 따라가라고 말하고 나서 취기가 올라 그만 잠이 들어버렸다. 너무 놀란 진씨는 자신의 친정에 이 사실을 알리러 떠났는데, 마침 그때 강도가 들어 유귀를 죽이고 돈 15관을 훔쳐갔다. 이후 유귀가 죽은 것을 발견한 이웃사람들은 첩 진씨가 그 돈을 훔쳐갔을 것이라 여기고 진씨의 뒤를 쫓았다. 친정으로 돌아가던 진씨는 길에서 우연히 최녕이란 남자를 만나 길동무를 했다. 이후 이들은 뒤를 쫓아온 사람들에게 붙잡혔다. 그들은 진씨와 최녕이 사통해 유귀를 죽이고 돈을 훔쳐 달아나는 것이라고 여겼다. 그래서 뒤져보니 정말로 최녕에게서 15관의 돈이 나왔다. 사실 최녕은 장사를 마치고 집으로 돌아가는 길이었는데 공교롭게도 장사로 번 돈이 딱 15관이었다. 하지만 아무리 해명을 해도 아무도 믿어주지 않았고 결국 최녕과 진씨는 관아에 고발되어 둘 다 유죄를 선고받고 참살되었다. 이후 과부가 된 왕씨는 아버지와 길을 가다 우연히 강도를 만나 아버지는 죽임을 당하고 자신은 그 강도의 아내가 되었다. 한참의 시간이 흐른 뒤 왕씨와 정이 든 그 강도는 이전에 자신이 저지른 잘못을 말해주었는데, 알고 보니 그가 바로 유귀를 죽이고 15관의 돈을 훔쳤던 바로 그 강도였다. 왕씨는 몰래 이 사실을 관아에 알려 강도는 체포되어 결국 참살되었다. 그리고 최녕과 진씨를 유죄로 판결한 이전의 관리 역시 오판의 책임을 지고 삭탈관직 당했다.

전체적으로 볼 때, 한 남자가 생각 없이 내뱉은 한 마디의 농담이 몇 번의 우연을 거치며 몇 명의 목숨을 앗아가고 마는 스토리로, 그 진행이 꽤나 탄탄하고 흡인력이 있다. 물론 계속되는 우연들이나 스토리의 진행 중에 수시로 주인공을 바꾸며 다소 산만함을 보이는 점 등은 아쉽지만, 사실 당시로서는 이러한 것이 보편적인 기술 방식이었기에 이를 단점이라 치부해버릴 수도 없다. 특히 아래에서 보듯 유귀나 진씨 등 등장인물들의 언행으로 그들의 미묘한 심리를 세심하게 묘사하고 있는 점은 이 화본의 장점이다.

「착참최녕」은 명나라 풍몽룡馮夢龍의 의화본집擬話本集 『성세항언醒世恒言』에 「십오관희언성교화十五貫戲言成巧禍」(십오관을 두고 한 농담이 생각지도 못한 재앙이 되다)라는 제목으로 수록되었고, 희곡으로도 만들어졌다.

這回書單說一個官人[1], 只因酒後一時戲笑之言, 遂至[2]殺身破家, 陷了幾條性命[3]. 且先引下一個故事來, 權[4]做個'得勝頭廻[5]'. ……

却說劉官人馱了錢[6], 一步一步捱[7]到家中敲門, 已是點燈時分[8]. 小娘子二姐[9]獨自在家, 沒一些事做, 守得天黑, 閉了門, 在燈下打瞌睡[10]. 劉官人打門, 他那裏便聽見[11]? 敲了半晌[12], 方纔[13]知覺, 答應一聲"來了[14]!" 起身開了門.

劉官人進去, 到了房中, 二姐替劉官人接[15]了錢, 放在桌上, 便問: "官人何處挪移[16]這項錢來? 却是甚[17]用?" 那劉官人一來[18]有了幾分酒[19], 二來[20]怪[21]他開得門遲了, 且戲言嚇他一嚇[22], 便道[23]: "說出來[24], 又恐你見怪[25], 不說時[26], 又須通[27]你得知. 只是我一時無奈[28], 沒計可施, 只得把你典與[29]一個客人. 又因捨不得你, 只典得十五貫[30]錢. 若是我有些好處[31], 加利贖[32]你回來, 若是照前這般不順溜[33], 只索罷[34]了!" 那小娘子聽了, 欲待[35]不信, 又見十五貫錢堆在門前. 欲待信來[36], 他平白[37]與我沒半句言語, 大娘子又過得好[38], 怎麼便下得這等狠心辣手[39]? 疑狐不決[40], 只得再問道: "雖然如此, 也須通知我爹娘[41]一聲." 劉官人道: "若是通知你爹娘, 此事斷然不成. 你明日且到了人家[42], 我慢慢央人[43]與你爹娘說通[44], 他也須怪我不得[45]." 小娘子又問: "官人今日在何處吃酒來?" 劉官人道: "便是把你典與人, 寫了文書, 吃他的酒纔[46]來的." 小娘子又問: "大姐姐[47]如何不來?" 劉官人道: "他因不忍[48]

見你分離, 待得[49]你明日出了門纔來. 這也是我沒計奈何, 一言爲定."
說罷, 暗地[50]忍不住笑. 不脫衣裳, 睡在床上, 不覺[51]睡去了. ……

....

1 관인官人: 남편, 사내. 원래 당대에는 관리를 뜻하는 말이었지만, 송대에 이르러 주로 아내가 남편을 부르는 호칭이 되었다.

2 수지遂至: '수'는 결국, '지'는 ~지경에 이르다.

3 성명性命: 생명, 목숨.

4 권權: 잠시, 임시로.

5 득승두회得勝頭廻: 송원 시대 설화인들은 본 이야기를 시작하기 전에 다른 짧은 이야기를 하거나 시사詩詞를 불렀는데, 이를 '득승두회'라고 부른다. '득승두회'는 대부분 본 이야기와 관련이 있거나 유사한 내용이었고, 혹 정반대되는 내용을 다루는 경우도 있었다. 이렇게 첫머리에 '득승두회'를 끼워 넣는 것은 우선 이야기 시간을 늘리고 동시에 이야기를 시작할 때는 청중이 적게 모이므로 청중을 제대로 모으는 시간을 벌기 위해서였다. 여기에서는 생략되어 있는 「착참최녕」의 '득승두회' 내용을 간단히 소개하면 다음과 같다. 지방에 살던 위붕거魏鵬擧란 사람이 과거에 급제한 뒤 바로 도성에서 관직을 얻었다. 이에 위붕거는 고향에 남아 있는 부인에게 상경上京하라는 편지를 썼는데, 장난으로 부득이한 사정으로 첩을 얻었다는 농담을 덧붙였다. 이 편지를 본 아내가 화가 나 자신도 두 번째 남편을 얻었기에 그와 같이 상경하겠다고 답장을 했다. 답장을 받아본 위붕거는 아내가 홧김에 한 말인 것을 알고 신경 쓰지 않았지만, 우연히 놀러온 친구가 그의 아내의 답장을 읽고는 소문을 냈다. 결국 부부끼리의 농담이 황제의 귀에까지 전해졌다. 황제는 위붕거를 신중하지 못한 자라고 탓하면서 그를 외진 곳의 한직으로 좌천시켰다. 위붕거는 당초 경솔하게 농담한 것을 후회했지만 이미 엎질러진 물이었다.

6 각설유관인태료전却說劉官人馱了錢: '각설'은 각설하고. 앞에서 말하던 내용을 그만두고 새로운 내용을 말한다는 뜻. 화본소설에서 새로운 단락을 시작할 때 습관적으로 사용하는 표현이다. '유관인'은 유귀劉貴. '태'는 짊어지다.

7 애捱: 다가가다.

8 시분時分: 시각.

9 소낭자이저小娘子二姐: 유귀의 첩으로, 성은 진씨陳氏. '소낭자'는 작은 부인이란 뜻이고, '이저'는 둘째 부인이란 뜻이다.

10 타갑수打瞌睡: 꾸벅꾸벅 졸다.

11 나리변청견那裏便聽見: '나리'는 어찌, 어떻게. 즘마怎麽와 같은 뜻. '변'은 곧장, 곧바로. '청견'은 듣다. '견'은 '청'이란 동사 뒤에 붙은 결과보어.

12 반상半晌: 한참동안.

13 방재方纔: 비로소.

14 래료來了: 여기에서는 '갑니다'의 뜻.

15 접接: 받다, 받아들다.

16 나이挪移: 돈을 빌리다.

17 심甚: 무엇, 어떤. 심마甚麽의 뜻.

18 일래一來: 첫째로, 우선은.

19 유료기분주有了幾分酒: 약간의 술을 마셨다.

20 이래二來: 둘째로, 다음으로.

21 괴怪: 원망하다, 허물하다.

22 희언혁타일혁戱言嚇他一嚇: '희언'은 장난으로 말하다, 농담하다. '혁타일혁'은 그녀를 한바탕 놀라게 하다.

23 도道: 말하다.

24 설출래說出來: 말하자니.

25 견괴見怪: 책망당하다. '견'은 피동의 뜻.

26 불설시不說時: 말하지 않자니.

27 통通: 알려주다, 통보하다.

28 무내無奈: 어쩔 수 없어서. 하는 수 없어서.

29 전여典與: ~에게 저당 잡히다.

30 관貫: 돈꿰미. 돈을 세는 양사. 1관은 1000문文이다. 당시 동전은 가운데 구멍이 뚫려 있어서 끈으로 꿰어놓았다. 15관이면 15,000문으로 상당한 금액이다.

31 호처好處: 좋은 일. 여기에서는 장사가 잘 되는 것을 말한다.

32 가리속加利贖: '가리'는 이자를 더하다, '속'은 저당 잡힌 것을 되찾다.

33 조전저반불순류照前這般不順溜: '조전'은 전처럼. '저반'은 이렇게, 저양這樣과 같다. '불순류'는 순조롭지 않다, 재수가 없다.

34 색파索罷: 되찾는 것을 그만두다. '색'은 되찾다, '파'는 그만두다.

35 욕대欲待: ~하려고 하다.

36 신래信來: 믿다.

37 평백平白: 평일, 평소.

38 대낭자우과득호大娘子又過得好: '대낭자'는 유귀의 본처로, 성은 왕씨王氏. '과득호'는 잘 지내다, 사이가 좋은 것을 말한다.

39 하득저등한심랄수下得這等狠心辣手: '하득'은 저지르다, '득'은 정도보어. '저등'은 이처럼, 저양這樣 · 저반這般과 같은 뜻. '한심랄수'는 잔인한 마음과 독한 손, 악랄한 짓을 뜻한다.

40 의호불결疑狐不決: 의심 많은 여우처럼 결정하지 못하다. 이러지도 저러지도 못하고 머뭇거린다는 뜻이다.

41 다낭爹娘: 부모. '다'는 아버지, '낭'은 어머니. 다마爹媽와 같다.

42 인가人家: 그 사람. 자신에게 돈을 꿔줬다고 유귀가 말한 사람을 가리킨다.

43 앙인央人: 남에게 부탁하다.

44 설통說通: 설득하다.

45 야수괴아부득也須怪我不得: 아마도 나를 꾸짖지는 않을 것이다. '야수'는 아마도, 야허也許의 뜻. '괴'는 꾸짖다. '부득'은 '괴'란 동사에 대한 부정형 가능보어.

46 재纔: 그제야, 비로소.

47 대저저大姐姐: 유귀의 본처 왕씨.

48 불인不忍: 차마 ~하지 못하다.

49 대득待得: ~하길 기다렸다가.

50 암지暗地: 암암리에, 남몰래.

51 불각不覺: 어느새, 자신도 모르게.

금대 문학

동해원董解元 『서상기제궁조西廂記諸宮調』 「경몽驚夢」

제궁조는 주로 송대부터 금대까지 유행한 설창예술이다. 주로 비파나 쟁 같은 현악기를 타면서 이에 맞추어 노래했기에 탄사彈詞 또는 탄창사彈唱詞라고도 한다. 하지만 송대의 제궁조 중 지금까지 전해지는 것은 없고, 금대의 것 역시 현존하는 것은 여기 인용한 『서상기제궁조』와 『유지원제궁조劉知遠諸宮調』, 『천보유사제궁조天寶遺事諸宮調』 3편뿐이다. 그나마 『서상기제궁조』만 완본完本이 전할 뿐이고 나머지 2편은 모두 잔결된 부분이 있는 잔본殘本이다. 사실 제궁조는 원대 잡극雜劇의 유행 이후 급격히 쇠퇴해버렸기에 이후로 아는 사람이 드물었다. 잊혀졌던 제궁조의 문학적 가치와 그 의의가 다시금 인식되고 중시되기 시작한 것은 20세기에 들어서 몇몇 학자들이 제궁조의 존재를 확인하고 그것이 이후 잡극이나 남희南戲에 직접적으로 많은 영향을 끼쳤다는 것을 밝힌 후였다.

『서상기제궁조』를 지은 동해원에 대해서는 확실하게 알려진 것이 없다. 우선 지은이의 성이 동씨인 것은 알겠는데, 해원은 이름이 아니다. 원래 해원은 향시鄕試에서 일등으로 급제한 자를 일컫는 말이지만, 당시에는 덕담삼아 글을 할 줄 아는 서생을 부르는 호칭으로 사용되었기에 그냥 동씨 성의 서생이란 말이다. 혹자는 그가 금나라 장종章宗 때 학사였다거나 무슨 벼슬을 했다고 주장하지만, 이는 모두 근거가 없는 후대의 추측일 뿐이다.

『서상기제궁조』라는 제목 중에서 '서상기'는 당초 최앵앵崔鶯鶯이 장공張珙에게 보낸 답시答詩에서 "서쪽 사랑채 아래에서 달을 기다리네"(대월서상하待月西廂下)라는 표현에서 따온 것이다. 제궁조는 문학적 갈래일 뿐 사실 작품 제목은 아니다. 그러므로 이 작품은 응당 『서상기』라고 해야 하지만, 현재 『서상기』라고 하면 일반적으로 원대 왕실보王實甫가 지은 동명의 잡극을 말하므로, 동해원이 지은 『서상기』는 구분을 위해 『서상기제궁조』라고 하거나 『동해원서상기』나 『동서상』이라고 별칭한다. 앞서 말했듯이 제궁조는 공연할 때 현악기를 반주로 삼았기에 『서상기제궁조』 역시 『현삭서상絃索西廂』이나 『서상기추탄사西廂記搊彈詞』라고 칭하기도 했다. 『서상기제궁조』의 근거가 된 『앵앵전』에 대해서는 앞서 당대 전기소설 중 원진元稹의 『앵앵전』에서 이미 설명했다. 아래에서 인용한 부분은 『서상기제궁조』 8권 중 권6에 실린 부분으로, 남자 주인공인 장공이 장안에 과거를 보기 위해 여자 주인공 최앵앵을 버리고 떠나면서 괴로워하는 내용이다.

『서상기제궁조』가 비록 『앵앵전』의 내용을 부연하긴 했으나 양자 간에는 근본적으로 큰 변화가 존재한다. 우선 결말에 장공과 최앵앵의 사랑이 원만하게 이루어진다. 주인공들의 성격도 전혀 달라서 『앵앵전』의 장생張生이 남녀의 애정을 경시하고 입신양명을 중시하던 당대 지식인의 입장을 대변했다면, 『서상기제궁조』의 장공은 사랑에 충실하면서도 적극적인 열혈남아다. 최앵앵 역시 전자에서는 상당히 의뭉하면서도 수동적인 성격이었지만, 후자에서는 예교의 억압을 견디며 사랑을 지키려는 적극적인 여성이다. 최앵앵의 시녀 홍낭紅娘 역시 평면적인 심부름꾼에서 꾀가 많고 용감한 인물로 바뀌어 등장하는데, 남녀 주인공의 사랑이 원만히 이루어지는 데 직접적으로 많은 역할을 한다. 그러다 보니 『서상기제궁조』에서는 두 주인공의 사랑에 갈등을 조장하는 인물이 최앵앵의 어머니로 그려진다. 그녀는 곧잘 예교를 들먹이며 두 사람의 사랑을 방해한다. 아래 인용문에서 장공이 어쩔 수 없이 최앵앵과 이별하고 장안으로 떠나는 것 역시 그녀의 강요 때문이었다. 이 외에도 『앵앵전』에는 보이지 않았던 몇몇 인물들이 더 등장해 이들의 사랑을 돕거나 방해하며 이야기의 재미를 더하고 있다.

여기에서 주목할 것은 이 같은 내용의 변화가 단순히 작가의 기호에 따른 것만은 아니라는 점이다. 『서상기제궁조』의 장공이 『앵앵전』의 장생처럼 당대 지식인들의 욕망을 더 이상 투영할 필요가 없어졌다는 점은 누구나 쉽게 인지할 수 있겠지만, 사랑에 적극적인 성격으로 바뀐 최앵앵에 대해서도 주의를 기울여야 한다. 최앵앵의 이 같은 변화는 사실 북방 유목민족 여성의 진취적이고 개방적인 성향에서 영향을 받은 측면이 크다. 때문에 예교에 대해 적의를 보이거나 조롱을 하는 데에도 거침없는데, 예를 들어 시녀인 홍낭이 예교를 따지는 최앵앵의 어머니를 꾸짖는 장면도 나온다. 최앵앵이나 홍낭 등 여성들의 능동적인 성격이 크게 강조되었다. 이 같은 내용의 변화는 여진족女眞族이 지배하던 금나라 백성의 큰 호응을 이끌어 냈다. 이후 몽고족이 지배하던 원대에 왕실보가 이를 계승해 지은 잡극『서상기』역시 같은 이유로 이러한 인물 설정을 그대로 따르게 되면서, 이 같은 설정이 확실하게 등장인물들의 전형적인 성격으로 각인되었던 것이다.

……【仙呂調】──醉落魄纏令[1]

酒醒夢覺, 君瑞[2]悶愁不小. 隔窗野鵲喳喳地[3]叫, 把夢驚覺人來[4], 不當個嘴兒巧[5]. 悶答孩[6]似吃着沒心草[7], 越越的[8]哭到月兒落[9]. 被頭兒上淚點[10]知多少, 媚媚的[11]不乾, 抑也抑得着[12].

──風吹荷葉

枕畔[13]僕人低低道: "起來麼! 解元[14]! 天曉也! 把行李琴書收拾了!" 聽得幽幽角奏[15], 噹噹地[16]鐘響, 忔忔地[17]鷄叫.

──醉奚婆

把馬兒控着[18], 不管人煩惱. 程程[19]去也, 相見何時却[20]?

──尾

華山[21]又高, 秦川[22]又杳. 過了無限野水橫橋. 騎着瘦馬兒, 圪登登的[23]又上長安[24]道. ……

1 【선려조仙呂調】──취락백전령醉落魄纏令: '선려조'는 제궁조에서 사용되는 궁조 중 하나. 제궁조에서는 16가지 궁조가 사용되었는데, 선려, 남려南呂, 황종黃鐘, 정궁正宮, 대석조大石調, 쌍조雙調, 상조商調, 월조越調 등이 있었다. 여기에 보이는 '취락백전령'이나 뒤에 보이는 '풍취하엽風吹荷葉', '취해파醉奚婆' 등은 모두 선려에 속하는 곡조들인데, 이처럼 한 궁조에 속하는 곡조들을 투곡套曲 또는 투수套數라 한다. 뒤에 나올 잡극과 달리 여러 궁조를 뒤섞어 사용했기에 '제궁조'라 칭하게 된 것이다. 아래 보이

는 제궁조의 투곡들에 대해서는 따로 설명하지 않겠다.

2 군서君瑞: 『서상기제궁조』의 남자 주인공인 장공張珙의 자字. 원래 당대 원진의 소설 『앵앵전』에서는 남자주인공이 장생張生이라고만 나와 있으나, 『서상기제궁조』에서는 훨씬 구체적으로 성은 장씨, 이름은 공, 자는 군서라고 하고 있다.

3 사사지喳喳地: 들까치가 우는 소리. 까악까악.

4 파몽경각인래把夢驚覺人來: '파몽경각인'은 꿈을 깬 사람, 즉 장공 자신을 가리킨다. '파'는 목적어를 앞으로 도치시키는 개사介詞다. 『서상기제궁조』에는 지금의 파자구把字句 형식이 정착되기 이전의 비교적 독특하고 변칙적인 파자구가 자주 보이는데, 이 구절이 바로 그 중 하나다. '파몽경각인'은 원래 경각몽적인驚覺夢的人의 뜻이다. '래'는 별 뜻이 없는 일종의 친자襯字다.

5 부당개취아교不當個嘴兒巧: '부당'은 ~에 해당되지 않다, ~이 아니다. '취아교'는 언변에 능한 사람. 주로 약속을 지키지 않으면서 교묘한 말로 변명을 늘어놓는 사람을 가리킨다.

6 민답해悶答孩: 몹시 고민하는 모양. '답해'는 따로 뜻이 있는 것이 아니라 '민'의 의미를 강조해주는 조사다. 타해打孩나 타해打頦로도 쓴다.

7 몰심초沒心草: 무심초無心草. 우리말로는 속새라고 하며 식용으로 쓰인다. 한의학에서는 목적木賊이라고 부르는 약재로, 그 맛이 매우 쓰다. 여기에서는 고민스러워하는 모습이 마치 매우 쓴 풀을 먹었을 때와 같다고 비유한 것이다.

8 월월적越越的: 숨죽여, 남몰래. 훌훌적魆魆的이라고 쓰기도 한다.

9 월아락月兒落: 달이 지다.

10 피두아상루점被頭兒上淚點: 이불 위의 눈물자국. '피두아'는 이불, '루점'은 눈물자국.

11 미미적媚媚的: 축축하게 젖어있는 모양.

12 억야억득착抑也抑得着: '억'은 누르다, 짜다. 즉 눈물에 젖어 있는 이불을 손으로 누르거나 짜면 눈물이 짜진다는 뜻이다. 혹은 '억'을 읍挹의 가차자로 보기도 하는데 결국 풀이는 같다. 동사 뒤에 붙는 '득착'은 가능보어.

13 침반枕畔: 베개 옆.

14 해원解元: 서생. 원래 당대 과거에서 향시에 급제하는 것을 해解라 칭했기에, 이후로 향시를 해시解試라고도 했고 향시에서 일등으로 급제한 자를 '해원'이라 불렀다. 하지만 후대에는 덕담삼아 과거를 준비하는 서생을 부르는 호칭으로 사용되었다. 여기에서도 과거를 준비 중인 남자 주인공 장공을 부른 것이다.

15 유유각주幽幽角奏: 그윽한 뿔피리 연주.

16 당당지噹噹地: 종소리. 댕~ 댕~.
17 흘흘지忔忔地: 닭울음소리. 꼬끼오~ 꼬끼오~.
18 공착控着: 조종하다. 즉 말을 몬다는 뜻.
19 정정程程: 갈 길이 아주 멀다. 원래는 먼 길을 가기에 이정표를 지나고 또 지난다는 뜻이다.
20 각却: 재再, 다시. 평측을 맞추기 위해 원래 '상견각하시相見却何時'란 구절에서 '각'이 맨 뒤로 도치된 것이다.
21 화산華山: 섬서성陝西省에 위치한 중국의 명산 중 하나로, 해발 2,000미터가 넘는 높이에 수많은 절경으로 유명하다.
22 진천秦川: 감숙성甘肅省에서 섬서성까지 걸쳐 있는 중국의 대표적인 진령산맥秦嶺山脈 이북에 위치한 평원지대.
23 걸등등적圪登登的: 말발굽소리. 다그닥, 다그닥.
24 장안長安: 이 작품의 시대배경인 당나라의 수도. 지금의 섬서성 서안西安. 화산과 진천이 모두 장안의 부근에 위치해 있다.

원호문元好問 「논시절구삼십수論詩絶句三十首」

원호문은 금나라의 대표적인 시인으로, 어려서부터 천재라는 칭송이 자자했다. 이후 과거에 급제해 벼슬길에 올랐지만, 금나라가 몽고에 멸망해버리자 강호를 떠돌아다니다가 생을 마감했다.

그가 이 작품을 지은 것은 정축년丁丑年, 즉 그의 28세 때(1217)였다. 금나라는 장종章宗 이래 최고의 번성기를 구가했지만 이 같은 번성은 퇴폐와 쇠락의 시작이기도 했다. 이후 금나라는 점차 쇠퇴기에 접어들다가 본격적으로 몽고 칭기즈칸의 남침이 시작되자(1211), 결국 수도를 중도中都(지금의 북경)에서 남쪽의 변량汴梁(지금의 개봉)으로 옮기게 되는 치욕적 사건까지 발생하게 된다.(1215) 위급하고 혼란스러운 시기에 접어들자 금나라의 문단에서도 기존의 비현실적이고 화려하기만 한 풍격을 반성하면서, 『시경』처럼 질박하면서도 품격을 갖추고 진지하게 현실을 다루는 풍격을 중시하기 시작했다. 하지만 이러한 새로운 풍격의 추종 역시 사실은 겉모습만 흉내 내는 것일 뿐, 속은 텅 빈 강정마냥 아무 실질적인 내용이 없었다. 바로 이때 원호문은 이와 같은 현실을 비판하면서 스스로 과연 어떤 시의 체재와 풍격이 진정 『시경』으로부터 연원한 것인지를 확실히 변별해내고 그 시비득실을 가리기 위해 「논시절구삼십수」를 지었다. 이 같은 포부는 기其1에 잘 보인다.

기1은 당시의 시체詩體가 대부분 위체僞體, 즉 거짓된 것이며, 정체正體, 즉 『시경』으로부터 연원한 진정한 것에 대한 명확한 인식과 계승의 노력이 없음을 비판했다. 그리고는 마치 치수治水 사업 중 물길을 여는 작업을 하듯 정체와 위체의 나뉨과 뒤섞임을 내가 나서서 확실하게 구분해 내겠다며 이를 자신의 소임으로 밝힌다. 하지만 그의 이러한 주장이 퇴행적인 복고를 고집하는 것은 결코 아니다. 어디까지나 계승과 변혁에 있어서 마땅히 추종해야 할 목표 또는 준거準據가 무엇이냐는 문제였지, 정말 『시경』으로 돌아가자는 주장은 아니었다. 이는 「논시절구삼십수」 전체에 대한 일종의 서문이라고도 할 수 있다.

기4는 도연명陶淵明의 시가 너무나 자연스럽고 순박해 아무런 작위나 부자연스러운 꾸밈이 없음을 극찬하고 있다.

기28에서는 황정견黃庭堅과 그의 풍격을 추종하던 강서시파江西詩派를 다루고 있다. 강서시파는 스스로 두보杜甫의 시풍을 배워야 한다고 주장하면서 두보의 시풍을 익히기 위해서는 우선 이상은李商隱의 시풍부터 익혀야 한다고 주장했다. 하지만 원호문이 보기에 이는 그들의 희망사항일 뿐이며 실제로는 강서시파가 두보의 고아古雅함이나 이상은의 정순精純함을 전혀 습득하지 못했음을 비판하고 있다.

여기에서 또 하나 주목해야 하는 것은 바로 중국 특유의 '시로써 시를 평가하는'(이시론시以詩論詩) 방식이다. 원호문의 「논시절구삼십수」가 직접적으로 영향을 받은 것은 바로 두보의 「희위육절구戲爲六絶句」였고, 원호문 이후로도 이를 추종해 모방한 작품들이 여럿 나오기도 했다. 그런데 이 같은 방식은 문학비평에 있어서 무시할 수 없는 단점을 가지고 있다. 구체적으로 말하자면, 분석적인 기술을 통해 명료하게 제시되어야 할 문학비평을 다분히 감상적인 묘사로 두루뭉술하게 표현하게끔 만들기 십상이다. 실제로 아래의 기4와 기28을 보면, 시라는 지극히 제약적이고 축약적인 기술 방식을 통해 도연명과 강서시파의 시풍을 어떻게 품평하고 있는가? 솔직히 피상적인 인상비평이라는 혐의를 피할 수 없어 보인다.

사실 품평에 있어서 이 같이 두루뭉술한 기술은 사실 '시로써 시를 평가하는' 방식에만 국한되는 것이 아니다. 『문심조룡』처럼 지극히 수식적인 변려문으로 모든 문학의 원리, 갈래, 기법 등을 논한 경우도 있고, 심지어 부로써 부를, 사로써 사를, 곡으로써 곡을 품평한 경우도 있다. 물론 서양에도 일찍이 시체詩體로 된 문학비평이 시도되기는 했지만, 중국만큼 보편적이지도 않았고 그 기술 방식 역시 이와 같지는 않았다. 보다 정확히 말하자면, 특별한 형식에 국한되는 것이 아니라 거의 모든 중국의 전통적인 문학비평에는 '두루뭉술한 기술'의 성향이 보인다. 하지만 중국의 이 같은 문학비평의 특징을 서양 등의 타문화권의 것과 대비해 열등한 것으로 인식해서는 안 된다. 이는 중국어가 고립어孤立語라는 독특한 언어적 특징에서 연원한 것이다. 굴절어屈折語인 서양언어를 근거로 한 사유가 자족적이고 개별적인 개념과 범주를 설정하고 이를 통사론적統辭論的으로 명료한 어휘와 구문을 통해 분석적이고 논리적으로 전개되는 것에 반해서, 고립어인 중국어를 근거로 한 사유는 상호의존적인 열린 개념과 범주를 제시하고 이를 상호간의 관계와 담화의 전체적인 맥락에서만 제대로 이해될 수 있는 표현과 비유를 통해 유동적이고 유비적類比的으로 전개된다. 부연하자면 굴절어가 주어의 발달로 일찍이 객관적인 실체 개념의 운용을 통한 명확한 추론이 확립된 데 반해, 고립어는 주어의 미비로 일찍부터 함수적 개념들의 활용을 통한 유비적 이해가 보편화되었다. 때문에 '시로써 시를 평가하는' 방식의 문학비평에, 더 나아가서는 중국의 전통적인 문학비평에, 이 같은 '피상적인 인상비평이라는 혐의'는 부당하다. 오히려 논리적인 분석이나 추상적인 개념 분류가 아닌, 어떤 상황이나 사물을 끌어와 비유하고 묘사하려는 유비적 이해와 감상이 강조된 중국 특유의 품평으로 간주하고 그 연원을 제대로 파악하고자 노력해야 할 것이다.

漢謠魏什久紛紜[1], 正體[2]無人與細論. 誰是詩中疏鑿手[3], 暫教涇渭

各清渾[4]. (其一)

一語天然萬古新[5], 豪華落盡見眞淳[6]. 南窗白日羲皇上[7], 未害淵明是晉人[8]. (其四)

古雅難將子美親[9], 精純[10]全失義山眞[11]. 論詩寧[12]下涪翁[13]拜, 未作[14]江西社[15]裏人. (其二十八)

....

1 한요위십구분운漢謠魏什久紛紜: '한요'는 한대의 악부시樂府詩. '요'는 주로 민요를 가리킨다. 악부시는 원래 민간에서 채집한 것이기에 '요'라고 한 것이다. '위십'은 위나라 때의 시. 원래 '십'은 숫자 열이란 뜻인데, 『시경』의 「아雅」나 「송頌」이 주로 열 편씩 묶여서 '○○지십之什'이라고 불렀기에, 이후 『시경』의 「아」나 「송」을 가리키는 표현으로 사용되기도 했다. 여기에서는 그 의미가 좀 더 확대되어 「아」나 「송」을 계승한 위나라 때의 시들을 가리킨다. '분운'은 분분하다. 정론定論을 도출해내지 못하고 이론異論이 분분하다는 뜻이다.

2 정체正體: 시의 참모습. 진정 계승하고 추구해야할 시의 체재를 말한다.

3 소착수疏鑿手: '소착'은 일종의 치수 사업을 뜻하는 말로, 원래 산의 골짜기들을 정비해 물길을 잘 통하게 만드는 것을 가리킨다. '소'는 소통시키다, 잘 통하게 만들다. '착'은 뚫다, 파다. '소착수'는 그러한 작업을 하는 사람을 가리킨다.

4 잠교경위각청혼暫敎涇渭各淸渾: '잠'은 잠깐, 잠시나마. '교'는 사역동사로 ~하게끔 하다. '경'과 '위'는 경수涇水와 위수渭水의 약칭으로, 모두 황하의 지류다. 두 지류가 만나서 합쳐질 때 경수는 탁하고 위수는 맑아서, 두 물길의 청탁이 명확하게 구분된다. '각청혼'이란 말이 바로 그 뜻이다. '청혼'은 청탁淸濁. 이 때문에 뭔가가 명확하게 구분된다는 의미로 흔히 경수와 위수의 청탁을 인용한다.

5 일어천연만고신一語天然萬古新: '일어천연'은 자연스러운 한 글자. '천연'은 작위적인 꾸밈없이 타고난 본성을 그대로 따르고 있다는 뜻. '만고'는 아주 오랜 세월이나 시간. '신'은 새롭다.

6 호화락진견진순豪華落盡見眞淳: '호화'는 겉만 번지르르하게 꾸몄다는 폄하의 표현. '락진'은 모두 져버린다, 즉 모두 사라진다는 뜻. '견'은 보게 되다, 알게 되다. '진순'은 호화의 반대말로 참되고 순박한 본연의 모습을 가리킨다.

7 남창백일희황상南窗白日羲皇上: '남창백일'은 남쪽 창가에서 햇볕을 쬐는 일. '희황'은

태고 시대의 복희씨伏羲氏를 가리킨다. 그가 삼황三皇 중 한 명이기에 '희황'이라 칭한 것이다. 여기에서 '희황'은 바로 태고 시대의 순박함을 상징한다. '상'은 앞, 즉 이전의 뜻. 복희씨 때보다도 더 이전이라고 말하는 것은 그만큼 아무런 작위적 꾸밈이 없고 완전히 순박함 그 자체라는 것을 강조하려는 것이다.

8 미해연명시진인未害淵明是晉人: '미해'는 방해가 되지 않는다, 무방無妨하다. '연명시진인'은 도연명이 진나라 사람이란 사실. 이 구절은 도연명이 진나라 사람이란 사실이 그의 시가 참되고 순박해 마치 복희씨 때보다도 더 이전 사람이 지은 것 같다는 느낌에 아무런 방해가 되지 않는다는 뜻이다.

9 고아난장자미친古雅難將子美親: 고아함은 두자미와 가까이하기 어렵다. '고아'는 고풍스러우면서도 우아하다는 뜻. '장'은 ~과. '자미'는 두보杜甫의 자字.

10 정순精純: 잘 정련되고 깔끔하다는 뜻.

11 의산진義山眞: '의산'은 이상은李商隱의 자. '진'은 진면목, 참모습.

12 녕寧: 일반적으로는 '어찌 ~할 수 있으랴' 또는 '차마 ~할지언정'이라고 풀기도 한다. 전자를 따르면 황정견黃庭堅을 필두로 모든 강서시파를 부정하는 것이 되고, 후자를 따르면 강서시파 중 황정견만은 그래도 어느 정도 인정하는 것이 된다. 다음 구절도 이 글자의 풀이에 따라 해석된다. 일단은 전자를 따르겠다.

13 부옹涪翁: 황정견의 호.

14 미작未作: 앞에서 살펴본 두 가지 '녕'의 풀이 중, 전자를 따르면 '~이 된 적도 없거늘'이란 뜻이 되고, 후자를 따르면 '~이 되지는 않으리라'란 뜻이 된다.

15 강서사江西社: 강서시파. 여기에서 '사'는 시사詩社, 즉 시를 즐기는 모임이나 단체의 뜻이다. 강서시파에 대해서는 송대 시의 황정견 「등쾌각登快閣」에서 설명했다.

원대 잡극

관한경關漢卿 『두아원竇娥寃』 제3절折

이 작품을 지은 관한경은 생애나 경력이 그다지 알려져 있지 않다. 한경도 그의 자字이며, 이름은 알려지지 않았다. 아마도 금나라 말엽에 출생한 것으로 보이는데, 주로 대도大都(지금의 북경)에서 활동한 것으로 보인다. 잡극으로 특히 명성이 높았는데, 생전에 66종의 잡극을 지은 것으로 전해지지만 실제로 지금까지 남아있는 것은 18종뿐이며 그나마도 위작의 혐의가 있는 작품이 몇 종 섞여 있다. 흔히 영국에 셰익스피어가 있다면 중국에는 관한경이 있다고 할 정도로 중국 희곡을 대표하는 인물이다.

『두아원』의 제목은 작품 끝에 표기된 제목정명題目正名인 "병감지형염방법秉鑑持衡廉訪法, 감천동지두아원感天動地竇娥寃"(명철한 거울과 공평한 저울을 가지고 판결하는 염방사의 법 집행, 하늘과 땅을 감동시킨 두아의 억울함)에서 마지막 세 글자를 따온 것이다. 이처럼 제목정명이 긴 이유는 그 기능이 원래 실제 공연을 할 때 입구 양 옆에 제목의 한 구절씩 크게 써서 내걸음으로써, 관중이 미리 이 잡극의 전체적인 내용과 주제를 짐작할 수 있도록 해주기 때문이다. 대개 원대 잡극은 대부분 이처럼 약칭으로 제목정명의 맨 마지막 세 글자나 네 글자를 사용한다. 특히 『두아원』은 비극적인 내용에다가 완성도가 높아 중국의 전통 비극을 대표하는 작품으로 손꼽힌다. 이 작품은 명대에 섭헌조葉憲祖의 『금쇄기金鎖記』로 재탄생했고, 이후 경극京劇과 여러 지방희地方戲에서도 모두 이를 계승한 작품들이 있을 정도로 중국 희곡에 많은 영향을 끼쳤다.

이 작품의 전체 줄거리는 다음과 같다. 가난한 선비 두천장竇天章은 과거를 보러 갈 경비를 마련하기 위해 딸 두아를 채蔡노파에게 판다. 팔려온 그녀는 채노파의 아들과 혼인하게 되지만, 얼마 지나지 않아 남편이 죽어버려 과부가 되고 만다. 그녀는 청상과부가 되었지만 채노파를 잘 모시고 살았다. 채노파가 죽을 뻔한 일이 있었는데, 우연히 이웃집 장노인張老人과 장려아張驢兒 부자父子의 도움을 얻어 목숨을 건진 뒤 은혜를 갚기 위해 두 사람을 데려와 부양한다. 이후 장려아가 독을 넣은 국으로 채노파를 독살한 뒤 두아를 강제로 아내 삼으려 하다가, 일이 틀어져 오히려 장려아의 아버지가 그 국을 먹고 죽고 만다. 그러자 장려아는 관아에 두아를 살인죄로 무고한다. 두아는 잔인한 고문에도 흔들리지 않고 끝까지 자신의 무죄를 주장했지만, 시어머니까지 고문하려 들자 결국 거짓 자백을 하게 된다. 두아는 살인죄로 억울하게 참수되면서, 만약 자신이 결백하다면 목이 베여도 피 한 방울도 땅에 떨어지지 않고 깃대에 걸린 흰 비단에 솟구칠 것이며, 더운 여름이지만 눈이 내려 자신의 시체를 덮어주고, 3년 동안 큰 가뭄이 들 것이라고 외쳤다. 과연 그녀의 목이 잘리자 피가 모두 솟아올라 깃대의 흰 비단을 적셨고 삼복더위에 눈이 내리기 시작했다. 그리고 3년이 흐른 뒤 과거에 급제해 염방사廉訪使가 된 두천장이 돌아왔을 때, 딸 두아가 꿈에 나타나 억울함을 호소하니 두천장이 그 사건을 다시 심리해 진상을 밝히고 장려아를 참수해 딸의 원혼을 달랜다.

아래에서 인용한 부분은 제3절, 즉 제3막 중 두아가 자신의 억울함을 죽은 뒤의 기적으로 증명하는 가슴 절절한 과정이다. 당시 백성의 눈으로 봤을 때, 비현실적이긴 하지만 관리들의 횡포에 맞서 그저 목숨을 버려 기적을 일으킴으로써 결백을 증명하려는 두아의 입장과 행동은 백성 모두가 부지불식간에 공감하고 동조할 수밖에 없는 것이었다.

(外扮監斬官上[1], 云:) 下官[2]監斬官是也. 今日處決[3]犯人, 着做公的[4]把住巷口, 休放[5]往來人閑走[6]. (淨扮公人[7], 鼓三通, 鑼三下科[8]. 劊子磨旗[9], 提刀, 押正旦[10]帶枷上. 劊子云:) 行動些[11], 行動些, 監斬官去法場[12]上多時了. (正旦唱:)

【正宮】【端正好】[13]沒來由[14]犯王法, 不提防遭刑憲[15], 叫聲屈[16]動地驚天. 頃刻間遊魂先赴森羅殿[17], 怎不將[18]天地也生埋怨[19]? ……

【耍孩兒】不是我竇娥罰下[20]這等無頭願[21]，委實的冤情[22]不淺. 若沒些兒靈聖[23]與世人傳，也不見得湛湛青天[24]. 我不要半星[25]熱血紅塵灑[26]，都只在八尺旗鎗素練懸[27]. 等他四下[28]裏皆瞧見，這就是咱[29]萇弘化碧，望帝啼鵑[30].

(劊子云:) 你還有甚的[31]說話，此時不對監斬大人說，幾時說那[32]? (正旦再跪科，云:) 大人，如今是三伏天道[33]，若竇娥委實冤枉，身死之後，天降三尺瑞雪[34]，遮掩了[35]竇娥屍首. (監斬官云:) 這等三伏天道，你便[36]有衝天的怨氣，也召不得[37]一片雪來，可不胡說[38]! (正旦唱:)

【二煞】你道[39]是暑氣暄[40]，不是那下雪天，豈不聞飛霜六月因鄒衍[41]. 若果有一腔怨氣噴如火，定要感的六出氷花滾似綿[42]，免着[43]我屍骸現. 要甚麼素車白馬[44]，斷送出古陌荒阡[45]?

(正旦再跪科，云:) 大人，我竇娥死的[46]委實冤枉，從今以後，着這楚州亢旱[47]三年. (監斬官云:) 打嘴[48]!那[49]有這等說話! (正旦唱:)

【一煞】你道是天公不可期，人心不可憐[50]，不知皇天[51]也肯從人願. 做甚麼三年不見甘霖[52]降，也只爲東海曾經孝婦冤[53]. 如今輪到[54]你山陽縣[55]，這都是官吏每無心正法[56]，使百姓有口難言.

(劊子做磨旗科，云:) 怎麼這一會兒[57]天色陰了也? (內做風科[58]，劊子云:) 好冷風也! (正旦唱:)

【煞尾】浮雲爲我陰[59]，悲風爲我旋[60]，三椿兒誓願明題徧[61]. (做哭科，云:) 婆婆[62]也，直[63]等待雪飛六月，亢旱三年呵. (唱:) 那其間纔把你個屈死的冤魂這竇娥顯.

(劊子做開刀，正旦倒科.) (監斬官驚云:) 呀! 眞箇[64]下雪了，有這等異事! (劊子云:) 我也道平日殺人，滿地都是鮮血，這個竇娥的血都飛在那丈二白練上，並無半點落地，委實奇怪. (監斬官云:) 這死罪必有冤枉. 早兩椿兒應驗了，不知亢旱三年的說話，准也不准? 且看後來如何. 左右[65], 也不必等待雪晴, 便與我擡他屍首, 還了那蔡婆婆[66]去罷. (衆應科, 擡屍下.)

1 외분감참관상外扮監斬官上: '외'는 외말外末의 약칭. 말은 남자배역을 뜻하는데, 외말은 남자배역 중 정말正末(주인공)이 아닌 조연급 연기자를 말한다. '분'은 배역을 연기한다는 뜻, '감참관'은 처형을 감독하는 관리, '상'은 무대에 오르다.

2 하관下官: 관리가 본인을 스스로를 낮추어 부르는 말.

3 처결處決: 처형하다.

4 착주공적着做公的: '착'은 파견하다, 임무를 맡겨 보내다. '주공적'은 공무를 집행하는 사람이란 뜻으로, 관아의 사령使令을 가리킨다.

5 휴방休放: '휴'는 금지형 부정어. '방'은 내버려두다, 그냥 두다.

6 한주閑走: 한가롭게 돌아다니다.

7 정분공인淨扮公人: '정'은 잡극에서 개성 있는 남자 조연 배역. '공인'은 앞에서 언급한 관아의 사령.

8 고삼통鼓三通, 라삼하과鑼三下科: 북을 세 번 치고 징을 세 번 친다. '통'과 '하'는 동작의 횟수를 가리키는 양사. '과'는 잡극에서 상황을 설명하기 위해 행하는 배우들의 동작이나 무대효과주로 음향효과를 가리킨다. 잡극은 그 표현방식이 크게 노래(창唱)와 동작(과科), 그리고 말(백白)로 나눠진다. 대본 중 동작이나 무대효과에 대한 설명 뒤에는 이것이 동작이나 무대효과임을 표시하기 위해 '과'란 글자를 덧붙이는데, 번역할 때는 따로 해석할 필요가 없다.

9 회자마기劊子磨旗: '회자'는 망나니. '마기'는 깃발을 휘두르다. 깃발을 휘둘러 길을 열거나 사람들을 주목시킨다.

10 정단正旦: 여자 주인공, 즉 두아를 가리킨다. '단'은 여자배역.

11 행동사行動些: 좀 움직여라. '행동'은 움직여라, 가라. '사'는 좀, 어서 가라고 독촉하는 말.

12 법장法場: 사형장.

13 【정궁正宮】【단정호端正好】: '정궁'은 잡극에서 사용되는 궁조 중 하나. 잡극에서는 14가지 궁조가 사용되었는데, 선려仙呂, 남려南呂, 황종黃鐘, 정궁, 대석조大石調, 쌍조雙調, 상조商調, 월조越調 등이 있었다. '단정호'는 정궁에 속하는 곡조. 뒤에 보이는 '사해아耍孩兒' 등도 모두 정궁에 속하는 곡조들이다. 잡극은 한 절折(막)마다 한 궁조

에 속하는 곡조들, 즉 투곡套曲으로만 진행되었다. 이것이 바로 여러 궁조를 함께 사용한 제궁조諸宮調와의 차이점이다. 아래에 보이는 잡극의 투곡에 대해서는 따로 설명하지 않겠다.

14 몰래유沒來由: 이유 없이, 다짜고짜.

15 부제방조형헌不提防遭刑憲: '부제방'은 방비하지 못하다. '조'는 뜻밖에 맞닥뜨리다. '형헌'은 형법, 즉 법에 의한 형벌.

16 굴屈: 억울함.

17 경각간유혼선부삼라전頃刻間遊魂先赴森羅殿: 잠깐이면 떠도는 혼이 먼저 염라전으로 갈 것이다. '경각간'은 잠깐, 아주 짧은 시간. '유혼'은 떠도는 혼, 곧 죽을 두아 자신의 넋을 가리킨다. '선부'는 먼저 나아가다. '삼라전'은 저승의 염라대왕이 죽은 자들의 죄를 가리는 곳, 염라전閻羅殿 또는 염왕전閻王殿이라고도 한다.

18 장將: 파把와 마찬가지로 목적어를 앞으로 도치시키는 개사介詞.

19 야생매원也生埋怨: '야'는 아무 뜻이 없는 어기사語氣詞. '생'은 심甚의 가차자로 매우의 뜻. 혹은 '생' 역시 '야'와 같이 아무 뜻이 없는 어기사로 보기도 한다. '매원'은 원망하다, 원망하는 마음을 품다.

20 벌하罰下: '벌'은 발發의 가차자. 여기에서는 말한다는 뜻.

21 무두원無頭願: 근거 없는 소원.

22 위실적원정委實的寃情: '위실적'은 정말로, 진실로. '원정'은 억울한 사정.

23 사아령성些兒靈聖: '사아'는 약간, 조금. '령성'은 영험한 현상. 중간에 생략된 부분에서 두아는 자신이 진정 억울하게 죽는 것이라면 목이 잘린 뒤 단 한 방울의 피도 땅에 떨어지지 않고 모두 깃대에 걸린 흰 비단으로 뿜어지는 영험한 현상이 일어날 것이라고 공언했다. 뒤에 보이는 장홍萇弘의 피가 벽옥이 되고 망제望帝가 두견새가 된 일 따위도 이러한 영험함에 포함된다.

24 불견득담담청천不見得湛湛靑天: '불견득'은 드러나지 않을 것이다. '담담청천'은 맑디맑은 푸른 하늘, 즉 공명정대한 하늘을 뜻한다.

25 반성半星: '성'은 방울을 뜻하는 양사. '반성'은 한 방울도 되지 않는 반 방물, 즉 아주 적은 양을 가리킨다.

26 홍진쇄紅塵灑: '홍진'은 땅을 가리킨다. 원래는 흩날리는 붉은 흙을 의미했다가, 이후 번화한 곳을 뜻하게 되었고, 다시 불교나 도교에서 세상의 번화함이 무상함을 강조하게 위해 이 말을 속세란 뜻으로 사용했다. 하지만 여기에서는 그냥 땅이란 뜻이다. '쇄'는 흩뿌려지다. 여기에서는 피동으로 해석된다.

27 도지재팔척기창소련현都只在八尺旗鎗素練懸: 모두 여덟 자나 되는 깃대 위의 흰 비단에 걸릴 것이다. '기창'은 깃대.

28 타사하他四下: '타'는 깃대, '사하'는 깃대 아래의 사방.

29 찰咱: 나.

30 저취시찰장홍화벽這就是咱萇弘化碧, 망제제견望帝啼鵑: 전설에 '장홍'은 주周나라의 충신이었는데, 그가 죽을 때 그의 피를 따로 보관했다가 3년 뒤에 보니 벽옥碧玉으로 변해 있었다고 한다. 또 전설에 고대 촉蜀나라 임금 '망제'가 죽어서 두견새가 되었다고 한다. 망제의 대해서는 당대 시가 중 이상은李商隱의 「금슬錦瑟」 주에서 설명했다. '장홍화벽, 망제제견'은 앞의 '찰'을 주어로 하는 술어로 사용되었다. 그래서 이 구절 전체는 '이것이 바로 장홍의 피가 벽옥이 되고 망제가 두견새가 되어 울게 되었던 것처럼, 나 두아가 내보인 영험함이다!'라고 의역할 수 있다.

31 심적甚的: 무엇이란 뜻의 의문대명사. 심마甚麼와 같다.

32 나那: 여기에서는 반문의 어기를 나타내는 니呢의 뜻.

33 삼복천도三伏天道: 무더운 여름 날씨. 삼복더위란 말이 있듯이 '삼복'은 한창 더운 여름을 뜻한다. 삼복은 원래 절기의 일종으로 여름의 초복, 중복, 말복을 가리킨다. 초복은 하지로부터 세 번째 경일庚日, 중복은 네 번째 경일, 말복은 입추로부터 첫 번째 경일로, 열흘 단위로 나눠져 있다. '천도'는 날씨.

34 서설瑞雪: 상서로운 눈. 두아의 억울함을 징험해주는 상서로운 눈이란 뜻이다.

35 차엄료遮掩了: 뒤덮어버리다.

36 변便: 설령 ~하더라도.

37 소부득召不得: '소'는 불러오다, 소환하다. '부득'은 가능보어의 부정형.

38 가불호설可不胡說: '가'는 응당 ~해야 한다. '호설'은 함부로 지껄이다, 허튼소리를 하다.

39 도道: 말하다.

40 훤暄: 원래는 따듯하다는 뜻인데, 여기에서는 무덥다는 뜻으로 쓰였다.

41 비상육월인추연飛霜六月因鄒衍: 추연 때문에 6월에 서리가 날리다. 전설에 전국시대 음양가로 유명한 추연이 연燕나라에서 충직하게 벼슬하고 있었는데, 연왕이 다른 사람들의 참소만 믿고 그를 하옥시켰다. 이에 억울한 추연이 하늘을 보며 통곡했더니 여름인데도 서리가 날렸다고 한다.

42 감적육출빙화곤사면感的六出氷花滾似綿: '감적'은 감득感得과 같다. '감'은 하늘이 감응하다는 뜻이고, '적'은 정도보어인 득得의 뜻이다. 이후에 나오는 말들은 모두 하늘

이 감응한 정도를 나타낸다. '육출빙화'는 눈꽃. '육출'은 눈꽃이 육각형임을 표현한 것이다. '곤사면'은 솜처럼 눈발이 흩날릴 것이라는 뜻.

43 면착免着: ~한 상황을 모면하게 해주다.

44 소거백마素車白馬: 흰 수레와 흰 말. 장사를 치를 때 사용한다.

45 단송출고맥황천斷送出古陌荒阡: '단송'은 장송葬送하다. '출'은 방향보어. '고맥황천'은 오래되고 황량한 밭둑길. 시체가 묻힐 을씨년스럽고 삭막한 곳을 말한다.

46 적的: 득得과 같다. 정도보어.

47 항한亢旱: 큰 가뭄. '항'도 가뭄이라는 뜻이다.

48 타취打嘴: 닥쳐라.

49 나那: 어디. 의문대명사.

50 천공불가기天公不可期, 인심불가련人心不可憐: 하늘의 정의는 기약할 수 없고, 사람의 마음은 불쌍히 여겨주지 않는다. 억울한 일을 당하더라도 하늘이 공평하게 이를 밝혀 주길 바랄 수도 없으며 사람들 역시 이를 동정해 주지는 않을 것이라는 뜻.

51 황천皇天: 하늘, 하느님.

52 감림甘霖: 단비.

53 지위동해증경효부원只爲東海曾經孝婦冤: '지위'는 단지 ~때문이다. '동해증경효부원'은 동해에 일찍이 효성스럽던 아낙의 억울함 때문에 그런 일이 벌어졌음을 가리킨다. 한나라 때 동해군에 시어머니에게 효성스럽던 과부가 군수의 오판으로 억울하게 사형을 당하자 동해군에 3년 동안 가뭄이 들었다가, 이후 새로 부임한 군수가 그녀의 억울함을 풀어주자 하늘에서 큰 비가 내렸다고 한다. 이 고사는 『두아원』의 원형으로 추정된다.

54 륜도輪到: ~의 순서가 되다, ~의 차례가 되다.

55 산양현山陽縣: 지금 두아가 억울함을 당하고 있는 고을이 바로 산양현이다.

56 정법正法: 법을 올바르게 적용하다, 법을 바르게 시행하다.

57 저일회아這一會兒: 이 때, 이 순간.

58 내주풍과內做風科: 안에서 바람소리를 낸다. 여기에서 '과'는 음향효과를 가리킨다.

59 부운위아음浮雲爲我陰: 뜬 구름이 날 위해 어둠을 드리우다.

60 비풍위아선悲風爲我旋: 서글픈 바람이 날 위해 휘돌다. 원래 '비풍'은 주로 가을바람을 가리키지만, 여기에서는 무더운 여름인데도 두아의 억울함 때문에 불어오는 소슬한 바람을 말한다.

61 삼장아서원명제편三樁兒誓願明題徧: '삼장아'는 세 가지. '장아'는 양사. '서원'은 뭔가

를 걸기로 맹세하고 비는 소원. '명제'는 분명히 드러나다. '편'은 두루.

62 파파婆婆: 시어머니.

63 직直: 다만, 단지. 지只의 통가자.

64 진개眞箇: 진짜로, 정말로. 진적眞的과 같다. '개'는 개個의 뜻으로, 아무 뜻이 없는 어조사.

65 좌우左右: 좌우의 부하 사령들을 가리킨다.

66 채파파蔡婆婆: 두아의 시어머니.

왕실보王實甫 『서상기西廂記』 제4본本 「초교점몽앵앵草橋店夢鶯鶯」 제1절

왕실보의 생애나 경력은 그다지 알려져 있지 않다. 다만 관한경과 비슷한 시기에 활동했다는 것 정도만 확인될 정도다.

원래 원대 잡극은 1본本 4절折에 프롤로그 성격인 설자楔子가 한두 개 첨가되는 것이 일반적인 구성이었다. 1본 4절의 잡극에서는 1본이 잡극 1편을 의미하고, 4절이 현대 연극의 4막과 유사한 의미였다.[1] 이후 연속극처럼 2본 8절로 된 잡극도 등장하기도 하지만, 여전히 1본 4절을 기본 구성으로 하고 있었다. 그러나 왕실보의 『서상기』는 5본 20절[2]이란 파격적인 편폭으로 구성되었다. 잡극 중에서 최대의 스케일을 자랑하는 『서상기』는 특히 노래에 있어서 기존 잡극의 전통적인 형식을 넘어서는 놀라운 발전을 이룩했다. 잡극은 원래 남녀 주인공 중 한 명만이 1본마다 한 가지 궁조로 된 투곡의 노래를 모두 노래했다. 예를 들어 1본 4절로 구성된 『두아원』의 경우, 노래는 오로지 여자 주인공인 두아가 독창하고 나머지 배역들은 그저 대사와 동작만 했다. 때문에 남자 주인공正末이 노래 부르는 잡극을 말본末本이라 하고, 여자 주인공正旦이 노래 부르는 잡극을 단본旦本이라 칭하기도 한다. 그런데 『서상기』는 이러한 기존의 한계를 본격적으로 혁파해 매 절마다 노래를 부르는 주창主唱 배역을 내용의 흐름에 따라 자유로이 정하고 틈틈이 둘이서 주거니 받거니 부르는 대창對唱이나 여럿이 돌려가며 부르는 윤창輪唱 등의 방식도 조금씩 삽입했다. 이 같은 혁신은 일인독창의 원칙을 준수하던 기존의 잡극보다 등장인물 간의 입체적인 관계설정과 훨씬 다채로운 극의 진행을 가능하게 해주었다. 하지만 이러한 잡극의 노래 부분의 혁신은 사실 왕실보의 독창적인 발상에 의해 시도된 것은 아니었다. 잡극은 점차 남쪽으로까지 그 영향권을 뻗쳐가게 되면서 남방에서 북송 때부터 발전해온 남희南戲와 음으로 양으로 상호간에 영향을 주고받게 되었다. 잡극 『서상기』의 영향을 받아 남희 『서상기』도 만들어졌을 정도였다. 남희는 여러 가지 측면에서 잡극보다 자유로웠는데, 특히 극중에서 노래를 누구나 자유로이 부를 수 있었다. 이러한 남희의 특징을 적극적으로 잡극에 이식한 것은 당연히 왕실보의 탁월한 안목과 과감한 시도에 의해서였다.

잡극 『서상기』[3]의 내용에 대해서는 앞서 당대 원진元稹의 『앵앵전鶯鶯傳』이나 금대 동해원董解元의 『서상기제궁조西廂記諸宮調』에서 이미 설명했다. 『서상기』는 『앵앵전』이나 『서상기제궁조』보다 훨씬 길어진 편폭을 이용한 아름답고도 구구절절한 서사로, 잡극이란 범위 안에서 뿐만 아니라 중국문학사 전체를 놓고 보아도 손에 꼽을 만한 예술적 성취를 거뒀다. 특히 여기에 인용된 부분을 살펴보면, 남녀간의 정신적, 육체적 사랑을 섬세하고도 곡진한 묘사를 통해 적나라한 듯하면서도 되바라져 보이지 않고 절절하면서도 천박하지 않게 표현하고 있음을 알 수 있다.

이렇게 대중적인 공연예술로서 크게 성공했던 『서상기』는 이후 계속해서 발전과 변천을 거듭하는 중국 전통 공연예술 속에서 여전히 주요 소재로 주목받고 활용되었다. 『동상기東廂記』 같은 아류작도 다수 등장한다. 그리고 그 극본은 명청대에 이르러 공연예술과는 또 다른 일종의 읽을거리가 되어, 여러 문인들이 『서상기』에 중국 특유의 품평 방식인 비점批點을 단 비점본들이 속출하기 시작했다. 『서상기』의 어느 부분이 어째서 절묘하다는 등의 감상과 어느 부분을 어떻게 읽어야 한다는 등의 독법讀法을 제시하고 있는 여러 비점을 통해, 『서상기』는 보다 다양한 관점으로 깊이 있게 감상할 수 있는 읽을거리가 되었다.

흥미로운 것은 비교적 폐쇄적이고 보수적인 주자학적朱子學的 입장을 고수했던 조선에서도 자유분방한 사랑과 남녀 간의 애정행각이 거리낌 없이 묘사된 이 책이 전해져 크게 인기를 끌었다는 점이다. 심지어 추사秋史 김정희金正喜가 직접 『서상기』의 언해본諺解本을 지었을 정도다. 이 외에 다른 주해본註解本도 전한다. 물론 조선에서는 공연이나 음률과는 아무 상관없는 일종의 소설로 읽혔는데, 문제는 『서상기』의 기술이 원대의 입말(백화) 또는 입말글(백화문)을 위주로 하고 있기에 주로 유가경전이나 사서에 보이는 글말글(문언문)에만 익숙했던 조선의 선비들이 이를 읽기가 결코 수월하지 않았다는 점이다. 조선의 선비들 중 실제 대화가 가능한 입말 중국어를 할 줄 아는 이는 드문 편이었다. 이는 원래 중인中人인 역관譯官의 몫이었기 때문이다. 『서상기』의 언해본이나 주해본이 등장한 이유 역시 이 때문이었다. 사실 조선시대에도 입말글 독해에 대한 필요는 진작부터 있었다. 대표적인 일례로, 주자학을 완성한 주자가 글말글로 된 저술만 남긴 것이 아니라 제자들과 입말로 나눴던 대화를 기록한 어록집인 『주자어류朱子語類』의 경우만 해도 글말글에 대한 지식만으로는 도저히 읽어낼 수 없었다. 때문에 중국학자들의 어록이나 서신 등에서 보이는 입말글을 읽기 위해 퇴계退溪 이황李滉 선생에 의해 우리나라 최초의 입말글 교본인 『어록해語錄解』가 제작되었던 것 역시 결코 우연이 아니었다. 이후 『어록해』는 여러 학자들의 손을 거치며 계속 증보되었다. 하지만 이 역시 학술적 저술의 이해를 목적으로 한 것이라 입말에 근거한 잡극에서의 미묘한 묘사와 표현을 제대로 이해하는 데는 역부족이었다. 실제로 조선시대에 나온 『서상기』의 언해본이나 주해본을 보면, 여전히 입말에서만 보이는 독특한 낱말이나 허사虛詞를 뭉뚱그려 이해하거나 잘못 해석한 경우가 종종 보인다. 심지어 몇몇 허사에 대해서는 아예 "이는 말의 신묘한 활용이라 설명이 불가능하니 그냥 체득해야 한다"는 식의 주해까지 보인다. 이와 같은 한계에도 불구하고 조선에서 『서상기』는 큰 인기를 끌었고, 『춘향전春香傳』을 살펴보아도 여러 모로 『서상기』에서 많은 영향을 받았다는 것을 알 수 있다.

(末上[4], 云:) 昨夜紅娘[5]所遺之簡[6], 約小生[7]今夜成就. 這早晚初更[8]盡也, 不見來呵. 小姐休[9]說謊咱[10]! 人間良夜靜復靜[11], 天上美人[12]來不來?

【仙呂】【點絳脣】 竚立閒階, 夜深香靄橫金界[13]. 瀟灑[14]書齋, 悶殺[15]讀書客. ……

(紅上[16], 云:) 姐姐[17], 我過去, 你在這裏. (紅敲門科) (末問云:) 是誰? (紅云:) 是你前世[18]的娘. (末云) 小姐來麼? (紅云:) 你接了衾枕者[19], 小姐入來也. 張生, 你怎麼謝[20]我? (末拜云:) 小生一言難盡, 寸心相報[21], 惟天可表[22]! (紅云:) 你放輕者[23], 休諕[24]了他! (紅推旦入云:) 姐姐, 你入去, 我在門兒外等你. (末見旦[25]跪云:) 張珙有何德能, 敢勞神仙下降[26], 知他是睡裏夢裏! ……

(末跪云:) 謝小姐不棄[27], 張珙今夕得就枕席[28], 異日犬馬之報[29]. (旦云:) 妾千金之軀[30], 一旦[31]棄之. 此身皆託於足下[32], 勿以他日見棄[33], 使妾有白頭之歎[34]. (末云:) 小生焉敢如此! (末看手帕[35]科)

【後庭花】 春羅元瑩白, 早見紅香點嫩色[36]. (旦云[37]:) 羞人答答的[38], 看做甚麼! (末) 燈下偸睛覷[39], 胸前着肉揣[40]. 暢[41]奇哉, 渾身通泰[42], 不知春[43]從何處來. 無能的張秀才[44], 孤身西洛客[45], 自從逢稔色[46], 思量的不下懷[47], 憂愁因間隔[48], 相思無擺劃[49], 謝芳卿不見責[50]. ……

【靑哥兒】 成就了今宵歡愛[51], 魂飛在九霄[52]雲外. 投至得[53]見你多情小妳妳[54], 憔悴形骸, 瘦似麻稭[55]. 今夜和諧[56], 猶自疑猜[57]. 露滴香埃[58], 風靜閒階, 月射[59]書齋, 雲鎖陽臺[60]. 審問明白[61], 只疑是昨夜夢中來, 愁無奈.

(旦云:) 我回去也, 怕夫人覺來[62]尋我.

(末云:) 我送小姐出來[63]. ……

【煞尾】 春意透酥胸[64], 春色橫眉黛[65], 賤卻人間玉帛[66]. 杏臉桃腮[67], 乘着月色[68], 嬌滴滴越顯紅白[69]. 下香階[70], 懶步蒼苔[71], 動人處弓鞋鳳頭窄[72]. 歎鯫生[73]不才, 謝多嬌錯愛[74]. 若小姐不棄小生, 此情一心者[75]. 你是必破工夫明夜早些[76]來. (下.[77])

1 물론 꼼꼼히 따져보면 절折과 막幕의 의미가 같지는 않다. 현대 연극의 막은 막이 오르고 내리는 무대의 변환을 뜻하지만, 절은 음악적으로 한 궁조의 투곡으로 이루어졌음을 뜻한다. 잡극은 따로 무대를 꾸미지 않았기에 잡극의 내용상 장면이 전환된다고 무대의 설치나 배경을 바꾸지는 않았지만, 대부분 궁조 자체에 흥겹거나 침울하거나 발랄하거나 처량한 음악적 분위기가 고정되어 있었기에, 궁조가 바뀌면 극의 장면이나 분위기도 바뀌는 것이 일반적이었다.

2 혹자는 『서상기』를 5본 21절로 간주하기도 한다. 문제는 제2본의 제1절 다음 부분을 제2절로 볼 것인지, 아니면 부가적으로 들어 있는 설자楔子로 볼 것인지에 따라 달라진다. 전자를 따르면 제2본이 5절이 되어 5본 21절이 되고, 후자를 따르면 5본 20절이 된다. 후자는 잡극이 원래 1본 4절임에 근거한 분류인데, 요즘은 일반적으로 5본 21절로 보는 학자들이 더 많은 듯하다.

3 앞서 설명했듯이 원래 잡극의 제목은 작품 끝에 표기된 제목정명題目正名의 끝 서너 글자를 따오는 것이 일반적인데, 이는 1본 4절의 잡극의 경우에만 적용이 가능하다. 왜냐하면 『서상기』는 총 5본이기에 각 본마다 제목정명을 갖고 있기 때문이다. 그래서 어떤 판본들은 『서상기』 극본의 맨 마지막에 전체작품에 대한 제목정명을 따로 달아두기도 했는데, 이를 보면 "장군서교주동상서張君瑞巧做東床婿, 법본사주지남선지法本師住持南禪地. 노부인개연북당춘老夫人開宴北堂春, 최앵앵대월서상기崔鶯鶯待月西廂記"(장군서는 교묘히 동쪽 침상의 사위가 되고, 성본법사는 남쪽 선사의 주지 노릇을 하며, 노부인은 북쪽 대청에서 봄을 맞아 연회를 베풀고, 최앵앵은 달뜨기를 기다리며 서쪽 사랑채에서 쓴다)라고 되어 있다. 이렇게 보면 잡극 『서상기』의 이름은 바로 이 제목정명의 마지막 세 글자에서 따온 것인데, 사실 '서상기'란 명칭은 이미 동해원董解元이 지은 『서상기제궁조西廂記諸宮調』에서 보였다. 그러므로 정확히 말하면 오히려 '서상기'란 기존의 명칭을 사용해 이 같이 인위적으로 장황한 제목정명을 만들었던 것으로 보인다.

4 말상末上: '말'은 남자 배역, 여기에서는 남주인공 장공張珙을 가리킨다. '상'은 무대에 오른다는 뜻.

5 홍낭紅娘: 여주인공인 최앵앵의 시녀.

6 간簡: 서간, 편지.

7 약소생約小生: '약'은 약속하다, '소생'은 장공張珙 본인을 이르는 말.

8 초경初更: 일경, 술시戌時(오후 7시~9시).

9 휴休: 금지형 부정어.
10 찰咱: 감탄조사.
11 정부정靜復靜: 조용하고 또 조용하다. 매우 조용하다.
12 천상미인天上美人: 하늘에서 내려온 듯한 미인, 최앵앵을 가리킨다.
13 향애횡금계香靄橫金界: '향애'는 향을 태워 나는 연기나 향내. '횡'은 가로지르다. '금계'는 절, 사원의 별칭. 원래는 밀교密敎에서 금강계金剛界의 줄임말로 사용되었는데, 아마도 이후에 절을 가리키는 별칭이 된 듯하다. 당시 장공은 보구사普救寺란 절에 머무르고 있었다.
14 소쇄瀟灑: 원래는 주로 시원시원한 성격이나 깔끔하면서도 아늑한 곳을 표현할 때 사용되지만, 여기에서는 외롭고 적막하다는 뜻이다.
15 민쇄悶殺: 몹시 고민하다. '쇄'는 '민'이라는 동사 뒤에 붙은 부사로 매우, 몹시, 심히로 해석된다.
16 홍상紅上: 홍낭이 무대에 오르다.
17 저저姐姐: 아가씨, 최앵앵을 가리킨다.
18 전세前世: 전생.
19 금침자衾枕者: '금침'은 이불과 베개, '자'는 명령형 어기조사.
20 사謝: 사례하다.
21 촌심상보寸心相報: '촌심'은 원래 마음을 가리키지만, 여기에서는 작은 성의를 뜻한다. '상'은 뜻 없이 목적어를 생략시켜주는 기능을 한다. '보'는 보답하다. 이 구절은 보잘것없는 성의로라도 보답하겠다는 뜻이다.
22 유천가표惟天可表: 오로지 하늘만이 드러내 주실 것이다. 자신의 본심을 하늘만은 알아 줄 것이라는 뜻으로, 주로 남이 자신의 본심을 믿어주지 않을 때 탄식하며 쓰는 표현이다.
23 방경자放輕者: '방경'은 긴장을 풀다, 마음을 편하게 하다. '자'는 명령형 어기조사.
24 획謊: 깜짝 놀라게 하다.
25 단旦: 여자 배역, 최앵앵을 가리킨다.
26 노신선하강勞神仙下降: '노'는 수고롭게 하다, 수고를 끼치다. '신선하강'은 최앵앵이 왕림해 준 것에 대한 비유다.
27 불기不棄: 만나고자 하는 장공 자신의 바람을 버리지 않았다는 뜻.
28 침석枕席: 잠자리.
29 이일견마지보異日犬馬之報: '이일'은 다른 날, 후일. '견마지보'는 사람을 섬기는 개나

말처럼 보잘것없는 힘이나마 꼭 보답하겠다는 뜻.

30 첩천금지구妾千金之軀: '첩'은 최앵앵이 자신을 낮추어 부르는 말. '천금지구'는 천금의 값이 나갈 만큼 귀중한 몸, 즉 처녀의 몸을 말한다.

31 일단一旦: 하루아침에, 잠깐 사이에.

32 족하足下: 당신, 귀하. 장공을 가리킨다.

33 견기見棄: 버림을 받다. '견'은 피동의 의미.

34 백두지탄白頭之歎: 버림받아 결별하게 되는 탄식. 한대의 유명한 문인 사마상여司馬相如가 당초 가난했을 때 대부호 탁왕손卓王孫의 딸 탁문군卓文君과 결혼하려 했을 때, 반대가 많았으나 두 사람의 사랑으로 모든 것을 이겨내고 결혼하게 되었다. 그런데 훗날 사마상여가 무제武帝에게 총애를 받게 된 후 변심해 첩을 들이려 하자, 탁문군은 「백두음白頭吟」이란 시를 지어 사마상여에게 결별을 통보했다. 이 시를 보고 정신을 차린 사마상여는 첩을 들이려던 마음을 바로 접었다고 한다.

35 수파手帕: 손수건.

36 춘라원영백春羅元瑩白, 조견홍향점눈색早見紅香點嫩色: '춘라'는 귀한 비단의 일종. '원'은 원래, 본디. '영백'은 맑고 희다. '조'는 일찌감치. '홍향'은 붉은 빛깔의 향기로운 것. 여기에서는 핏자국을 비유한다. '점'은 점찍다. '눈색'은 옅고 고운 빛깔. 흰 비단에 붉은 점 하나가 찍혔다는 표현은 처녀가 첫 성경험 후 흘린 피가 흰 이불에 떨어졌음을 비유한다.

37 운云: 노래 중간의 대사를 뜻한다. 이 대사 앞과 뒤는 모두 노래다.

38 수인답답적羞人答答的: 사람을 부끄럽게 한다. '인'은 최앵앵 자신을 가리킨다. '수답답'은 몹시 부끄러워서 어쩔 줄 몰라 하는 모양. '답답'은 탑탑搭搭 또는 화화化化라고도 쓴다.

39 투정처偸睛覷: 몰래 엿보다. '투'는 몰래, '정처'는 힐끗 보다.

40 착육췌着肉揣: '착육'은 살에 밀착하다. '췌'는 가리다, 손수건으로 직접 가슴을 가린다는 뜻.

41 창暢: 정말로. 부사로 쓰였다.

42 혼신통태渾身通泰: '혼신'은 온몸, '통태'는 후련하다. 주로 사랑을 나눌 때의 쾌감을 묘사할 때 사용한다.

43 춘春: 춘정, 남녀간의 정욕.

44 장수재張秀才: 장공 자신을 이르는 말. '수재'는 과거에 응시하려는 선비들의 통칭.

45 고신서락객孤身西洛客: '고신'은 혈혈단신. '서락'은 낙양洛陽. 북송 때 변경汴京에 도

읍을 정하고 동경이라 했으며, 그 서쪽에 있던 낙양을 서경이라 했다. 그래서 서경 낙양을 '서락'이라 한 것이다. 하지만 『서상기』의 시대배경이 되는 당나라 때는 장안을 서경, 낙양을 동경이라 했으므로 문제가 되는 표현이다. '객'은 객지 생활을 하고 있다는 뜻.

46 임색稔色: 여인의 미색. 여기에서는 미색을 갖춘 최앵앵을 가리킨다.

47 사량적불하회思量的不下懷: '사량'은 임에 대한 생각이나 그리움, '불하회'는 마음속에서 내려놓을 수 없다.

48 간격間隔: 두 사람이 일정한 거리를 사이에 두고 떨어져 있음을 뜻한다.

49 파획擺劃: 떨쳐내다, 털어내다. '파'는 벽劈의 가차자. 당시 북방음에서 '파'와 '벽'의 독음이 거의 같았다고 한다.

50 사방경불견책謝芳卿不見責: '사'는 감사를 표하다. '방경'은 장공이 지은 최앵앵에 대한 호칭으로, 꽃다운 그대라는 뜻. '불견책'은 꾸지람을 듣지 않다, 혼나지 않다.

51 환애歡愛: 사랑의 기쁨.

52 구소九霄: 구천九天, 구중천九重天. 옛 사람들은 하늘이 아홉 겹으로 되어 있다고 믿었다. 주로 지극히 높은 하늘이란 의미로 사용된다.

53 투지득投至得: 어떠한 상황에 다다르다. '투'와 '지'는 모두 다다르다는 뜻. '득'은 어조사로 료了와 비슷하다.

54 소니니小妳妳: 젊은 여자에게 사용하는 애칭.

55 마개麻稭: 겉껍질을 벗긴 삼 줄기.

56 화해和諧: 남녀가 서로 어울리다, 서로 사랑을 나누다.

57 유자의시猶自疑猜: '유'는 여전히, '의시'는 긴가민가하다.

58 향애香埃: 타버린 향의 재.

59 월사月射: '월'은 달빛, '사'는 화살을 쏘듯 비춘다는 뜻.

60 양대陽臺: 무산巫山(지금의 사천성에 위치)에 있는 누대 이름. 여기에서는 관련 고사를 사용해 남녀가 은밀히 정사를 벌이는 장소를 비유한 것이다. 전설에 초회왕楚懷王이 운몽雲夢이란 못을 지나다가 잠시 잠이 들었는데 꿈속에서 무산의 신녀가 나타나 정을 통했다고 한다.

61 심문명백審問明白: 똑똑히 따져보다.

62 부인각래夫人覺來: '부인'은 최앵앵의 어머니, '각래'는 잠에서 깨다.

63 송소저출래送小姐出來: '송'은 배웅하다, '소저'는 최앵앵, '출래'는 '송'에 붙은 방향보어.

64 춘의투소흉春意透酥胸: '춘의'는 중의적重義的인 표현으로, 봄기운이 완연한 날씨를

가리키면서 동시에 남녀간의 춘정春情을 가리킨다. '투'는 파고들다. '소흉'은 우윳빛 가슴.

65 춘색횡미대春色橫眉黛: '춘색'은 중의적인 표현으로, 봄날의 아름다운 햇살을 가리키면서 동시에 여성의 미색을 가리킨다. '횡'은 비껴 있다. '미대'는 눈썹먹으로 그린 눈썹.

66 천각인간옥백賤卻人間玉帛: '천각'은 보잘것없다고 여겨 내치다. '인간'은 인간세상. '옥백'은 옥과 비단 같은 귀한 재물, 즉 부유함을 상징한다.

67 행검도시杏臉桃腮: 살구빛 얼굴에 복숭앗빛 뺨. 아주 젊고 예쁜 여자 얼굴에 대한 비유다.

68 승착월색乘着月色: '승착'은 ~을 틈타다, '월색'은 달빛. 마침 달빛이 은은히 비춰주는 때라는 뜻.

69 교적적월현홍백嬌滴滴越顯紅白: '교적적'은 매우 애교스러운 모양, 교적적嬌的的이라고도 쓴다. '월'은 갈수록 더 하다. '홍백'은 곱고 아름다운 여성의 얼굴. 눈과 이는 하얗고 뺨과 입술은 붉다는 뜻.

70 하향계下香階: 향기로운 섬돌을 내려가다.

71 나보창태懶步蒼苔: 푸른 이끼를 나른히 밟고 가다.

72 동인처궁혜봉두착動人處弓鞋鳳頭窄: '동인처'는 사람의 마음을 움직이는 것. '궁혜'는 전족纏足을 한 여성이 신는 작은 신발. '봉두'는 봉황 모양의 신발코. '착'은 작고 좁다. 이 구절은 최앵앵의 발이 작다는 점이 자신을 흥분시킨다는 뜻이다. 사실 전족은 송대부터 유행하기 시작했으므로 엄밀히 따지면 당대를 시대배경으로 하는 『서상기』에는 어울리지 않지만, 실제 『서상기』가 지어진 원대에는 전족의 풍습이 크게 성행했다.

73 추생鯫生: 변변치 못한 소인이란 뜻으로 스스로에 대한 낮춤말. 장공이 스스로를 낮추어 부른 말. 원래 '추'는 아주 작고 보잘것없는 물고기를 가리킨다.

74 사다교착애謝多嬌錯愛: '사'는 감사하다. '다교'는 애교가 많은 사람, 즉 최앵앵. '착애'는 사랑해서는 안 되거나 사랑할 필요가 없는 사람을 잘못 사랑했다는 뜻. 이 구절은 고맙게도 최앵앵이 못난 장공 자신을 사랑해주었다는 뜻이다.

75 일심자一心者: '일심'은 한결같은 마음을 갖다, '자'는 어기조사.

76 파공부명야조사破工夫明夜早些: '파공부'는 틈을 내다. '공부'는 틈, 짧은 시간. '명야'는 내일 밤. '조사'는 조금 일찍.

77 하下: 무대를 내려간다.

원대 산곡

관한경關漢卿 【남려南呂】【사괴옥四塊玉】—별정別情

산곡은 청곡淸曲이라고도 불린다. 그 중에서 짧은 한 곡조에 가사를 붙인 것을 소령小令이라 하는데, 이러한 곡조를 곡패曲牌라고 한다. 이는 산곡의 가장 기본적인 형식이다. 이로부터 부연된 것으로, 두세 개의 곡패를 붙여서 만든 것을 대과곡帶過曲이라 하고 같은 궁조의 여러 곡패를 사용해 한 세트의 대곡大曲을 만드는 것을 투수套數라고 하는데, 이를 투곡套曲 또는 대령大令이라고도 한다. 여기에 인용된 작품 중 마치원馬致遠의 산곡이 투곡이고 나머지는 모두 소령이다. 산곡은 잡극에 삽입된 노래와 그 궁조에 속하는 곡패의 사용이 거의 같아서 개별적으로 지어진 단편 잡극의 노래라고 보아도 무방할 정도다. 관한경은 잡극에도 능했지만 산곡에도 능했는데, 정확하게 말하자면 산곡은 잡극의 노래와 거의 동일한 것이므로 잡극에 능한 자가 산곡에도 능한 것은 너무나 당연한 일이었다. 때문에 그 말고도 잡극으로 유명한 작가들은 모두 산곡으로도 이름이 높았다.

제목 중【남려】는 궁조,【사괴옥】은 곡패로 남려조에 속하는 투곡 중 하나이며, 「별정」이 실제 작품 내용과 관련된 제목이다. 전반부에서 이별의 정서를 토로한 후, 후반부에서 떠나는 연인이 시야에서 사라질 때의 상실감을 간결하지만 생생하게 표현하고 있다.

自[1]送別, 心難捨[2], 一點相思[3]幾時絶? 憑欄袖拂楊花雪[4]. 溪又斜, 山又遮, 人去也!

··················

1 自: ~로부터, ~한 이후로.

2 심난사心難捨: 마음속의 복잡한 심사를 떨쳐버리기가 어렵다.

3 상사相思: 임에 대한 그리움.

4 빙란수불양화설憑欄袖拂楊花雪: '빙란'은 난간에 기대다. '수불'은 소매로 털어내다. '양화설'은 눈 같은 버들개지. 버드나무의 꽃씨가 마치 눈송이같이 생겨서 '설'이라 표현한 것이다. 그러나 일반적으로는 흔히 솜털에 비유된다. 우리나라에도 '버들솜'이란 표현이 있고, 중국에서도 유서柳絮라고 표현한다. 여기에서는 흩날리는 버들개지에 떠나는 임이 잘 보이지 않아 소매로 털어낸다는 의미로, 떠나는 임을 향한 애달픈 마음을 표현한 것이다.

백박白樸 【쌍조雙調】【심취동풍沈醉東風】—어부漁父

백박의 아버지는 원래 금나라의 관리였다. 그러나 원나라에 의해 금나라가 멸망당하자 잠시 남송에 몸을 의탁했지만, 남송마저 원나라에 멸망당하자 결국 몽고족에게 협력할 수밖에 없었다. 이 와중에 어린 백박은 어머니와 함께 전란에 시달리며 피난생활을 했고 온갖 고생을 다하다가 간신히 아버지를 다시 만났다. 전란의 혼돈과 폭력을 직접 경험한 백박은 벼슬에 대한 뜻을 접고 여러 곳을 떠돌거나 산수 좋은 곳에서 은거하며 지냈다. 때문에 그의 작품 역시 대부분 부귀공명을 멸시하고 은거를 찬양하고 있다. 아래의 작품 역시 이러한 백박의 성향을 여실히 보여주고 있다.

黃蘆岸白蘋[1]渡口，綠楊堤紅蓼灘頭[2]．雖無刎頸交[3]，却有忘機友[4]，點秋江白鷺沙鷗[5]．傲殺人間萬戶侯[6]，不識字烟波釣叟[7]！

....

1 백빈白蘋: 흰 꽃이 핀 네가래.

2 홍료탄두紅蓼灘頭: '홍료'는 붉은 여뀌. '탄두'는 여울. '두'는 실제 뜻이 없는 명사형 접미사.

3 문경교刎頸交: 문경지교刎頸之交의 줄임말. 목이 잘리더라도 변치 않을 우정, 또는 그러한 벗을 말한다. 전국시대 조趙나라의 장군 염파廉頗가 재상 인상여藺相如를 시기해 방자하게 굴었으나, 인상여는 조정에 분란이 일어날까 저어해 늘 참고 물러났다. 이후 오히려 염파가 그의 도량에 감동해 결국 서로 목이 잘리더라도 변치 않을 만한 벗이 되었다는 고사에서 유래한 표현이다.

4 망기우忘機友: 따로 꿍꿍이속을 차리지 않는 벗. '기'는 기심機心, 즉 사사로운 욕심을 채우려는 꿍꿍이속을 뜻한다.

5 점추강백로사구點秋江白鷺沙鷗: '점'은 수를 헤아리다, 점검하다. 여기에서 가을 강가의 백로와 갈매기를 헤아린다는 표현은 아무런 사심私心이 없다는 비유다. 이는 『열자列子』의 다음과 같은 고사에 근거하고 있다. 어떤 사람이 매일 아침 바닷가에서 여러 물새들과 놀았는데, 이를 안 그의 아버지가 그 물새들을 잡아오라고 시켰다. 다음날 그가 물새들을 잡을 마음을 품고 바닷가에 나갔더니, 물새들이 하늘에서 맴돌 뿐 더 이상 그에게 다가와 놀지 않았다. 물새들이 그가 사심을 품었음을 눈치 챈 것이다.

6 오쇄인간만호후傲殺人間萬戶侯: '오쇄'는 원래는 매우 오만하게 굴면서 남을 무시한다는 뜻인데, 여기에서는 남이 몹시 우스워 보인다는 뜻이다. '쇄'는 '오傲'라는 동사 뒤에 붙은 부사로 '매우', '심히'의 뜻이다. '인간'은 인간세상. '만호후'는 만호를 다스리는 작위를 지닐 정도의 고관대작이란 뜻.

7 불식자연파조수不識字烟波釣叟: '불식자'는 단순히 글자를 모른다는 표현이 아니라, 속세의 문명을 거부한다는 표현이다. '연파조수'는 물안개 속에서 낚시하는 늙은이란 뜻으로, 속세와 떨어져 은거하려는 작자 본인을 가리킨다.

마치원馬致遠 【쌍조】【야행선夜行船】—추사秋思

마치원은 당초 입신양명에 뜻을 두어 벼슬길에 올랐으나 그다지 성공적이지는 못했다. 결국 말년에는 벼슬에서 물러나 은거하며 지냈다. 그의 산곡은 호방하고 자유로운 풍격에 표현이 날카로우면서도 산뜻한 것으로 유명하다.

여기에 인용한 「추사」는 쌍조에 속하는 곡패인 【야행선】【교목사喬木查】【경선화

慶宣和】【낙매풍落梅風】【풍입송風入松】【발부단撥不斷】【이정연離亭宴】으로 이루어진 투곡이다. 세월의 덧없음을 여러 주제를 통해 노래하고 있다.

百歲光陰如夢蝶[1], 重[2]回首往事堪[3]嗟. 今日春來, 明朝花謝[4]. 急罰盞夜闌燈滅[5].

【喬木查】 想秦宮漢闕[6], 都做了衰草牛羊野. 不恁漁樵無話說[7]. 縱荒墳橫斷碑[8], 不辨龍蛇[9].

【慶宣和】 投至狐踪與兎穴, 多少豪傑[10]? 鼎足三分半腰折, 魏耶? 晉耶[11]?

【落梅風】 天教富, 莫太奢[12]. 無多時好天良夜[13]. 看錢奴硬將心似鐵[14], 空辜負錦堂風月[15].

【風入松】 眼前紅日又西斜, 疾似下坡車[16]. 曉來清鏡添白雪[17], 上床與鞋履相別[18]. 莫笑鳩巢計拙[19], 葫蘆提一向裝呆[20].

【撥不斷】 利名[21]竭, 是非絶. 紅塵不向門前惹[22], 綠樹偏宜屋角遮[23], 青山正補墻頭缺[24], 更那堪竹籬茅舍[25].

【離亭宴煞】 蛩吟一覺方寧貼[26], 鷄鳴萬事無休歇[27]. 爭名利, 何年是徹[28]? 密匝匝[29]蟻排兵, 亂紛紛蜂釀[30]蜜, 鬧攘攘[31]蠅爭血. 裴公綠野堂[32], 陶令白蓮社[33]. 愛秋來那些[34], 和露[35]摘黃花[36], 帶霜[37]烹紫蟹, 煮酒[38]燒紅葉. 人生有限杯[39], 幾個登高節[40]. 囑咐俺頑童記者[41], 便北海探吾來[42], 道東籬醉了也[43].

1 백세광음여몽접百歲光陰如夢蝶: '백세광음'은 백년의 세월, '광음'은 시간을 의미한다. 주로 사람의 일평생을 백년에 비유한다. '몽접'은 나비 꿈을 꾸다. 호접몽蝴蝶夢이라고도 한다. 장자莊子가 꿈에서 나비가 되어 즐겁게 노닐다가 깨어난 후, 내가 나비 꿈을 꾼 것인지 나비가 내가 된 꿈을 꾸고 있는 것인지를 모르겠다고 한 고사에서 나온 표현으로, 주로 인생의 덧없음을 비유하는 표현으로 사용된다.

2 중重: 거듭, 다시.

3 감堪: 정말이지.

4 명조화사明朝花謝: '명조'는 내일 아침, '화사'는 꽃이 시들다.

5 급벌잔야란등멸急罰盞夜闌燈滅: '급벌잔'은 급히 술잔을 들어 마신다는 뜻. '벌'은 발發의 가차자. '야란'은 밤이 끝나가다. '등멸'은 날이 밝아 등을 끌 무렵, 즉 밤이 끝나갈 무렵이라는 뜻.

6 진궁한궐秦宮漢闕: 진나라와 한나라 때의 웅장하고 화려했던 궁궐.

7 불임어조무화설不恁漁樵無話說: '불임'은 불여차不如此, ~과 같지 않다. 여기에서는 가정의 뜻으로 풀이된다. '어초'는 어부와 나무꾼. '무화설'는 무화가설無話可說, 즉 할 말이 없다는 뜻. 이 구절은 앞의 구절을 받으면서 이를 가정해, 만약 진나라와 한나라 때의 웅장하고 화려했던 궁궐들이 모두 소나 양이 풀이나 뜯는 황량한 들판으로 바뀌어 버리지 않았다면, 이를 두고 어부와 나무꾼이 덧없는 인생을 논할 수 없을 것이라는 뜻이다.

8 종황분횡단비縱荒墳橫斷碑: '종'은 세로, '황분'은 황폐해진 무덤, '횡단비'는 가로로 잘려나간 비석.

9 불변용사不辨龍蛇: '불변'은 부서지고 닳아서 알아볼 수가 없다는 뜻. '용사'는 비석에 새겨진 글자. 특히 돌에 새겨진 장중한 진한대의 소전체小篆體나 예서체隸書體의 꺾이고 꼬인 필체를 흔히 용과 뱀이 움직이고 똬리를 트는 것에 비유한다. 혹은 '용'을 영웅호걸, '사'를 일반사람으로 보아, 어느 무덤이 영웅호걸의 것이고 어느 무덤이 일반사람의 것인지 분간할 수 없다는 뜻으로 풀기도 한다.

10 투지호종여토혈投至狐蹤與兎穴, 다소호걸多少豪傑: '투지'는 어떠한 상황에 이르다. '호종'은 여우의 발자취, '토혈'은 토끼 굴, 모두 무덤을 뜻한다. 이 구절은 압운 등의 제약으로 원래 문장이 도치된 것으로, '다소호걸'이 '투지호종여토혈'의 실제 주어다.

11 정족삼분반요절鼎足三分半腰折, 위야魏耶? 진야晉耶?: '정족삼분'은 세 발 솥처럼 위촉오 삼국이 대립하던 것을 말한다. '반요절'은 중도에 허리가 잘렸다, 즉 삼국을 통일한 진나라가 다시 서진과 동진으로 나뉘어졌다는 뜻이다. 위나라는 촉나라를 병합했지만 오나라를 병합하기 전에 내부반란으로 진나라에게 멸망당했다. 마지막에 '위야? 진야?'라고 물은 것은 결국 천하를 통일한 것이 위나라인지 진나라인지 잘 모르겠다는 뜻이다.

12 천교부天教富, 막태사莫太奢: 하늘이 부자로 만들어 주었다 해도 너무 사치하지 말라. 즉 비록 부자가 되었더라도 누구나 수명에는 한계가 있으므로 함부로 낭비하지 말고

제대로 즐기라는 뜻이다. '천교부'은 천교니부天教你富의 축약. '교'는 사역동사.

13 호천량야好天良夜: 좋은 날씨와 좋은 밤. 즐기기에 좋은 기회라는 뜻.

14 간전노경장심사철看錢奴硬將心似鐵: '간전노'는 수전노守錢奴, 구두쇠. '경'은 억지로. '장'은 '심'이라는 목적어를 도치시키는 역할. '사'는 마치 ~처럼 만든다는 동사로 쓰였다.

15 공고부금당풍월空辜負錦堂風月: '공'은 헛되이. '고부'는 저버리다. '금당풍월'은 부호의 좋은 집에서 즐길 수 있는 아름다운 경치, 즉 부귀영화를 누리며 인생을 즐기는 것을 가리킨다.

16 질사하파거疾似下坡車: 그 빠르기가 비탈길을 내려가는 수레와 같다.

17 효래청경첨백설曉來淸鏡添白雪: '효'는 이른 아침. '청경'은 맑은 거울에 얼굴을 비춰본다는 뜻. '첨백설'은 백발이 늘었다는 표현.

18 상상여혜리상별上床與鞋履相別: 침상에 오르며 신발과 작별하다. 원래 불가의 관용적인 표현으로, 매일 밤 침대에 오르면서 오늘 밤에 죽을 수 있다는 마음가짐으로 벗어놓은 신발에게 작별인사를 한다는 뜻인데, 여기에서는 인생의 무상함을 담담히 받아들인다는 의미로 사용되었다.

19 막소구소계졸莫笑鳩巢計拙: '막소'는 비웃지 말라. '구소계졸'은 비둘기가 둥지 만드는 능력이 형편없다는 뜻이다. 『시경』「소남召南 · 작소鵲巢」에 "까치의 둥지에 비둘기가 사네"(유작유소維鵲有巢, 유구거지維鳩居之)라는 구절이 있다. 이는 비둘기가 둥지를 제대로 만들 줄 몰라 까치가 만들어 놓은 둥지에 얹혀산다는 말로, 제 앞가림조차 제대로 못한다는 의미다.

20 호로제일향장태葫蘆提一向裝呆: '호로제'는 원대의 입말(백화) 표현으로 흐리멍덩한 모양을 뜻한다. 호로제葫蘆蹄나 호로제葫蘆題라고도 쓴다. '일향'은 줄곧. '장태'는 멍청한 척하다.

21 리명利名: 명리名利. 이득과 명예.

22 홍진불향문전야紅塵不向門前惹: '홍진'은 사리사욕에 대한 집착으로 다툼이 끊이질 않는 속세. '문전'은 자신의 집, 즉 자기 자신을 가리킨다. '야'는 불러일으키다, 일어나다.

23 편의옥각차偏宜屋角遮: 측면에서 집의 한쪽 구석을 가리기에 적당하다. '편'은 한쪽으로 치우쳐 있다.

24 정보장두결正補墻頭缺: 정면에서 담벼락의 무너진 곳을 보충해주다.

25 갱나감죽리모사更那堪竹籬茅舍: '갱'은 더욱. '나감'은 원래 '어찌 ~할 수 있으랴!'의 뜻인데, 여기에서는 하황何況, 즉 '하물며 ~임에랴!'라는 강조의 뜻으로 사용되었다. '죽

리모사'는 대나무 울타리에 띠풀로 엮은 보잘것없는 집으로, 작자 자신의 집을 가리킨다.

26 공음일각방녕첩蛩吟一覺方寧貼: '공음'은 귀뚜라미 울음소리. '일'은 뒤에 붙은 동작이나 변화를 강조하는 문법적 역할을 한다. '각'은 잠들다. '방'은 비로소, 바야흐로. '녕첩'은 편안해지다.

27 계명만사무휴헐鷄鳴萬事無休歇: 닭이 울어 일어나면 세상의 모든 일이 쉴 틈도 없다는 뜻.

28 철徹: 멈추다, 그치다.

29 밀잡잡密匝匝: 빈 구석 없이 두루 빽빽한 모양.

30 양釀: 저장하다.

31 뇨양양鬧攘攘: 아주 시끌벅적한 모양.

32 배공녹야당裴公綠野堂: '배공'은 당나라의 배도裴度. 그는 줄곧 국가를 위해 충성을 다했으나 나중에 소인배들이 정권을 전횡하자 낙양에 '녹야당'이란 별장을 짓고 은거했다.

33 도령백련사陶令白蓮社: '도령'은 진나라의 도연명陶淵明. 일찍이 팽택령彭澤令을 지낸 적이 있어서 '도령'이라 한 것이다. 그는 여산廬山 호계虎溪 동림사東林寺의 혜원대사慧遠大師가 조직한 불교 모임인 '백련사'에 참여했었다.

34 나사那些: 그것들. 다음에 나오는 국화를 따고, 자줏빛 게를 삶고, 붉은 낙엽을 태우는 것을 가리킨다.

35 화로和露: 이슬을 머금다, 이슬을 맞다.

36 황화黃花: 국화.

37 대상帶霜: 서리를 두르다, 서리를 맞다.

38 자주煮酒: 술을 데우다.

39 인생유한배人生有限杯: 사람이 살아서 마실 수 있는 술잔에 한계가 있다는 뜻.

40 기개등고절幾個登高節: 몇 번의 등고절을 보내겠는가! 즉 몇 년을 살겠는가라는 뜻. '등고절'은 음력 9월 9일로 원래 중양절重陽節이라고 한다. 이 날이 되면 가족들과 함께 높은 곳에 올라 산수유를 몸에 지니고 국화주를 마신다.

41 촉부엄완동기자囑咐俺頑童記者: '촉부'는 당부하다. '엄완동'은 나의 못난 시동. '기자'는 기억하다, '자'는 착着의 가차자.

42 변북해탐오래便北海探吾來: '변'은 설령, 설사. '북해'는 후한의 공융孔融을 말한다. 일찍이 북해군의 태수를 지낸 적이 있기에 공북해孔北海라고 불렸다. 그는 늘 손님들을

가득 모아놓고 술잔에 술이 담겨 있어야 아무 근심이 없다고 했다. '탐오래'는 나를 찾아오다.

43 도동리취료야道東籬醉了也: '도'는 말하다. '동리'는 마치원 자신의 호. 그는 은일거사였던 도연명을 좋아했기에 도연명의 「음주飮酒」 시 중 "채국동리하采菊東籬下" 구절에서 '동리'를 취해 자신의 호로 삼았다. '취료'는 이미 취해버렸다.

장가구張可久 【쌍조】【전전환殿前歡】―애산정상愛山亭上

장가구는 생애나 활동이 그다지 알려져 있지 않다. 70이 넘어서까지 미관말직을 전전하며 어렵게 살았다는 사실 정도만 알려져 있다. 하지만 특히 산곡에서의 성취는 매우 돋보이는 것이었다. 원대 산곡의 으뜸가는 다작가였고, 다루는 제재가 광범위했을 뿐만 아니라 격조가 있었다. 수사가 화려하면서도 지나치지 않았고 세련되었으면서도 깔끔했다.

「애산정상」이라는 제목에서도 알 수 있듯이, 이 산곡은 산 위 정자에서 턱을 괴고 주변의 산수자연을 감상하면서 그 안에서 느껴지는 즐거움을 만끽하고 있는 자신을 묘사하고 있다.

小欄干, 又添新竹兩三竿. 倒持手版拄頤[1]看, 容我偸閒[2]. 松風古硯寒, 蘚上白石爛[3], 蕉雨疏花綻[4]. 靑山愛我, 我愛靑山.

....

1 수판지이手版拄頤: '수판'은 홀笏, '지이'는 턱을 괴다.

2 투한偸閒: 한적하게 쉴 시간을 내다.

3 선상백석란蘚上白石爛: '선'은 이끼. '란'은 원래 문드러진다는 뜻이지만, 여기에서는 흰 돌 위에 이끼가 많이 껴 있어서 마치 문드러진 듯이 보인다는 뜻이다.

4 초우소화탄蕉雨疏花綻: 파초에 비가 내린 뒤 성근 꽃이 꽃봉오리를 터트리다.

교길喬吉 【쌍조】【수선자水仙子】—심매尋梅

교길은 평생 벼슬길에 나아가지 않고 항주杭州 주변을 떠돌아다녔다. 특히 수사가 세련되었고 격률을 잘 따졌다. 표현기법에 있어서 아속雅俗을 가리지 않고 적절히 병용한 것이 바로 그의 뛰어난 점이었다.

여기에 인용한 「심매」 역시 교길의 세심한 필치를 느낄 수 있는 수작秀作으로, 매화에 대해 노래하면서도 정작 작품 속에서는 '매' 자를 단 한 번도 쓰지 않았다. 하지만 오히려 세련된 묘사와 비유로 매화의 그윽한 향기와 시절에 대한 서글픈 정서가 짙게 배어난다.

冬前冬後幾村莊[1], 溪北溪南兩履霜[2], 樹頭樹低孤山上[3]. 冷風來何處香[4]?忽相逢縞袂綃裳[5]. 酒醒寒驚夢[6], 笛凄春斷腸[7], 淡月昏黃[8].

....

1 기촌장幾村莊: 매화를 찾느라 여러 마을을 돌아다녔다는 뜻.

2 양리상兩履霜: 두 번 서리를 밟다. 가을을 두 번 보냈다는 말로, 두 해가 지났음을 뜻한다. 혹은 '양리'를 양쪽 신발로 보아, 두 발로 서리를 맞으며 매화를 찾으러 돌아다녔다고 풀기도 한다.

3 수두수저고산상樹頭樹低孤山上: '수두수저'는 나무의 위아래를 살펴본다는 뜻. '고산'은 항주杭州의 서호西湖 안에 있는 산인데, 매화로 유명하다.

4 향香: 매화 향기.

5 홀상봉호몌초상忽相逢縞袂綃裳: '홀상봉'은 문득 맞닥뜨리다, 우연히 만나다. '호몌초상'은 매화를 비유한 것으로, 마치 흰 명주비단으로 된 저고리와 치마를 입은 여인과 같다는 뜻이다. '몌'는 원래 소매라는 뜻인데, 여기에서는 저고리를 가리킨다.

6 주성한경몽酒醒寒驚夢: 술에서 깨니 추위가 느껴져 꿈에서 깨어났다는 뜻. 위 구절과 이 구절은 고사를 근거로 한 표현인데, 관련 부분만 추려보면 다음과 같다. 수隋나라 때 조사웅趙師雄이란 사람이 나부산羅浮山을 지나다가 주막을 발견했다. 마침 날도 저물고 날씨도 추워서 그 주막에서 쉬어가려 했는데, 마침 흰 비단옷을 입은 예쁜 여자가 다가왔다. 조사웅은 그녀와 대작하며 이야기를 나누었는데, 그녀에게서 그윽한 향기가 느껴졌다. 그러다 취해서 잠들었는데 문득 추워서 눈을 떠보니,

자신이 머문 곳이 주막이 아니라 그윽한 향기를 내뿜고 있는 흰 매화가 핀 매화나무 밑이었다.

7 적처춘단장笛凄春斷腸: '적처'는 들려오는 피리소리가 처량하다는 뜻. 옛 피리 곡조 중에 매화가 지는 것을 연주한 「매화락梅花落」이란 곡조가 있으니, 아마도 이를 가리키는 듯하다. '춘단장'은 봄날에 애가 끊어지는 듯한 슬픔을 느낀다는 뜻.

8 담월혼황淡月昏黃: 해가 지면서 옅은 달이 나타나는 황혼 무렵. 이는 작가가 바라보는 당시 시점의 풍경을 묘사한 것이면서, 동시에 해가 지고 달이 뜨는 변화를 통해 아름답게 피었던 매화도 시간이 흘러 결국 시들게 되었음을 은연중에 비유한 것이다.

명대 소설

『삼국지연의三國志演義』 第50회
「제갈량지산화용諸葛亮智算華容, 관운장의석조조關雲長義釋曹操」

우리나라에서 『삼국지연의』는 조선시대로부터 지금까지 줄기차게 새로 번역되고 있으며, 여기에 『삼국지연의』에 대한 갖가지 연구서들까지 덧붙이자면 정말이지 한우충동汗牛充棟이란 말로도 부족하다. 이미 『삼국지연의』는 단순한 소설로서의 읽을거리가 아닌, 다양한 방면과 층차에서 각종 문화적 역량을 창출해내는 하나의 풍성한 문화가 되었다고 할 수 있다.

이젠 누구나 알고 있는 사실이겠지만, 지금 우리가 흔히 말하는 역사소설 『삼국지』는 정확한 명칭이 아니다. 원래 명칭은 『삼국지통속연의三國志通俗演義』이고, 중국에서는 『삼국지연의』나 『삼국연의』라고 줄여 부른다. 그리고 『삼국지』란 이름은 실제 위촉오 삼국을 통일했던 진대晉代에 진수陳壽가 지은 중국의 정사正史이기에 중국에서는 『삼국지연의』와 『삼국지』란 명칭이 혼용되지 않는다. 특히 남조 송宋나라 때 배송지裵松之는 다시 정사 『삼국지』에 원문보다 몇 배나 되는 상세한 주석을 달아 이 책의 가치를 더욱 높였다. 하지만 그렇게 군웅이 할거하며 서로 자웅을 겨루던 시대의 드라마틱한 이야기들이 관리나 지식인들만 보는 정통 역사서에만 갇혀 있을 리 만무했다. 민간에서도 계속해서 위촉오 삼국이 패권을 다투던 이야기들이 전승되었고, 이는 한참이 지난 송대에 이르러 번성하던 도시에서 직업적인 이야기꾼인 설화인說話人들이 위촉오 삼국에 관한 '설삼분說三分'이란 이야기로 인기를 끌었다는 사실에서 보다 확실하게 확인된다. 원대에는 잡극에서도 위촉오 삼국을 배경으로 하는 소재들이 인기 있는 단골 레퍼토리였다. 원나라 중엽이던 1320년대 초에 간행된 『삼국지평화三國志平話』는 지금까지 전해지고 있는

데, 『삼국지연의』와는 달리 좀 생뚱맞게 느껴지는 윤회설을 배경으로 깔고 있긴 하지만, 1400년대에 나왔다고 여겨지는 『삼국지연의』의 추형을 볼 수 있다는 점에서 큰 가치가 있다. 우리가 흔히 『삼국지』라 말하는 역사소설은 바로 원말 명초에 살았다고 추정되는 나관중羅貫中의 『삼국지연의』다. 사실 그가 지었다기보다는 정사 『삼국지』와 그간 민간에 전래되고 축적된 이야기들을 그가 잘 편집해 정리한 것으로, 분량이 『삼국지평화』의 거의 10배나 된다. 이 책이 바로 지금 우리가 보는 『삼국지연의』의 원본이라 하겠다. 그래서인지 우리나라에서 출판된 『삼국지』의 지은이 난에는 대부분 '나관중'이란 인물이 들어가 있지만, 사실 지금 우리가 보는 거의 대부분의 『삼국지연의』는 청대 초엽에 모종강毛宗崗이란 사람이 다시 짜깁기하고 꾸민 뒤 비어批語까지 단 120회본 장회소설章回小說을 근거로 하고 있다.

인구에 회자되는 표현으로 『삼국지연의』는 "7할이 사실이고 3할이 허구다"(칠실삼허七實三虛)라는 말이 있다. 실제 허실의 퍼센트 비율이 딱 들어맞는다고 믿어지진 않지만 대체로 모두 수긍하는 이 주장은 결국에는 소설이기에 3할의 허구가 끼어들었다는 말이다. 실제로 『삼국지연의』의 결정적인 부분들에서 흥미진진해하고 감동하게 되는 것은 양념처럼 들어간 '허구(fiction)'의 공로일 경우가 대부분이다. 『삼국지연의』의 무엇이 역사적 사실이고 무엇이 문학적 허구인지에 대해서는 이미 많은 연구서가 나와 있으니, 여기에서 더 이상 따지지 않겠다. 그렇지만 뒤집어 생각해보면, 역사서에 근거한 나머지 7할의 내용은 정말 역사적 '사실(fact)'이란 말인가? 그렇다면 정사 『삼국지』는 진실한 사실만을 기록하고 있는가? 우리가 읽는 '역사'라는 것 자체가 실제 벌어졌던 수많은 역사적 사실이 지은이의 도덕적 가치, 정치적 입장, 시대적 요구에 따라 선별되고 평가된 것이다. 결국 '역사'라는 것 자체가 이미 의도적인 가공을 거친 '완제품'일진데, 실증사학의 주장마냥 모든 문제가 진위眞僞라는 층차에서만 다뤄질 수는 없다. 이미 일정한 도덕적 가치를 적용하고 받는 시비是非의 문제인 것이다. 중국의 전통 역사서술기법이라는 춘추필법春秋筆法이나 일자포폄一字褒貶이 바로 이에 대한 확실한 증거일 것이다. 이렇게 보면, 지은이가 구현하려는 옳음(시是: 가치와 도덕)을 잘 드러내 주는 표현은 비록 허구라 할지라도 '실'이요, 그 옳음을 가려버리는 표현(비非)은 비록 사실이라 할지라도 '허'일 뿐이다. 그리고 더더욱 중요한 것은 지은이가 담아 놓은 시비만큼이나 읽는 이의 시비 역시 텍스트에 투영되고 강요된다는 점이다. 결국 지은이와 읽는 이의 시비 사이에 팽팽한 긴장과 은밀한 교감이 생겨나게 된다. 공명이 일어나는 것이다. 그리고 바로 이러한 독자대중이 가지고 있는 보편적인 가치관과 정서와의 교감과 공명의 여부와 그 정도에 따라 다시 시비가 가려지고 허실이 평가된다.

사실 위촉오 삼국의 역사를 다룰 때 가장 문제가 되는 것은 '세 나라 중 어느 나라에 정통성을 부여할 것인가?'였다. 당초 진나라의 진수가 정사 『삼국지』를 지을 때는 진나라가 위나라에서 연원했기에 너무나 당연히 위나라가 정통으로 설정되어 있었다. 그리고 이 같은 관점은 북송 때 사마광司馬光이 지은 『자치통감資治通鑑』에 이르기까지 거의 주류를 이루고 있었다. 하지만 남송대에 이르러 주희朱熹는 이 같은 관점을 맹렬히 비판하고 촉나라 정통론을 들고 나온다. 거칠게 말하면, 비록 당시에 위나라가 국력이 가장 강하긴 했지만 원칙적으로 한나라 황실의 후예인 유비劉備의 촉나라가 진정한 정통이라는 것이다. 이 같은 주희의 관점은 사실 그 당시 북방 유목민족에게 이미 황하 유역을 빼앗기고 계속 위협을 느끼던 남송의 지식인들이 가지고 있던 입장을 대변한 것이다. 주희에 따르면, 정통은 단순히 외적인 조건, 즉 국력(특히 군사력)의 우열이나 당시의 정세에 의해 함부로 정해지는 것이 아니라 엄정한 대의명분에 의해 결정되는 것인데, 이는 결국 남송이 중원을 빼앗긴 지도 오래되었고 계속 쇠락의 길을 걷기는 하지만 중화문명의 정통성은 여전히 남송에게 있다는 논리를 위해 설정된 것이라고 할 수 있겠다. 이후 대의명분을 중시하는 이학理學이 보편화되면서 더 이상 삼국 중 위나라를 정통으로 보는 주장이나 서술은 견지될 수 없었고, 거의 자취를 찾아보기 어렵게 되었다. 결국 촉나라 정통론이 대세를 이루게 되었는데, 물론 『삼국지연의』 역시 이러한 이학의 정통론을 충실히 따르고 있다. 이는 『삼국지연의』의 작자 역시 이미 이학의 세례를 받은 대중의 시비관이나 허실관과 교감하고 공명할 수 있는 보편적인 서술을 채택한 것이라고 할 수 있겠다.

『삼국지연의』의 줄거리는 워낙 장황하게 길고 복잡다단하기도 하거니와 널리 알려진 것이라 따로 설명하지 않겠다. 아래에 인용된 제50회의 첫 부분은 적벽대전赤壁大戰이 오촉 연합군의 대승으로 끝나고 조조의 군대가 여지없이 패해버리는 장면을 기술하고 있다. 이 제50회의 제목을 풀어보면, "제갈량은 조조가 화용도로 도망할 것을 예측하고, 관우는 조조를 의리 있게 놓아주다"이다. 『삼국지연의』 같은 장회소설, 즉 여러 회로 나누어진 장편소설들은 원래 각 회에 담긴 내용의 요약으로 그 회의 제목을 삼았기에 다들 이 같이 각 회의 제목들이 장황하다.

却說[1]當夜張遼[2]一箭射黃蓋[3]下水, 救得曹操登岸, 尋着馬匹走時, 軍已大亂. 韓當[4]冒煙突火來攻水寨[5], 忽聽得士卒報道: "後梢舵上[6]一人, 高叫將軍表字[7]." 韓當細聽, 但聞高叫"公義[8]救我!" 當曰: "此黃公覆[9]也!" 急敎[10]救起. 見黃蓋負箭着傷[11], 咬出箭桿[12], 箭頭[13]陷在肉內. 韓當急爲脫去濕衣, 用刀剜出箭頭, 扯旗[14]束之, 脫自己戰袍與黃蓋穿了, 先令別船送回大寨[15]醫治. 原來黃蓋深知水性[16], 故大寒之時, 和甲[17]墮江, 也逃得性命[18].

却說當日滿江火滾, 喊聲震地. 左邊是韓當、蔣欽[19]兩軍從赤壁西邊殺來[20], 右邊是周泰、陳武[21]兩軍從赤壁東邊殺來, 正中是周瑜、程普、徐盛、丁奉[22]大隊船隻[23]都到. 火須兵應[24], 兵仗火威. 此正是三江[25]水戰, 赤壁鏖兵[26]. 曹軍着鎗中箭[27], 火焚水溺者, 不計其數.

後人有詩曰: "魏吳爭鬪決雌雄[28], 赤壁樓船一掃空[29]. 烈火初張照雲海[30], 周郎[31]曾此破曹公[32]." ……

1 각설却說: 각설하고. 앞에서 말하던 내용을 그만두고 새로운 내용을 말한다는 뜻. 원래 이야기꾼들이 이야기의 주제를 바꿀 때 사용하는 말로, 화본話本 이후 백화소설에서 관용구로 상용常用되었다.

2 장료張遼: 위나라 조조의 장수.

3 황개黃蓋: 오나라 장수.

4 한당韓當: 오나라 장수.
5 수채水寨: 강가에 세워진 조조의 진영을 가리킨다.
6 후초타상後梢舵上: 키가 달린 배 뒷부분을 가리킨다.
7 장군표자將軍表字: '장군'은 한당을 가리킨다. '표자'는 성인이 된 남자가 본명 대신 사용하는 자字를 뜻한다. 대부분 자는 본명의 뜻이나 그 사람의 덕성을 표출시켜주는 것이기에 '표자'라고도 한다.
8 공의公義: 한당의 자.
9 황공복黃公覆: 황개. '공복'은 황개의 자.
10 교教: 사역동사. 대상은 사졸들인데 생략되어 있다.
11 부전착상負箭着傷: '부전'은 화살을 맞다, '착상'은 상처를 입다.
12 전간箭桿: 화살대.
13 전두箭頭: 화살촉.
14 차기扯旗: 깃발을 찢다.
15 대채大寨: 오나라의 본진을 뜻한다.
16 심지수성深知水性: 물의 성질을 잘 안다. 물에 매우 익숙하다는 뜻.
17 화갑和甲: 갑옷을 입은 채로.
18 도득성명逃得性命: 겨우 목숨을 건지다.
19 장흠蔣欽: 오나라의 장수.
20 쇄래殺來: 쇄도하다. '쇄'는 급작스럽고 빠르다는 뜻.
21 주태周泰, 진무陳武: 모두 오나라의 장수.
22 주유周瑜, 정보程普, 서성徐盛, 정봉丁奉: 모두 오나라의 장수. '주유'는 오나라의 총사령관이었다.
23 선척船隻: 배에 대한 통칭. 여기에서는 전선戰船을 가리킨다.
24 화수병응火須兵應: '화'는 화공, '수'는 필요하다, '병응'은 군사적 호응.
25 삼강三江: 지명으로 원래는 삼강구三江口라 칭한다. 삼강구는 당시 오나라의 군영이 있던 곳이며, 동시에 적벽대전이 벌어진 곳이기도 하다.
26 오병鏖兵: 격렬한 전투.
27 착창중전着鎗中箭: '착창'은 창에 찔리다. '창'은 창槍의 이체자. '중전'은 화살에 맞다.
28 결자웅決雌雄: 자웅을 겨루다, 승부를 겨루다.
29 루선일소공樓船一掃空: '루선'은 누대가 있는 전선이라는 뜻으로, 전투를 위해 높다랗게 건조된 전선을 말한다. '일소공'은 완전히 쓸어 없애다, 완전히 소탕하다.

30 운해雲海: 원래는 아주 넓게 펼쳐진 바다를 뜻하지만, 여기에서는 적벽대전이 벌어졌던 장강을 가리킨다.

31 주랑周郞: 오나라 장수 주유.

32 조공曹公: 조조.

『수호전水滸傳』 제22회 「횡해군시진류빈橫海郡柴進留賓, 경양강무송타호景陽岡武松打虎」

『수호전』은 송대에 여러 가지 사연으로 양산박梁山泊이란 산채山寨에 모이게 된 108명의 호걸들이 관방官方의 억압에 맞서는 이야기다. 여기에서 산채는 도적의 본거지란 의미다. 108명의 호걸들은 하급관리, 농어민, 장사꾼, 강도 등 출신성분은 다양하지만 대부분 부당하거나 억울한 일을 당하고 난 뒤 양산박에 모여들면서, 결국 조정에서 개입할 정도로 큰 세력을 이루게 된다. 주요 주인공인 송강宋江의 경우 실존인물이며, 그와 몇몇 인물들의 이야기는 이미 남송 말에 지어져 원대 초에 첨삭을 거친 화본소설 『대송선화유사大宋宣和遺事』에 보인다. 이런 이야기들이 점점 구체화되고 살을 덧붙이게 되면서 결국 명나라 초엽 시내암施耐庵이란 사람의 정리를 거쳐 지금 우리가 알고 있는 『수호전』의 모습을 갖추게 되었다. 혹자는 시내암과 나관중羅貫中의 합작으로 보기도 한다. 구체적인 내용은 복잡하기도 하고 널리 알려져 있으므로 여기에서 다루지 않겠다. 『수호전』은 다양한 판본이 전해지는데, 명대에는 일반적으로 송강이 송나라 조정과 타협하고 조정의 벼슬을 받아 요遼나라와 방랍方臘의 난을 정벌하는 내용까지 다루는 100회본과, 후인이 그 이후 내용을 첨가해 송강이 송나라 조정에게 배신당해 결국 극약을 먹고 죽고 마는 내용까지를 다룬 120회본이 알려졌다. 하지만 명말 청초 때의 문인 김성탄金聖嘆은 『수호전』 중 송강이 이끌던 양산박이 조정에 귀순한 이후 부분은 비극적이면서도 앞서 보였던 호걸들의 거침없는 기세가 사라져 『수호전』에 담긴 대의에 걸맞지 않다고 여기고, 이를 후인이 함부로 덧붙인 졸렬한 속작으로 간주해 삭제해 버렸다. 이렇게 김성탄이 후반부를 삭제하고 비어批語를 단 것이 70회본 『수호전』[1] 인데, 이후 상당히 인기가 있었다.

흔히 사대기서四大奇書라 정의되는 『삼국지연의』, 『수호전』, 『서유기西遊記』, 『금병매金瓶梅』 중 수장 격인 『삼국지연의』는 입말글 위주인 다른 세 작품들에 비해 글말글과 입말글이 뒤섞여 있어서 현재의 일반 중국인들조차도 읽기가 그다지 수월치만은 않다. 그래서 20세기 초 중국에서 전통적인 글말글(문언문)을 버리고 입말글(백화문)을 쓰자는 문학운동이 대대적으로 전개됐을 때, '도적질을 가르치는'(회도誨盜) 『수호전』이 백화문의 대표적인 텍스트로 꼽혔던 이유가 여기에 있다. 『서유기』는 너무 비과학적이라 당시 과학을 중시하던 사조에 어울리지 않았고, 『금병매』는 너무 음란한데다가 산동山東 지방 특유의 사투리가 섞여 있었다. 이 외에도 청대에 나온 백화소설 『홍루몽紅樓夢』은 『수호전』보다 문학적으로 뛰어났지만 수사의 조탁이 심해 현실적인 입말글과는 괴리가 있었고, 『유림외사儒林外史』는 과거의 폐습을 주제로 하고 있었다. 그만큼 『수호전』은 거칠면서도 생동감 있는 입말들이 사용되었다는 사실을 확인시켜 준다.

주인공이 108명이다 보니 내용 전개가 다소 산만하고 각각의 주인공들의 개성을 모두 제대로 표현하지는 못했지만, 비록 도둑의 두목이 되었으나 관리 출신으로서 조정에 대한 충성심을 버리지 못하는 송강이나, 무법천지에 아무 거칠 것이 없으면서도 어머니나 의형제에게는 지극정성인 이규李逵 등 주요 주인공들의 성격 묘사에는 나름대로 뛰어난 성취를 보였다. 하지만 실제로 『수호전』을 읽어보면, 주인공들이 제 성질을 못 이겨, 혹은 술에 취해 함부로 사람을 때려죽이거나 여관 손님을 죽여 인육 만두를 만드는 등 현재의 도덕적 관점에서 볼 때 받아들일 수 없는 부분도 적지 않다.

여기에서는 제22회의 일부를 발췌해 인용했는데, 제목은 "횡해군 시진은 손님을 머물게 하고, 경양강에서 무송은 호랑이를 때려잡다"이다. 특히 여기에 인용된 부분은 무송이 호랑이를 때려죽이는 장면이다. 말에 화려한 꾸밈이 전혀 없고 상당히 상세한 묘사의 입말글임을 알 수 있다.

…… 武松[2]見那大蟲[3]復翻身回來, 雙手輪起哨棒[4], 儘[5]平生氣力, 只一棒, 從半空劈將下來[6]. 只聽得一聲響, 簌簌地[7], 將那樹連枝帶葉[8]劈臉打將下來. 定睛看時, 一棒劈不着大蟲, 原來打急了, 正打在枯樹上, 把那條哨棒折做兩截[9], 只拿得一半在手裏. 那大蟲咆哮, 性發起來[10], 翻身又只一撲, 撲將來. 武松又只一跳, 却退了十步遠. 那大蟲恰好把兩隻前爪搭[11]在武松面前. 武松將半截棒丟[12]在一邊, 兩隻手就勢[13]把大蟲頂花皮肐膊地揪住[14], 一按, 按將下來. 那隻大蟲急要掙扎[15], 被武松儘氣力捺[16]定, 那裏[17]肯放半點兒鬆寬.

武松把隻脚[18]望[19]大蟲面門上[20]眼睛裏, 只顧亂踢[21]. 那大蟲咆哮起來, 把身底下爬起兩堆黄泥做了一個土坑. 武松把大蟲嘴直按下黄泥坑裏去. 那大蟲喫[22]武松奈何得[23]沒了些氣力. 武松把左手緊緊地揪住頂花皮, 偸[24]出右手來, 提起鐵鎚般大小[25]拳頭, 儘平生之力, 只顧打. 打到五七十[26]拳, 那大蟲眼裏, 口裏, 鼻子裏, 耳朵裏, 都迸出鮮血來, 更動撣[27]不得, 只剩口裏兀自[28]氣喘.

武松放了手來松樹邊尋那打折的哨棒, 拿在手裏, 只怕大蟲不死, 把棒橛[29]又打了一回. 眼見氣都沒了, 方纔[30]丟了棒, 尋思[31]道: '我就地[32]拖得這死大蟲下岡子[33]去?' 就血泊裏[34]雙手來提時, 那裏提得動. 原來使[35]盡了氣力, 手脚都蘇軟[36]了. ……

1 70회본이라 하지만 사실은 기존의 『수호전』 제1회를 설자楔子, 즉 프롤로그로 삼고 제2회를 제1회로 삼았기에 제71회까지 실려 있다.

2 무송武松: 『수호전』의 108호걸 중 한 명.

3 대충大蟲: 호랑이. 옛사람들에게 호랑이는 상당히 두려움의 대상이었다. 때문에 직접 그 이름을 입에 올리는 것을 꺼려하고 굳이 불러야 할 때는 대신 으뜸가는 짐승이란 뜻으로 '대충'이란 별명을 불렀다. 원래 '충'은 곤충을 가리키는 말이 아니라 짐승을 통칭하는 표현이었다.

4 륜기초봉輪起哨棒: '륜기'는 휘두르기 시작하다. '륜'은 륜掄의 가차자로, 휘두른다는 뜻이다. '초봉'은 옛사람들이 여행길에 늑대와 같은 짐승을 만났을 때를 대비해 가지고 다니던 몽둥이로, 속이 비어 있어서 휘두르면 웅~ 웅~ 하며 굵은 소리가 나서 짐승들을 겁먹게 했다고 한다.

5 진儘: 다하다, 모두 사용하다.

6 종반공벽장하래從半空劈將下來: '반공'은 허공에서부터. '벽'은 내려치다. '장'은 일종의 조사로 별 뜻 없이 앞에 있는 동사의 방향을 강조해 주는 역할을 한다. 즉 '벽장하래'는 '장'을 빼고, '벽'(동사)+'하래'(방향보어)라고 풀어도 무방하다. 뒤에 보이는 '타장하래打將下來'와 '박장래撲將來'의 '장' 역시 이와 같은 용법이다. '將'의 이 같은 용법은 현재 일부 방언에 아직 남아 있다.

7 속속지簌簌地: 낙엽이 한꺼번에 떨어지는 소리. 우수수. 혹은 바람을 가르는 소리라고도 한다.

8 련지대엽連枝帶葉: 가지부터 잎사귀까지. '련A대B'는 'A부터 B까지'의 뜻.

9 절주양절折做兩截: 부러져 두 동강이가 되다.

10 성발기래性發起來: 성을 내다, 화를 내다.

11 양척전조탑兩隻前爪搭: '양척전조'는 두 앞발의 발톱, '탑'은 놓여 있다, 걸쳐 있다.

12 주丟: 던지다, 버리다.

13 취세就勢: 추세에 따라. '취'는 ~을 따라, ~을 틈타. '세'는 상황의 흐름, 혹은 추세.

14 정화피흘탑지추주頂花皮肐膌地揪住: '정화피'는 이마에 무늬가 있는 가죽. 여기에서는 호랑이의 이마 부분의 가죽을 가리킨다. '흘탑'은 한 덩어리로, 한 움큼. '흘탑'은 흘탑疙瘩의 이체자. '추주'는 꽉 잡다.

15 쟁찰掙扎: 몸부림치다, 발버둥치다.

16 날捺: 억누르다.

17 나리那裏: 어찌 ~하겠는가, 어디 ~할 리가 있겠는가. 여기에서는 반문의 어기를 가진다.

18 척각隻脚: 한쪽 다리. '척'은 일척一隻의 줄임.

19 망望: ~을 향해서.

20 면문상面門上: 얼굴, 면상.

21 지고란척只顧亂踢: '지고'는 단지 ~에만 신경 쓰다, 오로지 ~에만 집중하다. '란척'은 마구 발길질하다.

22 끽喫: 피被처럼 ~에게 ~당한다는 피동의 의미. '끽'은 흘吃의 이체자.

23 내하득奈何得: '내하'는 수단과 방법을 써서 상대방을 제압한다는 동사. '득'은 '내하'에

붙은 정도보어. 이 문장은 피동형이므로, 뒤에 붙은 '몰료사기력沒了些氣力'은 제압당한 정도를 표현한다.

24 투偷: 몰래, 슬그머니.

25 철추반대소鐵鎚般大小: '철추반'은 쇠망치 같은. '반'은 ~과 같은. '대소'는 '대'의 의미만 살려 크다는 뜻. 이렇게 두 가지 상반된 뜻의 낱말이 한 가지 뜻만 나타내는 경우를 편의복사偏義複詞라고 한다.

26 오칠십五七十: 50회에서 70회 정도.

27 동탄動撣: 움직이다.

28 올자兀自: 아직도, 여전히. 당시 입말투의 표현이다.

29 봉궐棒橛: 짧은 몽둥이. 당초 길었던 '초봉'의 반쪽이기에 이렇게 표현한 것이다.

30 방재方纔: 비로소. '재'는 재才의 본자本字.

31 심사尋思: 중국 북방의 입말로, 생각하다, 따져본다는 뜻.

32 취지就地: ~한 김에, 내친 김에. 여기에서는 '이왕 호랑이를 때려죽인 김에'라는 뜻.

33 강자岡子: 산 고개. 여기에서는 경양강景陽岡을 가리킨다.

34 혈박리血泊裏: 피범벅 속에서. '혈박'은 피가 낭자하고 흥건한 곳을 말한다.

35 사使: 사용하다, 쓰다.

36 소연蘇軟: 무르고 연약하다. 지쳐서 힘이 완전히 빠지고 푹 퍼진 상태를 뜻한다. '소'는 소酥의 가차자.

『서유기西遊記』 제51회
「심원공용천반계心猿空用千般計, 수화무공난련마水火無功難煉魔」

『서유기』는 명대 오승은吳承恩의 장편소설로, 100회로 이루어져 있다. 온갖 도술을 익혀 천궁과 용궁을 넘나들며 소란을 피우던 손오공孫悟空이란 원숭이가 결국 저팔계猪八戒, 사오정沙悟淨과 함께 현장법사玄奘法師를 모시고, 온갖 요괴들의 방해를 이겨내면서 천축국天竺國(지금의 인도)에 가서 불경을 받아오는 이야기다. 당나라 때의 승려 현장은 실존 인물로, 실제로 천축에 가서 불경을 가져와 번역해 중국불교사에 한 획을 그은 인물이다. 때문에 멀게는 그가 쓴 기행문인 『대당서역기大唐西域記』 등이 『서유기』의 단초를 제공해 주었다고 말할 수도 있겠지만, 현재까지 직접 확인 가능한 『서유기』의 추형은 확실히 손오공이 이야기의 주인공으로 등장하는 송대 화본소설 『대당삼장취경시화大唐三藏取經詩話』다. 혹자는 원대의 작품으로 추정하도 한다.

전체적으로 『서유기』는 불교와 도교의 신통력과 도술이 난무하면서 상상력을 자극한다. 이러한 유형의 소설을 중국에서는 신마소설神魔小說이라고 구분하기도 한다. 주인공들과 요괴들이 좌충우돌하고 동분서주하면서 온갖 신기한 법보法寶들을 사용해 서로 물고물리는 접전을 펼쳐가는 흥미진진한 전개를 읽어가다 보면 자신도 모르는 새에 몰입하게 된다. 하지만 꼼꼼히 살펴보면 『서유기』는 단순히 허황된 상상만으로 점철된 것이 아니라, 실제 세상에서 보이는 인간군상의 온갖 부패, 탐욕, 허세, 무능을 아주 상징적으로, 그리고 해학적으로 풍자하고 있음을 발견할 수 있다.

여기에서 인용한 제51회의 제목은 "손오공은 온갖 계책을 써보았으나 허사였고, 물과 불을 부리는 신선들도 아무런 성과를 내지 못해 독각시대왕獨角兕大王을 다루기 곤란해 하다"이다. 여기에서 발췌한 부분은 손오공이 독각시대왕이란 요괴를 만나 온갖 수모를 겪고, 하는 수 없이 옥황상제에게 도움을 청하는 장면이다. 하지만 이후 천계의 무장들과 신선들이 도와주러 왔지만 그들 역시 속수무책으로 당하고, 결국 석가모니에게까지 도움을 청하지만 석가모니가 보내준 18나한들까지 독각시대왕을 당해내지 못한다. 이때 석가모니가 넌지시 손오공에게 힌트를 주어 독각시대왕은 태상노군太上老君(노자)이 타고 다니던 청우青牛가 태상노군의 법보를 훔쳐 잠시 속세에 내려온 것임을 알아낸다. 결국 태상노군의 도움으로 간신히 독각시대왕(청우)을 제압하게 된다.

…… **當時四天師傳奏靈霄[1], 引見玉陛[2]. 行者朝上唱個大喏[3], 道: "老官兒[4], 累你[5]!累你! 我老孫[6]保護唐僧[7]往西天[8]取經, 一路凶多吉少, 也不消說[9]. 於今來在金山兜山, 金山兜洞[10], 有一兕怪[11], 把唐僧拿在**

洞裏, 不知是要蒸, 要煮, 要晒. 是老孫尋上[12]他門, 與他交戰, 那怪[13]却就有些認得老孫[14], 卓是[15]神通廣大, 把老孫的金箍棒[16]搶去, 因此難縛[17]妖魔. 疑是上天凶星, 思凡下界[18], 爲此老孫特來啓奏[19], 伏乞天尊垂慈洞鑒[20], 降旨[21]査勘兇星, 發兵收剿妖魔, 老孫不勝戰慄屛營之至[22]!" 却又打個深躬[23]道: "以聞[24]." 旁有葛仙翁[25]笑道: "猴子[26]是何前倨後恭[27]?" 行者道: "不敢! 不敢! 不是甚[28]前倨後恭, 老孫於今是沒棒弄了[29]." ……

1 사천사전주영소四天師傳奏靈霄: '사천사'는 원래 속세의 사람이었다가 우화등선羽化登仙해 천궁에서 옥황상제를 보좌한다고 전해지는 네 명의 신선으로, 동한 때 오두미교五斗米教를 세운 장도릉張道陵, 삼국시대 오나라의 좌자左慈에게 신선술을 배운 갈현葛玄(보통 갈선옹葛仙翁이라 칭함), 동진 때 온 가족이 신선이 되었던 허손許遜(일찍이 정양현령旌陽縣令을 지냈기에 흔히 허정양許旌陽이라 칭함), 칭기즈칸에게까지 도교를 설파했던 전진교全眞教의 구처기丘處機(구장춘丘長春, 혹은 장춘도인長春眞人이라 칭함)를 가리킨다. 이 중 구처기는 『서유기』에서 구홍제丘弘濟라고 칭해지는데, 사실 구처기를 구홍제라고 부르는 것은 잘못된 것이다. 그는 홍제라고 불린 적이 없다. 혹자는 원나라 때 구처기의 제자 이지상李志常이 죽은 후 진상묘응현문홍제대진인眞常妙應顯文弘濟大眞人으로 추서되었는데, 여기에서 홍제란 칭호가 구처기에게 잘못 더해진 것이 아닐까 의심한다. 한편 전진교가 원래 의술로 백성의 질병 치료에 힘쓴 것을 감안하면 그냥 존경의 표시로 홍제란 칭호를 붙인 것일 수도 있다. 혹자는 구처기를 빼고 송대 살수견薩守堅을 포함시키기도 하지만 『서유기』에서는 구처기가 포함되는 것이 확실하다. '전주'는 다른 사람을 거쳐 상주하다. 여기에서는 옥황상제에게 손오공이 뵙기를 청한다는 소식을 전한 것을 가리킨다. '영소'는 옥황상제가 있는 영소전靈霄殿으로, 능소전凌霄殿이라고도 한다.

2 인현옥폐引見玉陛: '인현'은 데려다 알현시키다. '옥폐'는 원래 궁궐의 계단을 말하지만, 흔히 조정에 대한 비유로 사용된다. 여기에서는 영소전에 있는 옥황상제을 가리킨다.

3 행자조상창개대야行者朝上唱個大喏: '행자'는 불교에서 출가는 했으되 아직 머리를 깎지 않은 이를 가리킨다. 여기에서는 손오공을 가리킨다. 『서유기』에서 손오공은 자주

손행자로 불린다. '조상'은 위를 향하다. '창개대야'는 크게 인사를 여쭙다. 높은 사람을 만났을 때 예를 차려 큰 소리로 인사를 올리는 것을 '창야'라고 한다.

4 노관아老官兒: 연장자에 대한 존칭. 하지만 옥황상제에겐 응당 '폐하' 정도의 극존칭을 써야 하는데 그냥 '노관아'라고만 부른 것은 은근히 불경스럽고 까불거리는 느낌이 난다.

5 루니累你: 너를 연루시키다. 폐를 끼치다, 너를 귀찮게 한다는 뜻.

6 노손老孫: 손오공이 스스로를 은근히 높여서 칭한 것이다.

7 당승唐僧: 당나라의 승려. 현장법사를 가리킨다.

8 서천西天: 서역의 천축국. 지금의 인도를 가리킨다.

9 불소설不消說: 이야기하는 데 허비하지 않겠다, 이야기할 필요가 없다.

10 금산도산金山兜山, 금산도동金山兜洞: 각각 금도산金兜山과 금도동金兜洞. 『서유기』에서는 금산도산/금산도동과 금도산/금도동이란 표현을 혼용하고 있는데, 그 이유는 알 수 없다.

11 시괴兕怪: 외뿔이 달린 요괴. 현장을 잡아가고 손오공과 대치하고 있는 독각시대왕을 가리킨다.

12 심상尋上: 찾아가다.

13 나괴那怪: 그 요괴. 즉 독각시대왕. 지금의 백화와는 달리 양사가 없다.

14 유사인득노손有些認得老孫: 나 손오공을 좀 알아보다. 독각시대왕이 손오공 자신에 대해 대략이나마 알고 있었다는 뜻.

15 탁시卓是: 대단히 ~하다.

16 금고봉金箍棒: 부리는 사람의 뜻에 따라 늘어났다 줄었다, 커졌다 작아졌다 하는 손오공의 주무기. 원래 이름은 여의금고봉如意金箍棒이고, 우리나라에선 주로 여의봉이라 부른다.

17 난박難縛: 포박하기 어렵다, 잡기 어렵다.

18 사범하계思凡下界: '사범'은 속세를 그리워하다, '하계'는 속세로 내려오다.

19 계주啓奏: 옥황상제에게 상주하다.

20 복걸천존수자통감伏乞天尊垂慈洞鑒: '복걸'은 엎드려 바라건대. 남에게 어떤 부탁을 할 때 사용하는 아주 겸손한 표현이다. '천존'은 옥황상제. '수자'는 자비를 내려주다, 자비를 베풀다. '통감'은 잘 살펴보다. 통촉洞燭과 같은 의미다. '통'은 명철하게 꿰뚫는다는 뜻.

21 강지降旨: 성지聖旨를 내리다.

22 불승전율병영지지不勝戰慄屛營之至: '불승'은 이기지 못하다. '전율'과 '병영'은 모두 두려워 불안해한다는 뜻. 이 구절은 만약 앞서 자신이 말한 것과 같은 요구를 들어주신다면, 그 성은이 너무 커서 두려워 불안해지는 것을 이기지 못할 것이라는 뜻이다. '~지지'는 형용사 뒤에 붙어 '~한 지극함' 정도로 번역하거나 도치해 '지극히 ~함'으로 번역된다.

23 타개심궁打個深躬: '타궁'은 허리를 굽혀 절을 올리다. 타공打恭이라고도 쓴다. '타개심궁'은 허리를 아주 푹 숙여 절을 올린다는 뜻. 즉 최고의 예를 갖춘다는 표현이다.

24 이문以聞: 이로써 아룁니다, 이 내용을 아룁니다. '이'는 방금 손오공이 옥황상제에게 아뢴 이야기들을 받는다. '문'은 들려드리다, 아뢰다.

25 갈선옹葛仙翁: 앞에 나왔던 사천사四天師 중 갈현葛玄.

26 후자猴子: 원숭이. 손오공을 가리킨다. 갈현이 일부러 손오공을 익살스럽게 낮춰 부른 것이다.

27 전거후공前倨後恭: 먼저 거만하게 굴다가 나중에 공손하게 굴다.

28 심甚: 심마甚麽, 즉 '무슨'의 뜻. 여기에서는 의문관형사가 아니라 불특정한 범위를 의미하는 지시관형사다.

29 농료弄了: ~하게 되었다. '농'은 해서는 안 될 일을 한다는 의미가 있다. 원래는 이렇게 구차하게 부탁하지 않을 것인데 여의금고봉을 빼앗겨 부득이 부탁하러 오게 되었다는 뜻이다.

『금병매金甁梅』 제49회

「서문경영청송순안西門慶迎請宋巡按, 영복사전행우호승永福寺餞行遇胡僧」

우리는 일반적으로 중국의 사대기서로 『삼국지연의』, 『수호전』, 『서유기』, 『금병매』를 꼽지만, 사실 중국인들은 사대명저라 하고 『삼국지연의』, 『수호전』, 『서유기』와 함께 청대 소설 『홍루몽紅樓夢』을 꼽는다. 이는 그만큼 『금병매』가 사실상 널리 읽히지 못했음을 말해주는 것인데, 그 이유는 아래 인용문만 보아도 쉽게 짐작할 수 있듯이 너무 음란하기 때문이다. 『금병매』의 작가 역시 소소생笑笑生이란 필명만 전할 뿐 실제 누구인지는 전혀 알려져 있지 않다. 단지 산동山東 특유의 사투리가 들어있는 것으로 보아 산동 지역의 문인일 것이라 추측할 뿐이다.

원래 『금병매』는 『수호전』의 일부에서 파생되어 나온 것으로, 위에서 보았던 『수호전』에서 서문경西門慶과 사통해 결국 무송武松(무이랑武二郎)의 형 무대武大(무태랑武太郎)를 독살해 버리고 서문경의 다섯 번째 첩이 되는 반금련潘金蓮을 주인공으로 하고 있다. 『금병매』란 제목은 여자 주인공 반금련의 '금', 원래 서문경 벗의 처였다가 결국 서문경의 여섯 번째 첩이 되는 이병아李甁兒의 '병', 그리고 반금련의 계집종 춘매春梅의 '매'를 따서 지은 것이다. 곳곳에 보이는 성기나 성교에 대한 노골적인 묘사에 가리기가 쉽지만, 사실 『금병매』란 소설은 명대에 관료와 상인, 그리고 악덕토호가 어떻게 연계해 온갖 부정부패를 저지르는지를 적나라하게 고발하고 있어서, 명대 사회나 경제를 이해하는 데 유용한 사료로 사용되기도 한다. 비록 작품의 시대배경은 송대지만 실제 묘사하고 있는 것은 명대의 상황이다.

현재 확인된 바로 『금병매』의 가장 오래된 판본은 명나라 만력萬曆 연간(1573~1620)에 나온 『금병매사화金甁梅詞話』다. 『금병매』는 100회본 장편소설로서 아래에서 인용한 제49회의 제목은 "서문경은 송순안을 맞이하고, 영복사에서 송별연을 하다가 우연히 호승과 맞닥뜨리다"이다. 발췌한 부분은 서문경이 영복사에서 전혀 뜻하지 않게 천축에서 온 승려를 만나, '비아그라'를 능가하는 정력제를 얻게 되는 장면이다. 특이한 것은 호승의 약효 설명이 운문, 즉 시로 되어 있다는 점이다. 그래서 인용문 중 "호승설胡僧說" 이후로 끝까지 짝수 구절의 마지막 글자가 모두 '~ang'이란 각운으로 압운되고 있다.

『금병매』의 내용은 상당히 복잡해서 일일이 설명할 수는 없지만 서문경과 반금련의 최후에 초점을 맞춰 간추려보면, 『수호전』과는 달리 무송이 형 무대의 원수를 갚으러 왔을 때 서문경과 반금련을 죽이지 못하고 실수로 엉뚱한 사람을 죽이고 유배를 간다. 이후 서문경은 온갖 부정부패와 악행을 저지르며 살다가 결국 정력제를 남용해 죽는다. 이후 반금련은 서문경의 사위와 다시 간통하다가 발각되어 서문경의 집에서 쫓겨나 다른 곳에 팔려갈 신세가 된다. 이때 마침 유배에서 돌아온 무송의 손에 반금련은 죽임을 당한다. 사실 『금병매』에는 이들 말고도 여러 인간군상이 악행과 간통을 저지르는 내용이 너무나 적나라하게 묘사되어 있다. 하지만 실제 지금 우리가 보는 거의 대부분의 『금병매』 판본은 그나마 너무 음란한 묘사가 있는 부분을 약간씩 삭제한 것이다.

…… 西門慶[1]叫左右[2]拿過酒桌去, 因問他求房術[3]的藥兒. 胡僧[4]道: "我有一枝藥, 乃老君煉就[5], 王母傳方[6], 非人不度[7], 非人不傳, 專度有緣[8]. 旣是官人[9]厚待于我, 我與你幾丸[10]罷." 于是向褡褳[11]內取出葫蘆兒[12], 傾出百十丸, 分付: "每次只一粒, 不可多了, 用燒酒[13]送下." 又搬向那一個葫兒捏了[14], 取二錢一塊[15]粉紅膏兒[16], 分付: "每次只許用二厘[17], 不可多用[18]. 若是脹的慌[19], 用手捏着兩邊腿上[20], 只顧摔打百十下[21], 方得通[22]. 你可省節[23]用之, 不可輕泄于人[24]." 西門慶雙手接了, 說道: "我且問你這藥有何功効." 胡僧說: "形如鷄卵, 色似鵞黃[25]. 三次老君炮煉[26], 王母親手傳方. 外視[27]輕如糞土, 內覰[28]貴乎玕琅[29]. 比金金豈換[30], 比玉玉何償. 任[31]你腰金衣紫[32], 任你大厦高堂. 任你輕裘肥馬[33], 任你才俊棟梁[34], 此藥用托掌內, 飄然[35]身入洞房[36]. 洞中春不老[37], 物外景長芳[38]. 玉山無頹敗[39], 丹田[40]夜有光. 一戰[41]精神爽, 再戰[42]氣血剛. 不拘嬌豔寵, 十二美紅妝[43]. 交接從吾好[44], 徹夜硬如鎗[45]. 服久寬脾胃[46], 滋腎又扶陽[47]. 百日鬚髮黑, 千朝[48]體自强. 固齒能明目[49], 陽生姤始藏[50]. 恐君[51]如不信, 拌飯[52]與猫嚐. 三日淫無度[53], 四日熱難當[54]. 白猫變爲黑[55], 尿糞俱停亡[56]. 夏月當風臥[57], 冬天水裏藏[58]. 若還不解泄[59], 毛脫盡精光[60]. 每服一厘半, 陽興愈健强. 一夜歇十女[61], 其精永不傷[62]. 老婦顰眉蹙, 淫娼不可當[63]. 有時心倦怠[64], 收兵罷戰場[65]. 冷水呑一口, 陽回[66]精不傷. 快美終宵樂[67], 春色滿蘭房[68]. 贈與知音客[69], 永作保身方[70]." ……

1 서문경西門慶: 『금병매』의 남자 주인공.

2 좌우左右: 좌우에서 시중드는 사람.

3 방술房術: 방중술房中術, 즉 성교의 기술. 진정한 방중술은 단순히 육체의 쾌락만을 추구하는 것이 아니라 불로장생不老長生을 궁극의 목적으로 한다.

4 호승胡僧: 외국인 승려. 여기에서는 서역 천축에서 온 승려로, 약으로 중생을 구제한다고 자부할 정도로 기묘한 약들을 지니고 있었다.

5 노군련취老君煉就: '노군'은 태상노군太上老君, 즉 노자老子. '련취'는 연성煉成, 정련해 만들다. 주로 단약丹藥을 만드는 것을 '연성'이라 한다.

6 왕모전방王母傳方: '왕모'는 곤륜산崑崙山에 산다고 하는 서왕모西王母, '전방'은 전해 준 처방.

7 비인부도非人不度: '비인'은 그 사람이 아니면, 즉 적임자가 아니면. '부도'는 제도濟度하지 않다.

8 전도유연專度有緣: '전'은 오로지, '도'는 제도濟度하다, '유연'은 인연이 있는 사람.

9 관인官人: 원래는 관직에 오른 사람에 대한 존칭이었지만, 송대 이후로는 일정한 지위의 남자에 대한 존칭이나 남편에 대한 존칭으로 상용되었다. 여기에서는 전자의 경우로 서문경을 높여 부르는 말.

10 환丸: 환약, 알약.

11 답련褡褳: 어깨에 걸치는 포대의 일종으로, 주로 여행 다니는 사람들이 짐을 넣어두는 용도로 사용된다. 긴 직사각형의 천 양쪽 끝에 두 주머니를 마주보게 달아놓고 그 가운데를 접어 어깨에 걸쳐서 몸의 앞뒤로 물건을 담을 주머니가 놓이게 만든다. 탑련搭連이라고 쓰기도 한다.

12 호로아葫蘆兒: 호리병박으로 만든 호리병. 주로 약이나 술을 담는 데 사용한다.

13 소주燒酒: 증류주. 대체로 발효주보다 도수가 높다.

14 우반향나일개호아날료又搬向那一個葫兒捏了: 이 구절은 의미가 분명하게 해석되지 않는다. 때문에 혹자는 『금병매』의 여러 판본을 비교 교감해 "우장나일개호로아게료又將那一個葫蘆兒揭了"(또 그 호리병 하나를 열어)로 수정해 파악하기도 하는데, 문맥상 보다 타당하고 여겨진다.

15 이전일괴二錢一塊: '이전'은 두 돈의 뜻. '전'은 무게 단위로 우리나라의 '돈'에 해당한다. '일괴'는 한 덩어리.

16 고아膏兒: 고약.

17 리厘: 무게 단위로, 과거 중국에서는 근斤 - 냥兩 - 전錢 - 푼分 - 리厘의 순서로 무게를 표시했다. 16냥이 1근이며, 이 외에는 1냥 = 10전, 1전 = 10푼, 1푼 = 10리다.

18 용用: 복용하다.

19 창적황脹的慌: 견디기 괴로울 정도로 팽창하다. '적'은 정도보어 득得의 역할을 한다. '황'은 도저히 견딜 수 없는 상태. 이는 남자의 성기에 대해 얘기한 것이다.

20 용수날착양변퇴상用手捏着兩邊腿上: 손으로 두 다리 사이의 성기를 꽉 쥔다는 뜻.

21 지고솔타백십하只顧摔打百十下: '지고'는 다만, 단지. '솔타'는 성기를 잡아서 아래로 내던지듯 튕긴다는 뜻. '하'는 횟수를 나타내는 양사.

22 방득통方得通: '방'은 비로소. '득'은 할 수 있다. '통'은 모인 피가 통하게 된다는 말로, 성기의 발기가 풀린다는 뜻.

23 생절省節: 아끼다, 절약하다.

24 경설우인輕泄于人: 남에게 경솔하게 누설하다.

25 아황鵞黃: 엷은 누런 빛깔. 담황색淡黃色.

26 삼차노군포련三次老君炮煉: 태상노군이 세 차례나 연성시켰다는 뜻. 이는 이 약이 매우 정련된 것임을 강조한 것이다.

27 외시外視: 아무것도 모르는 외부인이 보자면.

28 내처內覷: 실질을 들여다보면.

29 귀호간랑貴乎玕琅: '귀호'는 ~보다 귀하다. '호'는 비교의 뜻. '간랑'은 아주 귀한 옥의 일종.

30 비금금기환比金金豈換: '비금'은 金과 비교해보다. '금기환'은 기환금豈換金의 도치형으로, '어찌 금과 바꾸겠는가!'라는 뜻. 다음 구절도 이와 같은 구조다.

31 임任: 설령 ~하더라도.

32 요금의자腰金衣紫: 금인金印을 허리에 차고 자포紫袍를 입다. 고관대작이 되었음을 의미한다.

33 경구비마輕裘肥馬: '경구'는 아주 가벼운 갖옷. 가죽옷은 원래 가벼울수록 귀하다. '비마'는 보기 좋게 살이 오른 말. 모두 부호나 가질 수 있는 사치품이다.

34 재준동량才俊棟梁: 재주가 뛰어나 나라의 동량이 되다.

35 표연飄然: 표연히. 바람처럼 아주 가벼운 모습.

36 동방洞房: 원래는 내실內室 또는 규방閨房을 가리키는 말이었지만, 나중에는 주로 신혼부부의 방을 가리키는 표현으로 사용되었다. 여기에서는 여인이 사는 방을 가리킨다.

37 동중춘불로洞中春不老: '동중춘'은 동방에서의 춘정春情, 즉 성욕을 말한다. '불로'는 늙지 않는다, 즉 사그라지지 않는다는 뜻.

38 물외경장방物外景長芳: '물외경'은 일반적인 속세의 틀을 벗어난 풍경. 이는 은밀한 사랑의 남다른 즐거움에 대한 비유다. '물외'는 평범한 만물이 펼쳐져 있는 속세를 벗어났다는 뜻. '장방'은 멀리까지 향기가 퍼진다는 뜻인데, 여기에서는 은밀한 사랑의 쾌락이 오래 지속됨을 상징한다.

39 옥산무퇴패玉山無頹敗: '옥산'은 여기에서는 옥으로 깎아놓은 산처럼 아름다운 외모를 가리킨다. '퇴패'는 원래 오래되거나 부패해 허물어진다는 뜻이지만, 여기에서는 늙는다는 뜻이다.

40 단전丹田: 하단전下丹田, 즉 배꼽에서 세 치 밑의 부분을 가리킨다. 도교에서는 이곳이 인체 생명의 근원이며 모든 정기가 모이는 곳이라고 본다. 오랜 단련을 거쳐 정기가 일정 수준 이상으로 모이면 정기가 빛을 발한다고 한다.

41 일전一戰: 첫 번째 성교.

42 재전再戰: 두 번째 성교.

43 불구교염총不拘嬌豔寵, 십이미홍장十二美紅妝: '불구'는 상관없다, 따지지 않는다. '교염'은 아주 아름답다. '총'은 총애를 받는 여인. '십이'는 사람 수인데, 실제로 12명이라기보다는 아주 많은 사람에 대한 비유다. '미'는 아름답다. '홍장'은 원래 여자의 화장을 가리키지만, 여기에서는 곱게 화장한 미녀를 뜻한다. 이 두 구절을 의역하면, 아름다운 여자들과 아무런 제한 없이 계속 성교를 할 수 있기에 12명의 미녀와도 거뜬하다는 뜻이다.

44 교접종오호交接從吾好: '교접'은 성교, '종'은 따르다, '오호'는 나의 기호.

45 경여창硬如鎗: 단단하기가 창과 같다. '창'은 창槍의 가차자. 여러 차례 성교를 하고 나서도 남자 성기의 발기가 전혀 풀리지 않음을 비유한 것이다.

46 복구관비위服久寬脾胃: '복구'는 오래 복용하다. '관'은 여기에서는 소화능력이 커진다, 즉 더욱 튼튼해진다는 뜻. '비위' 중 '비'는 오장五臟, '위'는 육부六腑의 하나로 둘 다 한의학에서 소화를 담당하는 부위다.

47 자신우부양滋腎又扶陽: '자신'과 '부양'은 모두 신장, 즉 콩팥에 관계된 표현이다. '자신'은 자신양음滋腎養陰, 즉 신장을 북돋아 음기를 기른다는 뜻. '부양'은 온신부양溫腎扶陽, 즉 신장을 따뜻하게 해 양기를 일으킨다는 뜻.

48 천조千朝: 천일千日. '조'는 원래 아침을 뜻하지만 여기에서는 날의 뜻.

49 고치능명목固齒能明目: '고치'는 이를 튼튼하게 하다, '능명목'은 눈을 밝아지게 하다.

50 양생구시장陽生姤始藏: '양생'은 양기가 생겨나다. '구'는 원래 『주역周易』의 「구괘姤卦」를 가리키는데, 여기에서는 음기를 뜻한다. 원래 『주역』의 괘를 365일에 대입해보면 「구괘」는 하지夏至에 해당한다. 하지는 양기가 극에 달해 점차 음기가 생겨나기 시작하는 시기를 의미한다. '시장'은 비로소 숨어버리다.

51 공군恐君: '공'은 ~할까 저어하다. 부정적인 추측의 의미. '군'은 그대, 서문경을 가리킨다.

52 반반拌飯: 밥과 비비다. 그 약을 밥에 넣어 버무린다는 뜻.

53 음무도淫無度: '음'은 성적으로 음란해진다. '무도'는 아무런 법도도 없어진다는 뜻.

54 열난당熱難當: 몸에 양기가 차올라 열이 오르는 것을 견디기 어려울 것이라는 뜻.

55 백묘변위흑白猫變爲黑: 흰 고양이의 털이 검어진다. 이 약을 계속 먹으면 늙은 사람의 흰 머리카락이 다시 검어진다는 것을 비유적으로 표현한 것이다.

56 뇨분구정망尿糞俱停亡: 소변과 대변이 모두 멈추어 배출되지 않는다. '망'은 사라지다. 한의학에서 볼 때, 양기가 너무 과하면 속에 열이 쌓여 심한 변비나 소변 장애를 초래한다.

57 하월당풍와夏月當風臥: '하월'은 여름. '당풍와'는 바람을 맞으며 자야 한다는 뜻. 이는 몸에 양기가 극성하기 때문이다.

58 동천수리장冬天水裏藏: '동천'은 겨울. '수리장'은 얼음을 깨고 차디찬 물속에 몸을 담가야 한다는 뜻. 이 역시 몸에 양기가 극성하기 때문이다.

59 약환불해설若還不解泄: '환'은 아직도, 여전히. '불해설'은 앞의 '약'과 함께 조건문으로 해석되어, '만약 그렇게 하고도 배설해 해소하지 못한다면'의 뜻. 배설하고 해소할 대상은 몸속의 양기다.

60 모탈진정광毛脫盡精光: '모'는 몸의 털. 탈진脫盡은 다 빠지다. '정광'은 '탈진'을 강조해주는 부사로 깡그리, 모조리의 뜻.

61 일야헐십녀一夜歇十女: 하룻밤에 열 명의 여자와 성교를 맺는다는 뜻. '헐'은 원래 쉬다, 혹은 잠을 잔다는 뜻인데, 성교가 원래 잠자리에서 벌어지므로 성교의 의미로도 사용된다.

62 기정영불상其精永不傷: 그 정기가 영원히 손상되지 않는다. 원래 한의학에서는 과도하거나 너무 잦은 성교는 몸의 정기를 고갈시킨다고 여겨서 크게 금기시한다.

63 노부빈미축老婦顰眉蹙, 음창불가당淫娼不可當: '노부빈미축'은 늙은 아낙이 몹시 괴로워한다는 뜻. '빈미축'은 빈미축알顰眉蹙頞의 줄임말로, 눈썹을 찌푸리고 코를 찡그린다는 뜻이다. '음창불가당'은 창녀 같이 음란한 아낙조차도 감당해낼 수 없다는 뜻.

늙은 아낙은 이미 성감이 많이 둔해진 대상이고, 음란한 창녀는 한창 성욕이 넘쳐나는 대상을 가리킨다. 두 구절 모두 그만큼 남자의 정력이 대단해진다는 의미다.

64 유시심권태有時心倦怠: '유시'는 한때, 문득. '심권태'는 지겹고 심드렁해지다.

65 수병파전장收兵罷戰場: '수병'은 병사 또는 병기를 거두다. '병'은 성기를 비유한다. '파'는 그만두다. '전장'은 성교를 의미한다.

66 양회陽回: 양기가 제자리로 돌아온다는 뜻. 즉 약 복용 전으로 돌아간다는 뜻.

67 쾌미종소락快美終宵樂: '쾌미'는 쾌락의 아름다움, 즉 성교를 가리킨다. '종소'는 온밤, 밤새껏. '락'은 즐기다.

68 춘색만난방春色滿蘭房: '춘색'은 원래 봄빛이지만, 여기에서는 남녀의 춘정을 가리킨다. '난방'은 여자의 규방을 가리킨다. 예부터 주로 규방에서 남녀가 관계를 맺었기에, 여기에서는 성교의 장소를 가리킨다.

69 지음객知音客: 자신을 알아봐준 사람. 호승 자신을 알아보고 잘 대접해준 서문경을 가리킨다.

70 영작보신방永作保身方: '영작'은 영원히 ~으로 삼다. '보신방'은 몸을 잘 지키는 처방.

명대 희곡

고명高明 『비파기琵琶記』 제20척齣[1] 「조강자염糟糠自厭」

『비파기』를 지은 고명은 원말 명초를 살았던 인물로, 당초 원나라에서 벼슬을 하다가 전란이 격화되자 사임하고 절강浙江에 은거해 사곡詞曲을 지으며 살다 죽었다. 전하는 바에 따르면, 고명은 원나라 말에 이미 『비파기』를 완성했는데, 명 태조 주원장朱元璋이 진작부터 『비파기』를 읽고 감탄해, 명나라를 세운 뒤 그를 초빙하려 했지만 그는 병을 핑계로 끝까지 출사出仕하지 않았다고 한다.

『비파기』의 거의 모든 형식은 남희南戲에서 유래했는데, 남희에 대해서는 원대 잡극 중 왕실보王實甫의 『서상기西廂記』에서 이미 언급했다. 당시 남곡인 남희는 북곡인 잡극의 남하南下에 상당히 위축되어 있었다. 잡극에 비해 아무래도 좀 낙후될 수밖에 없었던 지방희로서의 남희는 『비파기』라는 성공적인 작품을 통해 본격적으로 고급화되면서, 남방은 물론이고 북방으로까지 그 영향력을 넓혀갔다. 이러한 발전이 가능해진 것은 북곡 잡극에서 적극적으로 여러 장점을 흡수했기 때문이기도 하다. 그 일례가 바로 척齣인데 아래에서 남희의 특징을 이야기할 때 설명하겠다.

남희는 일명 전기傳奇라고도 불렀는데, 사실 전기는 당대 문언소설을 지칭하는 이름이었다. 그러나 이후 송원대의 설창 공연예술인 희곡 역시 전기라고 불렀다. 아마도 기이한 이야기를 담고 있음을 강조하기 위해서였을 것이다. 특히 남곡인 남희 계열을 주로 전기라고 칭했으나, 북곡인 잡극 역시 전기라고 칭하는 경우도 있었다. 그러다가 명대에 들어와서는 전기가 북곡과 구분되는 남곡 계열만을 지칭하는 별칭으로 정착되었다.

남희의 특징은 여러 형식에 있어서 자유롭다는 점이다. 사실 이러한 남희의 자유로운 형식은 어찌 보면 그만큼 덜 세련되고 덜 정비되었다는 의미이기도 하다. 이는 남희가 그때까지도 지방 향촌의 일반 서민들이 자유로이 즐기던 민간의 설창 공연예술이었음을 말해준다. 아무튼 잡극은 기본적으로 1본本 4절折이라는 정형화된 틀이 있었지만, 남희는 원래 단락을 나누는 별다른 틀 자체가 없다가 잡극의 장점을 적극적으로 흡수한 『비파기』에서 처음으로 현대 연극의 막 개념과 유사한 척이란 단락을 나누기 시작했는데, 이마저도 척수에는 특별한 제한이 없었다. 그래서 『비파기』도 42척으로 비교적 장편이며, 이후 대부분의 남희 역시 장편이 주종을 이룬다. 이 때문에 이후 남희는 한 번에 한 작품을 모두 공연할 수 없는 지경에 이르러 부득이 한 작품 중 볼만한 부분만을 따로 잘라 공연하는 방식이 등장하는데 이를 절자희折子戱라고 부른다. 게다가 잡극의 절과 달리 남희의 한 척 안에서는 여러 궁조가 언제나 자유로이 바뀔 수 있었고, 노래 부르는 배역 역시 필요에 따라 자유로이 바뀔 수 있었다. 이 밖에도 잡극에 비해 형식상 자유로운 부분이 많았기에 창의적인 시도를 하는 데 훨씬 유리했다. 이에 비해 잡극은 왕실보가 『서상기』에서 시도했던 혁신적인 변화를 제대로 계승하지 못하고 기존의 형식에 고착되어 쇠퇴를 거듭할 수밖에 없었다.

『비파기』의 소재는 예로부터 전래되던 효부孝婦의 고사를 기초로 해 만들어진 것이고 전반적인 내용은 남송 때의 남희 「조정녀채이랑趙貞女蔡二郞」에서 유래한 것이지만, 구체적인 구성은 고명의 문재文才에 의한 것이다. 대략의 줄거리를 소개하면 다음과 같다.

채옹蔡邕이란 사내는 조오낭趙五娘과 결혼한 지 얼마 되지 않아 아버지의 엄명으로 곧바로 장안으로 과거를 보러 떠난다. 채옹이 과거에서 장원급제하자 우승상牛丞相은 그를 사윗감으로 삼기로 작정한다. 채옹은 우승상의 이런 제안을 거부하려 했으나 우승상이 황명皇命으로 핍박하니 따르지 않을 수 없었다. 결국 채옹은 부득이 우승상의 데릴사위가 되어 부귀영화를 누리게 되었지만 그래도 여전히 고향에 두고 온 부모와 처에게 연락할 방법을 찾고 있었는데, 이를 눈치 챈 사기꾼이 그에게 접근해 자신이 위조한 편지를 채옹의 부모가 보낸 것인 양 사기를 치고는 다시 그의 편지를 받아 부모에게 전해주겠다며 받아가면서 돈만 가로채버렸다. 이후 채옹은 고향에 연락하기를 포기하고, 그렇게 3년이 흐른다. 한편 조오낭은 이런 사정도 모른 채 남편만을 기다리면서 온갖 고생을 참아내며 늙은 시부모를 정성껏 봉양한다. 그런데 흉년이 들어 형편이 더 안 좋아지자 시부모에게만 제대로 된 식사를 올리고 자신은 쌀겨만으로 힘겹게 연명한다. 이 사실을 안 시어머니가 충격과 상심으로 세상을 떠나고 곧이어 시아버지도 유명을 달리한다. 없는 형편에 당장 시부모를 장사지낼 돈이 없자 조오낭은 자신의 머리를 잘라 팔아서 장사를 지내려 한다. 이를 안 이웃 노인 장태공張太公이 도와주어 간단하게나마 장사를 치른다. 그렇게 간신히 모신 시부모의 무덤에는 봉분이 없었기에 조오낭은 다시 치마폭으로 흙을 나르며 봉분을 만들려 한다. 이를 본 산신이 조오낭의 효성에 감동해 봉분이 완성되는 것을 도와준다. 그 후 조오낭은 장안으로 남편을 찾아간다. 장안으로 가는 머나먼 여행길에서 조오낭은 효행에 대한 곡을 비파로 연주하며 걸식으로 연명해 천신만고 끝에 장안에 도착한다. 결국 조오낭은 남편 채옹을 만나게 되고 다시 우승상의 딸이 채옹을 통해 그간의 사정을 알게 되는데, 그녀는 자기 아버지로 인해 그가 부득이했음을 이해한다. 결국 채옹은 사직하고 조오낭과 우승상의 딸과 함께 고향에 내려가 3년상을 치른다. 우승상 역시 당초의 일을 회개하고 황제는 3년상을 치른 채옹에게 정표旌表를 하사하며 관직을 내린다.

내용을 보면 알겠지만, 사실 비상식적이거나 허술한 부분이 적지 않다. 대표적인 일례로, 채옹이 장원급제하고 우승상의 데릴사위가 된 뒤 3년 동안 어찌 부모에게 연락할 수 없었겠는가? 채옹을 변명하기 위해 고명은 사기꾼을 등장시키기도 했지만, 한 번 사기 당했다고 고향에 계속 사는 부모에게 연락을 못한다는 것은 말이 안 된다. 게다가 채옹이 우승상의 데릴사위가 되어 부귀영화를 누리게 되는 과정에서 그가 부득이하게 그리 되었음을 설명하고 있지만, 이 역시 다분히 그를 위한 변명일 뿐 궁극적으로는 채옹이 응당 지켜야할 자식의 도리와 지아비의 도리를 저버린 것이다. 그렇다면 지금의 우리가 볼 때 이렇게 허술한 내용을 가진 『비파기』가 어떻게 당시에 대대적인 환영을 받고 남희를 중흥시킬 수 있었을까? 우선 『비파기』가 본격적으로 인기를 모은 것은 명나라 초엽이다. 당시 명나라는 남경南京을 수도로 하고 있었으며, 주요 관료들도 대부분 남방 사람이었다. 명나라가 남경에서 북경으로 천도한 것은 영락제永樂帝 때의 일이다. 때문에 명나라의 고관대작들은 남곡인 남희에 보다 친근할 수밖에 없었다. 또한 원래 토속적이던 남희의 노래와 대사를 보다 세련되게 정련한 고명의 수사 역시 큰 역할을 했을 것이다. 게다가 지금 우리의 눈높이로 볼 때, 지어미의 정절과 효행, 그리고 인내와 희생만을 일방적으로 강조하고 있다고 보이는 『비파기』의 내용은 갓 세워진 나라의 안정을 위해 유교의 윤리, 즉 예교를 지극히 강조하고 있던 명나라의 정책방향과 잘 맞아 떨어졌다. 때문에 명나라 황실의 전폭적인 지원을 통해 『비파기』가 전국에 보급될 수 있었던 것이다. 물론 『비파기』 자체의 예술적 성취로 인해 사랑받은 면도 있겠지만, 당시 명나라 조정이 희곡에 대해 예교를 어지럽힌다는 이유로 자주 탄압을 가했음을 상기해 볼 때, 『비파기』만은 황실까지 나서서 적극적으로 내용을 찬양하고 오히려 보급에 힘쓴 것은 당연히 정치적 원인이 더 컸을 것이다. 마지막으로 당시에는 이러한 예교적 내용 자체가 지금의 우리와 달리 그다지 부정적이지 않았을 것이다. 오히려 조오낭의 효행은 매우 추앙받을 만한 행동으로 간주되었을 것이다. 앞서도 지적했지만 고증에 따르면 『비파기』의 대략적인 줄거리는 이미 남송의 남희 「조정녀채이랑」에 보인다. 사실 「조정녀채이랑」 역시 무정한 남편과 끝까지 도리를 다하는 아내를 다룬 최초의 작품이라기보다는 당시 유행하던 소재를 다룬 작품 중 하나일 뿐이다. 하지만 「조정녀채이랑」에서는 부모와 처를 모른척한 무심한 채이랑이 벼락을 맞아 죽는다는 내용으로 결과는 정반대다. 마치 『앵앵전』에서 『서상기』로의 변화처럼, 『비파기』의 결말은 대단원大團圓으로 바뀐 것이다. 「조정녀채이랑」에서 『비파기』로의 변화를 통해, 우리는 명대에 이르러 이학을 근간으로 하는 예교가 민간에까지 보다 더 확실하게 뿌리내리고 보다 더 강력한 힘을 발휘하기 시작했음을 감지할 수 있다.

한편 『비파기』가 나온 이래 채옹이나 우승상 등 등장인물들이 실제로 누구를 모델로 했는지에 대해서도 계속 논란이 있어 왔다. 『비파기』에 나오는 채옹은 자가 백개伯喈인데 원래 동한의 유명한 문인 채옹 역시 자가 백개였으므로, 당초 그를 모델로 한 것은 의심의 여지가 없다. 우승상은 일반적으로 당나라 승상이었던 우승유牛僧孺를 모델로 한 것으로 추정한다. 작품에서 나라의 수도가 장안인 것을 보면 시대배경도 당대다. 하지만 이 같은 추측은 『비파기』를 이해하는 데 별다른 도움이 되지 못한다. 이 밖에도 갖가지 추측이 난무하지만 대부분 호사가들의 억측에 불과한 경우가 많다.

여기에 인용한 대목은 바로 흉년이 들어 조오낭이 쌀겨만으로 힘겹게 연명하는 부분이다. 이후 이를 안 시어머니가 상심해 죽고 마는 부분은 생략되었고, 다시 돌아가신 시어머니의 장례 문제로 고민하다가 이웃 노인의 도움을 받는 부분이 인용되어 있다.

【商調過曲】【山坡羊】[2] (旦[3]:) 亂荒荒[4]不豐稔的年歲. 遠迢迢[5]不回來的夫壻[6]. 急煎煎[7]不耐煩的二親[8], 輭怯怯不濟事的孤身體[9]. 〈苦[10]〉! 衣盡典[11], 寸絲不掛體. 幾番拚死了奴身己[12]. 爭奈沒主公婆教誰看取[13]. (合[14]) 思之, 虛飄飄[15]命怎期[16]?難捱[17], 實丕丕災共危[18]!

【前腔】 滴溜溜[19]難窮盡的珠淚. 亂紛紛[20]難寬解的愁緒. 骨崖崖[21]難扶持的病身, 戰兢兢[22]難捱過[23]的時和歲. 〈這糠我待不吃你呵〉, 教奴怎忍飢? 〈我待吃你呵〉, 教奴怎生[24]吃? 思量起來, 不如奴先死. 圖得[25]不知他親[26]死時. (合前[27].)

〈奴家早上安排些飯與[28]公婆吃. 豈不欲買些鮭菜[29], 爭奈無錢可買. 不想[30]婆婆抵死[31]埋怨, 只道奴家背地[32]自吃了甚麼東西, 不知奴家吃的是米膜糠粃[33]! 又不敢教他知道. 便使[34]他埋怨殺我, 我也不敢分說[35]. 苦, 這糠粃怎的[36]吃得下?〉 (吃吐介[37].) ……

【仙呂入雙調】【玉包肚】[38] (旦:) 千般生受[39]! 教奴家如何措手[40]? 終不然[41]把他[42]骸骨, 沒棺材送在荒邱[43]! (合:) 相看到此[44], 不由[45]人不淚珠流! 正是不是寃家不聚頭[46].

【前腔】 (末[47]:) 五娘子, 不必多憂. 資[48]送婆婆在我身上有. 你但小心承直公公[49], 莫教他又成不救[50]. (合前[51].)

【前腔】 (外[52]:) 張公護救[53]. 我媳婦實難啓口[54]. 孩兒[55]去後又遇饑荒,

把衣衫典賣[56]無留. (合前.)

〈(末云:) 老員外[57], 你請進裏面去歇息. 待我一霎時[58]叫家僮討[59]棺木來, 把老安人[60]殯殮了, 選個吉日, 送在南山安葬去. (外云:) 如此多謝太公周濟[61]!〉

(旦:) 只爲無錢送老娘[62]. (末:) 須知此事有商量.

(合:) 歸家不敢高聲哭, 惟恐猿聞也斷腸[63]. (并下.)

....

1 제20척齣: 다른 판본을 보면 척의 구분을 달리해, 「조강자염」을 제21척으로 간주하기도 한다.

2 【상조과곡商調過曲】【산파양山坡羊】: '상조과곡' 중 '상조'는 궁조의 이름. 상조는 특히 전체적인 곡조가 처량하기로 이름나 있어서, 주로 비극적인 장면을 묘사할 때 사용된다. '과곡'은 대과곡帶過曲의 줄임말. 대과곡은 원래 북곡의 앞이나 뒤에 붙는 간주의 일종이었으나, 이후 남곡에서 이를 채용했다. '산파양'은 원래 북곡에서 중려中呂에 속하는 곡조인데, 남곡에서 상조의 곡조로 만들면서 글자 수를 늘리거나 평측을 바꾸어 변체變體를 만들었다. 이후로는 특별한 경우를 제외하고는 곡조에 대해 따로 설명하지 않겠다.

3 단旦: 여자 배역. 여기에서는 정단正旦, 즉 여자 주인공인 조오낭趙五娘을 가리킨다.

4 난황황亂荒荒: 아주 황량한 모양.

5 원초초遠迢迢: 아주 멀리 떨어진 모양.

6 부서夫壻: 지아비. 남편. 즉 남자 주인공인 채옹蔡邕을 가리킨다.

7 급전전急煎煎: 아주 다급한 모양, 안절부절못하는 모양.

8 이친二親: 시부모 두 분, 즉 채옹의 부모를 가리킨다.

9 연겁겁부제사적고신체輭怯怯不濟事的孤身體: '연겁겁'은 아주 나약한 모양. '부제사'는 일을 제대로 처리하지 못하다. '고신체'는 외로운 이 내 몸. 조오낭이 자기 자신을 가리키는 표현이다.

10 고苦: 고되다! 힘들다! 노래 중간에 끼어 있는 대사. 이하 노래에 끼어 있는 대사는 〈 〉로 표시한다.

11 전典: 저당 잡히다.

12 기번변사료노신기幾番拚死了奴身己: '기번'은 몇 번이고. '변사료'는 목숨을 내버리다, 죽다. '노'는 당시 여성이 스스로를 부르는 일종의 낮춤말. 아래에 나오는 '노가奴家'

역시 마찬가지다. '신기'는 자기 자신.

13 쟁나몰주공파교수간취爭奈沒主公婆教誰看取: '쟁나'는 어찌하나. '쟁'은 즘怎의 가차자. '몰주공파'는 주재해줄 사람 없는 시아버지와 시어머니. 주재해줄 사람이 없다는 말은 이들을 돌봐줄 아들이 없다는 뜻이다. '교'는 사역동사. '간취'는 돌봐주다. 여기에서 '취'는 조사로 아무 뜻이 없다.

14 합合: 다음 네 구절을 합창한다는 뜻.

15 허표표虛飄飄: 허공에 덧없이 날리는 모양.

16 기期: 기약하다, 희망하다.

17 애捱: 견디다, 참아내다.

18 실비비재공위實丕丕災共危: '실비비'는 정말로, 진짜로. '재공위'는 재난이 위험과 함께하다. 재난과 위험이 한꺼번에 닥친다는 뜻.

19 적류류滴溜溜: 방울방울 계속 흐르는 모양.

20 난분분亂紛紛: 아주 어지럽게 뒤엉킨 모양.

21 골애애骨崖崖: 너무 말라 뼈만 앙상한 모양.

22 전긍긍戰兢兢: 전전긍긍戰戰兢兢. 매우 두려워하며 어찌할 바를 모르는 모양.

23 애과捱過: 견디며 지내다.

24 즘생怎生: 어찌, 어떻게. 즘마怎麽 또는 즘양怎樣의 뜻.

25 도득圖得: 도모하다, 바라다.

26 타친他親: 그의 부모, 즉 지아비의 시부모.

27 합전合前: 앞에 나왔던 구절을 다시 합창하라는 뜻. 일종의 후렴구와 유사하다. 앞의 구절이란 "사지思之, 허표표명즘기虛飄飄命怎期? 난애難捱, 실비비재공위實丕丕災共危!"를 가리킨다.

28 여與: 주다, 드리다.

29 해채鮭菜: 물고기로 만든 요리의 통칭. 일반적으로 맛있고 값비싼 요리라는 의미로 사용된다.

30 불상不想: 예상치 못하다, 뜻밖에도.

31 저사抵死: 죽어라고, 지독하게.

32 배지背地: 등 뒤에서, 남몰래.

33 미막강비米膜糠粃: '미막'은 쌀겨. '강비'는 곡식의 껍질, 겨. 모두 원래는 먹지 않는 것들이다.

34 변사便使: 설령, 설사.

35 분설分說: 해명하다, 변명하다.

36 즘적怎的: 어떻게.

37 끽토개吃吐介: '끽토'는 먹고 토하다. '개'는 앞 표현의 동작을 지시한다. 잡극에서의 과科와 완전히 같은 뜻이다. '개'와 '과'는 흔히 서로 대용되거나 혼용되었다.

38 【선려입쌍조仙呂入雙調】【옥포두玉包肚】: '선려입쌍조'는 궁조명. '선려'에서 '쌍조'로 변화되는 궁조로 남곡에서만 쓰인다. '옥포두'는 선려입쌍조에 속하는 곡조.

39 천반생수千般生受: '천반'은 온갖. '생수'는 관용적인 표현으로, 폐를 끼치다, 수고를 끼치다, 난처하게 하다는 뜻이다.

40 조수措手: 처리하다, 조치하다.

41 종불연終不然: 설마 ~는 아니겠지? 강한 부정의 의미를 지닌 반문어反問語.

42 타他: 막 돌아가신 조오낭의 시어머니를 가리킨다.

43 황구荒邱: 황무지 언덕. 여기에서는 묏자리를 가리킨다.

44 상간도차相看到此: '상간'은 함께 보다. '차'는 이러한 상황 또는 지경.

45 불유不由: ~할 수 없다, ~할 방법이 없다.

46 불시원가불취두不是寃家不聚頭: 이 표현은 원래 송원대의 속어로, 직역하면 '원수가 아니면 만나게 되지 않는다'는 뜻인데, 대체로 '원수는 외나무다리에서 만난다'는 의미와 유사하다고 말할 수 있다. 여기에서 '원가'는 원수와도 같은 온갖 불행을 가리킨다. 그래서 문맥에 맞게 의역하면 '온갖 불행한 일들을 모두 맞닥뜨리게 되었네' 정도로 풀 수 있다.

47 말末: 남자 배역. 여기에서는 남자 배역 중 조연으로, 조오낭의 이웃에 사는 장태공張太公, 즉 장광재張廣才를 가리킨다. 태공은 이름이 아니라 노인에 대한 존칭이다.

48 자資: 자금. 여기서는 장례비를 뜻한다.

49 승직공공承直公公: '승직'은 돌보다, 모시다. '공공'은 조오낭의 시아버지를 가리킨다.

50 막교타우성불구莫教他又成不救: '타'는 시아버지, '성'은 어떠한 결말을 맺다, '불구'는 구하지 못하다. 전체적으로 의역하면 '시아버지마저 돌아가시게 하지 말라'는 뜻이다.

51 합전合前: 앞에서 나왔던 "상간도차相看到此, 불유인불루주류不由人不淚珠流! 정시불시원가불취두正是不是寃家不聚頭"란 구절을 다시 합창한다는 뜻.

52 외外: 배역의 한 종류. 주로 늙은 남자나 늙은 여자 배역을 가리키는데, 여기에서는 조오낭의 시아버지를 가리킨다.

53 장공호구張公護救: '장공'은 장태공, 즉 장광재를 높여 부른 것. '호구'는 보호하고 구제해주다.

54 아식부난계구我媳婦難啓口: '식부'는 며느리, 조오낭을 가리킨다. '난계구'는 입을 열기가 어렵다, 즉 뭐라 할 말이 없다는 뜻.

55 해아孩兒: 자신의 아들, 채옹을 가리킨다.

56 전매典賣: 저당 잡혀 팔다.

57 원외員外: 원래는 원외랑員外郎이라는 관직을 뜻하지만, 당시에는 주로 재물이 많은 부자를 '원외'라고 불렀다. 여기에서는 장태공이 채옹의 아버지에게 사용한 일종의 존칭이다.

58 일삽시一霎時: 삽시간에, 순식간에. 아주 짧은 시간을 뜻한다.

59 토討: 요구하다, 찾아오다.

60 노안인老安人: 노부인, 즉 조오낭의 죽은 시어머니를 가리킨다. 원래 '안인'은 남자가 일정 직위 이상의 관직에 오르게 되었을 때 그의 부인이나 어머니에게 내려주는 일종의 품계다. 하지만 여기에서는 장태공이 조오낭의 죽은 시어머니에 대한 존칭으로 사용한 것이다.

61 주제周濟: 구휼하다, 구제하다. '주'는 여기에서 주賙(진휼하다)의 가차자. 주급周急·주급周給·주제賙濟라고도 쓴다.

62 노낭老娘: 조오낭의 죽은 시어머니.

63 귀가불감고성곡歸家不敢高聲哭, 유공원문야단장惟恐猿聞也斷腸: 이 두 구절은 송원대의 유행어로, 직역하면 '집에 돌아가서도 감히 큰 소리로 울지 못하는 것은 원숭이가 듣고 애가 끊어질까 두려워서다'라는 뜻이다. 원래 중국에서는 사천四川 삼협三峽 원숭이의 우는 소리가 매우 구슬프기로 유명하다. 어떤 새끼를 빼앗긴 어미 원숭이가 너무 슬피 울다 피를 토하고 죽었기에 배를 갈라보니 창자가 토막 나 있었다는 고사도 전한다. 이 유행어는 그렇게 구슬프게 우는 원숭이도 자신이 우는 소리를 들으면 같이 슬퍼하다 애가 끊어질 만큼, 자신의 신세가 매우 서글프고도 가련한 상태임을 강조하고자 한 것이다.

탕현조湯顯祖 『환혼기還魂記』 제10척 「경몽驚夢」

『환혼기』의 작자 탕현조는 명문가 출신으로 순탄하게 벼슬길에 오르긴 했지만,

이미 명나라는 쇠퇴기에 접어들었고 정국은 극히 혼란스러웠다. 그 역시 좌천과 면직을 당하다가 결국 은거하며 희곡 창작에 집중했다.

『환혼기』는 그의 대표작으로 문학적으로 가장 완숙했던 시기에 근 7년의 시간을 쏟아 완성한 것이다. 이 작품은 화본소설 「두여낭모색환혼기杜麗娘慕色還魂記」에 근거해 만들어진 극본이어서, 여기에서 『환혼기』란 이름이 나왔다고 말한다. 하지만 『환혼기』의 줄거리는 이전부터 이미 상당히 보편적으로 다루어지던 내용이어서 꼭 「두여낭모색환혼기」만을 근거로 했다고는 볼 수 없다. 게다가 구체적인 구성과 수사는 모두 탕현조의 머리에서 나온 것으로 보아도 무방하다. 현재 『환혼기』는 원래 제목보다 오히려 『모란정牧丹亭』이란 별칭으로 더 많이 불린다. 『모란정기牧丹亭記』나 『모란정환혼기』로 불리기도 한다. 모란정은 『환혼기』의 남녀 주인공이 꿈속에서 밀회를 즐기는 정자 이름이다. 물론 『환혼기』 역시 남희, 즉 전기傳奇다.

그런데 이전의 전기와 구분되는 탕현조만의 특징은 그의 전기가 곡률에 얽매이지 않는다는 점이다. 이는 원래 대중을 위한 공연예술이었던 남희가 점차 문인화, 즉 문인에 의해 전유화되어간다는 증거이기도 하다. 작품 속의 두 주인공 두여낭과 유몽매柳夢梅를 각각 두보杜甫와 유종원柳宗元의 후예로 설정한 것 역시 상당히 문인다운 점이다. 즉 감상의 포인트가 귀로 감상하는 실제 노래와 공연보다 눈으로 감상하는 작품의 구성과 수사에 집중되면서 곡률이 보다 부차적인 위치에 놓이게 된 것이다. 앞서 보았듯이 시나 사가 음률과 분리되어 가는 과정과도 유사하다. 당시부터 이미 어떤 이들은 탕현조의 작품은 다 좋은데 곡률과 맞지 않는 부분이 있음을 안타깝게 여겨 따로 그의 작품의 대사를 곡률에 맞게 고치기도 했지만, 탕현조는 이와 같은 시도에 대해 한 글자라도 고치면 자신이 표현하려 했던 정조가 파괴되고 만다는 이유를 들어 격렬히 반대했다. 이 같이 곡률보다 문사를 중시하는 탕현조의 풍격은 하나의 유파를 이루었는데, 이들을 가리켜 옥명당파玉茗堂派 또는 임천파臨川派라고 불렀다. 옥명당은 탕현조가 은거하던 집의 이름이자 그의 별호이고, 임천(지금의 강서성에 위치)은 그의 고향이다.

『환혼기』는 55척으로 이루어진 장편으로 그 문사의 아름다움으로 아직까지 사랑을 받고 있는 작품이다. 대강의 줄거리는 다음과 같다.

때는 남송이다. 여자 주인공인 두여낭과 남자 주인공인 유몽매는 서로 멀리 떨어진 곳에 사는 전혀 모르는 사이다. 유몽매는 원래 이름이 춘경春卿이었으나 꿈에서 매화나무 옆에 서 있는 아름다운 소녀를 만난 뒤 이름을 몽매로 고쳤다. 남안南安(지금의 강서성에 위치) 태수 두보杜寶의 딸 두여낭은 만물이 소생하는 봄날 우연히 화원을 거닐다가 자신도 모르게 춘정이 동했는데, 꿈속에서 유몽매를 만나 자기 집에 있는 모란정이란 정자에서 밀회를 즐기게 된다. 꿈에서 깨어난 두여낭은 꿈에서 만난 유몽매를 그리워하며 시름시름 앓다가 결국 상사병으로 죽는다. 그리고 자신의 유언대로 화원에 있는 매화나무 밑에 묻힌다. 이후 두보는 양주태수揚州太守로 옮겨간다. 3년 후 유몽매는 임안臨安(지금의 절강성 항주)으로 과거를 보러 가던 중 마침 남안에서 병이 나서 부득이 그곳에 한동안 머물게 되었다. 그런데 어느 날 저녁 유몽매 앞에 두여낭이 혼령으로 나타나 행복한 시간을 보낸 뒤 그에게 자신을 살릴 방법을 알려주어 결국 유몽매가 죽었던 두여낭을 무덤에서 살려낸다. 유몽매는 그녀를 데리고 임안으로 가서 과거를 본 뒤 과거의 결과가 나오기 전에 양주태수로 전임한 두보에게 가서 딸이 살아났다고 알렸으나, 두보는 그의 말을 믿지 않고 딸의 무덤을 파헤친 그를 감금해 버린다. 이후 유몽매가 과거에서 장원급제했음을 알리는 전령이 왔지만 두보는 이 역시 믿지 않았다. 잠시 후 간신히 오해가 풀렸으나 이 일이 황제에게까지 알려지는 바람에 두여낭은 황제 앞에 불려가 귀신이 아니라 사람임을 검증받고 나서야 유몽매와 혼인을 허락받아 결국 두 사람은 부부가 된다.

이러한 유형의 줄거리는 사실 지괴류志怪類 소설에서도 비교적 흔히 볼 수 있는 것이다. 하지만 줄거리가 진행되는 동안 미묘한 남녀의 정에 대한 구구절절하고도 섬세한 묘사는 미증유의 성취라고 할 만큼 대단하다.

아래에 인용한 대목은 두여낭이 봄날에 우연히 화원을 거닐다가 자신도 모르게 춘정이 동해서 심란해하는 부분이다.

【遶地遊】[1] (旦上[2]:) 夢回鶯囀[3]. 亂煞年光遍[4]. 人[5]立小庭深院. (貼[6]:) 炷盡沈煙[7]. 抛殘繡線[8]. 恁今春關情似[9]去年?

(【烏夜啼】[10]) "(旦:) 曉來望斷梅關[11], 宿妝殘[12]. (貼:) 你側著宜春髻子[13], 恰[14]憑闌. (旦:) 翦不斷, 理還亂[15], 悶無端[16]. (貼:) 已分付催花鶯燕借春看[17]." (旦:) 春香, 可曾[18]叫人掃除花徑? (貼:) 分付了. (旦:) 取鏡臺衣服來. (貼取鏡臺衣服, 上.) "雲髻罷梳還對鏡, 羅衣欲換更添香[19]." 鏡臺衣服在此. ……

【尾聲】(旦:) 困春心[20], 遊賞倦, 也不索香薰繡被[21]眠. 天呵, 有心情[22]那夢兒[23]還去不遠.

春望逍遙出畫堂, (張說)[24] 間梅遮柳不勝芳. (羅隱)[25]
可知劉阮逢人處, (許渾)[26] 回首東風一斷腸. (韋莊)[27]

....

1 【요지유遶地遊】: 남곡에만 있는 곡조.

2 단상旦上: '단'은 여자 배역. 여기에서는 여자 주인공 두여낭을 가리킨다. '상'은 무대에 오르다.

3 몽회앵전夢回鶯囀: '몽회'는 꿈에서 돌아오다, 꿈에서 깨다. '앵전'은 꾀꼬리가 지저귀다. '앵'은 앵鶯의 이체자.

4 란쇄년광편亂煞年光遍: '란쇄'는 지극히 어지러운 모양. '쇄'는 '매우', '지극히'의 뜻으로 앞의 말을 수식한다. '년광'은 춘광春光, 즉 봄볕. '편'은 두루 내리쬔다는 뜻.

5 인人: 두여낭 자신을 가리킨다.

6 첩貼: 여주인공을 보좌하는 배역. 여기에서는 두여낭의 계집종 춘향春香을 가리킨다. 이후로는 분류상 단에 포함되어 첩단貼旦이라고도 불린다.

7 주진침연炷盡沈煙: '주진'은 심지가 다 타다. '침연'은 아주 고급 향료인 침향沈香을 첨가해 만든 향. 침향은 원래 침향목 자체를 가리키는 것이 아니라 침향목의 수지樹脂가 아주 오랜 기간에 걸쳐 응고된 덩어리를 가리키는데, 쉽게 얻을 수도 없을 뿐만 아니라 가격도 몹시 비싸다.

8 포잔수선拋殘繡線: 놓다 만 자수 실을 집어던지다.

9 임금춘관정사거년恁今春關情似去年: 어찌해 올 봄에 동하는 춘정이 작년보다 더한가? '임'은 어찌해, 왜. '관정'은 춘정이 동하다. '사'는 비교를 나타내는 일종의 개사介詞로, A사B는 A가 B보다 더하다는 뜻이다.

10 【오야제烏夜嗁】: 남려南呂 궁조에 속하는 곡조. '제'는 제啼의 이체자. 주의할 것은 이 단락은 대사이지 노래가 아니라는 점이다. 단지 이 곡조가 배경으로 연주될 뿐이다.

11 망단매관望斷梅關: '망단'은 멀리 보이는 데까지 바라본다는 뜻. 이때 '단'은 시야가 그치는 곳을 가리킨다. '매관'은 강서江西 대유령大庾嶺의 관문. 대유령의 별칭이 매령梅嶺이기에 '매관'이라 불리게 되었다. 매관은 두여낭이 살던 강서 남안부南安府의 남쪽에 위치한다. 여기에서 두여낭이 남쪽의 매관을 바라본다고 한 것은 남쪽에 살고 있을 자신의 짝 유몽매를 그리워한다는 의미다.

12 숙장잔宿妝殘: 어제 했던 화장. '숙'은 하루가 지나다, 하루를 묵히다. '잔'은 드문드문 남아있다는 뜻.

13 착의춘계자著宜春髻子: '착'은 착용하다, 착着과 같다. '의춘계자'는 머리 장식. 옛 풍속에 입춘이 되면 여자들이 채색 비단을 제비 모양으로 잘라 그 위에 '의춘'(봄에 잘 어울린다는 뜻)이라 써서 쪽진 머리를 장식했다.

14 흡恰: 마침.

15 전부단翦不斷, 리환란理還亂: 잘라도 잘리지 않고 빗어도 도로 헝클어진다는 뜻. 헝클어진 머리를 표현한 것으로 심란한 마음에 대한 비유다. '전'은 전剪의 통가자. '리'는 머리를 빗어서 정리한다는 뜻. 원래 남당南唐 이욱李煜의 【상견환相見歡】(일명 【오야제】)이란 사에 나오는 표현이다.

16 민무단悶無端: 번민이 끝이 없다.

17 분부최화앵연차춘간分付催花鶯燕借春看: '분부'는 분부吩咐하다, 당부하다. '최화앵연'은 꽃 피는 것을 재촉하는 꾀꼬리와 제비. '차춘간'은 봄날을 빌어 아름다운 풍경을 한껏 감상한다는 뜻. 여기에서는 춘향이 봄을 재촉하는 새들에게 우리 아가씨 두여낭이 봄날을 만끽할 수 있도록 너무 재촉하지 말라고 당부해두었다는 뜻이다.

18 가증可曾: 증부曾否. 일찍이 했느냐, 하지 않았느냐는 여부를 묻는 일종의 의문사.

19 운계파소환대경雲髻罷梳還對鏡, 라의욕환갱첨향羅衣欲換更添香: 구름 같은 머리 빗질 마치고 다시 거울 보며, 비단옷 갈아입으려 하면서 또 향수 더하네. 이 두 구절은 당나라 설봉薛逢의 「궁사宮詞」란 시에서 그대로 인용한 것이다. '운계'는 구름 같은 머리라는 뜻으로, 아주 풍성하고 보기 좋은 여인의 머리를 비유한 관용적인 표현이다.

20 곤춘심困春心: 춘심으로 인해 피곤하다는 뜻. '춘심'은 중의적重義的인 표현으로, 원래는 봄날에 느껴지는 흥취를 가리키지만, 여기에서는 남녀 간에 애타게 그리는 정을 뜻하기도 한다.

21 불색향훈수피不索香薰繡被: '불색'은 ~할 필요 없다. '색'은 필요로 한다는 뜻. '향훈수

피'는 향기가 물씬 풍기는 비단 자수 이불.

22 유심정有心情: ~한 바람이 있다.

23 나몽아那夢兒: 그 꿈, 즉 유몽매와 밀회를 즐기던 꿈을 말한다.

24 춘망소요출화당(장열)春望逍遙出畵堂(張說): '화당'은 화려하게 꾸며진 집. 이 구절은 당나라 장열의 「봉화성제춘일출원응제奉和聖制春日出苑應制」란 시에서 인용한 것이다.

25 간매차류불승방(나은)間梅遮柳不勝芳(羅隱): '간매차류'는 띄엄띄엄 놓인 매화나무와 빽빽이 뒤덮인 버드나무. '불승방'은 향기를 감당하지 못하다, 즉 감당하지 못할 정도로 진한 향기가 풍긴다는 뜻. 이 구절은 당나라 나은의 「도화桃花」란 시에서 인용한 것이다.

26 가지유완봉인처(허혼)可知劉阮逢人處(許渾): '유완'은 유신劉晨과 완조阮肇. 두 사람은 동한 때 천태산天台山에 약초를 캐러 들어갔다가 우연히 너무나 아름다운 두 여인을 만났는데, 두 여인이 그들을 자신들이 사는 도원동桃源洞으로 안내했다. 유신과 완조는 그녀들과 부부의 연을 맺고 반 년 정도를 머물다 문득 집이 생각나 돌아와 보았더니, 이미 수백 년이 지난 뒤였다고 한다. 이 이야기는 남조 송宋나라의 유의경劉義慶이 편찬한 『유명록幽明錄』에 보인다. '봉인처'는 유신과 완조가 두 여인을 만난 곳을 가리킨다. 물론 여기에서 두 여인은 신선이고 도원동은 선계를 상징한다. 이 구절은 당나라 허혼의 「조발천태중암사도관령차천모잠早發天台中岩寺度關嶺次天姥岑」이란 시에서 인용한 것이다.

27 회수동풍일단장(위장)回首東風一斷腸(韋莊): '일'은 애오라지, 그저. 본문에는 이 시가 위장의 것이라 표기되어 있지만, 사실 이 구절 역시 당나라 나은의 「도화」란 시에서 인용한 것이다. 위장의 「사귀思歸」란 시에 이와 비슷한 "견인동풍단객장牽引東風斷客腸"이란 구절이 있긴 하지만 일치하지는 않는다. 어쩌면 위장의 "견인동풍단객장"이란 구절을 인용하려다가 실수한 것일 수도 있다. 실제로 이 구절을 위장의 것으로 대체한다고 해도 내용이나 압운에는 문제가 없다. 원래는 장열, 나은, 허혼, 위장 네 사람의 시구 한 구절씩을 따와서 압운이 맞는 하나의 칠언절구를 만들려고 했는데, 실수로 위장의 것이 빠지고 나은의 것이 두 구절 들어간 것으로 보인다.

명대 산문

원굉도袁宏道 「만유육교대월기晩遊六橋待月記」

원굉도는 자신의 형 원종도袁宗道, 아우 원중도袁中道와 함께 삼원三袁으로 불리며, 당시 전칠자前七子와 후칠자後七子로 대변되던 의고파擬古派(이에 대해서는 뒤에 나오는 명대 시에서 이몽양과 왕세정에 관한 설명 참고)의 문학이론과 창작방식에 대해 반론을 제기하며 자신만의 독특한 입장을 견지했다. 그가 공안公安(지금의 호북성에 위치) 사람이기에 그의 주장을 추종하는 무리를 공안파라고 칭하기도 하고, 개인의 성령性靈을 중시하기에 성령파라고 칭하기도 한다. 그의 말을 빌려 그의 입장을 밝히면 "독자적으로 자신의 성령을 펼쳐내면서 관습적인 격식에 얽매이지 않으며, 내 가슴 속에서 우러나온 것이 아니라면 붓을 대려 하지 않는다"(독서성령獨抒性靈, 불구격투不拘格套, 비종자기흉억중류출非從自己胸臆中流出, 불긍하필不肯下筆)이다. 당시 문단의 주류를 차지하고 있던 의고파擬古派(복고파)는 옛 명문名文과 명시名詩를 전범으로 삼아 이를 본받을 것을 강조했지만, 원굉도는 오히려 지금의 내가 생각하는 것을 관습적인 표현이나 형식에 구애받지 않고 그대로 드러내야 한다고 주장했다.

대부분의 학자들은 이러한 주장을 명대 양명학陽明學의 영향으로 이해하려 하지만, 사실 지금까지 확인된 공안파와 양명학과의 직접적인 영향관계는 거의 없다. 오히려 당시의 보다 기층적인 층위에서 보편화된 자아 인식과 개성 표출의 욕구가 이학에서는 양명학으로 나타났고 문학에서는 공안파를 통해 보다 두드러지게 발현된 것으로 보아야 할 것이다. 바꿔 말하면 자아 인식과 개성 표출을 중시하는 성향은 양명학이나 공안파에만 국한되는 현상이 아니라 훨씬 보편적으로 나타나는 일종의 사조였다. 공안파 역시 이 같은 사조 위에서 좀 더 적극적으로 사적인 글쓰기를 시도했고 그 글쓰기 안에서의 표현 역시 관용적인 것에 집착하지 않았을 뿐이다.

하지만 굳이 '상호텍스트성(intertextuality)'이란 개념을 끌어오지 않더라도, 그 어떤 학문이든, 문학이든 창조적 행위 이전에 선행적인 학습을 위한 전범이 없을 수 없다는 것은 너무나 자명하다. 만약 전범을 중시하는 의고파의 말류에게서 쉽게 발생할 수 있는 폐단이 표현의 모방과 표절이라면, 전범을 경시하는 공안파의 말류에게서 흔히 나타날 수 있는 문제는 내용의 빈약함과 천박함이었다. 공안파의 이 같은 한계를 지적하며 등장한 것이 종성鍾惺과 담원춘譚元春을 대표로 하는 경릉파竟陵派다. 그들은 성령을 중시하는 공안파의 기본적인 전제는 받아들이면서도 내용의 빈약함과 천박함을 피하기 위해 "아득한 듯하면서도 오롯이 우뚝한"(유심고초幽深孤峭) 풍격을 추구하고, 자신들의 문학 주장의 전범을 제시하기 위해 『고시귀古詩歸』와 『당시귀唐詩歸』와 같은 시선집詩選集을 편찬하면서 그 안에 자신들의 문학관을 투영한 평어評語를 달았다. 하지만 그들이 빈약함과 천박함을 피하려 기울였던 노력은 오히려 괴팍함과 편벽함이라는 또 다른 폐단을 초래하고 말았다.

여기에서 우리가 한 가지 분명히 인식해야 할 것은 개인의 성령을 중시한 공안파가 지금에 와서 중국문학사에서 상당히 중요한 의의를 가지고 있다는 것은 분명한 사실이지만, 당시나 그 이후로 의고파를 아예 대체하거나 그에 필적할 만한 영향력을 가지지는 못했다는 사실이다. 공안파가 대두되던 시기가 의고파가 이미 극성기를 지나 쇠퇴기에 접어든 때이긴 했지만, 그렇다고 공안파가 당시 문단의 주류가 되었다고 볼 역사적 근거는 전혀 없다. 근대 이후 중국 역시 서양의 기준에 맞추어 개성을 중시하는 문학사조를 중시하다보니 이와 유사하다고 여겨지던 공안파를 너무 중시하고 확대해, 마치 개성을 중시하는 서양의 근대 문학사조와 비견될 만하고 명대 문단을 한때 석권했던 문학사조인양 언급하는 경우가 있는데, 이는 사실이 아니다. 지적했듯이 의고파든 공안파든 상관없이, 개성을 중시하고 사적인 글쓰기에 집중하는 경향은 보다 기층적인 층위에서 보편적으로 발견되는 당시의 경향이었다. 이러한 사적인 글쓰기에 의해 자유롭게 지어진 문장을 소품문小品文이라고 하는데, 명대는 바로 이러한 소품문이 크게 유행했던 시기였다. 소품문은 자질구레한 글이란 뜻으로 제재나 내용, 그리고 격식에 아무런 제약 없이 매우 자유로이 쓰는 문장을 가리킨다. 사실 소품문은 일종의 문장 갈래이면서도, 딱히 내세울 만한 특정한 형식이 없어서 무엇이라 규정짓거나 정의하기가 애매하다. 이 같은 소품문은 공안파만의 '특산품'이 아니라 의고파나 다른 성향의 문인들도 매우 보편적으로 즐겨 짓던 것이었다.

이 글 역시 매우 사적이면서 세련된 소품문으로, 자신만의 밤나들이에 대한 정취를 매우 생동감 있게 기술하고 있다. 원굉도는 남들이 주로 서호西湖를 오후에 감상하는 것에 이의를 제기하면서, 서호 풍경의 진정한 정취는 이른 아침과 노을 지는 저녁에 비로소 느낄 수 있는 것임을 강조하고 있다. 제목이 「만유육교대월기」(느지막이 여섯 다리를 노닐면서 달 뜨기를 기다리던 기록)인 것에서 알 수 있듯이, 항주杭州의 절경으로 유명한 서호, 그 중에서도 소제蘇堤 부근의 여섯 다리[1]를 저녁에 노닐었던 일을 지극히 사적인 감상기준으로 풍경과 정취를 묘사하고 있다. 자연스러우면서도 흡인력 있는 문장에 읽는 이들이 마치 자신이 직접 그것을 본 듯이 느껴지고 또한 꼭 가서 직접 보고 싶게끔 만드는 묘한 매력을 발산하고 있다.

西湖最盛[2], 爲春爲月[3]. 一日之盛, 爲朝烟爲夕嵐[4]. 今歲春雪[5]甚盛, 梅花爲寒所勒[6], 與杏桃相次[7]開發, 尤爲奇觀[8]. 石簣[9]數[10]爲余言: "傅金吾[11]園中梅, 張功甫玉照堂故物[12]也. 急往觀之!" 余時[13]爲桃花所戀, 竟不忍去湖上[14]. 由斷橋[15]至蘇堤[16]一帶, 綠烟紅霧[17], 彌漫[18]二十餘里. 歌吹爲風[19], 粉汗爲雨[20]. 羅紈[21]之盛, 多於[22]堤畔之草, 艷冶[23]極矣. 然杭人遊湖, 止午、未、申三時[24]. 其實湖光染翠之工[25], 山嵐設色之妙[26], 皆在朝日始出, 夕舂[27]未下, 始極其濃媚. 月景尤不可言[28]. 花態柳情, 山容水意, 別是一種趣味[29]. 此樂留與山僧遊客受用[30], 安可爲俗士道[31]哉!

1 여섯 다리는 남에서 북으로 영파교映波橋, 쇄란교鎖瀾橋, 망산교望山橋, 압제교壓堤

橋, 동포교東浦橋, 과홍교跨虹橋다.

2 서호최성西湖最盛: '서호'는 절강성浙江省 항주杭州에 있는 호수 이름. 주변 경치가 아름답기로 유명하다. '성'은 성대해 아름답고 보기 좋다는 뜻.

3 위춘위월爲春爲月: '위춘'은 봄날이 되었을 때, '위월'은 달이 떴을 때.

4 위조연위석람爲朝烟爲夕嵐: '위조연'은 아침 물안개가 피어오를 때, '위석람'은 저녁 산안개가 깔릴 때.

5 금세춘설今歲春雪: 음력으로는 1월부터가 봄이기 때문에 '춘설'이 자주 내린다.

6 위한소륵爲寒所勒: 추위에 의해 억류된다는 뜻. '위A소B'는 A에 의해 B당하다는 피동구被動句다. 아래에 보이는 '위도화소련爲桃花所戀'이란 표현 역시 마찬가지다.

7 행도상차杏桃相次: '행도'는 살구꽃과 복숭아꽃. '상차'는 차례대로, 순서대로.

8 기관奇觀: 신기한 볼거리.

9 석궤石簣: 원굉도의 벗인 도망령陶望齡의 호.

10 삭數: 자주, 여러 차례.

11 부금오傅金吾: 부씨傅氏 성을 가진 금오위金吾衛. 금오위는 황궁과 황제의 호위를 책임지던 관직으로 종류도 다양해서 금오십육친군위金吾十六親軍衛라 통칭되었는데, 줄여서 금오위 또는 '금오'라고 부르기도 했다.

12 장공보옥조당고물張功甫玉照堂故物: '장공보'는 남송 때 사람으로 '옥조당'이란 장원을 가지고 있었는데, 그 안에 매화나무가 300여 그루나 심어져 있었다고 한다. '고물'은 바로 '옥조당'에 심어져 있던 매화나무를 가리킨다.

13 시時: 당시, 그때.

14 경불인거호상竟不忍去湖上: '경'은 결국, '불인'은 차마 ~하지 못하다, '거호상'은 서호를 떠나다.

15 단교斷橋: 서호의 백제白堤 동쪽에 있는 다리 이름. 백제는 당나라의 백거이白居易가 만들었다는 제방이다. 왜 다리 이름이 '단교'인가에 대해서는 이설이 분분한데, 일반적으로 백제에 잔설殘雪이 남아 있으면 다리가 마치 끊어진 듯이 보이기에 '단교'라고 불렀다는 설명이 유력하다.

16 소제蘇堤: 송나라의 소식蘇軾이 만들었다는 서호의 제방.

17 녹연홍무綠烟紅霧: 푸른 풀들이 연기마냥 펼쳐져 있고 붉은 꽃들이 안개마냥 피어 있다는 뜻.

18 미만彌漫: 널리 퍼져 가득하다는 뜻.

19 가취위풍歌吹爲風: 노랫소리가 바람이 되다. 사람들이 부르는 노랫소리를 기분 좋게

부는 바람이라 여긴다는 뜻.

20 분한위우粉汗爲雨: 분이 묻은 땀이 비가 되다. 화장한 분과 함께 흐르는 땀을 촉촉이 적셔주는 비라 여긴다는 뜻.

21 라환羅紈: 원래 값비싼 비단을 가리키지만, 여기에서는 그런 비단 옷을 걸친 행락객들을 말한다.

22 어於: ~보다. 비교의 뜻을 지닌다.

23 염야艶冶: 곱고 아름답다. 원래는 주로 여자의 아름다움을 칭찬할 때 쓰는 말이지만, 여기에서는 경치의 아름다움을 형용한 말이다.

24 지오止午, 미未, 신삼시申三時: '지'는 단지, 지只의 통가자. '오시'는 오전 11시~오후 1시, '미시'는 오후 1시부터 3시, '신시'는 오후 3시부터 5시.

25 호광염취지공湖光染翠之工: 서호의 물빛이 비취색으로 물드는 아름다움. '공'은 원래 공교工巧하다, 정교하다는 뜻인데, 여기에서는 자연풍경의 아름다움을 말한다.

26 산람설색지묘山嵐設色之妙: 산안개가 빛깔을 펼치는 오묘함. 석양이 질 때 생겨나는 산안개는 석양의 색깔 변화에 따라 갖가지 색으로 변화한다.

27 석용夕舂: 석양, 해질 무렵. 예부터 용미舂米, 즉 쌀을 찧는 일은 해질 무렵에 했기에 '용' 자에 해질 무렵이라는 뜻이 첨가되었다.

28 불가언不可言: 말로는 형용할 수 없을 정도로 아름답다는 뜻.

29 취미趣味: 정취情趣.

30 수용受用: 감상하다, 즐기다.

31 위속사도爲俗士道: '위~도'는 ~에게 말해주다. '속사'는 속세에 찌든 비루한 선비들.

장대張岱 「호심정간설湖心亭看雪」

장대는 명나라 말에 명문가에서 태어나 풍요롭게 자랐지만, 명나라의 명운은 이미 경각에 달려 있었다. 결국 명나라가 멸망하고 청나라가 들어서게 되자, 장대는 벼슬길에 나서지 않고 산속에 은거하며 저술에만 몰두했다. 그의 문장풍격은 특히 산뜻하면서도 자연스러워서 소품문에 적격이었다. 그가 지은 회상록인 『도암몽억陶庵夢憶』을 보면 모든 문장이 소품문이라 정의할 수 있을 정도인데, 여기에서 인용한 「호심정간설」 역시 『도암몽억』 권3에 실려 있다.

장대는 갑자기 서호西湖의 설경을 감상하고 싶은 마음이 들어, 한겨울 이른 새벽에 호숫가를 홀로 노닐기 위해 부랴부랴 옷과 난로를 챙기고 뱃사공을 불러 노를 젓게 한다. 풍경을 감상하며 호심정에 가보니, 웬걸, 이미 두 사람이 시동까지 데리고 와서 술을 데워 마시고 있는 것이 아닌가! 물어보니 금릉金陵 사람이라 한다. 장대는 당시 이미 항주杭州로 이주한 후였지만, 원래는 그 역시 소흥紹興 사람, 즉 타향 출신이었다. 주거니 받거니 술까지 마시고 돌아오니 데려갔던 뱃사공이 이렇게 주절거린다. "어르신만 이상한 게 아니군요. 어르신 같은 양반이 또 있는 걸 보니." 하루 종일 고된 노동에 지쳐 곤히 잠들어 있다가 장대 때문에 꼭두새벽부터 억지로 끌려나온 뱃사공의 눈에는 장대나 미리 와 있던 사람들이 정말이지 이해가 되지 않는, 약간 모자라거나 살짝 미친 사람들로 보였을 것이다. 하지만 이 같은 뱃사공의 표현은 단순히 장대가 그의 말을 듣고 재미있어서 덧붙여 둔 것이 아니다. 「호심정간설」에서는 전체적으로 1인칭 주인공시점인 기술 속에서 장대 스스로의 발화나 묘사가 아니라, 오히려 뱃사공이라는 3인칭 관찰자시점을 통해 자신의 취향을 보다 선명하게 정의하며 글을 마무리 짓고 있는데, 이는 상당히 세련된 문학적 기교다. 적극적이고 긍정적인 의미로서 자기 자신의 타자화, 혹은 대상화라고 할 수 있겠다. 이로써 장대 스스로도 자신을 '치痴'라는 한 글자로 자부하게 되면서, 동시에 「호심정간설」이란 전체 문장 역시 '치'라는 한 글자에 오롯이 압축된다. 이 글의 묘미가 바로 여기에 있다.

崇禎五年[1]十二月, 余住西湖. 大雪三日, 湖中人鳥聲俱絕. 是日, 更定[2]矣, 余拏一小舟[3], 擁毳衣[4]爐火, 獨往湖心亭[5]看雪. 霧凇沆碭[6], 天與雲與山與水, 上下一白[7]. 湖上影子, 惟長堤一痕, 湖心亭一點, 與余舟一芥, 舟中人兩三粒[8]而已. 到亭上, 有兩人鋪氈[9]對坐, 一童子燒酒[10], 爐正沸[11]. 見余大喜, 曰: "湖中焉得更有此人[12]?" 拉[13]余同飮. 余强飮三大白[14]而別. 問其姓氏, 是金陵[15]人, 客[16]此. 及下船, 舟子喃喃[17]曰: "莫說相公痴[18], 更有痴似相公者."

1 숭정오년崇禎五年: 서기 1632년. 숭정제는 명나라의 마지막 황제다.

2 경정更定: 오경五更이 끝날 무렵. '경'은 오경, 즉 인시寅時(오전 3시~5시). '정'은 끝난다는 뜻. 오전 5시가 갓 지난 새벽이란 뜻이다.

3 나일소주拏一小舟: 작은 배 한 척을 마련하다. '나'는 원래 잡다, 끌어 오다는 뜻인데, 여기에서는 배편을 미리 마련해 두었다는 뜻이다.

4 옹취의擁毳衣: '옹'은 지니다, 갖추다. '취의'는 모피로 만든 옷, 겨울에 입는 털옷을 말한다.

5 호심정湖心亭: 서호의 중앙에 있는 정자 이름.

6 무송항탕霧凇沆碭: '무송'은 지독한 추위에 안개조차 상고대(서리꽃)로 맺혔다는 뜻. '항탕'은 드넓게 펴져 있는 모양.

7 일백一白: 하나같이 하얗다, 온통 하얗다.

8 일흔一痕, 일점一點, 일개一芥, 양삼립兩三粒: 모두 보잘것없이 작다는 뜻인데, 아련히 흔적(흔痕)처럼 보이는 제방 하나, 작은 점點처럼 보이는 정자 하나, 겨자(개芥)처럼 보이는 작은 배 한 척, 쌀알(립粒)처럼 보이는 사람 두세 명의 순서로 배열해, 순차적으로 점점 작아지는 느낌을 주고 있다.

9 포전鋪氈: 털 깔개를 깔다. '전'은 양탄자 같은 깔개를 말한다.

10 소주燒酒: 술을 데우다.

11 로정비爐正沸: 화로의 물이 한창 끓어오르다. 여기에서는 술이 끓는다는 뜻이 아니라, 술을 중탕重湯하기 위한 물이 끓는 것을 말한다. 원래 술은 사람의 체온 정도로 데울 뿐 절대로 펄펄 끓이지는 않는다.

12 언득갱유차인焉得更有此人: '언득'은 어찌 ~할 수 있겠는가? '갱'은 또. '차인'은 이와 같은 사람, 즉 고즈넉하게 풍경 좋은 곳에서 술을 데워 먹을 정도의 정취를 지닌 사람을 가리킨다.

13 랍拉: 잡아끌다.

14 강음삼대백强飮三大白: 억지로 석 잔의 술을 마시다. '강'은 억지로, 굳이. '대백'은 벌주를 마실 때 쓰는 큰 술잔.

15 금릉金陵: 지금의 남경南京.

16 객客: 객지생활을 하다, 잠시 머물다.

17 주자남남舟子喃喃: '주자'는 뱃사공, '남남'은 주절주절 지껄이는 소리.

18 막설상공치莫說相公痴: 상공만 제정신이 아니라고 말할 수 없다. '막'은 할 수 없다.

'상공'은 상대방을 높여 부르는 호칭. 여기에서는 장대를 가리킨다. '치'는 미치다, 정상이 아니다. 여기에서는 어떤 대상에 대해 지나치게 푹 빠져 있다는 뜻이다. '치'는 치癡의 속자俗字.

명대 시

고계高啓「전가행田歌行」

고계는 원나라 말엽에 태어나 어려서부터 뛰어난 글재주로 이름이 높았다. 무장봉기해 각 지역에 할거하던 군왕群王들은 모두 그의 명성을 탐해 앞 다투어 그를 초빙했고, 결국 16세에 이미 오왕吳王 장사성張士誠의 막료가 되었으나, 살인과 배신이 난무하던 전란의 시기에 그가 뜻을 펼칠 공간은 없었다. 결국 23세에 핑계를 대고 오송강吳淞江 근처 청구青丘란 곳에 은거하게 된다. 이후 명나라 태조 주원장朱元璋이 천하를 통일하자 다시 그를 초빙해 벼슬을 주었으나, 1년 좀 넘어서 그마저도 관두고 다시 청구에 은거한다. 하지만 결국 억울하게 모반사건에 연좌되어 요참腰斬을 당해 죽는다. 그때 그의 나이 39세였다.

그는 원나라가 멸망하고 군웅이 할거하며 전란이 거듭되다가 명나라로 통일되는 과정을 몸소 체험하고 목도했다. 때문에 그의 시에는 전쟁의 참상을 그리거나 붕괴되는 농촌과 고통 받는 백성을 묘사한 작품이 많다. 이 작품 역시 악부시의 형식을 통해 고통 받는 백성의 현실을 담담하면서도 폐부에 스미도록 그려내고 있다. 계속되는 전쟁에 사내들은 모두 군사로 징발되고 논밭은 돌볼 사람이 없어 황폐해져 있는데, 엎친 데 덮친 격으로 장마까지 진 상황이다. 이미 곡식은 짐승 사료로나 사용할 수 있을 뿐 사람이 먹을 수 없을 정도로 엉망이지만, 그나마 주린 배를 채우기 위해 곡식을 따왔으나 덜 여물고 젖어 있어서 절구질을 해도 제대로 까지지 않는다. 낯선 곳에 갓 시집온 새댁은 바로 신랑이 병사로 차출되어 힘들게 먹을 것을 구하려 해보지만, 이미 며칠을 제대로 먹지 못한 아기는 밤새 울고 있다. 이는 모두가 전쟁이 초래한 농촌의 참상이다. 상상한 것이 아니라 그가 직접 목격한 상황을 그린 것이다. 표현은 별다른 수식 없이 소박하지만 그 속에 묻어나는 애절함은 이 시를 읽는 이의 애를 끊을 정도다.

草茫茫[1], 水汩汩[2], 上田蕪[3], 下田沒[4]. 中田有禾穗不長[5], 狼藉[6]只供鳧雁[7]糧. 雨中摘[8]歸半生濕[9], 新婦舂炊[10]兒夜泣.

1 망망茫茫: 풀이 우거져 끝이 보이지 않는 모양.
2 골골汩汩: 물이 콸콸 흐르는 모양.
3 무蕪: 잡초가 우거지다.
4 몰沒: 물에 잠기다.
5 화수부장禾穗不長: '화수'는 벼이삭, '부장'은 자라지 않다. 즉 벼이삭이 패지 않는다는 뜻.
6 낭자狼藉: 어지러이 흩어져 있는 모양.
7 부안鳧雁: 오리와 거위.
8 적摘: 이삭을 따다.
9 반생습半生濕: 따온 벼이삭의 절반이 덜 여물고 젖어 있다는 뜻. 이삭이 덜 여문데다가 젖어 있기까지 하면 껍질이 잘 벗겨지지 않는다.
10 신부용취新婦舂炊: '신부'는 갓 시집온 새댁. '용'은 절구질하다, 절구에 찧어 껍질을 벗기는 일. '취'는 취사, 밥을 짓는 일.

이동양李東陽 「구일도강九日渡江」

이동양은 북경에서 태어나 줄곧 북경에서 벼슬생활을 했다. 그러던 중 건강建康(지금의 남경)에 일시적으로 향시고관鄕試考官이 되어 내려갔다가 일을 마치고 올라올 기회가 있었다. 늘 함께 했던 부모님이나 형제들과 떨어져 있게 되자, 고향과 피붙이에 대한 그리움을 귀향길에 올라 배를 타고 이동하며 포착되는 풍경을 통해 교묘히 그려냈다.

秋風江口聽鳴榔[1], 遠客歸心正渺茫[2]. 萬里乾坤此江水, 百年風日幾重陽[3]. 烟中樹色浮瓜步[4], 城上山形繞建康[5]. 直過眞州[6]更東下, 夜深燈影[7]宿維揚[8].

1 명랑鳴榔: 뱃사람들이 뱃전을 두드리며 소리를 지르는 것을 가리킨다.
2 원객귀심정묘망遠客歸心正渺茫: '원객'은 멀리 떠나온 길손. '귀심'은 고향으로 돌아가고자 하는 마음. '정'은 바야흐로. '묘망'은 아득하다, 묘연하다.
3 기중양幾重陽: 몇 번의 중양절을 맞이했는가? '기'는 몇 번. '중양'은 음력 9월 9일, 중양절重陽節.
4 부과보浮瓜步: '부'는 부각시키다, 돋보이게 하다. '과보'는 과보산, 지금의 강소성江蘇省에 위치해 있다.
5 요건강繞建康: '요'는 빙 두르다. '건강'은 지금의 남경南京, 강소성에 위치해 있다.
6 진주眞州: 지금의 의징義徵, 역시 강소성에 위치해 있다.
7 등영燈影: 등불에 비친 그림자.
8 유양維揚: 양주揚州의 별칭, 역시 강소성에 위치해 있다.

이몽양李夢陽「추망秋望」

이몽양은 성격이 강직해 벼슬길에 오른 뒤 계속 권력가들과 알력이 있었고, 정권을 전횡하던 고관이나 환관을 탄핵하다가 투옥되기도 했다. 이러한 성정은 그의 문학 풍격에도 그대로 반영되었다. 그는 명나라 초부터 흥성해온 대각체臺閣體가 너무 형식적이고 부화浮華한 것에 반발해, 고체시는 위진시대의 풍격을 따라야 하고 근체시는 성당시기의 기풍을 따라야 한다고 주장했다. 그는 문장에 있어서는 진한대秦漢代의 문풍을 중시했는데, 이 때문에 시와 문장에 대한 그의 입장을 뭉뚱그려 "문장은 반드시 진한대의 것이어야 하고, 시는 반드시 성당의 것이어야 한다"(문필진한文必秦漢, 시필성당詩必盛唐)라고 표현했다. 이러한 그의 주장은 문학의 새로운 바람을 일으켰다. 그래서 당시 그를 필두로 이러한 복고적 문학 입장을 견지한 이들을 의고파擬古派 또는 복고파라고 불렀는데, 그 중에서도 대표적인 인물들을 전칠자前七子[1]라고 부른다. 겉으로는 일종의 복고주의적인 입장을 취하고 있었지만, 실제로는 정체에 빠진 당시의 문단에 새로운 변화를 불어넣기 위한 노력이자 시도였다. 그러나 그들의 이러한 노력이 성공적이었느냐 하는 질문에는 현재 대부분의 학자들은 회의적이다. 그들 자신의 문학적 성취 자체가 그다지 참신하지 못하다고 평가되기 때문이다. 하지만 정체된 기존의 문단에 반발과 자극을 가하면서 한때 문단을 선도했던 그들의 의도나 의의는 나름대로 인정받아야 할 것이다.

이 작품은 명나라의 서북방을 위협하던 이민족에 대한 적의를 적나라하게 드러내고 있으면서, 동시에 이민족의 난동을 평정하고 안정을 불러올 영웅을 애타게 찾고 있다. 이민족에 대한 적의는 그만큼 당시 이민족의 존재가 명나라에게 위협적이었다는 반증이고, 안정을 불러올 영웅을 찾고자 하는 바람은 그만큼 당장 뾰족한 대책이 없다는 현실에 대한 불만을 확인시켜 준다. 여러 가지 표현기법과 감정이입이 적절히 배합되었지만, 무난할 뿐 심금을 울리는 뭔가가 빠져 있다는 느낌을 지울 수가 없다.

黃河水繞漢宮墻[2], 河上秋風雁幾行[3]. 客子過壕追野馬[4], 將軍韜箭射天狼[5]. 黃塵古渡迷飛挽[6], 白月橫空冷戰場. 聞道朔方多勇略[7], 只今誰是郭汾陽[8]?

....

1 전칠자前七子: 이몽양李夢陽, 하경명何景明, 서정경徐禎卿, 변공邊貢, 강해康海, 왕구사王九思, 왕정상王廷相을 가리킨다.

2 항궁장漢宮墻: '한궁'은 한나라 궁궐이 아니라 한족의 나라, 즉 명나라의 국경을 의미한다. '장'은 담장으로, 이민족의 침입을 막기 위해 쌓은 명나라 서북쪽 국경의 장성을 지칭한다. 당시 명나라는 달단韃靼(타타르)과 첨예하게 대치중이었다.

3 안기행雁幾行: 기러기가 몇 번이나 지나갔나? 해마다 오고가는 철새인 기러기를 통해 몇 해가 흘렀느냐고 묻고 있는 것이다.

4 객자과호추야마客子過壕追野馬: '객자'는 길손, 명나라 국경의 수자리 병사로 징발되

어 고향을 떠나온 사람을 가리킨다. '과호'는 해자를 넘다, 즉 장성 밖으로 나간다는 뜻. '야마'는 원래 봄에 일어나는 아지랑이나 먼지를 가리키지만, 여기에서는 이민족의 기마병이 일으킨 먼지를 가리킨다.

5 도전사천랑韜箭射天狼: '도전'은 활을 꽂은 활집과 화살을 준비해 둔다는 말로, 활을 쏠 준비가 되어있다는 뜻이다. '사천랑'은 천랑성天狼星을 쏘다. 중국의 천문에서는 하늘에 천랑성이 출현하면 외적이 침입한다고 믿었기 때문에, 천랑성은 외적이나 외적의 침입을 상징한다. 여기에서는 외적을 가리킨다.

6 미비만迷飛挽: '미'는 어지러이 뒤섞이다. '비만'은 비추만속飛芻挽粟의 줄임말. 말에게 먹일 건초와 군사들에게 줄 군량을 보급하기 위해 말과 배들이 분주히 오가는 것을 뜻한다.

7 문도삭방다용략聞道朔方多勇略: '문도'는 남이 말하는 것을 듣다. '삭방'은 원래 북방을 뜻하지만, 여기에서는 당나라 때 북방에 건설한 진鎭 이름이다. 삭방진은 지금의 영하성寧夏省에 위치해 있다. 즉 이민족과 싸우는 삭방진의 군사들을 가리킨다. '용략'은 용감하면서 계략을 갖고 있는 장수를 가리킨다.

8 곽분양郭汾陽: 당나라 때 안사安史의 난을 평정하는 데 큰 공을 세웠던 곽자의郭子儀. 그는 이때 세운 공으로 분양왕汾陽王에 봉해졌다. 여기에서는 당시의 곽자의처럼 지금 명나라를 안정시킬 사람이 누구인지 묻는 것이다.

왕세정王世貞 「등태백루登太白樓」

왕세정은 앞서 본 전칠자의 뒤를 이어 보다 적극적으로 의고擬古를 주장했던 후칠자後七子[1]의 일원이다. 후칠자는 이반룡李攀龍을 영수로 치지만 사실 그는 일찍 죽었고 이후로 왕세정이 실질적인 영수 노릇을 20여 년이나 했는데, 이때 들어 그들의 의고 주장은 명나라 전체 문단을 풍미하면서 극성하게 된다. 하지만 주류 풍격으로 자리를 잡아 기세를 높여갈수록 혁신적인 요소는 줄어들고 맹목적인 추종자만 늘어날 뿐이었다.

이 작품은 제목을 보아도 알 수 있듯이, 왕세정이 산동성山東省 제녕濟寧에 있는 태백루에 올라 지은 시다. 사실 이 누각의 이름이 태백루가 된 것은 이태백李太白, 즉 이백李白이 방문하고 나서 그의 자를 따서 고친 것이다. 시에서 "이곳을 한 번 왕림하고 나서, 고명한 이름이 백대에 남겨지게 되었네"(차지일수고此地一垂顧, 고명백대류高名百代留)라고 한 것이 바로 이를 지적한 것이다. 이 시는 의도적으로 이백의 풍격을 모방해 자못 비슷하게 지었는데, "시는 반드시 성당의 것이어야 한다"는 원칙을 충실히 이행한 가작佳作으로 칠 수 있겠다.

昔聞李供奉[2], 長嘯[3]獨登樓. 此地一垂顧[4], 高名百代留. 白雲海色曙, 明月天門秋[5]. 欲覓重來者[6], 潺湲濟水流[7].

....

1 후칠자後七子: 이반룡李攀龍, 왕세정王世貞, 사진謝榛, 종신宗臣, 양유예梁有譽, 서중행徐中行, 오국륜吳國倫을 가리킨다.

2 이공봉李供奉: 당나라의 시인 이백李白. 그가 일찍이 한림공봉翰林供奉이란 벼슬을 지냈기에 '이공봉'이라 부른 것이다.

3 장소長嘯: 길게 읊조리다. 유장하게 시를 읊었다는 뜻.

4 수고垂顧: 왕림枉臨하다. 어느 장소에 친히 와주었다는 뜻. 여기에서 주어는 이백이다.

5 천문추天門秋: '천문'은 태산泰山의 동·서·남 세 천문을 가리킨다. 앞 구절에서는 바다의 수평선으로부터 서서히 올라오는 여명黎明을 노래했고, 이 구절에서는 한밤중에 가을달이 천문에 밝게 빛나는 모습을 묘사했다.

6 중래자重來者: 다시 올 자, 이백과 같이 훌륭한 인재를 가리킨다.

7 잔원제수류潺湲濟水流: '잔원'은 물이 졸졸졸 맑은 소리를 내며 흐르는 모양. '제수'는 원래 왕옥산王屋山(하남성에 위치)에서 연원하는 물줄기인데 현재는 없어졌다. 여기에서는 세월이 무심하게 계속 흘러가고 있음을 비유한 것이다.

원굉도袁宏道 「죽지사竹枝詞」

원굉도는 민가인 「죽지사」의 형식을 빌려 12수의 연작시를 지었는데, 여기에 인용된 것은 그 중 제12수다. 「죽지사」는 원래 촉 지방, 즉 사천四川 부근의 민가에서 유래한 악부의 악곡으로, 「죽지」 혹은 「죽지자竹枝子」라고도 불린다. 때문에 형태는 칠언절구지만 정확히 말하면 시가 아니라 악곡에 가사를 넣는 사의 한 종류다. 제목이 「죽지사」인 이유도 그 때문이다. 「죽지사」는 노래로 불리면서도 평측 같은 형식적 제한에서 비교적 자유로웠으며 내용도 대부분 진솔하고 서민적이었다.

원굉도의 「죽지사」 역시 별다른 꾸밈없이 진솔하게 백성의 심사를 노래하고 있는데, 특히 아래에 인용된 제12수는 대명천지에 곳곳에서 벌어지는 환관들의 폭정과 가렴주구苛斂誅求로 인해 넋이 나간 장사치들을 묘사하면서 자식이라도 팔아서 세금을 내야하는 백성의 처참한 상황을 고발하고 있다.

賈客相逢倍惘然[1], 梗楠杞梓下西川[2]. 青天[3]處處橫璫虎[4], 鬻女陪男[5]償稅錢.

1 고객상봉배망연賈客相逢倍惘然: '고객'은 장사하는 사람에 대한 통칭. 장사하는 사람은 고정적인 장소에서 점포를 갖고 장사하는 고인賈人과 돌아다니면서 장사를 하는 상인商人으로 나뉜다. '상봉'은 서로 우연히 만나다. '배'는 곱절로, 두 배로. '망연'은 실의해 어찌할 바를 모르는 모양.

2 편남기재하서천楩楠杞梓下西川: '편'은 편목(녹나무와 비슷한 남방의 교목), '남'은 녹나무, '기'는 소태나무, '재'는 가래나무. 이 네 가지는 모두 매우 값비싼 재목으로, 주로 호북이나 사천 등지에서 생산되었다. '하'는 물길을 따라 운송한다는 뜻. '서천'은 사천 일대를 가리킨다. 당시 원굉도 본인은 사시沙市(호북성에 위치)에 살면서, 이러한 환관들이 장사하는 사람들의 귀한 목재를 빼앗아 사천으로 운송하는 것을 직접 목도한 것으로 보인다.

3 청천青天: 원래는 그냥 푸른 허공을 가리키지만, 여기에서는 공정한 천도를 지키는 하늘, 그리고 모두가 지켜보는 대낮이란 두 가지 뜻을 동시에 담고 있다. 의역하면 '대명천지에', '백주 대낮에'라고 풀 수 있겠다.

4 횡당호橫璫虎: '횡'은 전횡하다, 제멋대로 굴다. '당호'는 환관. 한대부터 환관은 관에 금당金璫(금 구슬 장식)과 초미貂尾(담비 꼬리)로 장식했으며 늘 황제의 총애를 믿고 전횡을 일삼았기에, 호랑이만큼 무섭다는 뜻으로 '당호', 또는 초호貂虎라고 불리게

되었다. 명대는 특히 환관의 발호가 극심해 관계官界나 민간에서 온갖 악행을 저질렀다.

5 륙녀배남鬻女陪男: '륙'은 팔다, '배'는 배賠(배상하다)의 가차자.

명대 민간문학

「주운비駐雲飛」 [무명씨 『사계오경주운비四季五更駐雲飛』]

작품 제목인 「주운비」는 사실 남중려南中呂라는 궁조에 속하는 곡조의 이름으로, 사의 사패詞牌처럼 내용과는 아무 상관이 없다. 이를 곡패曲牌라고 부르기도 한다. 원래 '중려'라는 궁조가 남곡과 북곡에 있어서 각각 갈렸기에 남중려와 북중려라고 칭해졌는데, 「주운비」는 남곡인 남중려에 속하는 곡조다. 남중려인 「주운비」의 특징 중 하나는 가사 중에 '차嗏'라는 탄사가 삽입되는 것인데, 여기에서도 '차'가 사용되고 있다.

민간의 노래이기에 작자는 알 수 없다. 내용은 미색이 뛰어난 여인이 비록 모란꽃이 서리에 맞아 시들듯 내가 늙어갈지라도 절대 부귀영화를 누리는 자에게 팔려가듯 시집가지는 않겠다는 다짐이다.

富貴榮華[1], 奴奴身軀錯配[2]他. 有色[3]金銀價, 惹的[4]旁人罵. 嗏[5], 紅粉牡丹花, 綠葉青枝又被嚴霜打[6]. 便做尼僧[7]不嫁他.

....

1 부귀영화富貴榮華: 여기에서는 부귀영화를 누리는 부자를 말한다.

2 노노신구착배奴奴身軀錯配: '노노신구'는 노예처럼 비천한 자신의 몸. 원래 '노노'는 노가奴家처럼 명대 여인들이 스스로를 낮추어 부를 때 사용한 표현이다. 이로써 이 작품의 화자가 여인임을 알 수 있다. '착'은 동사 앞에 쓰이면 어떤 행동 자체가 잘못되었다는 뜻이 되고, 동사 뒤에 쓰이면 행동 중 실수가 있었다는 뜻이 되는데, 여기에서는 전자의 경우다. '배'는 배필이 되다. 그래서 '착배'는 잘못 배필이 되었다는 뜻이다.

3 유색有色: 자신이 미색을 갖추고 있음을 말한다.

4 야적惹的: 어떤 일을 불러일으키다, 초래하다. '적'은 득得의 통가자.

5 차嗏: 일종의 탄사嘆辭로, 송대부터 용례가 보이는데, 특히 원대 잡극에 자주 보인다.

주로 주의를 환기하거나, 놀라거나, 대답할 때 내뱉는 일종의 탄식이다.

6 피엄상타被嚴霜打: 매서운 서리에 의해 타격을 받다.

7 변주니승便做尼僧: '변'은 설령. '니승'은 여승, 비구니.

「벽파옥劈破玉」 [웅임환熊稔寰 『정선벽파옥가精選劈破玉歌』]

「벽파옥」은 민간 속곡의 곡패이며, 실제 이 작품의 제목은 「허명虛名」이다. 『정선벽파옥가』 역시 웅임환이 지은 것이 아니라 그가 민간에서 「벽파옥」의 곡조에 맞춰 지어진 노래들을 수집한 것이다. 「허명」(헛된 이름)이란 제목에 걸맞게 일상생활에서 생각 없이 사용되는 여러 명칭 중 실제 대상과 일치하지 않는 점들을 장난스럽게 집어내 재미있는 노래로 만들었다. 아마도 옷감을 짜거나 할 때 힘든 것을 잊게 해주던 노동요였을 것이다.

蜂針兒尖尖的, 做不得綉. 螢火兒亮亮的, 點不得油. 蛛絲兒密密的, 上不得筬[1]. 白頭翁擧不得鄕約長[2], 紡織娘[3]叫不得女工頭[4]. 有甚麽絲線兒相牽也[5], 把虛名掛在傍人口!

1 구筬: 바디. 바디는 베틀의 부품으로 날실을 고정시키는 부분이다. 바디의 사이에 베틀 북을 좌우로 움직이며 씨실을 쳐서 옷감을 만든다.

2 백두옹거부득향약장白頭翁擧不得鄕約長: '백두옹'은 머리가 허연 늙은이란 뜻으로, 할미꽃의 별칭이다. '거'는 거용하다, 등용하다. '향약장'은 향약의 우두머리.

3 방직낭紡織娘: 옷감을 짜는 아가씨란 뜻으로, 베짱이의 별칭이다.

4 여공두女工頭: '여공'은 여공女功이라고도 하며, 옷감을 짜고 바느질을 하고 자수를 놓는 등 여자가 해야 하는 일을 통칭한다. '여공두'는 그런 일을 하는 여자를 말한다.

5 유심마사선아상견야有甚麽絲線兒相牽也: 무슨 실이 서로 연결되어 있는가? 즉 '이름과 실제 대상 사이에 어떤 연관이 있는가?'라는 뜻이다.

「산가山歌」 [풍몽룡馮夢龍 『산가』]

이 작품은 풍몽룡이 수집한 『산가』에 수록된 노래로, 순진하고도 신실한 두 남녀의 굳센 사랑의 의지를 노래하고 있다. 아무리 많은 사람이 지켜보고 아무리 크고 깊숙한 집에 있다 하더라도, 두 사람의 사랑만 변치 않는다면 아무것도 두려울 게 없다는 일종의 선언이자 맹세다.

郎有心, 姐有心, 囉怕[1]人多屋又深[2]. 人多那有千隻眼, 屋深那有萬重門!

1 라파囉怕: 어찌 두려워하리오! '라'는 나哪의 뜻이다.

2 옥우심屋又深: 집이 깊다는 것은 집이 매우 크다는 것을 의미한다.

「오가吳歌」 [전여성田汝成 『서호유람지여西湖遊覽志餘』]

이 노래는 전여성의 『서호유람지여』에 수집된 오가, 즉 오 지방(지금의 강소성 일대)의 민가다. 사실 「오가」는 이 노래의 제목이라기보다는 수집된 지역을 말해줄 뿐이라서, 혹자는 이 노래에 따로 「월상月上」(달이 뜨면)이라는 제목을 붙이기도 한다. 달이 뜨면 임과 만나기로 한 여인에겐 일각一刻이 여삼추如三秋라, 이제나 저제나 임이 올까 기다리는 모습이 진솔하면서도 웃음을 자아낸다. 내용이나 분위기가 『시경』 「패풍邶風」의 「정녀靜女」와 자못 비슷한데, 아마도 남몰래 만나기로 한 임을 애타게 기다리는 심정은 2,000년도 훨씬 넘는 시공을 초월해 매한가지인 듯하다. 달이 뜰 때 만나자고 임과 약속했는데, 달이 서쪽으로 넘어가도록 임은 야속하게 오지 않는다. "내가 있는 곳은 산이 낮아서 달이 일찍 뜨는 건지, 아니면 임이 있는 곳은 산이 높아서 달이 늦게 뜨는 건지 모르겠다"는 탄식어린 질문은 임을 초조하게 기다리는 여인의 순진한 마음을 진솔하게 보여준다.

約郎[1]約到月上時[2], 看看等到月蹉西[3]. 不知奴處[4]山低月出早, 還是郎處[5]山高月出遲?

1 약랑約郎: 임과 만나기로 약속하다. '랑'은 사내를 뜻하므로 화자가 여성임을 알 수 있다.

2 월상시月上時: 달이 뜰 때.

3 월차서月蹉西: 달이 서쪽으로 넘어가다, 달이 지다.

4 노처奴處: 내가 있는 곳. '노'는 여성이 자신에 대한 낮춤말.

5 랑처郎處: 임이 있는 곳.

청대 소설

오경재吳敬梓 『유림외사儒林外史』 제3회 「범진중거范進中擧」

오경재는 학자 가문에서 태어나 어려서부터 문재文才로 명성을 얻었지만, 젊어서 가산을 제대로 관리하지 못해 결국 서른이 조금 넘어 파산하게 되었고, 경제적 이유로 부득이 태어나서부터 살아오던 안휘성安徽省의 고향을 떠나 금릉金陵(남경)으로 이주했다. 그러나 이후로도 계속해서 생활고에 시달렸다. 여러 사정으로 과거시험에도 흥미를 잃어 중간에 스스로 병을 핑계로 포기했는데, 그 과정에서 과거에만 목매달고 사는 허울 좋은 지식인들의 어리석고도 비참한 실상을 몸소 경험했고, 이는 오롯이 그의 『유림외사』에 반영되었다.

『유림외사』는 입말글(백화문)로 지어진 총 55회의 장회소설이다. 현재는 총 56회지만 마지막 제56회는 다른 사람의 가탁이라는 것이 중론이다. 흥미로운 점은 한 명의 주인공에 근거해 내용이 진행되는 것이 아니라 여러 가지 이야기가 옴니버스 식으로 진행된다는 점이다. 물론 앞 이야기의 주연이 뒤 이야기의 조연이 되면서 다른 주연의 이야기로 넘어가는 등 나름대로 각 이야기들 사이에 연계성이 있는 경우도 있다. 때문에 따로 일관된 줄거리를 요약하는 것이 힘들지만, 전체 소설의 일관된 주제는 관리 세계의 부패와 팔고문八股文으로 대변되는 과거시험의 병폐를 낱낱이 펼쳐냄으로써, 그 안에서 질곡에 허덕이면서도 그것조차 깨닫지 못하는 지식인들의 허상을 유머러스하면서도 절절하게 고발하고 있다.

여기에 인용된 「범진중거」의 원래 제목은 "주학도교사발진재周學道校士拔眞才, 호도호행흉뇨첩보胡屠戶行凶鬧捷報"(학도 주진은 선비들을 살펴 진정한 인재를 발탁하고, 백정 호씨는 폭력을 쓰며 사위의 급제 소식에 소란을 피우다)이다. 인용된 대목을 전후 사정까지 갖추어 과거시험의 병폐에 초점을 두고 간단히 설명하면 다음과 같다.

범진은 50세가 다 되도록 향시鄕試조차 합격하지 못해 장인인 백정 호씨胡氏에게 면박을 당하는 존재였다. 그런데 과거를 주관하던 주진周進이 그의 글을 유심히 살피다 진가를 알아주어 결국 거인擧人에 선발된다. 이런 상황을 모른 채 또 떨어진 줄 알고 지레 체념하고 있던 범진은 자신의 합격 소식을 전해 듣고 너무 기쁜 나머지 미쳐버린다. 뜻밖의 사태에 결국 사람들이 해결책으로 생각하게 된 것은 평소 범진이 가장 무서워하던 그의 장인 호씨를 불러와 그를 후려쳐서 제정신을 찾게 하는 것이었다. 결국 범진은 장인에게 얻어맞고 기절했다가 제정신을 찾고 이후 진사進士에도 선발되어 본격적으로 벼슬길에까지 나아가게 되지만, 평생 과거를 위한 팔고문만 들여다보았기에 다른 것은 아는 바가 전혀 없어서 남들의 비웃음을 사게 된다.

특히 나이 50에 진사도 아니고 간신히 거인이 되었을 뿐인데, 너무 기쁜 나머지 정신을 놓아버리고 물에 빠져 머리는 산발에 온 몸은 진흙투성이가 되어 날뛰는 범진의 모습은 희극적이면서도 너무나 풍자적이다. 이 명장면은 이후 노신魯迅의 「공을기孔乙己」에 차용되기도 한다.

그런데 여기에서 한 번 되짚고 넘어갈 것이 있으니, 바로 명청대 과거시험의 문체였던 팔고문의 폐단 문제다. 완전히 정해진 틀 속의 빈칸에 글자를 채워 넣는 듯한, 너무나 형식적인 팔고문은 당시부터 지금에 이르기까지 명청대 지식인들을 타락시킨 주범으로 지적되고 있다. 하지만 과거가 명대부터 지극히 형식적인 팔고문으로 정착되고 청대에서 이를 그대로 따른 데는 나름대로의 이유가 있었다. 마치 요즘도 시험에서 주관식 문제가 객관식 문제보다 진짜 실력을 확인하고 변별성을 확보하는 데 더 낫다고 여기기도 하지만, 실제 주관식 문제는 늘 채점의 공정성에 있어서 논란이 생기곤 하는 경우와 마찬가지다. 즉 공정성의 강화라는 입장에서 보면 주관식 문제보다 객관식 문제가 훨씬 유리하듯이, 당시도 전국적인 규모로 확대되어 전국 지식인들의 주목을 받으며 계속 입방아에 오르내리는 과거시험에서 부정개입 논란의 여지를 없애기 위해서는 최대한 형식화된 시험유형을 채택하는 것이 어쩌면 너무나 당연한 일이었다. 물론 팔고문이 오로지 시험만을 위한 시험이 되어

지식인들의 지력智力과 시간을 엄청나게 낭비하게 만들었다는 사실에는 변함이 없지만, 이러한 경향으로 흘러가게 된 데는 나름대로의 고충도 있었던 것이다.

…… 那隣居飛奔到集[1]上, 一地裏[2]尋不見. 直尋到集東頭, 見范進[3]抱着鷄, 手裏插個草標[4], 一步一踱的[5], 東張西望[6], 在那裏尋人買[7]. 隣居道: "范相公[8], 快些回去. 你恭喜中了擧人[9], 報喜人擠[10]了一屋裏." 范進道是哄他[11], 只裝不聽見, 低着頭, 往前走. 隣居見他不理[12], 走上來, 就要奪他手裏的鷄. 范進道: "你奪我的鷄怎的? 你又不買.[13]" 隣居道: "你中了擧[14]了, 叫你家去打發報子[15]哩." 范進道: "高隣[16], 你曉得我今日沒有米, 要賣這鷄去救命[17], 爲甚麼拿這話來混[18]我? 我又不同你頑[19], 你自回去罷, 莫誤[20]了我賣鷄." 隣居見他不信, 劈手[21]把鷄奪了, 摜[22]在地下, 一把[23]拉了回來. 報錄人見了道: "好了, 新貴人[24]回來了." 正要擁着他[25]說話. 范進三兩步走進屋裏來, 見中間報帖[26]已經升掛起來, 上寫道: '捷報貴府老爺范諱進高中廣東鄕試第七名亞元[27]. 京報連登黃甲[28].'

范進不看便罷[29], 看了一遍, 又念一遍, 自己把兩手拍了一下, 笑了一聲道: "噫! 好了! 我中了!" 說着, 往後一交[30]跌倒, 牙關[31]咬緊, 不醒人事[32]. 老太太[33]慌了, 慌將幾口開水[34]灌了過來. 他爬將起來[35], 又拍着手大笑道: "噫! 好! 我中了!" 笑着, 不由分說[36], 就往門外飛跑, 把報錄人和隣居都嚇了一跳. 走出大門不多路[37], 一脚踹[38]在塘裏, 掙[39]起來, 頭髮都跌散[40]了, 兩手黃泥, 淋淋漓漓[41]一身的水, 衆人拉他不住, 拍着笑着, 一直走到集上去了. 衆人大眼望小眼[42], 一齊道: "元來[43]新貴人歡喜瘋了[44]." 老太太哭道: "怎生[45]這樣苦命的事[46]! 中了一個甚麼擧人, 就得了這個拙病[47]! 這一瘋了, 幾時纔[48]得好?" 娘子胡氏[49]道: "早上好好出去, 怎的就得了這樣的病! 却是[50]如何是好?" ……

1 집集: 시장, 저자. 집시集市라고도 한다. 일정한 날짜 간격으로 상인들이 모여 시장을 열기에 '집'이라 한다.
2 일지리一地裏: 도처, 온 사방.
3 범진范進: 주인공의 이름. 이미 나이 50이 넘은 늙은이다.
4 초표草標: 팔려는 물건에 꽂아두는 일종의 표식. 원래 풀 다발로 표식을 만들었기에 '초표'라 부르게 되었다.
5 일보일탁적一步一踱的: 한 걸음 한 걸음이 모두 느릿느릿한 큰 걸음이라는 뜻. '탁'은 큰 걸음으로 느릿느릿 걷다.
6 동장서망東張西望: 이곳저곳을 둘러보다, 여기저기를 두리번거리다.
7 심인매尋人買: 살 만한 사람을 찾다. '매'는 '인'을 수식해 범진이 가지고 나온 닭을 살 만한 사람이라는 뜻.
8 상공相公: 공부하는 선비에 대한 존칭.
9 니공희중료거인你恭喜中了擧人: 원래는 '니'와 '공희'가 도치되어야 한다. '중'은 합격하다. '거인'은 향시에 합격한 사람을 일컫는 칭호.
10 보희인제報喜人擠: '보희인'은 보인報人 또는 보록인報錄人이라고도 한다. 과거에 합격한 사람의 집에 합격 소식을 알려주면서 축하행사까지 치러주고 보수를 받는 사람을 가리킨다. 보록인들은 혼자 활동하는 것이 아니라 여럿이 모여 조합을 만들었는데 이런 조합을 보방報房이라 했다. '제'는 빽빽하게 들어차다, 비좁은 공간에 사람이 많이 모여 있다는 뜻.
11 도시홍타道是哄他: '도'는 ~라고 여기다, ~라고 생각하다. '홍'은 속이다, 놀리다. '타'는 범진 자신.
12 불리不理: 상관하지 않다, 개의치 않다.
13 니탈아적계즘적你奪我的鷄怎的? 니우불매你又不買: 이 두 구절은 의미의 강조를 위해 "니불매아적계你不買我的鷄, 즘마탈아적계怎麽奪我的鷄?"란 문장을 도치시킨 것이다. '즘직'은 즘마怎麽의 뜻.
14 거擧: 과거시험. 혹은 거인으로 풀기도 한다.
15 타발보자打發報子: '타발'은 보내다. '보자'는 앞서 나온 보록인. 그 사람들은 보수를 받아야 돌아가므로, 어서 가서 보수를 주고 돌려보내라는 뜻이다.
16 고린高隣: 이웃사람을 높여 부르는 말.
17 구명救命: 여기에서는 연명延命의 뜻.

18 혼混: 속이다, 골탕 먹이다.

19 동니완同你頑: '동'은 ~과. 화和나 근跟과 같은 뜻. '완'은 완玩의 통가자로, 놀다, 장난치다는 뜻.

20 오誤: 망치다, 그르치다.

21 벽수劈手: 손을 도끼처럼 내리치다.

22 관摜: 내던지다, 내동댕이치다.

23 일파一把: 한 손으로 움켜쥐다.

24 신귀인新貴人: 새로 과거에 합격한 사람. 범진을 가리킨다.

25 정요옹착타正要擁着他: '정요'는 막 ~하려고 하다. '옹착타'는 그를 둘러싸다.

26 보첩報帖: 좋은 소식을 널리 알리려고 써놓은 현수막의 일종. 보록인들이 마련한 것이다.

27 첩보귀부노야범휘진고중광동향시제칠명아원捷報貴府老爺范諱進高中廣東鄉試第七名亞元: '첩보'는 급히 알린다. '귀부'는 남의 집을 높여 부르는 말. '노야'는 어르신. '범휘진'의 '휘'는 높은 사람의 이름을 지칭하는 말. 예부터 높은 사람의 함자銜字는 피해 함부로 사용하지 않았기에 '휘'라고 부르게 되었다. '고중'은 고명하게 합격하다. '광동향시'는 광동에서 치러진 향시. '제칠명아원'은 7등을 했다는 뜻. 원래 '아원'은 1등인 장원壯元 다음인 2등을 가리키는 말이었지만, 명대부터는 1등 이외의 합격자들에 대한 통칭으로 사용되었는데, 여기에서도 후자의 뜻이다.

28 경보연등황갑京報連登黃甲: 이는 아주 상투적인 일종의 축원으로, 북경에서 치를 회시會試와 전시殿試에서도 연달아 급제했음을 알리게 될 것이라는 뜻. '경'은 수도, 북경. 향시에 합격한 거인은 회시와 전시에 응시할 수 있었는데, 두 시험 모두 북경에서 열렸다. '황갑'은 원래 전시 갑과甲科에 급제한 진사들의 명단을 뜻하는데, 누런 종이를 사용했기에 '황갑'이라 불렀다. 이후 과거에 급제한 사람 역시 '황갑'이라 칭했다.

29 불간변파不看便罷: 보지 않았으면 그만이었지만. '변'은 '~하면 ~한다'는 조건을 나타낸다. '파'는 그만두다.

30 일교一交: 발이 한 번 교차하다, 즉 양발이 꼬였다는 뜻.

31 아관牙關: 턱관절.

32 불성인사不醒人事: 인사불성人事不省이 되다. 원래는 불성인사不省人事라고 써야 맞지만 종종 성省을 성醒으로 쓰기도 했다.

33 노태태老太太: 노마님, 범진의 어머니를 가리킨다.

34 기구개수幾口開水: 몇 모금의 끓인 물. 중국은 일반적으로 지하수를 바로 마실 수

없어서 끓여서 마신다. 이것이 중국에서 차 문화가 발달한 이유이기도 하다. 물론 뜨겁게 해서 마실 때도 있지만, 여기에서의 '개수'는 끓여두었던 물이지 뜨거운 물이 아니다.

35 파장기래爬將起來: 부여잡고 일어나다.

36 불유분설不由分說: 다짜고짜. 원래 '불유'는 따르지 않는다는 뜻. '분설'은 변명하거나 따지고 드는 것. 여기에서는 남이 뭐라 하든 상관하지 않는다는 뜻으로 쓰였다.

37 부다로不多路: 많이 가지도 못해서, 멀리 가지도 못해서.

38 단踹: 발을 잘못 디디다.

39 정掙: 몸부림치다, 발버둥치다.

40 질산跌散: 넘어지는 바람에 머리가 헝클어지다.

41 림림리리淋淋漓漓: 흠뻑 젖어 물이 줄줄 흘러내리는 모양.

42 대안망소안大眼望小眼: 서로를 쳐다보며 어찌할 바를 모르다.

43 원래元來: 원래原來, 알고 보니. 이 표현은 주로 처음의 예상이 빗나갔을 때 사용한다.

44 환희풍료歡喜瘋了: 너무 기뻐서 미쳐버리다.

45 즘생怎生: 어찌해, 왜.

46 고명적사苦命的事: '고명'은 고생을 타고난 운명, 즉 사나운 팔자.

47 졸병拙病: 재수 없는 병, 재수가 없어 갑자기 걸린 병. '졸'은 여기에서 재수가 없다는 뜻.

48 재纔: 비로소. 재才의 본자本字.

49 낭자호씨娘子胡氏: '낭자'는 부인, 범진의 처를 가리킨다. '호씨'는 그녀의 성씨.

50 각시却是: 도대체. 뜻밖이거나 놀라움을 강조하는 부사.

조설근曹雪芹 『홍루몽紅樓夢』 제5회 「금릉십이차곡金陵十二釵曲」

조설근(본명은 점霑)의 조부는 중원을 점령한 청조에 적극 협조했기에 강희제康熙帝 때 강남에서 엄청난 권력과 함께 막대한 부를 누렸으나, 옹정제雍正帝 때 이르러 강남의 모든 가산을 몰수당하고 전 가족이 북경으로 옮겨와 힘겹게 살았다. 엄청난 부귀영화 속에서 자라나 이를 순식간에 모두 잃게 되는 과정을 몸소 겪은 조설근은 그 속에서 느꼈던 무상한 염량세태炎凉世態와 인간 군상들의 가식과 위선에 대한 체험을 바탕으로 『홍루몽』을 지었다.

현재 전하는 『홍루몽』은 총 120회로 구성되어 있는데, 대체로 조설근이 직접 지은 것은 80회까지이고 이후 40회는 고악高鶚이란 사람이 덧붙인 것이라고 추정한다. 『홍루몽』을 누가 어디까지 지었는가에 대한 문제는 상당히 복잡한 논란을 거쳤으며 아직까지 논란 중인 부분도 있는데 여기에서는 각설한다.

『홍루몽』은 중국문학계에서 매우 독보적인 영역을 차지하고 있다. 우리는 일반적으로 중국 장편소설하면 사대기서(『삼국지연의』, 『수호전』, 『서유기』, 『금병매』)를 떠올리지만, 중국 사람들은 그것들이 모두 『홍루몽』보다 여러 모로 한참 떨어진다고 여긴다. 전통적인 중국 장편소설에서 등장인물들의 성격은 다분히 전형적이었지만, 『홍루몽』은 각각의 다양한 인물들에 대한 섬세한 묘사를 통해 각 인물마다 복합적이면서 생동감 있는 성격을 입체적으로 묘사했다. 게다가 남녀의 애절한 사랑 이야기와 인간의 끝없는 욕심과 허영, 그리고 명문대가의 허무한 몰락까지 너무나 생생하고도 흥미진진한 전개로 독자들의 마음을 사로잡았다. 하지만 이러한 『홍루몽』은 비록 입말글(백화문)로 쓰이기는 했으나 사실 진정한 대중소설이라고 부를 수는 없다. 왜냐하면 아래 인용문만 보아도 알 수 있듯이 다채로운 시사詩詞의 사용으로 웬만한 지적 교양을 갖춘 독자가 아니라면 읽어내기가 어렵다. 바꿔 말하면 어느 정도 교양을 지닌 계층을 위한 성찬盛饌일 뿐 거친 입말이 그대로 사용된 『수호전』과는 전혀 성격이 달랐다. 이러한 이유로 근대에 중국에서 글말글(문언문)을 몰아내고 입말글(백화문)을 사용하자는 운동이 대대적으로 벌어졌을 때에도 결국 그 대표적 독본讀本으로 추천된 것은 고급스러운 『홍루몽』이 아니라 살인과 도둑질이 난무하는 『수호전』이었다. 『홍루몽』의 이러한 귀족적 특성은 이후로도 지식인들에게 크나큰 매력으로 작용해, 『홍루몽』를 해석하는 데 여러 학자가 서로 다른 주장들을 내어놓았으며 결국 중국 문학계에는 따로 『홍루몽』에 관한 모든 것을 연구하고 다루는 이른바 홍학紅學이라는 분야가 성립되었다.

『홍루몽』은 워낙에 많은 등장인물(통계에 따르면 『홍루몽』의 등장인물 수는 970여 명에 달함)과 복잡한 전개로 간단하게 줄거리를 추려내긴 어렵지만, 가장 중요한 근간은 두 가지다. 첫째는 남자 주인공 가보옥賈寶玉과 여자 주인공 임대옥林黛玉의 애절한 사랑과 비극적 결말이고, 둘째는 흥성하던 가씨 가문의 덧없는 몰락이다. 이 두 근간을 중심으로 수십 명이 넘는 주요 등장인물들이 복잡하게 얽히고설키면서 이야기가 진행된다.

아래에 인용된 제5회의 원래 제목은 "유환경지미십이차遊幻境指迷十二釵, 음선료곡연홍루몽飮仙醪曲演紅樓夢"(태허환경을 노닐다 「금릉십이차」라는 책에 대해 설명을 듣고, 신선의 술을 마시니 「홍루몽紅樓夢」 곡이 연주되다)이다. 제5회의 전후 이야기를 간추려 보면, 가보옥은 잠이 든 뒤 꿈에서 남녀 간 치정癡情의 업보를 다스리는 선녀 경환선고警幻仙姑를 만나 그녀를 따라 태허환경太虛幻境에 들어가 「금릉십이차」라는 책을 발견한다. 그 뜻을 물으니 경환선고는 금릉(남경)에서 가장 빼어난 열두 미녀(십이차)에 대해 쓴 것이라 했다. 내용을 보니 풍경이나 식물 등이 그려져 있고 거기에 각기 알쏭달쏭한 시구들이 덧붙여져 있었다. 사실 이는 임대옥 등 가보옥과 관련되어 있는 여인들의 운명을 예언한 것이었다. 이후 다시 「홍루몽」 십이곡(「인자引子」와 「수미收尾」까지 합치면 총 14곡)을 듣는다. 이 역시 임대옥 등 가보옥과 관련되어 있는 여인들의 운명을 예언한 것이었다. 그러나 가보옥은 이 곡에 담긴 속뜻을 제대로 이해할 수 없었다. 이후 경환선고는 자신의 여동생을 그의 배필로 주어 운우지락雲雨之樂을 즐기게 해주면서 앞으로는 이러한 치정의 부질없음을 깨닫고 공부에 정진하라고 당부한다. 이후 가보옥은 경환선고의 여동생과 환락의 시간을 보내다가 결국 잠에서 깨어난다.

사실 제5회는 이후 『홍루몽』의 내용이 어떻게 전개되며 등장인물들의 운명이 어떻게 될 것인지를 미리 알려주고 있다. 그리고 남녀의 치정을 다스리는 경환선고의 이름을 보면, 그녀가 남녀 간의 치정, 즉 사랑이란 헛된 환상(환幻)에 불과함을 따끔하게 경고(경警)해주는 역할을 하고 있음을 알 수 있다. 그녀는 계속해서 가보옥이 앞으로 사랑에 빠지겠지만 결국 허무하게 끝날 것임을 암시해 주기 위해 「금릉십이차」나 「홍루몽」 십이곡을 계속 들려주었고, 다시 자신의 여동생을 배필로 주어 여색의 허무함을 알려주려 했지만, 가보옥은 깨닫지 못하고 오히려 이를 환락으로 받아들여 즐긴다.

『홍루몽』은 당초 제목이 『석두기石頭記』(돌에 기록된 이야기란 뜻)였는데, 여기 제5회에서의 내용에 의해 『홍루몽』이라 고쳐진 것이다. 이는 그만큼 제5회가 『홍루몽』의 전체 내용을 함축하고 있음을 알 수 있다. 또 『홍루몽』은 『금릉십이차』라는 별칭도 있는데, 이 역시 제5회에서 연유한 것이다. 이외에도 『홍루몽』을 『풍월보감風月寶鑑』이라 부르기도 한다. 여기에서 풍월은 남녀의 사랑을 뜻한다.

…… 飮酒間, 又有十二個舞女上來, 請問演何詞曲. 警幻[1]道: "就將新制「紅樓夢」十二支演上來." 舞女們答應了, 便輕敲檀板[2], 款按銀箏[3], 聽他歌道是: "開闢鴻蒙[4] ……"

方[5]歌了一句, 警幻便說道: "此曲不比[6]塵世中所塡傳奇之曲[7], 必有生旦淨末之則[8], 又有南北九宮[9]之限. 此或咏嘆一人, 或感懷一事, 偶成一曲, 卽可譜入管絃[10]. 若非個中人[11], 不知其中之妙[12]. 料爾[13]亦未必深明此調. 若不先閱其稿, 後聽其歌, 翻[14]成嚼蠟[15]矣." 說畢, 回頭命小丫鬟[16]取了「紅樓夢」原稿來, 遞與寶玉[17]. 寶玉接來, 一面[18]目視其文, 一面耳聆[19]其歌曰:

【紅樓夢引子[20]】 開闢鴻蒙, 誰爲情種[21]? 都只爲風月情[22]濃. 趁着這奈何天[23], 傷懷日[24], 寂寥時, 試見愚衷[25]. 因此上, 演出這懷金悼玉[26]的「紅樓夢」.

【終身誤】[27] 都道是金玉良姻[28], 俺[29]只念木石前盟[30]. 空對着[31], 山中高士晶瑩雪[32]. 終不忘, 世外仙姝寂寞林[33]. 嘆人間[34], 美中不足[35]今方信. 縱然是齊眉擧案[36], 到底意難平[37].

【枉凝眉】[38] 一個是閬苑仙葩[39], 一個是美玉無瑕[40]. 若說沒奇緣, 今生偏[41]又遇着他? 若說有奇緣, 如何心事終虛化[42]? 一個枉自嗟[43]呀, 一個空勞牽掛[44]. 一個是水中月, 一個是鏡中花[45]. 想眼中能有多少淚珠兒[46], 怎經得[47]秋流到冬盡, 春流到夏! ……

【收尾 · 飛鳥各投林】[48] 爲官的, 家業凋零. 富貴的, 金銀散盡. 有恩的, 死裏逃生[49]. 無情的, 分明報應[50]. 欠命的, 命已還[51]. 欠淚的, 淚已盡[52]. 冤冤相報[53]實非輕, 分離聚合皆前定[54]. 欲知命短問前生, 老來富貴也眞僥倖. 看破的, 遁入空門[55]. 痴迷的, 枉送了性命[56], 好一似[57]食盡鳥投林, 落了片白茫茫大地眞乾淨! ……

1 경환警幻: 경환선고警幻仙姑. 남자 주인공 가보옥賈寶玉이 꿈속에서 만난 선녀로, 남녀간 치정癡情의 업보를 다스린다. '경환'이란 이름에서도 알 수 있듯이 남녀의 사랑이란 헛된 환상임을 깨우쳐주는 임무를 맡고 있다.

2 단판檀板: 단향목檀香木으로 만든 박판拍板. 박판은 박拍이라고도 하는데, 얇고 길쭉하게 자른 나뭇조각을 마치 접선摺扇의 부챗살처럼 연결해 만들어 박자에 맞추어 치는 타악기다.

3 관안은쟁款按銀箏: '관'은 튕기다, 때리다. '안'은 누르다. 현악기를 한 손으로 누르고, 다른 한 손으로 튕겨 연주한다는 뜻. '은쟁'은 은으로 장식한 쟁. 쟁은 우리나라 가야금과 비슷한 현악기다.

4 개벽홍몽開闢鴻蒙: '개벽'은 처음으로 쪼개져 개창되었다는 뜻. '홍몽'은 천지조차 생기기 이전의 혼돈상태. 여기에서는 당초 한 덩어리였던 세상이 하늘과 땅으로 쪼개졌다는 의미다.

5 방方: 바야흐로, 이제 막.

6 불비不比: ~과 비등하지 않다, ~과는 다르다. 이 부정은 '우유남북구궁지한又有南北九宮之限'까지 걸린다.

7 소전전기지곡所塡傳奇之曲: '소'는 뒤에 나오는 행동을 명사화하는 기능을 한다. '~하는 바' 또는 '~하는 것'. '전'은 정해진 곡조에 가사를 써넣는다는 뜻. '전기'는 원래 남곡의 별칭이지만 청대에는 이미 남곡이 중국 전역에서 희곡의 주류를 이루고 있었기에, 여기에서는 꼭 남곡만을 지칭한다기보다는 당시 희곡에 대한 통칭으로 보인다. '전기지곡'은 희곡의 곡조를 가리킨다.

8 생단정말지칙生旦淨末之則: '생', '단', '정', '말'은 모두 희곡의 배역 명칭이다. 대체로 '생'은 남자 주인공, '단'은 여자 주인공, '정'은 개성 있는 남자 조연, '말'은 보조적인 남자 조연을 말한다. '칙'은 법칙.

9 남북구궁南北九宮: 남곡(전기)과 북곡(잡극)에서 사용되는 여러 궁조. 여기에서 '구'는 많다는 뜻이지 정말 아홉 가지란 뜻이 아니다.

10 즉가보입관현卽可譜入管絃: '즉가'는 즉시 ~할 수 있다. '보'는 악보로 만든다는 동사. '입관현'은 관악기나 현악기 등으로 연주할 수 있다는 뜻.

11 개중인個中人: 전후 사정을 잘 아는 내부인, 또는 해당자. '개중'은 차중此中, 기중其中의 뜻.

12 기중지묘其中之妙: 그 속의 오묘함. 「홍루몽」 십이곡의 가사에 함축된 예언적 의미를 가리킨다.

13 료이料爾: 틀림없이 ~일 것이다. 료연料然과 같은 뜻.

14 번翻: 도리어. 반反의 통가자. 앞의 '약불선열기고若不先閱其稿'의 '약'과 호응해 '만약 ~하지 않는다면, 도리어 ~하고 말 것이다'라는 뜻이 된다.

15 작랍嚼蠟: 밀초를 씹는 듯하다. 밀초는 벌들이 벌집을 만들 때 분비하는 밀랍을 정제해 만든 초로, 맛이 아주 떫다. 의역하면 '모래알을 씹는 듯하다'고 할 수 있다.

16 소아환小丫鬟: 어린 시녀, 계집 종.

17 보옥寶玉: 『홍루몽』의 남자 주인공 가보옥賈寶玉.

18 일면一面~: 다음 구절의 '일면'과 짝을 이루어 '한편으로는 ~하면서 한편으로는 ~하다'는 뜻.

19 령聆: 귀 기울여 듣다.

20 인자引子: 프롤로그, 서곡.

21 수위정종誰爲情種: 누가 치정에 푹 빠진 사람인가? '정종'은 사랑에 푹 빠져 다른 것은 전혀 신경 쓰지 않는 사람을 가리킨다. 가보옥은 아직까지도 중국에서 '정종'의 상징으로 인식되고 있다. 혹은 '누가 사랑의 씨앗을 심어놓았나?'로 풀기도 한다.

22 풍월정風月情: 남녀의 애정을 가리킨다.

23 내하천奈何天: 어찌할 수 없는 날. 뜻대로 되지 않는 무심한 세월이나 인생사에 대한 비유다.

24 상회일傷懷日: 옛 추억에 상심하게 되는 날.

25 시현우충試見愚衷: '시'는 한번 그냥 해본다는 뜻. '현'은 현現의 통가자로, 드러낸다는 뜻. '우충'은 내 속내. '우'는 자신에 대한 낮춤말. '충'은 충심衷心, 즉 속에 담아둔 진심.

26 회금도옥懷金悼玉: 금을 추억하고 옥을 애도하다. 이 표현에 대한 풀이에는 이설異說이 분분한데, 일반적으로 '금'은 설보차薛寶釵, '옥'은 임대옥林黛玉을 가리킨다고 본다.

27 【종신오終身誤】: 평생을 그르치다. 이 곡의 제목과 내용은 설보차가 임대옥을 잊지

못하는 가보옥에게 시집가 평생 쓸쓸히 살게 될 것임을 말하고 있다.

28 금옥량인金玉良姻: 여기에서의 '금'은 설보차, '옥'은 가보옥을 가리킨다. 구체적으로 '금'은 설보차의 금비녀, '옥'은 가보옥이 나면서 입에 물고 있던 옥구슬을 가리킨다. '량인'은 두 사람의 혼인을 말한다.

29 엄俺: 나.

30 목석전맹木石前盟: 전생에 임대옥이 가보옥에게 한 맹세. '목'은 임, 즉 임대옥, '석'은 옥, 즉 가보옥을 의미한다. 전생의 맹세에 대해서는 아래 "흠루적欠淚的, 루이진淚已盡"의 각주에 나온다.

31 공대착空對着: '공'은 헛되이, '대착'은 마주 대하다. 가보옥이 비록 설보차와 혼인하지만 마음은 임대옥에게 가 있음을 비유한 것이다.

32 산중고사정영설山中高士晶瑩雪: '산중고사'는 산속의 고고한 선비란 뜻으로, 성품은 고고하지만 외로울 설보차의 신세를 비유한 것이다. '정영설'은 맑고 영롱한 눈이란 뜻으로, 설보차를 가리킨다. 설薛과 '설雪'은 독음이 같다.

33 세외선주적막림世外仙姝寂寞林: '세외'는 속세를 벗어난 선계仙界를 뜻하면서 동시에 이승을 벗어났다는 의미, 즉 죽었다는 의미도 함께 가지고 있다. '선주' 역시 선계의 선초仙草였던 임대옥에 대한 비유이면서 그녀가 결국 이승을 떠난 사람이 될 것임을 암시하고 있다. '적막림'은 적막한 숲으로, 이 역시 임대옥을 가리킨다.

34 인간人間: 인간세상, 속세.

35 미중부족美中不足: 아름다움 속에도 부족함이 있다. 비록 설보차가 가보옥과 혼인하지만 진정한 사랑을 이루지 못한다는 뜻.

36 종연시제미거안縱然是齊眉擧案: '종연'은 설령 ~한다고 해도. '제미거안'은 남편을 극진히 모신다는 뜻. 한나라 때 양홍梁鴻의 처 맹씨孟氏는 남편이 돌아오면 감히 눈을 마주치지도 않고 밥상을 눈썹까지 들어서 공손히 내왔다고 한다. 일반적으로 '거안제미'라고 한다.

37 의난평意難平: 마음을 되돌리기 어렵다. 이미 임대옥에게 쏠린 가보옥의 마음을 설보차에게 되돌리기 어렵다는 뜻.

38 【왕응미枉凝眉】: '왕'은 헛되이, 억울하게. '응미'는 눈썹을 찌푸리다, 근심하다. 결국 '왕응미'는 근심한다 해도 아무 소용없고 어찌할 수도 없는 일이건만 괜히 근심했다는 뜻이다. 이 곡은 임대옥이 끝내 가보옥과 사랑을 이루지 못할 것임을 말해주고 있다.

39 랑원선파閬苑仙葩: '랑원'은 전설상의 신선들이 사는 곳, 선경仙境. '선파'는 선계의 꽃이란 뜻으로, 임대옥을 가리킨다. 임대옥은 전생에 선계의 강주선초絳珠仙草였다.

40 미옥무하美玉無瑕: 티 하나 없는 아름다운 옥, 가보옥을 가리킨다.

41 편偏: 굳이.

42 심사종허화心事終虛化: 마음 쓰던 일이 결국 허사로 돌아가다. 가보옥을 사랑했지만 결국 그와 혼인하지 못하게 된다는 뜻이다.

43 왕자차枉自嗟: 헛되이 스스로 탄식하다. 임대옥을 가리킨다.

44 공로견괘空勞牽掛: '공'은 헛되이. '로'는 고생하다, 노심초사하다. '견괘'는 계속해서 잊지 못하고 절절히 그리워하다. 가보옥을 가리킨다.

45 일개시수중월一個是水中月, 일개시경중화一個是鏡中花: '물속에 비친 달'과 '거울 속에 비친 꽃'은 모두 지극히 아름답긴 하지만 실체가 아닌 허상이다. 가보옥과 임대옥 두 사람이 서로 사랑하긴 하지만, 그 사랑은 결국 사라질 허상임을 비유하고 있다.

46 루주아淚珠兒: 눈물방울.

47 경득經得: 겪어내다, 견뎌내다.

48 【수미收尾 · 비조각투림飛鳥各投林】: '수미'는 에필로그, 마무리 곡. '비조각투림'은 날던 새들이 각자 숲으로 돌아간다는 뜻의 곡명으로, 여러 가문과 주인공들의 닥쳐올 미래에 대해 노래하고 있다.

49 유은적有恩的, 사리도생死裏逃生: '유은적'은 남에게 은혜를 베푼 사람. '도생'은 목숨을 건지다, 죽음에서 벗어나다.

50 무정적無情的, 분명보응分明報應: '무정적'은 남에게 은정을 베풀지 않은 사람. '보응'은 응분의 대가를 치른다는 뜻.

51 흠명적欠命的, 명이환命已還: '흠명적'은 남에게 목숨을 빚진 사람, 즉 남의 목숨을 앗아간 사람. '환'은 빚을 갚다.

52 흠루적欠淚的, 루이진淚已盡: '흠루적'은 남에게 눈물을 빚진 사람. 이 구절은 임대옥에 대한 지적이다. 임대옥은 전생에 선계의 강주선초絳珠仙草였는데, 그때 적하궁赤霞宮의 신영시자神瑛侍子(전생의 가보옥)가 자신에게 감로수를 뿌려주었던 은혜를 받았다. 강주선초는 임대옥으로 환생하면서 그 은혜를 평생의 눈물로 갚으리라 맹세했었다.

53 원원상보冤冤相報: '원원상보'는 불가佛家의 말로, 사람들이 서로 계속 원수를 맺고 이를 되갚아 주다보니 서로의 복수가 끝나지 않는다는 뜻이다.

54 분리취합개전정分離聚合皆前定: '분리취합'은 이합집산離合集散의 뜻. '전정'은 전생에 이미 정해져 있었다는 뜻.

55 간파적看破的, 둔입공문遁入空門: '간파적'은 세상의 덧없음을 간파해낸 사람. '둔입공

문'은 불문佛門에 들어간다는 뜻.

56 치미적痴迷的, 왕송료성명枉送了性命: '치미적'은 세상의 덧없음을 깨닫지 못하고 어리석게 계속 헤매는 사람. '왕송'은 헛되이 보내버리다. '성명'은 목숨. 이상의 시구는 전체적으로 『홍루몽』의 등장인물들의 갖가지 운명을 예언한 것으로 보인다.

57 호일사好一似: 정말 똑같다. '호'는 강조의 의미. 의미상 뒤 구절까지 걸린다.

청대 희곡

홍승洪昇 『장생전長生殿』 제30척 「정회情悔」

홍승은 청나라 초엽의 문인으로, 대대로 절강浙江 전당錢塘(지금의 항주) 지역의 이름난 가문에서 태어나 어려서부터 독서를 좋아하고 글재주가 있었다. 이후 벼슬자리에 나아가기도 했지만 『장생전』의 작가로 더욱 유명하다.

『장생전』은 한 번에 완성된 것이 아니라 홍승 자신이 수차례 개작하며 최종적으로 완성시킨 작품이다. 50척으로 된 남곡으로 구체적으로 따지면 곤곡崑曲에 속한다. 곤곡은 곤산강崑山腔 또는 곤강崑腔이라고도 한다. 내용은 당나라 현종玄宗과 양귀비楊貴妃의 사랑 이야기를 주제로 하고 있는데, 사실 이 주제는 계속해서 중국의 문인들이 주목하고 백성들이 즐기던 바였다. 현종과 양귀비의 사랑 이야기는 당대에 이미 백거이白居易의 시 「장한가長恨歌」와 진홍陳鴻의 문언소설 「장한가전長恨歌傳」에 등장했고, 이후 원대 백박白樸의 잡극 「오동우梧桐雨」에서 그 내용이 보다 구체화되었다. 이밖에도 이 이야기를 다룬 필기나 희곡이 적지 않다. 『장생전』의 줄거리를 간단히 추려보면 다음과 같다.

양귀비를 총애하게 된 현종은 그녀의 친척 오빠인 양국충楊國忠을 우상右相으로 삼고 그녀의 다른 친척들까지 책봉하며 우대한다. 두 사람 사이에 약간의 다툼도 있었지만 결국 화해하고 칠월칠석날 장생전에서 견우성과 직녀성을 보며 영원히 함께 할 것을 맹세한다. 그때 현종은 양귀비에게 정표로 금비녀와 장식합을 준다. 이후 현종은 국정을 돌보지 않고 오로지 양귀비와 즐기는 데 빠지고, 나라는 점차 엉망이 되어간다. 그러다 안록산安祿山의 난이 일어나자 현종은 장안長安을 버리고 도망가는 신세가 된다. 현종의 일행이 마외파馬嵬坡라는 곳에 다다라 역사에 묵게 되었을 때, 그를 호위하던 금위군禁衛軍들은 나라가 이토록 엉망이 된 것이 양귀비와 양국충에게 그 책임이 있다고 여겨, 먼저 양국충을 살해하고 현종에게 양귀비마저 내놓을 것을 요구했다. 결국 현종은 어쩔 수 없이 환관 고력사高力士를 시켜 그녀를 목 졸라 죽이게 한다. 이후 곽자의郭子儀 같은 명장의 사투로 간신히 전란이 평정되면서 현종은 장안으로 돌아올 수 있었으나, 늘 양귀비를 그리워하면서 그녀의 조각상을 보며 통한의 눈물로 세월을 보내게 된다. 그러다 혹시나 하는 마음에 영험한 도사를 파견해 양귀비의 영혼을 찾아보게 한다. 알고 보니 양귀비는 원래 봉래산蓬萊山의 신선이었다가 죄를 지어 인간 세상에 유배 온 것이었는데, 죽어서 직녀를 만나 이미 지난날의 과오를 회개하고 다시 봉래산으로 돌아가 신선이 되어 있었다. 그 도사가 봉래산까지 가서 양귀비를 만나 현종의 사정을 이야기하니, 양귀비는 눈물을 흘리며 현종이 자신에게 정표로 주었던 금비녀와 장식함을 각각 반으로 쪼개 도사에게 건네주면서 자신도 여전히 현종에 대한 마음이 변치 않았다고 말한다. 이후 생사를 넘어서는 그들의 사랑에 감동한 천제와 직녀의 도움으로, 8월 15일 대보름날에 현종은 하늘의 월궁으로 올라가서 양귀비를 다시 만나 결국 영원히 부부로 살게 된다.

이렇게 『장생전』은 현종과 양귀비의 사랑 이야기를 주축으로 하면서도, 그 사이사이에 임금이 여색에 빠져 국정을 소홀히 하면서 결국 반란이 일어나 온 나라가 전화에 휩싸이는 처절한 상황을 묘사하고 있다. 이는 상당히 이질적인 두 관점, 즉 현종과 양귀비의 사랑을 애틋하게 여기며 동정의 시선으로 바라보는 관점과 그들의 사랑 놀음에 나라가 피폐해졌다는 비판적 입장을 견지하는 관점이 착종되어 있는데, 이 두 관점이 상충되는 지점에 대한 해결이나 해소가 너무 거칠고 개연적이지 못하다. 죽은 양귀비가 직녀를 만나 자신의 과거 잘못을 사죄하자 직녀는 너무도 쉽게 "네가 이미 과거의 잘못을 회개했으니 그간의 모든 허물이 다 용서되었다"고 하면서 곧바로 그녀를 신선으로 복귀시킨다. 지금의 분석적인 잣대를 들이댄다면, 양귀비가 이렇게 회개의 말 한 마디로 면죄부를 얻고 오히려 신선이 되어버리는 급작스러운 전개는 물론 비판의 대상이 되겠지만, 사실 이 같은 문제는 전혀 다른 층차에 존재하던 두 가지 관점이 같은 지점에 놓이게 되면서 필연적으로 발생할 수밖에 없었다. 당대부터 진작 현종과 양귀비는 모두가 즐기는 낭만적인 사랑의 상징이었고, 이는 주로 민간예술의 층차에서 다뤄지는 소재였다. 그런데 이와는 별도로 정치적인 층차에서 보면, 현종은 어수룩하게 여색에 빠져 국정을 소홀히 한 가해자이자 피해자이고, 양귀비는 현종의 눈을 멀게 하고 당나라를 혼란에 빠트린 원흉이었다. 전통적으로 중국의 역사기술에서는 나라가 망하고 기울어지는 데는 반드시 임금을 파멸로 이끄는 악녀, 즉 팜므파탈femme fatale이 존재한다고 보았다. 선진시대부터 이미 나라를 기울게 만들 정도의 미색이란 뜻의 경국지색傾國之色이란 표현이 있었다. 전해지는 바에 따르면 하나라 마지막 왕 걸왕桀王에게는 말희末姬가, 은나라 마지막 왕 주왕紂王에게는 달기妲己가, 서주의 마지막 왕 유왕幽王에게는 포사褒姒가 있어서, 그녀들이 임금을 망치고 나라를 망하게 만들었다고 한다. 양귀비 역시 이러한 정치적 입장에서 보면, 총명하던 현종을 타락시키고 번성하던 당나라의 국운을 꺾어버린 악녀다. 이런 두 가지 관점이 하나로 뒤섞이면서 상충되는 현상이 발생하게 된 것이다. 하지만 실제로 꼼꼼히 따져보면, 당시 이미 세계 최고 수준의 율령제도律令制度를 갖추고 관직제도를 구비했던 당나라라는 대제국이 단순히 일개 후궁 혹은 그녀의 친척 몇몇에 의해 농단되어 망하게 되었다는 것은 그다지 설득력이 없다. 보다 궁극적인 원인은 응당 전반적인 국가 시스템이 붕괴되고 절도사節度使를 통한 지역 통제가 이미 한계에 다다랐던 것에서 찾아야 할 것이다.

사실 『장생전』에서 이 같은 정치적 관점에 근거한 전란과 혼란에 대한 기술이 삽입된 것은 명말 청초의 혼란상에 대한 작가의 고발이자 불만이었다. 즉 역사에 현실을 투영하면서 이를 비판한 것이다. 하지만 『장생전』에서 이러한 관점에서의 비판적 묘사는 부패해 자멸했다고 할 수 있는 명나라를 대상으로 하고 있지, 명나라를 몰아내고 새로 들어선 청나라를 대상으로 하고 있지는 않다. 이는 아마도 아직까지 청조가 중원에 자리 잡은 지 얼마 되지 않아 정치에 대한 비난에 민감하게 반응해 탄압을 가할 때였고, 또한 작자 자신도 본격적인 현실비판 자체를 목적으로 하고 있었던 것이 아니라 현재에 이르게 된 역사적 과정을 반성하는 데 있었기 때문이다. 하지만 결국 이 정도 내용의 『장생전』조차도 청나라의 제재를 받게 된다.

아무튼 이처럼 상이한 두 가지 관점이 착종되며 전개되는 『장생전』이지만, 궁극적으로는 현종과 양귀비의 낭만적이고도 영원한 사랑의 완성이라는 결론에 도달하면서, 정치적 도덕성이나 역사적 반성이라는 잣대보다는 대중적인 사랑 이야기로서의 재미에 무게중심을 두게 된다.

아래에 인용된 대목은 죽은 양귀비의 영혼이 토지신을 만나 자신이 원래 봉래산의 신선이었음을 깨닫고 다시금 봉래산로 돌아가게 되는 장면이다.

【仙呂入雙調】【普賢歌】[1] (副淨[2]上) 馬嵬坡[3]下太荒涼, 土地公公[4]也氣不揚. 祠廟倒了墻, 沒人燒炷香, 福禮三牲[5]誰祭享!

小神[6]馬嵬坡土地是也[7], 向來[8]香火頗盛. 只因安祿山[9]造反, 本境[10]人民盡皆逃散, 弄得[11]廟宇荒涼, 香烟斷絕. 目今[12]野鬼甚多, 恐怕出來生事[13], 且往四下[14]裏巡看一回. 正是"只因神倒運, 常恐鬼胡行[15]." (虛下[16]. 魂旦[17]上)

【雙調引子】【搗練子】[18] 冤疊疊, 恨層層[19], 長眠泉下[20]幾時醒? 魂斷蒼烟[21]寒月裏, 隨風窣窣度空庭[22].

一曲霓裳逐曉風[23], 天香國色總成空[24]. 可憐只有心難死, 脈脈[25]常留恨不窮. 奴家楊玉環[26]鬼魂是也. 自從馬嵬被難[27], 荷蒙岳帝傳勅[28], 得以棲魂驛舍[29], 免墮冥司[30]. (悲介[31]) 我想生前與皇上[32]在西宮行樂, 何等[33]榮寵! 今一旦紅顏斷送[34], 白骨冤沈[35], 冷驛[36]荒垣, 孤魂淹滯[37]. 你看月淡星寒, 又早黃昏時分, 好不[38]悽慘也! ……

【越調過曲】【斗黑麻】 你本是蓬萊籍中有名[39], 爲墮落皇宮[40], 癡魔[41]頓增. 歡娛過, 痛苦經[42]. 雖謝塵緣[43], 難返仙庭[44]. 喜今宵夢醒[45], 教你逍遙擇路行[46]. 莫戀迷途[47], 莫戀迷途, 早歸舊程[48].

【前腔】 (旦接路引謝[49]介) 深謝尊神, 與奴指明[50], 怨鬼愁魂[51], 敢望仙靈[52]!

(背介[53]) 今後呵, 隨風去, 信[54]路行. 蕩蕩悠悠[55], 日隱宵征[56]. 依月傍星[57], 重尋釵盒盟[58]. 還怕相逢, 還怕相逢, 兩心痛增. (副淨) 吾神去也.

(旦) 曉風殘月正潸然, (韓琮)[59] (副淨) 對影聞聲已可憐. (李商隱)[60]

(旦) 昔日繁華今日恨, (司空圖)[61] (副淨) 只應尋訪是因緣. (方干)[62]

....

1 【선려입쌍조仙呂入雙調】【보현가普賢歌】: '선려입쌍조'는 궁조명. '선려'에서 '쌍조'로 변화되는 궁조로 남곡에서만 쓰인다. '보현가'는 '선려입쌍조'에 속하는 곡패. 이후로는 특별한 경우가 아니면 따로 곡조에 대해서는 설명하지 않겠다.

2 부정副淨: '정'이란 배역은 주로 무대에서 드러나는 성격이 아주 강하게 정형화된 남자 배역을 말하는데, 얼굴에 검보臉譜에 따른 색채가 짙고 화려한 화장을 하는 것이 특징이다. 그 중에서도 '부정'은 주로 노래보다는 동작을 위주로 한다. 여기에서는 '토지신' 역을 가리킨다.

3 마외파馬嵬坡: 양귀비楊貴妃가 죽은 곳. 안록산安祿山의 난이 일어나자 당 현종은 부랴부랴 도망해 섬서陝西 지역까지 이르러 '마외파'의 역사에 묵게 되었는데, 그를 따르던 병사들이 나라에 난이 일어난 책임을 양귀비와 그녀의 친척 오빠인 양국충楊國忠에게 물으며, 먼저 양국충을 살해하고 현종에게 양귀비마저 내놓을 것을 요구했다. 결국 현종은 어쩔 수 없이 환관 고력사高力士를 시켜 그녀를 목 졸라 죽이게 했다.

4 토지공공土地公公: 토지신, 즉 자신을 지칭한다. '공공'은 나이가 많은 어른에 대한 존칭.

5 복례삼생福禮三牲: '복례'는 신에게 제사지낼 때 바치는 제물. '삼생'은 제물로 바쳐지는 소, 양, 돼지를 가리킨다.

6 소신小神: 토지신이 스스로를 부른 낮춤말.

7 시야是也: 앞의 표현을 받아서 다시 강조하는 역할을 한다. 여기에서는 앞의 '마외파 토지馬嵬坡土地'란 표현을 받아서 토지신인 자신이 다스리는 곳이 바로 이곳이라는 뜻이다.

8 향래向來: 줄곧.

9 안록산安祿山: 현종 때 반란을 일으킨 범양절도사范陽節度使.

10 본경本境: 이곳.

11 농득弄得: ~한 상황으로 만들어 버리다.

12 목금目今: 현재, 지금.

13 출래생사出來生事: '출래'는 ~한 상황이 나타나다. '생사'는 사단이 나는 상황, 또는 사고가 발생하는 상황.

14 사하四下: 사방.

15 지인신도운只因神倒運, 상공귀호행常恐鬼胡行: 그저 신령이 재수가 없기에 귀신들이 함부로 날뛸까 늘 두려워한다. 이는 일종의 속담이다. '도운'은 운이 기울다, 재수가 없다. '호행'은 어지럽게 다니다, 함부로 날뛰다.

16 허하虛下: 무대를 내려가는 척한다. 실제로 내려가지는 않는다.

17 혼단魂旦: 혼령인 여자 배역. 이미 죽어 혼령이 된 이 극의 여주인공인 양귀비를 가리킨다.

18 【쌍조인자雙調引子】【도련자搗練子】: '쌍조인자'는 남곡에만 있는 궁조. '도련자'는 '쌍조인자'에 속하는 곡패.

19 원첩첩寃疊疊, 한층층恨層層: 억울함은 켜켜이 쌓였고 한은 층층이 맺혔다.

20 천하泉下: 황천, 저승.

21 혼단창연魂斷蒼烟: '혼단'은 단혼斷魂의 도치. 여기에서는 죽은 사람의 넋, 즉 양귀비 자신을 가리킨다. '창연'은 달빛에 비춰지는 하늘의 푸른빛을 띠는 구름과 안개. 주로 차갑고 을씨년스러운 분위기를 상징한다.

22 솔솔도공정窣窣度空庭: '솔솔'은 아주 미세한 소리. 여기에서는 바람이 스쳐 지나가는 소리를 말한다. '도'는 도渡의 통가자로, 지나간다는 뜻. '공정'은 텅 빈 뜰.

23 일곡예상축효풍一曲霓裳逐曉風: '일곡예상'은 「예상우의곡霓裳羽衣曲」이라는 무곡舞曲. 전설에 당나라 현종이 꿈에서 들은 월궁月宮의 음악을 본떠 만들었다고 하지만, 사실은 서역에서 전래된 음악을 고친 것으로, 일찍 망실되었지만 아름다운 여인들의 군무群舞가 매우 아름다웠다고 전해진다. 여기에서는 양귀비가 현종을 처음 만나던 때를 가리킨다. 진홍陳鴻이 지은 당대 문언소설 「장한가전長恨歌傳」에 따르면, 현종이 처음 양귀비를 만날 때 「예상우의곡」을 연주하게 했다고 한다. '축'은 뒤쫓아 가다. '효풍'은 원래 새벽바람이라는 뜻이지만, 이후로 밀회를 즐기는 남녀가 새벽 전에 작별해야 했기에 이별을 상징하게 되었다. 이 구절은 현종과의 즐거운 시절도 결국에는 헤어짐으로 귀결되고 말았다는 뜻이다.

24 천향국색총성공天香國色總成空: '천향국색'은 한 나라를 대표할 만한 대단한 미인. 원래는 빛깔과 향기가 나라를 대표할 만한 꽃을 가리키는 말이었으나, 이후 최고의 미인을 칭송하는 표현으로 사용되었다. '총'은 결국, 아무래도. '성공'은 헛일이 되다, 공허해지다. 이 구절은 양귀비 자신의 미모도 아무런 소용이 없게 되고 말았다는 뜻

이다.

25 맥맥脈脈: 정감이 넘쳐나는 모양. 이 구절은 앞 구절의 '심心'이 주어로, 그 '마음'에 담긴 애정에 대한 표현이다.

26 노가양옥환奴家楊玉環: '노가'는 여성이 스스로를 이르는 낮춤말. '양옥환'은 양귀비의 본래 이름.

27 피난被難: 곤란을 당하다. 곤란한 상황에 처해 결국 자결했음을 가리킨다.

28 하몽악제전칙荷蒙岳帝傳勅: '하몽'은 높은 분께 명령을 받거나 은혜를 입었다는 뜻. '악제'는 태산泰山의 신인 동악대제東嶽大帝. '전칙'은 전해진 칙령.

29 서혼역사棲魂驛舍: '서혼'은 양귀비 자신의 혼령이 머물게 되었다는 뜻. '역사'는 바로 자신이 자결한 마외파의 역사.

30 명사冥司: 저승, 염라전閻羅殿.

31 비개悲介: 슬픔을 동작으로 표현한다는 뜻. '개'는 과科와 같은 뜻으로 주로 무대에서의 동작을 가리킨다.

32 황상皇上: 현종을 가리킨다.

33 하등何等: 의문사가 아니라 강조의 뜻. '얼마나 대단한 ~인가!' 정도로 풀 수 있겠다.

34 홍안단송紅顔斷送: '홍안'은 젊고 예쁜 여자, 즉 양귀비 자신을 가리킨다. '단송'은 죽었다는 뜻.

35 백골원침白骨冤沈: '백골'은 자신의 유골遺骨. '원침'은 억울하게 파묻혔다는 뜻.

36 랭역冷驛: 썰렁한 마외파의 역사.

37 고혼엄체孤魂淹滯: '고혼'은 양귀비 자신의 외로운 넋. '엄체'는 오랫동안 머물다.

38 호불好不: 감탄의 의미로 쓰인 부사. '얼마나 ~한가!'로 풀 수 있다.

39 니본시봉래적중유명你本是蓬萊籍中有名: 이 부분부터는 다시 앞서 나왔던 토지신이 양귀비에게 노래하는 것이다. '봉래'는 봉래산, 즉 신선들이 사는 선계. 전설에 발해渤海에 있다고 한다. 양귀비의 이름이 봉래산의 명적名籍에 있었다는 말은 양귀비가 원래 봉래산의 신선이었다는 의미다.

40 위타락황궁爲墮落皇宮: '위'는 ~ 때문에, ~으로 인해. '타락황궁'은 당나라 황궁으로 떨어졌다는 뜻. 비록 황궁이지만 선계에서 쫓겨 내려간 것이기에 '떨어졌다'(타락)란 표현을 사용한 것이다.

41 치마癡魔: 치정癡情. '마'는 불교에서 말하는 심마心魔를 가리킨다.

42 경經: 경험하다, 겪다.

43 수사진연雖謝塵緣: '수'는 비록 ~하더라도. '사'는 사양하다. '진연'은 속세의 부질없는

인연. '진'은 홍진紅塵, 속세.

44 선정仙庭: 선계仙界.

45 몽성夢醒: 미몽迷夢에서 깨다. 양귀비가 속세의 부질없음을 깨달았다는 것을 가리킨다.

46 교니소요택로행教你逍遙擇路行: '교'는 사역동사로 사使의 뜻. '소요'는 원래 아무런 구속 없이 자유로이 노닌다는 뜻인데, 여기에서는 '자유롭게', '아무 구애됨 없이'로 풀이된다. '택로'는 앞으로 갈 길을 선택한다는 뜻.

47 막련미도莫戀迷途: '막'은 ~하지 말라는 금지의 뜻. '련'은 미련을 버리지 못하고 연연해하다. '미도'는 미혹의 길, 즉 속세를 가리킨다.

48 구정舊程: 옛날에 가던 길, 즉 선계를 가리킨다.

49 단접로인사旦接路引謝: '단'은 양귀비 역을 맡은 여주인공. '접'은 받다. '로인'은 일종의 통행증으로, 여기에서는 선계로 갈 수 있는 통행증을 뜻한다. '사'는 감사드리다.

50 지명指明: 확실하게 나아갈 방향을 가리키다.

51 원귀수혼怨鬼愁魂: 원망어린 귀신이자 근심어린 넋. 양귀비 자신을 가리킨다.

52 선령仙靈: 신선.

53 등개背介: 등지는 동작을 한다.

54 신信: 마음대로, 내키는 대로.

55 탕탕유유蕩蕩悠悠: 정처없이 헤매는 모양.

56 일은소정日隱宵征: 낮에는 숨었다가 밤에 길을 떠나다. 이 같이 하는 이유는 양귀비가 귀신이기 때문이다.

57 의월방성依月傍星: 달과 별에 의지하다. '의'와 '방'은 모두 의지한다는 뜻이다.

58 중심차합맹重尋釵盒盟: '중심'은 다시 찾다. '차합맹'은 현종과 양귀비가 맺은 사랑의 맹세란 뜻. 여기에서 '차합'은 금차金釵(금비녀)를 넣은 화려한 전합鈿盒(장식합)의 줄임말. 이에 관한 이야기는 정사가 아닌 진홍이 지은 당대 문언소설 「장한가전」에 보인다. 현종이 양귀비를 장생전에서 칠월칠석에 처음 만나면서 금비녀를 넣은 장식합을 정표로 주었는데, 이후 양귀비가 죽어 신선이 된 뒤에도 그 금비녀와 장식합을 각각 반으로 쪼개 현종에게 보내면서 옛날의 사랑이 전혀 변치 않았음을 알렸다고 한다.

59 효풍잔월정산연(한종)曉風殘月正潸然(韓琮): '효풍잔월'은 사랑하는 남녀 간의 이별. 새벽 바람과 날이 밝아 사라지는 달은 모두 밀회하던 남녀가 헤어져야 할 때이기에 이후 이별의 상징이 되었다. '산연'은 눈물이 줄줄 흐르는 모양. 이 구절은 당나라 한종의 「노露」란 시에서 인용한 것이다.

60 대영문성이가련(이상은)對影聞聲已可憐(李商隱): '대영'은 임의 그림자를 마주 대하다.

'문성'은 임의 목소리를 듣다. 이 두 가지는 사랑하는 임의 실제 모습을 보기 전을 의미한다. '이가련'은 벌써 사랑스럽다. 이 구절은 당나라 이상은의 「벽성碧城」 3수 중 제2수에서 인용한 것이다.

61 석일번화금일한(사공도)昔日繁華今日恨(司空圖): 옛날의 번화함이 지금은 한스럽다. 이 구절은 당나라 사공도의 「남북사감우南北史感遇」 10수 중 제9수에서 인용한 것이다.

62 지응심방시인연(방간)只應尋訪是因緣(方干): '응심방'은 찾아온 사람을 만나준다는 뜻. 이 구절은 당나라 방간의 「제귀산목상인원題龜山穆上人院」에서 인용한 것이다.

공상임孔尙任 『도화선桃花扇』 제23척 「기선寄扇」

공상임은 청나라 초엽 사람으로, 공자의 64대손이다. 강희제康熙帝가 공자에게 제를 올리기 위해 산동山東 곡부曲阜에 들렀을 때, 당시 37세였던 공상임을 눈여겨보고 특별히 벼슬을 내렸다. 이렇게 한 주목적은 아마도 오랑캐라 불리는 유목민족 출신의 통치자로서, 공자로 대변되는 중화문명의 정통성을 획득하고 지식인들의 마음을 회유하는 데 있었을 것이다. 이후 그는 고향을 떠나 주로 북경에서 근 20년간 벼슬을 지냈으며, 이후 다시 고향인 곡부로 돌아와 10여 년을 은거하다 죽었다. 『도화선』은 벼슬생활 중에 틈틈이 실제 배경이 되는 지역을 돌아다니면서 당시의 일을 알고 있던 사람들을 직접 만나 이야기를 채집해 지은 것으로, 10여 년 동안 3번의 대대적인 수정을 거쳐 완성되었다.

『도화선』의 작가 공상임은 산동 출신, 즉 북방 사람이지만, 『도화선』은 남곡인 곤곡崑曲이며 총 40척으로 구성되어 있다. 실제로는 제40척 뒤에 에필로그인 「여운餘韻」이 덧붙여져 있다. 당시 중국 희곡은 남북 가릴 것 없이 남곡이 주류를 이루고 있었다. 물론 북곡을 대표하는 잡극도 여전히 존재했지만 이미 무대 공연을 위한 대본보다는 책으로 읽기 위한 작품이 많았다. 『도화선』의 내용상 특징은 『장생전』과 비교해 보면 보다 명확하게 드러난다. 『장생전』은 사랑 이야기와 역사적 사실을 두 축으로 전개되지만 사랑 이야기에 훨씬 무게 중심이 실려 있다. 하지만 『도화선』은 『장생전』처럼 남녀 주인공의 사랑 이야기와 명말 청초의 역사를 두 축으로 전개되긴 하지만, 무게 중심은 확연히 명말 청초의 역사 기술에 있어서 전체적으로 볼 때 오히려 남녀 간의 사랑 이야기가 적잖이 희석되는 느낌이다. 물론 『도화선』이 남녀 주인공의 안타까운 사랑 이야기를 세련되게 풀어나가고 있으며 이 때문에 많은 사랑을 받게 된 것 역시 분명한 사실이지만, 궁극적으로 작품의 중심은 아무래도 역사 기술에 있는 것으로 보인다. 『도화선』은 명말 청초의 역사를 토대로 아주 복잡다단하게 전개되는데, 남녀 주인공을 위주로 줄거리를 간단히 추리면 다음과 같다.

때는 바야흐로 명나라가 내우외환에 시달리며 쇠약할 대로 쇠약해져 풍전등화처럼 위태롭던 시기다. 남경에 살던 남자 주인공 후방역侯方域은 명나라 말에 국정을 전횡하던 위충현魏忠賢 일당과 대립각을 세웠던 동림당東林黨 계열의 문인들이 모인 복사復社의 영수 중 한 명으로 절개와 문장으로 명성이 높았다. 그는 우연히 진회秦淮 지역의 유명한 가기歌妓 이향군李香君에게 마음을 빼앗겼지만, 워낙 가진 게 없어서 어찌해 볼 도리가 없었다. 이후 후방역은 아무나 만나주지 않는 이향군을 자신의 부채를 핑계로 어렵사리 만나 사귀게 되고 결국 그녀의 머리를 얹어주기로 한다. 하지만 후방역은 이에 필요한 예물을 마련할 여유가 없었는데, 마침 완대성阮大鋮이란 자가 이 사실을 알고 후방역과 교분이 있던 양문총楊文驄을 시켜 예물을 마련해준다. 원래 완대성은 이름난 간신배로, 위충현 일당에 속해 있었다가 탄핵을 받고 남경에 내려와 있던 차에 어떻게든 후방역이라는 유명인사와 관계를 맺으면서 자신도 은근슬쩍 선비들 사이에서 명성과 지위를 얻을 수 있는지를 궁리하던 자였다. 후방역은 이런 사정을 모른 채 그저 자신의 벗 양문총의 도움을 받았다고만 여기고, 이향군의 머리를 얹어주고 두 사람이 만날 수 있는 인연을 만들어 준 그 부채에 시를 써서 이향군에게 정표로 건네준다. 그런데 후방역이 어떻게 이런 예물을 마련했을까 의아해하던 이향군이 결국 이 모든 예물이 간신배인 완대성에게서 나왔음을 알아채고는 몹시 화를 내며 모두 물려서 완대성에게 돌려주게 한다. 이 일로 완대성 역시 모욕을 느끼고 후방역과 이향군에게 원한을 품게 된다. 그러던 중 명나라 마지막 황제인 숭정제崇禎帝는 틈왕闖王 이자성李自成이 북경을 함락시키자 매산煤山에서 목을 매 자결했다. 남경에는 명나라의 망명 정부인 남명南明이 세워지는데, 이 와중에도 완대성은 여러 다른 간신배들과 결탁해 우매한 복왕福王을 남명의 황제 홍광제弘光帝로 옹립하고 권력을 전횡한다. 이 같은 상황에 극력 반발하던 복사의 문인들은 완대성에 의해 대대적으로 탄압을 받게 되고, 결국 복사의 영수 중 한 명이었던 후방역 역시 완대성의 모함에 어쩔 수 없이 이향군과 이별하고 충신 사가법史可法이 지키고 있던 양주揚州로 몸을 피한다. 후방역이 양주로 떠난 사이에 완대성은 남경에 남아 있던 이향군을 사들여 전앙田仰이라는 벼슬아치에게 첩으로 바쳐 그의 환심을 사고자 한다. 이에 이향군은 완강히 반발하다 머리를 찧어 피까지 흘린다. 결국 그녀는 양문총의 도움으로 간신히 전앙의 첩이 될 위기를 모면하는데, 당시 머리를 찧을 때 튀었던 피가 마침 후방역에게 받았던 부채에 몇 방울 묻게 되고, 이를 본 양문총은 그 붉디붉은 핏방울들을 복사꽃으로 삼아 부채 위에 한 폭의 그림을 완성한다. 이향군은 마침 양주로 떠나려는 소곤생蘇崑生에게 그 부채를 주면서 후방역에게 전해 달라 부탁한다. 하지만 소곤생이 양주에 갔을 때 후방역은 이미 남경에 돌아왔다가 체포되어 투옥되었기에 전해주지 못하고 결국 이향군에게 돌려준다. 완대성은 홍광제의 환심을 사려고 『연자전燕子箋』이라는 사랑 이야기를 지어 남경의 가기들에게 공연하도록 했는데, 이향군 역시 이 공연에 참여하게 되었다. 하지만 이향군이 공연을 하면서 멋대로 가사를 바꾸어 완대성 등의 간신배들을 꾸짖자, 이에 대노한 완대성이 그녀를 죽이려 했지만 다시 양문총이 나서서 사태를 무마했다. 결국 중원을 침범한 청나라 철기군鐵騎軍에 의해 남명의 수도 남경마저 덧없이 무너지고, 완대성 등 간신배들도 도망가다 죽는다. 전란의 소용돌이 속에서 이향군은 주위의 도움으로 간신히 남경 부근 서하산棲霞山의 백운암白雲庵에 몸을 숨긴다. 이후 후방역이 우연히 서하산에 이르러 결국 두 사람은 다시 만난다. 하지만 두 사람은 이미 나라가 망하고 모든 것이 사라진 후임을 깨닫고 두 사람의 사랑을 상징하는 부채인 도화선을 찢어버리고는 모두 속세를 버리고 출가하게 된다.

위의 줄거리 요약은 남녀 주인공을 위주로 했기에 제대로 열거하지 않았지만,

사실 남녀 주인공이나 완대성, 양문총 등 외에도 많은 인물이 등장하면서 처절하고 긴박했던 명나라의 멸망 과정을 여실하게 그려내고 있다. 거의 모든 등장인물들이 역사적으로 실존했던 인물을 모델로 하고 있다. 앞서도 지적했지만 『도화선』은 명나라의 멸망이 간신배들의 발호에 있었음을 지적하고 있으며, 특히 간신배들이 이미 중원을 잃고 장강 이남으로 내려와서까지도 권력을 잡기 위해 국정을 호도하고 충신을 모함하면서 나라의 안위 따위는 관심조차 없는 어이없는 상황에 대해 가차 없는 비판을 가하고 있다. 혹자는 『도화선』이 반청정신反淸精神 혹은 한족漢族 중심의 민족주의를 드러내고 있다고도 주장하지만, 사실 『도화선』의 주안점은 명나라, 그 중에서도 특히 남명의 부패와 자멸을 비판하는 데 있다. 물론 당시 갓 세워진 청나라가 반청 사상에 매우 민감하고 폭압적으로 대응했기에, 설령 반청의 생각을 가지고 있었다고 해도 직접적으로 표현할 수는 없었으며 남명의 부패와 자멸에 치중할 수밖에 없었을 것이다. 결국 이러한 주제의식을 가진 『도화선』은 앞서 살펴본 『장생전』과는 달리 남녀 주인공의 사랑 이야기보다도 역사의 묘사에 보다 중점을 두게 되었고, 절절하면서도 애달픈 남녀 주인공의 사랑은 결국 허무하게 둘 다 망국을 이유로 출가해버리는 것으로 마무리된다.

그런데 나름대로 청나라의 감시를 의식한 『도화선』의 내용조차도 결국에는 문제가 되어 공연이 금지되기도 했다. 그래서 혹자는 이 같은 이유를 들어 청나라의 탄압으로 수백 년간 발전해온 희곡이 위축되었다고 주장하는데, 이는 그다지 온당한 분석이 아니다. 사실 『도화선』만 살펴보아도 이미 과도한 문사文辭의 수식이나 음률과 노래의 괴리가 눈에 띄기 시작하는 등 남곡, 그 중에서도 특히 당시 최대 인기였던 곤곡이 실질적인 대중예술로서의 기능을 상실해 가고 있는 것이 확인된다. 수백 년간의 발전과정을 거치면서 남곡은 이미 문인들의 전유물이 되어 당초 일반 대중이 즐길 수 있던 공연예술에서 상당한 지식과 교양을 필요로 하는 고급 유희로 그 성격이 변질되고 있었던 것이다. 청대를 대표하는 남곡, 그 중에서도 곤곡인 『장생전』과 『도화선』이 모두 청나라 초기의 작품이며, 이후로는 크게 내세울 만한 작품이 없는 것 역시 이러한 분석에 힘을 실어준다. 하지만 남곡이 이렇게 문인들에게 전유되었다고 해서 대중을 위한 공연이 사라진 것은 결코 아니었다.

이미 각 지방에서는 대중을 위한 새로운 지방희地方戲가 발달하고 있었다. 그래서 이후로는 남곡의 곤곡을 아부雅部라 칭하고, 각 지방의 지방희들을 화부花部 또는 난탄亂彈이라 칭하기도 했다. 다시 말해 『장생전』과 『도화선』 같은 곤곡의 쇠퇴에는 물론 청나라의 억압도 중요한 원인 중 하나이지만, 보다 중요한 원인은 바로 곤곡과 대중과의 괴리에 있었고, 대중에게는 이를 대체할 새로운 지방희들이 성장하고 있었다. 우리가 지금 즐기는 경극京劇(Peking Opera)은 바로 건륭제乾隆帝 때 안휘성安徽省의 지방희인 휘극徽劇을 기반으로 곤곡과 기타 지방희들의 장점을 집약해 완성된 중국 희곡의 정수다. 이 같이 하나의 문학 혹은 예술 장르가 원래 민중에게서 연원했다가 이후 문인에 의해 조탁되고 수식되면서 극성기와 쇠퇴기를 겪게 되는 과정은 이미 시나 사의 발전과정에서도 확인되었듯이 지극히 자연스러운 패턴이라 하겠다.

아래에 인용된 대목은 이향군이 핏자국을 복사꽃으로 삼아 그림을 완성시킨 도화선을 양주에 가 있는 정인情人 후방역에게 부치는 장면이다.

【醉桃源】(旦包帕病容[1]上) 寒風料峭透氷綃[2], 香爐懶[3]去燒. 血痕一縷在眉梢[4], 胭脂紅讓嬌[5]. 孤影怯, 弱魂飄[6], 春絲命一條[7]. 滿樓霜月夜迢迢[8], 天明恨不消[9].

(坐介) 奴家香君, 一時無奈[10], 用了苦肉之計[11], 得遂全身之節[12]. 只是孤身隻影, 臥病空樓, 冷帳寒衾, 無人作伴[13], 好生[14]凄凉. ……

【錦上花】一朶朶傷情[15], 春風懶笑[16]. 一片片消魂[17], 流水愁漂[18]. 摘的下嬌色[19], 天然蘸好[20]. 便妙手徐熙[21], 怎能畫到. 櫻脣上調朱[22], 蓮腮上臨稿[23], 寫意兒幾筆紅桃[24]. 補襯[25]些翠枝青葉, 分外夭夭[26], 薄命人[27]寫了一幅桃花照[28]. ……

【碧玉簫】揮灑銀毫[29], 舊句[30]他[31]知道. 點染紅幺[32], 新畫你[33]收着. 便面小[34], 血心腸一萬條[35]. 手帕兒包[36], 頭繩兒繞[37], 抵過錦字書多少[38].

(淨[39]接扇介) 待我收好了, 替你寄去. (旦) 師父[40]幾時起身[41]? (淨)

不日[42]束裝了. (旦) 只望早行一步. (淨) 曉得. (末[43]) 我們下樓罷[44]. (向旦介) 香君保重. 你這段苦節[45], 說與侯郎, 自然來娶你的. (淨) 我也不再來別了. 正是[46]: '新書[47]遠寄桃花扇.' (末) '舊院[48]常關燕子樓[49].' (下. 旦掩淚介) 媽媽不歸, 師父又去, 妝樓[50]獨閉, 益發[51]凄凉了. ……

1 단포파병용旦包帕病容: '단'은 이 극의 여자 주인공인 이향군李香君. '포파'는 수건으로 머리를 싸매다. 이런 모습은 병들었음을 상징한다. '병용'은 병든 모습을 하고 있다는 뜻.

2 료초투빙초料峭透氷綃: '료초'는 원래 초봄까지 미처 가시지 않은 겨울의 한기를 말하지만, 여기에서는 찬바람이 매우 매섭게 부는 것을 뜻한다. '투'는 파고들다. '빙초'는 얼음처럼 희고 투명한 비단 옷.

3 나懶: 귀찮아하다, 내켜하지 않다.

4 혈흔일루재미초血痕一縷在眉梢: '일루'는 한 가닥. 혈흔이 가늘고 길기에 이렇게 표현한 것이다. '미초'는 눈썹 끝.

5 연지홍양교胭脂紅讓嬌: 연지의 붉음조차 그 아름다움을 양보하다. 앞서 말한 한 가닥의 혈흔이 연지보다도 붉다는 뜻이다.

6 표飄: 정처없이 흩날리다.

7 춘사명일조春絲命一條: 봄날의 실버들 같은 이 한 목숨. '춘사'는 봄에 갓 자라난 실버들. 그 잎이 워낙에 가늘고 여린데, 봄에 갓 자란 것은 더욱 가늘고 여리다.

8 만루상월야초초滿樓霜月夜迢迢: '만루상월'은 누대 가득 서릿발같이 희고 차디찬 달빛이 비춘다는 뜻. '야초초'는 밤이 길고도 길다는 뜻.

9 천명한불소天明恨不消: '천명'은 날이 밝다. '한불소'는 마음속의 한스러움이 해소되지 않다.

10 무내無奈: 어찌할 수 없다.

11 고육지계苦肉之計: 원래는 병법에서 적을 속이기 위해 스스로의 고통이나 희생을 감수하는 계책을 가리키지만, 여기에서는 이향군이 자신을 강제로 첩으로 삼으려는 시도를 막기 위해 스스로 자해 소동을 벌인 것을 가리킨다.

12 득수전신지절得遂全身之節: '득'은 할 수 있다. '수'는 이루다, 성취하다. '전신지절'은 온몸의 절개.

13 작반作伴: 짝이 되다.

14 호생好生: 얼마나 ~한가! 감탄의 의미로 쓰인 부사.

15 일타타상정一朶朶傷情: '일타타'는 복사꽃 한 떨기 한 떨기마다. '상정'은 마음을 상하게 하다.

16 춘풍나소春風懶笑: '나소'는 웃는 것조차 내켜하지 않다. 앞 구절과 이 구절은 당나라 최호崔護의 「제도성남장題都城南莊」의 "도화의구소춘풍桃花依舊笑春風"(복사꽃은 예전처럼 봄바람에 웃고 있네)이란 구절을 변용한 것이다.

17 일편편소혼一片片消魂: '일편편'은 복사꽃잎 한 조각 한 조각마다. '소혼'은 소혼銷魂, 즉 넋을 사른다는 뜻. 너무 슬퍼서 마치 자신의 영혼이 녹는 것 같다는 비유다.

18 유수수표流水愁漂: 흐르는 물에 시름조차 떠내려간다. 앞 구절과 이 구절은 당나라 두보杜甫의 「절구만흥絶句漫興」 9수 중 제5수의 "경박도화축수류輕薄桃花逐水流"(가볍고 얇은 복사꽃은 물결 따라 흘러가 버렸네)란 구절을 변용한 것이다.

19 적적하교색摘的下嬌色: '적적하'는 적득하래摘得下來, 즉 '손으로 딸 수 있을 듯한'이라는 수식어. '교색'은 아리따운 붉은색, 즉 부채에 그려진 복사꽃을 가리킨다. 앞서 '고육지계'의 각주에서 설명했듯이, 이향군은 자신이 강제로 남의 첩으로 가게 되자 바닥에 머리를 찧는 자해 소동을 벌였는데, 이때 머리가 깨지고 피가 튀어 핏방울이 부채에 묻었다. 이후 이를 발견한 양문총楊文驄이 부채에 무작위로 튀었던 핏방울들을 복사꽃으로 삼아 부채에 그림을 완성했다. 여기에서는 그 복사꽃이 너무 붉어서 마치 딸 수 있을 것처럼 생생해 보인다는 뜻이다.

20 천연잠호天然蘸好: '천연'은 자연스럽다. '잠'은 튀어서 묻었다는 뜻. '호'는 동사 '잠'에 붙은 결과보어.

21 변묘수서희便妙手徐熙: '변'은 설령, 설사. '묘수'는 오묘한 조예를 지닌 사람. '서희'는 오대 남당南唐 때 사람으로 그림을 잘 그리기로 유명했는데, 특히 꽃나무를 잘 그렸다고 한다.

22 앵순상조주櫻脣上調朱: '앵순'은 앵두 같이 붉은 입술. '조주'는 붉은 입술연지를 앵두 같은 입술에 또 칠한 듯하다, 즉 매우 붉다는 뜻. 여기에서는 부채에 그려진 복사꽃에 대한 비유다.

23 련시상림고蓮腮上臨稿: '련시'는 연분홍빛 연꽃 같은 뺨. '림고'는 본격적으로 그림을 그리기 전에 미리 그리는 밑그림을 그린 듯하다. 여기에서는 부채에 그린 붉은 복사꽃 부분을 제외한 나머지 부분에 대한 비유다. 아마도 복사꽃이 피어 있는 나뭇가지에 대한 묘사인 듯하다.

24 사의아기필홍도寫意兒幾筆紅桃: '사의아'는 속내를 그리다, 즉 단순히 겉모습만을 그

린 것이 아니라 그 속에 담긴 감정까지 드러난다는 뜻. '필'은 양사. 원래 그림이나 서예 작품을 세는 양사인데, 여기에서는 부채의 그림 속 복사꽃을 세는 양사로 사용되었다.

25 보친補襯: 덧붙이다, 보충하다.

26 분외요요分外夭夭: '분외'는 특별히, 유난히. '요요'는 아주 예쁘고 싱싱한 모양. '요요'는 『시경』「주남周南 · 도요桃夭」의 "도지요요桃之夭夭"라는 표현에서 나왔다.

27 박명인薄命人: 박복한 운명을 타고난 사람. 사랑하는 후방역과 떨어져 온갖 고초를 겪는 이향군 자신을 가리킨다.

28 조照: 보다.

29 휘쇄은호揮灑銀毫: '휘쇄'는 붓을 휘둘러 문장을 거침없이 써내려 간다는 뜻. '은호'는 붓. 필봉筆鋒(붓촉)이 광택 나는 회색이므로 '은호'라 칭한 것이다.

30 구구舊句: 옛 시구. 당초 후방역이 부채에 써준 시구를 가리킨다.

31 타他: 남자 주인공인 후방역을 가리킨다.

32 점염홍요點染紅幺: '점염'은 점을 찍다. '홍요'는 붉은 점. '요'는 원래 숫자 1의 별칭이기도 하고, 놀이나 노름에서 사용하는 주사위의 1 역시 '요'라고 부르는데, 주사위의 1은 늘 붉은색으로 큰 점을 찍는다. 여기에서는 주사위의 1 같이 붉은색의 큰 점이란 뜻이다.

33 니你: 이향군에게 악곡을 가르쳤던 스승 소곤생蘇崑生을 가리킨다.

34 편면便面: 부채의 종이나 비단이 발라진 면. '편면'은 원래 높은 사람들이 얼굴을 가리기 위해 사용하는 얼굴가리개용 부채만을 지칭했지만, 이후로 부채의 종이나 비단이 발라진 면을 가리키게 되었다. '편면'은 편어장면便於障面, 즉 얼굴을 가리기에 편하다는 뜻이다.

35 혈심장일만조血心腸一萬條: '혈심장'은 피 끓는 속내. '일만조'는 만 가닥이나 된다, 즉 아주 많다는 뜻.

36 수파아포手帕兒包: '수파아'는 손수건. '포'는 포장하다, 싸다.

37 두승아요頭繩兒繞: '두승아'는 머리끈. '요'는 휘감다, 묶다.

38 저과금자서다소抵過錦字書多少: '저과'는 필적하다, 상당하다. '금자서'는 비단에 글자를 새겨 넣은 편지. 원래 전진前秦의 소혜蘇蕙라는 여자가 남편 두도竇滔에게 보냈던 비단으로 짜 넣은 회문시回文詩를 말한다. 소혜는 좌천당해 멀리 떠난 남편을 그리워하며 29줄에 매 줄마다 29자씩 총 841자로 이루어진 회문시를 지어, 이를 비단에 무늬처럼 짜 넣어 남편에게 보냈다고 한다. 회문시는 어디부터 읽든지, 앞으로 읽든지,

뒤로 읽든지 시가 되는데, 소혜의 이 회문시는 어디부터 어떻게 끊어 읽느냐에 따라 거의 200여 수에 달하는 시로 읽힌다고 한다. 두도는 이를 읽고 아내를 그리워하며 발분한 끝에 공을 세워, 결국 다시 높은 벼슬에 올라 아내와 함께 할 수 있었다고 한다. '다소'는 어느 정도, 약간이나마.

39 정淨: '정'은 남자 조연으로, 이향군에게 악곡을 가르쳤던 스승 소곤생을 가리킨다.

40 사부師父: 소곤생. 이향군이 일찍이 그에게 악곡을 배웠기에 '사부'라 칭한 것이다.

41 기신起身: 출발하다.

42 불일不日: 조만간. 며칠 안 되는 짧은 시간을 뜻한다.

43 말末: '말'은 남자 조연으로, 이향군의 부채에 그림을 그려준 양문총을 가리킨다.

44 파罷: 파吧와 같다. 명령 혹은 권유의 어기사.

45 고절苦節: 온갖 시련에도 꿋꿋한 절개.

46 정시正是: 정말이지 ~이로구나!

47 신서新書: 새로운 편지.

48 구원舊院: 옛 기루妓樓. 원래 자신이 몸담았던 미향루媚香樓를 가리킨다.

49 연자루燕子樓: 원래는 강소성江蘇省 서주徐州 부근에 있던 누각으로, 당나라 때 어떤 상서尙書의 애첩이 남편인 상서가 죽은 뒤 수절하며 십여 년을 살던 곳이라고 한다. 하지만 『도화선』을 보면 이향군은 여러 차례 의식적으로 자신이 몸담았던 기루인 미향루를 '연자루'라 칭하고 있다.

50 장루妝樓: 부녀자가 머무는 누각.

51 익발益發: 더욱 ~하다.

청대 시

전겸익錢謙益 「하간성외류河間城外柳」

전겸익은 만명晩明 때 태어나 명조에서 벼슬까지 지냈으나, 말년에 만주족이 들어와 청조를 세웠을 때 반강제적으로 반 년 정도 청조의 벼슬을 지낸 뒤 바로 낙향해 은거하며 지냈다. 때문에 당초 그의 시는 쓰러져 가는 명조에 대한 지식인으로서의 비분과 강개가 잘 반영되어 있지만, 말년에 결국 변절해 청조에 귀순한 뒤의 작품들에서는 대체적으로 자괴감이나 회한이 주조를 이룬다.

일반적으로 청대 시단을 논할 때 전겸익은 송시宋詩의 풍격을 전범으로 삼아 추종하는 종송시파宗宋詩派의 선하이자 영수로 꼽는다. 확실히 그의 풍격은 송시에 가깝지만, 세심히 따져보면 그는 당시唐詩와 송시를 두루 중시했다. 정말 그가 극력 반대했던 것은 당시 중 성당시만을 전범으로 삼아 추종하는 명대 전후칠자의 풍격이었다. 다시 말해 그의 성당시 비판은 이미 교조적 형식주의로 전락해버린 명대 전후칠자의 폐습을 혁파하고, 답습에 빠진 당시 시단의 풍격을 일신하는 데 진정한 목적이 있었던 것이다. 하지만 전겸익의 이러한 시도는 오로지 성당시만 존숭하던 당시 시단의 틀을 깨고 전당시全唐詩로 그 시야를 확장한 후 더 나아가 송시까지 중시하게 만들어 결국 종송시파가 등장할 수 있도록 길을 열어 준 것 역시 분명한 사실이다.

「하간성외류」는 총 2수로 여기에서 인용한 것은 제2수다. 이 시는 그가 거의 마흔이 다 되어갈 때, 하북성河北省의 하간성 밖을 지나다 문득 맞닥뜨린 버드나무를 보고 느낀 감흥을 읊은 것이다. 이 시를 보면 그가 당시 고향을 떠나온 지 얼마나 되었는지는 정확히 모르지만, 이미 사무치게 고향이 그리워진 것이 분명하다. 버드나무 밑을 말을 타고 지나가다 무성하게 드리워진 버들잎들이 엉겨 붙어 불편한 상황을 마치 버들잎들이 단박에 고향으로 돌아가고픈 자신을 못가도록 붙잡는 것처럼 묘사해 향수에 젖어 울적한 심사를 담아냈다. 하지만 바로 어젯밤 밝은 달빛 아래 꿈속에서나마 고향에 달려갔던 일을 되새기며 이내 울적함을 털어버린다. 시어는 과장이나 과도한 수식 없이 간결하면서도 그 속에 담긴 시정詩情은 깊고도 선명하다.

長條[1]垂似髮鬖鬖[2], 拂馬眠衣總不堪[3]. 昨夜月明搖漾[4]處, 曾牽歸夢到江南[5].

1 장조長條: 길게 늘어진 버들잎을 가리킨다.
2 삼삼鬖鬖: 머리카락이 어지러이 길게 늘어진 모양.
3 불마면의총불감拂馬眠衣總不堪: '불마'는 길게 늘어진 버들잎이 지나는 말의 몸에 스친다는 뜻. '면의'는 버들잎이 옷에 붙어 늘어진다는 뜻. 여기에서 '면'은 동사로 원래 세로로 늘어진 버들잎이 옷에 쓸리면서 가로로 눕게 된다는 말이다. '총'은 아무래도. '불감'은 감당해내지 못하다.
4 요양搖漾: 원래는 물결이 출렁이는 것을 뜻하지만, 여기에서는 밝은 달빛이 흔들린다는 뜻이다.
5 증견귀몽도강남曾牽歸夢到江南: '증'은 벌써. '견'은 이끌려오다. '귀몽'은 꿈속으로 들어가다. '강남'은 전겸익의 고향인 강소성江蘇省 상숙常熟을 가리킨다.

오위업吳偉業 「과회음유감過淮陰有感」

전겸익보다 스물 대여섯 살이 어린 오위업 역시 처경은 전겸익과 비슷했다. 명조에서 벼슬하다 청조가 들어선 뒤 은거했지만, 결국 청조에 귀순해 1년 정도 벼슬을 했다. 당초 그의 시풍은 시원시원하고 화려했지만, 청조가 들어선 이후로는 서글프고 뭔가 울분에 찬 정서가 강해졌다.

일반적으로 청대 시단을 논할 때 오위업은 종당시파宗唐詩派의 선하이자 영수로 손꼽힌다. 물론 여기에서 당시란 바로 앞의 설명에서 지적했듯이 진짜 당시라기보다는 성당시를 전범으로 삼은 명대 전후칠자를 필두로 하는 의고파擬古派의 시풍을 가리킨다. 때문에 오위업이나 다른 종당시파 계열의 시인들은 대부분 명대 전후칠자, 즉 의고파의 주장에 대해 기본적으로는 동조하면서 공안파公安派나 경릉파竟陵派에 대서는 비판적인 입장을 견지했다. 하지만 그는 이미 피폐해진 의고파 말류의 주장을 그대로 답습한 것이 아니라 성당시에만 집중되었던 전범의 범위를 초당시나 중당시까지 넓히는 등 다각적으로 기존 의고파의 주장을 수정하고 확충했다. 즉 전겸익과 성향이나 방법은 달랐지만 결국에는 오위업으로부터 형성되는 종당시파 역시 의고파의 잔재가 여전하던 당시 시단의 병폐와 한계를 극복하고 새로운 진로를 확보하는 데 노력한 것은 매한가지였던 것이다.

「과회음유감」은 총 2수로 여기에서 인용한 것은 제2수다. 이 시는 은거하던 오위업이 청조의 부름을 받아 어쩔 수 없이 벼슬하러 북경에 가던 길에 회음을 지나며 지은 것이다. 여기에서 오위업은 순절하지 못하고 청조에 귀순했다는 자괴감과 청조를 인정할 수밖에 없는 현실을 한나라 회남왕淮南王 유안劉安의 고사를 빌어 노래하고 있다. 명조의 유신遺臣으로 절개를 지키지 못했음을 한탄하면서도 결국에는 현실적으로 청조를 부정하지 못하는 어중간한 입장을 취하게 되면서, 그 어디에도 뿌리내리지 못하고 소외되어버리는 자신의 모습을 서글프게 노래하고 있다.

登高悵望八公山[1], 琪樹丹崖未可攀[2]. 莫想陰符遇黃石[3], 好將鴻寶駐朱顏[4]. 浮世所欠止一死[5], 塵世無繇識九還[6]. 我本淮王舊鷄犬[7], 不隨仙去落人間[8].

1 팔공산八公山: 안휘성安徽省에 위치한 산 이름. 한나라 초에 회남왕淮南王 유안劉安은 현인을 잘 모셔 거의 3,000명을 식객으로 두고 있었는데, 그 중 빼어난 좌오左吳, 이상李尙, 소비蘇飛, 전유田由, 모피毛被, 뇌피雷被, 오피伍被, 진창晉昌 8명을 '팔공'으

로 봉했다. 유안이 팔공을 만난 곳이 바로 '팔공산'이었다고 한다. 전설에 따르면 '팔공'은 신선이 되어 대낮에 승천했다고 한다.

2 기수단애미가반琪樹丹崖未可攀: '기수'는 옥으로 된 나무, '단애'는 단사丹砂로 된 절벽. 여기에서 옥이나 단사는 모두 선계仙界의 상징이다. '미가반'은 아직 오위업 자신이 오를 수 없다는 뜻.

3 막상음부우황석莫想陰符遇黃石: '막상'은 생각하지 말라, 바라지 말라. '음부'는 『음부경陰符經』. 『음부경』은 위진남북조 시기쯤 나왔을 것으로 추정되는 도교경전으로, 신선이 되는 수련법과 나라를 부강하게 하는 법, 그리고 병사를 다루어 전쟁하는 법까지 실려 있는데, 일반적으로 훌륭한 병법이나 병서의 대명사로 사용된다. 여기에서는 훌륭한 병서의 뜻으로 사용되었다. '우황석'은 황석공黃石公을 만나다. 장량張良이 젊어서 황석공을 만나 그에게서 『태공병법太公兵法』을 전수받은 후 한나라의 개국공신이 되었다는 고사를 가리킨다. 이 구절에서 『음부경』 같은 병서를 얻거나 『태공병법』을 전수해줄 황석공 같은 인물을 만나길 바라지 말라는 것은 더 이상 무력으로 청나라에 항거할 생각을 하지 말라는 뜻이다.

4 호장홍보주주안好將鴻寶駐朱顔: '호장'은 ~을 가지고 하기에 좋다. '홍보'는 한나라 회남왕淮南王 유안劉安이 가지고 있었다고 전해지는 『침중홍보원비서枕中鴻寶苑秘書』를 가리킨다. 이 책은 귀신을 부리는 방법이나 연금술 등 각종 방술方術이 실려 있었다고 전해지는데, 여기에서는 불로장생의 비법이 담긴 책이란 의미로 사용되었다. '주'는 붙잡아 두다. '주안'은 붉은 얼굴, 즉 혈색이 좋은 젊은 얼굴로 젊음을 상징한다. 이는 난세 속에서 함부로 나서지 말고 스스로의 무병장수에나 신경 쓰라는 뜻이다.

5 부세소흠지일사浮世所欠止一死: '부세'는 부침을 계속하는 무상한 세상. '소흠'은 빚진 것. '지'는 지只의 통가자. 이 구절은 이 세상에 빚진 것은 오로지 이 한 목숨뿐이라는 말로, 명나라의 신하로서 나라가 망하고 임금도 죽었건만 순절하지 않았다는 뜻이다.

6 진세무요식구환塵世無繇識九還: '진세'는 덧없는 속세. '무요'는 무유無由, 길이나 방법이 없다는 뜻. '요'는 유由의 통가자. '구환'은 구환단九還丹, 아홉 번이나 연성煉成의 과정을 거쳐 만들어낸 선단仙丹으로, 여기에서는 불로장생할 수 있는 영약靈藥을 의미한다.

7 아본회왕구계견我本淮王舊鷄犬: '회왕'은 한나라 회남왕淮南王 유안劉安. '구계견'은 원래 유안의 집에 있었던 닭과 개. 역사적으로 유안은 반역을 꾀하다 실패해 자살했지만, 이전부터 도교에서는 유안이 선약을 먹고 승천했다고 믿었다. 특히 유안의 집에 있던 닭이나 개조차도 유안의 선약을 먹고 승천했다고 전해진다. 여기에서는 망해버

린 명나라의 임금을 유안에 비유하고, 그 밑에서 신하 노릇했던 오위업 자신을 유안 집의 닭과 개에 비유한 것이다.

8 불수선거락인간不隨仙去落人間: 이 구절은 앞 구절에 이어서 응당 닭과 개도 신선이 되어 유안을 따라 승천했듯이 자신도 나라가 망하고 임금이 죽었을 때 따라 죽었어야 마땅했지만, 그렇지 못하고 청나라에 투항하고만 것을 빗대어 한 말이다.

왕사정王士禎 「진주절구眞州絶句」

왕사정[1]은 특히 시로 이름이 높았으며, 결국 그 명성이 강희제康熙帝에게까지 전해져 벼슬도 하게 되었다. 그는 전겸익의 문하에서 수학했지만, 정작 그의 시풍은 당시를 전범으로 추종했고, 그의 시론은 선종禪宗의 영향이 여실해 전겸익이 배척하던 당대 사공도司空圖의 『이십사시품二十四詩品』이나 송대 엄우嚴羽의 『창랑시화滄浪詩話』로부터 연원했다. 때문에 그는 종당시파의 대표적 시인 중 한 명으로 분류된다. 그의 시론을 신운설神韻說이라고 하는데, 이는 그가 주장한 주요 개념인 신정神情과 운외韻外를 합쳐 만든 조어다. '신정'은 일상의 표면적인 감정이 아닌 내면에서 우러나는 본연의 느낌이고, '운외'는 원래 사공도가 사용한 표현으로 겉으로 감지되는 정취를 넘어서는 미묘한 여운이다. 때문에 그는 대체로 시를 짓는 데 인위적인 수식이나 조탁을 반대하고, 자연스러우면서도 시구의 문자를 초월한 의경을 강조했으며, 실제로 전범으로 삼은 작품 역시 당시 중에서도 선종의 성향이 두드러진 왕유王維나 맹호연孟浩然 등의 작품들이 대부분이었다.

「진주절구」는 왕사정이 양주揚州에서 벼슬할 때 진주를 둘러보며 지은 시다. 진주는 강소성에 위치한 곳으로, 북쪽으로는 장강이 맞닿아 있고 남쪽으로는 양주와 맞닿아 있다. 여기에 인용된 것은 「진주절구」 5수 중 제4수로, 5수 중 가장 널리 알려져 인구에 회자되는 작품이다.

어느 가을 노을 지는 어촌의 풍경을 평이하면서도 산뜻하고 고즈넉하면서도 정겨운 묘사로 생동감 있게 그려냈는데, 단순히 풍경만을 그려낸 것이 아니라 그 속에서 노을 진 어촌의 정취와 어촌 사람들의 정감이 짙게 묻어나도록 하고 있으니, 자신의 시론을 잘 활용한 가작佳作이라 하겠다.

江干多是釣人居[2], 柳陌菱塘一帶疏[3]. 好是日斜風定[4]後, 半江紅樹賣鱸魚[5].

---

1 왕사정王士禎은 사실 성명부터 문제가 된다. 현재 그를 왕사정이라고 칭하는 것이 훨씬 보편적이긴 하지만, 혹자는 그를 왕사진王士禛이라 칭하기도 한다. 간단히 살펴보면 원래 왕사진이 옳은 표현이다. 당초 왕사진 사후에 옹정제雍正帝가 등극했는데, 옹정제의 휘諱가 윤진胤禛이었기에 사람들이 부득이 피휘해 왕사진을 왕사정王士正이라고 썼다. 하지만 진禛(zhen)과 정正(zheng)은 발음이 다를 뿐 아니라 당초 왕사진의 항렬은 돌림자로 '사士'+'시示' 자가 부수인 글자(그의 두 형의 이름은 사호士祜와 사록士祿임)를 쓰고 있었기에, 이후 건륭제乾隆帝의 윤허를 얻어 다시 왕사정王士禎으로 고치게 된 것이다. 중국에선 진禛(zhen)과 정禎(zhen)의 독음이 같아서 문제가 크진 않지만, 우리나라 독음으로 읽으면 왕사진과 왕사정으로 독음이 달라진다. 생전에 본인 스스로 개명한 경우면 몰라도 사후에 피휘 때문에 이름이 바뀐 경우는 원래대로 되돌리는 것이 상례이므로, '왕사정'이 아닌 '왕사진'으로 쓰고 읽는 것이 보다 타당할 것 같다.

2 강간다시조인거江干多是釣人居: '강간'은 강가, '간'은 물가의 뜻. '다시'는 대부분 ~하다. '조인'은 낚시로 물고기를 잡는 어부. '거'는 집, 거처.

3 류맥릉당일대소柳陌菱塘一帶疏: '류맥'은 길 따라 버드나무를 죽 심어놓은 길. '릉당'은 마름이 떠 있는 못. '일대'는 허리띠처럼 죽 늘어선 주변. '소'는 성글다, 적다, 즉 띄엄띄엄 있다는 뜻.

4 일사풍정日斜風定: '일사'는 해가 기울다, 석양이 지다. '풍정'은 바람이 멈추다, 잠잠해지다.

5 반강홍수매노어半江紅樹賣鱸魚: '반강'은 강길 중간. '홍수'는 붉게 단풍이 든 나무. '노어'는 농어.

심덕잠沈德潛 「과허주過許州」

심덕잠은 일찍이 시로 강남에서 명성을 얻었으나, 건륭제乾隆帝에게 명성이 전해진 것은 예순이 훨씬 넘어서였다. 결국 67세에 북경에 가서 벼슬길에 올라 10년쯤 건륭제의 총애를 받다가 낙향해 20년을 더 살다 97세의 나이로 죽었다.

그의 시론을 격조설格調說이라 하는데, 이는 격률格律과 성조聲調를 합쳐 만든 조어다. 그는 시가 성정에 근본하고 있음을 긍정했지만 동시에 시의 법식 역시 따지지 않을 수 없다고 여겼다. 그 법식이라는 것이 바로 격률과 성조인데, '격률'은 주로 시의 대우, 평측, 압운 등의 격식규율을 가리키고, '성조'는 주로 시의 평측, 압운 등의 운율감을 가리킨다. 이렇게만 보면 그의 입장이 교조적인 형식주의에 가까운 듯이 보이지만 사실은 정반대다. 심덕잠에게 이러한 법식은 인위적으로 조작해서도 안 되고 할 수도 없으며, 반드시 자연스럽게 구현되어야만 하는 것이었다. 이러한 심덕잠의 주장은 그가 구조가 탄탄하고 대우, 평측, 압운 등의 격식을 따지는 당시를 전범으로 삼아 추종하게 된 것과도 밀접한 연관이 있다. 그는 이러한 입장을 기준으로 해, 당대 이전의 시들을 모은 『고시원古詩源』, 당시를 모은 『당시별재집唐詩別裁集』, 명대 시를 모은 『명시별재집明詩別裁集』, 청대 시를 모은 『국조시별재집國朝詩別裁集』(『청시별재집』이라고도 함)을 편찬했다. 유독 송시를 모아 따로 편찬하지 않은 것은 그가 종당시파의 입장에 서서 종송시파를 배척하고 견제하려는 의도 때문이었다.

아래에 인용한 「과허주」는 그가 어느 가을 날 허주를 지나며 지은 것이다. 주변의 못에서는 졸졸졸 물 흐르는 소리가 나고, 수양버들은 녹음이 우거져 눈앞에 펼쳐진 논밭을 뒤덮은 듯하니, 길 지나는 사람은 자신의 눈썹과 수염조차 푸르러지는 듯 느껴지고 가는 길 내내 맴맴맴 매미 소리가 귀에 울리는 장면을 포착한 것이다. 당시의 꼼꼼하면서도 힘 있는 풍격을 잘 따르면서도 단순히 당시의 풍격을 답습만 하는 것이 아니라, 시각과 청각을 통해 여름 풍경을 묘사한 참신한 표현을 더해 금상첨화의 작품을 완성시켰다.

到處陂塘決決[1]流, 垂楊百里罨平疇[2]. 行人便覺鬚眉綠[3], 一路[4]蟬聲過許州[5].

1 피당결결陂塘決決: '피당'은 못, 저수지. '결결'은 물 흐르는 소리.
2 엄평주罨平疇: '엄'은 엄掩의 뜻으로, 가리다, 뒤덮다. '평주'는 잘 정리된 평평한 논밭.
3 행인변각수미록行人便覺鬚眉綠: '행인'은 길손, 여기에서는 심덕잠 자신을 가리킨다. '변각'을 곧바로 느껴지다. '수미록'은 수염과 눈썹이 초록빛이 되다. 버드나무의 녹음이 너무 짙어 마치 자신의 수염이나 눈썹조차 그 초록빛에 물든 것처럼 느껴진다는 뜻이다.
4 일로一路: 가는 길 내내, 한 길 가득.
5 허주許州: 하남성河南省의 허창許昌을 가리킨다.

원매袁枚 「호상잡시湖上雜詩」

원매는 어려서부터 총기가 있었고 문재文才로 이름이 알려졌다. 결국 24세란 아주 젊은 나이에 진사進士에 급제해 한림원翰林院에 들어갔다. 당시 원매는 모두가 인정하는 뛰어난 재주에 전도유망한 이들이 모인다는 한림원에 들어가기까지 했기에 득의양양했지만, 문제는 전혀 뜻밖인 곳에서 발생했다. 청조는 만주족이 세운 나라다. 때문에 비록 한족 지식인을 회유하기 위해 과거시험을 명대와 같이 팔고문八股文으로 치르고는 있었지만, 정작 조정에서 쓰는 말과 문서에 사용되는 공식 언어는 모두 만주어였고 모든 중앙관리는 만주어를 사용할 수 있어야만 했다. 원매는 25세 때부터 부랴부랴 만주어를 배웠으나 요령부득要領不得이었다. 결국 27세에 만주어 시험에 불합격해 강남의 보잘 것 없는 지현知縣(현령)으로 좌천되었다. 그 후 원매는 나름대로 충실히 임무를 수행해 선정善政을 펼쳤고 강남 몇 곳을 옮겨가며 지현을 지내기도 했으나, 결국 33세 때 스스로 관직을 그만두고 남경의 소창산小倉山에 장원 한 채를 구입해 증축하고 수원隨園이라 이름 했으며, 이후로 평생 이곳에서 살면서 여러 명승고적을 자유로이 유람하며 살았다. 때문에 사람들은 그를 창산거사倉山居士, 수원노인隨園老人, 수원선생隨園先生 등으로 불렀다.

그는 시작詩作으로도 유명하지만 성령설性靈說이라고 하는 시론으로도 유명한데, 이는 명대 공안파公安派 등이 중시하던 성령 위주의 주장이 보다 확충된 것이다. 하지만 양자 간에 직접적인 계승관계가 있는 것은 아니다. 그가 보기에 시를 제대로 짓기 위해서는 학식, 글재주, 식견이 필요하지만 동시에 자신만의 성정性情에서 우러나온 것이어야만 했다. 사실 시가 성령(혹은 성정, 진정, 진심)에서 우러나와야 한다는 견해는 명대 전후칠자와 공안파, 청대 종당시파와 종송시파에서도 모두 공통적으로 보인다. 이들 사이에는 다만 이러한 성령에 얼마만큼 어떻게 중점을 두는가에 차이가 있을 뿐이다. 그래서 다른 시파들이 성령을 중시하면서도 이를 구현하기 위한 방법론에 있어서 각기 다른 것들에 치중하는 반면, 명대 공안파와 원매는 보다 집중적으로 성령을 강조했기에 이들을 따로 '성령파'라고 부를 수 있는 것이다. 하지만 공안파와 원매의 주장과 그 영향력에도 현격한 차이가 있었다. 우선 공안파는 전범에 따라 시를 짓는 행위를 비난하며 오로지 자신의 성령만을 중시했다가 내용이 빈약하고 천박해지는 폐단을 야기했지만, 원매는 성령을 중시하면서도 학식, 글재주, 식견의 중요성 역시 인정했고 동시에 전범으로서의 당시와 송시의 존재 역시 긍정했다. 때문에 공안파의 성령설이 구체적인 시론이라기보다는 당시 시단의 주류 풍격에 대한 반발 정도에 그쳤다면, 원매의 성령설은 나름대로의 체계를 갖춘 시론으로서 기존의 여러 시론의 방법론을 비판하면서도 나름대로 장점들을 흡수해 절충할 수 있었다. 이러한 차이는 결국 공안파의 주장이 명대 시단에 끼친 영향이 미미했던 반면에, 원매의 주장은 크게 유행해 일세를 풍미하게 되는 결과를 만들었다. 그래서 혹자는 청대 시단을 크게 종당시파, 종송시파, 그리고 성령시파 셋으로 나누기도 할 만큼, 청대 중기 시단에서 원매의 영향력은 실로 대단했다.

아래에 인용한 「호상잡시」는 총 21수 중 제10수다. 이 시는 남경의 수원에 살면서 자신의 고향인 항주杭州에 들러 서호西湖를 돌아보며 읊조린 시다. 당시 원매는 이미 60이 훌쩍 넘은 나이였다. 원매가 막 봄에 꽃이 피어날 때 서호를 돌아보니, 주변 사람들은 하나같이 신선이 된 갈홍葛洪으로 유명한 갈령葛嶺을 바라보며, 신선이 되어 불로장생한다면 얼마나 좋을까를 이야기하고 있다. 하지만 원매가 보기에 이는 허황된 바람일 뿐, 세상에 어디 신선이며 불로장생이 있겠는가? 예순이 훌쩍 넘은 나이다보니 그저 활기찬 젊은이들의 젊음이 부러울 뿐이다. 원매는 여기에서 세월의 무상함과 자신의 노쇠함을 한탄하거나 원망하지 않고, 그저 평이하면서도 간결한 필치로 한 폭의 백묘화白描畫를 그려냈다. 원매가 젊은이의 젊음을 부럽다고 말한 것은 정말 젊어지고 싶다는 노욕老慾이 아니라, 그저 신선을 부러워하는 이들의 바람이 부질없음을 선명하게 드러내기 위함이다.

葛嶺[1]花開二月天[2], 遊人來往說神仙. 老夫[3]心與遊人異, 不羨神仙羨少年.

....

1 갈령葛嶺: 절강성浙江省 항주杭州의 서호西湖 북쪽에 있는 산. 전설에 진晉나라의 갈홍葛洪이 여기에서 도를 닦으며 연단했다고 한다. '갈령'이란 이름 역시 갈홍에게서 연유한 것이다. 때문에 도교의 영산 중 하나로 손꼽힌다. 다음 구절에서 오고 가는 사람들이 신선에 대해 이야기하는 이유 역시 이 때문이다.

2 이월천二月天: 2월의 날씨. 여기에서 2월은 음력 2월이므로, 양력으로는 3월~4월 정도에 해당한다.

3 노부老夫: 늙은이. 원매 자신을 가리킨다.

공자진龔自珍 「기해잡시己亥雜詩」

공자진이 경세제민經世濟民의 꿈을 안고 벼슬길에 올랐을 때, 청나라는 이미 쇠락할 때로 쇠락해버려 안으로는 각종 재해와 민란이 끊이지 않았고 밖으로는 서구

열강이 계속 밀려들어오고 있었다. 공자진은 아편전쟁阿片戰爭이 일어나자, 결국 절망해 사직하고 고향인 인화仁和(항주)로 돌아왔다가 잠시 후 처자를 데려 가기 위해 다시 북방에 다녀왔다. 이렇게 두 번에 걸친 귀향길에서 느꼈던 현실에 대한 비분강개함을 일련의 시로 풀어냈는데, 기해년(1839)에 지었고 내용이 복잡다단하므로 「기해잡시」라고 이름 지었다. 그의 「기해잡시」는 풍전등화와 같은 위급한 시기에 아무런 조치도 취하지 못하는 청나라 조정의 무능함에 분노해 있던 젊은이들의 엄청난 호응을 받았다.

「기해잡시」는 315수나 되는데, 아래에 인용한 것은 제125수다. 사실 이 시에는 지을 때의 상황을 설명한 다음과 같은 부기附記가 실려 있다. "진강을 지나가다가 옥황상제와 풍신, 뇌신에게 올리는 제사에 빌러 모인 사람들이 무척 많은 것을 보게 되었다. 마침 제사를 지내던 도사가 내게 제문을 지어 달라 간청했다"(과진강過鎮江, 견새옥황급풍신뢰신자見賽玉皇及風神雷神者, 도사만수禱祠萬數. 도사걸찬청사道士乞撰青詞) 그래서 제문으로 지어 준 것이 바로 이 시였다. 생기를 잃고 죽어가는 나라를 되살리기 위해 청조가 적극적으로 참신한 인재를 등용해 정치적으로 철저한 개혁을 시행하길 바라는 마음이 담겨 있다.

九州生氣恃風雷[1], 萬馬齊瘖究可哀[2]. 我勸天公重抖擻[3], 不拘一格降人才[4].

....

1 구주생기시풍뢰九州生氣恃風雷: '구주'는 중국에 대한 별칭. 『상서尙書』 「우공禹貢」을 보면 중국을 기주冀州·연주兗州·청주青州·서주徐州·양주揚州·형주荊州·예주豫州·유주幽州·옹주雍州로 나누고 있다. '구주'에 대한 기술은 다른 여러 문헌에도 보이는데, 서로 조금씩 차이가 난다. '시'는 의지하다, 근거하다. '풍뢰'는 폭풍같이 사나운 바람과 고막을 찢을 듯한 우레. 여기에서는 천지를 뒤흔들 만한 대변혁을 상징한다.

2 만마제음구가애萬馬齊瘖究可哀: '만마'는 중국의 만민, 즉 사회구성원 모두를 가리킨다. '제'는 모두, 한결같이. '음'은 벙어리 마냥 숨죽인다는 뜻으로, 생기가 전혀 없음을 의미한다. 이 표현은 원래 소식蘇軾의 「삼마도찬서三馬圖贊序」의 표현을 차용한 것이다. '구'는 결국에는, 끝내.

3 천공중두수天公重抖擻: '천공'은 천제, 하나님. '중'은 거듭, 다시. '두수'는 떨치다, 떨쳐 일어나다. 여기에서는 진작振作이나 분발奮發의 의미로 쓰였다.
4 불구일격강인재不拘一格降人才: '불구일격'은 한 가지 틀에만 얽매이지 않는다는 뜻. '일격'은 주로 명청 이래 쓸모없는 팔고문八股文으로 판에 박힌 인재를 선발하는 과거 시험을 가리킨다. '강인재'는 인재를 세상에 내려주다, 태어나게 하다.

황준헌黃遵憲 「감회感懷」

황준헌은 사실 우리에게 시인보다는 외교관으로 더 많이 알려져 있다. 그는 일본에서 외교업무를 수행하다가 마침 일본에 왔던 조선의 개화주의자 김홍집金弘集에게 조선은 청나라, 미국, 일본과 연합해 러시아의 침략을 막아야 한다는 취지의 「조선책략朝鮮策略」을 건네주었던 인물이다. 이후로도 영국이나 싱가포르 등 각지에서 청나라의 외교 업무를 수행하다가 귀국한 뒤로는 조국의 제도개혁과 교육을 위해 힘썼다. 문학에 있어서는 특히 글말(문언)만을 사용하는 중국의 전통시가에 대해 과감히 입말(백화)의 사용을 도입해 "내 손으로 내 입에서 나온 말을 그대로 쓸 것"(아수사아구我手寫我口)을 주장했다. 이러한 언문일치言文一致의 의식과 노력은 근대화의 과정에서 필수적인 것이었기 때문에, 황준헌의 이러한 새로운 시가창작 시도에 대해 중국에서는 근대 이래 줄곧 "시단의 혁명"(시계혁명詩界革命)이라 칭하며 대단한 의의를 부여하고 있다. 물론 역사적인 맥락에서 보면 상당히 중요한 전환점인 것은 분명하지만, 실제 그의 작품들을 꼼꼼히 살펴보면 언문일치에 대한 성과보다는 참신한 신조어의 사용과 과감한 신사상의 수용이 눈에 띈다. 중국시사에서 진정한 의미의 언문일치 시도는 한참 후에 호적胡適의 백화시집인 『상시집嘗試集』에서야 가능한 것이었다. 하지만 그의 작품 중 이러한 참신한 시도의 비중이 높은 시일수록 실질적인 문학적 성취는 그다지 좋지 않은 경우가 대부분이다. 주로 작품 자체의 완성도에 집중하기보다는 기존의 틀을 깼다는 데 의의가 있는 작품들이 적지 않은데, 역사적 의의를 강조하다 보니 이런 작품들의 작품성까지도 덩달아 높이 인정하는 경우가 종종 발생한다. 하지만 사실 양자는 엄연히 서로 다른 차원의 문제다.

아래에 인용된 작품은 「감회」 3수 중 제1수다. 이 시는 태평천국太平天國의 난이 간신히 평정된 후 느낀 바를 묘사한 것으로, 중국의 선비들이 예전처럼 방안에만 들어앉아 옛 경전만 읽는 것으로는 지금의 엄청난 국난을 도저히 타개할 수 없음을 역설하면서, 옛 성현들이 지금 성현으로 존중받는 까닭 역시 그들이 당시 자신들이 맞닥뜨렸던 시대적 병폐를 시의적절하게 해결했기 때문임을 지적하고 있다.

世儒誦詩書[1], 往往矜爪嘴[2]. 昂頭道皇古[3], 拊掌說平治[4]. 上言三代隆[5], 下言百世俟[6]. 中言今日亂, 痛哭繼流涕[7]. 摹寫車戰圖[8], 胼胝過百紙[9]. 手持井田譜[10], 畵地期一試[11]. 古人豈我欺[12], 今昔奈勢異[13]. 儒生不出門[14], 勿論當世[15]事. 識時貴知今[16], 通情貴閱世[17]. 卓哉千古賢, 獨能救時弊[18]. 賈生治安策[19], 江統徙戎議[20].

1 시서詩書: 『시경』과 『서경』. 여기에서는 유학 경전經典을 상징한다.

2 긍조취矜爪嘴: '긍'은 자랑하다, 뻐기다. '조취'는 입담, 구변口辯.

3 앙두도황고昂頭道皇古: '앙두'는 고개를 들어 올리다. '도'는 말하다. '황고'는 아주 먼 옛날, 상고시대.

4 부장설평치拊掌說平治: '부장'은 박수치다. 옛사람들은 기뻐서 득의양양하거나 격노했을 때 박수를 쳤다. 여기에서는 분발해 적극적으로 자기주장을 펼치는 모습에 대한 묘사다. '설'은 주장하다. '평치'는 평정해 잘 다스리다.

5 삼대륭三代隆 : '삼대'는 하夏 · 은殷 · 주周 세 왕조는 가리키는데, 주로 역사적 실체보다는 태평성대太平聖代의 상징이나 정치적인 이상향이란 의미로 사용된다. 여기에서도 그러하다. '륭'은 융성하다.

6 백세사百世俟: 백세를 기다리다. 이 구절은 『중용中庸』 제29장의 "백세 동안이나 성인을 기다려도 미혹되지 않다"(백세이사성인이불혹百世以俟聖人而不惑)는 표현을 차용한 것이다. 의역하면 세상을 제대로 이끌 성인이 나올 때까지 흔들리지 않고 기다릴

수 있다는 뜻이다. 보통 1세를 30년으로 치므로, 100세는 3,000년 정도의 기나긴 시간을 뜻한다. '사'는 기다리다.

7 통곡계류체痛哭繼流涕: 통곡하고서 뒤이어 눈물까지 흘린다. 나라에 닥친 여러 가지 내우외환에 통곡하게 되고 눈물 흘리게 된다는 뜻이다. 원래 이 구절은 한나라 초에 국정 개혁을 부르짖었던 가의賈誼의 「치안책治安策」의 표현을 차용한 것이다. 「치안책」의 맨 앞부분에 "신이 삼가 지금의 정세를 생각해 보건대, 통곡할 만한 일이 한 가지이고, 가히 눈물을 흘릴 만한 일이 두 가지이고, 길게 탄식할 만한 일이 여섯 가지입니다"(신절유사세臣竊惟事勢, 가위통곡자일可爲痛哭者一, 가위류체자이可爲流涕者二, 가위장태식자육可爲長太息者六.)라는 구절이 있다.

8 모사거전도摹寫車戰圖: '모사'는 본떠 그리다. '거전도'는 송대 이강李綱이 이민족을 물리치기 위해 헌상했던 전차 설계도를 가리킨다. 여기에서는 외환이라 할 수 있는 외국의 침입을 막아내려는 군사적 노력의 상징으로 쓰였다.

9 변지과백지胼胝過百紙: '변지'는 굳은살이 박이다. '백지'는 백 장의 종이. 손에 굳은살이 박일 정도로 수많은 거전도를 베꼈다는 뜻이다.

10 정전보井田譜: 송대 하휴夏休가 지은 『주례정전보周禮井田譜』를 가리킨다. 주대周代에 시행되었다고 전해지는 정전제에 대한 연구서다. 하지만 실제 정전제가 시행되었는지의 여부는 아직까지 논란이 되고 있다. 원래 정전제는 다분히 이상적인 제도로 추앙되었다. 때문에 여기에서는 내우內憂라 할 수 있는 피폐해진 민생을 돌보기 위해 토지 및 전세田稅 제도를 개혁하려는 의지의 상징으로 사용되었다.

11 획지기일시畵地期一試: '획지'는 땅에 선을 긋다. '획'은 획劃의 통가자. '기'는 바라다. '일시'는 한 번이라도 시험 삼아 시행해 보다. 행여나 정전제를 시행할 기회가 있을지 몰라서 땅에 선을 그으며 토지제도 개혁을 준비하고 있다는 뜻이다.

12 기아기豈我欺: 기기아豈欺我의 도치. 어찌 나를 속이겠는가?

13 금석내세이今昔奈勢異: '금석'은 고금, 예와 오늘. '내'는 내하奈何의 축약으로, 어찌할 방법이 없다는 뜻. '세이'는 시세時勢가 서로 다르다. 이 구절은 원래 '내금석세이奈今昔勢異'나 '금석세이내今昔勢異奈'라고 해야 하는데 도치되었다.

14 불출문不出門: 문밖을 나서지 않는다. 옛 성현의 책에만 파묻혀 실제 세상과 접촉하지 않음을 비유한 것이다.

15 당세當世: 지금 세상.

16 식시귀지금識時貴知今: '식시'는 때를 알다. '귀'는 귀하게 여기다, 중요하게 여기다. '지금'은 지금을 알다.

17 통정귀열세通情貴閱世: '통정'은 실정(사정)에 통달하다. '열세'는 세상일을 경험하다.

18 시폐時弊: 천고의 성현들이 각자 당면했던 그 당시의 병폐.

19 가생치안책賈生治安策: '가생'은 한나라의 가의賈誼. 가의는 흉노에게 계속 위협을 당하던 한나라의 국정을 쇄신하기 위해 고심해 만든 「치안책治安策」을 문제文帝에게 올렸으나 제대로 시행되지 못했고, 오히려 이 때문에 기득권에게 밉보여 지방으로 좌천되었다. 이후 가의나 그의 「치안책」은 국정 개혁으로 국난을 극복하고자 하는 열망을 상징하게 되었다.

20 강통사융의江統徙戎議: '강통'은 진晉나라 때의 인물로, 그가 살던 당시는 오호五胡로 대변되는 북방 이민족들의 침입으로 국경이 계속 위태로운 시기였다. 특히 서융西戎이라 불리던 강족羌族과 저족氐族은 이미 후한 시대부터 중원(특히 섬서성)으로 이주해 살면서 그 인구수가 계속 늘고 있었다. 이에 강통은 이들 서융을 모두 중원 밖으로 내쫓아야 한다는 주장을 담은 「사융의徙戎議」를 헌상했으나 받아들여지지 않았다.

납란성덕納蘭性德 【사범령四犯令】

납란성덕은 만주족 정황기正黃旗 출신이다. 사실 선조는 몽고 사람이었는데 이후 만주족 정황기에 편입되면서 납란씨는 청나라의 대표적인 명문 성씨 가운데 하나가 되었다. 그는 어려서부터 시문에 능했을 뿐만 아니라 말타기나 활쏘기에도 능했다. 22세라는 젊은 나이에 진사가 되었으나 애당초 담박한 성품에 벼슬에는 관심이 없었기에 명사들과 사귀며 시사를 즐겼는데, 그 중에서도 특히 사로 유명했다. 사실 원나라와 명나라를 거치며 남북곡이 널리 유행하면서 문인들은 과거에 비해 훨씬 더 곡조에 대한 이해가 높아졌는데, 이 같은 결과는 자연스레 곡조를 바탕으로 하는 사의 흥성을 불러왔다. 그래서인지 청대에 지어진 사는 송사에 비해 결코 작품의 수준이 떨어지지 않는다는 것이 중론이다.

【사범령】은 사패詞牌인데 이는 별개의 사패가 아니라 【사화향四和香】이란 사패의 변조變調다. '범'은 【사화향】을 기본 곡조로 하되 '노래 중간에 다른 곡조를 잠시 끌어다 쓴'(범犯) 소령小令이란 뜻이다. 이 작품은 무정한 세월에 대한 서글픈 감정을 주변 경물의 묘사를 통해 아름답고도 섬세하게 표현하고 있다.

* 麥浪翻晴風颭柳[1]. 已過傷春候[2]. 因甚爲他成僝僽[3]. 畢竟是春拖逗[4].
* 紅藥闌[5]邊攜素手[6]. 暖語[7]濃於酒. 盼到園花鋪似繡[8]. 卻更比春前瘦.

··················

1 맥랑번청풍점류麥浪翻晴風颭柳: '맥랑'은 보리밭. 보리밭에 바람이 일면 물결치듯 보이기에 이렇게 표현한 것이다. '번청'은 날씨가 개다. '풍점류'는 바람이 살랑살랑 버드나무 잎들 사이로 불면서 흔든다는 뜻.

2 상춘후傷春候: '상춘'은 봄으로 인해 받는 상심. 대부분 따스한 봄날에 만물이 소생해 생기발랄하건만 자신만은 그렇지 못함을 안타까워하는 경우를 말한다. '후'는 때, 시절.
3 잔추僝僽: 고민, 근심, 걱정거리.
4 타두拖逗: 일으키다, 야기하다.
5 홍약란紅藥闌: 붉은 작약芍藥을 난간 삼아 만든 울타리.
6 소수素手: 흰 손. 주로 예쁜 여인의 손을 가리킨다.
7 난어暖語: 따듯하게 건네는 말.
8 반도원화포사수盼到園花鋪似繡: '반도'는 눈길이 ~에 미치다. '원화포사수'는 화원의 꽃들의 배치가 마치 비단에 수놓은 듯 화려하다는 뜻.

주이존朱彝尊 【매화성賣花聲】—우화대雨花臺

주이존은 명나라 말엽에 태어나 청나라 강희제康熙帝 때 주로 활동했던 사람으로, 어려서 가난했으나 학문에 힘써 경사經史에 두루 능통했고 시사에도 능했다. 그 중에서도 특히 사에 능했는데, 단순히 개인적인 작품 창작에만 매진한 것이 아니라 당시 사 창작의 폐단을 비판하며 새로운 풍격을 모색했다. 그의 이러한 시도는 여러 사인의 동조를 얻었고 결국 청초 사의 풍격을 대표하는 절서사파浙西詞派가 형성되었다. 절서라는 명칭은 주이존을 비롯한 대부분의 주요 작가가 절강성 서쪽 지역 출신이기 때문에 붙은 것이지만, 그들 모두가 이 지역에 국한되었던 것은 아니다. 그들은 과거의 사가 이미 너무 경박한 표현을 쓰거나 실제 곡조와 서로 맞지 않는 폐단이 만연하다고 비판하고, 음률에도 맞고 우아한 기품과 산뜻한 풍격을 추구하면서, 남송의 강기姜夔나 장염張炎의 사를 전범으로 삼았다. 이후 절서사파는 청대 중기까지 주류로 자리했을 정도로 그 영향력이 지대했다.

【매화성】은 송대에 만들어진 사패이며, 본 작품의 제목은 「우화대」다. 육조시대의 영화를 뒤로 한 채 쇠락해버린 남경의 우화대 주변을 바라보며 영화로웠던 과거와 쇠락한 현재의 극명한 대비를 통해 세월의 무상함을 노래하고 있다. 특히 가

을이란 계절의 스산함과 주변 풍경의 을씨년스러움으로 자신의 감정을 자연스레 표출하고 있다. 그런데 곰곰이 작품을 읽다보면, 이 작품 속에 담긴 그의 창작 의도가 단순히 무상한 세월에 대한 여린 탄식에 그치지는 않는 듯하다. 사실 남경은 육조시대의 수도였을 뿐만 아니라 이전 왕조인 명조가 발흥한 곳이며(태조 주원장 때에는 남경이 수도였음), 청조에 끝까지 저항하던 남명의 근거지이기도 했다. 당초 주이존 역시 고염무顧炎武 등과 교유하며 반청 성향을 보이다가 이후에는 결국 청나라에 귀순해 벼슬하게 된 인물이다. 게다가 그는 명대 역사에 특히 밝았다. 이 같은 사실들을 종합해 볼 때, 이 작품 속에서의 남경은 덧없이 망해버린 명나라에 대한 은유로도 읽을 수 있다.

* 衰柳白門灣[1], 潮打城還[2]. 小長干接大長干[3]. 歌板酒旗[4]零落盡, 剩[5]有漁竿.
* 秋草六朝寒[6], 花雨空壇[7]. 更無人處一憑闌[8]. 燕子斜陽來又去[9], 如此江山[10].

....

1 쇠류백문만衰柳白門灣: '쇠류'는 시들어 죽어가는 버드나무. '백문'은 원래 남조 송나라 때 도성이었던 남경 건강성建康城의 서쪽 외문外門인데, 이후 남경의 별칭이 되었다. '만'은 백문 근처에 있는 장강의 지류를 가리킨다.

2 조타성환潮打城還: '조'는 장강의 물결, 파도. '성'은 남경 청량산淸凉山 부근에 있는 석두성石頭城. '환'은 돌아간다, 물결이 물러난다는 뜻. 이는 장강의 파도가 석두성을 때리는 듯 보인다는 말이지 정말 때린다는 뜻은 아니다. 이 구절은 당대 유우석劉禹錫의 「석두성」이란 시 중 "조타고성적막회潮打孤城寂寞回"(강의 파도가 외로운 석두성을 때리고 조용히 물러난다)라는 구절을 차용한 것이다.

3 소장간접대장간小長干接大長干: '소장간'과 '대장간'은 모두 고을 이름. 원래 강동에서는 낮은 산이나 구릉을 '간'이라고 불렀다. 삼국시대 오나라의 수도 건업建業(남경) 남쪽에 여러 구릉이 있었는데, 그 안에 평지가 있어 백성들을 살게 했다. 이 속에 소장간, 대장간, 동장간東長干 등의 고을이 있었다고 한다. '접'은 맞닿아 있다, 연이어 있다. 소장간이나 대장간 등의 고을은 모두 장강을 끼고 있어서 길손이 머물거나 즐길 주막과 기루가 많았던 매우 번화한 고을이었다고 전한다.

4 가판주기歌板酒旗: '가판'은 노래 부를 때 박자를 맞추는 타악기인데, 여기에서는 가기들이 노래 부르는 기루를 상징한다. '주기'는 주막임을 알리는 깃발로, 여기에서는 주막을 상징한다. '가판'과 '주기'는 모두 아주 번화한 유흥가를 상징하는 표현이다.

5 잉剩: 남아 있다, 남겨져 있다. 버려진 듯 덩그러니 남아 있다는 뜻이다.

6 추초육조한秋草六朝寒: '추초'는 가을 풀. 가을이 되면 풀들은 시들어 버린다. 육조는 남경에 도성을 두었던 삼국시대의 오나라와 동진, 그리고 남조의 송·제·양·진, 이렇게 여섯 왕조를 가리킨다. 여기에서는 무심히 흘러가버린 시간, 옛 영화를 상징한다. '한'은 시들다, 사그라지다.

7 화우공단花雨空壇: 텅 빈 단상에 꽃비가 내린다. '단'은 우화대를 가리킨다. 우화대는 옛날 양무제 때 운광법사雲光法師가 불법을 강연한 곳인데, 하늘이 감동해 꽃비가 내린 뒤부터 이곳을 우화대라고 칭했다고 한다. 남경 취보문聚寶門 밖에 있었다고 한다.

8 갱무인처일빙란更無人處一憑闌: '갱무인처'는 더 이상 아무도 없는 곳. 오랜 시간 동안 여러 나라와 여러 영웅들이 자웅을 겨루며 흥망성쇠를 거듭했지만 이젠 황폐해진 남경의 우화대를 가리킨다. '일'은 줄곧, 시종. '빙란'은 난간에 기대다.

9 연자사양래우거燕子斜陽來又去: '연자'는 제비. '사양'은 석양. '래우거'는 오가다. 제비만이 석양에 무심하게 이리저리 왔다 갔다 한다는 뜻. 이 구절은 당대 유우석劉禹錫의 「오의항烏衣巷」이란 시의 전체적인 정서를 차용하고 있다. 「오의항」의 내용은 다음과 같다. "주작교 주변의 들판엔 꽃과 풀 널렸고, 오의항 어귀에는 석양이 지네. 옛날 왕씨나 사씨같은 대갓집 마루 드나들던 제비도, 이젠 평범한 민가에 날아드누나."(주작교변야초화朱雀橋邊野草花, 오의항구석양사烏衣巷口夕陽斜. 구시왕사당전연舊時王謝堂前燕, 비입심상백성가飛入尋常百姓家.)

10 여차강산如此江山: 이 강산과 같다. 인간세상의 부침浮沈에 아무 상관없이 노니는 저 제비의 무심함이야말로, 역사의 영화를 뒤로 한 채 황량함만이 맴돌게 된 남경 우화대 주변 풍경의 무상함과 같다는 뜻이다.

진유숭陳維崧【취락백醉落魄】—영응詠鷹

진유숭 역시 주이존과 마찬가지로 명나라 말엽에 태어나 청나라 강희제 때 주로 활동했던 사람인데, 주이존과 다른 점은 명문대가 출신이라는 점이다. 그는 박학다식했으며 시사와 변려문에 두루 능했다. 그의 사는 전체적으로 호방한 풍격이었으나 그렇다고 호방하기만 한 것은 아니었다. 그의 풍격은 자신의 감정을 격식에 구애받지 않고 표출하는 것이었기에 맞닥뜨린 상황에 따라 호방한 작품뿐만 아니라 여린 작품도 창작했다. 대체로 송대 소식蘇軾과 신기질辛棄疾의 사를 전범으로 삼았는데, 특히 신기질 사의 영향을 많이 받았기에 그의 사는 힘찬듯하면서도 처량한 느낌이 배어난다. 그의 이러한 풍격 역시 사인들의 주목을 받아 결국 양선사파陽羨詞派라는 일파를 이루게 되었다. 양선은 진유숭의 고향인 강소성江蘇省 의흥宜興의 옛 이름이다. 하지만 청대 문단에서의 전반적인 영향력은 절서사파보다 훨씬 못했다.

【취락백】은 사패이고, 작품의 제목은 「영응」이다. 이 작품은 왕년의 사나운 매사냥을 노래하면서 여전히 웅지雄志를 펼치고자 하지만 이젠 펼칠 수 없는 현실에 비분강개하고 있다.

* **寒山幾堵[1], 風低削碎中原路[2]. 秋空一碧無今古[3]. 醉袒貊裘[4], 略記尋呼處[5].**
* **男兒身手[6]和誰賭[7]. 老來猛氣還軒擧[8], 人間多少閒狐兎[9]. 月黑沙黃[10], 此際偏[11]思汝.**

....

1 한산기도寒山幾堵: '한산'은 을씨년스런 산. '기도'는 몇 봉우리의 산. '도'는 원래 담장을 세는 양사지만 여기에서는 산을 세는 양사로 쓰였다.

2 풍저삭쇄중원로風低削碎中原路: '풍저'는 바람이 낮게 불다. '삭쇄'는 바람이 길바닥의 돌을 깎아 잘게 부순다는 뜻. '중원'은 원야지중原野之中의 뜻으로 들판을 말한다.

3 추공일벽무금고秋空一碧無今古: '추공'은 가을 하늘. '일벽'은 온통 파랗다. '무금고'는 예나 지금이나 다름없다는 뜻.

4 취단맥구醉袒貊裘: '취단'은 취중에 옷을 벗다. '맥구'는 맥이라는 맹수의 가죽으로 만든 옷. 작자 자신이 사냥하던 때를 회상한 것이다.

5 약기심호처略記尋呼處: '약'은 대략, 대충. '기'는 기억하다, 기억나다. '심호처'는 사냥

할 짐승을 찾아 매를 부르던 곳을 말한다.

6 신수身手: 실력, 본때.

7 도賭: 승부를 겨루다.

8 노래맹기환헌거老來猛氣還軒擧: '노래'는 늙어갈수록. '맹기'는 용맹한 혈기. '환'은 아직까지, 여전히. '헌거'는 아주 높다, 매우 당당하다.

9 인간다소한호토人間多少閑狐兎: '인간'은 인간세상. '다소'는 얼마나 되는가? '한호토'는 교활한 여우와 토끼. 교묘하게 사냥을 피해 다니는 여우나 토끼 같은 교활한 간신배들을 상징한다.

10 월흑사황月黑沙黃: '월흑'은 달이 전혀 보이지 않는 캄캄한 밤. '사황'은 흩날리는 누런 흙먼지.

11 차제편此際偏: '차제'는 이때, 지금. '편'은 굳이, 유달리.

장혜언張惠言【수조가두水調歌頭】

장혜언은 청대 중엽 때 사람으로, 경학에 능통했고 문학적으로는 시문뿐만 아니라 변려문과 사부辭賦에도 두루 능했다. 그는 사에도 특출한 재능을 보였는데, 특히 그때까지 주류로 자리하던 절서사파의 풍격에 대해 제재가 편협하고 내용도 메말랐다고 비판하면서, 가장 고전적인 『시경』이나 『초사』처럼 진솔한 비흥比興을 통해 감정을 함축하고 표출해낼 것을 주장했다. 그의 이러한 주장은 상주사파常州詞派라는 일파를 형성시켰는데, 이는 청대 중엽 이후 절서사파를 대신해 가장 영향력 있는 사파로 자리하게 되었다. 장혜언의 고향은 강소성江蘇省 상주常州다. 사실이 같은 결과가 도출된 것은 청대 중엽 이래 본격적으로 흥성하게 된 박학博學과 고거考據를 중시한 고증학考證學과 이를 뒷받침한 주지주의적主知主義的 성향의 보편화 때문이기도 했다. 여기에 인용한 「수조가두」 역시 주지주의적인 성향이 엿보인다.

【수조가두】는 당나라 때의 대곡大曲인 「수조가」 중 맨 앞부분의 곡조만을 따온

사패다. 장혜언은 【수조가두】라는 사패로 총 5수의 사를 지었는데, 여기에 인용된 작품은 제4수다. 처음에는 덧없는 세월을 허송하며 제대로 공부하지 못한 것을 탄식하고, 뒤이어 훌륭한 저술로 후대에 이름을 남기려는 생각 역시 어리석다고 지적하면서, 지금 바로 이 순간 눈앞에 펼쳐진 천지자연과 하나가 되어 최선을 다하라고 충고하고 있다.

* 今日非昨日, 明日復何如. 朅來[1]眞悔何事, 不讀十年書[2]. 爲問東風吹老, 幾度楓江蘭徑, 千里轉平蕪[3]! 寂寞斜陽外[4], 渺渺正愁予[5].
* 千古意[6], 君知否[7], 只斯須[8]. 名山料理身後[9], 也算古人愚[10]. 一夜庭前綠遍[11], 三月雨中紅透[12], 天地入吾廬. 容易衆芳歇[13], 莫聽子規呼[14].

....

1 걸래朅來: 지난날. 원래 뜻은 오고가다. '걸'은 가다, 거去와 같다.

2 불독십년서不讀十年書: 10년 동안 책을 읽지 않았다. 앞 구절의 '하사何事'에 대한 대답이다.

3 위문동풍취로爲問東風吹老, 기도풍강난경幾度楓江蘭徑, 천리전평무千里轉平蕪: '위문'은 묻다, 질문하다. '동풍'은 춘풍, 봄바람. 여기에서 춘풍은 만물을 소생시키는 이미지가 아니라 덧없이 흘러가는 세월을 뜻한다. '취로'는 바람이 만물을 늙게 만든다는 뜻. '기도'는 몇 번. '풍강'은 단풍 든 나무가 있는 강가. '난경'은 고란초皐蘭草 사이로 난 길. '전'은 바뀌다. '평무'는 평탄하고 잡초가 무성한 들판. 이 구절들은 초사楚辭인 송옥宋玉의 「초혼招魂」의 표현을 차용한 것이다.

4 적막사양외寂寞斜陽外: 적막하고 석양이 지는 지금 내 시야를 벗어난 아득히 먼 곳. 일종의 문학적인 표현이다.

5 묘묘정수여渺渺正愁予: '묘묘'는 아득히 먼 곳을 바라보다. '정'은 마침, 바로. '수여'는 나를 시름에 젖게 한다. 이 구절은 초사 중 「구가九歌」의 「상부인湘夫人」에서 차용한 것이다.

6 천고의千古意: 천고 이래 사람들이 품었던 생각. 무한한 세월 앞에 인간의 삶이 참으로 짧다는 생각을 말한다.

7 지부知否: 아는가, 모르는가? 지부지知不知의 줄임말.
8 사수斯須: 한 순간, 아주 짧은 시간.
9 명산료리신후名山料理身後: 명산에 자신의 사후의 일을 준비해놓다. '료리'는 정리하다, 처리하다. '신후'는 사후. 이 구절은 사마천司馬遷이 죽으면서 사후에 자신의 문채文采가 제대로 드러나지 못할 것을 염려해, 자신이 지은 『사기史記』를 명산에 숨겨놓고 자신을 알아줄 사람이 후세에 나오길 기다린 고사를 차용한 것이다. 사후에라도 자신의 이름을 알릴만한 성과를 명산에 잘 숨겨두어 후세에 이름이 알려지길 기다린다는 뜻이다.
10 야산고인우也算古人愚: '야'는 역시. '산'은 ~한 셈 치다, ~라고 여기다. '고인'은 사마천을 가리킨다. 명산에 자신의 저작을 남겨두는 일 역시 결국에는 부질없는 짓이었다는 뜻이다.
11 록편綠遍: 주변이 모두 푸르다.
12 홍투紅透: 붉은 빛이 드러나다. 붉은 빛은 봄꽃을 가리킨다.
13 용이중방헐容易衆芳歇: 여러 꽃이 쉽게 지다. '헐'은 시들다, 지다. 봄으로 대변되는 좋은 시절이 덧없이 지나가버림을 비유한 것이다.
14 막청자규호莫聽子規呼: '막'은 금지형 부정어. '자규'는 두견새. '호'는 울다. 여름 철새인 두견새는 여름을 상징하므로, 이 구절 역시 좋은 봄을 헛되이 보내지 말라는 뜻이다.

장춘림蔣春霖 【당다령唐多令】

장춘림은 청나라 말에 태어나 평생을 불우하게 살았고, 태평천국의 난 등 나라가 쇠락하는 과정을 직접 목도했다. 때문에 그의 사는 울분에 차서 참담하고 부조리한 현실에 대한 강렬한 비판을 내뱉는다.

【당다령】은 사패로, 일명 【당다령糖多令】이나 【남루령南樓令】이라고도 한다. 이 작품은 남경이 태평천국군에게 점령당했다는 소식을 듣고 지은 것이다. 먼저 당나라의 수도로서 번창했던 장안長安이 무상한 세월 앞에 이미 쇠락해버렸음을 노래

하며 천하를 호령했던 청나라의 국운 역시 당나라처럼 이미 쇠잔해버렸음을 연상하게 했으며, 다음으로 을씨년스러운 계절과 오나라 때 축성되었던 석두성石頭城을 노래하며 전쟁으로 피폐해져버린 남경南京에 오로지 달빛만 예전과 다름없음을 안타까워하고 있다.

* **楓老樹流丹[1], 蘆花吹又殘[2]. 繫扁舟[3], 同倚朱闌[4]. 還似少年歌舞地[5], 聽落葉, 憶長安[6].**
* **哀角起重關[7], 霜深楚水[8]寒. 背[9]西風, 歸雁聲酸[10]. 一片石頭城[11]上月, 渾怕[12]照, 舊江山.**

··················

1 류단流丹: 붉은 빛이 마치 흘러가듯 움직인다는 뜻. 단풍잎이 바람에 우수수 떨어지는 모습을 형용한 것이다.

2 취우잔吹又殘: '취'의 주어는 생략되어 있지만 바람이다. '잔'의 주어는 '노화蘆花'. '잔'은 시들다, 사그라지다.

3 계편주繫扁舟: '계'는 묶어두다, 여기에서는 배를 정박시킨다는 뜻. '편주'는 작은 배, 일엽편주.

4 동의주란同倚朱闌: '동의'는 함께 기대다. '주란'은 붉은 난간. '란'은 란欄과 같다.

5 환사소년가무지還似少年歌舞地: '환사'는 아직도 ~한 듯하다. '소년'은 젊은 시절. '가무지'는 노래하고 춤추며 즐기던 곳이란 뜻으로, 화려했던 지난날을 공간화된 이미지로 포착한 것이다. 이 구절은 당대 두보杜甫의 「추흥秋興」 제6수 중 "되돌아보니 노래하고 춤추던 곳이 가련하구나! 진중(장안)은 예부터 제왕의 도읍지였거늘!"(회수가련가무지回首可憐歌舞地, 진중자고제왕주秦中自古帝王州)"이란 구절을 차용한 것이다.

6 청낙엽聽落葉, 억장안憶長安: 가을에 낙엽 지는 소리를 들으며 당나라의 수도였던 장안을 추억한다. 이 구절은 당대 가도賈島의 「억강상오처사憶江上吳處士」의 "가을바람은 위수에서 생겨나고, 낙엽은 장안에서 지네"(추풍생위수秋風生渭水, 낙엽하장안落葉下長安)라는 표현을 차용한 것이다.

7 애각기중관哀角起重關: '애각'은 구슬픈 뿔피리 소리. '각'은 쇠뿔로 만든 관악기로, 주로 전장에서 사용된다. '기'는 뿔피리 소리가 나기 시작한다는 뜻. '중관'은 전략적 요충지인 중요한 관문.

8 초수楚水: 초 지방의 강물에 대한 총칭.

9 배背: 등진다는 동사로 쓰였다.

10 귀안성산歸雁聲酸: '귀안성'은 돌아가는 기러기의 울음소리. '산'은 시리다, 괴롭다.

11 석두성石頭城: 남경 청량산淸凉山 부근에 있는 성으로, 삼국시대 오나라의 손권孫權이 축성했다.

12 혼파渾怕: '혼'은 여전히, 이전처럼. '파'는 아마도 ~하고 있으리라.

청대 산문

고염무顧炎武 「염치廉恥」

고염무는 명나라 말에 태어나 만주족의 청나라가 중원을 점령하자 직접 무력항거에 참여하며 극력 저항했지만, 결국 명나라를 되돌릴 수 없음을 깨닫고는 평생 은거했다. 청조는 수차례에 걸쳐 회유와 협박을 섞어가며 그를 포섭하려했지만 그는 끝까지 절개를 지켜 벼슬길로 나아가지 않았다. 그는 반청운동에 두각을 드러냈지만 동시에 학문에서도 큰 업적을 남겼다. 모든 학문 영역에 박통했으며 특히 청대의 주지주의적 학풍이 확립되는 데 선도적인 역할을 했다. 여기에 인용된 『일지록日知錄』은 그의 가장 대표적인 저작 중 하나로 찰기札記 형식이다. 찰기는 청대 학자들 사이에서 유행한 연구방법으로, 사소한 조항에 대한 치밀한 고증을 비망록처럼 모아 만든 것이다. 『일지록』이란 이름이 『논어論語』 「자장子張」편의 "일지기소무日知其所亡"(날마다 몰랐던 것을 새로 알아간다)에서 온 것을 봐도 짐작할 수 있듯이, 『일지록』은 고염무가 수십 년에 걸쳐 자신이 새로 알게 되거나 새로 생각해낸 바를 차근차근 모은 결과물이다. 그냥 모으기만 한 것이 아니라, 혹시라도 이전 사람이 조금이라도 언급한 적이 있는 부분이 발견된 것은 가차 없이 버리고 정말 참신한 것만 모아서 책을 만들었는데, 총 32권에 1,000여 조항이나 된다. 다루는 내용의 범위 역시 지극히 광범위해서 경서와 사서는 물론이고 주변 이민족들에 대한 정보까지 세세하게 다루고 있다.[1]

「염치」라는 조항은 『일지록』 권13에 실려 있는 문장으로, 여기에 인용된 것은 맨 앞부분이다. 여기에서 그는 명나라의 주된 멸망 원인 중 하나로, 당시 지식인들의 후안무치厚顏無恥를 들고 있다. 그가 보기에 무치는 불렴不廉을 낳게 되고, 불렴은 결국 나라의 근간인 예禮를 어그러뜨리고 의義를 어기는 결과를 초래하게 된다.

실제로 고염무는 스스로 평생 『논어』의 "행기유치行己有恥"(자신을 행동함에 부끄러움이 있어야 한다)라는 구절을 좌우명으로 삼았다. 그런데 여기에서 인용되지 않은 뒷부분까지 살펴보면, 이러한 고염무의 지적은 일반적인 사회풍조에 대한 반성에 그치는 것이 아니라 특히 당초 청나라와 대치하며 변경을 지키다 부귀공명에 눈이 멀어 변절하고 만 명나라 장수들에게 그 비판의 칼날을 겨냥하고 있음을 발견할 수 있다. 그 대표적인 인물로 오삼계吳三桂를 꼽을 수 있는데, 오삼계는 명나라의 장수로서 난공불락의 산해관山海關을 지키다가 청나라에 투항함으로써 만주족의 중원 지배를 가능케 하고, 더욱이 만주족의 주구走狗가 되어 그나마 남은 명나라의 잔존세력을 앞장서서 괴멸시켰다. 고염무는 만명晚明의 유로遺老로서 자신의 문장을 통해 그들의 변절을 고발하고 역사적으로 단죄하고 있는 것이다.

『五代史』「馮道傳」論[2]曰: "'禮義廉恥, 國之四維, 四維不張, 國乃滅亡[3].' 善乎[4]! 管生之能言[5]也. 禮義, 治人之大法, 廉恥, 立人[6]之大節. 蓋不廉則無所不取, 不恥則無所不爲, 人而如此, 則禍敗亂亡, 亦無所不至. 況爲大臣而無所不取, 無所不爲, 則天下其有不亂, 國家其有不亡者乎[7]!" 然而四者之中, 恥尤爲要[8]. 故夫子[9]之論士曰: "行己有恥[10]." 孟子曰: "人不可以無恥, 無恥之恥, 無恥矣[11]." 又曰: "恥之於人大矣, 爲機變之巧者, 無所用恥焉[12]." 所以然者[13], 人之不廉而至於[14]悖禮犯義, 其原[15]皆生於無恥也. 故士大夫之無恥, 是謂國恥. ……

1 참고로 『사고전서총목四庫全書總目』에서는 『일지록』의 내용을 경의經義(경서의 뜻), 정사政事(정치에 관한 일), 세풍世風(시대적인 풍속), 예제禮制(예의제도), 과거科擧(과거시험), 예문藝文(문학), 명의名義(명칭과 실질), 고사진망古事眞妄(옛 일들의 진위 여부), 사법史法(사학의 방법론), 주서注書(주석 작업), 잡사雜事(잡다한 일), 병급외국사兵及外國事(군사 문제와 외국에 대한 정보), 천상술수天象術數(천문역법과 기타 점복), 지리地理(지리적 연혁), 잡고증雜考證(잡다한 고증)의 15가지 주제로 분류하고 있다.

2 『오대사』「풍도전」론『五代史』「馮道傳」論: '『오대사』'는 정확히 말하면 『신오대사新五代史』를 가리킨다. '풍도'는 오대시기 후당後唐, 후진後晉, 후한後漢, 후주後周의 네 왕조에 걸쳐 재상을 지낸 인물이다. 이 때문에 그를 가리켜 절개를 지키지 않은 이신貳臣(두 마음을 품은 신하)이라고 하는 비난이 많았지만, 뒤집어보면 왕조가 바뀌어도 여전히 대체할 만한 인물이 없는 대단한 능력의 소유자라고도 볼 수 있다. '론'은 사서의 매편마다 지은이가 붙이는 일종의 사평史評으로, 찬贊 또는 논찬論贊이라고도 한다.

3 예의염치禮義廉恥, 국지사유國之四維, 사유부장四維不張, 국내멸망國乃滅亡: 이 네 구절은 원래 관자管子가 한 말로, 『관자』「목민牧民」편에 보인다. 보통 '예의'와 '염치'로 두 글자씩 짝지어 한 단어처럼 사용되지만 사실은 각 글자의 뜻이 다르다. 당초 관자가 말한 예, 의, 염, 치의 뜻을 요즘 말로 풀어보면, '예'는 사회를 유지하는 존비귀천尊卑貴賤의 신분질서, '의'는 사회적으로 공인되고 통용되는 명분, '염'은 행실이 올곧아 함부로 굴지 않는 것, '치'는 나쁜 짓이 얼마나 부끄러운 일인지를 아는 것이다. '사유'의 '유'는 기강紀綱과 같이 벼리라는 뜻이다. '장'은 펼치다.

4 선호善乎: 훌륭하도다!

5 관생지능언管生之能言: '관생'은 관자管子. '능언'은 제대로 된 말을 잘한다는 뜻.

6 립인立人: 사회 안에서 한 구성원으로서 제 역할을 제대로 한다는 뜻.

7 천하기유불란天下其有不亂, 국가기유불망자호國家其有不亡者乎: '기~호'는 어찌 ~하리오. '천하'와 '국가' 뒤의 두 '기' 자 모두 맨 마지막의 '호' 자와 호응한다. 두 구절의 '유' 자는 모두 맨 마지막의 '자' 자와 호응해 안에 담긴 부분을 명사화시킨다.

8 우위요尤爲要: 더욱 중요하다.

9 부자夫子: 공자孔子를 가리킨다.

10 행기유치行己有恥: 자신을 행동함에 부끄러움이 있어야 한다. 이 구절은 『논어』「자로子路」편에 나오는 말이다.

11 인불가이무치人不可以無恥, 무치지치無恥之恥, 무치의無恥矣: 사람은 부끄러움이 없어서는 안 되니, 부끄러움이 없는 것을 부끄러워하면 부끄러움이 없게 된다. '무치지치'는 원래 치무치恥無恥인데, 목적어인 '무치'를 강조하기 위해 앞으로 도치하고 중간에 아무 뜻이 없는 '지'를 넣었다. 이 세 구절은 『맹자孟子』「진심장구상盡心章句上」에 나오는 말이다.

12 치지어인대의恥之於人大矣, 위기변지교자爲機變之巧者, 무소용치언無所用恥焉: 부끄러워한다는 것은 사람에게 있어서 큰일이니, 임기응변을 잘하는 사람은 부끄러움을 쓸 곳이 없다. '기변'은 임기응변臨機應變의 줄임말. 역시 『맹자』「진심장구상」에 나오

는 말이다.

13 소이연자所以然者: '소이연'은 그렇게 되는 까닭. '자'는 주격조사.

14 지어至於: ~한 지경에 이르다.

15 원原: 원인, 근원.

요내姚鼐 「등태산기登泰山記」

요내는 청대 중엽 사람으로, 고증학이 청대 학술계의 주류로 자리 잡고 있을 때, 이에 반발해 정주학程朱學을 근간으로 하면서 당송고문唐宋古文을 표현형식으로 하는 동성파桐城派의 일원으로 활동했다. 대부분의 주요 학자가 안휘성安徽省 동성 출신이기에 동성파라 칭했다. 사실 주지주의적 성향의 고증학이 조정에서 확실히 주류로 자리매김한 것은 건륭제乾隆帝 때의 일이며, 그 전에는 오히려 동성파를 포함한 정주학파가 조정에서 주도권을 가지고 있었다. 요내는 바로 그 전환점이 된 건륭제 때를 살았던 인물로, 관운은 그다지 좋지 않아서 여러 지역의 서원에서 강의하며 지냈다. 그는 고증학에 편중된 당시의 풍조를 비판하면서 의리義理(정주학), 고거考據(고증학), 사장辭章(문학)을 두루 갖추어야 한다고 주장했다. 그의 산문은 간명하면서도 함축미가 뛰어난 것으로 이름 높다.

여기에 인용된 「등태산기」는 건륭 39년(1774) 겨울에 요내가 여의치 않았던 벼슬자리에서 떠나 고향으로 돌아가는 길에 벗과 함께 태산 일관봉日觀峰에 올랐던 일을 기록한 일종의 산수유기山水遊記다. 이 글에서 요내는 태산의 설경에 대해 자신이 직접 올랐던 길을 따라 간략하면서도 섬세하게 묘사했다. 특히 일관정日觀亭에 올라 일출을 묘사하는 부분은 표현기법이 자못 참신하며 생동감 있다.

泰山之陽[1], 汶水[2]西流. 其陰[3], 濟水[4]東流. 陽谷[5]皆入汶, 陰谷[6]皆入濟. 當其南北分者, 古長城[7]也. 最高日觀峰[8], 在長城南十五里. 余以

乾隆三十九年[9]十二月, 自京師[10]乘[11]風雪, 歷齊河、長清[12], 穿[13]泰山西北谷, 越長城之限[14], 至於泰安[15]. 是月丁未[16], 與知府朱孝純子潁[17]由南麓[18]登. 四十五里, 道皆砌石爲磴[19], 其級七千有餘[20]. 泰山正南面有三谷[21]. 中谷繞[22]泰安城下, 酈道元[23]所謂環水[24]也. 余始循以入[25], 道少半[26], 越中嶺, 復循西谷, 遂至其巓[27]. 古時登山, 循東谷入, 道有天門[28]. 東谷者, 古謂之天門溪水, 余所不至也. 今所經[29]中嶺及山巓, 崖限當道[30]者, 世皆謂之天門云. 道中迷霧氷滑, 磴幾[31]不可登. 及旣上, 蒼山負雪[32], 明燭天南[33]. 望晩日[34]照城郭, 汶水、徂徠[35]如畵, 而半山居霧若帶然[36]. 戊申晦[37], 五鼓[38], 與子潁坐日觀亭[39], 待日出. 大風揚[40]積雪擊面. 亭東自足下皆雲漫. 稍見[41]雲中白若樗蒱[42]數十立者, 山也. 極天雲一線異色[43], 須臾成五彩[44], 日上正赤如丹[45], 下有紅光動搖承之[46]. 或曰此東海也. 回視日觀[47]以西峰, 或得日或否[48], 絳皓駁色[49], 而皆若僂[50]. 亭[51]西有岱祠[52], 又有碧霞元君祠[53]. 皇帝行宮[54]在碧霞元君祠東. 是日, 觀道中石刻, 自唐顯慶以來[55], 其遠古刻盡漫失[56]. 僻不當道[57]者, 皆不及往. 山多石, 少土. 石蒼黑色[58], 多平方[59], 少圜. 少雜樹, 多松, 生石罅[60], 皆平頂[61]. 氷雪[62], 無瀑水[63], 無鳥獸音迹[64]. 至日觀數里內無樹, 而雪與人膝齊[65]. 桐城[66]姚鼐記.

1 태산지양泰山之陽: '태산'은 산동성山東省에 있는 명산으로 오악五嶽 중 동악東嶽에 해당한다. 하지만 이는 명산들을 오행五行에 끼워 맞춘 후대의 개념이며, 태산은 오악의 다른 산들보다 훨씬 이전부터 아주 중요한 영산靈山으로 받들어졌다. 특히 황제만이 지낼 수 있었던 봉선제封禪祭 역시 예부터 이곳 태산에서 거행되던 예식이었다. '양'은 볕이 드는 남쪽.

2 문수汶水: 대문하大汶河. 태산 부근을 북쪽에서 서쪽으로 지나 제수濟水에 합쳐진다.

3 기음其陰: '기'는 태산, '음'은 북쪽.

4 제수濟水: 하남성에서 발원해 산동성을 지나 바다로 흘러들어가는 강.

5 양곡陽谷: 태산의 남쪽 골짜기.

6 음곡陰谷: 태산의 북쪽 골짜기.

7 고장성古長城: 옛 장성. 진시황秦始皇 때의 만리장성이 아니라 그 이전 제齊나라 때 만들었던 장성을 말한다. 진시황 때의 만리장성도 마찬가지지만, 이때 지은 성벽은 모두 판축법版築法으로 흙을 쌓아올린 토성이었다.

8 일관봉日觀峰: 태산의 최고봉으로 특히 일출의 장관이 유명하다. '일관봉'이란 명칭 역시 여기에서 유래한 것이다.

9 건륭삼십구년乾隆三十九年: 서기 1774년.

10 경사京師: 수도, 도성. 북경을 가리킨다.

11 승乘: 무릅쓰다.

12 제하齊河、장청長淸: 둘 다 산동의 현縣 이름.

13 천穿: 관통하다.

14 한限: 끝. 여기에서는 성벽을 가리킨다.

15 태안泰安: 산동의 태안부泰安府. 일반적으로 이곳에서 태산을 오르기 시작한다.

16 시월정미是月丁未: '시월'은 이달, 즉 12월. '정미'는 날짜를 간지로 표기한 것으로, 숫자로 바꾸면 28일이다. 건륭 39년 12월 28일을 서기로 환산해 보면 1775년 1월 29일이다.

17 지부주효순자영知府朱孝純子穎: '지부'는 행정단위의 하나인 부府를 다스리는 최고 책임자. 여기에서 '부'는 태안부를 가리킨다. '주효순자영'은 성과 이름과 자를 병기한 것으로, 요내의 벗 주효순을 가리킨다. '자영'은 주효순의 자다.

18 록麓: 산기슭.

19 체석위등砌石爲磴: '체석'은 돌을 쌓다. '위등'은 섬돌 또는 돌계단을 만들다.

20 기급칠천유여其級七千有餘: 그 계단 수가 7천 단이 넘다. '급'은 계단의 수를 세는 양사.

21 삼곡三谷: 단순한 골짜기가 아니라 물길을 말하는데, 동곡東谷, 중곡中谷, 서곡西谷으로 구분한다.

22 요繞: 휘돌다. 휘감다.

23 역도원酈道元: 북위北魏 때 사람으로, 『수경水經』에 주를 단 『수경주水經注』로 특히 유명하다. 『수경주』는 중국 전역의 물길과 그 주변에 대해 상세히 설명해 지리학적으로도 큰 가치를 지니지만, 동시에 이를 아주 섬세하고도 유려한 필치로 묘사했기에 문학적으로도 그 가치를 인정받고 있다.

24 환수環水: 이 표현은 태안성을 휘감아 돌기에 붙은 이름으로, 『수경주』 「문수汶水」에 보인다.

25 시순이입始循以入: 당초 중곡을 따라 태산으로 들어갔다는 뜻.

26 도소반道少半: 거의 절반을 가다. '도'는 길을 간다는 동사. '소'는 거의.

27 기전其巓: 태산의 정상, 일관봉日觀峰을 가리킨다.

28 천문天門: 하늘로 우뚝 솟은 두 봉우리가 마치 두 문기둥 같아서 붙여진 이름이다.

29 경經: 지나가다, 경과하다.

30 애한당도崖限當道: 벼랑이 벽처럼 가로로 죽 늘어서 있다는 뜻. '애한'은 벽같이 늘어선 벼랑. '당도'는 가는 길 중에 놓여 있다.

31 기幾: 거의 ~할 뻔하다, 하마터면 ~할 뻔하다.

32 창산부설蒼山負雪: 푸른 산에 눈이 뒤덮였다는 뜻.

33 명촉천남明燭天南: '명'은 뒤덮인 눈이 반사하는 밝은 햇빛. '촉'은 비추다, 밝히다. '천남'은 하늘 남쪽, 남쪽 하늘.

34 만일晩日: 석양.

35 조래徂徠: 태안부 동남쪽에 있는 조래산.

36 반산거무약대연半山居霧若帶然: '반산'은 산중턱. '거무'는 안개가 끼어 있다. '대연'은 허리띠같이 길게 둘러진 모양.

37 무신회戊申晦: '무신'은 무신일, 즉 28일이었던 정미일의 다음날인 29일. '회'는 음력에서 매달 마지막 날, 그믐날. 음력에는 30일인 대월과 29일인 소월이 있는데, 건륭 39년 12월은 소월이었기에 29일이 그 달의 마지막 날이었다.

38 오고五鼓: 오경五更, 즉 인시寅時(새벽 3시부터 5시까지). 매 경마다 시간을 알리는 북을 울렸기에 경 대신 '고'를 쓰기도 했다.

39 일관정日觀亭: 일관봉에 있는 정자.

40 양揚: 흩날리다.

41 초견稍見: 점차 보이기 시작하다.

42 백약저포수십립자白若樗蒱數十立者: '저포'는 도박에 사용되는 도구로 저포樗蒲라고도 쓴다. 한 번에 다섯 개를 던지기에 오목五木이라고도 한다. 생김새는 양쪽 끝이 뾰족한 타원형에 납작한데, 한 손에 다섯 개를 잡을 정도의 크기에 가죽나무(저樗)로 만들었다. 넓적한 양면을 한 쪽은 흰색으로, 한 쪽은 검은색으로 칠하는 것이 일반적이었고, 윷처럼 던져서 나오는 면을 보고 승부를 가렸다. 여기에서는 구름 속에 뾰족하게 나온 산봉우리에 대한 비유이다. 특히 '백약저포'(저포처럼 희다)라고 표현한 것

은 겨울이라 눈에 덮인 흰 봉우리가 마치 흰 면의 저포와 같기 때문이다. '립자'는 우뚝 솟아 있는 봉우리를 가리킨다.

43 극천운일선이색極天雲一線異色: '극천'은 하늘 끝. '운일선이색'은 하늘 끝의 흰 구름에 흰색이 아닌 한 줄기 선이 그어진 듯 보인다는 뜻이다.

44 수유성오채須臾成五彩: '수유'는 아주 짧은 시간, 순식간. '성오채'는 다섯 가지 색이 되다. 여기에서는 다채로운 색깔로 변했다는 뜻이다.

45 정적여단正赤如丹: '정적'은 새빨갛다. '여단'은 그 붉기가 단사丹砂와 같다.

46 홍광동요승지紅光動搖承之: '홍광'은 물에 비친 붉은 햇빛. '동요'는 물결에 흔들거리는 모양. '승지'는 해를 떠받치다. 이는 위에 떠있는 해를 아래에서 흔들거리는 물결이 햇빛을 반사시키며 떠받친다는 뜻이다.

47 일관日觀: 일관봉.

48 혹득일혹부或得日或否: 일관봉의 서쪽 봉우리들 중 어떤 것은 햇빛을 받고 어떤 것은 받지 못했다는 뜻. '일'은 햇빛.

49 강호박색絳皓駁色: '강'은 진홍색. '호'는 새하얀 색. '박색'은 색깔이 뒤섞이다.

50 약루若僂: 곱사등이처럼 굽어있다는 뜻. 이는 요내가 있는 일관봉이 태산의 가장 높은 봉우리이기에 다른 봉우리들이 마치 허리를 굽히고 있는 것처럼 보인다는 뜻이다.

51 정亭: 일관정.

52 대사岱祠: 태산의 동악대제東嶽大帝에게 제사지내는 사당. '대' 또는 대종岱宗은 태산의 별칭이다.

53 벽하원군사碧霞元君祠: 전설에 동악대제의 딸이라고 하는 벽하원군을 모신 사당.

54 행궁行宮: 황제가 행차하거나 순시할 때 임시로 사용하는 거처.

55 자당현경이래自唐顯慶以來: '자~이래'는 ~로부터. '현경'은 당나라 고종高宗의 연호(656~661).

56 원고각진만실遠古刻盡漫失: '원고'는 먼 옛날. '각'은 비석에 새긴 글자. '진'은 모두. '만실'은 마모되어 없어지다.

57 벽부당도僻不當道: '벽'은 편벽되다, 동떨어져 있다. '부당도'는 길에 놓여 있지 않다, 길에서 벗어나 있다.

58 창흑색蒼黑色: 검푸른 색.

59 평방平方: 평평하고 네모나다.

60 생석하生石罅: 돌의 갈라진 틈에서 자라나다. '하'는 틈, 갈라진 빈틈.

61 평정平頂: 소나무의 윗부분이 평평하다는 뜻.

62 빙설氷雪: 얼어붙고 눈이 내리다. 두 글자 모두 동사로 쓰였다.

63 폭수瀑水: 폭포.

64 음적音迹: 소리와 자취.

65 설여인슬제雪與人膝齊: 쌓인 눈의 높이가 사람의 무릎과 같다. 사람의 무릎까지 눈이 쌓여 있다는 뜻.

66 동성桐城: 요내의 고향. '어디 사람 아무개'처럼 자신의 출신지를 밝힌 것이다.

공자진龔自珍 「병매관기病梅館記」

공자진에 대해서는 이미 앞의 청대 시 「기해잡시己亥雜詩」에서 설명했다.

여기에 인용한 작품은 당시 너무나 왜곡된 매화나무의 미적 기준에 대한 통렬한 비판을 통해, 실용은 도외시한 채 부화浮華하고 허황된 것만 추종하는 당시 지식인들의 세태를 고발하면서, 이를 바로잡는 일을 자신의 소임으로 삼겠다고 다짐하고 있다. 이 글을 당나라 유종원柳宗元의 「종수곽탁타전種樹郭槖駝傳」과 비교해서 읽어보면, 또 다른 묘미를 느낄 수 있을 것이다.

江寧之龍蟠, 蘇州之鄧尉, 杭州之西溪[1], 皆産梅. 或曰: "梅以曲爲美[2], 直則無姿[3]. 以欹[4]爲美, 正則無景[5]. 以疏[6]爲美, 密則無態[7]." 固[8]也. 此文人畵士, 心知其意[9], 未可明詔大號, 以繩天下之梅也[10]. 又不可以使天下之民, 斫直、刪密、鋤正[11], 以夭梅、病梅爲業以求錢[12]也. 梅之欹、之疏、之曲[13], 又非蠢蠢[14]求錢之民, 能以其智力爲[15]也. 有以文人畵士孤癖之隱[16], 明告鬻梅者[17], 斫其正, 養其旁條[18], 刪其密, 夭其稚枝[19], 鋤其直, 遏其生氣[20], 以求重價[21], 而江、浙[22]之梅皆病. 文人畵士之禍之烈至此[23]哉! 予購三百盆[24], 皆病者, 無一完者[25]. 旣泣之三日, 乃誓療之、縱之、順之[26], 毁其盆, 悉[27]埋於地, 解其棕縛[28]. 以五年爲期[29], 必復之、全之[30]. 予本非文人畵士, 甘受詬厲[31], 辟[32]病梅之館以貯[33]之. 嗚呼! 安得[34]使予多[35]暇日, 又多閑田, 以廣[36]貯江寧、杭州、蘇州之病梅, 窮予生之光陰[37]以療梅也哉!

....

1 강녕지용반江寧之龍蟠, 소주지등위蘇州之鄧尉, 항주지서계杭州之西溪: 모두 지명으로, '강녕'의 용반리龍蟠里, '소주'의 등위산鄧尉山, '항주'의 '서계'를 말한다. '강녕'은 지금의 남경이다.

2 이곡위미以曲爲美: 휘어진 것을 아름답다고 여기다. '이A위B'는 A를 B로 여기다, A를 B로 삼다.

3 자姿: 자태, 맵시.

4 의欹: 비스듬히 기운 것.

5 경景: 경관景觀, 볼거리.

6 소疏: 성근 것.

7 태態: 볼품.

8 고固: 진실로 그러하다.

9 심지기의心知其意: 마음속으로 그 취향을 알고 있다. 취향은 굽이지고 기울고 성근 매화나무를 좋아하는 것을 가리킨다.

10 미가명조대호未可明詔大號, 이승천하지매야以繩天下之梅也: '미가'는 미처 ~할 수 없다. 이 부정어는 다음 구절까지 걸린다. '명'은 분명하게, 공개적으로. '조'는 고하다, 알리다. 주로 높은 사람이 아랫사람에게 알리는 것을 가리킨다. '대호'는 큰소리. '승'은 동사로 제약한다는 뜻.

11 작직斫直、산밀刪密、서정鋤正: '작직'은 곧게 자란 매화나무를 베어내다. '산밀'은 빽빽한 매화나무 가지를 솎아내다. '서정'은 똑바로 자란 매화나무를 제거하다.

12 이요매、병매위업이구전以夭梅、病梅爲業以求錢: '요'는 빨리 죽게 하다, '병'은 병들게 하다. 즉 정상인 것을 기형으로 만든다는 뜻이다. '이~위업'은 ~을 일삼다. '구전'은 돈을 벌려고 하다.

13 지소之疏、지곡之曲: 모두 앞에 '매梅' 자가 생략되었다.

14 준준蠢蠢: 어리석은 모양.

15 위爲: 하다. 시도하다.

16 고벽지은孤癖之隱: 마음속에 감추어둔 매우 독특한 기벽奇癖. '고벽'은 남다른 독특한

기호나 버릇을 말한다. '은'은 은밀히 숨기다.

17 륙매자鬻梅者: 매화나무를 판매하는 자. '륙'은 팔다.

18 양기방조養其旁條: 곁가지를 키우다. 보통 곁가지는 나무의 생장에 방해가 되므로 잘라버린다.

19 요기치지夭其稚枝: 갓 자라난 어린 가지를 빨리 죽게 하다.

20 알기생기遏其生氣: 잘 자라려는 생기발랄함을 막아버리다.

21 중가重價: 높은 가격.

22 강江、절浙: 강소성과 절강성.

23 문인화사지화지렬지차文人畵士之禍之烈至此: '문인화사지화'는 문인과 화가가 초래한 재앙. '지렬'은 ~의 극심함, 강렬함. '지차'는 이러한 지경에 이르다.

24 분盆: 매화나무를 심어둔 화분. 여기에서는 양사처럼 사용되었다.

25 완자完者: 온전한 것.

26 종지縱之、순지順之: '종지'는 있는 그대로 놓아두다. '순지'는 타고난 성질을 그대로 따르게 하다.

27 실悉: 모두.

28 종박棕縛: 종려나무 껍데기로 만든 노끈. 종려나무의 껍데기를 벗겨내 물에 삶은 뒤 실처럼 갈라서 이를 꼬아 만든다. 이는 매화나무의 자라는 방향이나 가지의 방향 등을 억지로 교정하기 위해 묶어둔 것을 말한다.

29 기期: 기한.

30 복지復之、전지全之: '복지'는 원상태로 회복시키다. '전지'는 온전하게 만들다.

31 감수구려甘受詬厲: '감수'는 달게 받다, 기꺼이 받아들이다. '구려'는 꾸짖음, 비난.

32 벽辟: 열다, 개설하다. 벽闢의 본자本字다.

33 저貯: 모아두다.

34 안득安得: 어떻게 하면 ~할 수 있을까? '안'은 의문사, '득'은 능能의 뜻.

35 다多: 많아지게 하다. 뒤 구절의 '다' 역시 마찬가지다.

36 광廣: 널리, 두루. 부사로 쓰였다.

37 궁여생지광음窮予生之光陰: '궁'은 다하다. '여생'은 내 삶, 내 생애. '광음'은 시간.

청대 민간문학

서대춘徐大椿 「유산락遊山樂」

사실 서대춘은 학자집안 출신에 의술로 유명했던 선비라 그가 지은 시를 민가라고 하기는 어렵다. 정확히 말하자면 민가의 곡조에 맞춰 노래를 지은 것이다. 이 작품은 제목처럼 산을 노니는 즐거움에 대한 노래다. 산속의 경치를 만끽하는 것은 원래 흔한 것이지만, 작자는 더 나아가 다 돌아다니고 난 뒤에도 따로 즐길 만한 것이 있음을 지적한다. 그것은 바로 마음에서 모든 세속의 이해득실을 털어버리는 것이다. 우연히 마주친 목동과 나무꾼은 바로 속세의 때를 완전히 벗겨낸 지은이의 분신이다. 그가 세속을 벗어나 고즈넉한 초가집에서 좋은 차를 마시며 문득 고개를 들어 달이 뜬 야경을 감상하는 모습은 바로 중국 문학에서 추구하는 정경교융情景交融의 경지다.

到山中, 便是仙. 萬樹松風, 百道飛泉[1]. 更有那野鳥呼人, 引我到僧房竹院. 異草幽花香入骨[2], 奇峰怪石峭嶙天[3]. 一步一回頭, 景象[4]時時變. 越走得路崎嶇, 越騙得精神健[5]. 到了那山窮水轉[6], 又是個別有洞天[7]. 清風吹我塵心[8]斷, 不知今夕是何年. 遙望着牧豎樵夫[9], 洗足清泉. 與他言, 竟不曉得唐宋明元[10]. 直說到日落虞淵[11], 借宿在草閣茅軒[12], 雨前茶[13]澆一椀青晶飯[14]. 擡頭看, 只見藤蘿[15]月卻掛在萬峰尖.

1 백도비천百道飛泉: '백도'는 백 갈래, 즉 아주 많다는 뜻. '비천'은 폭포.

2 이초유화향입골異草幽花香入骨: '이초'는 기이한 풀. '유화'는 향기가 그윽한 꽃. '향입골'은 향기가 뼛속까지 스며들 것처럼 파고든다는 뜻.

3 초린천峭嶙天: 산봉우리가 하늘을 찌를 듯이 가파르게 솟아 있다는 뜻. '초린'은 가파르다.

4 경상景象: 풍경, 풍광.

5 월주득로기구越走得路崎嶇, 월편득정신건越騙得精神健: '월'은 ~할수록. '로기구'는 길이 험난하다. '편'은 말을 타다. '정신건'은 정신이 또렷해지다.

6 산궁수전山窮水轉: 산이 끝나고 물이 굽이져 돌아가는 곳.

7 별유동천別有洞天: '별유'는 따로 있다, 별도로 갖춰져 있다. '동천'은 도교 용어로 신선이 산다는 명산승지名山勝地를 말한다. 선경仙境이 펼쳐진 곳을 비유한다.

8 진심塵心: 속세의 때에 찌든 마음.

9 목수초부牧豎樵夫: '목수'는 목동, 소를 모는 더벅머리 아이. '초부'는 나무꾼.

10 경불효득당송명원竟不曉得唐宋明元: 이 구절의 주어는 앞에 나온 '목수초부牧豎樵夫'다. '경'은 뜻밖에도. '불효득'은 알지 못하다. '당송명원'은 전대 왕조들. 여기에서는 시간에 대한 비유다.

11 우연虞淵: 전설에 해가 져서 잠긴다고 하는 못의 이름.

12 초각모헌草閣茅軒: 풀로 지은 허름한 집, 초가집.

13 우전차雨前茶: '우전'은 곡우穀雨 이전이라는 뜻. '우전차'는 음력 3월 봄의 마지막 절기인 곡우 이전에 딴 찻잎으로 만든 차. 곡우 전에 딴 어린 찻잎이라 양도 적은데다가 은은하면서도 고소한 맛이 일품이라 녹차 중에서도 고급품에 속한다.

14 청정반青晶飯: 정확한 뜻은 미상이다. 원래 그냥 쌀만 볶아 만든 밥을 수정반水晶飯이라 하는데, 혹시 이 수정반에 녹차를 부은 것을 '청정반'이라 부른 것인지도 모르겠다.

15 등라藤蘿: 원래는 자등紫藤을 가리키지만, 여기에서는 산봉우리를 뒤덮고 있는 넝쿨을 통칭한다.

「기생초寄生草」 [안자덕顔自德 『예상속보霓裳續譜』]

안자덕의 『예상속보』는 청대 중엽 북경과 천진天津을 중심으로 북방의 민가를 수집해 채록한 책으로, 30여 종의 곡조로 이루어진 600여 곡의 민가가 실려 있다. 「기생초」는 민간에 유행하던 곡조명으로 내용과는 상관이 없다. 이 노래는 어느 기녀가 정인情人에게 편지를 보내고 싶으나 문맹이라 동그라미로 속내를 담아 부쳤다는 내용으로 아주 유명하다. 글자 대신 동그라미로 편지를 쓰는 것은 사실 송대 주숙진朱淑眞이란 기녀로부터 시작된 것이다. 그녀는 글씨를 몰랐던 것이 아니라 오히려 매우 박식하고 시사에 능했지만, 혼인한 후 남편이 관직에 올라 떨어져 지내게 되자 복잡한 심사를 각종 동그라미로 그려 편지를 보냈다고 한다. 이를 권아사圈兒詞라고 하는데, 이후로 동그라미로 속내를 담아내는 것을 노래한 작품이 계속 나와 이들 모두를 권아사라고 부르기도 한다.

이 작품은 청대에 나온 것으로 멀리 떨어진 정인이 그리워 애타하는 여인의 마음이 절절히 묻어난다. 특히 마지막에 "말로 다할 수 없는 괴로움을 한 줄기 동그라미로 계속 그려간다"는 여인의 말에서, 우리는 그녀의 속내에 이미 말로 다할 수 없는 괴로움이 넘쳐나고 있음을 눈치 챌 수 있다.

欲寫情書[1], 我可不識字. 煩個人兒, 使不的[2]! 無奈何畵幾個圈兒[3]爲表記. 此封書[4]惟有情人知此意. 單圈是奴家[5], 雙圈[6]是你. 訴不盡的苦, 一溜圈兒圈下去[7].

....

1 정서情書: 연애편지.

2 번개인아煩個人兒, 사부적使不的: 번거롭게 남에게 편지를 대신 써달라고 시킬 수도 없다는 뜻. '사부적'은 사부득使不得의 뜻. '적'은 득得의 통가자.

3 무내하화기개권아無奈何畵幾個圈兒: '무내하'는 어찌할 수 없이, 하는 수 없이. '화기개권아'는 동그라미 몇 개를 그리다. '권아'는 동그라미.

4 차봉서此封書: 이 편지. '봉'은 편지를 세는 양사.

5 단권시노가單圈是奴家: '단권'은 홑 동그라미(○). '노가'는 여자가 스스로를 부르는 낮춤말.

6 쌍권雙圈: 겹 동그라미(◎).

7 일류권아권하거一溜圈兒圈下去: '일류권아'는 한 줄로 죽 연이어진 동그라미. '류'는 양사로 죽 연이어진 것을 셀 때 사용한다. '하거'는 동사 '권圈'(동그라미를 그리다)에 붙어 그 동작을 계속한다는 뜻을 나타낸다. 즉 동그라미를 연이어 계속 그렸다는 뜻이다.

「월가粵歌」 [이조원李調元 『월풍粵風』]

월粵은 광서廣西와 광동廣東 지역을 가리킨다. 이조원이 『시경詩經』의 채시採詩 풍습을 본 떠 이 지역의 한족漢族과 소수민족의 민가를 수집해 『월풍』을 만들었는데, 이 노래도 그 안에 수록되었다. 『월풍』의 특징은 수록된 노래가 모두 사랑노래라는 것인데, 이 노래 역시 사랑하는 남녀의 심정을 진솔하게 표현하고 있다.

思想妹[1], 蝴蝶思想也爲[2]花. 蝴蝶思花不思草, 兄思情妹不思家[3].

1 사상매思想妹: '사상'은 그리워하다. '매'는 아가씨.

2 위爲: ~ 때문이다.

3 형사정매불사가兄思情妹不思家: 그 사람은 사랑하는 여인만 그리워하고 나는 그리워하지 않는다. '형'은 사내, 여기에서는 화자가 마음에 두고 있는 남자를 가리킨다. '정매'는 사랑하는 여인. '가'는 노가奴家의 줄임말로, 여자가 스스로를 부르는 낮춤말.

| 지은이 소개 |

김장환_jhk2294@yonsei.ac.kr

연세대학교 중어중문학과 교수로 재직 중이다. 연세대학교 중문과를 졸업한 뒤 서울대학교에서 「세설신어연구世說新語研究」로 석사학위를 받았고, 연세대학교에서 「위진남북조지인소설연구魏晉南北朝志人小說研究」로 박사학위를 받았다. 강원대학교 중문과 교수, 미국 Harvard-Yenching Institute의 Visiting Scholar(2004~2005), 같은 대학교 Fairbank Center for Chinese Studies의 Visiting Scholar(2011~2012)를 지냈다. 전공분야는 중국 문언소설과 필기문헌이다.
그동안 쓴 책으로는 『중국문학의 흐름』, 『중국문학의 향기』, 『중국문학의 숨결』, 『중국문언단편소설선』, 『유의경劉義慶과 세설신어世說新語』, 『위진세어집석연구魏晉世語輯釋研究』, 『동아시아 이야기 보고의 탄생—태평광기』 등이 있고, 옮긴 책으로는 『중국연극사中國演劇史』, 『중국유서개설中國類書概說』, 『중국역대필기中國歷代筆記』, 『세상의 참신한 이야기—세설신어』(전3권), 『세설신어보世說新語補』(전4권), 『세설신어성휘운분世說新語姓彙韻分』(전3권), 『태평광기太平廣記』(전21권), 『태평광기상절太平廣記詳節』(전8권), 『봉신연의封神演義』(전9권), 『당척언唐摭言』(전2권), 『열선전列仙傳』, 『서경잡기西京雜記』, 『고사전高士傳』, 『소림笑林』, 『어림語林』, 『곽자郭子』, 『속설俗說』, 『담수談藪』, 『소설小說』, 『계안록啓顏錄』, 『신선전神仙傳』, 『옥호빙玉壺氷』, 『열이전列異傳』, 『제해기齊諧記/속제해기續齊諧記』, 『선험기宣驗記』, 『술이기述異記』, 『투기妬記』, 『고금주古今注』, 『중화고금주中華古今注』, 『원혼지寃魂志』, 『이원異苑』, 『원화기原化記』, 『위진세어魏晉世語』, 『조야첨재朝野僉載』 등이 있으며, 중국 문언소설과 필기문헌에 관한 여러 편의 연구논문이 있다.

이영섭_monstar90@hanmail.net

이영섭은 건국대학교 아시아콘텐츠연구소 조교수로 재직 중이다. 청주대학교 중문과를 졸업한 뒤 연세대학교에서 청대 학자 장학성章學誠 연구로 석사학위와 박사학위를 받았다. 중국 전통 학술과 고전에 대한 연구와 함께 전통 문화에 대한 연구를 병행하고 있다. 중국 송대에 나온 소설모음집인 『태평광기太平廣記』 번역에 참여했고, 청대 황권皇權과 학계의 역학관계를 다룬 양녠췬의 『강남은 어디인가-청나라 황제의 강남 지식인 길들이기』 번역 작업에도 참여했다.

중국문학 정선 작품 감상
중국문학의 향연

초판 인쇄 2020년 2월 1일
초판 발행 2020년 2월 10일

지 은 이 | 김장환·이영섭
펴 낸 이 | 하운근
펴 낸 곳 | 學古房

주 소 | 경기도 고양시 덕양구 통일로 140 삼송테크노밸리 A동 B224
전 화 | (02)353 -9908 편집부(02)356-9903
팩 스 | (02)6959-8234
홈페이지 | www.hakgobang.co.kr
전자우편 | hakgobang@naver.com, hakgobang@chol.com
등록번호 | 제311-1994-000001호

ISBN 978-89-6071-946-0 93820

값: 22,000원